TRACY BUCHANAN

Die Meerestochter

AF178135

Autorin

Tracy Buchanan lebt als Schriftstellerin in England. Wenn sie nicht gerade schreibt, liebt sie es, durch Wälder zu streifen, einsame Strände zu erkunden und mit ihrem Mann, ihrer Tochter und ihrem Hund Brontë auf Städtetrips zu gehen.

Von Tracy Buchanan bereits erschienen
Die Mitternachtschwestern

Mehr Informationen zur Autorin unter www.tracybuchanan.co.uk

Besuchen Sie uns auch auf www.facebook.com/blanvalet und www.twitter.com/BlanvaletVerlag

Tracy Buchanan

Die Meerestochter

Roman

Aus dem Englischen von Hanne Hammer

blanvalet

Die Originalausgabe erschien 2018 unter dem Titel
»The Lost Sister« bei Avon, London.

Sollte diese Publikation Links auf Webseiten Dritter enthalten,
so übernehmen wir für deren Inhalte keine Haftung, da wir uns
diese nicht zu eigen machen, sondern lediglich auf deren Stand
zum Zeitpunkt der Erstveröffentlichung verweisen.

Verlagsgruppe Random House FSC® N001967

2. Auflage
Copyright © der Originalausgabe 2018 by Tracy Buchanan
Copyright © der deutschsprachigen Ausgabe 2019 by Blanvalet Verlag,
in der Verlagsgruppe Random House GmbH,
Neumarkter Straße 28, 81673 München
Redaktion: Larissa Rabe
Umschlaggestaltung: © Johannes Wiebel | punchdesign,
unter Verwendung von Motiven von Shutterstock.com
(Ekaterina Grivet; Helen Hotson; Paul Nash;
Chizhenkova Svetlana; maxim ibragimov)
JB · Herstellung: sam
Satz: Buch-Werkstatt GmbH, Bad Aibling
Druck und Einband: GGP Media GmbH, Pößneck
Printed in Germany
ISBN: 978-3-7341-0813-6

www.blanvalet.de

Für Archie. Wir vermissen dich, Junge.

1

Selma

Kent, Großbritannien
18. Juli 1991

Alles begann, als der Junge fast ertrank.

Queensbay erlebte einen dieser Sommerabende, an denen sich Fremde im Vorübergehen anlächeln und jeder nur ehrfürchtig staunt, dass es im grauen alten England so warm sein kann. Alles trug Flipflops und Sandalen, das Schlappen der Sohlen auf der Strandpromenade aus Holz und das Bellen kleiner Hunde war eine vertraute Geräuschkulisse. Das Café an der Strandpromenade war brechend voll, vor allem im Außenbereich. Die Kinder waren begeistert, dass sie an einem Schultag so lange aufbleiben durften, und die Eltern versuchten, ihre aufgedrehten und sonnenverbrannten Kinder zu ermahnen, während sie Wein tranken und mit Freunden lachten. Ältere Paare schlenderten am Sandstrand durchs flache Wasser, die Schuhe in der Hand, während ihre Hunde in die nah gelegenen Höhlen und wieder hinaus rannten. Die Sonne, die in glühendem Orange unterging, tauchte die Köpfe der Menschen in feuerrotes Licht.

Ich beobachtete alles durch meine Sonnenbrille. Der Gin, den ich getrunken hatte, benebelte meinen Verstand schon leicht, wie ich es mochte. Die geschwungene Bucht sah an diesem Abend ganz besonders schön aus, umrahmt vom Café auf der einen und gewaltigen Kreidefelsen auf der anderen Seite. Wenn man um die Felsen herumging, kam man zu einer abgelegenen Bucht mit ein paar Höhlen, über denen ein verlassenes Hotel thronte. Es war mein Traum gewesen, dieses Hotel einmal zu kaufen. Ich seufzte. Im Moment schien das alles andere als wahrscheinlich.

Meine Tochter Becky jagte ihre Freundin um die vollen Tische des Cafés, und ich behielt sie im Auge, bereit, im Fall von zerbrechendem Glas, einem Weinen oder einem Krachen aufzuspringen. Mein Mann Mike, der neben mir saß, hatte eine Hand auf mein nacktes Knie gelegt und lächelte, als sein Freund Greg von einem schwierigen Klienten erzählte. Warum hatten die Leute nur immer das Bedürfnis, an Abenden wie diesem über etwas so Banales wie die Arbeit zu sprechen?

Ich gähnte und streckte mich und bemerkte, wie Gregs Blicke über meine Brüste glitten, die den Stoff meines geblümten Wickelkleids dehnten.

So vorhersehbar. Und auch so falsch, wenn man bedachte, dass seine Frau Julie direkt neben mir saß und verzweifelt versuchte, ihr Neugeborenes zu stillen, dessen schrumpeliges, kleines rotes Gesicht sich an ihre nackte Brustwarze drückte. Sie fächelte ihre heißen, sommersprossigen Wangen mit der Speisekarte.

Ich sah Greg mit zusammengekniffenen Augen an, und er schaute weg. Meine Mum hätte ihn als »Ärger« bezeichnet. Ich erinnerte mich noch genau, wie sie das einmal gesagt hatte, auf das Sofa gelümmelt, einen Drink in der

Hand und mit einer Freundin lästernd. »Er bedeutete Ärger, Schatz.« Das R hatte sie mit ihrer tiefen, rauen Stimme in die Länge gezogen. Als ich sie eines Abends beim Essen fragte, was sie damit gemeint habe, hatte sie mir einen ihrer vernichtenden Blicke zugeworfen. »Was interessiert dich das schon?«

Eine Woche später bekam ich meine Antwort, als ich den Mann kennenlernte, der mein Stiefvater werden sollte. Er war der schlimmste von allen. Die anderen – drei insgesamt, seit sie meinem Vater gesagt hatte, dass er sich aus dem Staub machen sollte, als ich acht war – hatten auch ihre Fehler. Glücklicherweise war ich bereits weg, als der dritte auftauchte.

Nein, Greg war nicht wie mein erster schrecklicher Stiefvater. Na ja, vielleicht sah er ihm mit seinem glatt zurückgekämmten schwarzen Haar und seinem spitzbübischen, attraktiven Gesicht ähnlich. Aber ich konnte mir nicht vorstellen, dass Greg die Hand gegen Frau und Kind erhob, wie mein Stiefvater das getan hatte. Ich sollte nicht zu hart mit ihm sein. Das Flirten, die heimlichen Blicke … das war nur ein kleiner Kitzel für ihn, um die Eintönigkeit des Lebens in dieser gottverlassenen Stadt etwas erträglicher zu machen.

Die Leute kamen nach Queensbay, weil sie sich hier ein ruhigeres Leben erhofften, an diesem wunderschönen Stück Strand an der Küste von Kent, das früher einmal ein verstecktes Kleinod gewesen war und das vor allem Ehepaare im Ruhestand und Familien anzog, die versuchten, dem Hamsterrad zu entkommen. Das Problem war, dass es hier *zu* ruhig geworden war, weil das Land eine Rezession erlebte. Bretter waren vor die Fenster der Geschäfte genagelt, die ich einmal geliebt hatte; »Zu verkaufen«-Schilder hingen zu lange draußen an früher so begehrten Häusern. Durch die Schicht von Möwenkot konnte man die Buchstaben kaum noch lesen. Der geliebte Traum war restlos verblasst.

Mir und Mike ging es nicht anders. Kurz nach unserer Hochzeit vor zehn Jahren waren wir zur Hochzeit eines alten Freundes in Margate gefahren und dabei durch die Stadt gekommen. Ich war so hingerissen gewesen von der blauen Bucht, dass wir spontan ein Zimmer gebucht hatten und nach der Hochzeit noch geblieben waren. Als ich das verlassene Hotel mit dem schäbigen »Zu verkaufen«-Schild über den nahen Felsen thronend entdeckt hatte, war ich vor Ehrfurcht erstarrt. Sicher, die weißen Wetterschenkel, die die äußeren Wände zierten, waren schwarz vor Moos, die Panoramafenster schmierig vor Schmutz. Aber es war immer noch wunderschön.

»An so einem Ort würde ich gerne leben«, hatte ich an diesem spontan verlängerten Wochenende zu Mike gesagt.

Aber er hatte nur gelacht. »Du machst wohl Witze. Sieh dir doch an, in was für einem Zustand es ist!«

Das war das Problem mit Mike: Er verfügte nicht über meine Fantasie. Das hätte ich von dem Moment an wissen müssen, als er sich in der Uni-Bar, in der wir uns begegneten, geweigert hatte, ein Trinkspiel zu spielen.

Egal, zurück zu dem Abend. Jenem Abend.

»Oh, mach schon, Finn«, stöhnte Julie neben mir und sah auf ihr Baby hinunter.

Ich schob meine große Sonnenbrille bis zur Nasenspitze

herunter und spähte darüber hinweg auf das Neugeborene. »Trinkt er wieder nicht?«, fragte ich.

»Er kapiert's langsam, glaube ich«, antwortete Julie. Die dunklen Ringe unter ihren Augen waren nicht zu übersehen, ihr rotes Haar war plattgedrückt und kraus.

»Gut so, halt weiter durch.«

»Hast du durchgehalten?«

Ich stieß einen dramatischen Seufzer aus. »Leider haben die alten Dinger hier nicht genug Milch produziert«, sagte ich und zeigte auf meine Brüste. Greg und ich schauten uns an. »Ich hatte keine andere Wahl als die Flasche«, fügte ich hinzu.

Mike warf mir einen Blick zu. Okay, das war gelogen. In Wirklichkeit hatte ich massenhaft Milch gehabt – so viel, dass sie nachts herausgetropft war und mein seidenes Unterhemd durchnässt hatte. Aber ich hatte das Stillen gehasst, vor allem den Geruch meiner eigenen Milch. Doch das konnte ich ja schlecht sagen, oder? Man hätte die Stirn über mich gerunzelt, gerade in Queensbay mit seiner Vorliebe für Yoga und gesunde Lebensweise.

Ich gähnte erneut und warf einen Blick auf meine alte goldene Uhr. Es war schon nach acht.

»Entschuldige, ich langweile dich«, sagte Julie missbilligend.

Sanft berührte ich ihren Arm. Ja, die Frau langweilte mich. Aber das war nicht ihre Schuld.

»Überhaupt nicht!«, sagte ich. »Ich bin nur müde von der Hitze. Du machst das großartig, wirklich, meine Liebe.«

»Meinst du, ihr bekommt noch eins?«, fragte Julie.

Mike schaute mich an. Er wollte unbedingt noch ein

Kind. Aber ich konnte mir nichts Schlimmeres vorstellen und schauderte bei der Erinnerung an diese schwierigen, verwirrenden, von Krankheit geprägten ersten Monate in Beckys Leben. An die Gefühle. Die Tränen. Ich betete Becky an, mein perfektes Kind. Alles würde zurück auf Anfang gestellt, wenn ich noch ein Kind bekäme. Außerdem war da das kleine Problem, dass Mike und ich einander kaum noch berührten. Das hätte mich vielleicht beunruhigen sollen, doch in Wirklichkeit wollte ich niemanden berühren oder berührt werden. Die seltenen Male, die wir uns liebten, schreckte ich zurück und fühlte nichts, tat lediglich so, als ob, und wandte das Gesicht ab. Ich war früher sehr leidenschaftlich gewesen, hatte es geliebt, zu umarmen und umarmt zu werden. Aber so war es nicht mehr.

Ich seufzte und drehte mich wieder zu Julie. »Wir können keine Kinder mehr bekommen, hat man uns gesagt«, flüsterte ich, sodass Mike es nicht hören konnte. Die Lüge ließ mich erbeben. »Wir sprechen nicht gerne darüber, vor allem Mike nicht«, fügte ich hinzu und schnitt eine Grimasse. Erneut berührte ich ihren Arm. »Du bist eine der wenigen, denen ich das erzähle.«

»Das tut mir sehr leid«, flüsterte Julie zurück. Ich konnte ihr an den Augen ablesen, wie sich die Anteilnahme mit dem Stolz mischte, eine der Wenigen zu sein, die Bescheid wussten.

»Aber lass uns nicht darüber reden«, sagte ich und fächelte mir mit der Hand Luft zu. »Erzähl mir von dir.«

Während Julie sich in den Problemen ihrer wunden Brustwarzen erging, schob ich die Sonnenbrille wieder hoch, um zu verbergen, dass ich gar nicht zuhörte, sondern in Gedanken bei der Handlung meines neuesten Romans war.

Ein strenger Winter. Ein verschwundenes Mädchen. Ein wilder Mann. Eine Welt weit weg von hier.

Ach ja, das wäre schön.

»Selma!« Eine Stimme riss mich aus meinen Gedanken. Ärgerlich blickte ich auf, als eine rotgesichtige Frau in einem hellrosa Oberteil sich zwischen den Tischen hindurchdrängte. Sie gestikulierte wild, während ihr mürrischer Sohn ihr folgte.

Es war meine Kollegin Monica, die Büroleiterin, die jeden als beste Freundin ansah und alle, die zuhörten, mit intimen Details aus ihrem Leben versorgte, wie dem Zusammenbruch ihres Mannes, der Affäre ihrer Schwägerin und wie sehr sie in den letzten zwei Jahren unter Soor gelitten hatte. Ich tat mein Bestes, sie zu meiden und konnte mit ihrem sonnigen Gemüt nicht umgehen, vor allem Montagmorgens nicht. Doch in einem so kleinen Büro war das schwierig. Wir waren nur zehn und drängten uns in der obersten Etage einer kleinen umgebauten Scheune, wo wir für verschiedene Kunden Werbetexte zusammenschmierten. Gott sei Dank musste ich das nur drei Tage in der Woche ertragen.

»Hallo, Monica«, sagte ich mit einem angespannten Lächeln.

Ihr Sohn seufzte gelangweilt und verschränkte die Arme, während er aufs Meer hinaussah. Er war zehn, zwei Jahre älter als Becky, aber so groß wie sie, was alle, die Monica kannten, überraschte, denn sie war eine große Frau mit breiten Hüften und großen Brüsten. Das war etwas, das wir gemeinsam hatten: unsere Kurven – ein Kontrast zu den spindeldürren Frauen, aus denen die halbe Stadt zu bestehen schien.

»Oh, was ist Becky gewachsen!«, rief Monica und sah zu Becky hinüber, die inzwischen am Strand spielte. Ihre Stirn war sonnenverbrannt, Sommersprossen überzogen ihre kleine Nase, ihr langes blondes Haar war voller Sand und ihr Gesicht eisverschmiert. Mein Herz zog sich beim Anblick meiner wunderschönen, glücklichen Tochter zusammen. Alle erzählen einem von der Liebe, die man für sein Kind empfindet. Aber einige Mütter spüren sie im Wahnsinn der ersten Tage mit einem Neugeborenen nicht sofort. Doch wenn man sie spürt, verdrängt sie alle anderen Arten von Liebe. Selbst mir als Schriftstellerin fällt es schwer, sie zu beschreiben.

Ich winkte meine Tochter herbei und empfand plötzlich das verzweifelte Bedürfnis, sie in den Arm zu nehmen. Becky bahnte sich ihren Weg zwischen den Tischen, warf sich in meine Arme, legte ihre Wange an meinen Hals und die Liebe zu ihr überwältigte mich.

»Sie ist wirklich gewachsen«, antwortete ich und beugte mich vor, um ihr einen Kuss auf den Kopf zu geben. »Sie scheint jeden Tag größer zu werden.«

»Ich wünschte, bei Nathan wäre das auch so«, sagte Monica seufzend, während sie ihren Sohn ansah. »Es ist verblüffend, wenn man bedenkt, was er an Essen verputzt – und trotzdem, sieh ihn dir an!«

»Halt die Klappe, Mum«, zischte ihr Sohn im Flüsterton. Monicas Gesicht zuckte verletzt, und ob ich es wollte oder nicht, mir tat die Frau leid. Monica hatte mir – und allen, die es hören wollten – von den Problemen erzählt, die sie mit Nathan in der Schule hatte, von den Kämpfen, auf die er sich einließ, und dem Getuschel hinter ihrem Rücken. Auch Becky hatte gelegentlich davon erzählt.

Ich sah zu meiner Tochter hinunter, strich ihr über das weiche Haar und überlegte, wie glücklich ich war, dass ich sie hatte. Manchmal war sie eine Herausforderung, wie so viele Kinder. Aber sie war wirklich ein liebes Mädchen.

»Wie verkauft sich das Buch?«, fragte Monica, und ihr Gesicht leuchtete vor Aufregung.

»Gut«, antwortete ich lässig. Ich nippte schnell an meinem Gin, das Eis klirrte mir gegen die Zähne. »Über die genauen Verkaufszahlen erfährt man als Autor nicht so viel.«

»Nicht mal zwei Jahre, nachdem es erschienen ist?«, meldete Greg sich zu Wort.

Ich verkrampfte mich leicht. »Nein«, antwortete ich und trank schnell noch einen Schluck Gin.

»Und wann erscheint das nächste?«, fragte er.

Alle Blicke richteten sich auf mich, und ich spürte, wie ich rot wurde. Gewöhnlich liebte ich Aufmerksamkeit, aber nicht, wenn es um die Verkaufszahlen ging. »Ich werde es bald meinem Verleger vorstellen«, antwortete ich, so fröhlich ich konnte.

Mike runzelte die Stirn. »Wirklich?«

»Ja, *wirklich*, Liebling«, sagte ich.

»Wie aufregend!«, rief Monica. »Wart's ab – du wirst die nächste Danielle Steel!«

Mike schnaubte, und ich warf ihm einen vernichtenden Blick zu. »Vielleicht irgendwann mal«, sagte ich und zwang mich zu einem Lächeln. *Wenn mein Mann verdammt noch mal etwas optimistischer wäre, was meinen Erfolg angeht*, hätte ich gerne hinzugefügt.

»Mum, nun komm endlich«, stöhnte Nathan ungeduldig. »Es wird gleich dunkel.«

Wir sahen alle zur Sonne hin, die inzwischen tief am Himmel stand und bald untergehen würde.

»Richtig, wir gehen jetzt lieber«, sagte Monica. »Nathan besteht auf einem Eis. Wir sehen uns nächste Woche in der Arbeit!« Sie winkte mir nervös zu und ging, blieb jedoch noch einmal stehen, um mit jemandem zu reden, während ihr Sohn frustriert die Hände zu Fäusten ballte.

Becky sprang von meinem Schoß und rannte wieder zum Strand, um mit ihrer Freundin zu spielen. Ich nutzte die Gelegenheit, die Augen hinter der Sonnenbrille zu schließen, und versuchte, zu dem Moment des Friedens zurückzufinden, den ich vorhin empfunden hatte. Doch dann spürte ich einen Ellenbogen, der mich anstieß. Verärgert über die Störung öffnete ich die Augen und beobachtete, wie Julie sich nach dem Musselintuch streckte, das auf dem Boden gefallen war. Sie hielt das Baby an ihre von blauen Venen durchzogene Brust gedrückt.

»Komm, lass mich das machen«, sagte ich und beugte mich hinunter, um das Tuch für sie aufzuheben.

Als ich es ihr zurückgab, fiel mein Blick auf einen Mann, der bei den Kreidefelsen stand. Er war groß, über 1,80 Meter, langgliedrig und sonnengebräunt, sein blondes Haar reichte ihm bis zu den Schultern, und er hatte einen goldenen Bart. Am Arm trug er eine Reihe geflochtener Armbänder und seine blauen Shorts waren an der Tasche eingerissen. Er trug einen großen Rucksack mit einem Aufnäher, auf dem ein starres Auge zu sehen war.

Der Mann drehte sich um, als hätte er gespürt, dass ich ihn ansah. Er hielt meinem Blick stand, und mir stockte der Atem.

Dann gellte ein Schrei durch die Luft.

2

Selma

Mike hörte auf zu reden, Greg und Julie ebenfalls, als ein zweiter Schrei erklang. Andere Gäste standen von ihren Tischen auf und schirmten die Augen mit der Hand ab, um auf das Meer hinauszusehen.

Ich folgte ihren Blicken und sah eine Frau zum Rand des Wassers rennen, ihr hellrosa Oberteil flatterte in der Brise, als sie die sonnengebräunten Arme schwenkte.

Es war Monica.

»Mein Sohn!«, rief sie. »Er ertrinkt! Jemand muss ihm helfen, ich kann nicht schwimmen!«

Ich guckte in die Richtung, in die sie zeigte, und sah einen kleinen Kopf aus den Wellen auftauchen und wieder verschwinden.

»Mein Gott, er ist im Meer«, sagte ich.

Greg sprang auf und kickte seine Schuhe weg. »Ich geh rein.«

Julie griff nach seiner Hand. »Sei vorsichtig!«

Greg sah zu mir herüber, dann wieder zu seiner Frau. »Alles okay«, sagte er und lief zum Strand hinunter. Ich stieß Mike an, und er seufzte und folgte widerwillig seinem

Freund. Die untergehende Sonne färbte sein kahl werdendes Haupt rot.

»Mein Gott, wie entsetzlich«, sagte Julie und drückte den kleinen Finn an sich.

Ich stellte mir Becky da draußen vor, wie ihr kleiner Körper von den Wellen verschlungen wurde, und mir wurde vor Entsetzen ganz schwindelig.

»Komm zu mir, Liebling«, rief ich ihr zu.

Becky sprang auf und kam zu mir herübergerannt. »Was ist los, Mummy?«, fragte sie, als ich sie an mich drückte und ihr einen Kuss auf den Scheitel gab.

»Der dumme Nathan ist im Meer, obwohl er das nicht darf«, antwortete ich.

»Die arme Frau«, sagte Julie und starrte Monica an, die verzweifelt im flachen Wasser stand. »Kennst du sie gut?«

»Nur von der Arbeit.« Ich beobachtete Monica, wie sie in die Wellen hineinmarschierte. Tränen liefen ihr übers Gesicht. Dann sprang sie ängstlich wieder zurück. Sie nervte mich, doch wie sie versuchte, ihre offensichtliche Angst vor dem Wasser zu überwinden, die Panik in ihrem Gesicht …

»Pass du auf Becky auf, ja?«, sagte ich zu Julie. Ich stand auf, alles in meinem Kopf drehte sich plötzlich von dem Gin, dann bahnte ich mir einen Weg zwischen den Tischen und Stühlen hindurch.

»Oh, Selma!«, rief Monica, als ich bei ihr war, und umklammerte meine Hand. »Was, wenn sie ihn nicht kriegen?«

»Alles wird gut gehen, guck mal, die vielen Leute, die ihm helfen!«

Als ich das sagte, sah ich den Mann, den ich bei den

Kreidefelsen gesehen hatte, zum Wasser gehen. Er war ruhiger als die anderen, doch seine langen Schritte hielten mit ihren mit. Direkt vor ihm folgte Mike Greg ins Wasser, plantschte ungeschickt in die Wellen und fiel fast hin. Greg drehte sich um, um ihm zu helfen. Doch der Mann marschierte mühelos ins Meer, die letzten Strahlen der untergehenden Sonne beleuchteten seine Umrisse.

»Oh Gott, ich kann meinen Jungen nicht sehen. Siehst du ihn?«, fragte Monica. Ihre Finger krallten sich in meinen Arm, und sie wurde blass. »Es wird so dunkel!«

Ich trat einen Schritt vor und kniff die Augen zusammen, um besser sehen zu können. Monica hatte recht, es war inzwischen schwer, Nathan auszumachen. Die Sonne war untergegangen, der Himmel war indigoblau. Doch ich sah den Mann, sein Haar glänzte wie Silber in der zunehmenden Dunkelheit. Während die anderen Möchtegernretter ziemlich planlos waren, wirkte er gelassen.

Er schien nahezu auf den Wellen zu gehen.

»Geht dieser Mann auf dem Wasser?«, sprach eine Frau in der Nähe aus, was ich dachte. Andere Leute lachten nervös, aber ich wusste, dass sie das Gleiche sahen.

Ich trat noch ein paar Schritte vor, mein Herz klopfte, während meine Blicke weiter auf den Mann gerichtet waren, auf seine sonnengebräunten Waden, seine Knöchel … und auf seine Füße. Es sah tatsächlich so aus, als wäre das Wasser Eis, und er würde einfach darübergehen.

»Jesus«, flüsterte ich vor mich hin.

Stille legte sich über die Bucht, auch die anderen waren sich eindeutig nicht sicher, was sie da sahen.

»Da muss das Licht uns einen Streich spielen«, brach

ein Mann das Schweigen. Doch ich konnte den Zweifel in seiner Stimme hören.

Der Mann blieb stehen, beugte sich vor und zog etwas hoch.

»Er hat ihn!«, rief jemand. Ein nervöses Jubeln ging durch die Menge.

Monica sackte gegen mich und weinte vor Erleichterung, während wir zusahen, wie der Mann zum Ufer zurückkam. Der Junge in seinen Armen schien schwerelos. Der Mann ging jetzt eindeutig im Wasser; vielleicht war es wirklich nur eine Täuschung des Lichts gewesen.

Die Leute beobachteten ihn mit offenem Mund, als er in der Dunkelheit auf uns zukam.

»Mummy!«, schniefte Nathan und streckte die Arme nach seiner Mutter aus. Sie nahm ihn dem Mann ab und vergrub ihr Gesicht in dem nassen Nacken ihres Sohns, während sie auf den Sand sank.

Der Mann sah mich an. Etwas passierte zwischen uns, etwas, das ich nicht richtig ausmachen konnte. Dann beugte er sich hinunter, nahm seinen Rucksack und verschwand in der Nacht. Der Klang von Sirenen erfüllte die Luft.

»Kanntest du den Mann, Mummy?«, fragte Becky und sah mit ihren wissenden blauen Augen zu mir hoch.

»Nein, Liebling, das war ein völlig Fremder.«

3

Becky

Sussex, Großbritannien
1. Juni 2018

»Er ist ein völlig Fremder, Kay!«, sagt Becky, während sie in ihrem Kalender die Details zu ihrem nächsten Termin studiert. »Ich werde mich auf keinen Fall mit ihm treffen.«

»Da ist doch bloß eine Party, da sind jede Menge anderer Leute«, kontert Kay. Die Brille rutscht ihr von der Nase, ihre weiße Bluse ist nach einem turbulenten Tag in der Praxis fleckig und zerknittert.

»Falls du mir vorschlagen willst, dass er mich vorher abholt und auf einen Drink einlädt, ist das ganz klar ein Date«, sagt Becky. »Summer muss sich ohnehin noch von der Operation erholen. Ich kann sie nicht alleine lassen.«

»David ist doch gleich nebenan! Außerdem ist das vierzehn Tage her, und du weißt besser als jeder andere, dass sie inzwischen wieder völlig wiederhergestellt ist.« Kays Gesicht wird ernst. »Ich weiß, dass das nur eine Ausrede ist. Egal, wie sehr ich deine Köter mag, drei Hunde sind kein Ersatz für menschliche Gesellschaft, vor allem nicht für eine attraktive vierunddreißigjährige Frau wie dich.«

»Es tut mir leid, da muss ich dir widersprechen.« Becky beugt sich vor, legt ihrer Freundin die Hand auf die Schulter und lächelt. »Ich weiß deine Versuche zu schätzen, mich zu verkuppeln, aber ich bin ganz zufrieden damit, wie es ist, danke.«

Kay verschränkt die Arme vor der Brust und sieht sie misstrauisch an, als die Türklingel geht.

»Perfektes Timing«, sagt Becky mit einem Zwinkern, als eine Frau mit einer Plastikbox in der Hand hereinkommt, gefolgt von einem etwa achtjährigen Mädchen. Becky beugt sich hinunter und lächelt sie an. »Du musst Jessica sein. Und das ist Stanley?«, sagt sie und zeigt auf die Box. Das Mädchen nickt schüchtern. »Kommt rein, uns hat jemand abgesagt, sodass wir ausnahmsweise einmal gut in der Zeit liegen.«

Becky führt sie in das winzige Behandlungszimmer. Es ist eine kleine Praxis in einem Backsteingebäude am Rand eines großen Felds, hier arbeitet sie als Ärztin, zwei Tierarzthelferinnen, die sich eine Stelle teilen, ein weiterer Arzt, der stundenweise arbeitet, und Kay, Empfangsdame und Buchhalterin der Extraklasse. Mehr als genug für das kleine Dorf, in dem sie leben.

Die Frau stellt die Plastikbox auf den Behandlungstisch und öffnet sie.

Becky sieht lächelnd hinein. »Was für ein schönes Tier«, ruft sie.

Das Mädchen strahlt vor Stolz, während die Mutter das Aquarium vorsichtig aus der Box hebt. Becky beugt sich hinunter und sieht sich den Goldfisch an, seine transparente orange Haut, die Kugelaugen und das sich bewegende Maul. Ein Kommilitone von ihr hat Goldfische als Zeitverschwendung bezeichnet. Wenn er sehen könnte, wie das kleine Mädchen diese Zeitverschwendung gerade ansieht, würde er vielleicht verstehen, dass Goldfische – wie alle anderen Tiere auch – alles andere als Zeitverschwendung sind.

Vielleicht würde er es auch nicht verstehen. Schließlich hatte er etwas von einem oberflächlichen Idioten an sich gehabt.

»Es freut mich, dass du ihn hergebracht hast«, sagt Becky.

Das kleine Mädchen verschränkt die Arme und runzelt die Stirn. »Es ist eine *Sie*.«

Becky sieht zu der Mutter hin, die leicht die Achseln zuckt.

»Aha. Eine Sie. Entschuldige«, sagt Becky. »Nun, ich kann dir schon jetzt sagen, dass es nichts Ernstes ist. Du hast sie rechtzeitig hergebracht.«

»Was fehlt Stanley denn?«, fragt das Mädchen.

Becky zeigt auf die kleinen weißen Punkte auf Stanleys Flosse. »Sie hat Flossenfäule«, erklärt sie. Die blauen Augen des Mädchens werden ganz groß. »Aber es besteht kein Grund zur Sorge«, fügt Becky schnell hinzu. »Dank deiner Umsicht wird es Stanley bald wieder gut gehen.«

Das Mädchen lächelt, und ihr kleines Gesicht leuchtet auf.

Ihre Mutter drückt ihre Schulter. »Siehst du? Was hab ich dir gesagt?«

Becky beobachtet sie und kann nicht verhindern, dass sie einen Hauch von Eifersucht verspürt. »Also«, sagt sie und räuspert sich, »habt ihr Salz zu Hause?«

Das Mädchen sieht zu seiner Mutter hoch, die nickt.

»Gut. Damit werden wir Stanley behandeln. Gib jeden

Tag ein paar Teelöffel Salz ins Aquarium und innerhalb einer Woche ist sie wieder fit.« Becky dreht sich um und tippt ein paar Notizen in ihren Computer. »Es ist gut, dass Stanley so eine liebevolle Besitzerin hat. Fische sind sehr wichtig. Du weißt doch, dass sie zuerst auf der Welt waren, noch vor uns Menschen, sogar noch vor den Dinosauriern? Und wie du siehst, gibt es sie noch immer«, sagt sie und zeigt auf das Aquarium. »Eine beachtliche Leistung.«

»Sie sind die besten Haustiere der Welt«, sagt das Mädchen ruhig, während ihre Mutter das Aquarium zurück in die Box hebt.

»Da stimme ich dir zu«, sagt Becky. »Obwohl das meine drei Hunde womöglich verärgern könnte. Ich denke, Stanley ist für heute fertig. Ruf an, wenn es Probleme gibt.«

»Sie waren großartig, danke«, sagt die Mutter des Mädchens, als sie die Praxis verlassen. »Sag danke, Jess.«

»Danke«, sagt das Mädchen schüchtern.

»Es war mir ein Vergnügen.«

Als sie gegangen sind, geht Becky zurück ins Behandlungszimmer und lässt sich gähnend auf ihren Stuhl fallen. Sie liebt es, am Ende eines Arbeitstages einfach die Augen zu schließen und einen Moment zu entspannen. Sie hat ihr Bestes getan, um das Behandlungszimmer so gemütlich wie möglich zu gestalten. Eine Wand hängt voller Dankesschreiben von ehemaligen Patienten; auf ihrem kleinen, aufgeräumten Schreibtisch stehen Fotos ihrer drei dürren Suki-Whippet-Mischlinge Summer, Womble und Danny und über dem Schreibtisch hängt ein Bücherregal mit einer breiten Auswahl an medizinischen Fachbüchern. Aber darunter stehen auch einige Liebesromane, die Patienten

Becky geschenkt haben, nachdem Kay hat durchblicken lassen, dass Becky insgeheim ein Fan von Liebesromanen ist. Inzwischen sind die Bücher, die sie von ihren Stammpatienten zu Weihnachten bekommt oder von einem Tierfreund, der ihr danken möchte, ein Running Gag. Becky liebt diese Geschichten und verschlingt sie, wann immer sie Zeit dazu hat. Aber das ist es auch schon mit der Romantik in ihrem Leben. Vor zehn Jahren hat ihr Freund, den sie seit der Schulzeit hatte, kurz vor ihrem Zehnjährigen Schluss gemacht. Seitdem hat es eine Reihe von schlechten Dates gegeben, doch in der letzten Zeit hat sie immer öfter gedacht, dass ein Leben nur mit den Hunden perfekt sein könnte, trotz allem, was Kay denkt.

Beckys Blicke wandern zu dem Foto am Ende der Bücherreihe. Es zeigt sie am Tag der Abschlussfeier der Tierärztlichen Fakultät vor fünf Jahren. Ihr Vater steht steif neben ihr, einen Anflug von Stolz im Gesicht. Sie sollte eigentlich auch stolz sein, wenn sie dieses Foto ansieht, doch stattdessen denkt sie oft daran, wer an diesem Tag *nicht* da war: ihre Mutter.

Becky schiebt die Gedanken an sie weg und konzentriert sich auf ihren Vater. Wie sehr sie ihn vermisst, selbst ihre Mittagessen, die sie schweigend miteinander eingenommen haben. In den vielen gemeinsamen Jahren haben sie sich wohlgefühlt miteinander. Wenigstens ist er jetzt glücklich. Das ist wichtig, auch wenn er mit seiner zweiten Frau, Cynthia, weit weg in Wales lebt.

Becky lächelt über das stolze Gesicht ihres Vaters auf dem Foto, dann greift sie nach dem hellblauen Rucksack, wirft ihn sich über die Schulter und geht zur Anmeldung.

»Das war die letzte Patientin für heute, Gott sei Dank«, sagt Kay, steht auf und streckt sich. »Diese Woche ist mir endlos lang vorgekommen. Das muss an der Hitze liegen. Hast du Pläne fürs Wochenende?«

Becky zuckt mit den Schultern. »Das Übliche.«

»Lange Spaziergänge. Abendessen für einen …«

»Für vier«, unterbricht Becky sie.

»Ach ja, die Hunde. Und, lass mich raten, ausgiebig Zeit zum Lesen?«

Becky lacht. »Du kennst mich gut.«

»Du weißt, dass du jederzeit vorbeischauen kannst, wenn du dich einsam fühlst.«

»Danke, aber ich fühle mich nicht einsam, ehrlich nicht.«

Kay sieht sie misstrauisch an. »Egal, denk daran, dir ein neues Kleid für meine Party nächsten Monat zu kaufen.« Becky will etwas sagen, doch Kay hebt abwehrend die Hände. »Ich weigere mich, mir irgendwelche Ausreden anzuhören. Ich werde fünfzig. *Fünfzig!* Wenn du mich wirklich so gern magst, wie du immer sagst, dann kommst du. Außerdem hast du die Chance, die Familie kennenzulernen, über die ich jeden Tag lästere!«

Becky lächelt zaghaft. Sie kann sich nichts Schlimmeres vorstellen als eine große Familienfeier, selbst wenn sie für ihre Freundin ist. »Ich muss sehen, wie es Summer geht.«

»Das nehme ich mal als Ja«, sagt Kay mit einem Zwinkern.

Sie lachen und folgen der abendlichen Routine: Licht aus und Praxis abschließen. Dann treten sie in die Hitze des Abends hinaus. Vor ihren erstreckt sich das Feld.

»Ein schönes Wochenende!«, ruft Becky, als Kay den

Weg hinunterflitzt, zweifellos in Eile, nach Hause zu kommen, um eins ihrer Teenagerkinder zum Fußball oder zur Tanzstunde zu bringen.

Becky hat keinen Grund zur Eile. Sie bleibt einen Moment stehen und atmet die warme, nach Blumen und Gräsern duftende Luft ein. Das ist einer der Vorteile, wenn man nicht zu jemandem nach Hause eilen muss, denkt sie. Sie kann sich Zeit für die einfachen Dinge nehmen und die Schönheit dieses heißen Sommerabends einatmen.

Nach einer Weile schlägt sie den Weg über die Felder ein und folgt dem Pfad, den die Hundebesitzer ins Gras getreten haben. Kay wohnt nahe der gepflasterten Hauptstraße, fünf Minuten in die andere Richtung, doch Becky lebt abgeschieden in einem der vier Cottages, die in einer Reihe stehen und das Feld überblicken. Alle Cottages sind klein, haben aber große Gärten, deren Tore direkt aufs Feld führen, ideal für Hunde. Sie erinnert sich noch, wie sie und ihr Dad, kurz nachdem ihre Mutter sie verlassen hatte, auf dem Weg zu ihrem neuen Zuhause durch genau dieses Dorf gefahren sind. Das ist inzwischen fünfundzwanzig Jahre her. »Das ist ein schönes Dorf«, hat Becky damals zu ihm gesagt.

»Zu klein«, hatte er geantwortet. »Busby-on-Sea ist sehr viel besser, du wirst sehen. Es gibt sogar ein Freizeitzentrum. Und außerdem wohnen deine Großeltern dort.«

Ein Dorf mit nur einem Geschäft und ohne Freizeitzentrum waren ihr damals schon perfekt erschienen. Doch sie hatte gewusst, dass ihr Vater Familie um sich brauchte. Sie erinnert sich, ihn gefragt zu haben, wann ihre Mutter nachkommen würde. Sie hatte zwar gewusst, sie würde nicht kommen, »das Gespräch« war erst zwei Wochen her gewesen. Aber Becky hatte trotzdem fragen müssen, nur um sicherzugehen.

»Mummy bleibt in Queensbay, das weißt du doch?«, hatte ihr Vater geantwortet und dabei traurig und ärgerlich zugleich ausgesehen. »Aber sie kommt zu Besuch. Ich glaube, du wirst dich in Busby-on-Sea wohlfühlen. Das glaube ich wirklich, Becks.«

Als Becky daran denkt, meldet sich eine weitere Erinnerung. An den Klang der Wellen. Den Sand zwischen den Zehen. An ihre Mutter, die lächelnd zu ihr herunterblickt, die Nase voller Sommersprossen von der Sonne, die blauen Augen leuchtend.

»Ich glaube, du wirst dich hier wohlfühlen, das glaube ich wirklich.«

Und hinter ihr der Eingang einer Höhle.

»Becky!« Die Erinnerung versiegt, als ein Paar um die siebzig auf sie zukommt. Ihr goldbrauner Labrador springt auf sie zu, um sie zu begrüßen, einer ihrer vielen Patienten.

Sie bleibt stehen, beugt sich hinunter und drückt ihre Nase gegen die nasse Nase des Hundes. »Hallo, Sandy!«, sagt sie. »Was macht dein Ohr?«

»Es ist besser, dank Ihnen, Becky«, sagt die Frau, bereits im Weitergehen. Offensichtlich sind sie und ihr Mann auf dem Weg irgendwohin und Sandy folgt ihnen. Becky fragt sich, wohin sie gehen. Vielleicht zu einem Essen mit Freunden. Ins Kino. Oder auch nur zu einem Film zu zweit zu Hause. Sie haben einander, was immer auf sie wartet. Becky spürt die Einsamkeit wie einen plötzlichen stechenden Schmerz und denkt daran, was Kay vorhin gesagt hat.

Aber sie hat unrecht, Becky fühlt sich nicht einsam. Wann immer sie sich Gesellschaft wünscht, muss sie nur hier hinaus aufs Feld gehen, wo sie mit Sicherheit irgendeinen Dorfbewohner mit seinem Hund trifft. Man hat hier ein ausgeprägtes Gemeinschaftsgefühl. Ihr Dad hatte das anders gesehen, als sie ihm vor vier Jahren gesagt hatte, dass sie aus Busby-on-Sea wegziehen würde, dem Ort, der seit ihrem achten Lebensjahr ihr Zuhause gewesen war. Doch sie hatte die Unabhängigkeit gebraucht, selbst wenn ihr neuer Wohnort nur eine Autofahrt von zwanzig Minuten entfernt lag. Und ihr Vater hatte seine Unabhängigkeit auch gebraucht. Nachdem Becky ausgezogen war, hatte er den Kontakt zu seiner alten Freundin Cynthia verstärkt. Und jetzt waren sie verheiratet!

Becky kommt zum Ende des Felds und bleibt an dem Zaun stehen, der die vier großen Gärten der Cottages abtrennt. Ihr Cottage liegt am Ende der Reihe und sieht mit seinen geweißten Wänden und dem Reetdach genauso aus wie die drei anderen.

In dem Garten neben ihrem sitzt David in einem Sessel und liest in einem Buch. Sein Cavalier King Charles Spaniel Bronte liegt zu seinen Füßen und Beckys drei Lurcher haben sich in der Abendsonne auf dem Rasen ausgestreckt. Summer hat kurzes kastanienbraunes Fell und große braune Augen mit langen Wimpern. Danny ist schwarz wie die Nacht, langhaarig und schön. Womble ist der Längste und Größte der drei – grau, neugierig und der schnellste Hund, der ihr je untergekommen ist. Alle sind Streuner, die zur Behandlung in die Praxis gebracht und von Becky gerettet wurden, die eine Schwäche für »Dürre« hat, wie sie sie nennt. Der armen Summer ging es am schlechtesten, sie war von der Polizei abgeliefert worden, nachdem sie, wie per Anzeige dokumentiert, mit einem Seil an der Stoßstange festgebunden worden war, um hinter dem Auto her möglichst schnell zu laufen. Heute noch hat sie Angst vor Fremden und versteckt sich hinter Beckys Beinen, wenn sich ihr jemand anders als David nähert.

Summer sieht Becky als Erste, als sie das Tor zu Davids Garten öffnet. Die Hündin steht vorsichtig auf, streckt sich und humpelt zu Becky hinüber. Sie trägt immer noch den Verband von der Operation, mit der Becky ihr gebrochenes Bein gerichtet hat, und vergräbt ihre Nase in Beckys Bauch.

»Hallo, mein Schatz«, sagt Becky, streichelt sie und beugt sich vor, um ihr einen Kuss auf den Kopf zu geben, während sich die Ohren der anderen Hunde beim Klang ihrer Stimme aufrichten. Auch sie springen auf und tappen herüber.

»Summer war die reinste Katastrophe heute«, sagt David mit einem Lächeln, das zeigt, wie sehr er diese Katastrophe geliebt hat. Er ist in den Sechzigern, groß, hat kurzes graues Haar und ein spitzbübisches Lächeln. Er ist vor vier Jahren, nur wenige Monate nach Becky, hergezogen und über ihre Liebe zu Tieren haben sie sich auf Anhieb verstanden. Sie sprechen meistens über Hunde, aber David hat einmal erwähnt, dass er und seine Frau sich vor vielen Jahren getrennt haben und dass es eine gemeinsame Tochter gibt, die im Ausland lebt.

»Danke, dass du auf sie aufgepasst hast«, sagt sie mit einem Lächeln.

»Es ist mir immer ein Vergnügen.«

Gelegentlich nimmt sie die Hunde mit in die Praxis, aber es ist nicht leicht, drei große Hunde auf so kleinem Raum zu beschäftigen. Meistens passt David auf sie auf und kommt in den Pausen mit ihnen vorbei.

Becky beugt sich vor und tätschelt Brontes Kopf. Die klopft mit ihrem federweichen Schwanz leicht auf den Boden, dann legt sie ihr kleines Kinn wieder auf die Pfoten. Sie ist eine weitere gerettete Hündin, die man vor zwei Jahren in die Praxis gebracht hat, eine ehemalige Zuchthündin, die der Züchter nach einer Infektion loswerden wollte. David hatte sofort Gefallen an ihr gefunden, und nachdem sein letzter Cockerspaniel gestorben war, hatte er sie schließlich adoptiert.

»Dann auf nach Hause«, sagt Becky, während sie auf ihren Oberschenkel klopft und in Richtung des Zauns geht, der ihre beiden Gärten voneinander trennt.

»Lust auf eine Tasse Tee?«, ruft David ihr hinterher.

»Morgen«, ruft sie zurück. »Ich bin so erschöpft, ich denke, ich gehe direkt nach dem Abendessen ins Bett.«

Er lacht. »Du arbeitest zu viel.«

Becky steigt über den Zaun, gefolgt von den Hunden, und betritt ihr Cottage. Alle drei Hunde sprinten sofort in den hinteren Teil des Hauses zu ihren Fressnäpfen, während sie sie ungeduldig ansehen, begierig auf ihr Abendessen.

»Okay, okay, lasst mir mal eine Minute Zeit!«, ruft Becky.

Sie wirft ihre Schlüssel auf die Treppe und geht durch die kleine Diele in die Küche, die überraschend geräumig ist, wenn man bedenkt, wie klein das Cottage ist, sie bietet genug Platz für einen großen Kieferntisch in der Mitte des Raumes.

Becky füttert die Hunde, dann bereitet sie ihr eigenes Abendessen zu, eine schnelle Chinapfanne. Als sie mit Kochen fertig ist, tut sie sich auf und geht mit ihrem Essen und einem Buch – einem weiteren Liebesroman – auf die Terrasse hinaus. David ist inzwischen ins Haus gegangen. Becky lehnt sich auf ihrem Stuhl zurück und blinzelt zur Sonne hoch. Sie mag diese Tageszeit, wenn es noch warm genug ist, um draußen zu sitzen, aber kühl genug, dass sie sich keine Sorgen machen muss, mit ihrer hellen Haut einen Sonnenbrand zu bekommen. Ein Vogel schwingt sich in die Höhe – und fliegt vielleicht nach Kent, wo sie früher gelebt hat.

Das Telefon klingelt und stört sie in ihren Gedanken. Sie seufzt. Warum passiert das immer gerade dann, wenn sie sich zum Essen hingesetzt hat? Sie stellt den Teller ab und steht auf, dann geht sie schnell nach drinnen und greift nach dem Hörer.

»Hallo?«

»Becky?«

Die Stimme ist schwach, kaum zu verstehen. Sie hat sie seit Jahren nicht gehört, aber sie erkennt sie sofort. Diese Stimme hat sich in ihr Herz gebrannt.

»Mum?«

4

Selma

»Mummy?«

Ich knabberte an meinem Stift herum, während ich auf das Meer hinausschaute und Revue passieren ließ, was gestern Abend passiert war. Ich hatte die ganze Nacht von dem unbekannten Mann geträumt, heiße, fiebrige Träume, wie sie wahrscheinlich die halbe Stadt geträumt hatte.

»Mummy!«

Ich sah Becky an. »Entschuldige, Liebling, ich war mit meinen Gedanken woanders.«

»Ist der Mann *wirklich* auf dem Wasser gegangen, wie alle sagen?«

»Natürlich nicht!«, rief Mike über die Schulter hinweg. »Wenn die Leute sich langweilen, bilden sie sich Dinge ein.«

Ich lächelte vor mich hin und klappte meinen Notizblock zu. »Ja, Daddy hat natürlich recht, nur gelangweilte Leute erfinden so etwas.«

Becky sah enttäuscht aus. »Ich hab immer noch Hunger, Daddy«, zwitscherte sie und schob ihr halb gegessenes Müsli zur Seite.

»Du hast ja kaum was von deinem Müsli gegessen«, sagte ich.

Becky zuckte mit den Schultern. »Es schmeckt mir nicht.«

»Du kannst ein paar Erdbeeren haben«, sagte Mike.

Becky runzelte die Stirn und verschränkte die Arme. »Nein, ich will Schokolade.«

Ich beugte mich zu ihr hin. »Vielleicht wenn Daddy weg ist«, flüsterte ich.

Mike warf mir einen missbilligenden Blick zu. »Obst oder gar nichts«, sagte er und griff nach seinen Autoschlüsseln. Er gab Becky einen Kuss auf den Kopf und winkte mir zu, bevor er ging. Es hatte einmal eine Zeit gegeben, da hatte er mich geküsst, bevor er zur Arbeit gefahren war, aber das tat er nicht mehr. Sollte ich deshalb traurig sein? Ich war es nicht. Ich fühlte nichts.

Als ich mir sicher war, dass er weg war, ging ich zum Schrank, holte das Schokomüsli heraus und blinzelte der kichernden Becky zu. »Aber du musst schnell machen, wir müssen bald los zur Schule.«

Fünf Minuten später waren wir auf dem Weg. Es war ein windiger Tag, aber warm, der Himmel war blau, die Sonne schien, und das Meer leuchtete. Die Menschen gingen zur Arbeit oder lieferten ihre Kinder in der Schule ab, sie trugen Shorts und T-Shirts, Sandalen und Flipflops.

Beckys Schule lag am Fuß eines Hügels, nur fünf Minuten von unserem Haus entfernt. Beim Zeitschriftenhändler sah ich die Überschrift *Großbritanniens Wirtschaft an einem historischen Tiefpunkt.* Ich blickte in Richtung der großen Finanzberatung, in der Mike zusammen mit Greg arbeitete. Im Vorjahr hatte es Gerüchte über Entlassungen gegeben, aber es war nichts passiert. Und wenn Mike jetzt entlassen wurde? Würde ich dann wieder ganztags arbeiten müssen?

Der Gedanke machte mir Angst.

Es wäre besser, wenn ich meinen Job als Senior-Texterin verlieren würde. Mein Dreitagejob brachte ohnehin nicht viel ein.

Kurz vor der Schule setzte ich die Sonnenbrille auf und zog die Träger meines roten Seidenoberteils zurecht, um meine BH-Träger zu verdecken. Mein schwarzer Rock war knielang. Alle um mich herum trugen Pastellfarben, aber ich fiel gerne auf: Blutrot und Tiefschwarz, Azurblau und Smaragdgrün. Ich hatte dazu passende Ohrringe und manchmal auch Halsketten.

Als wir an der kleinen Grundschule ankamen, die in einem viktorianischen Gebäude untergebracht war, stellte ich fest, dass einige Eltern bereits plaudernd am Tor standen. Ich hasste die Tratscherei vor der Schule, vor allem in der letzten Zeit, wo es so oft um die Rezession ging. Meistens erfand ich Ausreden, um nicht zu bleiben: ein Mittagessen mit meinem Verleger in London; eine Signierstunde in Kent; irgendein Rundfunk- oder Fernsehinterview. Ich drückte mich gerne vage aus, sodass man nicht nachprüfen konnte, ob ich die Wahrheit sagte oder nicht. Manchmal, wenn ich einen schlechten Schreibtag oder von meiner Agentin wieder mal eine Honorarabrechnung mit Minuszahlen bekommen hatte, blieb ich und sonnte mich in dem unvermeidlichen Ruhm, die einzige veröffentlichte Autorin der Stadt zu sein. Manchmal brauchte ich die Fragen, die mich sonst ärgerten, und die erfundenen Erfolgsgeschichten, um meine Enttäuschung auszulöschen.

»Da ist sie!«, rief eine schlanke brünette Frau namens Haley. Sie war eine der wenigen Mütter, die ich ertragen konnte, außerdem arbeitete sie in der Stadtbücherei, was für mich von Vorteil war, weil sie mich mehr Bücher als die üblichen acht ausleihen ließ. »Du hast es doch von ganz Nahem gesehen, nicht?«, fragte sie mich, als ich bei der Gruppe war.

»Was gesehen?«, fragte ich. Ich wusste natürlich genau, was sie meinte. Aber ich genoss die Neckerei.

»Den Mann, der dem Jungen gestern Abend das Leben gerettet hat«, sagte eine der anderen Mütter, eine schüchterne Frau namens Donna. Sie trug eine weite beigefarbene Bluse und schwarze Leggins. Sie stand mit hängenden Schultern da und hatte die Arme um den Leib geschlungen.

»Ach das«, seufzte ich gelangweilt. Es ärgerte mich fast ein wenig, dass die anderen auch etwas gesehen hatten. Wenn ich mit Monica und ihrem Sohn allein am Strand gewesen wäre, hätte ich die Geschichte ausschmücken können: mit einer Mund-zu-Mund-Beatmung vielleicht.

»Soweit ich gehört habe, ist der Mann obdachlos«, sagte eine der anderen Mütter gedehnt. Es war Cynthia, das Gymnastikhäschen, wie ich sie nannte. Sie trug ihr blondes Haar zu einem hohen Pferdeschwanz gebunden und ihre Hüftknochen stachen aus den Lycraleggins hervor.

»Auf mich hat er nicht den Eindruck eines Obdachlosen gemacht«, sagte Haley mit hochgezogenen Brauen. »Du musst schon zugeben, dass es sehr aufregend war, oder?«

»Das war es wohl. Zumindest für diese Stadt«, sagte ich, während ich Becky einen Kuss auf den Kopf gab. Ich war mir durchaus bewusst, dass alle Blicke auf mich gerichtet waren. Als Becky auf eine ihrer Freundinnen zurannte, hielt ich einen Moment inne und sah zum Meer hin, während ich der Wirkung halber noch einmal gelangweilt seufzte. Dann wendete ich mich achselzuckend wieder der Gruppe von Müttern zu. »Er ist einfach ein Mann, der einem Kind geholfen hat. Ich denke, die Leute haben sich ein bisschen mitreißen lassen.«

Ein paar Mütter sahen einander an. Doch Donna schaute mit wehmütigem Gesichtsausdruck aufs Wasser hinaus, während die Brise mit ihrem dunklen Bob spielte. Die anderen Mütter schienen sie mit ihren Reaktionen immer zu überfordern, was verwunderlich erschien, wenn man bedachte, dass sie Hebamme war. Doch vielleicht war sie einfach nur an hysterische Frauen gewöhnt und hatte gelernt, angesichts von Dramen ruhig und stoisch zu bleiben.

Obwohl sie manchmal wirklich etwas hätte sagen sollen, zum Beispiel als Cynthia ihr eine Freikarte für das Fitnessstudio gegeben hatte, um »deinen Extrapfunden zu Leibe zu rücken«. Donna hatte einfach nur schockiert dagestanden, während sich ihre Augen mit Tränen füllten. Ich hatte etwas tun müssen, also hatte ich meinen Arm unter ihren geschoben und die Augenbrauen hochgezogen.

»Ins Fitnessstudio? Damit?«, hatte ich gesagt und auf unsere üppigen Brüste gezeigt. »Auf gar keinen Fall! Sie kann es nicht riskieren, sich ihre besten Aktiva zu ruinieren.« Cynthia, die so flachbrüstig war wie ihr Sohn, hatte mich sprachlos angesehen, während Donna mir ein schnelles, dankbares Lächeln geschenkt hatte.

»Wie dem auch sei, ich muss zurück« sagte ich und sah auf die Uhr. »Mein Buch schreibt sich nicht von allein.«

»Wie läuft es denn so?«, fragte Donna leise.

»Gut«, antwortete ich und lächelte sie an. »Ich dürfte bald fertig werden.«

»Und was ist mit dem Kuchen für nächsten Samstag?«, fragte Haley. »Ich hoffe, es bleibt dabei, dass du den bäckst?«

Oh Scheiße.

Ich versuchte, weiter zu lächeln. Ich hatte total vergessen, dass ich angeboten hatte, einen Kuchen für die Geburtstagsparty ihres Sohnes zu backen. Das Angebot war mir nach einer Bemerkung von Cynthia rausgerutscht, ich wäre wohl »nicht der häusliche Typ«, zweifellos aus Rache für die Freikarte fürs Fitnessstudio in der Woche davor.

»Du wärst überrascht«, hatte ich erwidert.

»Wirklich?«, hatte Cynthia mit hochgezogenen Brauen gefragt.

»Ja, wirklich.« Ich hatte Cynthia so eisig angesehen, wie ich konnte. »Zufälligerweise bin ich eine großartige Bäckerin.«

»Ja?«, hatte Haley gemeint. »Wir wollten uns schon nach jemandem umsehen, der Beaus Kuchen backen kann, aber wenn du das machst, wäre das wundervoll! Ich bezahl es dir natürlich.«

»Das ist nicht nötig«, hatte ich geantwortet und abgewinkt, während ich aus den Augenwinkeln Cynthias Gesichtsausdruck beobachtete. »Das ist überhaupt kein Problem.«

»Kannst du einen in Affenform backen?« hatte Haley daraufhin gefragt. »Denn seit unserem letzten Besuch im Zoo ist Beau ganz verrückt nach Affen.«

Ich hatte genickt und versucht, mein Entsetzen zu verbergen. Sicher, ich hatte ab und an mal einen dieser seltsamen Schokoladenkuchen gebacken. Davon hatten Mike und Becky keine Lebensmittelvergiftung bekommen, das war doch schon mal was. Aber damit waren meine Backkünste auch erschöpft.

Ich lächelte Haley an. »Geht klar, meine Liebe. Wir sehen uns nächste Woche!« Dann ging ich den Berg hinauf zu unserem Haus, wobei ich leise »verdammter Affenkuchen« vor mich hin murmelte.

Bevor ich die Haustür öffnete, hielt ich inne. Ich ertrug den Gedanken nicht, zum Schreiben ins Haus zurückzukehren. In letzter Zeit musste ich die Worte förmlich aus mir herausreißen. Ich versuchte, mir einzureden, dass es an unserem Haus lag. Tatsache war jedoch, dass ich mehr oder weniger überall schreiben konnte: im trostlosen Regen im Bus, im Wartezimmer beim Arzt, selbst im Auto, wenn ich im Stau stand. Nein, da steckte mehr dahinter. In den vergangenen Jahren hatte mich eine Starre erfasst. Sie erstickte den Wunsch, zu berühren und berührt zu werden. Den Wunsch zu schreiben.

Vielleicht war ich erschöpft. All das hatte nichts mehr mit dem Traum zu tun, den ich vor so vielen Jahren gehabt hatte: in dem alten Hotel über den Klippen zu schreiben, ein Glas Gin neben mir, während Mike irgendeinem Wassersport nachging. Doch als ich vor neun Jahren schwanger geworden war und wir uns endgültig entschieden hatten, aus London fortzuziehen, war das einzige Haus, das wir uns hatten leisten können, ein einfacher Neubau gegenüber einer Tankstelle gewesen, eine Viertelstunde zu Fuß vom Meer entfernt. Der einzige Vorteil war, dass man hinten auf die Felder hinausblickte. Ich hatte mir auf der Rückseite des Hauses ein Büro eingerichtet, in der Hoffnung, dort schreiben zu können, während ich auf die Felder hinausschaute und in der Ferne ein kleines Stück Meer schimmern sah.

Doch sobald Becky auf der Welt war, bestanden meine Tage vor allem aus Babygruppen und Kontrollterminen, kleinkindlichen Wutanfällen und Kaffeetrinken in überfüllten Cafés. Nur wenn Becky in der Schule war, konnte ich mich wirklich aufs Schreiben konzentrieren. Doch die Zeit, bis ich Becky um drei Uhr wieder abholen musste, ging verdammt schnell vorbei. Wenn ich nur dieses zweite Buch veröffentlicht bekäme! Dann könnte ich meinen Job aufgeben und nur noch schreiben statt nur an zwei Tagen die Woche.

Das war mein Traum. Es war schon immer *mein* Traum gewesen, von dem Augenblick an, als ich die ersten verstohlenen Blicke in die Bücher geworfen hatte, die meine Mutter von ihren zahllosen Trips in die örtlichen Second-Hand-Läden mit nach Hause brachte. Die ramponierten Buchrücken rochen nach Erde und Staub. Autoren wurden meine Rockstars, und ich konnte mich stundenlang in ihre Worte flüchten und so tun, als wäre ich jemand anders und nicht das kleine Mädchen, das niemand beachtete.

Als ich Englisch studierte, war ich entschlossen gewesen, die Uni mit einem Roman zu verlassen, den ich, so wie er war, an die Verlage schicken konnte. Natürlich wusste ich damals nicht, wie unrealistisch das war. Aber ich war so idealistisch, so voller romantischer Vorstellungen, und umgab mich mit anderen Träumern. Bevor ich Mike traf, war ich mit einem attraktiven Polen mit anmutigen Händen und ganz weichen Lippen zusammen. Er schrieb Gedichte auf meine nackten Kurven und inspirierte mich zu Schreibversuchen auf einem Notizblock, den er mir gekauft hatte. Doch damals schon schaffte ich es nie, das, was ich angefangen hatte, auch zu beenden.

Nach meinem Abschluss nahm ich diverse Jobs als Werbetexterin an, um die Miete für die winzige Wohnung zu bezahlen, die ich mit Mike in Battersea gemietet hatte, und schrieb abends. An einem düsteren Oktobertag, an dem ich mich krankgemeldet hatte, um zu Hause bleiben zu können, füllte ich Seite um Seite mit einem Roman, der mir scheinbar wie aus dem Nichts zugeflogen war. Er handelte von einer Frau, die zusammen mit ihrer Mutter ein kleines Hotel im Wald betreibt. Sie kann mit dem Tod der Mutter nicht umgehen und erzählt den Gästen, dass sie sich lediglich von einer schweren Krankheit erholen würde. Das klingt deprimierend, nicht? Doch in dem Roman gibt es auch eine Liebesgeschichte. *Lady Chatterley* trifft *Hotel du Lac*, hatte meine Agentin ihn beschrieben.

Ein Jahr später war er so weit gewesen, dass wir ihn an die Verlage schicken konnten. Natürlich war er von vielen abgelehnt worden, doch dann hatte ein kleiner Verlag ihn angenommen. Ich war sehr stolz. Ich rief sogar meine Mutter an, um ihr davon zu erzählen, obwohl wir uns bis auf einen kurzen, peinlichen Besuch zu Weihnachten in ihrer kleinen Wohnung in Margate das Jahr über kaum sahen.

»Ich werde deinen Roman sicher in den großen Buchläden finden, nicht wahr?«, hatte meine Mutter gefragt. Ich stellte sie mir vor, wie sie mit einem Glas Wein in der Hand und Lockenwicklern in ihrem dunklen Haar auf ihrem ramponierten Sofa saß.

»Ja«, antwortete ich in dem Wissen, dass das eine Lüge war – mein Verleger hatte mir gesagt, dass nur einige wenige unabhängige Buchläden ihn führen würden. Aber ich wollte unbedingt, dass meine Mutter stolz auf mich war. Ich *brauchte* es.

Eine Woche nach der Veröffentlichung ließ sie mir einen ihrer seltenen Anrufe angedeihen. Ich dachte, sie wollte mir zu meinem Debüt gratulieren, doch stattdessen schimpfte sie mich aus, dass ich sie vor ihren Freundinnen bloßgestellt hätte. Alle hielten sie jetzt für eine Lügnerin, was ihre Autorinnen-Tochter angehe, da sie ihr Buch nicht in der Buchhandlung gefunden hatten.

»Du bist nur eine dieser beschissenen Autorinnen, deren Bücher man bei den Billigangeboten findet, nicht?«, hatte meine Mutter gesagt.

Ich hatte den Hörer aufgeknallt und mir geschworen, nie mehr einen Anruf von ihr entgegenzunehmen. Das war zwei Jahre her. Zwei lange Jahre, in denen ich nicht mehr als ein paar Tausend Worte an meinem neuen Roman geschrieben hatte, obwohl ich mir zwei Tage in der Woche für das Schreiben reservierte.

Warum wollten die Worte nicht kommen?

Ich sah zu unserem Haus hoch und dann zu der Tankstelle gegenüber. Es musste am Haus liegen. Es war so wenig inspirierend! Spontan drehte ich mich um und ging an den Strand.

Es war Ebbe, das Meer in der Ferne dunstig, der nasse Morgensand mit Seetang und Muschelschalen übersät. Die Leute kamen mit Tee in Plastiktassen aus dem nahen Café. Es war kein aufgemotzter Strand – das ist er selbst heute nicht –, nur eine einfache Sandbucht ohne trendige Lokale oder Boutiquen. Seine natürliche Schönheit reichte aus, um die Leute anzuziehen. Auf den meisten Ansichtskarten von der Stadt waren die Kreidefelsen zu sehen. Die Bucht mit den fünf Höhlen, die jenseits dieser Felsen lag, war damals noch keine so große Attraktion; die Leute wurden von den Geschichten über Touristen abgeschreckt, die während der Flut dort eingeschlossen gewesen waren.

An diesem Morgen kam ich zum Strand, zog meine goldenen Sandalen aus, schlenderte am Rand des angespülten Seetangs entlang und sammelte Muscheln für Becky. Manchmal machte ich das gern, wenn mein Gehirn blockiert oder mit traurigen Erinnerungen übervoll war: die salzige Luft einatmen, den Sand unter meinen Füßen und die glatte Wölbung der Muscheln in meiner Handfläche spüren.

Nach einer Weile fiel mein Blick auf einen angeschwemmten Seestern, orange mit schwarzen Punkten, der mit verdrehten Beinen dort lag. Ich bückte mich und starrte ihn an, während mir die Tränen in den Augen brannten.

Was zum Teufel stimmte mit mir nicht?

Der Wind fuhr durch mein dunkles Haar und brachte den Klang von Gelächter mit. Ich richtete mich auf und sah zu der Bucht mit den Höhlen hinüber. Gewöhnlich war es hier morgens, wo die Kinder in der Schule waren, ruhig, doch jetzt drängte sich eine Gruppe Teenager vor dem Eingang der großen Höhle am Ende der Bucht. Vier von ihnen waren Mädchen, die langen Haare hingen ihnen über den Rücken und den Bund ihrer Schulröcke hatten sie aufgerollt. Ich erinnerte mich, dass ich das auf meiner heruntergekommenen Gesamtschule früher auch getan hatte. Die zwei Jungen, die bei ihnen waren, machten einen eher gelangweilten Eindruck, ihre Hemden hingen ihnen aus der Hose, sie hatten Igelfrisuren. Doch die Mädchen waren ganz hingerissen, während sie auf etwas in der Höhle guckten, das ich aus meiner Position nicht sehen konnte.

Ich trat einen Schritt vor, bis ich sah, was sie so faszinierte.

Es war der Mann, der am Vorabend den Jungen gerettet hatte.

Er saß im Eingangsbereich der Höhle und malte in Blau auf die Höhlenwand. Diesmal hatte er sein Haar zu einem Knoten gebunden, sodass sein langer, gebräunter Nacken und die goldenen Stoppeln auf seinen Wangen zu sehen waren. Seine Muskeln spielten beim Malen und die Morgensonne unterstrich die Konturen seiner wohlgeformten Arme und seines nackten Rückens.

»Das ist so cool«, hörte ich eins der Mädchen rufen.

»Und wie«, stimmte eine andere zu.

»Wir sollten jetzt gehen«, meinte einer der Jungen und sah auf seine Uhr. »Mrs. Botley kriegt einen Anfall, wenn wir zu spät kommen.«

Das blonde Mädchen sah den Jungen an. »Du kannst ja gehen«, sagte sie und ließ sich im Schneidersitz auf den Sand fallen. »Ich bleibe.«

»Ich auch«, sagte eine ihrer Freundinnen und gesellte sich dazu.

Die Jungen verdrehten die Augen. »Nicht unser Bier, wenn ihr eine Standpauke kriegt«, meinte der andere, dann machte sich die restliche Gruppe auf den Weg.

Ich beobachtete die beiden Mädchen eine Weile, wie sie den Mann beobachteten. Sie fühlten sich ganz offensichtlich von ihm angezogen und schauten ihm aufmerksam zu.

Schnell holte ich meinen Notizblock heraus und schrieb auf, was ich sah.

Er bewegte seinen Arm, anmutig und langsam, genau wie er gestern Abend den Anschein erweckt hatte, auf dem Wasser zu gehen. Die Mädchen sahen hingerissen zu, als sähen sie so etwas zum ersten Mal. Das Meer hinter ihnen …

»Der nächste Bestseller?«, fragte eine Stimme hinter mir.

Ich klappte meinen Notizblock zu, blickte hoch und sah Greg lächelnd auf mich herunterschauen.

»Vielleicht.«

Ein schneller Blick zu meinem Dekolleté, *quelle surprise*, dann wieder hoch zu meinem Gesicht. »Wir müssen ihn im Auge behalten«, sagte er und wies mit dem Kinn zu dem Mann hin, der in der Höhle malte.

Ich runzelte die Stirn. »Und warum müssen wir das?«

»Er treibt sich mit den Teenagern herum. Sieht ganz so aus, als hätten wir einen Pädophilen am Hals.«

Ich verdrehte die Augen. »Ehrlich, Greg, ist das nicht ein bisschen vorschnell?«

»Meinst du? Du würdest Becky also in seine Nähe lassen? Er hat mit Sicherheit in der Höhle geschlafen«, fügte er hinzu und zeigte auf einen Schlafsack neben der Höhle, den ich bisher nicht bemerkt hatte.

»Dass er in einer Höhle geschlafen hat, macht ihn noch

nicht zum Pädophilen. Durch die Rezession haben viele Leute ihren Job verloren. Liest du keine Zeitung?« Ich ging an Greg vorbei auf die Strandpromenade zu. Ich hatte wirklich keine Lust auf seine Gesellschaft, vor allem nachdem er mich in einem seltenen Moment der Inspiration gestört hatte.

»Hast du was dagegen, wenn ich dich begleite?«, fragte Greg, während er in meinem Tempo neben mir herging. Ich konnte nur seufzen. »Musst du heute nicht arbeiten?«

»Ich habe frei. Ich hab Julie gesagt, dass ich Windeln kaufen gehe.«

»Aber das tust du nicht?«

»Jetzt gerade nicht«, sagte er, schob seine Ray-Ban auf den Kopf und lächelte mich an. »Ich musste mal raus. Das ganze Gerede über Babys, Babys und noch mal Babys.«

»Sie hat nur eins.« Ich schaute ihn von der Seite her an. »Genau wie du.«

»Ja, aber für Männer ist das anders.«

»Und wie?«

»Du weißt schon«, sagte er und starrte offen meine Brüste an.

»Nein, das weiß ich nicht.« Ich blieb stehen und verschränkte die Arme. »Wieso ist das anders?«

Er grinste mich spitzbübisch an. »Willst du wirklich, dass ich es sage?«

Jetzt kommt's …

»Gut«, sagte er mit einem übertriebenen Seufzer. »Babys brauchen Brüste, und die haben wir nun mal nicht, richtig?«

»Aha, Brüste«, sagte ich. »Brüste, Brüste und noch mal Brüste, das ist alles, worüber Männer reden.«

»Kannst du uns das verdenken?«, sagte er spielerisch.

»Ja, kann ich. Das sind Fleischhügel, deren hauptsächliche Funktion es ist, Babys zu füttern.«

Er lachte. »Genau deshalb mag ich dich, du hast Feuer. Was hältst du von einem frechen Vino im Café?«

»Um diese Zeit?«

»Warum nicht?« Er griff aufgeregt nach meinen Schultern. »Nutze den Tag! Lass uns etwas Verrücktes tun! Ich weiß, dass du so bist wie ich, Selma, das weiß ich.«

Ich verspürte den übermächtigen Wunsch, ihn zu schlagen. Doch stattdessen machte ich mich los und sah ihn abweisend an. »Ich bin nicht so wie du. Und wenn du meinst, um neun Uhr morgens Wein zu trinken bedeutet, den Tag zu nutzen, solltest du dich wirklich nach etwas umsehen, das dein Leben ausfüllt.«

Er machte ein langes Gesicht und seine dunklen Augen sprühten vor Ärger. »Ich habe mich eindeutig in dir getäuscht. Ich dachte, du wärst der abenteuerliche Typ.«

»Ich habe gleich noch ein Telefonat mit einem Produzenten, der daran interessiert ist, mein Buch zu verfilmen«, log ich. »Ich denke, das ist etwas abenteuerlicher, als sich mit einem verheirateten Mann eine Flasche Wein zu teilen, nicht wahr?« Dann ließ ich ihn stehen.

Die Begegnung mit Greg hing das ganze Wochenende wie eine dunkle Wolke über mir und machte mich Mike und Becky gegenüber gereizt. Ich würde gerne sagen, dass mir seine Frau leidtat, doch der eigentliche Grund meiner Gereiztheit war der, dass er mich vom Schreiben abgehalten hatte. Ich hatte mich seit Ewigkeiten nicht so inspiriert gefühlt – und jetzt war dieses plötzliche Sprudeln wieder versiegt. Als ich am Montagmorgen ins Büro ging, war es nicht sehr viel besser. Ich musste mich nur an drei Tagen in der Woche als Werbetexterin dorthin quälen, montags bis mittwochs. Aber es war trotzdem mühsam.

Ich ging zu meinem Schreibtisch. Die dunkle Wolke, die über meinem Kopf hing, kam mir noch größer vor als sonst; dass ich kaum etwas geschrieben bekam, belastete mich sehr. Etwas musste sich ändern und zwar schnell, sonst würde ich sehr bald wieder fünf Tage die Woche arbeiten, selbst wenn Mike nicht gefeuert wurde. Es war schwer genug gewesen, ihn davon zu überzeugen, dass ich auf drei Tage die Woche reduzieren musste, um einen neuen Roman zu schreiben. Das Problem war nur, dass ich ihn nicht schrieb. Wie sollte ich auch, wenn mir an drei Tagen die Woche in diesem seelenzerstörerischen Job meine gesamte Kreativität ausgesaugt wurde?

Ich ignorierte meine innere Stimme, die mir sagte, dass frühere seelenzerstörerische Jobs mich auch nicht vom Schreiben abgehalten hatten. Die Stimme sagte mir, dass es einen anderen Grund geben musste.

Ich warf einen Blick auf den Notizblock in meiner Tasche und fühlte plötzlich, wie eine neue Entschlossenheit von mir Besitz ergriff. Ich würde diesen Roman schreiben. Ich musste ihn schreiben.

»Selma!«

Ich blickte auf und sah, wie Monica mir zuwinkte. Um ihren Tisch hatten sich einige Kollegen versammelt.

»Selma war dabei«, erklärte Monica. »Sie hat alles gesehen. Komm und erzähl es ihnen.«

Ich sagte nichts, legte meine Tasche auf den Schreibtisch und schaltete meinen Computer an.

»Selma!«, rief Monica erneut.

Ich kämpfte mit dem Wunsch, sie zu ignorieren, doch dann erinnerte ich mich an ihren Gesichtsausdruck, als sie ihren Sohn im Meer entdeckt hatte, an diese schreckliche Angst.

Ich seufzte und zwang mich zu lächeln. »Geht's Nathan gut?«, rief ich zu ihr hinüber.

»Ihm geht es gut. Er ist geschockt, aber okay!«, rief Monica zurück. »Komm und erzähl allen, was passiert ist.«

»Ich bin mir sicher, du hast es ihnen schon besser erzählt, als ich das je könnte.« Ich setzte mich an den Schreibtisch und bemerkte, dass mein Kollege Matthew mich über die Trennwand hinweg angrinste. Ich lächelte zurück. Er war der Einzige hier, den ich ertrug. An meinem ersten Tag hatte er mir ein paar Kopfhörer gegeben. »Die wirst du brauchen, glaub mir«, hatte er ironisch gemeint.

»Das ist der beste Tag ihres Lebens, ihr Sohn wäre beinahe ertrunken«, sagte Matthew jetzt leise.

Mein Lächeln wurde breiter. »Ganz schön gemein«, flüsterte ich zurück.

Wir verstummten, als unsere Chefin Daphne sich näherte. »Ein schönes Wochenende gehabt, Selma?«, fragte sie.

»Wunderbar, danke«, antwortete ich. »Mal davon abgesehen, dass der Grill Feuer gefangen hat«, fügte ich hinzu.

Daphne schlug sich erschrocken die Hand vor den Mund. »Oh nein!«

Es war natürlich eine Lüge, um die vorhersehbare Qual

des montäglichen »Und wie war dein Wochenende?«-Rituals zu mildern.

»Ich habe gehört, dein Buch soll verfilmt werden«, sagte Daphne. »Ich hoffe, wir werden dich nicht an Hollywoods Glitzer- und Glamourwelt verlieren.«

Ich spürte, wie ich rot wurde. Wie schnell sich Gerüchte in dieser Stadt doch verbreiteten! Eine einzige Bemerkung Greg gegenüber und jeder wusste Bescheid.

»Ach, das war nur ein Telefonat«, antwortete ich. »Vielleicht kommt gar nichts dabei raus.«

»Es ist trotzdem aufregend! Aber machen wir uns an die Arbeit, auf mich wartet kein Filmdeal, von dem ich die Hypothek abzahlen kann. Später ist immer noch Zeit zum Reden!«

Ich sah sie mit zusammengekniffenen Augen an. War das ein Seitenhieb? Unsere Chefin war schließlich Meisterin der passiven Aggression.

Als Daphne sich verzog, kam Monica herüber.

»Oh Gott, sie kommt«, sagte Matthew und zog schnell seine Kopfhörer wieder auf.

»Hast du gehört, dass der Mann, der Nathan das Leben gerettet hat, in einer der Höhlen wohnt?«, fragte Monica und setzte sich auf meinen Schreibtisch. Ich hasste es, wenn jemand das tat.

»Ich hab so was gehört«, antwortete ich, während ich ein paar Korrekturfahnen einer Werbung, die ich geschrieben hatte, unter ihrem Hintern wegriss.

»Ich habe einen Brief und eine Flasche Wein vor die Höhle gelegt, um mich zu bedanken«, sagte Monica. »Er war nicht da, und ich hoffe, dass niemand sie klaut. Es waren ein paar seltsame Gestalten in der Höhle. Ich glaube, sie haben dort übernachtet.«

Ich runzelte die Stirn. »Woher willst du das wissen?«

»Ich habe Schlafsäcke gesehen. Und eins der Mädchen hatte ein Nachthemd an.«

»Der Mädchen?«, fragte Matthew mit hochgezogenen Brauen.

Monica drehte sich zu ihm um und nickte. »Sie sah jung aus. Vielleicht sechzehn oder siebzehn.«

»Ich schätze, er hat seinen Spaß«, meinte Matthew gedehnt.

War das eins der Schulmädchen vom Vortag gewesen?

»Es gab sogar einen kleinen Tisch mit Tee und so was«, redete Monica weiter. »Und ein paar Kissen auf dem Boden. Es sah sehr gemütlich aus.«

»Überlegst du, dort einzuziehen, Monica?«, fragte Matthew.

»Du meine Güte, nein!«, sagte sie lauter und wurde nervös.

Daphne sah bei Monicas erhobener Stimme zu uns herüber.

»Ich geh wohl besser mal!«, meinte Monica, winkte uns kurz zu und machte sich mit einem bösen Blick auf Daphne davon.

»Sie will mit dem Typen ins Bett«, sagte Matthew.

»Wahrscheinlich. Er ist der Traum jeder frustrierten Hausfrau.«

»Dann gefällt er dir also auch?«

Ich warf einen Stift nach ihm. »Du weißt doch, dass ich nicht so bin wie die anderen.«

»Auf keinen Fall, Selma, auf keinen Fall«, sagte er und zwinkerte mir zu, bevor er sich wieder seinem Computer zuwandte.

Ich versuchte, einen Text für die Werbebroschüre eines Fitnessstudios zu schreiben, aber meine Gedanken schweiften immer wieder ab zu der Höhle. Tee. Kissen. Teenager in Nachthemden. Wie seltsam.

Wie wundervoll.

Ich sah mich um, ob auch niemand guckte, dann holte ich unauffällig meinen Notizblock heraus und begann zu schreiben. Plötzlich fühlte ich mich wieder inspiriert.

Er roch nach Teeblättern, nach Wald und Schnee. Das Mädchen beobachtete ihn, ihre Finger schnellten zu ihrem hauchdünnen weißen Nachthemd, ihr Atem ging schwer …

Frustriert strich ich es wieder durch. Das klang zu sehr nach Kitschroman.

»Alle mal herhören, Zeit für unser Teammeeting!«, rief Daphne und klatschte in die Hände.

Ich krallte mich frustriert an meinen Stift. Musste das ausgerechnet jetzt sein, wo ich darauf brannte, zu schreiben? Ich beobachtete, wie alle in den stickigen Besprechungsraum stapften, um eine Stunde zu vergeuden, in der über aus dem Kühlschrank gestohlene Milch, durch die Rezession reduzierte Budgets und frühe Buchungen für die Weihnachtsfeier gesprochen wurde. Ich dachte an die vielen anderen Meetings, an denen ich teilgenommen und zu etwas genickt hatte, was irgendjemand sagte. Innerlich hatte ich geschrien und verzweifelte Augen und gähnende Münder an die Ränder der Seite gezeichnet hatte, auf der ich vorgab, mir Notizen zu machen.

Wie lange hielt ich das noch aus?

Ich dachte an den Mann, der in der Höhle malte. An die damit verbundene Freiheit. Die Kreativität.

Ich schob meinen Notizblock in meine Tasche, warf sie mir über die Schulter und stiefelte auf Daphne zu.

»Alles okay?«, fragte sie.

»Leider nein. Die Schule hat angerufen, kurz nachdem ich im Büro angekommen bin. Becky ist krank.«

Daphne täuschte Mitgefühl vor. »Die Arme.« Doch ich sah, dass sie an den heutigen Abgabetermin dachte.

»Ich fürchte, ich muss weg«, fügte ich hinzu. »Mike ist dienstlich unterwegs.«

»Du verpasst das Meeting. Wir wollen über die Weihnachtsfeier sprechen.«

»Ich weiß, das ist wirklich schade«, antwortete ich mit einem übertriebenen Seufzer. Dann eilte ich hinaus und atmete die frische Luft ein. Ich hatte wirklich das Gefühl gehabt, dort drinnen zu ersticken. Doch jetzt fühlte ich mich frei, wenn auch nur verbotenerweise und einen Tag lang.

Was sollte ich tun?

Ich sah zum Meer hin. Was sonst?

Als ich zur Höhle kam, hatten sich noch mehr Leute davor versammelt. Ein junger Mann klimperte auf einer Gitarre, ein Mädchen drehte sich zu der Musik. Sie waren keine Teenager mehr. Dann waren da noch ein großer dunkler Mann von vielleicht Anfang vierzig und eine Frau in den Fünfzigern.

Monica hatte recht gehabt. Es wohnten Leute mit dem Mann in der Höhle. Vielleicht waren sie obdachlos und hatten keine andere Wahl, als dort zu leben, nachdem sie ihre Jobs verloren hatten. Oder steckte mehr dahinter?

Ich begab mich in den Schatten der Kreidefelsen und zog eine Zigarette aus der Tasche. Tief inhalierte ich den berauschenden Rauch, bevor ich ihn in die Luft blies. Ich hatte immer eine Packung dabei. Offiziell hatte ich schon aufgehört, bevor ich schwanger geworden war, doch hin und wieder überkam mich das Gefühl, dass ich jetzt eine brauchte.

»Das bringt einen nicht um, hab ich recht?«, sagte eine Stimme hinter mir.

Ich drehte mich um. Ein Mädchen im Teenageralter mit langem weißblondem Haar stand da und beobachtete mich lächelnd. Es war eine der Schülerinnen von neulich.

»Meinst du, das bringt einen doch um?«, fragte ich.

Das Mädchen schüttelte den Kopf. Sie hatte nackte Füße und durch das weiße Sommerkleid konnte ich ihre Brustwarzen sehen. »Im Gegensatz zu dem, was die Leute sagen, bringt eine Zigarette dich nicht um. Da musst du schon vorher krank gewesen sein.«

Meine Blicke wanderten zu den Brustwarzen des Mädchens, dann wandte ich mich zur Höhle. »Danke für die Info.«

»Du bist die Schriftstellerin, nicht wahr?«

Ich sah sie überrascht an. »Woher weißt du das?«

»Idris weiß alles.«

»Idris?«

»Ja, Idris«, sagte das Mädchen mit einem Lächeln und nickte zu dem Mann hinüber, der noch immer die Wände der Höhle bemalte. »Er hat gesagt, dass du Schriftstellerin bist.«

Ich spürte mein Herz hämmern. »*Er* hat es euch gesagt?«

»Er sagt, dass es wichtig ist, dass Leute wie wir – kreative Menschen – zusammenhalten.«

»Ach wirklich?« Ich schnippte etwas Asche weg und versuchte, lässig zu erscheinen. »Und woher weiß Idris, dass ich Schriftstellerin bin?«

»Es ist so, wie ich gesagt habe, er weiß einfach alles.«

Ich runzelte die Stirn. »Ich nehme mal an, gleich erzählst du mir, dass er auch auf dem Wasser wandeln kann.«

»Natürlich nicht. Aber es gibt Interessanteres, als auf dem Wasser zu gehen.« Das Mädchen lächelte verträumt, während sie sich die Haare um den Finger wickelte. War sie high? »Ich schreibe Gedichte«, sagte sie. »Idris hat mich eine Zeile auf die Höhlenwand schreiben lassen. Ich wohne jetzt hier. Meine Freundin ist auch mitgekommen, aber ich glaube, heute Abend geht sie wieder nach Hause, es stört sie, dass es hier keine Dusche gibt.«

»Daraus kann ich ihr keinen Vorwurf machen.« Ich musterte das Mädchen von oben bis unten. Sie war feingliedrig, klein und hatte ein kindliches Gesicht. Doch irgendetwas sagte mir, dass sie nicht so jung war, wie sie aussah. »Wie alt bist du?«

»Siebzehn.« Sie biss sich auf die Lippe, während sie weiter lächelte. »Mein Vater ist ausgerastet.«

»Das kann ich mir vorstellen.«

»Aber meine Mum lebt jetzt mit uns in der Höhle und mein kleiner Bruder auch. Darf ich mal?« Sie zeigte auf meine Zigarette.

Ich zog ein letztes Mal daran und gab sie ihr. »Ich bin fertig. Wie alt ist dein Bruder?«

»Acht.«

Genauso alt wie Becky.

Das Mädchen lehnte sich neben mir an den Felsen, ihr Arm streifte meinen. Sie stemmte den nackten Fuß gegen den Felsen und zog an der Zigarette.

»Vielleicht schreibe ich auch irgendwann mal einen Roman«, sagte sie. »Idris hat gesagt, dass ich erst älter werden muss und reifer.«

»Viele Leute schreiben in jungen Jahren Romane. Mary Shelley hatte die Idee zu *Frankenstein*, als sie achtzehn war.«

Das Mädchen verdrehte die Augen. »Er hat das spirituell gemeint, nicht wörtlich. Alle sind besessen vom Alter, es geht immer nur um Zahlen. Wenn die Leute nur aufhören würden, so fixiert auf Zahlen und Statistiken zu sein, wäre die Welt ein besserer Ort. Nimm doch nur mal die Wirtschaftskrise. Diese ganze Besessenheit mit Geld und Zahlen, da sind wir doch wieder ganz am Anfang. Alles, was wir tun müssen, ist, in den Fluss kommen.«

»In den Fluss? Du meinst das Meer?«

Das Mädchen lächelte geheimnisvoll und schüttelte den Kopf. »Nee.«

»Was meinst du dann?«

»Du musst zur Höhle kommen, um es herauszufinden. Idris kann es am besten erklären.«

Plötzlich verspürte ich einen irrationalen Ärger auf das Mädchen, auf ihren verträumten Gesichtsausdruck, ihre großen Brustwarzen und ihr freies Leben. »Es könnte sich für dich lohnen, dir selbst eine Meinung zu bilden, bevor du alles glaubst, was ein dir Fremder sagt«, fuhr ich das Mädchen an.

Sie runzelte die Stirn.

Ich sah auf die Uhr. »Die Zahlen auf meiner Uhr sagen mir, dass ich gehen sollte. Aber viel Spaß mit der Zigarette.«

Ich drehte mich um, doch das Mädchen lief hinter mir her und griff nach meinem Ellenbogen. »Warum musst du denn gehen? Komm doch mit auf einen Besuch in der Höhle. Das ist ein Paradies für Schriftsteller. Vielleicht bleibst du am Ende auch dort, so wie ich?«

»Lass mich mal überlegen«, sagte ich und tat so, als würde ich über etwas nachgrübeln. »Ich habe eine Hypothek, die abbezahlt werden muss, und ein Kind, um das ich mich kümmern muss. Außerdem dürfte mein Mann einen Herzinfarkt bekommen bei der Aussicht, dass es kein zweites Einkommen mehr geben könnte.«

Das Mädchen ließ mich los und sah mich mitleidig an. »Alles Zahlen. Siehst du das nicht? Der Satz gerade, das waren alles nur Zahlen. Und wenn du das jetzt alles einfach vergisst und mit mir zu der Höhle kommst?« Sie streckte mir wieder die Hand hin. »Komm.«

Ich zögerte; etwas in mir fühlte sich in Versuchung gebracht. Dann fiel mir das schmutzige Kleid des Mädchens auf, die dunklen Ringe unter ihren Augen. »Nein, danke. Die Zahlen rufen.«

Ein paar Minuten später war ich zurück im Büro. Es war Zeit, dass ich aufhörte zu träumen und der Realität ins Auge sah. Ich war achtunddreißig, verdammt, keine achtzehn mehr. Ich konnte nicht einfach die Arbeit schwänzen.

»Hast du was vergessen?«, fragte Daphne, als ich in den Besprechungsraum kam.

»Mike ist endlich aufgetaucht, sodass ich zurückkommen konnte.«

»Wunderbar!« Meine Chefin wandte sich wieder dem Rest der Versammlung zu. »So, und was die gestohlene Milch angeht ...«

Der Rest der Woche war grauenvoll; das Wetter war launisch, und die Atmosphäre im Haus spiegelte das wider. Mike hatte es in der Arbeit gerade nicht leicht, er arbeitete oft lange, um angesichts der drohenden Entlassungen zu zeigen, was er wert war. Er nahm es mir offensichtlich immer übler, dass ich Teilzeit arbeitete. Gewöhnlich ließ ich seinen Ärger über mich ergehen, doch diese Woche war es anders. Vielleicht waren es die Höhle und das Treffen mit diesem albernen Mädchen ... und die Tatsache, dass ich nicht viel geschrieben bekam. Vielleicht hatte das Mädchen recht. Vielleicht war diese Höhle ein Paradies für Schriftsteller und alles, was ich brauchte, waren ein paar Stunden dort?

Die Höhle zog einige Aufmerksamkeit auf sich, vor allem der geheimnisvolle Idris, über den immer mehr Gerüchte im Umlauf waren. Laut einer Frau, die ich zufällig mittags im Café gehört hatte, war er ein Millionär aus Kanada, der nach dem Tod seiner Frau seinem Vermögen den Rücken gekehrt hatte. Monica glaubte, er wäre ein australischer Künstler, der auf der Flucht war, nachdem er Kunstwerke gefälscht hatte. Mein Lieblingsgerücht war das über den neuseeländischen Rockstar.

Am Morgen der Party für Haleys Sohn unternahm Mike etwas mit Becky, damit ich mich auf den Kuchen konzentrieren konnte, den ich Haley versprochen hatte. Ich starrte das Rezept an, das ich in einem Backbuch aus der Bücherei gefunden hatte. Ein Kuchen in Form eines Affen, du meine Güte. Was hatte mich da bloß geritten? Ich sah auf die Uhr. Ganze vier Stunden Zeit, bis Mike und Becky zurück sein würden. Vier ganze Stunden zum Backen … oder lieber vier Stunden zum Schreiben?

»Scheiß drauf«, sagte ich.

Ich griff nach meinen Schlüsseln, rannte nach draußen und sprang ins Auto. Ein paar Orte weiter hatte ich einen grandiosen Kuchenladen mit vielen Kinderkuchen im Fenster gesehen. Ich fuhr geradewegs dorthin, und als ich in den Laden trat, traute ich meinen Augen nicht. Der erste Kuchen, der mich anlachte, war in Form eines Affengesichts. Ohne Affenkörper, aber das musste reichen. Das war Schicksal!

Als Mike und Becky zurückkamen, waren sie verblüfft.

»Oh Mummy, der sieht einfach toll aus«, erklärte Becky.

Ich strich meine Schürze glatt und das Mehl und die Schokolade, die ich darüber verteilt hatte, landeten auf dem Boden.

»Wirklich«, sagte Mike mit leicht hochgezogenen Brauen. Er sah mich an und runzelte die Stirn. »Ich bin beeindruckt.«

»Es war einfacher, als ich gedacht habe«, sagte ich und wischte die Ablage ab.

»Dann solltest du das öfter machen«, murmelte Mike und nahm mich in die Arme, während Becky in den Garten flitzte. Ich erstarrte. Heutzutage rührte er mich so gut wie gar nicht mehr an. Die Häusliche-Göttin-Ausstrahlung törnte ihn offenbar an.

Ich spähte zur Uhr. »Wir sollten uns fertig machen, die Party geht in einer Stunde los.«

»Zieh dir etwas Aufreizendes für mich an«, sagte Mike.

Ich sah ihn überrascht an. »Was ist denn in dich gefahren?«

Er zuckte mit den Schultern. »Keine Ahnung. Ich schätze, du wirst es heute Abend herausfinden, wenn Becky rechtzeitig schlafen geht.«

Ich lächelte, doch innerlich fühlte ich nichts. Sollte ich nicht etwas für meinen Mann empfinden? Erregung oder auch nur einen Funken Wärme? Doch da war *nichts*.

Ich wand mich aus seiner Umarmung. »Denn werde ich mich jetzt mal von einer häuslichen Göttin in eine heiße Braut verwandeln.«

Eine halbe Stunde später sah ich mich im Spiegel an. Ich trug ein purpurrotes Spitzenkleid, das tief ausgeschnitten war. Es war nicht ganz angemessen für einen Kindergeburtstag, doch das war mir egal. Es würde den anderen Eltern Gesprächsstoff liefern.

Ich trat näher an mein Spiegelbild heran und zog an der empfindlichen Haut um die Augen herum. Ich bekam Falten. Und dann waren da noch diese seltsamen ein, zwei grauen Haare unter meiner Tönung.

Ich dachte an das junge Mädchen, das ich vor ein paar Tagen bei der Höhle getroffen hatte, so jung und straff mit ihren kecken Brustwarzen. Ich hob meine Brüste an und bemerkte die feinen Linien zwischen ihnen. Ich wusste, dass ich attraktiv war, das hatte ich mein ganzes Leben lang zu hören bekommen, genau wie meine Mutter. Doch in letzter Zeit war ich mir da nicht mehr so sicher gewesen.

Plötzlich sah ich meine Mutter vor mir, wie sie mit dem gleichen enttäuschten Ausdruck vor dem Spiegel gestanden hatte.

Nein, ich bin nicht wie sie.

Ich griff nach einem gemusterten Schal und schlang ihn um den Hals, um die feinen Linien in meinem Ausschnitt zu verdecken. Dann trug ich roten Lippenstift auf und drehte mein langes dunkles Haar im Nacken zu einem Knoten, aus dem ich ein paar Locken herauszog, um mein Gesicht zu umrahmen.

»Umwerfend«, sagte Mike, als er ins Schlafzimmer kam. Er schlang erneut die Arme um mich. Einen Moment leistete ich Widerstand, dann lehnte ich mich an ihn. Er liebte mich, er fand mich attraktiv. War es nicht das, worauf es ankam?

»Und wenn wir die Party einfach vergessen?«, sagte ich. »Julie und Greg könnten sich um Becky kümmern und wir fahren spontan ins Wochenende, wie wir das früher gemacht haben.«

Mike lachte. »Und was ist mit dem Kuchen?«

»Was soll damit sein? Julie kann vorbeikommen und ihn abholen. Wir sagen ihr, dass wir krank sind. Lebensmittelvergiftung …«

Mike schüttelte den Kopf, ließ mich los und drehte sich um, um im Spiegel sein Hemd zu überprüfen. »Sei nicht albern. Komm, wir sind spät dran.«

Ich spürte, wie sich tiefe Enttäuschung in mir breitmachte. »Ich bin gleich unten«, sagte ich.

Als Mike das Zimmer verließ, sah ich mich noch einmal im Spiegel an. Das Lächeln war aus meinem Gesicht verschwunden. Einen Moment war ich mir sicher, dass die Wände des Zimmers auf mich zukamen.

»Gefangen«, flüsterte ich. »Ich fühle mich gefangen.«

»Warum bist du gefangen, Mummy?«

Ich zuckte erschrocken zusammen. Becky stand in der Diele und beobachtete mich. Ich ging zu meiner Tochter und umarmte sie, vergrub meine Nase in ihrem weichen Haar und ließ mich davon trösten.

»Nein, Liebling, Mummy ist nicht gefangen. Komm, gehen wir auf diese Party.«

Zehn Minuten später waren wir im Gemeindesaal. Ich drückte den Affenkuchen an die Brust, während Becky sich stolz umsah.

Haley kam herübergerannt, als sie uns sah, und blies sich eine Haarsträhne aus den Augen.

»Gestresst?«, fragte ich sie.

»Ein Bücherei-Event für hundert Würdenträger zu organisieren, ist weniger stressig als das hier.« Sie warf einen Blick auf den Kuchen, und ihr schönes Gesicht leuchtete auf. »Aber egal, ich habe einen Affenkuchen! Du bist ein *Genie*, Selma!«

»Ja, das ist sie, nicht wahr?«, sagte Mike stolz.

»Meine Mummy ist sehr schlau!«, fügte Becky hinzu und sprang aufgeregt herum. So fühlte es sich also an, die wundervolle Mutter und häusliche Göttin zu sein, die Mike sich wünschte. Warum fühlte ich mich nur so leer dabei?

»Oh Selma, wie hast du das denn gemacht?« Ich blickte auf und sah, wie Cynthia sich näherte und voller Ehrfurcht den Kuchen ansah, während sie Donna mit dem Ellenbogen aus dem Weg schob. »Arbeiten, schreiben … und

Kuchen backen! Ich buche dich schon mal für Elijahs ersten Geburtstag.«

Jetzt war ich plötzlich angesagt. An welchen Maßstäben hier Erfolg gemessen wurde!

»Tut mir leid, aber ich backe *nie* wieder einen Kuchen«, erklärte ich und zwang mich, fröhlich zu klingen. »Ich bin immer noch emotional gezeichnet von dieser Erfahrung.«

»Genau wie die Küche«, sagte Mike lachend. »Es sieht aus, als wäre eine Bombe eingeschlagen!«

Weitere Mütter kamen herüber und bewunderten gurrend den Kuchen, aber ich fühlte mich leer. Ich hatte gehofft, die heimliche Täuschung zu genießen, aber ich fühlte nichts, nicht einmal Schuld. Während ich beobachtete, wie Haley den Kuchen zum Buffet brachte, hoffte ich sogar, dass sie ausrutschen und der Kuchen durch die Luft fliegen würde, dass er mit dem Affengesicht voran auf dem harten Boden landen und der widerlich süße Affenschädel eingedrückt und die Zuckerbananen-Deko überall herumfliegen würde.

Musik begann, aus einem der Lautsprecher zu plärren, als eine lebhafte Frau in einem T-Shirt von Affenspaß-Kinderunterhaltung hereingesprungen kam. Hinter ihr kamen Julie und Greg. Bei seinem Anblick rebellierte mein Magen. Ich hatte gehofft, er würde nicht hier sein. Ich war mir nicht sicher, ob ich diesen Mann noch länger ertragen konnte.

»Kommt her, Kinder!«, rief die Entertainerin, und die Kinder rannten zu ihr hinüber.

Ich zog mich mit Mike in den hinteren Teil des Raums zurück, als die Partyspiele begannen. Während der nächsten

Stunde kippte ich warmen Wein in mich hinein, und mir wurde in dem stickigen Saal heiß. Ich wollte den Schal ausziehen, doch Mike legte mir die Hand auf den Arm. »Lass ihn besser an.«

»Du wolltest doch, dass ich sexy aussehe«, flüsterte ich und lächelte ihn an. Mein Kopf drehte sich von dem Wein.

Er sah auf die feinen Linien zwischen meinen Brüsten. »Es ist ein bisschen tief ausgeschnitten.«

Ich fühlte meine Wangen erneut rot werden und bemerkte Donna, die uns beobachtete.

Plötzlich verspürte ich das dringende Bedürfnis, die Person zu sein, für die Donna mich hielt. Also riss ich mir den Schal herunter.

»Mir ist heiß, also ziehe ich ihn aus«, sagte ich herausfordernd zu Mike. »Ich hole mir auch noch einen Wein.«

Donna lächelte.

Als die Party zu Ende war, liefen die Kinder überall herum, aufgedreht von den Spielen, erschöpft und aufgeregt zugleich. Beckys rosa Tutu und ihr weißes Top waren schmutzig, ihre Wangen gerötet von dem ganzen Spaß. Die Party-Entertainerin stimmte eine falsche Version von »Happy Birthday« an und alle stimmten mit ein, einschließlich Becky, die den Text so laut schrie, wie sie konnte, während sie auf und ab wippte. Mein Herz schwoll an beim Anblick meiner Tochter. An Becky war nie etwas Gekünsteltes, vor allem damals nicht. Alles war reine, ungetrübte Freude. Während ich sie beobachtete, wünschte ich, ich könnte so sein wie sie.

»Pub?«, sagte Greg zu Mike, als die Party sich auflöste. »Ein paar von uns gehen noch ins *Kingfisher* nebenan.« Mir fiel auf, dass er mich diesmal nicht ansah, trotz meines tief ausgeschnittenen Oberteils.

»Oh ja, Pub!«, rief Becky und klatschte in die Hände.

Greg und Julie brachen in Gelächter aus. »Becky hat entschieden«, sagte Mike. »Ist das okay?«, fragte er mich. »Nur auf ein Pint.«

Ich zuckte mit den Schultern. »Okay, also los.«

Aus einem Pint wurden viele und aus einer Stunde drei. In der untergehenden Sonne hatten sich draußen vor dem Pub mehrere Paare um zwei Bänke versammelt. Das Pub hatte einen schönen, von Bäumen umstandenen Garten mit lauter Bänken. Als ich meinen Gin trank, eine willkommene Abwechslung nach dem warmen Wein, wurde ich ruhig, beobachtete, wie die anderen sich unterhielten und genoss es, wie mir allmählich schwindelig wurde.

»Okay, alle mal herhören«, sagte Cynthia dramatisch und klatschte in die Hände wie eine Schuldirektorin. Hinter ihr verschwand die Sonne im Meer. »Ich habe eine Unterschriftensammlung gestartet, um diesen Obdachlosen loszuwerden.«

Ich sah sie über meine Sonnenbrille hinweg an. »Du meinst Idris?«

Mike runzelte die Stirn. »Heißt er so?«

»Soweit ich gehört habe«, antwortete ich lässig, trank einen Schluck Gin und schob mir eine Haarsträhne aus den Augen.

»Unser Stadtrat hat versprochen, sich der Sache anzunehmen und diesen Mann aus der Höhle zu vertreiben, wenn wir genug Unterschriften zusammenbekommen«, sagte Cynthia.

»Gehört die Höhle nicht den Petersons?«, fragte Haley.

»Nicht mehr. Sie hat vor Jahren den Besitzer gewechselt«, sagte Greg.

»Den neuen Besitzer kann niemand erreichen«, fügte Cynthia hinzu. »Aber dieser Stadtrat hat gesagt, dass er einen Weg gefunden hat, den Besitzer zu umgehen. Er kann den Mann innerhalb einer Woche zwangsevakuieren, wenn wir als Eltern Druck machen.«

»Aber er tut doch niemandem was«, sagte Donna leise.

»*Natürlich* tut er das, Donna!«, rief Cynthia. »Er dealt von dieser Höhle aus mit Drogen.«

»Das wissen wir nicht«, sagte ich sehr verärgert. »Das Land befindet sich mitten in einer Wirtschaftskrise, Cynthia. Er kann auch einfach nur seinen Job verloren haben.«

»Aber es ist doch offensichtlich, dass da irgendwas vorgeht!«, sagte Cynthias Mann Clive. Er hielt sich auf eine gewisse Art gerade, durch die er wohl jedem klarmachen wollte, dass er das Sagen hatte. »All die Kinder, die dort herumhängen.«

»*Kinder*«, sagte Greg. »Darum geht es. Ich denke nicht, dass es um Drogen geht. Der Mann hat eindeutig eine Vorliebe für junge Mädchen.«

Alle nickten, bis auf Donna und mich.

Sie runzelte die Stirn. »Ich finde das nicht besonders fair.«

»Sprich lauter, meine Liebe!«, sagte Clive, während Cynthia lachte.

»Sie hat gesagt, dass das nicht fair ist!«, sagte ich laut. »Hört ihr euch eigentlich selbst zu?«

Mike legte mir warnend die Hand aufs Knie, aber ich schob sie weg.

»Es gibt keinen Beweis für diese Anschuldigungen«, fuhr ich fort und spürte die ganzen Frustrationen, die sich in den vergangenen Tagen in mir angesammelt hatten. »Das sind alles nur Gerüchte und Spekulationen.«

»Gerüchte sollten genug sein, wenn es um unsere Kinder geht, Selma«, sagte Cynthia mit verkniffenem Mund. »Als Mutter solltest du …«

»Oh ja, als Mutter«, antwortete ich und trank noch einen Schluck Gin. »Da sollte ich auf jede verdammte Weise perfekt sein, nicht?«

Cynthia schwieg, Greg runzelte die Stirn, und alle wurden still. Nur Donna lächelte leicht.

»Selma«, zischte Mike warnend. Seine Hand drückte mein Knie jetzt so fest, dass es wehtat.

Ich schloss die Augen und spürte, wie es in mir kochte und schäumte. Ich war hin- und hergerissen, ob ich mich zurückhalten oder explodieren und brüllen sollte. Mike spürte das – ich merkte es am Griff seiner Hand.

»Es gefällt dir wohl, den Mann zu verteidigen?«, sagte Cynthia.

Ich öffnete die Augen und sah den durchtriebenen Blick ihrer grünen Augen.

»Und dir gefällt es wohl, deinen Mann zu verteidigen«, blaffte ich zurück. »Obwohl jeder weiß, dass er das Kindermädchen flachgelegt hat.«

Alle rissen den Mund auf, selbst Donna. Cynthia wurde rot, und ihr Mann ganz blass.

»Mein Gott, Selma«, sagte Mike.

Ich blickte in all die schockierten und verletzten Gesichter. Ich wusste, dass ich zu weit gegangen war, doch ich merkte, dass es mir egal war. Es war mir total egal.

Ich stand auf. »Ich muss hier weg.«

»Ja, das glaube ich auch«, sagte Mike, griff nach meinem Arm und stand ebenfalls auf.

Ich riss mich los und blitzte ihn an. »Nein, du bleibst.«

Ich spähte zu Becky hinüber, die hinten im Garten mit ihren Freundinnen spielte. Dann ging ich, meine Absätze kämpften mit dem Kiesboden im Garten und in meinem Kopf mischten sich die berauschenden Gefühle: Schuld, Verlegenheit, Stolz und freudige Erregung.

»Scheiß auf alle«, sagte ich mir und drängte Schuld und Verlegenheit weg. Ich beschleunigte meine Schritte und ging Richtung Meer, meine Brust schien fast zu explodieren. Das Meer brüllte mich an, und die dunklen Wolken über mir sahen mich an, als wollten sie sagen: Und was jetzt, Selma? Was kommt als Nächstes?

Als Antwort begann ich zu laufen, mein Haar löste sich aus dem Knoten und wehte hinter mir her. Als ich schließlich am Meer war, stützte ich mich auf einen Kreidefelsen, beugte mich vor und rang nach Luft. Dann stolperte ich zum Wasser und ließ mich zu Boden fallen. Der Geruch von Sand und Seetang drang mir in die Nase.

»Ich kann das nicht«, sagte ich und krallte die Hände in den Sand. »Ich kann das nicht mehr. Ich kann es nicht.«

Ich schloss die Augen und sah die Gesichter der Menschen vor mir, die in den letzten Jahren mein soziales Umfeld ausgemacht hatten. Dann sah ich Mike … und Becky.

Meine wunderbare Becky.

Sie waren die tragenden Wände des Lebens, das ich mir aufgebaut hatte.

Sie sind mein Gefängnis.

Ich stellte mir vor, wie die Wände eine nach der anderen einstürzten. Ein Schimmer von Licht drang aus der Ferne zu mir. Ein bisschen Raum für mich, das war alles, was ich brauchte. Ein paar Tage würden mir helfen, wieder zu Atem und von allem wegzukommen. Es hatte schon einmal funktioniert, als Becky gerade auf die Welt gekommen war. Warum sollte es jetzt nicht noch mal funktionieren?

Beim Gedanken an Becky schluchzte ich auf. Nein! Was dachte ich denn da bloß? Ich konnte doch nicht einfach weglaufen, ich hatte schließlich Verpflichtungen ...

Oder konnte ich doch?

»Ich kann nicht«, flüsterte ich.

»Du kannst«, sagte eine Stimme.

Ich erstarrte. Die Brise hatte eine Stimme zu mir herübergetragen. Ich starrte in die Dunkelheit hinter mir, dann machte ich eine Gestalt aus. Noch bevor er ins Mondlicht trat, wusste ich, wer es war.

Idris.

5

Becky

Sussex, Großbritannien
1. Juni 2018

Becky muss sich hinsetzen, als sie die Stimme ihrer Mutter hört. Sie greift nach der Sessellehne, versucht, ihren Atem unter Kontrolle zu bekommen.

Zehn Jahre.

Es ist zehn Jahre her, seit sie das letzte Mal miteinander gesprochen haben. Sie haben sich gestritten: Ihre Mutter hatte gezögert, ihrem Vater nach einem Unfall im Frankreichurlaub zu helfen und ihm Geld zu schicken. Nicht dass sie vorher besonders viel miteinander geredet hätten, bis auf die peinlichen Abendessen an einigen Geburtstagen. Natürlich war der Scheck für ihren Dad am nächsten Tag eingetroffen. Doch was ihre Mutter gesagt hatte, der Hass und die Bitterkeit, die sich gegen ihren Vater richteten, die *Lügen*, hatten das Fass zum Überlaufen gebracht.

Bis jetzt. Ihre Mutter räuspert sich. »Er hat gesagt, ich soll anrufen.«

»Wer hat das gesagt?«

»Der lästige Krankenpfleger, der gerade neben mir steht. Ehrlich, du solltest sehen, wie er mich ansieht.« Eine Stimme ist im Hintergrund zu hören, Lachen.

»Du bist im Krankenhaus?«, fragt Becky.

Ein Seufzer. »Scheint so.«

Angst steigt in Becky hoch, doch sie schiebt sie weg. Bei ihrer Mutter kann sie sich nie sicher sein. Sie muss abwarten, was sie sagt, bevor sie sich eine Reaktion erlaubt.

Summer kommt zu ihr getapst und stößt die Nase leicht in Beckys Schoß, als würde sie ihr Unbehagen spüren. Sie tätschelt ihrer Hündin den Kopf und schöpft Kraft aus ihrer Anwesenheit.

»Geht's dir gut?«, fragt Becky höflich, als würde sie mit einer entfernten Bekannten sprechen.

»Ich sterbe.«

Becky fällt der Hörer aus der Hand. Sie greift schnell danach, bevor er auf dem Boden landet. Ein weiterer Hund drängt sich zu ihr in die Diele. Becky steht auf und drückt das Telefon ans Ohr.

»Moment«, sagt sie. »Wie war das bitte? Was hast du?«, fragt sie mit zitternder Stimme.

»Natürlich Krebs. Wann ist es mal kein Krebs?«

»Mein Gott.« Becky geht in der Diele auf und ab, während die Hunde hinter ihr hertrotten. »Haben sie dir wirklich gesagt, dass du stirbst? Die Ärzte, meine ich?«

»Ja, natürlich.«

Plötzlich meldet sich die Medizinerin in Becky. Sie greift danach wie nach einem Rettungsring, der sie vor dem Ertrinken bewahren soll. »Was für eine Art Krebs?«

»Brustkrebs.«

»Hast du eine Chemo bekommen? Es gibt neue Forschungsergebnisse, neue Behandlungsweisen. Du hast Geld, du kannst …«

»Becky, Liebling, ich bin ein hoffnungsloser Fall.«

Becky spürt Tränen in den Augen und sieht zur Decke hoch. Es spielt keine Rolle, was ihre Mutter getan hat. Sie sind vom gleichen Fleisch und Blut. Sie hat sie geboren, sie neun Monate in sich getragen.

Und jetzt stirbt sie. Sie wird nicht mehr da sein, der Mensch, an den Becky jeden Morgen denkt, wenn sie aufwacht, obwohl sie immer versucht, das nicht zu tun.

Sie atmet tief durch und versucht, sich zu beruhigen. »Wie lange hast du noch?«

»Ein paar Tage, sagen sie.«

Becky ist plötzlich schlecht. Wie können es nur noch *Tage* sein?

»Bist du noch da, Becky?« Dann bricht die Stimme ihrer Mutter, der erste Hinweis auf Verletzlichkeit. Er ruft eine solche Traurigkeit in Beckys Herzen hervor, dass sie kaum noch Luft bekommt.

»Entschuldige, Mum, ich versuche nur, das alles zu verdauen«, flüstert sie.

Einen Moment herrscht Stille. Sie atmen nur gemeinsam, Mutter und Tochter.

»Kommst du?«, fragt ihre Mutter schließlich. Ihre Stimme ist dünn wie die eines Kindes. »Ich möchte nicht allein sterben.«

Becky schlägt die Hand vor den Mund und unterdrückt ein Schluchzen. »Natürlich. Wo bist du? Ich komme sofort.«

Die Onkologie im Krankenhaus von Queensbay ist nicht trostlos, wie Becky erwartet hat. Die Wände sind mit fröhlichen Motiven bemalt, und durch das große Fenster im Hintergrund kann Becky sogar die malerischen Geschäfte der Stadt sehen, einschließlich des netten kleinen Buchladens, in dem ihre Mutter einmal eine Signierstunde abgehalten hat, wie sie sich erinnert. Das war drei Jahre nachdem ihre Mutter sie verlassen hatte. Becky hat damals mit ihrem Vater schon in Busby-on-Sea gelebt und ging dort zur Schule. Es hatte gedauert, sich an ein Leben ohne ihre Mutter zu gewöhnen, an ein Leben ohne eine Frau, vor allem bei besonderen Gelegenheiten wie dem Kauf ihres ersten BHs. Ein Telefonat oder ein schnelles, zwischen irgendwelche Abgabefristen gequetschtes Mittagessen reichten bei solchen Gelegenheiten nicht. Sie hatte gehofft, das Wochenende, das sie bei ihrer Mum in Queensbay verbringen sollte, würde daran etwas ändern. Sie sollte bei der Präsentation ihres Romans dabei sein, doch ihre Mum war so beschäftigt und nervös gewesen, dass sie sich nur um ihre Party gekümmert und ihre Rede geübt und sich kaum um Becky gekümmert hatte. *Findest du, das klingt gut, Becky? Der Satz, dass das Schreiben wie ein Floß für mich ist, das mich über Wasser hält? Oder wäre* Boot *vielleicht besser?* Sie hatten kaum Zeit füreinander gehabt, und ganz klar keine Zeit, um über den Kauf von BHs zu sprechen. Die elfjährige Becky hatte verärgert und schmollend an der Buchpräsentation teilgenommen; auf den Fotos lächelte sie nicht ein einziges Mal.

Jetzt hing in demselben Buchladen das Plakat eines stimmungsvoll aussehenden Buches mit dem Titel *Die Höhle*, der als »ergreifender Roman des Debütanten Thomas Delaney« beschrieben wurde; darunter war ein Foto von einem leicht übergewichtigen Mann in den Dreißigern mit einem Spazierstock.

Es war seltsam, zurück in die Stadt zu kommen, die sie vor so vielen Jahren verlassen hatte, die vertrauten Kreidefelsen in der Ferne zu sehen, die Bucht und die pittoresken Läden. Vielleicht hatte sie irgendwie gewusst, dass sie eines Tages herkommen würde, wenn ihre Mum krank war oder im Sterben lag.

Aber nicht so bald.

Vor der Station ihrer Mutter hält sie inne. Das letzte Mal war sie als Neugeborenes hier im Krankenhaus, auf der Entbindungsstation, eine Etage tiefer. Sie denkt an die Fotos, die sie so genau studiert hat, nachdem ihre Mutter fortgegangen war, vor allem an das eine, auf dem sie Becky in den Armen hält und mit gerunzelter Stirn auf das kleine Wesen hinunterblickt, als würde es sie verwirren, als wäre es ihr vollkommen fremd.

Becky seufzt und guckt auf das Schild an der Station.

Station 3. Onkologie.

Bei diesem Anblick dreht sich ihr fast der Magen um. Sie ist es gewohnt, dieses Wort in Aufzeichnungen und Büchern zu sehen. Dieses Wort ist für ihre Patienten bestimmt, was schlimm genug ist, doch jetzt hat es etwas mit ihrer *Mum* zu tun.

Sie atmet tief durch und geht hinein, vorbei an den lächelnden Sonnen und flauschigen Wolken. Sie weiß, dass ihre Mutter das alles wahrscheinlich hasst. Das Büro in ihrem alten Haus war dunkel und düster gewesen: eine herbstliche Waldszene an der einen Wand, braune Farbe an der anderen, Mahagonimöbel. Die einzigen Farbkleckse waren damals die violetten Kissen und die scharlachroten Stifte. Sicher fühlt sie sich in diesem Krankenhaus nicht wohl.

Vielleicht braucht sie mich deshalb, überlegt Becky. *Ein vertrautes Gesicht.*

Aber ist sie ihr wirklich vertraut? Es ist schließlich zehn Jahre her. Sie sieht ihr Spiegelbild in einem der Fenster, an denen sie vorbeigeht: das blonde Haar zu einem unordentlichen Pferdeschwanz zusammengebunden, das Gesicht ungeschminkt, alte Jeans, übersät mit matschigen Pfotenabdrücken. Zumindest ihr hellblaues T-Shirt ist frisch, sie hat es schnell aus dem Stapel mit der frischen Wäsche gezogen. Es ist ein Kontrast zu ihrer Mutter, die immer glamourös war, immer perfekt geschminkt. Ob sie jetzt irgendwie anders ist? Sie ist schließlich fünfundsechzig.

Becky sucht sie in einem Krankensaal, in dem sich zehn Betten drängen. Die Leute dösen, einige haben Besuch. Da stehen Karten, die ihnen alles Gute wünschen, fröhlich blühende Blumen, als sollten sie davon ablenken, dass das Leben langsam aus den Körpern der Empfänger rinnt.

Ein Krankenpfleger kommt vorbei und Becky fragt sich, ob er derjenige ist, der bei ihrer Mutter war, als sie telefoniert haben.

»Entschuldigung«, sagt sie und hält ihn an. »Ich suche meine Mutter, sie ist …«

»Ah ja«, sagt er lächelnd. »Sie müssen die Tochter von Miss Rhys sein.«

Becky nickt. Es ist seltsam, dass ihre Mutter den Namen ihres Exmannes behalten hat, aber Becky überrascht das nicht. Es ist schließlich der Name, unter dem ihre Leser sie kennen.

»Kommen Sie mit. Sie liegt in einem Einzelzimmer«, sagt der Pfleger.

Ein Einzelzimmer. Natürlich. Sie ist schließlich eine bekannte Autorin.

»Ist es wirklich so schlimm, wie sie sagt?«, fragt Becky den Krankenpfleger, als er sie zum Zimmer ihrer Mutter bringt.

»Ich fürchte, ja«, antwortet er seufzend. »Sie gibt sich große Mühe, gut auszusehen, aber es dauert nicht mehr lange.« Er hält inne und legt Becky eine Hand auf den Arm. »Es tut mir sehr leid.«

Becky atmet tief durch. »Ich hatte keine Ahnung. Wir haben seit Jahren nicht miteinander gesprochen.«

Der Krankenpfleger runzelt die Stirn. »Sie hat mir erzählt, dass Sie vor ein paar Monaten auf ihrer letzten Buchpräsentation waren.«

Becky verkrampft sich. Zweifellos eine Beschönigung ihrer Mutter. »Nein. Sie muss wohl langsam verwirrt werden.«

Der Krankenpfleger nickt teilnahmsvoll. »Das kommt vor.«

Er führt sie einen kleinen Gang hinunter, von dem Türen abgehen, und klopft leise an eine davon.

»Sie brauchen nicht anzuklopfen, Nigel«, hört Becky ihre Mutter rufen. »In den letzten Tagen dürften Sie weiß Gott alles gesehen haben, was es zu sehen gibt.«

Es fühlt sich seltsam an, die Stimme ihrer Mutter wieder zu hören, nur etwa einen Meter entfernt statt am Telefon. Tief und harsch, als hätte Sand sie kratzig werden lassen.

Der Krankenpfleger lacht. »Ihre Tochter ist hier, Miss Rhys.«

Becky streicht ihr Haar glatt, sie ist nervös.

»Dann nur herein«, ruft ihre Mutter. Der Krankenpfleger öffnet die Tür. »Ich lasse Sie jetzt allein«, flüstert er ihr zu und geht.

Becky steht auf der Schwelle. Sie kann ihre Mutter nicht richtig sehen, sie sieht nur das Ende des Betts und ein großes Fenster, das aufs Meer hinausgeht. Plötzlich verspürt sie den Drang wegzulaufen. Hatte ihre Mum das nicht getan, als sie sie am nötigsten gebraucht hatte? Sie war erst acht gewesen, verdammt. Und ihre Mutter hatte ihr trotzdem den Rücken zugekehrt und war gegangen, nicht wahr?

Aber sie ist nicht wie ihre Mutter.

Sie tritt ein und sieht mit jedem Schritt, den sie macht, mehr von ihrer Mutter. Sie liegt im Bett, den Kopf zum Fenster gedreht, ihr früher so üppiges dunkles Haar ist spröde und teilweise grau. Ihre Arme, die einmal mollig und gebräunt waren, sind jetzt dünn, papiern und weiß und ihre Apfelbäckchen eingesunken.

Sie dreht sich zu Becky um. Selbst ihre blauen Augen haben sich verändert. Sie waren einmal lebhaft, jetzt sind sie blass und wässrig. Das Einzige, was an ihr altes Selbst erinnert, ist eine gewisse Schärfe in ihrem Blick. Und natürlich das knallige Nachthemd mit leuchtend grünen Nachtigallen vor dunkelblauem Himmel.

Ihre Mutter lächelt leicht und für einen Moment bleibt die Zeit stehen. Becky ist wieder das achtjährige Mädchen, das an einem windumtosten Strand steht und nach der Hand ihrer Mum greift, die auf sie hinunterlächelt.

»Du bist gekommen«, sagt ihre Mum.

»Natürlich.« Becky geht zu ihr, während ihre Mum sich

bemüht, sich aufzusetzen und das Oberteil ihres Nacht-hemds zurechtzieht. Becky studiert forschend ihr Gesicht. Es hat Falten und Runzeln, die sie nicht kennt. Ihre Mum hatte nie ein glattes Gesicht – ein paar Pockennarben von einer Kindheitsakne auf den Wangen, Fältchen um die Augen, schon in jungen Jahren –, aber das hat sie nur noch schöner gemacht. Doch jetzt sieht man ihr das Alter an. Die Qual der Krankheit.

»Nicht ganz so, wie du mich in Erinnerung hast, was?«, sagt sie, als könnte sie Beckys Gedanken lesen.

»Es ist zehn Jahre her«, antwortet Becky. Sie räumt ein Buch vom Stuhl neben dem Bett ihrer Mutter, sodass sie sich setzen kann. *Love* von Angela Carter. Sie kann sich erinnern, dass ihre Mum viele von Angela Carters Büchern gelesen hat.

»Waren es wirklich zehn Jahre?«, fragt ihre Mutter.

»Ja, so lange.« Becky beugt sich vor. Sie hat das Gefühl, sie müsste die Hand ihrer Mum ergreifen, sie auf die Wange küssen. Doch die Dinge zwischen ihnen fühlen sich so zerbrechlich an, als könnte eine einzige Berührung alles zerstören. »Wie lange weißt du es schon?«

»Ich weiß seit Jahren, dass ich Krebs habe.«

Becky runzelt die Stirn. »Und warum hast du mir nichts gesagt?«

»Hast du nicht das letzte Mal, als wir miteinander gesprochen haben, gesagt, dass du nie mehr mit mir reden willst?«

Becky steigt die Röte in die Wangen.

»Egal, bis jetzt bin ich gut zurechtgekommen.« Ihre Mum streicht mit den Fingern die frischen weißen Bettlaken glatt und zuckt mit den Schultern. »Früher oder später musste es mich wohl einholen.«

»Ich nehme mal an, der Krebs hat gestreut?«, fragt Becky.

Ihre Mutter nickt. »Gehirn, Knochen, Leber. Wahrscheinlich auch Oberhaut und Haarsträhnen. Einfach alles.«

Becky dreht sich weg, eine Träne läuft ihr die Wange hinunter. Aus den Augenwinkeln bemerkt sie, dass ihre Mutter die Hand nach ihr ausstreckt.

Dann klopft es an der Tür.

Ihre Mutter lässt die Hand sinken. »Herein!«, ruft sie mit einer gespielt fröhlichen Stimme.

Eine Ärztin kommt herein; eine Inderin, groß und ernst aussehend.

»Ah, Sie haben Besuch«, sagt sie lächelnd.

»Ja, das ist meine Tochter«, antwortet Beckys Mutter.

Becky steht auf und streckt der Ärztin die Hand entgegen. »Ich bin Becky.«

Die Ärztin schüttelt sie. »Doktor Panchal.« Sie dreht sich zu ihrer Patientin um. »Wie geht es Ihnen heute?«

»Ich bin noch nicht tot«, antwortet Beckys Mutter.

Doktor Panchal sieht sie streng an. Sie dreht sich zu Becky um. »Es freut mich, dass Sie hier sind. Ihre Mutter hat Ihnen vielleicht erzählt, dass wir Vorbereitungen treffen, um sie in ein Hospiz zu verlegen, in ein sehr gutes. Sie haben einen ausgezeichneten Ruf, was die Palliativpflege angeht.«

Becky blinzelt. Palliativpflege. Das Ende des Lebens. Das Ende des Lebens ihrer Mutter.

»Meine Tochter ist auch eine von euch«, sagt ihre Mutter zu der Ärztin.

»Sie sind auch Ärztin?«, fragt die Ärztin.

»Nein, Tierärztin«, erklärt Becky.

Die Ärztin lächelt. »Wunderbar. Ich habe zwei Katzen.«

»Welche Rasse?«, fragt Becky und klammert sich an die vertraute Unterhaltung, die sie davon abhalten soll, in ein großes, tiefes Loch der Trauer zu fallen.

»Siamkatzen.«

»In einem meiner Romane gab es mal eine Siamkatze«, sagt ihre Mutter.

»Oh ja«, meint die Ärztin. »In *Der Kreis*, nicht wahr?«

»Richtig«, seufzt Beckys Mutter. »Dieses Buch mag ich eigentlich am wenigsten.«

»Wirklich?«, fragt die Ärztin. »Ich habe es geliebt.«

Es fühlt sich für Becky immer noch seltsam an, wenn Leute Aufhebens um die Romane ihrer Mutter machen. Sie erinnert sich vor allem an die frühen Jahre, in denen ihre Mutter um den Erfolg gekämpft hat. Doch inzwischen hat sie mehrere Millionen Bücher verkauft und diverse Preise gewonnen. Natürlich hat Becky alles aus der Ferne verfolgt, Artikel gelesen, in denen ihre Mum als die *Sunday-Times-Bestseller-Autorin* und als *Liebling der Buchclubs* beschrieben wurde, mit dem üblichen Pressefoto, auf dem sie auf das Meer hinausschaut, eine Designersonnenbrille auf der Nase, alles sehr à la Greta Garbo. Dann hat sie einen bedeutenden Buchpreis gewonnen, und die Verkäufe ins Ausland hatten dazu geführt, dass sie auch in den Staaten groß herausgekommen war.

Zuerst hat sie Interviews gegeben, die Becky gelesen und frustriert weggeworfen hat, wenn sie die Lügen gelesen hatte, die überall darin zu finden waren: »Meine Scheidung verlief freundschaftlich, ich sehe meinen Mann noch von Zeit zu Zeit.« Oder: »Ich treffe mich mit meiner Tochter, sooft ich kann.«

Doch die Artikel wurden spärlicher, als ihre Mum sich langsam aus der Öffentlichkeit zurückzog und keine Journalisten mehr zu einem Plausch nach Hause einlud. Becky war überrascht gewesen, wie sehr sie ihr das übelgenommen hatte. Sie hungerte nach weiteren Details aus dem Leben ihrer Mutter, jenseits der kurzen Besuche, die vor ihrer Entfremdung stattgefunden hatten. Die neue Zurückgezogenheit ihrer Mutter machte sie wütend.

Dann war ihre Mutter in das riesige Haus über den Klippen gezogen. Das hatte Becky vor ein paar Jahren herausgefunden, als sie ein Feature in einer Hochglanzzeitschrift las, mit einem Foto der »zurückgezogen lebenden Autorin« vor ihrem neuen Zuhause, unter dem sich eine große Höhle befand. Becky hätte am liebsten den Journalisten angerufen und geschrien: »In diese Höhle ist sie weggelaufen! Dafür hat sie mich verlassen!«

Aber natürlich hatte sie das nicht getan. Stattdessen hatte sie versucht, jede Erwähnung ihrer Mum, ihre steigenden Buchverkäufe, ihre Auszeichnungen, ihren Glamour und ihr Mysterium zu ignorieren.

»Ich denke, aus Becky wäre auch eine gute Schriftstellerin geworden«, sagt ihre Mum jetzt.

Becky lacht. »Ernsthaft?«

»Du hast doch mal diesen Kurzgeschichten-Wettbewerb gewonnen, erinnerst du dich?«

Becky weiß genau, was sie meint. Sie hat ihn nicht gewonnen, sie hat den dritten Platz belegt. Trotzdem war sie stolz gewesen und hatte die Geschichte sogar zu einem ihrer monatlichen Treffen mitgebracht, die es in den ersten Jahren noch gegeben hatte. Ihre Mutter hatte die Geschichte gelesen, dann hatte sie aufgeblickt. »Du wirst besser werden mit der Zeit.« Und das war alles gewesen.

»Ich bin Dritte geworden, Mum«, sagt Becky jetzt.

»Oh, Dritte oder Erste, das spielt keine Rolle. Es war eine wundervolle Geschichte.«

Becky runzelte die Stirn. »Den Eindruck hast du mir aber nicht vermittelt, als du sie gelesen hast.«

»Wahrscheinlich weil ich verbergen wollte, dass ich kurz davor war, in Tränen auszubrechen.« Sie sieht die Ärztin an. »Ich werde weinerlich, wenn ich stolz bin. Und was macht die Kunst?«, fährt sie fort. »Du warst immer so gut im Malen. Erinnerst du dich an das Bild, das du mir zu meinem vierzigsten Geburtstag von dem Pferd gemalt hast?«

»Das war ein Hund.«

»Ach ja, ein Hund. Ein fantastisches Bild. Wenn du dich nur hättest entschließen können …«

»Ich *habe* mich entschlossen!«, ruft Becky, der langsam die Geduld ausgeht. »Ich bin Tierärztin!«

Die Ärztin runzelt die Stirn. »Dann überlasse ich Sie beide jetzt mal sich selbst, dann können Sie sich auf den neuesten Stand bringen.« Sie verlässt rückwärts den Raum und schließt leise die Tür hinter sich.

»Du bist ein bisschen gereizt heute Abend«, sagt ihre Mum, als die Ärztin gegangen ist.

»Das passiert nun mal, wenn man plötzlich erfährt, dass die eigene Mutter im Sterben liegt.«

Ihre Mutter lächelt und Becky muss einfach zurücklächeln. Sie weiß, wie empfindlich ihre Mutter manchmal sein kann. Warum sich jetzt darüber ärgern, wo ihnen nur noch so wenig Zeit bleibt?

»Das Hospiz, von dem deine Ärztin gesprochen hat, klingt gut«, sagt sie und setzt sich wieder hin.

Ihre Mutter schneidet eine Grimasse. »Das finde ich nicht.«

»Dort dürftest du wirklich am besten aufgehoben sein.«

Ihre Mutter verschränkt die dünnen Arme. »Nein. Dazu wird es nicht kommen.«

»Aber hier kannst du nicht bleiben«, hält Becky, so freundlich sie kann, dagegen. »Hospize wie dieses gibt es aus einem ganz bestimmten Grund. Und viele von ihnen haben hübsche, wunderschöne Außenanlagen. Das sind friedliche Orte, und sie sind großzügig angelegt.«

Ihre Mutter zieht an den Laken und beißt sich auf die Lippe. »Das spielt keine Rolle. Ich würde mich trotzdem gefangen fühlen.«

Gefangen.

Becky kommt eine Erinnerung: Ihre Mutter steht zu Hause vor dem Spiegel. »Gefangen, ich fühle mich gefangen«, hat sie gesagt.

Sie schiebt die Erinnerung von sich. »Sieh mal, Mum«, sagt Becky freundlich. »Ich denke, es ist wichtig, dass du …«

»Ich habe Nein gesagt!«, ruft ihre Mutter. Ihre Stimme hallt von den Wänden wider. Sie beugt sich vor und greift nach Beckys Händen. »Ich weiß, wo ich sterben möchte, und dazu brauche ich deine Hilfe.«

»Wo denn?«

»In der Höhle. Ich möchte in der Höhle sterben.«

Becky weicht zurück. »Das kommt nicht infrage.«

»Warum?«

»Dir ist nicht klar, was das an Betreuung erfordert. Deine erste Priorität wird bald Geborgenheit sein. Ruhe und Geborgenheit. Und in einer Höhle hast du die *nicht*.«

»Früher hatte ich sie dort«, erwidert ihre Mutter.

Becky fühlt, wie sie böse wird. Sie fühlt sich versucht, ihre Mutter zu fragen, was denn mit der Geborgenheit der Achtjährigen war, wenn sie nachts alleine im Bett lag und sich fragte, wann ihre Mutter zurückkommen würde. Doch stattdessen zwingt sich Becky zu einem sanften Lächeln und drückt die Hand ihrer Mutter.

»Ich verspreche dir, dass du es nicht bereuen wirst, in das Hospiz zu gehen. Lass mich mehr Informationen darüber einholen und auch über ein paar andere, sodass du Wahlmöglichkeiten hast. Ich denke, du wirst einsehen, dass es das Richtige ist.«

Ihre Mutter schüttelt frustriert den Kopf. »Bitte, du bist die einzige Hoffnung, die ich habe, Becky! Die Leute hier werden das nicht wagen, so besessen, wie sie von Gesundheit und Sicherheit sind. Was spielt das alles schon für eine Rolle? Ich sterbe ohnehin.«

»Es tut mir leid, Mum, das kann ich nicht tun. Ich besorge die Broschüren. Kann ich dir sonst noch irgendwas mitbringen? Soll ich dir im Laden etwas Schokolade kaufen oder eine Zeitschrift?«

Das Gesicht ihrer Mutter erstarrt, und sie sieht weg. »Nein. Ich möchte jetzt allein sein. Wahrscheinlich ist es am besten, du fährst nach Hause. Es ist schon spät.«

Becky sieht ihre Mutter eine Weile an. »Bist du dir sicher? Ich kann noch bleiben, wirklich.«

Ihre Mutter schlägt den oberen Rand der Bettdecke um und streicht sie glatt. »Ganz sicher.«

»Gut.« Becky steht auf. »Du hast meine Nummer, also ruf an, wenn du etwas brauchst. Ich komme morgen früh wieder.«

Noch immer keine Antwort.

Becky beugt sich über ihre Mutter und drückt ihre Schulter. »Alles wird gut«, sagt sie leise. »Schlaf darüber. Morgens sieht man immer klarer.«

Die Stirn ihrer Mutter kraust sich leicht. »Jemand hat mir mal genau das Gegenteil gesagt, dass die Klarheit mit der Dunkelheit kommt.« Dann seufzt sie und schließt die Augen.

6

Selma

Idris trug Shorts und hielt eine Angel in der Hand. Sein goldenes Haar fiel auf die gebräunten Schultern und seine grünen Augen waren so lebendig, dass sie unwirklich erschienen. Seine nackte Brust war in Mondlicht gebadet und in diesem Licht sah ich die Narben, die auf seiner Brust nach unten hin spitz zuliefen.

»Du kannst«, wiederholte er und trat auf mich zu. »Wie auch immer die Frage in deinem Kopf lautet, die Antwort ist Ja.«

Ich sah ihn überrascht an. »Woher hast du überhaupt gewusst, dass ich eine Frage habe?«

»Du stehst vor einer schwierigen Entscheidung. Das kann ich spüren.« Er legte seine Angel hin, setzte sich neben mich und sah aufs Meer hinaus. Er *roch* nach Meer, salzig und wohlig. »Dein Körper schreit es hinaus«, sagte er. »Deine Haltung, dein Gesichtsausdruck, einfach alles.«

Ich ballte die Hände zu Fäusten und beobachtete, wie sich der Sand zwischen meinen Fingern hindurchdrückte. Ich saß nicht an diesem Strand, um mir von jemandem wie ihm einen Vortrag halten zu lassen, egal, wie sehr er mich faszinierte.

»Ich bin hierhergekommen, um allein zu sein«, sagte ich.

»Dann gehe ich.« Er stand auf.

»Warte mal!« Ich konnte ihn nicht gehen lassen, ohne ihn etwas gefragt zu haben. »Woher weißt du so viel über mich? Und dass ich Schriftstellerin bin?«

Er zeigte in Richtung der kleinen Buchhandlung. »Du hast dort Bücher signiert.«

»Das ist ewig her.«

»Sie haben hinten immer noch ein Plakat hängen.«

»Ah, verstehe.«

»Wir lesen dein Buch. Es ist wunderbar.«

»Dann seid ihr jetzt der Queensbay-Höhlenbewohner-Buchclub?«

Er lachte. »So was Ähnliches. Dann lass ich dich jetzt mal allein.«

Er wandte sich um, doch irgendwie wollte ich jetzt, dass er blieb. Ich war neugierig, was ihn anging. Warum schickte ich ihn weg?

»Warte. Bleib da, es ist okay. Jetzt weiß ich zumindest, dass du bei Büchern einen guten Geschmack hast.«

Er lächelte und setzte sich wieder neben mich. »Beurteilst du die Leute danach, was sie lesen?«

»Warum nicht?«

Wir saßen einen Moment schweigend da, dann drehte ich mich zu ihm hin. »Du hast gesagt, dass ich die Frage in meinem Kopf mit Ja beantworten soll. Wenn aber Ja bedeutet, dass ich alles verliere?«

Er dachte mit gerunzelter Stirn darüber nach. »Was bedeutet ›alles‹ für dich?«

»Meine Familie. Meinen Mann und meine Tochter.«

Er betrachtete mein Gesicht ganz intensiv. »Nein. Ich denke nicht, dass das alles ist.«

»Wie bitte?«

»Wenn deine Familie wirklich alles für dich ist, wenn sie dich ganz und vollkommen macht, warum siehst du dann jetzt so leer aus?«

Ich holte tief Luft und atmete wieder aus.

»Die Gesellschaft sagt dir, dass die Familie alles ist«, sagte er und zeichnete im Mondlicht mit dem Finger einen Kreis in den Sand. »Aber für manche ist das nicht genug. Sie brauchen mehr.« Er zeichnete ein Oval um den Kreis und machte ein Auge daraus.

»Mehr – wovon?«, fragte ich und spürte mein Herz in der Brust schlagen und die Härchen an meinen Armen zu Berge stehen. Ich *hatte* tatsächlich das Gefühl, an einem Wendepunkt meines Lebens zu stehen, Idris hatte recht.

»Du bist Schriftstellerin«, erklärte er. »Wie fühlst du dich, wenn du schreibst?«

Ich überlegte eine Weile. »Richtig«, sagte ich schließlich. »Es fühlt sich einfach … richtig an.«

»Du fühlst dich ganz?«

Ich nickte. »Ja.«

»Es gibt im Leben Berufungen.« Ich konnte nicht anders, als mich darüber lustig zu machen, und Idris lächelte. »Ich weiß, wie klischeehaft das klingt, aber es ist wahr. Wir alle haben eine Rolle auszufüllen. Unsere *wahre* Berufung. Und alles, was uns davon abhält, macht uns unglücklich.«

»Das ist eine zu simple Sichtweise. Und zu idealistisch.

Das wahre Leben bedeutet, dass wir nicht unsere ganze Zeit einer einzigen Sache widmen können.«

Er sah mir in die Augen. »Wessen Sichtweise des wahren Lebens ist das?«

»Die Sichtweise aller.«

»Nein, das ist die Ansicht der Gesellschaft. Sie unterdrückt uns.«

»Dann empfiehlst du, dass wir alle in einer Höhle leben und schreiben oder malen oder was auch immer du und die anderen in eurer Höhe tun?«

Er zuckte mit den Schultern. »Warum nicht?«

Ich seufzte. »Weil es da meine Familie gibt. Darauf läuft es immer wieder hinaus.«

»Bring sie mit.«

Ich lachte. »Ich bin mir nicht sicher, ob mein Mann dazu bereit sein würde.«

»Deine Tochter wäre es. Sie würde es lieben.«

»Ich bin mir sicher, das würde sie, aber nur, bis es regnet und ihre Puppen nass werden.«

Er lächelte und sah aufs Meer hinaus. »Kinder lieben ein bisschen Regen.«

Ich studierte sein Gesicht, die goldenen Stoppeln auf seinen Wangen, das weiße Glänzen seines Bartes im Mondlicht. »Ich glaub's einfach nicht, dass ich überhaupt mit dir darüber diskutiere.«

»Was ist falsch daran, darüber zu diskutieren? Mach doch noch einen Schritt. Komm mit und lern die anderen kennen.« Er reckte sein Kinn in Richtung der Höhle. »Die Höhle ist größer, als sie von draußen aussieht. Wir machen ein richtiges Zuhause daraus.«

»Du versuchst ernsthaft, mich zu rekrutieren?«

Er neigte den Kopf und sah mich forschend an. *»Rekrutieren?* Das ist eine interessante Wortwahl.« Seine Augen blickten ernst, sein Gesichtsausdruck war freundlich. Er schien nicht verwirrt oder gestört, wie einige Leute behaupteten.

»Wer *bist* du?«, fragte ich.

Er zuckte mit den Schultern. »Ein Maler. Ein Bildhauer.«

»Woher kommst du?«

»Woher kommst *du?*«

»Ah, verstehe, du bist ein Politiker, der eine Frage mit einer Gegenfrage beantwortet.«

Er lachte. »Weit gefehlt.« Sein Gesicht wurde ernst. »Aber das ist eine interessante Frage. Wer bist du, Selma Rhys? Schließ die Augen und denk ernsthaft darüber nach. Sperr das Licht aus. Die Klarheit kommt mit der Dunkelheit. Wer *bist* du?«

Ich versuchte, mich an die Frage heranzutasten. Ich sah Becky, Mike … dann meine Mutter und ihr wunderschönes Gesicht. Ihre eiskalten Augen. »Was glaubst du, wer du bist, Selma?« Ich erinnerte mich, dass meine Mutter mich das einmal gefragt hatte. »Was glaubt du eigentlich, *wer* du bist?«

Zwanzig Jahre später fühlte ich das Gewicht meines ersten Romans in den Händen, nachdem er mit der Post gekommen war. »Ich bin Schriftstellerin, Mutter. Ich bin Schriftstellerin, verdammt«, hatte ich damals laut gesagt.

»Ich bin Schriftstellerin«, sagte ich und riss die Augen auf. Ich merkte, dass mir Tränen übers Gesicht liefen. Verlegen wischte ich sie weg. »Von warmem Wein werde ich immer so emotional«, sagte ich mit einem lei- sen Lachen.

Idris stand auf und streckte mir die Hand hin. »Komm, komm mit und lern die anderen kennen.«

Ich sah seine Hand an und zögerte. Dann merkte ich, wie ich sie ergriff und mit ihm in der Dunkelheit stand.

7

Becky

Kent, Großbritannien
2. Juni 2018

Becky starrt in den dunklen Raum. Sie hört das leise Schnarchen ihrer Hunde vom Treppenabsatz her und versucht, in dem vertrauten Geräusch Trost zu finden. Aber sie kann nicht schlafen. Ihre Gedanken rasen. Sie sieht die Verzweiflung in den Augen ihrer Mutter, als sie sie gebeten hat, sie in die Höhle zu bringen. Und die bittere Enttäuschung, als Becky sich geweigert hat.

Becky schaut auf die Uhr. Drei Uhr morgens. Es ist noch nicht mal hell.

Die Klarheit kommt mit der Dunkelheit.

Sie seufzt und steht auf, geht zum Fenster und blickt über das Feld. Summer spürt ihre Bewegung, wie immer, und beäugt sie vom Treppenabsatz aus, das lange Gesicht auf den Pfoten.

»Ach Summer«, sagt Becky. »Was soll ich nur tun?«

Summer erhebt sich, kommt zu ihr getrottet und schmiegt sich an. Becky streichelt ihren weichen Kopf.

»Die Klarheit kommt anscheinend mit der Dunkelheit«, sagt sie. »Warum habe ich dann nicht die geringste Ahnung, was ich mit meiner Mum machen soll?«

Zur Antwort springt Summer auf und stellt die Vorderpfoten auf die Fensterbank, während sie mit wedelndem Schwanz hinausschaut. Sie gibt ein langes Jaulen von sich, von dem Becky weiß, dass es heißt: Ich möchte raus.

»Du willst *jetzt* einen Spaziergang machen?«, fragt Becky.

Als das Wort Spaziergang fällt, sind Womble und Danny plötzlich auch wach und aufmerksam. Becky stöhnt. Sie hätte es besser wissen und dieses Wort nicht in den Mund nehmen sollen.

»Ich glaub's nicht«, sagt sie, als sie mit wedelnden Schwänzen zu ihr herübergetrottet kommen. »Ihr wollt alle mit mir raus?« Sie werden noch aufgeregter und Becky lacht. »Gut. Dann kommt! Vielleicht bringt mir die Dunkelheit ja etwas Klarheit.«

Sie zieht sich Jeans und einen leichten Pullover an und geht nach draußen. Sie ist überrascht, dass es nicht stockdunkel ist. Der Mond wirft silbernes Licht auf die Felder. Die Hunde springen vor ihr her, sie sind aufgeregt, in der Nacht draußen zu sein. Becky genießt die kühle Nachtluft, aber einen freien Kopf bekommt sie davon auch nicht. Ihre Mutter hat unrecht, die Dunkelheit bringt keine Klarheit.

»Ah, noch jemand, der wach ist«, kommt eine Stimme aus der Dunkelheit. Sie blickt auf und sieht David in seiner Küchentür, eine Tasse in der Hand. Die Hunde springen über den Zaun und auf ihn zu, und er lacht.

»Kannst du auch nicht schlafen?«, fragt Becky.

»Ich konnte noch nie gut schlafen. Aber dich hab ich zu dieser Nachtzeit noch nie gesehen.«

»Mir geht ziemlich viel im Kopf herum.«

»Deine Mutter?«

Becky nickt. Sie hat ihm davon erzählt, als sie am Vorabend zu ihrem Auto geeilt ist und ihn gebeten hat, die Hunde herauszulassen, falls sie nicht in drei Stunden zurück wäre.

»Willst du darüber reden?«, fragt er jetzt.

»Nur wenn du noch eine Tasse davon hast«, sagt sie und zeigt auf seine Hand.

»Das bekomme ich bestimmt hin.«

Sie lächelt, tritt durch das Tor in den Garten und geht in die Küche. Eine Lampe wirft ihr sanftes Licht durch den Raum. Sie hat diese Küche immer gemocht, sie ist voller Krimskrams aus den Jahren, als er in Irland einen Pub hatte: reich verzierte Pintgläser, Hufeisen, gerahmte Fotos von Rennpferden. Es ist gemütlich hier, ein Kontrast zu dem Haus, in dem sie mit ihrem Vater in Busby-on-Sea gewohnt hat, wo es nie richtig wohnlich war.

»Und wie geht es deiner Mutter?«, fragt David und bringt ihr eine Tasse mit dampfend heißer Schokolade.

»Sie ist ganz ihr übliches trotziges Selbst. Gespickt mit ein paar Lügen, was nicht anders zu erwarten war.«

Er lächelt. Sie hat ihm über die Jahre von ihrer Mutter erzählt – Kleinigkeiten nur, aber genug, um sich ein Bild zu machen.

»Ich habe mit ihrer Ärztin gesprochen«, fügt Becky hinzu und bläst auf ihr Getränk. Dampf steigt von der Tasse auf. Sie nippt schnell daran, als sie spürt, wie ihr die Tränen kommen. »Was meine Mutter gesagt hat, stimmt. Sie glauben, dass sie nur noch ein paar Tage zu leben hat.«

David runzelt die Stirn und sieht auf seine Tasse hinunter. »Es tut mir leid, das zu hören«, sagt er und seufzt tief.

»Sie will in der Höhle sterben, in die sie damals geflüchtet ist.«

Er blickt zu Becky auf, die Runzeln auf seiner Stirn werden tiefer. »Wirklich?«

»Ja. Aber das ist natürlich unmöglich. Wie soll das gehen mit den ganzen Medikamenten und allem, was sie braucht?«

»Ist es wirklich unmöglich?« Er sieht ihr in die Augen. »Oder hoffst du das nur?«

»Wie meinst du das?«

David stellt seine Tasse ab und zieht seinen Stuhl näher an ihren heran. Im Licht der Lampe fällt ihr auf, wie alt er aussieht, wie müde.

»Vielleicht willst du nicht tun, worum dich deine Mutter bittet, weil sie ihr ganzes Leben getan hat, was sie wollte. Vielleicht liegt die Entscheidung diesmal bei *dir* und das fühlt sich gut an.«

Becky schüttelt den Kopf. »So ist das nicht. Du weißt, dass ich so nicht bin!«

Er zuckt mit den Schultern. »Ich habe das kleine Mädchen nicht gekannt, das von seiner Mutter verlassen wurde. Das hier bringt vielleicht alles wieder zurück.«

Becky runzelt die Stirn. »Vielleicht. Aber da bleibt immer noch die Tatsache, dass eine Höhle kein schöner Ort zum Sterben ist.«

»Warum nicht? Triff keine Entscheidung, die du irgendwann einmal bereust. Wenn sie denkt, dass sie dort glücklich war, zumindest eine Zeit lang, ist es vielleicht der beste Platz für sie.«

Ich glaube, du wirst hier glücklich sein, Becks, das glaube ich wirklich.

Eine Erinnerung an ihre Mutter taucht auf, wie sie zu ihr hinunterlächelt, die Höhle im Hintergrund. Ihre Mutter hat das einmal zu ihr gesagt.

David gähnt.

»Entschuldige, das ist nicht gerade die Unterhaltung, die man um drei Uhr morgens führt«, sagt Becky.

»Für mich ist das in Ordnung.«

»Nein, ehrlich«, antwortet Becky und steht auf. »Ich bin auch müde. Wir sind beide müde.«

»Du weißt, dass ich immer hier bin.«

»Das weiß ich.« Sie drückt ihm die Hand. Das ist das Gute an David, er ist mehr als nur ein Nachbar. Es fällt ihr immer leicht, mit ihm zu reden. Wahrscheinlich weil er so vernünftige, gute Ratschläge gibt.

Ein paar Minuten später liegt Becky wieder in ihrem Bett, die Hunde haben sich auf dem Treppenabsatz ausgestreckt. Sie schließt die Augen, und der Schlaf kommt sofort, doch er ist durchsetzt mit Träumen von ihrer Mutter, wie sie damals war. So schön, so kurvig, mit ihren blauen Augen und ihren Armen, die sich um Beckys kleinen Körper schlingen. Dann wieder die Höhle, die Worte ihrer Mutter: *Ich glaube, du wirst hier glücklich sein, Becks, das glaube ich wirklich.*

Dann verändert sich der Schauplatz. Ihre Mutter sitzt auf einer Schaukel, und sie weint. Sie blickt auf und lächelt, als sie Becky sieht. »Nur du kannst mich zum Lächeln bringen«, hört sie sie flüstern. »Nur du, Becky.«

Es folgen Szenen von einer Party, laute Musik, ein Kuchen in Form eines Affen. Alle lächeln, sind fröhlich, bis auf ihre Mum.

Und schließlich der Anblick ihrer Mutter, wie sie in die Dunkelheit läuft, wie frei sie aussieht, so hat Becky sie noch nie gesehen, die Höhle lockt sie …

Als am nächsten Morgen die Sonne aufgeht, fährt Becky zurück zum Krankenhaus. Es ist unheimlich still, als sie dort eintrifft. Das Sonnenlicht vor den Fenstern ist blendend weiß. Sie geht zum Zimmer ihrer Mutter, doch eine Krankenpflegerin, müde und missbilligend, hält sie auf. »Vor neun keine Besucher.«

»Es ist wichtig«, sagt Becky.

Die Krankenpflegerin weicht ihrem Blick nicht aus. Etwas in Beckys Gesichtsausdruck führt dazu, dass sie ihre Meinung ändert. »Na gut, aber nur ein paar Minuten«, sagt sie.

Becky geht zum Zimmer ihrer Mutter. Sie sitzt im Bett, als hätte sie sie erwartet.

»Du wolltest, dass ich mit dir in der Höhle lebe, nicht?«, fragt Becky sie.

Ihre Mutter nickt, sie lächelt leicht. »Ich habe deinen Vater verlassen, Liebling, nicht dich. Ich wollte dich mitnehmen. Ich habe darum *gekämpft*, dich mitzunehmen. Sogar vor Gericht bin ich gegangen.«

Becky runzelt die Stirn. »Vor Gericht?« Vage erinnert sie sich, mit offiziell aussehenden Leuten gesprochen zu haben, aber nicht daran, dass ihre Mutter vor Gericht gegangen ist. Ihr Vater muss ihr das verschwiegen haben. Vielleicht war das gut so. »Und warum habe ich dann nicht bei dir gelebt?«

Das Gesicht ihrer Mutter verdüstert sich. Sie seufzt und sieht aus dem Fenster. »Das spielt jetzt keine Rolle mehr.«

Becky geht zum Stuhl neben dem Bett, setzt sich und nimmt die Hand ihrer Mutter. »Ich bringe dich in die Höhle.«

Das Gesicht ihrer Mutter leuchtet auf. Und dann sieht Becky ihre Mutter nach langer Zeit zum ersten Mal weinen.

Am Abend kommen sie auf dem kleinen Parkplatz in Queensbay an. Becky sieht sich um, erwartet, dass eine Krankenpflegerin hinter ihnen her ist, vielleicht sogar die Polizei. Es fühlt sich verboten an, ihre Mutter heimlich aus dem Krankenhaus wegzubringen. Und noch verbotener, all die Medikamente und Vorräte aus der Tierarztpraxis mitzunehmen und Kay zu sagen, dass sie ihr später alles erklären wird und dringend ein paar Tage frei braucht.

Sie hilft ihrer Mutter aus dem Auto und hievt sich den großen Rucksack auf den Rücken, den sie mitgebracht hat. Ihre Mum hält inne und schirmt die Augen vor der Sonne ab, während sie auf die Bucht hinausschaut. Ein »verstecktes Kleinod«, wie die Touristenbroschüre sie beschreibt. Lange Abschnitte mit goldenem Sand. Weiße Klippen. Und die größte Attraktion: die weißen Kreidefelsen, die sich in den Himmel recken. Perfekte Fotomotive, vor allem bei Sonnenuntergang. Becky erinnert sich, dass sie als Kind hier gewesen und über den Sand gelaufen ist, ihn unter den Füßen gespürt hat. Wie ihre Mum vor einem der Felsen posiert und ihr Vater Fotos gemacht hat. *Klick, klick, klick.*

Dann folgen dunklere Erinnerungen, wie sie aus der Ferne zu der Höhle gestarrt hat, deren Öffnung ihr wie das Maul eines Monsters vorkam, das ihre Mum verschlungen hatte.

»Es ist Ebbe, lass uns gehen«, sagt Becky. Ihre Mutter nickt und vorsichtig betreten sie die Strandpromenade. Becky stützt den zerbrechlichen Körper ihrer Mutter.

Das Café ist immer noch da. Es sieht ein bisschen heruntergekommen aus. Vor dem abendlichen Betrieb herrscht Ruhe. Becky erinnert sich, dass sie an manchen Abenden und an den Wochenenden hierhin gegangen sind. Sie ist mit ihren Freunden herumgetollt, während ihre Mum Gin getrunken und eine dunkle Sonnenbrille getragen und ihr Vater schweigend neben ihr gesessen hat. Und sie erinnert sich an die Zeit, nachdem ihre Mutter fortgegangen war; an die peinlichen Treffen, die immer seltener wurden, während die Monate vergingen. Die Erinnerungen schmerzen noch immer – wie verzweifelt sie sich gewünscht hatte, zu ihrer Mum zu rennen und sie zu bitten, doch wieder zurückzukommen, doch ihr kindischer Stolz hatte sie jedes Mal davon abgehalten.

Sie verlassen den Weg und gehen auf dem Sand weiter, über die Schatten, die die Kreidefelsen werfen, langsam, entschlossen. Die kleine Bucht rückt ins Blickfeld. Zunächst sieht man die Höhlen nicht. Wie verborgene Eingänge in ein Labyrinth sind sie in die Seiten der weißen Felsen geschnitten. Die erste Höhle, kleiner als die anderen, ist mit Müll und heruntergebrannten Kerzen übersät. Becky fragt sich, ob sie als Teenager hierhergekommen wäre, wenn sie in Queensbay geblieben wäre, ob sie irgendwas geraucht hätte, das sie nicht hätte rauchen sollen, mit Jungs herumgemacht hätte, statt alleine zu lesen. Es hätte ein sehr anderes Leben werden können als das, das sie mit ihrem Vater in der Stadt gelebt hat.

Sie hilft ihrer Mutter, an der ersten Höhle vorbeizuhumpeln, dann an der zweiten, die größer, aber so niedrig ist, dass man sich ducken muss, um hineinzukommen. Hoch oben erhebt sich das Haus ihrer Mutter, das Hotel, prachtvoll über der hintersten Höhle. Die Schritte ihrer Mum werden schneller, ihr Atem auch, als sie sich *ihrer* Höhle nähern, wie sie sie nennt. Sie befindet sich ganz am Ende der Bucht, fernab vom Rummel der ersten Bucht, abgetrennt durch eine weitere Reihe zerklüfteter weißer Felsen.

Und dann liegt sie vor ihnen, in all ihrer Pracht. Die Höhle, die ihre Mum verschlungen hat.

Schlagartig kehren die Erinnerungen zurück. Fetzen von Gelächter, das Bellen eines Hundes.

Fische, schlüpfrig in ihrer Hand. Die hoch am Himmel stehende Sonne. Und ihre Mum, wie sie damals war, wie sie liebevoll auf sie herunterblickt.

Warum kommen sie gerade jetzt zurück, die vielen guten Erinnerungen? Wo waren sie denn, als die schlechten Erinnerungen auf Becky eingestürmt sind? Der Anblick ihrer Mutter, gebräunt und fremd, wenn sie sich im Café getroffen haben, nachdem sie sie verlassen hatte. Der Zorn ihres Vaters, die Lässigkeit ihrer Mutter. Die Tränen, die Becky vergossen hat, wenn sie sich verzweifelt nach der Umarmung ihrer Mutter gesehnt hat, der Hass, der sie erfüllt hat, als ihr klar geworden war, dass sie nie zurückkommen würde.

Als sie näher kommen, sieht Becky, dass an einer der kleinen Höhlen eine Warnung befestigt ist: *Eintritt verboten. Steinschlaggefahr.* Das Gesicht ihrer Mutter verdüstert sich, als sie es sieht.

»Ist es auch wirklich sicher hier?«, fragt Becky zögernd.

»Meine Höhle ist sicher.«

Meine.

»Wirklich?«, fragt Becky.

»Absolut. Komm.«

Sie bleiben vor der Höhle stehen und schauen hinein. Große Kreidebrocken liegen verstreut herum, sie sind in diversen Farben angemalt, einige sind zerschmettert, einer ist angekohlt. Die weißen Wände der Höhle sind stellenweise mit Moos bedeckt, Felsvorsprünge ragen heraus. Becky erinnert sich, wie sie auf einem dieser Vorsprünge gestanden und auf das Meer hinausgeblickt hat.

Um den Höhleneingang sind verschiedene Tiere und Muscheln gemalt, sogar ein Kind und ein Hund. Die Farbe ist leicht verblasst, aber noch erkennbar.

Ihre Mutter berührt die Wand. »Fühl mal«, sagt sie. »Es ist weicher, als du denkst.«

Becky legt ihre Hand darauf und stellt fest, dass ihre Mutter recht hat. Es zerbröselt sogar unter ihren Fingern. Als sie die Hand wegnimmt, fallen ihr die von Menschen gemachten Vertiefungen am Eingang auf und schwarzes Metall, als hätte es dort einmal ein Tor gegeben.

Ihre Mutter späht in die Höhle und Frieden breitet sich auf ihrem Gesicht aus.

Becky fällt auf, dass der Atem ihrer Mutter mühsam geht und wie hohläugig sie ist. »Komm, lass uns reingehen.«

Sie hilft ihrer Mutter in die Höhle und das Geräusch und der Geruch des Meeres betäuben ihr plötzlich die Sinne. Es ist kühl, und Becky bemerkt das feuchte Moos an den Wänden, die schlüpfrige Vegetation. Ihre Füße versinken im Sand, nasse, kalte Sandmücken springen ihr um die Schuhe. Müll ist am Rand der Höhle erstarrt, Zigaretenkippen und verrottende Fischreste.

Wie konnte ihre Mutter nur hier leben! Kein Wunder, dass sie Becky nicht hatte mitnehmen dürfen. Und wie kann sie hier *sterben* wollen? Andererseits hat sie ihre Mutter noch nie verstanden.

»Guck mal«, sagt ihre Mutter und zeigt auf die hintere Wand. Ihre Augen leuchten, als sähe sie einen ganz anderen Ort.

Becky ringt nach Luft. Überall sind Leute aus den Felsen gehauen und bemalt. Die Gesichter lächeln sie an: ein Mädchen im weißen Kleid mit einem Buch; ein schwarzer Mann mit einem Hund zu Füßen und einem Werkzeug in der Hand. Fast ein Dutzend Leute, auch Kinder, darunter eines, dessen Augen unheilverkündend ausgekratzt sind. Und da ist auch Beckys Mutter. Das dunkle Haar umgibt ihren Kopf wie eine Wolke, während sie in die Ferne blickt und der Stift über ihrem Notizblock verharrt. Neben ihr ist ein halb fertiges Bild von einem Mann mit langem blondem Haar.

»Hat Idris die gemacht?«, fragt Becky. Sein Name hallt in der Höhle wider, und sie schaudert. Sie hat seinen Namen oft gehört in dem Sommer, als ihre Mutter sie verlassen hat, erst ehrfürchtig geflüstert, dann entrüstet von Leuten in der Stadt, oft ins Telefon gefaucht von ihrem wütenden Vater.

»Er hat sie gemalt. Dort«, sagt ihre Mutter und zeigt auf die Rückseite der Höhle. »Dort möchte ich hin.«

Becky hilft ihr hinüber. Zerbrochenes Holz liegt über den Sand verstreut, irgendwo herausgerissene Seiten, eine alte, schmutzige Tasse. Becky fegt alles weg und rollt den dicken Schlafsack aus, den sie zusammen mit einem kleinen Kissen mitgebracht hat.

»Ich wünschte, ich hätte mehr mitgebracht, um den feuchten Sand abzudecken«, sagt sie. »Ich habe nicht nachgedacht.«

»Es ist gut so. Es ist perfekt.«

»Wie habt ihr hier geschlafen?«

»Auf Holzplanken«, antwortet ihre Mutter, während sie die kaputten Platten ansieht.

»Und die Feuchtigkeit?«

Ihre Mutter zuckt mit den Schultern. »Die war uns egal.«

»Komm, setz dich.« Sie führt ihre Mutter zum Schlafsack und hilft ihr, sich hinzusetzen. Ihre Mutter sieht sich um, ein kleines Lächeln huscht über ihr Gesicht.

Becky holt alles aus dem schweren Rucksack, was darin ist: Obst, Wasser, eine Flasche mit Tee, Cracker, Polster, eine Flanellhose. Und das Schmerzmittel. Sie holt tief Luft. Ob es reichen wird? Sie drückt zwei Tabletten heraus und schüttet etwas Wasser in eine Plastiktasse. Dann bringt sie sie ihrer Mutter.

»Möchtest du Tee?«, fragt sie, nachdem ihre Mum die Tabletten geschluckt hat.

»Im Moment nicht.«

»Hast du es bequem?«

Ihre Mutter schließt die Augen und seufzt. »Ich bin sehr müde.«

»Warum legst du dich dann nicht hin? Es ist alles fertig.«

Ihre Mutter wirft einen Blick auf den Schlafsack. »Er sieht sehr verlockend aus.«

»Komm«, sagt Becky. Sie zieht den Reißverschluss auf und hilft ihrer Mutter in den Schlafsack, spürt, wie dünn ihre Arme sind. »Alles okay?«

»Wunderbar, danke. Obwohl ich zugeben muss, dass das Kissen ein bisschen klumpig ist.«

Becky hebt den Kopf ihrer Mutter an und rutscht darunter, sodass ihr Kopf nun auf Beckys Beinen liegt. »Besser so?«

Ihre Mutter lächelt. »Ich habe doch gewusst, dass die imposanten Oberschenkel der Rhys irgendwann noch mal nützlich sein werden.«

»Sehr charmant!«

Ihre Mum lacht, doch dann geht ihr Lachen in Husten über. Becky gibt ihr mehr Wasser.

»Ich weiß wirklich nicht, wie ihr hier gelebt habt«, sagt sie und sieht sich um. Sie merkt, dass sie geistesabwesend das Haar ihrer Mutter streichelt, weil sie es so gewöhnt ist, ihre Hunde zu streicheln, wenn sie auf ihrem Schoß liegen. Sie erinnert sich, dass ihre Mum das Gleiche getan hat, wenn sie ihr ein Schlaflied vorgesungen hat, als sie noch klein war.

»Damals war die Höhle besser ausgestattet. Dort drüben gab es eine Toilette und eine provisorische Dusche«, sagt sie und zeigt in die gegenüberliegende Ecke. »Aber es war auch nicht wirklich wichtig. Es ging mehr um den Raum zu schreiben, um die Leute. Am Anfang jedenfalls.«

Ihre Blicke wandern zu dem halb fertigen Bild von Idris. Ein schmerzlicher Ausdruck huscht über ihr Gesicht.

»Du hast ihn geliebt, nicht?«, sagt Becky einfach.

Ihre Mutter nickt. »Das erste Mal habe ich ihn an dem Tag gesehen, an dem der Junge fast ertrunken wäre ...«

Als sie beginnt, Becky von jenen ersten Tagen zu erzählen, versucht sie, die Wut zu spüren, die sie empfunden hat, weil ihre Mutter sich in einen anderen verliebt hatte. Nicht einfach in jemand anderen, sondern in einen »verdammten Hippie«, wie ihr Vater ihn nannte. Doch jetzt, wo der Kopf ihrer Mutter in ihrem Schoß liegt und ihre Augen von den Erinnerungen leuchten, kann Becky nicht wütend sein. Sie hat vielmehr das Gefühl, als wäre die Liebe zu ihrer Mutter nie stärker gewesen. Sie schwillt in ihr an, während sie ihr übers Haar streicht.

Doch als ihre Mum weitererzählt, wird ihre Stimme zunehmend undeutlicher, und Panik greift nach Beckys Herz. Es ist, als würde ihre Mum sich hier sicher genug fühlen, um das Leben loszulassen. Becky will verzweifelt, dass sie noch durchhält, diese Frau, die sie zur Welt gebracht, die sie in den Armen gehalten hat, die sie trotz allem, was später kam, beschützt hat. Die vergangenen vierundzwanzig Stunden haben die guten Erinnerungen wachgerufen. Sie stürmen auf sie ein, ersticken die schlechten Erinnerungen, die die Gedanken an ihre Mutter all die Jahre dominiert haben. Jetzt werden sie durch den warmen Geruch ihrer Mutter ersetzt, wenn Becky nachts in das Bett ihrer Eltern gekrochen ist. Und durch die Liebe, die sie in den Augen ihrer Mutter gesehen hat, so unendlich viel Liebe.

Wie hat sie das nur vergessen können?

Eine Träne landet auf der Wange ihrer Mutter, doch die bemerkt es nicht. Sie ist in ihre eigenen Erinnerungen versunken, die Worte ergeben jetzt kaum noch einen Sinn. So tief eingetaucht ist sie in ihre Vergangenheit, dass es sie nicht mehr interessiert, ob Becky versteht, was sie sagt.

Über die nächsten Stunden, während es zunehmend dunkler wird und das einzige Licht von einer flackernden Kerze gespendet wird, lehnt Becky mit ausgestreckten Beinen an der feuchten Wand. Der Kopf ihrer Mutter wird langsam schwer in ihrem Schoß. Sie beobachtet, wie draußen ein Vogel über den Himmel gleitet, ein anderer mit seinem charakteristischen orangen Schnabel an Austern pickt, die an den Strand gespült worden sind. Er schaut zu ihnen hin, als er ihren Blick spürt, und sie schauen sich kurz an.

»Du konntest schon immer gut mit Tieren«, krächzt ihre Mutter.

Der Vogel fliegt bei dem Geräusch ihrer Stimme auf, die Flügel vor dem dunklen Himmel weit ausgebreitet.

Dann schließt ihre Mutter wieder die Augen, murmelt leise etwas Unzusammenhängendes. Becky weiß, dass das Ende naht. Ihre Mutter fantasiert jetzt im Fieber, ihr Atem rasselt, ihre Brust hebt sich unendlich langsam, zu langsam.

Becky hält ihre Mum fester und weint leise. Sie weint um all die vergangenen Jahre, aber auch die Wut kommt wieder zurück. Sie kann nichts dagegen tun. Die Wut auf ihre Mutter, auf die sterbende Frau in ihren Armen, die wichtigste Frau in ihrem Leben, die sie verlassen hat. Die Wut auf die Frau, deren Lügen sie vielleicht sogar jetzt noch umgeben und bedrängen.

Als könnte sie ihre Gedanken hören, wird Beckys Mutter still. Sie blinzelt zu Becky hoch, und sie erkennt das verlöschende Licht, das sie so viele Male in den Augen der Tiere gesehen hat, um die sie sich kümmert.

»Hast du es auch bequem?«, flüstert sie und versucht, die

Panik aus ihrer Stimme herauszuhalten. Sie will ihre Mum nicht ängstigen.

Ihre Mutter nickt und klammert sich an die Hände ihrer Tochter, die über ihrer dünnen, sich hebenden Brust gefaltet sind. »Ja, Liebling, danke. Ist es bald so weit?«

Becky presst die Lippen aufeinander und versucht, nicht zu weinen. Sie will ihrer Mum sagen, dass es noch viele Stunden, Tage, Wochen dauern wird. Aber sie ist nicht wie ihre Mum. Sie kann nicht lügen.

»Ja, ich denke schon«, antwortet sie.

Ihre Mutter schließt die Augen, Tränen quellen aus den Augenwinkeln. Als sie sie wieder öffnet, ist da eine neue Vitalität. Das passiert oft kurz vor dem Tod, ein letzter Kampf. Es erfüllt Becky mit Schrecken.

Jetzt dauert es nicht mehr lange …

»Ich glaube, du weißt gar nicht, wie sehr ich dich liebe, mein Schatz«, sagt ihre Mutter. »Wie sehr ich dich immer geliebt habe. Tag und Nacht habe ich an euch gedacht.«

Becky runzelt die Stirn. »An uns beide? Auch an Dad?«

»Nein, an dich und deine Schwester.«

Becky verkrampft sich. »Meine Schwester?« Sie wirft einen Blick auf die leere Tablettenpackung. »Du fantasierst wohl.«

»Nein«, sagt ihre Mutter und schaut zu dem Bild des Kindes mit den ausgekratzten Augen. »Ich hatte noch ein Kind, mit Idris.«

Becky schüttelt den Kopf, ihr Herz klopft so schmerzhaft, dass sie kaum Luft bekommt. Der Kopf ihrer Mutter in ihrem Schoß fühlt sich plötzlich an wie Blei.

»Idris hat sie mitgenommen«, flüstert ihre Mutter. Sie

wird wieder schwächer und schaut über Becky hinweg, zur Wand der Höhle hin, ihre Augen glänzen vor Tränen. »Er hat sie aus dieser Höhle weggebracht.«

»Ist das wirklich wahr?«, fragt Becky.

Eine leichte Falte erscheint auf der Stirn ihrer Mutter, als sie die Augen schließt. »Warum sollte ich bei so etwas lügen?«, flüstert sie. Und dann ist sie nicht mehr da.

8

Selma

Idris führte mich zur Höhle, er hielt mich immer noch an der Hand. Ein Lagerfeuer flackerte, und die Brise wehte den Klang von Gitarrenmusik, Gelächter und sogar von einem kichernden Kind herüber. Als wir näher kamen, sah ich mehrere Leute auf bunten Kreidebrocken um das Feuer verteilt sitzen. Ein junger braun gebrannter Mann, der nur Shorts trug, klimperte leise auf der Gitarre. Das Mädchen, das ich vor ein paar Tagen getroffen hatte, saß neben ihm, hatte einen Arm um ihn geschlungen und die Finger voller Verlangen in seinem Haar vergraben. Ein großer schwarzer Mann saß neben ihr, er trug eine schicke Chino und ein weißes Hemd, seine Finger klopften sanft auf sein Knie, seine Augen waren geschlossen. Ein braunweißer Jack Russell Terrier lag mit seinem weichen Kinn auf dem Fuß des Mannes.

Hinter der kleinen Gruppe saß eine Frau in den Fünfzigern in einem weiten Kaftan. Papierblumen in verschiedenen Farben lagen um sie verstreut. Sie tat etwas, das ich nicht sehen konnte, ihre Arme bewegten sich ungleichmäßig, und ihr Rücken war gebeugt. Eine schlanke, attraktive

Frau mit kurzen blonden Haaren wiegte sich in der Nähe zu der Musik, der Widerschein der Flammen tanzten auf ihrer gebräunten Haut. Ich erkannte die Yogalehrerin unseres Ortes, und es überraschte mich nicht, dass jemand wie sie sich von dieser Gruppe angezogen fühlte. Eine Überraschung *war* es dagegen, die schüchterne Donna mit ihrem Sohn Tom bei der Gruppe zu sehen. Sie musste direkt, nachdem ich gegangen war, vom Pub hierhergekommen sein. Was um alles in der Welt machte *sie* hier?

Hinter ihnen lag die Höhle, und über ihr ragte dunkel und verlassen das alte Hotel auf. Es war zu dunkel, um richtig in die Höhle hineinsehen zu können, doch ich nahm flüchtig Farben an den Wänden wahr. Idris' Malereien?

Als wir kamen, schienen alle Idris' Gegenwart zu spüren, verstummten und blickten auf. Der junge Mann hörte auf zu spielen und Tom hörte auf zu kichern.

Verrückt.

»Bitte spiel weiter, Caden«, wies Idris ihn an. Der junge Mann lächelte und nahm sein Spiel wieder auf, wobei er mir einen Blick zuwarf.

Das Mädchen, mit dem ich schon einmal gesprochen hatte, sprang auf und kam zu mir herüber. »Du bist gekommen!«, sagte sie und umarmte mich. Sie roch modrig, als hätte sie ein paar Tage nicht geduscht, aber es war nicht unangenehm. »Ich bin übrigens Oceane.« Sie sprach es *Osh-ee-anne* aus.

»Ist das die Schriftstellerin?«, fragte Caden über die Musik hinweg.

»Ja, das ist die Schriftstellerin!«, rief Oceane.

»Das ist so cool«, sagte Tom. Er begann zu singen. »Ich

durchwühle den Sand in meinem Kopf, suche nach Schätzen, die nie existiert haben.«

Ich sah ihn überrascht an. »Das ist ein Satz aus meinem Buch.«

»Natürlich«, sagte Idris. »Wir haben es alle gelesen. Wir können unsere hiesige Schriftstellerin schließlich nicht ignorieren, oder?«

»Ich hoffe, du arbeitest an etwas Neuem«, meinte die Yogalehrerin mit funkelnden Augen, während sie sich weiter im Takt der Musik wiegte. »Es hat wirklich meine Seele berührt.«

Ich öffnete den Mund, dann schloss ich ihn wieder. Ich wusste nicht, was ich sagen sollte. Natürlich war ich entzückt. Das Buch hatte sich kaum verkauft, sodass ich bis auf meine Agentin, meinen Verleger und meine Freunde von niemandem Feedback bekommen hatte. Aber ich fand es auch skurril, dass all diese Leute mir schmeichelten.

»Komm, setz dich zu uns«, sagte Idris und führte mich zum Feuer. Ich blickte über die Schulter zur Stadt hin. Vielleicht war das keine gute Idee, doch etwas trieb mich an, und ich setzte mich auf eine Strohmatte und sah in die flackernden orangen und gelben Flammen, spürte die Wärme des Feuers auf meiner Haut.

Plötzlich fühlte ich mich erschöpft. Ich schloss die Augen und atmete den Geruch des Feuers und der salzigen Meeresluft ein. Mein Verhalten im Pub und das Gespräch mit Idris gingen mir noch immer durch den Kopf.

Etwas Kaltes stupste an meine nackten Knie, und als ich hinunterschaute, sah ich den Jack Russell mit wedelndem Schwanz zu mir hochblicken.

Wollte der Hund mir sagen, dass ihm mein Buch auch gefallen hatte?

Er begann, mir die Hand zu lecken, und ich lehnte mich von ihm weg.

Idris lachte. »Du bist kein Hundemensch?«

»Nein, eigentlich nicht, tut mir leid«, sagte ich. »Einer meiner Stiefväter hatte einen. Sagen wir einfach, wir sind nicht miteinander klargekommen.«

»Stiefväter?«, fragte die Yogalehrerin mit gerunzelter Stirn.

»Meine Mum hat mehrmals geheiratet«, antwortete ich.

»Komm, Mojo«, rief der Mann in dem weißen Hemd und klopfte auf seinen Oberschenkel. Der Hund sprang zu ihm hin, und ich nahm an, dass er sein Besitzer war.

Ich drehte mich zu Donna um. »Bist du gleich vom Pub hergekommen?«

Donna nickte. »Ich fand das Gespräch ätzend. Bis auf das, was du gesagt hast«, fügte sie mit gerunzelter Stirn hinzu.

»Ich bin vielleicht etwas zu weit gegangen.«

»Es hat dich hierhergeführt«, sagte Idris. »Das kann nur gut sein.«

»Wein? Bier?«, fragte Donna und sah mich schüchtern an.

»Ich nehme mal an, Gin habt ihr keinen?«, fragte ich.

Donna runzelte die Stirn. »Nein, leider nicht.«

Caden lachte. »Aber wir werden bald welchen haben, jetzt, wo du Gin erwähnt hast. Etwas anderes würde Donna gar nicht zulassen. Sie ist unser Engel.«

»Das ist sie mit Sicherheit«, sagte Idris, ging zu ihr und legte ihr die Hand auf die Schulter.

Donna sah mit einer kindlichen Ehrfurcht zu ihm hoch.

Ich schaute zwischen den beiden hin und her und tat mein Bestes, nicht die Brauen hochzuziehen.

»Wie lange bist du schon hier?«, fragte ich Donna.

»Erst seit ein paar Tagen«, antwortete sie.

»Lange genug, um etwas zu bewirken«, sagte Idris.

Oceane lächelte. »Mum ist eine Superköchin.«

Ich sah überrascht zwischen Donna und Oceane hin und her. »Oceane ist deine Tochter?«

Donna nickte und meine Augen wurden vor Überraschung ganz groß. Ich hatte keine Ahnung, dass Donna eine ältere Tochter hatte ... und sie schienen so verschieden. Aber waren sie das wirklich? Donna lebte jetzt hier, oder? Und sie hatte ihre Tochter *Oceane* genannt.

Ich sah sie plötzlich in einem ganz anderen Licht.

»Nimmst du auch Wein?«, fragte sie.

Ich zuckte mit den Schultern. »Sicher.«

Donna stand auf, nahm eine halb volle Weißweinflasche aus einer Kühlbox und schenkte mir in eine kleine Keramikschale ein. Dann kümmerte sie sich ums Essen. Ich nahm die Schale, spürte ihr Gewicht und ihre Kälte.

»Ein interessantes Trinkgerät«, sagte ich.

»Maggie hat sie gemacht«, antwortete Donna und zeigte auf die Frau, die uns den Rücken zugewandt hatte.

»Was macht sie da?«, fragte ich.

Idris sah zu Maggie hin. »Sie ist im Fluss. Sie ist schneller hineingekommen als sonst.«

»Was heißt das?«, fragte ich. »Oceane hat auch so etwas erwähnt.«

»Du wirst schon sehen«, meinte Idris geheimnisvoll.

»Ich bin Anita«, stellte die Yogalehrerin sich vor und führte die Hand zur Brust. »Aber ich denke, das weißt du schon. Ich habe dich mal in einer meiner Stunden gesehen.«

»Ja«, antwortete ich und trank einen Schluck Wein. »Ich habe etwas Nützliches gelernt. Nämlich, dass ich steif bin.«

Alle lachten.

»Das lässt sich leicht ändern«, sagte Anita und schwenkte die Hand. »Darum kümmern wir uns morgen früh beim Sonnengruß.«

»Oh, morgen früh bin ich nicht mehr hier«, sagte ich. »Das ist nur ein kurzer Besuch.«

Alle sahen sich wissend an. Ein brutzelnder Hähnchenflügel wurde herumgereicht, und ich nahm ihn mir, ohne zu fragen, denn ich hatte plötzlich Heißhunger.

»Wie du weißt, bin ich Caden«, sagte der Junge mit der Gitarre. »Gitarrist, Liedermacher, Liebhaber«, fügte er hinzu und sah demonstrativ zu Oceane hin, die als Antwort lachte.

»Ich glaube, Donna kennst du schon«, sagte Idris und zeigte auf sie. »Und ihren Sohn Tom.«

»Ja«, sagte ich und lächelte Donna an. Sie erwiderte mein Lächeln und drehte einen weiteren Hähnchenflügel über dem Feuer.

»Und Julien«, fuhr Idris fort und zeigte auf den Mann, der still mit seinem Hund auf dem Felsen saß. Julien musterte mein Gesicht, dann nickte er mir zu, und ich nickte zurück. Ich konnte bereits sagen, dass er irgendetwas an sich hatte, eine Ruhe, die mir leicht unangenehm war. »Das sind alle. Bis jetzt jedenfalls«, sagte Idris mit zufriedenem Lächeln.

»Erzähl uns von deinem nächsten Roman«, sagte Anita.

»Das darfst du niemals zu einer Schriftstellerin sagen!«, rief Oceane.

Ich lächelte sie an. »Oceane hat recht. Das bringt uns Schriftsteller ins Schwitzen.«

»Du machst wohl Witze«, sagte Anita. »Ich dachte, du würdest gerne über das Schreiben reden?«

»Ich liebe es, über das Schreiben zu reden«, sagte ich. »Aber über eine neue Idee zu reden, könnte sie irgendwie verderben.«

»Verstehe«, sagte Julien. Er sprach sehr gewählt. »Wenn ich mit einem neuen Möbelstück anfange, warte ich lieber, bis es fertig ist, bevor ich jemandem davon erzähle. Nur für den Fall, dass es schiefgeht.«

»Das ist Angst«, sagte Idris.

Wir drehten uns nach ihm um und wurden still. Alles andere schien nicht mehr zu existieren, wenn er sprach.

»Angst, dass den Leuten das nicht gefällt, was du geschaffen hast«, fuhr er fort. Er saß im Schneidersitz mir gegenüber im Sand und schaute mir direkt in die Augen. Ich erwiderte seinen Blick. »Diese Angst plagt nicht nur die Künstler, sondern uns alle. Sie ist der Hauptgrund, warum wir nicht in den Fluss kommen. Wir denken dauernd an diesen oder jenen, an ein Dutzend Leute, an hundert, an *tausend* Leute, denen das, woran wir arbeiten, nicht gefallen könnte. An Zahlen, obwohl wir über die Zahlen hinausschauen sollten.«

»Was ist so furchtbar an Zahlen?«, fragte ich.

»Sie vernebeln die Urteilskraft«, sagte Donna.

Ich sah sie an. »Aber sie sind wichtig für das tägliche

Leben. Wir brauchen sie, um zu sagen, wie spät es ist, um Messungen zu machen, um Geld zu zählen ...«

Donna lächelte. »Ich brauche sie nicht, um etwas abzumessen, wenn ich koche. Ich vertraue meinem Instinkt.«

»Und wir haben hier kein Geld und auch keine Uhren. Uhren sind hier genau genommen nicht erlaubt«, sagte Julien mit einem Seitenblick auf meine Uhr. Ich schaute meine Armbanduhr an, die einmal meiner Mutter gehört hatte.

»Wir wachen mit der Sonne auf und schlafen, wenn wir müde sind«, fügte Anita hinzu.

»Oder schlafen nicht, wenn wir im Fluss sind«, warf Caden ein.

Alle nickten. Es war, als würden sie alle an einer Geschichte weben ... obwohl sie erst seit einigen Tagen zusammenlebten. Vielleicht lag es an diesem »Fluss«, von dem sie alle redeten, an demselben Fluss, über den sie mir nichts sagen wollten.

»Und womit bezahlt ihr das alles, wenn Zahlen nicht euer Ding sind?«, fragte ich und zeigte auf den Wein und das Essen.

»Mit Geld«, sagte Donna einfach.

Ich lachte. »Das sind doch Zahlen.«

»Aber hier brauchen wir Geld«, sagte Julien. »Wir heben welches ab, wenn wir in der Stadt sind und zahlen damit in den Läden, und wenn Wechselgeld übrig bleibt, spenden wir es an die Wohlfahrtsorganisationen.«

»Geld lässt die kreativen Säfte stocken«, sagte Oceane. »Genau wie die Zahlen. Es ist unmöglich, in den Fluss zu kommen, wenn wir von Zahlen umgeben sind.«

»Und was ist nun dieser verdammte Fluss?«, rief ich. Die Lautstärke meiner Stimme überraschte mich selbst.

Julien runzelte die Stirn, doch Idris lachte. »Mir gefallen deine starken Gefühle.«

»Dann sag mir verdammt noch mal, was es mit dem Fluss auf sich hat«, sagte ich, lehnte mich zu ihm hinüber und lächelte, um ihm zu zeigen, dass es mir nicht so ernst war. Aber ich wollte es wirklich wissen.

Idris stand auf und streckte mir die Hand hin. »Komm und sieh selbst.«

Ich ließ mich von ihm zu Maggie führen und war mir seiner warmen Hand um meine sehr bewusst. Die Berührung war intim, weich. Ich fühlte mich berauscht, nicht nur vom Gin und vom Wein, sondern auch von seiner Nähe. Es erinnerte mich daran, wie es als Teenager gewesen war, betrunken zu sein, an nächtliches Schwimmen mit einem alten Freund, an die berauschende Freiheit, als wäre die Nacht unendlich.

Die dunkle Höhle breitete sich neben mir aus wie in einem Traum; ein bisschen verschwommen, sehr warm. »Die berüchtigte Höhle«, flüsterte ich. Mir war plötzlich schwindelig von dem Geruch von Salz und Seegras, Asche und gegrilltem Hühnchen.

Idris blieb stehen. Maggie saß vor uns und faltete mit einer erstaunlichen Geschwindigkeit Blütenblätter. Ihre Finger streckten und beugten sich, während sie die zarten Blumen zusammenpresste. Sie hatte den Kopf gesenkt, die Stirn gerunzelt, auf ihrem Gesicht zeigte sich vollkommene Konzentration. Sie schien unsere Anwesenheit überhaupt nicht zu bemerken.

»Maggie ist eine Handwerkerin«, erklärte Idris leise, während wir sie beobachteten. »Sie beherrscht diverse Handwerke, von der Töpferei über das Nähen bis hin zur Anfertigung von Masken. Doch mit den Papierblumen kommt sie wirklich in den Fluss.«

»Im Fluss zu sein heißt also im Grunde genommen, total in seinem Tun versunken zu sein?«, fragte ich.

Er dachte darüber nach. »In gewisser Weise. Aber es ist mehr als das. In den Fluss zu kommen hat eine physische Wirkung auf das Gehirn, es deaktiviert den präfrontalen Kortex.« Er klopfte sanft gegen meine Stirn. »Der kontrolliert Dinge wie Vernunft, Logik, Problemlösung …«

»Und Zahlen«, sagte ich und runzelte die Stirn.

Er lächelte. »Ja. Wenn wir nicht von diesen Teilen unserer Psyche dominiert werden, können wir wirklich in die Kreativität eintauchen.«

»Verstehe. Wenn ich wirklich im Schreiben drin bin, verschwindet alles um mich herum.«

»Aber es steckt noch mehr dahinter. Es ist schwer zu erklären, bevor du es selbst erlebt hast. Doch wenn du es erlebst, wird das, was du produzierst, das Beste sein, was du je geschaffen hast.«

Ich dachte darüber nach. Das war mit Sicherheit eine verlockende Aussicht, wenn man bedachte, wie schwer mir das Schreiben in der letzten Zeit gefallen war. Manchmal verblüffte es mich, wie ich im Schreiben aufgehen konnte, wie Stunden vergehen konnten, ohne dass ich es merkte. Und trotzdem sagte Idris, dass noch mehr möglich wäre. Vielleicht war es genau das, was ich für mein Schreiben brauchte?

Wir schwiegen und beobachteten, wie Maggie die Blüten-blätter einer rosa Blume glattstrich, sie auf Unvollkommen-heiten hin untersuchte, bevor sie sie zu den anderen legte.

»Und um was geht es bei alldem?«, fragte ich nach einer Weile und zeigte auf die Gruppe. »Warum sind diese Leute hier? Es kann nicht nur darum gehen, in den Fluss zu kom-men, wie du es nennst.«

»Doch, genau darum geht es«, antwortete er. »*Alles*, was wir hier tun, dient dazu, in den Fluss zu kommen. Das ist unser einziges Ziel. Als Individuen und als Gruppe. Vor allem, dass wir so lange wie möglich zusammen im Fluss sind. Dann werden große Dinge passieren.«

»Zum Beispiel?«

Er lächelte und sein Gesicht leuchtete auf. »Das werden wir sehen. Aber was könnte es für dich bedeuten? Vielleicht wirst du dein zweites Buch schreiben.«

Ich musste zugeben, dass das reizvoll war, obwohl es ein bisschen nach Hokuspokus klang. Ich betrachtete meinen Wein. Ich hatte eindeutig zu viel getrunken.

»In weniger als zwei Wochen hast du an diesem Ort viel erreicht.«

»Das kann jeder, wenn er fest entschlossen ist.«

»Und wenn er den präfrontalen Kortex ausschaltet.«

Idris lachte. »Willst du einen Blick hineinwerfen?«, fragte er und zeigte auf die Höhle.

»Warum nicht?«

Wir gingen Richtung Höhle. Sie war lang und schmal und erstreckte sich weit in den Felsen hinein. Malereien zierten den Eingang: blaue Fische; weiße Vögel mit aus-gebreiteten Flügeln; Seesterne und Muscheln.

»Hast du die gemacht?«, fragte ich Idris.

Er nickte.

»Hast du so was schon mal gemacht, bevor du hierhergekommen bist?«

»Ich habe schon immer gemalt«, antwortete er, womit er meine Frage eigentlich nicht beantwortete.

Wir traten in die Höhle. Vorne standen zwei Grills, drei Kühlboxen und zwei kleine weiße Schränke, die offenbar aus einer Küche stammten. Direkt dahinter gab es einen langen, schmalen Tisch aus dickem Treibholz mit diversen, nicht zueinander passenden Stühlen drum herum.

»Den Tisch hat Julien gemacht«, sagte Idris.

»Schön.« Er war wirklich schön, die Art von Tisch, den ich mir vielleicht mit Mike angesehen und gerne gekauft hätte, der aber jenseits unserer finanziellen Mittel lag. Der Ort überraschte mich, er gab mir auf seltsame Weise das Gefühl, zu Hause zu sein.

Wir gingen tiefer in die Höhle hinein und plötzlich veränderte sich die Atmosphäre. Meine Sinne wurden vom Geräusch des Meeres überwältigt, als würde ich mir eine Muschel ans Ohr halten. Es fühlte sich intim an, als wäre ich von allem draußen abgeschnitten, als gäbe es nur noch das Rauschen des Meeres in unserer eigenen kleinen privaten Welt.

»Wahnsinn, nicht?«, meinte Idris. »Dieses Gefühl.«

Ich nickte überwältigt, dann sah ich mich um. Ich war natürlich schon früher in der Höhle gewesen, bevor Idris in der Stadt aufgetaucht war, doch nachts fühlte es sich hier anders an. Die Wände bestanden teils aus schwarzem Felsen, teils aus weißer Kreide und grünem Moos.

Felsvorsprünge liefen wie Regale an den Höhlenwänden entlang und hier und da lagen große Kreidebrocken, die in verschiedenen Farben bemalt waren.

Überall in der Höhle waren Schlafsäcke verteilt, es gab ein paar Stühle und Kisten als kleine Beistelltische. Über die hintere Höhlenwand breiteten sich Höhlenmalereien aus – die Oberkörper aller in der Höhle lebenden Personen sahen mich an. Sie taten das, was sie liebten: Maggie war mit einer Vase dargestellt, Oceane mit einem Buch, Donna kochend, Caden mit einer Gitarre und einem Stift, Julien mit einem Werkzeug in der Hand.

Ich ging zu der Wand und fuhr mit der Hand darüber. Dass die Bilder nicht eben waren, verblüffte mich. Idris hatte die Züge aller Personen irgendwie in die Wand gemeißelt und sie dann farbig angemalt.

»Ich male jeden, der sich der Gruppe anschließt«, erklärte er.

Ich stellte mir ein Porträt von mir selbst dort vor, wie ich mein zweites Buch schrieb.

Dann schüttelte ich den Kopf. Wie lächerlich! Ich trat einen Schritt zurück. Nasser Sand quoll zwischen meinen nackten Zehen hindurch. Er fühlte sich wie Schnee an, kalt. Entlang der Wände lag Treibholz auf dem Boden, das die Flut hereingespült hatte.

»Wird es nicht feucht hier drinnen?«, fragte ich und berührte die bemoosten nassen Wände.

»Das wird es schon. Aber es ist uns egal.«

»Und was ist mit dem Meer? Kommt es bei hoher Flut bis hier hinein?«

»Seit wir hier sind, ist das noch nicht passiert.«

Ich blickte hoch. An den Wänden wuchsen Pflanzen, hier und da waren grüne Blätter zu sehen. Ich drehte mich um und sah durch den Eingang der Höhle aufs Meer hinaus. Es fühlte sich an, als sähe ich einen Film über das Meer.

»Es fühlt sich irreal an, nicht wahr?«, sagte Idris, als wüsste er genau, was ich dachte. »Es ist, als wäre diese Höhle das Einzige, was existiert, und alles außerhalb von ihr wäre Fiktion.« Er lächelte. »Perfekt zum Schreiben, findest du nicht?«

Ich lächelte zurück. »Ich weiß, was du vorhast.«

»Kannst du mir das verübeln? Ich möchte gerne, dass du dich uns anschließt.« Er schaute mir fest in die Augen, und ich spürte, wie sich mein Atem beschleunigte.

»Wie ich sehe, haben wir ein neues Mitglied«, dröhnte eine Stimme.

Wir sahen Maggie im Eingang der Höhle stehen, ihr langes graues Haar weiß im Mondlicht. Sie kam herein und streckte mir eine staubige Hand hin. »Ich bin Maggie.«

»Ich bin Selma, und ich bin kein neues Mitglied – nur eine neugierige Besucherin.«

Maggie lächelte, als würde sie mir nicht glauben. Es ärgerte mich. »Oceane hat von dir gesprochen«, sagte sie. »Du bist die Schriftstellerin. Ich habe dein Buch geliebt.«

Der Ärger versiegte. »Deine Blumen sind schön«, sagte ich.

Maggie holte eine violette Blume aus der Tasche und steckte sie mir hinters Ohr. »Jetzt bist du noch schöner. Möchte jemand Wein? Ich brauche unbedingt welchen.«

Während der nächsten Stunden diskutierte die Gruppe über ihre Kunst und wie wichtig es war, in den Fluss zu kommen. Ich war überrascht, dass ich mich trotz meines Misstrauens in einem berauschenden Zustand der Selbstzufriedenheit befand. Hier war ich ganz einfach eine Schriftstellerin. Nicht so eine, wie sich meine Kollegin Monica Menschen mit dem glamourösen Titel »Autorin« vorstellte. Sondern auf eine reale, bodenständige Weise, die nur die, die selbst künstlerisch tätig waren, verstanden. Eine Schriftstellerin, die nichts mit Verträgen, Verkäufen und Machtspielchen innerhalb der literarischen Welt zu tun hatte, sondern bei der es nur um das *Handwerk* ging.

Nach einer Weile verfielen wir alle in ein seltsames, verträumtes Schweigen, initiiert durch Idris. Er hörte einfach auf zu sprechen, hörte auf, Fragen zu beantworten, wurde einfach still und ruhig. Anita folgte seinem Beispiel, verschränkte die Beine und schloss die Augen und die anderen taten es ihr schnell gleich. Selbst Donnas Sohn war still geworden.

Ich fühlte mich unwohl, als ich all diese Leute mit den geschlossenen Augen dasitzen sah und nutzte die Gelegenheit, mir Idris im Flammenschein, der über sein Gesicht flackerte, genau anzusehen. Seine Haut schien im Mondschein zu leuchten wie in der Nacht, als er Monicas Sohn gerettet hatte. Meine Blicke wanderten an seinen Schultern und an seiner nackten Brust hinunter. Er trug noch immer kein Hemd, obwohl die morgendliche Kälte langsam herankroch. Ich beobachtete, wie seine Brustwarzen hart wurden, wenn der Wind um sie strich, und spürte selbst eine Erregung. Das überraschte mich, ich hatte so lange keine Erregung welcher Art auch immer gespürt.

Idris öffnete die Augen und erwischte mich, wie ich ihn

beobachtete. Dann schloss er sie wieder, ohne etwas zu sagen.

Mein Gott, was tat ich hier? Ich starrte die nackte Brust eines Mannes an und sprach davon, in diesen verdammten Fluss zu kommen?

Ich sprang auf und ging zum Meer. Nach einer Weile gesellte Idris sich zu mir. Er stand so nahe, dass sich mir die Härchen auf den Armen aufstellten. Dann wandte er sich zu mir um und musterte mich mit seinen grünen Augen.

»Ich denke, du wirst hier leben.« Es war keine Frage, mehr eine Feststellung.

Ich lachte und schüttelte den Kopf. »Du forderst mich auf, mit acht Fremden in einer Höhle zu leben?«

»Donna ist keine Fremde.«

»Du weißt, was ich meine.«

»Warum nicht?«

»Wegen meiner Tochter, um nur einen Grund zu nennen!«

»Bring sie mit! Tom lebt bereits hier und fühlt sich wohl. Es ist warm, sicher, und wir haben viel zu essen. Das ist alles, was ein Kind braucht, oder?«

Lachend schüttelte ich den Kopf. »Es ist lächerlich, das auch nur in Erwägung zu ziehen. Absolut grotesk.«

»Genauso grotesk wie zu denken, dass es möglich ist, einen Roman zu veröffentlichen. Aber du hast es getan.«

»Das ist was anderes!«

Er warf den Kopf zurück. »Ist es das? Du bist deinem Herzen gefolgt, hast geschrieben, was in deinem Herzen war, es eingeschickt, obwohl man überall lesen kann, dass die Chance, publiziert zu werden, minimal ist. Und trotzdem fällt es dir schwer zu glauben, mit acht Fremden in einer Höhle zu leben, wäre das Beste, was du im Moment tun kannst?«

Er hielt meinem Blick stand. Ich wollte mich abwenden, doch sein Blick war so intensiv, so sicher, dass ich es nicht konnte.

»Wie läuft es mit deinem neuen Buch?«, fragte er, seine Augen waren allwissend.

»Gut.« Ich spähte Richtung Stadt. »Ich muss nach Hause.«

»Und wenn das hier dein Zuhause ist?«

»Mach dich nicht lächerlich.«

Er lächelte leicht. »Ich mag dich. Ich mag die Art, wie du redest.« Er seufzte. »Okay, gut, geh. Aber dann bringe ich dich zumindest zum Hauptweg zurück. Es ist sehr dunkel am Strand. Und auf dem Weg kann ich dir noch eine Sache zeigen …«

»Du wirst doch keine Ziege schlachten und mich ihr Blut trinken lassen, oder?«

Er lachte und berührte meinen Arm. »Du bist wirklich witzig. Komm mit.«

Und das tat ich. Ich war viel zu neugierig, um es nicht zu tun. Wir gingen gemeinsam den dunklen Strand entlang, während sich die Wellen neben uns brachen. Ich sah in Richtung meines Hauses und mein Magen verkrampfte sich. Für einen kurzen Moment dachte ich, dass ich lieber ins Meer als zurück zu Mike gehen würde.

Würde Idris dann auch über das Wasser gehen und mich retten?

Ich verdrehte die Augen. Langsam wurde ich wirklich verrückt.

Idris blieb bei der nächstgelegenen kleinen Höhle stehen, duckte sich und betrat sie.

Er zwinkerte mir zu. »Komm rein!« Ich zögerte und Idris lachte. »Mach kein so besorgtes Gesicht, hier sind keine Ziegen! Du hast nichts zu befürchten, Selma! Ich verspreche es dir. Du musst mir vertrauen.«

Vertraute ich ihm? Nein, ich kannte ihn kaum. Aber trotzdem wollte ich unbedingt nach der Hand greifen, die er mir hinstreckte, und dem Nervenkitzel, die Höhle zu betreten, nachgeben. Also ergriff ich seine Hand, duckte mich und trat durch die kleine Öffnung. Zunächst war ich von völliger Dunkelheit umgeben und bekam Panik. Doch dann erreichte mich wieder Idris' beruhigende, tiefe Stimme.

»Es ist okay, ich führe dich. Wir brauchen kein Licht.«

Wir gingen vorsichtig durch einen steinigen Tunnel, und ich ließ meine freie Hand an den unebenen Wänden entlanggleiten, während ich mich klein machte, um mir nicht den Kopf zu stoßen. Aufregung erfasste mich. Wie seltsam, mit einem Fremden hier in dieser Höhle zu sein, während meine Familie nur wenige Minuten entfernt war. Seltsam, aber auch aufregend.

»Du kannst jetzt aufrecht stehen«, sagte Idris. Ich spürte einen Lufthauch und konnte die Wand nicht mehr fühlen.

Meine Augen gewöhnten sich an das trübe Licht. Der Tunnel hatte sich geöffnet und enthüllte einen riesigen Raum. Wassertropfen fielen herab.

»Ich hatte keine Ahnung, dass es hier so etwas gibt«, sagte ich mit offenem Mund und sah mich um.

»Das wissen auch nicht viele«, sagte Idris im Halbdunkel.

Sein Haar fiel wie ein silberner Schleier in seinen Nacken. »Schau«, sagte er und zeigte nach oben.

Ich folgte seinem Blick zur Decke der Höhle und sah dort etwas hängen.

»Stalaktiten«, flüsterte ich.

»Nein«, sagte Idris. »Sieh genauer hin. Hier, ich zeige dir, wie.« Er nahm erneut meine Hand, führte mich zu ein paar großen Felsbrocken und kletterte auf einen hinauf. Ich tat es ihm gleich und sah erneut zur Decke.

Die hängenden Objekte waren jetzt nur noch wenige Meter entfernt. Ein Dutzend vielleicht, in verschiedenen Formen und Größen, alle aus Stein. Ich runzelte die Stirn. Das Objekt direkt über mir sah aus wie ein Vogel. Und da, war das eine Fledermaus? Mitten im Flug erstarrt und in etwas Langem, Undefinierbarem verheddert.

»Sind die echt?«, fragte ich Idris.

»Ja, sie sind versteinert. Es hat eine Zeit gegeben, als diese Höhle sich plötzlich mit Meerwasser gefüllt hat, das hoch genug gestiegen ist, um die gesamte Höhle zu fluten. Mit der Zeit ist der Mineralgehalt stark angestiegen und hat dafür gesorgt, dass diese Stücke versteinert sind.« Er lächelte. »Faszinierend, nicht? Sie dürften schon jahrhundertealt sein.«

Ich sah den kleinen Vogel an, der Schnabel zum Krächzen geöffnet, die feinen Details der Flügel wunderschön im Halbdunkel. »Sie müssten eigentlich abstoßend sein. Aber irgendwie sind sie schön.«

Idris nickte. »Ja, das stimmt. Sie sind schön. Und sie sind in der Zeit gefangen. Ich bin mir nicht sicher, ob das so schön ist. Aber so etwas passiert nur allzu leicht«, fügte er hinzu und sah mich an. »Gefangen zu sein, zu Stein zu werden. Für sie ist es zu spät. Traurig.«

»Ich weiß, was du da machst«, sagte ich und verschränkte die Arme. »Du sprichst in Metaphern und willst mir verdeutlichen, was du für mein Leben hältst.«

Er neigte den Kopf. »Und wenn es so wäre? Willst du mir sagen, dass es nicht stimmt? Warum kämpfst du so sehr mit deinem neuen Roman? Ich weiß, dass es so ist.«

Ich dachte daran, wie ich mich in der letzten Zeit gefühlt hatte. Gefangen. Eingesperrt. Versteinerte ich langsam wie diese Tiere über mir?

»Um ehrlich zu sein, habe ich das Gefühl, ich sitze in einer Philosophiestunde«, sagte ich.

Idris lächelte. »Entschuldige, dazu neige ich nun mal. Mit dir als Schüler hat man's nicht leicht, weißt du das?«

»Ich bin nie ein einfacher Schüler gewesen.«

»Aber du könntest es sein. Ich könnte es auch sein.«

»*Du* könntest es sein?«

»Ich habe das Gefühl, ich könnte von dir genauso viel lernen wie du von mir«, sagte er. Sein attraktives Gesicht war sehr ernst.

Ich sah ihn an und versuchte, die Gedanken zu ordnen, was mir durch den Kopf ging: die seltsame Anziehung, die er auf mich ausübte, die auch die Höhle auf mich ausübte, und auch dieser Ort hier. Aber da war auch Angst. Mein Verstand, mein präfrontaler Kortex, beides sagte mir, das ich verdammt noch mal hier raussollte, bevor ich dem Irrsinn der sich auftuenden Möglichkeiten erlag.

Ich stieg vom Felsbrocken herunter, die Angst hatte gesiegt. »Meine Schulzeit ist vorbei.«

Er runzelte leicht die Stirn.

»Aber vielen Dank«, sagte ich. »Es war mal was ganz anderes.«

Idris schwieg, als wir den Rückweg aus der Höhle antraten. Als wir hinauskamen, hatte sich eine Wolke vor den Mond geschoben, und der Strand war stockdunkel. Das einzige Licht kam von dem Feuer vor der großen Höhle.

»Ich hoffe, du kommst wieder«, sagte Idris. »Ich denke, das wirst du.«

Ich riss mich vom Anblick der Höhle los. »Sag das nicht immer. Ich habe ein Kind, Idris. Ich kann nicht einfach weglaufen und in einer Höhle leben.«

Als ich in die Dunkelheit ging und das Licht des Feuers und die entfernten Stimmen hinter mir ließ, wurde mir klar, dass ich das mehr zu mir selbst als zu Idris gesagt hatte. In Wirklichkeit hatte diese Höhle etwas, das mich magisch anzog.

9

Becky

Die Trauerfeier für Beckys Mutter findet in einer kleinen Kirche nicht weit von den Höhlen von Queensbay statt. Sie liegt oben auf einer Klippe und blickt weit über das Meer hinaus. Das Geräusch der Wellen dringt durch die weit offen stehenden Kirchentüren herein. Es sind viele Leute hier, alles Fremde für Becky … und vielleicht auch für ihre Mum. Sie war eine erfolgreiche Schriftstellerin, eine Bestseller-Autorin. Solche Leute ziehen Bekannte auf Zeit an, merkwürdige Anhänger. Schließlich ist ihr Tod in mehreren Zeitungen erwähnt worden.

Doch es sind auch Leute da, die ihre Mutter wirklich gerngehabt haben. Becky kann es an ihren Gesichtern sehen, vor allem an denen der beiden nervös aussehenden Frauen, die während des einfachen Gottesdienstes die Gedichte lesen: »Remember« von Christina Rossetti und »You're« von Sylvia Plath. Es schmerzt Becky, wie fern sie dem Leben ihrer Mutter war, sodass sie nicht einmal weiß, wer ihre engsten Freunde waren. Und auch sie scheinen nicht zu wissen, wer sie ist.

Sie seufzt. Sie muss aufhören, über dem »Was wäre

wenn« zu brüten. Es war nun einmal so, wie es war zwischen ihr und ihrer Mutter, sie muss das akzeptieren, genau wie sie die Lügen akzeptieren muss, die ihre Mutter ihr erzählt hat – die größte kurz vor ihrem Tod: dass Becky eine Schwester hat. Ihr Vater hat am Telefon bestürzt geschwiegen, als sie ihm erzählt hat, dass ihre Mum gestorben ist. Sie hat den seltsamen Widerstreit der Gefühle verstanden, die er selbst nach all den Jahren empfunden haben muss: Trauer um die Frau, die er einmal geliebt hat, Schmerz, dass sie ihn verlassen hat.

»Sie hat etwas Seltsames gesagt, bevor sie gestorben ist«, hatte Becky gesagt, nachdem sie die Todesnachricht überbracht hatte.

»Ja?«

»Sie hat gesagt, dass sie noch eine Tochter hatte ... mit Idris.«

Eine Pause war entstanden. »Nein«, hatte ihr Vater schließlich gesagt. »Das hätte ich gewusst.«

»Genau.« Sie hatte tief Luft geholt, froh, dass ihr Vater ihre eigenen Gedanken bestätigte. »Die Beerdigung ist Montag in einer Woche.«

»Das ist aber schnell.«

»Ihr Anwalt hat alles geregelt. Sie hatte ihm Anweisungen erteilt. Er hat auch bestätigt, dass außer mir niemand in ihrem Testament erwähnt wird. Mum hätte doch ihrer anderen Tochter sicherlich auch etwas hinterlassen, wenn es eine gäbe?«

»Das ist Unsinn, Becky, das hab ich gerade schon gesagt. Du weißt doch, wie deine Mum war.«

»Ja.« Aber irgendetwas ließ ihr keine Ruhe.

»Es freut mich, dass sie dir in ihrem Testament etwas hinterlassen hat.«

Mehr als »etwas«. Becky war überrascht gewesen, als der Anwalt ihr gesagt hatte, dass sie alles erben würde. Eigentlich verrückt, dass sie sich wunderte – sie war schließlich die einzige lebende Verwandte ihrer Mutter. Das bedeutete, dass sie das gesamte Vermögen bekam – das Haus, die Wohnung in London, alles was darin war, und die Ersparnisse ihrer Mum. Außerdem waren da noch die Tantiemen von den Büchern ihrer Mutter. Sie wusste noch nicht, was sie mit alldem machen wollte. Sie liebte ihre Arbeit und konnte sich nicht vorstellen, möglicherweise aufzuhören, obwohl sie sich das jetzt vielleicht leisten könnte.

»Ich habe mir noch keine Gedanken darüber gemacht«, hatte Becky zu ihrem Vater gesagt. »Ich habe mir die Woche nach der Beerdigung freigenommen, um ihre Sachen durchzugehen.«

»Gut. Wenigstens hat dir die Verwandtschaft mit ihr etwas eingebracht.« Er musste seine Worte bereut haben, weil er geseufzt hatte. »Sie war eine gute Mutter, bevor das alles passiert ist.«

»Dann kommst du zur Beerdigung?«

Eine weitere Pause, ein weiterer Seufzer. »Ich kann nicht, Becky. Cynthia und ich haben einen Flug gebucht, um ihre Eltern in Spanien zu besuchen. Du weißt doch, wie krank ihr Vater ist.«

Becky hatte versucht, ihre Enttäuschung zu verbergen. »Okay. Ich verstehe.«

Becky zupft an ihrem formellen schwarzen Kleid und folgt allen nach draußen, als der Gottesdienst zu Ende ist.

Sie ist sich der vielen leuchtenden Farben um sie herum bewusst. Offensichtlich hat sie da etwas nicht mitbekommen. Sie beobachtet, wie Leute Wangenküsse austauschen. Dramatische Seufzer und langsames Kopfschütteln. Abtupfen von Tränen mit Taschentüchern aus Seide.

»Wie viele Leute gekommen sind!«, sagt jemand hinter ihr. Becky dreht sich um und sieht eine Frau mit langen, krausen grauen Haaren, die in den Siebzigern sein muss. »Sie sind Becky, nicht wahr?«, sagt die Frau.

Becky lächelt. »Die bin ich.«

»Das habe ich mir gedacht. Ich habe Sie von dem Foto erkannt, das Ihre Mutter in der Höhle bei sich hatte.«

»Sie kannten sie aus der Höhle?«

Die Frau lächelt und streckt ihr die Hand hin. »Ja. Mein Name ist Maggie.«

Becky schüttelt der Frau die Hand und bemerkt das graue Pulver erst, als sie sie wegzieht. Sie wischt sich die Hand an ihrem Kleid ab und hinterlässt einen Abdruck auf dem schwarzen Stoff.

»Ups, Entschuldigung«, sagt Maggie, spuckt auf ein Taschentuch und reibt ungefragt an dem Fleck herum. »Ich war gerade dabei, mit meiner Enkelin eine Kanne zu machen, als ich gesehen habe, wie spät es ist, und dass ich losmuss. Das passiert, wenn man im Fluss ist.«

»Es ist in Ordnung, wirklich. Ich bin gewöhnlich voller Hundehaare.« Sie runzelt die Stirn. »Was ist der Fluss?«

»Der Flow. Die Versunkenheit.«

Becky nickt. Sie erinnert sich vage, dass ihre Mum damals so etwas gesagt hat. Oder war es vielleicht jemand in der Schule gewesen? Idris, seine »Anhänger« und ihr seltsames Verhalten waren in jenem Sommer schnell zum Thema geworden, und die Tatsache, dass ihre Mum ein Teil des Ganzen war, hatte Becky in andauernde Verlegenheit versetzt und ihr viele Neckereien eingebracht.

»Wie lange waren Sie dort?«, fragt Becky.

»Ein paar Monate. Was für eine Zeit«, sagt Maggie mit einem wehmütigen Seufzer.

Becky sieht in die Richtung, in der die Höhle liegt. »Mum ist in der Höhle gestorben. Sie hat mich gebeten, sie dort hinzubringen.«

Maggie fährt sich mit der Hand zum Mund, ihre grauen Augen füllen sich mit Tränen. »Ist sie friedlich eingeschlafen?«

Becky nickt und versucht, ihre eigenen Tränen zurückzuhalten. »Ganz friedlich.«

»Armes Mädchen«, sagt Maggie und tätschelt ihr die Hand. »Es muss schwer für Sie sein.«

»Es war ein Schock.«

»Ja, das kann ich mir vorstellen.«

»Ist noch jemand von der Höhle hier?«, fragt Becky und sieht sich um.

»Nicht, soweit ich sehe. Ich habe nur zu einigen Kontakt gehalten.«

»Zu Idris?«, fragt Becky. Ihre Stimme zittert, als sie seinen Namen ausspricht.

Maggie schüttelt den Kopf. »Nein, zu Idris nicht. Ich habe ihn nicht mehr gesehen, seit ich gegangen bin.«

»Es wundert mich, dass er heute nicht gekommen ist.«

»Mich auch«, seufzt Maggie. »Andererseits haben sie sich sehr plötzlich getrennt, Ihre Mutter und Idris.«

»Was ist passiert?«

»Ich war zu der Zeit nicht da, ich habe nur davon gehört. Er ist einfach gegangen und hat Ihre Mutter zurückgelassen.«

Becky hatte nie Näheres erfahren. Sie wusste nur, dass die Bewohner der Höhle eines Tages ihre Sachen gepackt und ihre Mum zurückgelassen hatten.

»Haben sie sich gestritten?«, fragt Becky. Sie will unbedingt mehr erfahren.

»Ich bin mir nicht sicher. Aber irgendetwas muss passiert sein. Sie waren so verliebt. Es war schwer in jenen letzten Wochen …« Ihr Gesicht verdüstert sich. »Deshalb musste ich auch gehen. Obwohl ich mich manchmal frage, ob ich wirklich gegangen bin, ob irgendjemand von uns wirklich gegangen ist«, fügt sie hinzu und sieht lächelnd zu der Höhle hinunter. Dann seufzt sie wieder. »Nun ja, das ist Vergangenheit. Ich möchte das lieber nicht vertiefen. Ich habe verdammt hart gearbeitet, um das alles hinter mir zu lassen.« Sie sieht sich um. »Wo ist eigentlich Ihre Schwester?«

Becky verschlägt es fast den Atem. »Meine Schwester?«

»Ja. Ich dachte, sie würde auch hier sein.«

Becky versucht, etwas zu sagen, aber es gelingt ihr nicht.

Maggies Augen werden groß. »Sagen Sie nicht, Sie haben es nicht gewusst.« Becky bringt kein Wort heraus. Sie sieht einfach in die Ferne, während ihr Gehirn sich bemüht, zu verstehen, was Maggie gerade gesagt hat. Maggie hält sich erschrocken die Hand vor den Mund. »Mein Gott, Sie haben es nicht gewusst.«

»Mum hat so etwas gesagt, bevor sie gestorben ist, aber

ich habe es für Gerede im Delirium gehalten, das durch die Medikamente hervorgerufen worden ist.« Sie schließt die Augen, plötzlich fühlt sie sich schwach.

Maggie spürt es und führt sie zu einer Bank. Eine Trauerweide neigt sich darüber, ihre Blätter bewegen sich in der Brise. Becky dreht sich zu Maggie um. »Sind Sie meiner Schwester mal begegnet?«

Meiner Schwester. Einfach so ist ein weiteres Mitglied zu ihrer Familie hinzugekommen.

»Nur, als sie ein paar Tage alt war«, antwortet Maggie. »Ich hatte die Höhle damals schon verlassen, habe mich aber mit Ihrer Mutter noch mal im Café getroffen, bevor ich in die Staaten gegangen bin. Da bin ich die ganzen Jahre gewesen, deshalb haben Ihre Mum und ich auch den Kontakt zueinander verloren. Na ja, ich mache das gern dafür verantwortlich, doch in Wirklichkeit habe ich nie eine Antwort auf einen meiner Briefe bekommen.«

»Und es war auch bestimmt ihr Baby, das Sie in dem Café gesehen haben?«, fragt Becky.

»Ja, ganz sicher. Ein süßes kleines Ding.«

»Warum hat Mum mir nichts davon gesagt? Oder meinem Vater?«

»Sie hatte Sie gerade erst in diesem Gerichtsstreit mit Ihrem Vater verloren, meine Liebe. Sie konnte es sich nicht leisten, dass das Jugendamt ihr das Baby wegnahm. Die anderen haben sie in der Höhle versteckt, und Ihre Mum ist in den letzten Wochen ihrer Schwangerschaft kaum noch rausgegangen.«

»Und hat mich kaum noch gesehen«, fügt Becky hinzu. Das würde vieles erklären. Zum Beispiel, warum die

Besuche ihrer Mum in den Monaten, bevor sie mit ihrem Dad nach Busby-on-Sea gezogen ist, plötzlich aufgehört hatten.

»Wissen Sie, was mit dem Baby passiert ist?«, fragt Becky weiter.

Maggie schüttelt den Kopf. »Wie gesagt, ich habe dann den Kontakt zu Ihrer Mutter verloren. Vielleicht hat das Jugendamt sie gefunden. Vielleicht ist die Kleine adoptiert worden?«

Becky denkt daran, was ihre Mum vor ihrem Tod gesagt hat. »Mum hat etwas davon gesagt, dass Idris sie mitgenommen hat.«

Maggies Gesicht verdüstert sich. »Wirklich? Das ist nicht gut. Man sollte doch meinen, dass sie versucht hätte, ihre Tochter zu finden, falls Idris sie mitgenommen hat. Sie hatte Geld und wahrscheinlich auch Kontakte.«

»Wissen Sie, wo Idris jetzt ist?«

»Ich habe gehört, dass er nach Spanien gegangen ist, in irgendeine Höhlenanlage in den Bergen von Granada. Ich denke, er hat gehofft, neu anzufangen, eine ganz neue Gruppe aufbauen zu können. Vielleicht ist ihm das gelungen, falls …«

Sie hält inne.

»Falls was?«, fragt Becky.

»Wie ich gesagt habe, das ist Vergangenheit.« Maggie holt eine alte Uhr aus der Tasche und wirft einen Blick darauf. »Ich muss gehen. Ich muss meinen Flug bekommen und mich noch von meiner Familie verabschieden. Und Sie passen gut auf sich auf, okay?« Sie sucht in ihrer Tasche nach einem Zettel und einem Stift und schreibt ihren

Namen und ihre Nummer auf. »Hier ist meine Nummer, falls Sie irgendwann mal reden wollen.« Dann geht sie über den Friedhof davon.

Becky bleibt sitzen und sieht zur Höhle hin, in der ihre Mutter gestorben ist und wo sie vielleicht heimlich ein Kind zur Welt gebracht hatte, damit man es ihr nicht wegnahm wie Becky. Aber es hatte ihr doch jemand das Kind weggenommen.

Idris.

10

Selma

Als ich nach Mitternacht von dem Besuch in Idris' Höhle nach Hause kam, war das Haus dunkel und ruhig. Mikes Auto stand in der Einfahrt, er war also mit Becky aus dem Pub zurück. Ich trat mit einer gewissen Beklemmung ein, doch dann besann ich mich. Was war falsch daran, sich ein paar Stunden Auszeit zu nehmen? Ich ging in die Küche und trank ein Glas Wasser, während ich hinaus auf die Felder sah. Ich hatte gehofft, meinen nächsten Roman mit dem Blick darauf zu schreiben. Würde es in der Höhle einfacher sein, mit dem Blick aufs Meer?

»Wo warst du?«, fragte eine Stimme in der Dunkelheit. Ich drehte mich um und sah Mike, der mich von der Tür aus beobachtete. Er kam im Schlafanzug in die Küche und blickte mich vorwurfsvoll an. »Du bist einfach verschwunden«, sagte er mit kalter Stimme.

»Das ist doch wohl erlaubt, oder? Es waren nur ein paar Stunden.«

»Nicht, wenn man ein Kind hat.«

»Du warst doch bei Becky!«

»Sie hat nach dir gefragt.«

Ich verschränkte die Arme vor der Brust. »Mach mir keine Schuldgefühle, Mike. Ich habe hin und wieder ein Recht auf etwas Zeit für mich.«

»Du hast an zwei Tagen der Woche Zeit für dich«, erwiderte er.

»Da arbeite ich! Wie oft muss ich dich noch daran erinnern?«

Mike sah mich scharf an. »Du arbeitest? So nennst du das also?« Er griff nach ein paar Papieren, die auf der Anrichte lagen, und schwenkte sie vor meinen Augen. »Gemäß diesem Vertrag gibt es keine Vereinbarung über zwei Bücher – nur über eins. Und dieser Scheck über Tantiemen, der bald kommen soll, wie du gesagt hast, das ist auch Unsinn, nicht? Ich habe deine Honorarabrechnung gefunden. Dreihundertzwei Bücher sind verkauft worden. Hast du nicht gesagt, es wären Tausende?«

Ich wurde ganz still. »Du hast in meinen Sachen herumgestöbert.«

»Kannst du mir das zum Vorwurf machen? Du hast dich in letzter Zeit mehr als seltsam verhalten.«

Ich fuhr mir mit der Hand zum Kopf. Ich hatte bereits Spannungskopfschmerzen, obwohl ich erst wenige Minuten zu Hause war. Plötzlich sehnte ich mich nach der Höhle, nach dem Knistern des Feuers und der wehmütigen Gitarrenmusik, den Gesprächen über das Schreiben und die Kunst und darüber, »im Fluss zu sein« und die Kreativität zu nähren.

»Das sind nur Zahlen«, sagte ich zu meiner eigenen Überraschung. »Was haben die schon zu bedeuten?«

»Was die zu bedeuten haben?«, fragte Mike und schleuderte

mir den Vertrag entgegen, dass er zu Boden flatterte. »Wir müssen eine Hypothek abzahlen, Selma. Und du hast mich *angelogen*. Du hast gelogen, ohne mit der Wimper zu zucken.«

»Weil ich gewusst habe, dass du darauf herumreiten würdest.«

»Mein Gott«, sagte er und sah verzweifelt zur Decke. »Du begreifst es einfach nicht, oder?«

»*Du* begreifst es nicht!«, schrie ich mit zitternder Stimme zurück. »*Du* begreifst nicht, wie verdammt unglücklich ich bin.«

Mike hielt inne. »Unglücklich?«

Als er das sagte, wurde mir erst richtig klar, *wie* unglücklich ich war.

»Du hast alles bekommen, was du wolltest. Zwei Tage zum Schreiben, diese verdammte Aussicht, für die wir so viel Geld bezahlt haben«, sagte er und zeigte wütend zum Fenster. »Alles, was du wolltest.«

»Das habe ich nicht gewollt«, sagte ich kläglich.

»Was meinst du mit *das*? Mich? Becky?«

»Natürlich meine ich nicht Becky. Ich *vergöttere* sie.«

»Tust du das wirklich? Manchmal frage ich mich, was du mehr liebst, deine Tochter oder deine Schreiberei?«

»Wie kannst du es wagen, das zu sagen!«

Aber vielleicht hatte Mike recht. War meine eigene Mutter nicht genauso? Die ganzen Jahre hatte ich ihre Gefühlskälte ertragen müssen, wie sie am Küchentisch gesessen und an einer Zigarette genuckelt hatte, während ich sie still angebettelt hatte, mich nur mal *anzusehen*, mit mir zu *sprechen*, irgendwas zu sagen. Ich hatte auch die

Verzweiflung im Gesicht meines Vaters gesehen. Seinen Wunsch, seine Frau möge zurück ins Hier und Jetzt kommen und ihre Familie wenigstens ein Mal anschauen. Ging es Mike genauso?

Nein, ich war nicht wie meine Mutter. Wie konnte ich das nur denken? Ich brachte Becky Aufmerksamkeit entgegen; ich redete mit ihr und hörte ihr zu. Becky wusste, dass ich sie vergötterte. Sie wusste, dass ich immer da war für Kuscheleien und Küsse, um sie in den Arm zu nehmen, wenn sie sich wehgetan hatte. Oder wenn sie nachts weinte. Mein Mutterinstinkt ließ mich schon in ihr Zimmer laufen, bevor Mike auch nur gemerkt hatte, dass unsere Tochter weinte. Das war meilenweit entfernt von dem Verhalten meiner Mutter mir gegenüber.

Und die Tatsache, dass Mike es wagte, mich zu verurteilen, machte mich wütender denn je. Mich als Frau zu kritisieren ging vielleicht noch. Aber als Mutter? Nein.

»Stell niemals meine Liebe zu meiner Tochter infrage«, zischte ich.

Mikes Gesicht versteinerte. »Und was ist mit deiner Liebe zu mir?«

Meine Schultern sackten nach unten. Ausnahmsweise einmal hatte ich das Lügen satt. »Da hat sich etwas geändert, du hast recht.« Er taumelte zurück. Ich hob den Blick, um ihm in die Augen zu sehen. »Es tut mir leid, Mike.«

Er hielt meinem Blick stand, seine Nasenflügel blähten sich. »Dann geh«, zischte er.

»Was?«

»Du hast gehört, was ich gesagt habe. Du hast in den letzten Monaten absolut nichts zur Tilgung der Hypothek beigetragen. Offiziell ist das also mein Haus. Pack deine Sachen und verzieh dich.«

Mein Herz begann, unkontrolliert zu schlagen. »Das kannst du nicht machen.«

»Ich kann, und das werde ich auch.«

Ich öffnete den Mund, um erneut zu protestieren, dann hielt ich inne. Vielleicht *war* es wirklich Zeit zu gehen, selbst wenn es nur für einige Tage war?

»Gut«, sagte ich.

Überraschung breitete sich auf Mikes Gesicht aus. Dann stürmte er ins Wohnzimmer und knallte die Tür hinter sich zu.

Ich blieb noch ein paar Minuten, wo ich war. Mir drehte sich der Kopf. Dann ging ich nach oben und sah nach Becky. Sie hatte sich auf der Seite zusammengerollt, den Daumen im Mund, das machte sie immer noch, wenn sie schlief. Die Decke hatte sie weggestrampelt, ihr Gesicht war in der warmen Nacht gerötet, und ihre kleinen Beine guckten aus der kurzen rosa Hose.

Ich legte mich neben sie und beobachtete, wie sie atmete. Als Becky sich leicht rührte, hätte ich sie fast geweckt. Vielleicht würde ein Blick in die schönen, unschuldigen Augen meiner Tochter einen Schalter in meinem Gehirn umlegen. Dann würde die Vernunft siegen, statt dass ich diese Höhle vor mir sah und Idris' wissende Augen.

Ich lag da, ohne zu schlafen, die Arme um Beckys warmen Körper geschlungen. Mike blieb unten, wahrscheinlich schlief er auf dem Sofa.

Als die Sonne durch die Vorhänge drang, stand mein Entschluss fest.

»Es tut mir leid«, flüsterte ich Becky zu und strich ihr über das weiche Haar. »Mummy muss sich nur über ein paar Dinge klar werden. Nichts davon ist deine Schuld, okay? Ich liebe dich sehr, und ich werde dich holen, das verspreche ich dir.«

Ich küsste sie auf die Stirn, dann ging ich zur Tür. Doch bevor ich das Zimmer verließ, hielt ich inne. Vielleicht sollte ich Becky einfach mitnehmen? Was konnte Mike schon sagen? Becky war schließlich auch meine Tochter.

Nein, das wäre nicht fair ihr gegenüber. Ich brauchte nur ein paar Tage, dann würde ich sie holen kommen. Ich würde sie nicht endgültig zurücklassen. *Das konnte ich nicht.*

Ich packte ein paar Sachen zusammen und ging auf Zehenspitzen nach unten. Ich wusste, wohin ich gehen würde.

Als ich kaum zwanzig Minuten später bei der Höhle ankam, tauchte die aufgehende Sonne das Meer in Rosa. Ich blieb einen Moment stehen, um den Anblick in mich aufzunehmen, die Schönheit, die Einfachheit. Die Welt war so friedlich um diese Zeit. Gewöhnlich schlief ich sonst noch, und erst Becky weckte mich.

Becky.

Ich stellte mir vor, wie sie aufwachte und sah, dass ihre Mum nicht da war. Ich hoffte, dass Mike es ihr so erklärte, dass unsere Tochter nicht traurig sein würde. Ich ertrug den Gedanken nicht, dass er das nicht tun könnte, dass es vielleicht anders sein könnte, dass er zu verbittert und zu wütend dazu war. Nein, so war er nicht. Und schließlich hatte ja *er mich* hinausgeworfen.

Als ich näher kam, sah ich Idris im Schneidersitz vor der Höhle sitzen und den Sonnenaufgang beobachten. Hinter ihm lagen die anderen still und leise in ihren Schlafsäcken, die Augen geschlossen. Und über allem ragte das alte verfallene Hotel auf. Was für eine Ironie, dass ich davon geträumt hatte, es zu kaufen, wenn ich erst eine erfolgreiche Autorin wäre. Stattdessen würde ich jetzt in der feuchten Höhle darunter leben. Aber irgendwie kam es mir genauso aufregend vor.

Als Idris sich umdrehte und mich ansah, wurde alles plötzlich sehr real. Das Gewicht meiner Tasche lastete schwer auf meiner Schulter. Er stand auf und kam auf mich zu, barfuß über den Sand.

»Komm, gib mir deine Tasche«, sagte er und streckte die Hand danach aus.

Ich nahm sie von der Schulter und gab sie ihm.

»Ich habe ein Bett für dich aufgestellt. Ich denke, es wird dir gefallen«, sagte er, als habe er nicht einen Augenblick daran gezweifelt, dass ich kommen würde.

Ich folgte ihm in die Höhle und ließ mein altes Leben zurück.

11

Becky

Becky steht vor dem Haus ihrer Mutter, dem alten Hotel, zu dem sie einst als Kind vom Strand hochgeschaut hat. »Wenn ich meinen Bestseller lande, kaufe ich uns dieses Haus«, hat ihre Mutter immer gesagt. »Dann kannst du so viel herumrennen, wie du willst, und allen möglichen Unfug machen.«

Ihre Mum hatte sich schließlich ihren Wunsch erfüllt, nur dass Becky nicht bei ihr gewesen war. Was für ein seltsamer Gedanke, dass das Hotel jetzt ihr gehört, als der Haupterbin ihrer Mutter. Deshalb ist Becky hier – um die Sachen ihrer Mum auszuräumen und das einstige Hotel zum Verkauf anzubieten. Was soll sie sonst mit so einem Monstrum von Haus anfangen? Außerdem ist es eine gute Gelegenheit, sich damit auseinanderzusetzen, was Maggie ihr bestätigt hat: dass ihre Mutter noch ein Kind hatte.

Becky hat immer noch Schwierigkeiten, die Tatsache zu verdauen, dass sie eine Schwester hat.

Sie hat ihren Vater noch einmal auf seinem Handy angerufen, um darüber zu reden, aber nur die Mailbox erreicht und eine Nachricht hinterlassen.

Jetzt sieht sie sich ums Haus herum um, stellt sich vor, mit einem anderen kleinen Mädchen hier herumzurennen. Wie anders das Leben hätte sein können. Als Kind hat sie sich manchmal einsam gefühlt, vor allem nachdem ihre Mum sie verlassen hatte. Als sie mit ihrem Vater nach Busby-on-Sea gezogen ist, hat er ihr versprochen, dass sie immer Freunde zum Spielen haben würde, weil ihre Cousins in der Nähe wohnten. Aber die waren älter als sie, und sie sahen sich nicht oft. Die meisten Wochenenden verbrachte sie mit ihrem Vater im Haus ihrer Großeltern, was kein großer Spaß für sie war, da sie dort nicht fernsehen durfte. In der Schule hatte sie ein paar Freundinnen gefunden, war aber mit keiner enger befreundet gewesen. Vielleicht hatte sie sich deshalb mit vierzehn so auf ihren ersten Freund konzentriert und die meiste Zeit mit ihm verbracht, bis er zehn Jahre später einfach so mit ihr Schluss gemacht hatte.

Sie hätte gerne eine Schwester gehabt, und sie hätte auch gerne in diesem Haus gelebt. Ihre Mutter hätte ihr strahlendes Lächeln auf dem Gesicht gehabt und ihr heimlich Schokolade zugesteckt. Stattdessen war sie mit dem ruhigen Wesen ihres Vaters groß geworden. Obwohl sie ihren Vater sehr liebte.

Sie blickt sich um. Das alte Hotel ist in besserem Zustand, als sie es in Erinnerung hat, die Wetterschenkel sind strahlend weiß, die Fenster sind neu und glänzen. Ihre Mutter hat es eindeutig renovieren lassen. Beckys Hunde schnüffeln im hohen Gras herum, bleiben stehen, um zu markieren.

Als sie die Haustür aufschließt, überwältigt sie sofort das moschusartige Parfüm ihrer Mutter. Becky sieht sich nach ihr um, aber nein, natürlich ist sie nicht hier. Die Hunde kommen hereingesprungen, ihre Pfoten rutschen auf den Holzböden. Was würde ihre Mum davon halten? Sie ist nie ein Fan von Hunden gewesen.

»Beruhigt euch«, ruft Becky ihnen zu. Die drei bleiben auf der Stelle stehen und schauen zu ihr herüber. »Langsam«, sagt sie. Ihre Stimme ist jetzt sanfter. »Und bleibt bei mir«, fügt sie hinzu und klopft sich auf den Oberschenkel. Alle trotten zu ihr herüber, sie folgen ihr auf dem Fuß, während Becky sich umsieht. Es ist eindeutig, dass das hier einmal ein Hotel war, die alte Rezeption rechts in der Diele ist aus dem gleichen Holz, mit dem das ganze Haus ausgekleidet ist. Dahinter befindet sich eine silberne Garderobe mit einer Auswahl an bunten Jacken, Mänteln und Schals ihrer Mutter. Vielleicht hat sie es ja charmant, skurril gefunden, Leute zum Abendessen in ihr leeres Hotel einzuladen. Becky kann sich das bei ihrer Mum durchaus vorstellen.

Sie legt die Hundeleinen auf den Tresen und geht durch die Diele in eine L-förmige Bar. Hier steht ein langes marineblaues Sofa aus Plüschsamt, von dem aus man eine wunderbare Aussicht aufs Meer hat. Dahinter steht ein langer Wohnzimmertisch aus Treibholz. Er sieht abgenutzt aus, mit Kerben und Ringen von abgestellten Weingläsern und Tassen. Ein merkwürdig aussehender Leuchter hängt darüber, und als Becky näher kommt, sieht sie, dass er aus wunderschön arrangierten Büchern gemacht ist, zwischen denen Glühbirnen angebracht sind. Es sind alles Lieblingsbücher ihrer Mutter: Romane von Angela Carter, ein Exemplar von *Hotel du Lac* von Anita Brookner, die Gedichte von John Donne, ein oder zwei Romane von James Joyce.

Becky lächelt. Wie typisch für ihre Mutter.

Sie geht um die Bar herum zur Glastür, die in einen großen, eingefriedeten Garten voller Bäume führt, in dem es zu ihrer Überraschung mehrere Schaukeln sowie ein Holzhaus mit einer Rutsche gibt; selbst Spielzeug liegt auf dem Rasen verstreut. Es sieht neu aus und kann noch nicht hier gewesen zu sein, als das Ganze noch ein Hotel war. Einen Moment fragt sie sich, ob ihre Schwester bei ihrer Mum gelebt hat, versteckt in diesem riesigen Hotel. Aber warum wird sie dann nicht in ihrem Testament erwähnt? Warum hat ihre Mutter ihr nicht früher von ihrer Schwester erzählt?

Wie dem auch sei, hier müssen Kinder gewesen sein. Becky kann nichts gegen die Eifersucht tun, die sich regt. Ihre Mutter konnte nicht bei ihr bleiben, als sie noch ein Kind war, doch wie es scheint, hat sie hier gerne Kinder um sich gehabt.

Die Hunde kratzen an der Tür und Becky probiert einige der Schlüssel von dem Schlüsselbund aus, das ihr der Anwalt gegeben hat, bis sie endlich den richtigen findet.

»Benehmt euch!«, ruft sie den Hunden hinterher, als sie hinausstürmen. Sie gießt etwas Wasser in einen großen Napf und stellt ihn für sie auf die Stufen, dann geht sie durch die Diele zurück zu einer dunklen Treppe, die von dem Rezeptionsbereich aus nach oben führt. Sie stellt fest, dass es zwei Etagen gibt. Im ersten Stock liegen einige Zimmer mit angeschlossenen Bädern. Manche sind leer, andere vollgestellt mit Pappkartons und Bücherstapeln und über Stühlen hängen Kleider. Ein paar sind zu einfachen Gästezimmern umgestaltet worden, die eindeutig noch vor

Kurzem genutzt worden sind; die zerknüllten Laken und die Gläser mit trübem Wasser auf den Nachttischen zeugen davon. Wer hat hier mit ihrer Mum gewohnt? Sie denkt an die Beerdigung, an die vielen Gesichter … und trotzdem ist ihre Mutter als Einsiedlerin beschrieben worden. Das ergibt keinen Sinn.

Becky geht in den obersten Stock und weiß instinktiv, dass ihre Mum hier den größten Teil ihrer Zeit verbracht hat. Die Wände sind mit üppigen Mustern, Kolibris und exotischen Blumen tapeziert. Becky geht den Gang hinunter und lässt die Fingerspitzen an den Wänden entlanggleiten. Sie stellt sich vor, wie ihre Mum jeden Tag das Gleiche getan hat, und beißt sich auf die Lippe, um die Tränen zurückzuhalten. Die Trauer ist noch nicht richtig bei ihr angekommen. Da ist so viel zu verarbeiten. Und es ist so verwirrend. Sie hat ihre Mum in den letzten Jahren nicht gesehen, sodass die Lücke, die sie hinterlassen hat, nicht konkret ist. Trotzdem ist sie irgendwie gewaltig.

Es gibt ein großes Bad mit einer riesigen enteneierblauen Badewanne auf gusseisernen Füßen. Ein Handtuch liegt auf dem Boden. Becky hebt es auf, hält es an die Nase und riecht ihre Mum. Ihre Tränen fallen auf das Handtuch, sie faltet es behutsam zusammen und legt es in eins der Regale.

Ihr fällt etwas Blut an einem der Doppelwaschbecken auf und weiteres auf den marineblauen Kacheln. Ist ihre Mum gestürzt? Ist sie deshalb im Krankenhaus gelandet, weil sie nicht mehr alleine für sich sorgen konnte?

Becky sitzt auf dem wunderschönen Holzstuhl am Fenster und sieht aufs Meer hinaus, die Hände zu Fäusten geballt. Warum hat ihre Mum sie nicht einfach angerufen, als es ihr schlechter ging? Sie wäre sofort gekommen, um ihr zu helfen, trotz allem, was zwischen ihnen geschehen ist. Doch stattdessen hat sie sich allein durch ihre letzten Wochen gekämpft. Sie mag zwar Hilfe gehabt haben, aber es muss trotzdem schwierig gewesen sein.

Becky geht ins gegenüberliegende Zimmer, das Schlafzimmer ihrer Mutter. Ihre Hausschuhe liegen noch auf dem edlen gemusterten Teppich, das Bett ist nicht gemacht. In der Bürste sind Haare, der Kleiderschrank steht offen und enthüllt eine Reihe wunderschöner Kleider. Und ein Buch liegt mit der Schrift nach unten auf dem Nachttisch, der Rücken ist verbogen, es wartet darauf, zu Ende gelesen zu werden. Es ist der erste Roman ihrer Mutter. Hat sie ihn noch einmal gelesen, einen Schritt zurück in der Zeit gemacht, während der Tod näher rückte?

Becky lehnt sich an die Wand. Sie hat das Gefühl, einen Berg hochzumarschieren, die Trauer holt sie ein. Sie schließt die Augen, Tränen quellen unter ihren Wimpern hervor, als sie sich an den letzten Atemzug ihrer Mutter und an ihre letzten Worte erinnert: *Warum sollte ich bei so etwas lügen?*

Sie hat also wirklich eine Schwester irgendwo auf der Welt. Becky wirft einen Blick auf ihr Handy. Noch immer keine Nachricht von ihrem Vater.

»Komm«, sagt sie zu sich selbst und wischt sich die Tränen ab, »reiß dich zusammen.« Sie sieht durchs Fenster nach den Hunden, ist froh, dass sie sich benehmen, dann geht sie durch die Diele zur letzten Tür, dem Arbeitszimmer ihrer Mutter ... dem wichtigsten Raum im Haus. Sie holt tief Luft und tritt ein.

Das Zimmer ist groß und hat riesige Fenster, die aufs Meer hinausgehen. Die Höhle ihrer Mum liegt nur hundert Meter tiefer. Ihre Mum muss ihre neueren Bücher an diesem Treibholztisch geschrieben haben, der dem Esstisch unten ähnelt. Ihre Gegenwart sickert aus den dunkel tapezierten Wänden, und Becky kann sie fast dort sitzen sehen, in Gedanken vielleicht bei dem Kind, das man ihr weggenommen hat.

Doch warum hätte Idris das tun sollen? Vielleicht hat ihre Mum gedroht, ihn zu verlassen, und das war seine Reaktion darauf gewesen. Eltern taten so etwas, nicht wahr? Zur Strafe dem anderen die Kinder wegnehmen?

Becky seufzt. Es bringt nichts zu spekulieren. Sie geht durchs Zimmer. An den Wänden hängen ein paar gerahmte Cover von Büchern ihrer Mutter, in der Aufmachung alle ähnlich: Titel und Name in dicker violetter Schrift, oben in einem Kreis die Silhouette eines Frauenkopfes. Daneben hängen Urkunden, darunter eine vom Baileys Women's Prize for Fiction aus dem letzten Jahr. Becky hat aus der Zeitung erfahren, dass ihre Mutter den Preis gewonnen hat. Es hat sie schockiert, als das Gesicht ihrer Mutter sie aus der Zeitung ansah, die jemand im Wartezimmer der Praxis las: eine der dunklen Brauen hochgezogen, die Lippen scharlachrot geschminkt, in schwarze Seide gehüllt; sie war in ihren Sechzigern noch immer schön. Einen Moment war Becky versucht gewesen, sie anzurufen und ihr zu gratulieren. Doch dann hatte sie sich daran erinnert, dass ihre Mum nicht zu ihrer Abschlussfeier gekommen war. Sie hatte nur eine kleine Glückwunschkarte bekommen, sonst nichts. Also hatte Becky ihr eine Glückwunschkarte geschickt, doch sie hatte Ewigkeiten gebraucht, die richtige zu finden. Schließlich hatte sie eine mit einer Frau auf einer Klippe gefunden, die aufs Meer hinaussah. Wenn man genauer hinschaute, sah man, dass die Klippe aus Bücherstapeln bestand. Ihre Mutter hatte das nicht zu würdigen gewusst. Becky hatte gedacht, sie würde vielleicht anrufen – aber nichts.

Sie geht zu dem unförmigen Schreibtisch. Eine Tasse mit geronnener Milch steht darauf und riecht. Becky beugt sich über den Schreibtisch, öffnet das Fenster und lässt frische Luft herein. Als sie das tut, fällt ihr eine Brille auf dem Tisch auf, an der etwas Foundation haftet. Ein Stapel Papiere liegt im Posteingang, einige sind über den Boden verstreut, Verträge und Rechnungen, die wahrscheinlich noch unbearbeitet sind. Die Agentin ihrer Mutter hat versprochen, sich um die Papiere zu kümmern. Becky will alles aufheben und es ihr morgen schicken, als sie innehält.

Da auf dem Stapel liegt eine alte Ausgabe des *National Geographic*. Sie ist bei einem verblassten Artikel mit einem Foto aufgeschlagen. Eine Gruppe Leute sitzt auf einem Berg, Höhlen erstrecken sich über ihnen, unter ihnen sind Häuserreihen. *Die Höhlenbewohner von Sacromonte* heißt der Artikel. Bei den abgebildeten Leuten handelt es sich um eine wilde Mischung. In der Mitte steht ein Mann mit langen blonden Haaren, die Hand auf der Schulter eines kleinen Mädchens von drei oder vier Jahren. Becky kann die Gesichter nicht richtig erkennen, die Zeitschrift ist schließlich über zwanzig Jahre alt. Könnte das Idris sein? Sie hat ihn als Kind gesehen, erinnert sich an sein langes, helles Haar, aber an viel mehr auch nicht, sodass sie nicht sicher ist.

Doch ihre Mutter hat sich eindeutig für diese Person interessiert. Um ihr Gesicht ist ein Kreis gekennzeichnet, genau wie das des kleinen Mädchens neben ihm.

Becky hebt den Artikel mit klopfendem Herzen auf und sieht sich erst das Mädchen und dann das Datum an: Juni 1996.

Wenn ihre Mutter, kurz bevor Becky mit ihrem Vater nach Busby-on-Sea gezogen ist, ein Kind zur Welt gebracht hat, wäre ihre Schwester damals ungefähr genauso alt gewesen wie das Mädchen auf dem Foto. Konnte das ihre Schwester sein? Maggie *hatte* doch auch Spanien erwähnt.

Becky setzt sich auf einen Stuhl, den Artikel in der Hand. Vielleicht waren die beiden noch in Spanien – im Artikel wurden die Höhlen als »permanenter Wohnsitz« beschrieben.

Eine Brise weht herein, und aus den Augenwinkeln sieht Becky etwas flattern. Sie schaut zu dem Sessel hinüber, der neben den Bücherregalen steht, und sieht eine Auswahl an Papierobjekten von der Decke baumeln: *Vögel. Fledermäuse. Muscheln.* Sie stellt sich vor, sie wären echt. Erstarrte Kreaturen, mitten im Leben in Wartestellung verharrend.

Sie geht hin und streckt die Hand aus, ihre Finger streifen einen Vogelflügel. Er dreht sich, Sonnenlicht glitzert auf seinen rosa Papierfedern und lässt sie silbern aussehen. Dann fällt Becky etwas auf. Die Rückseiten aller Objekte sind über und über mit kleinen Fotos bedruckt.

Sie streckt sich, um sie besser sehen zu können, dann muss sie nach Luft schnappen. Es sind Fotos von ihr, Becky, als Neugeborenes und als Kind und auch als Erwachsene. Eins stammt von der Website ihrer Tierarztpraxis.

Becky fasst sich an die Brust. Ihre Mum hat ihren Werdegang die ganze Zeit verfolgt.

Dann sieht sie an dem kleinsten Vogel ein anderes Gesicht: ein Baby, winzig, die Augen geschlossen.

Ist das ihre Schwester?

Hat ihre Mutter hiergesessen und zugesehen, wie sich die Gesichter ihrer Töchter über ihr gedreht haben? Zwei Töchter, die sie sich hat entgleiten lassen?

»Ach Mum«, flüstert Becky, während ihr Tränen in die Augen steigen.

»Becky?«

Becky schreckt hoch und sieht völlig verblüfft ihren Vater in der Tür stehen.

»Dad, du hast mich zu Tode erschreckt! Was machst du denn hier?«

»Ich habe gestern deine Nachricht bekommen.« Er tritt ein, er sieht müde aus. Ihr Dad ist hellhäutig wie Becky, groß und schlank, hat blaue Augen und einen kahlen Kopf. Jedes Mal, wenn sie ihn sieht, fällt ihr auf, wie alt er geworden ist, inzwischen fast siebzig. »Ich hätte zur Beerdigung kommen sollen. Es tut mir leid, Liebes.«

Sie geht auf ihn zu, umarmt ihn und spürt, wie er in ihren Armen leicht erstarrt. Er hat es nie mit Umarmungen gehabt, anders als ihre Mutter. Sie hat das vermisst, als ihre Mum gegangen war, wie sie sie immer umarmt und geküsst hatte, als sie alle noch zusammengelebt hatten. Beckys Vater hatte sein Bestes getan. Es war nicht so, dass er kalt oder lieblos war, er wusste nur nicht, wie man Zuneigung zeigt. Aber er allein war die ganzen Jahre für Becky da gewesen und dafür würde sie ihm immer dankbar sein.

»Ich dachte, du bist verreist?«, sagt Becky.

»Ich musste einfach zurückkommen. Ich fand es falsch, dich jetzt alleine zu lassen. Ich konnte an deiner Stimme hören, dass du mich brauchst.«

Liebe durchflutet Becky. Sie umarmt ihn noch einmal. »Danke, Dad. Das bedeutet mir viel.«

Ihr Vater geht durch das Büro, zaghaft streichen seine Finger über alles.

»Ist Cynthia auch hier?« Becky schaut in die Diele. Sie hofft, dass Cynthia nicht hier ist. Sie kommt nicht besonders gut mit ihrer Stiefmutter zurecht. Ihr Vater kennt sie noch aus Queensbay, sie war die Mutter von einer von Beckys Freundinnen. Sie sind sich auf ein paar Spieltreffen begegnet, nachdem ihre Mum sie verlassen hatte, und haben über all die Jahre Kontakt gehalten. Cynthia hatte Mike eindeutig sehr gern, aber Becky war nie mit ihr warm geworden. Die Art, wie sie sich stocksteif hielt, ihre Gletscheraugen, als wäre sie allen anderen überlegen – das hat Becky einfach nie gemocht.

»Nein, sie ist ziemlich sauer auf mich, dass ich hergekommen bin«, antwortet Mike.

Becky schneidet eine Grimasse. »Ups.«

Ihr Vater lächelt leicht. »Es wird mir nicht schaden, mich hin und wieder durchzusetzen.« Er geht zum Schreibtisch seiner Exfrau und legt die Hand darauf. »Genau so habe ich mir das Büro deiner Mum vorgestellt. Das ganze Haus, genau genommen. Sie hat immer gesagt, dass sie dieses Haus einmal kaufen wird. Gut, dass sie es getan hat.« Er lächelt traurig. »So«, sagt er und holt tief Luft. »Wie war die Beerdigung?«

Er dreht sich nicht um, um Becky anzusehen, als er das sagt, aber sie kann an seinen eingesunkenen Schultern erkennen, dass es ihm schwerfällt. Er hat ihre Mum schließlich geliebt und nicht gewollt, dass sie sich trennten. Becky hatte ihn, ein paar Wochen nachdem ihre Mum gegangen war, einmal dabei erwischt, wie er geweint hatte. Er hatte sich schnell zusammengenommen – gelogen und gesagt, dass er etwas ins Auge bekommen habe. Aber selbst damals als kleines Mädchen hatte Becky gewusst, wie herzzerreißend es für ihn war, für sie *beide*. Sie wünschte sich, sie hätten mehr darüber gesprochen, die Last geteilt.

»Sollen wir uns einen Tee machen?«, fragt sie. »Ich lasse auch besser mal die Hunde rein, bevor sie den ganzen Garten umgraben.«

»Ja, ich habe sie draußen herumrennen hören«, meint er und folgt ihr. Dann hält er inne, um noch einmal in das Arbeitszimmer zu blicken, die Schultern gebeugt.

Fünf Minuten später sitzen sie an dem langen Tisch mit Blick aufs Meer, zwei dampfende Teetassen vor sich. Die Hunde haben sich auf dem Boden ausgestreckt, Womble mit dem Kinn auf Mikes Füßen. Er war wie ihre Mum nie ein großer Hundefreund, aber er hat sie geduldet, mit der Zeit sogar so etwas wie Zuneigung für sie entwickelt. Cynthia dagegen kann die Hunde nicht ertragen. Sie tritt nach ihnen, wenn sie ihr zu nahe kommen, etwas, das ihre Mum nie getan hätte. Trotz allem, was passiert war, lag es nicht in ihrer Natur, andere zu verletzen.

»Ich fühle mich schlecht, dass ich so schnell aufgelegt habe letzte Woche«, sagt ihr Vater. »Ich war so schockiert.«

»Ich weiß.«

»Es kam ganz plötzlich, nicht?«

»Ja.«

»Und die Beerdigung. War sie … erträglich?«

Becky sieht in ihre Tasse. »Sie ist mir mehr wie ein großes Publishing-Event vorgekommen, um ehrlich zu sein. Wenn auch ein trauriges.«

Ihr Vater hustet leicht. »Ich fühle mich schlecht, dass du das alleine durchstehen musstest.«

»Das ist in Ordnung, Dad«, sagt sie und lächelt ihn an. »Wirklich. Du bist jetzt hier, das zählt.«

Er runzelt die Stirn, die Augen starr aufs Meer gerichtet. »Ich weiß, dass es nicht gut gelaufen ist zwischen mir und deiner Mum, aber es macht mich noch immer traurig. Ihr Tod hat auch viele Erinnerungen zurückgebracht, gute und schlechte. Vor allem an diesen Sommer.«

»Den Sommer, in dem sie gegangen ist?«

Ihr Dad nickt. »Es war sowieso schon ein schwieriger Sommer mit der Wirtschaftskrise und den vielen Menschen, die ihre Jobs verloren. Er hat für eine seltsame Atmosphäre in der Stadt gesorgt. Die Heiterkeit dieser warmen Monate hat sich irgendwie falsch angefühlt, weißt du?«

»Ich erinnere mich. In der Schule waren viele Kinder, deren Eltern den Job verloren.«

Er nickt. »Ich war einer der Glücklichen. Bis deine Mum uns verlassen hat jedenfalls.« Er sieht zu dem Bücherleuchter hoch, runzelt die Stirn und streckt die Hand aus, um eine der Buchseiten zu berühren. »Ich war sehr wütend und verletzt. Aber rückblickend verstehe ich es. Deine Mum hat sich bemüht. Manchmal ging es ihr gut. Mehr als gut sogar. Du weißt doch, wie sie war, mit ihrem trockenen Humor?

Ihrem Sinn für Spaß, vor allem nach ein paar Gläsern Gin. Das war die Frau, in die ich mich verliebt hatte.« Das Lächeln auf seinem Gesicht verblasst. »Zu anderen Zeiten war da eine Dunkelheit.«

»Eine Dunkelheit?«

»Depression hätte man es wohl auch nennen können, schätze ich. Einmal habe ich sie gebeten, sich Hilfe zu suchen, aber sie hat gesagt, dass sie einfach so ist, dass *Schriftsteller* so sind.«

»Was ist passiert, wenn sie deprimiert war?«

»Sie hat sich zurückgezogen und war nicht mehr richtig ansprechbar.«

»Ja, ich erinnere mich, dass sie manchmal so war. Mir ist aber nie der Gedanke gekommen, dass sie depressiv sein könnte.«

»Es war nicht mehr so schlimm, als du ein bisschen älter geworden warst, aber ich denke, in diesem Sommer muss sie gefühlt haben, dass es zurückkommt. Vielleicht war es die Atmosphäre in der Stadt, die sie beeinflusst hat? Damals habe ich nicht verstanden, warum sie einfach so weggelaufen ist. Aber inzwischen verstehe ich es besser.«

»Ich habe es auch nicht verstanden.«

»Erinnerst du dich an viel von damals?«

»Ich erinnere mich, wie sehr ich mich geschämt habe.«

»Geschämt?«

»Der ganze Höhlenkult in den Zeitungen. In der Schule wurde damals über nichts anders geredet. Und dann verlässt uns meine Mum, um in dieser Höhle zu leben. Und um es noch schlimmer zu machen, begannen die Gerüchte über sie und Idris, die Runde zu machen.«

»Du bist aufgezogen worden?«

Becky kratzt an etwas Käse, der in den Tisch eingetrocknet ist. »Gnadenlos. Sie haben mich Höhlenkind genannt, dabei war ich nur ein Mal dort.«

Ihr Vater runzelt die Stirn. »Warum hast du mir nichts davon erzählt?«

»Wir haben nie darüber gesprochen, Dad. Ich wollte dich nicht noch trauriger machen, als du ohnehin schon warst, deshalb habe ich es mit mir selbst ausgemacht.«

Er schüttelt den Kopf und trinkt von seinem Tee. »Das muss schwer gewesen sein, vor allem als sich das Blatt gewendet hat und die Leute wütend auf die Höhlenbewohner geworden sind.«

»Ja, Idris wurde zu Anfang als eine Art Retter angesehen, nicht? Ich erinnere mich, dass die älteren Mädchen in der Schule über ihn getuschelt haben.«

Beckys Vater nickt. »Zu Anfang hat es den Leuten gefallen, dass das alles so fremdartig war. Es bot ihnen eine Gelegenheit, über etwas anderes als über die Rezession zu reden. Doch dann hat das Neue sich abgenutzt. Es war für mich eine Erleichterung, das alles hinter mir zu lassen, als wir umgezogen sind.«

»Ja, das war es für mich auch.« Becky steht auf und holt ein paar Leckerli für die Hunde aus ihrer Tasche. »Ich konnte es kaum erwarten, an einer anderen Schule neu anzufangen, wo die Leute keine Ahnung hatten, was meine Mum getan hatte.«

»Ich war mir nie ganz sicher, ob du wirklich wegwolltest, vor allem wo deine Mum nicht mitgekommen ist.«

»Zu der Zeit hatte ich sie schon abgeschrieben. Ich hab

sie ja kaum mehr gesehen.« Becky wirft den Hunden die Leckerli hin, und sie schnappen danach und verziehen sich unter den Tisch. Becky runzelt die Stirn. »Und jetzt weiß ich auch, warum ich sie damals so selten gesehen habe. Sie war schwanger.«

Ihr Dad schließt die Augen und kneift sich in den Nasenrücken. »Ja.«

»Ja? Du hast es gewusst?«

Er schaut Becky in die Augen. »Tief in meinem Inneren, ja. Wenn ich ihr begegnet bin, habe ich gesehen, wie ihre Figur sich verändert hat, wie sie sich verhalten hat.«

»Wie sie sich verhalten hat?«

»Die Depression, die ich erwähnt habe, müsste durch die erhöhten Hormonwerte schlimmer geworden sein, als sie schwanger war. Als sie mit dir schwanger war, war sie sehr unausgeglichen. Ich vermute, ich wollte es nicht wahrhaben. Der Gedanke, dass die Frau, die ich liebte, mit dem Kind eines anderen Mannes schwanger war – nicht einfach von irgendeinem Mann, sondern ausgerechnet von dem Mann, den einige geradezu als Gott betrachteten, das war mehr, als ich ertragen konnte.«

»Oh Dad.« Becky greift nach seiner Hand und drückt sie. »Dann glaubst du also wirklich, dass sie damals schwanger war, dass sie die Wahrheit gesagt hat, dass sie noch eine Tochter bekommen hat?«

»Ich weiß, dass deine Mutter immer ein bisschen großzügig mit der Wahrheit gewesen ist, Becky, aber warum sollte sie bei so etwas lügen? Wozu?«

Becky seufzt. »Genau das hat sie auch gesagt.«

»Und was willst du jetzt tun?«

»Wie meinst du das?«

»Willst du nach dem Mädchen suchen?«

Becky denkt an die Ausgabe des *National Geographic*, die sie gefunden hat. »Es könnte ein aussichtsloses Unterfangen sein.«

»Aber du könntest es bedauern, wenn du es nicht versuchst.«

Becky runzelt die Stirn. Sie ist überrascht, dass ihr Vater ihr rät, es zu versuchen. Hier geht es um das Kind, das seine Exfrau mit dem Mann bekommen hat, für den sie ihn verlassen hat.

»*Ich* habe es bedauert«, sagt ihr Vater.

»Was hast du bedauert?«

»In der Schule hatte ich einen besten Freund, Jack Hargreaves.« Er lächelt. »Wir waren ganz dick miteinander. Doch dann ist er weggezogen, und wir haben den Kontakt zueinander verloren. Ich habe immer daran gedacht, nach ihm zu suchen. Freunde kommen und gehen, aber ihn habe ich nie vergessen. Letztes Jahr habe ich mich dann entschlossen, ihn zu suchen.«

»Das ist doch großartig!«

Ihr Vater schüttelt den Kopf. »Es war zu spät. Er war nur wenige Wochen zuvor gestorben. Wenn ich es nur schon früher getan hätte, als ich angefangen hatte, darüber nachzudenken, hätte ich ihn vielleicht noch ein paar Jahre als Freund gehabt.«

Becky hat Mitleid mit ihrem Vater. »Das tut mir sehr leid, Dad.«

»Ich erzähle dir das, weil ich nicht will, dass du mit dem gleichen Bedauern leben musst. Und das hier ist noch viel tiefgreifender, denn es geht um deine *Schwester*.« Becky hat ihn selten so lebhaft gesehen. »Ich kann mich erinnern, wie ich unten gesessen habe, wenn du dich im Zimmer deiner Mutter versteckt hattest. Du weißt nicht, wie oft ich daran gedacht habe, hochzukommen und mit dir zu sprechen, wirklich richtig zu sprechen. Aber das ist schwer für deinen alten Dad, ich war das nicht gewohnt. Deine Mum hatte das doch immer gemacht. Ich habe gewusst, dass du eine weibliche Hand vermisst hast. Vielleicht hat deine kleine Schwester das auch? Sie ist auch die ganzen Jahre ohne Mutter aufgewachsen, vergiss das nicht.«

Becky denkt an die Jahre zurück, nachdem ihre Mum sie verlassen hatte. Erst war da die Verwirrung: Warum lebte ihre Mum nicht mit ihnen zusammen? Ihre Eltern hatten versucht, es ihr zu erklären: Mummy und Daddy können einfach nicht mehr zusammenleben. Sie hätte sie am liebsten angeschrien: *Aber was ist mit mir?* Wenn ihr Vater ihr erzählt hätte, wie sehr ihre Mutter um sie gekämpft hatte, dass sie sogar vor Gericht gegangen war, wäre es vielleicht anders gewesen. Doch die Verwirrung hatte sich schnell in Schmerz verwandelt, sie hatte jede Nacht in ihr Kissen geweint, während sie versucht hatte herauszufinden, was sie falsch gemacht, was sie getan hatte, um ihre Mum zu vertreiben. Bald hatte der Ärger den Schmerz abgelöst und die Sticheleien in der Schule nährten die Wut. Besser ihre Mutter verantwortlich machen als sich selbst, vor allem da ihr jeder erklären wollte, dass es nicht ihre Schuld war.

Als sie mit ihrem Vater nach Busby-on-Sea gezogen war, hatte sie entschieden, dass Gefühllosigkeit der beste Weg war, damit umzugehen. Einfach versuchen, es nicht an sich heranzulassen. Deshalb vergrub sie sich in den Liebesromanen, die ihr Mutter zurückgelassen hatte, war in der Schule still, schloss ein oder zwei Freundschaften, die jedoch nicht eng genug waren, als dass sie zum Abendessen oder zu vielen Partys eingeladen wurde. Sie sagte sich, dass ihr das sehr gut passte. Sie fühlte sich in ihrer eigenen Gesellschaft wohl, hatte gelernt, dass Ruhe und Stille besser waren als das, wofür ihre Mutter stand: Chaos und launenhaftes Verhalten. Aber sie vermisste weibliche Gesellschaft. Sanftmut, Kichern, Reden ohne Punkt und Komma. Mit ihrer lieben, aber unbeholfenen Großmutter konnte sie nicht reden, und auch nicht mit ihrer kühlen Tante. Ihr Vater tat sein Bestes – er hatte ihr ein Buch über die Pubertät gegeben und ihr sogar diskret Packungen mit Binden ins Zimmer gelegt, als sie ihre Periode bekam.

Aber es war einfach nicht das Gleiche.

Becky stellte sich vor, wie es gewesen wäre, eine Schwester zu haben, mit der sie das alles hätte teilen können. Hatte ihre Schwester sich auch nach jemandem zum Reden gesehnt, gerade bei den besonderen Gelegenheiten wie dem ersten BH-Kauf und der ersten Periode? Vielleicht hatte es andere Mädchen gegeben, mit denen sie hatte reden können, während sie mit Idris herumgereist war, Menschen, an die sie sich hatte wenden können. Doch das Mädchen auf dem Bild, wenn es denn wirklich ihre Schwester war, hatte traurig ausgesehen, verloren.

Becky erinnert sich an dieses Gefühl. Sie hat sich über die Jahre selbst oft so gefühlt und das nicht nur, als sie jünger war. Wenn ihre Schwester nach ihr gesucht hätte, wäre es vielleicht leichter gewesen. Vielleicht wird es das jetzt für sie beide, wenn sie einander finden? Es gibt noch so viele Jahre, die sie gemeinsam verbringen können, so viele Gelegenheiten, bei denen sie einander als Schwestern unterstützen können. Ein Leben voller wichtiger Ereignisse liegt noch vor ihnen.

Becky holt tief und entschlossen Luft. »Ich denke, du hast recht, Dad. Ich muss meine Schwester finden.«

Ihr Dad lächelt und greift nach ihrer Hand. »Gut. Deine Mum würde das freuen. Ich denke, dass sie dir deshalb vor ihrem Tod davon erzählt hat, weißt du. Sie hat gehofft, dass du die Tochter findest, die sie verloren hat.«

12

Selma

Kent, Großbritannien
29. Juli 1991

Idris führte mich in den hinteren Teil der Höhle, an den schlafenden Leuten vorbei. Jetzt, im frühen Tageslicht, sah ich, dass sie nicht einfach in Schlafsäcken schliefen, sondern auf Matratzen, die auf Holzpaletten lagen, damit sie trocken blieben. Donna und ihre beiden Kinder teilten sich eine Doppelmatratze. Oceane sah wie ein kleines Mädchen aus, wie sie sich so neben ihrer Mutter zusammengerollt hatte. Um sie herum lagen Maggies Papierblumen verstreut, einige hingen auch an den Höhlenwänden. Caden schlief auf einer Matratze in der Nähe, die Arme über dem Kopf, ein aufgeschlagenes Buch auf der Brust. Julien lag auf dem Bauch, sein Hund zusammengerollt neben ihm.

Ich fragte mich, wo Idris schlief. *Falls* er schlief. Dann schüttelte ich unwillig den Kopf.

Er ist kein Gott!

Wir blieben bei einer sauberen Matratze hinten in der Höhle stehen. Darauf lagen ein Schlafsack mit Blumenmuster und ein weiches weißes Kissen. Daneben standen ein billig aussehendes Bücherregal mit einigen Büchern und ein bequem aussehendes Bodenkissen. All das war am Vorabend noch nicht da gewesen, da war ich mir sicher.

»Das ist für dich«, sagte er mit einer Handbewegung.

»Wie hast du das alles über Nacht bekommen?«

»Ich habe so meine Methoden.« Er nickte zu der Matratze hin. »Du siehst müde aus. Schlaf! Es ist noch nicht einmal sechs.«

Ich schüttelte den Kopf. »Ich kann jetzt auf keinen Fall schlafen.«

Und wieder dieses Lächeln. »Du kannst. Schlaf ist lebensnotwendig, es sei denn, du bist gerade im Fluss.«

»Der Fluss. Immer wieder der Fluss«, sagte ich lächelnd.

»Du wirst schon sehen. Das Bad ist da«, sagte er und zeigte auf eine dunkle Ecke der Höhle, die von einem Duschvorhang abgetrennt wurde. »Es ist nur eine Campingtoilette. Außerdem gibt es einen Krug mit sauberem Wasser, um sich zu waschen. Wir arbeiten an einem richtigen Bad und einer besseren Toilette. Ich wecke dich zum Frühstück. Du wirst es genießen, es ist ein richtiger Schmaus. Darf ich dich noch um etwas bitten, bevor du dich schlafen legst?«

»Sicher.«

Er sah auf meine Uhr. »Kannst du die bitte ausziehen? Uhren sind hier nicht erlaubt.«

Ich runzelte die Stirn. Ich zog die Uhr meiner Mutter nur nachts und zum Schwimmen aus. Doch Idris sah mich mit seinem besonderen Blick an, als hätte ich keine Wahl, also zog ich sie aus und steckte sie in ein Seitenfach meiner Übernachtungstasche.

»Zufrieden?«, sagte ich, als ich den Reißverschluss der Tasche zuzog.

Idris lächelte. »Danke. Wir sehen uns beim Frühstück.«

Ich sah zu, wie er still durch die Höhle tappte. Sein Körper warf einen großen Schatten an die Wände und auf die schlafenden Menschen um ihn herum. Leise holte ich meine Uhr wieder heraus und ließ sie in die Tasche gleiten. Es war eine alberne Regel. Wie um alles in der Welt sollte ich wissen, wie spät es war, wenn es hier keine Uhr gab? Ich hatte ein Recht darauf zu wissen, wie spät es war, wenn ich das wollte!

Und wie um alles in der Welt sollte ich nach allem, was ich mit Mike erlebt hatte, jetzt schlafen? Trotzdem legte ich mich hin und war überrascht, als mich die Erschöpfung übermannte. Bevor ich michs versah, war ich eingeschlafen.

Ich erwachte zum Geruch von brutzelndem Fisch und dem Klang von Gelächter. Ich blieb einen Moment reglos liegen und nahm ein paar Sekunden lang alles in mich auf. Die Höhle wirkte im Tageslicht surreal, eine seltsame Mischung aus erdiger Kreide, grüner Vegetation und schwarzem Fels. Die pastellfarbenen Blumen, mit denen die Wände geschmückt waren, hoben sich farblich stark dagegen ab. Ich sah zur Decke hoch, die zum Eingang hin abfiel. Zeit und Wetter hatten Löcher hineingegraben, und sie erinnerte an eine dunkle antike Weltkarte. Ich holte tief Luft, roch das Moos und das Meer, und die Gerüche mischten sich mit dem Duft des Essens auf dem Grill.

War ich wirklich hier?

Ich stemmte mich hoch und sah mich um. In den Wänden waren Einbuchtungen, die von den Bewohnern zu Regalen umfunktioniert worden waren. Hier standen diverse gerahmte Fotos, Vasen und Bücher, Farbkleckse vor dem bemoosten Ton. Maggie arbeitete in der Nähe an einer Vase, Julien rasierte sich, wobei er einen Spiegel neben seinem Bett benutzte. Er hatte sich ein Handtuch um die Taille gebunden, und sein Hund lag zu seinen Füßen. Vorne in der Höhle kochte Donna auf dem Grill, der lange, schmale Tisch neben ihr stand schon voll mit Essen: Mengen an frischem Obst, große Schalen mit etwas, das wie Knuspermüsli aussah, und Krüge mit Orangensaft. Caden saß auf einem der Stühle und trank übernächtigt eine Tasse Kaffee, die Gitarre neben sich.

Draußen schien die Sonne. Tom zeichnete Muster in den Sand, er war ganz nackt. Anita war bei ihm, sie streckte ihren geschmeidigen Körper in diversen Yogastellungen, während sie zur Sonne hochsah.

Ich rieb mir den Schlaf aus den Augen und kroch aus meinem Schlafsack.

»Guten Morgen«, hörte ich und sah zur gegenüberliegenden Wand hin, wo Idris auf einer Leiter stand und mich beobachtete. Er lächelte und wandte dann seine Aufmerksamkeit wieder dem Bild zu.

Ich ging zu ihm hinüber, während ich mir mit den Fingern durchs Haar fuhr. Die anderen nickten zum Gruß, machten aber kein Aufheben um meine Anwesenheit, ganz als wäre ich schon immer hier gewesen. Als ich bei Idris war, sah ich, dass er den Umriss einer Frau mit sanften Kurven malte, die ein Sommerkleid trug wie ich. In den

Händen hielt sie einen Notizblock und einen wunderschönen Stift wie den, den ich hatte.

»Das bin ja ich«, sagte ich.

»Ja.«

Das fand ich ganz schön vermessen von ihm. »Und wenn
ich nun nicht bleibe?«

Er sah mich über die Schulter an. »Und wenn du doch
bleibst?«

»Wieder beantwortest du meine Frage mit einer Gegenfrage.« Er lächelte nur, das helle Sonnenlicht betonte die
Fältchen um seine Augen und die Stoppeln auf seinen
Wangen. Ich musste einfach zurücklächeln. »Du bist sehr
talentiert. Du musst das schon mal gemacht haben, bevor
du hierhergekommen bist.«

»Was bedeutet schon die Vergangenheit? Alles, was Bedeutung hat, ist das Jetzt.«

»Sehr mysteriös. Und was machst du, dass die Farbe
nicht runterkommt? Es kann hier drinnen ganz schön
feucht werden.«

Er zeigte auf einen kleinen, mit Farbe bespritzten Tisch
mit bunten Flaschen. »Das sind wetterfeste Flüssig-Pig-
mente.«

»Du scheinst was von deinem Fach zu verstehen. Hast
du in deinem früheren Leben schon mal auf Stein gemalt?«

Er lächelte mich schelmisch an. »Du stellst mir schon
wieder Fragen.«

»Alle mal herhören, es gibt Frühstück!«, rief Donna und
stellte eine große Servierplatte mit gebratenem Fisch auf
den Tisch.

Doch Idris und ich sahen uns weiter an. Er blickte als

Erster weg, stieg von der Leiter und wusch sich die Hände in einer Schüssel mit Wasser.

»Komm, du musst Hunger haben«, sagte er.

»Und wie.«

Wir gingen mit den anderen zu dem Tisch, wo jeder sich auf einen der nicht zueinander passenden Stühle setzte. Tom setzte sich neben mich und blickte mit einem Lächeln zu mir hoch. Er trug jetzt Shorts, sein Gesicht war mit Sand verschmiert. Ich stellte mir vor, wie Becky hier mit uns frühstückte und fühlte einen Stich. Ich vermisste sie.

»Das sieht großartig aus«, sagte ich bewundernd angesichts des köstlichen Mahls vor mir.

»Donna ist ein kulinarisches Genie«, meinte Maggie.

Ich wollte mir etwas von den Früchten nehmen, doch Donna legte mir sanft die Hand auf den Arm. »Noch nicht. Wir müssen erst das Morgengebet sprechen.«

Ich verspürte ein flaues Gefühl im Magen. »Ein Gebet?«

Caden lachte. »Kein Grund zur Sorge, es ist nicht so, wie du denkst.«

»Deine Vorsicht ist verständlich«, sagte Idris. »Die Religionen haben das Wort Gebet vereinnahmt. Aber in seiner einfachsten Form bedeutet es zu bitten.« Alle nickten. »Ich fange an. Wie ihr wisst, habe ich gestern um Selma gebeten und – wie ihr seht, ist sie hier.«

Ich sah ihn fragend an. »Du hast um *mich* gebeten?«

»Ich habe um jemanden gebeten, der mich erleuchtet, der mir etwas Neues beibringt. Wie sich herausgestellt hat, bist du das. Danke, dass du gekommen bist, Selma.«

»Danke«, murmelten alle und sahen mich an.

Ich versuchte zurückzulächeln, doch ich konnte mir

vorstellen, dass es ein verkrampftes Lächeln war, das zeigte, wie überwältigt ich war. Alles fühlte sich so surreal an.

»Ich denke, Selmas Wege haben sich aus einem wundervollen Grund mit unseren gekreuzt«, sagte Idris. »Sie steht auf der Schwelle, ein Meisterwerk zu produzieren, und indem wir sie lehren, in den Fluss zu kommen, können wir ihr dabei helfen.«

»Ein Meisterwerk? Setzt mich bloß nicht unter Druck«, sagte ich mit hochgezogenen Brauen.

»Doch, du wirst ein Meisterwerk hinkriegen«, sagte Oceane, »ehrlich. Seit ich gelernt habe, in den Fluss zu kommen, habe ich die besten Arbeiten meines Lebens produziert.«

»Ich auch«, sagte Caden.

Die anderen nickten zustimmend.

»Und wir können es kaum erwarten zu sehen, was unsere berühmte Autorin zu bieten hat«, sagte Anita. Weiteres Nicken, erwartungsvolle Blicke.

»Wie du siehst, sind wir alle total begeistert, dass du bei uns bist«, lachte Idris.

»Wow, was für ein Willkommen«, sagte ich, unsicher, was ich sonst sagen sollte. »Ich danke euch allen.«

»Dann lasst uns mit dem Morgengebet anfangen«, meinte Idris. »Irgendwelche Freiwilligen?«

Maggie hob die Hand.

»Maggie«, sagte Idris.

»Ich will heute drei Vasen fertig bekommen«, sagte Maggie. »Oceane will ein paar duftende Blumen pflücken, die sie in der Nähe gesehen hat, sodass die Höhle wunderschön riecht *und* aussieht.«

»Das ist großartig. Es freut mich, von eurer Zusammen-arbeit zu hören«, sagte Idris.

Während alle ihre »Bitten« für den Tag vorbrachten – bei Caden war es die Komposition eines neuen Songs, bei Donna ein neues Rezept; ein Gedicht und das Blumenpflü-cken bei Oceane, eine neue Yogasequenz bei Anita, die An-fertigung eines Treibholztisches bei Julien … eine »fantasti-sche Sandburg« bei Tom – fühlte ich mich in ihre kreativen Ambitionen einbezogen, ungeachtet, wie verrückt die ganze Situation war. Es war wirklich erfrischend, von kreativen Menschen umgeben zu sein, und das schon so früh am Tag. Ich war es gewohnt, den Morgen in Hektik zu verbringen, während Becky über ihr »langweiliges Frühstück« stöhnte und Mike, wenn ich zu Hause arbeitete, eine Aufgabenliste für mich herunterratterte, als hätte ich nichts zu tun.

Ich spürte einen Anflug von Schuld, als ich das dachte und mir vorstellte, wie Becky nach ihrer Mum fragte.

»Selma?«, fragte Idris. »Was ist mit dir? Was ist deine Bitte für den Tag?«

Alle sahen mich an. Ich zuckte mit den Schultern. »Ich weiß es nicht. Gewöhnlich nehme ich mir vor, wie viele Wörter ich schreiben will, sodass …«

Idris schüttelte den Kopf. »Keine Zahlen.«

Ich musste einfach lachen. »Okay, gut, keine Zahlen. Dann lautet meine Bitte, wirklich ins Schreiben hineinzu-kommen, ohne Unterbrechungen.«

Als ich das sagte, spürte ich eine Erregung in mir. Ich hätte auch in ein Hotel gehen können, als Mike mir gesagt hatte, dass ich gehen sollte, aber ich war zur Höhle gegan-gen. Tief in meinem Inneren wusste ich, warum.

Um zu schreiben.

Ich wollte es ausprobieren, wollte sehen, ob es stimmte, was sie über »den Fluss« sagten. Ich musste auf jeden Fall etwas tun, um wieder ins Schreiben hineinzukommen. Aber es ging nicht nur ums Schreiben, es war mehr als das. Ich musste wieder etwas *fühlen*. Ich war in der letzten Zeit so schrecklich gefühllos gewesen.

»Eine gute Bitte«, sagte Idris. »Und nun langt zu!«

Alle beluden ihre Teller mit Essen. »Iss, so viel du kannst«, sagte Oceane und löffelte Müsli in ihre Schüssel. »Wir bekommen erst heute Abend wieder etwas.«

»Was?«, fragte ich überrascht.

»Idris sagt, dass ein Mittagessen nicht gut ist, wenn man in den Fluss kommen will«, erklärte Caden. »Tee und Wasser sind gut, selbst Wein. Aber kein Essen vor sechs Uhr.«

»Das schaffe ich nicht, so lange nichts zu essen, ernsthaft«, sagte ich und nahm mir noch etwas Fisch. Es war mit Sicherheit nicht das, was ich gewöhnlich zum Frühstück aß, aber es war köstlich, und das allein zählte.

»Das schaffst du«, sagte Donna mit leuchtenden Augen. »Wart's ab.«

Ich sah sie an. Sie glaubte wirklich an das alles hier, oder? Ich sah mich am Tisch um. Sie alle glaubten daran. Lag es nur an Idris? Er hatte etwas Besonderes an sich, daran bestand kein Zweifel. Aber es musste noch mehr dahinterstecken, wenn man anscheinend vernünftige Leute dazu bringen konnte, in einer Höhle zu leben.

»Na schön, dann frühstücke ich mal besser, so viel ich kann.« Ich schob mir eine Gabel Fisch in den Mund und genoss den gehaltvollen, nahrhaften Geschmack. »Das ist köstlich, Donna«, sagte ich zwischen dem Kauen.

»Danke. Ich versuche alles zuzubereiten, während ich im Fluss bin.«

Ich gab mir Mühe, nicht die Augen zu verdrehen.

»Auf diese Weise geht die Energie ins Essen über und hilft allen, selbst in den Fluss zu kommen«, fuhr Donna fort.

»Sie hat sogar ein Gemüsebeet angelegt«, sagte Maggie und zeigte auf ein kleines abgestecktes Quadrat vor der Höhle, wo Erde unter den Sand gemischt worden war. Ein paar einzelne grüne Knospen waren zu sehen.

»Gemüse auf Sand ziehen?«, fragte ich. »Was kommt als Nächstes? Fünftausend speisen aus zwei Fischen? Du bist tatsächlich Jesus, nicht?«, sagte ich zu Idris.

Aber er lächelte nicht zurück. Ich biss mir auf die Lippe. Vielleicht war ich zu weit gegangen? Ich beschloss, meine Witze für mich zu behalten, bevor ich rausgeschmissen wurde. Sie nahmen das eindeutig alle *sehr* ernst.

»Alles, was wir hier kochen, dient dem Zweck, die kreativen Säfte zum Fließen zu bringen, Selma«, erklärte Idris mit ernster Stimme. »Also ja, in gewisser Weise hast du recht. Sehr viel Kreativität von nur einem Fisch«, sagte er und zeigte auf den Fisch, den ich gerade aß. »Kaltwasserfische wie Lachs und Makrele sind dafür bekannt, das kreative Denken anzuregen, genau wie viel Obst und Gemüse. Und Kaffee, natürlich. Viel Kaffee!«, fügte er mit einem Lächeln hinzu und hob seine Tasse. »Koffein hat einen schlechten Ruf, doch in Wirklichkeit ist er wunderbar geeignet, den Geist kreativ werden zu lassen.«

»Dafür sorgt auch alles andere hier«, sagte ich und nippte an meinem Kaffee. »Wie lange seid ihr jetzt schon hier? Zehn Tage vielleicht? Und alles, einschließlich der Routine, steht nach so kurzer Zeit?«

»Das liegt an Idris«, meinte Julien. »Er hat diese Gabe, die Dinge passieren ganz schnell. Es bringt nichts, Zeit zu vergeuden.« Es war das erste Mal, dass Julien an diesem Morgen etwas sagte. Er machte einen sehr reservierten Eindruck im Vergleich zu den anderen.

Nachdem wir gegessen hatten, standen alle langsam vom Tisch auf, suchten sich Plätze in oder außerhalb der Höhle und begannen mit ihrer Arbeit. Ich beobachtete die anderen eine Weile, nicht ganz sicher, was ich mit mir anfangen sollte. Maggie bewirkte wieder Wunder an ihrer Vase. Oceane wiegte sich vor und zurück und kritzelte in ihren Notizblock. Caden saß im Schneidersitz da und schaute aufs Meer hinaus, während er die Zeilen eines Songs immer aufs Neue wiederholte.

Meinten sie, dass sie jetzt im Fluss waren?

Donna kam vorbei, eine Schüssel mit Wasser in der Hand.

»Musst du heute arbeiten?«, fragte ich.

»Nein, ich habe hingeschmissen«, antwortete sie leichthin, während sie die Schüssel auf den Tisch stellte.

»Du hast *was*?«

Sie lächelte leicht. »Wir brauchen hier kein Geld. Warum mir den Stress antun? Ich bin jetzt viel glücklicher.«

»Und was ist mit deinem Haus?«

»Das gehört mir. Meine Großeltern haben es mir vererbt, es ist also da, falls ich es brauche.«

Du Glückliche.

»Was hat dich veranlasst hierherzukommen?«

Sie zuckte mit den Schultern. »Ich kann das nicht erklären.« Doch ihr Blick schweifte zu Idris, der mit bloßem Oberkörper aufs Meer hinaussah.

Ich runzelte die Stirn. »Und wie findet dein Mann das, vor allem, dass sein Sohn hier in der Höhle lebt?«

»Mein *Ex*mann«, seufzte Donna. »Er ist nicht glücklich darüber. Aber er hat keine Wahl.«

»Wie meinst du das?«

Donna zuckte mit den Schultern. »Das ist eine lange Geschichte.« Sie legte den Kopf schief und sah mich forschend an. »Du sagst das, als wäre es etwas Negatives, *in der Höhle zu leben*. Betrachtest du es als negativ? Das hier ist der Traum eines jeden Kindes.« Ihre Handbewegung umschloss die Höhle und alles, was dazugehörte.

»Ja, jetzt, wo es warm ist. Aber was ist im Winter?«

Donna lächelte. »Idris wird sich schon was einfallen lassen.«

»Was hat er nur an sich?«, fragte ich und sah wieder zu Idris hinüber. »Alle hier scheinen so *begeistert* von ihm. Das kann nicht nur mit seinem Aussehen zu tun haben.«

»Und du bist nicht begeistert?«, fragte Donna und schaute mich prüfend an.

War ich begeistert? Ein bisschen vielleicht.

»Es ist mehr als sein Aussehen, und das weißt du, Selma. Er ist anders als alle, die wir kennen. Du hast ja gesehen, wie er den Jungen gerettet hat.« Sie beugte sich vor und griff nach meiner Hand. »Du siehst das, was ich sehe, was wir *alle* sehen.« Überrascht sah ich auf unsere verschlungenen

Hände. Donna war für gewöhnlich so schüchtern und reserviert, und jetzt hielt sie meine Hand so fest, dass es wehtat. »Du kannst hier sehr viel lernen, *vor allem* über dich selbst.«

Sie schaute mir in die Augen, dann ließ sie meine Hand los und stellte ein paar Teller in die Schüssel. »Ich wünsche dir viel Glück dabei, in den Fluss zu kommen. Es klappt vielleicht noch nicht heute, aber es *wird* klappen«, sagte sie überzeugt. »Am besten fängst du hier an, in der Höhle. Höhlen sind ideal, um in den Fluss zu kommen. Deshalb hat Idris sie ausgewählt. Die Luft ist durch den erhöhten Feuchtigkeitsgrad unglaublich rein, es gibt auch keine Allergene. In einigen Unterlagen im Krankenhaus habe ich gelesen, dass Leute sich früher sogar in dem Hotel dort oben einquartiert haben und zu dieser Höhle gegangen sind, um hier ihre Atemwegserkrankung zu kurieren.«

»Donna hat recht«, sagte Idris. Ich hatte nicht bemerkt, dass er zu uns herübergekommen war. »Höhlen bieten die ideale Umgebung, um in den Fluss zu kommen. Das Meer übrigens auch«, fügte er hinzu und zeigte auf die Wellen. »Anita wird dir erzählen, wie die Wunder, die Yoga und Reiki bewirken, durch das Meer noch gesteigert werden können. Und denk einmal an früher, wo die Menschen sich Höhlen als bevorzugten Lebensraum gesucht haben.«

Mir fiel auf, dass sich inzwischen einige Fremde vor der Höhle versammelt hatten und Idris zuhörten.

»Lag das nicht daran, dass sie keinen anderen Schutz vor dem Regen hatten?«, fragte ich ihn und verschränkte die Arme.

Idris lachte. »Das war nur einer der Gründe.«

»Woher wollen Sie das alles wissen?«, fragte ihn ein Mann von draußen, der ihn beobachtete.

Idris setzte sich lächelnd auf einen Felsen. »Bitte, setzen Sie sich doch«, sagte er. Die Leute sahen sich an, zuckten die Achseln und setzen sich hin. Andere Spaziergänger wurden aufmerksam. Auch ein junges Mädchen kam herüber und setzte sich dazu. Ich war verblüfft, wie stark die Leute von Idris angezogen wurden.

»Ich habe vor vielen Jahren bei einem großen Heiler gelebt«, erklärte er. »Er war ein weiser Mann, eindeutig begnadet. Wir haben in einer Kommune gelebt. Dort habe ich die Technik entwickelt, in den Fluss kommen, und alles, was dazugehört.«

»Wo war die Kommune?«, fragte ich.

»Wir haben uns nicht auf den Ort konzentriert«, meinte er geheimnisvoll.

Ich widerstand erneut dem Drang, die Augen zu verdrehen.

Als Idris davon zu reden begann, in den Fluss zu kommen, ging ich in den hinteren Teil der Höhle und holte meinen Notizblock heraus. Nach einer ganzen Weile kam auch Idris wieder in die Höhle und begann, in der Nähe zu malen. Das Geräusch seines Pinselstrichs wiegte mich beim Schreiben in einen sanften Rhythmus. Zuerst war es schwer, mich zu konzentrieren. Ihn malen zu sehen lenkte mich ab; hin und wieder schossen seine Blicke zu mir herüber, während er mit den Pigmenten an meiner Figur arbeitete. Erst als er nach draußen ging und sich mit einer Tasse Tee auf einem Kreidefelsen niederließ, um zu dem größer werdenden Kreis von Menschen zu sprechen, die sich versammelt hatten, konnte ich mich wirklich konzentrieren. Bevor es mir richtig bewusst war, brachte mein Stift Worte zu Papier. Erst als mich jemand auf die Schulter klopfte, hielt ich inne.

Ich hatte Seite um Seite gefüllt – an einem Tag hatte ich mehr geschrieben als zuvor in Monaten!

Wieder spürte ich das Klopfen auf meiner Schulter. Ich sah auf und blinzelte, als ich ins Licht blickte. Es war Julien und er sah mich mit einem Stirnrunzeln an.

»Dein Mann ist hier.«

13

Selma

Mike stand in Jeans und T-Shirt draußen vor der Höhle, er schwitzte in der zunehmenden Hitze. Hinter ihm warf ein Fischer eine Angel in die Wellen, sein Hund rannte in die Gischt und wieder heraus, während er bellte und mit dem Schwanz wedelte.

»Du bist also wirklich hierhergegangen«, sagte Mike und schüttelte ungläubig den Kopf, als ich auf ihn zukam.

»Du hast mir doch gesagt, ich soll gehen«, erinnerte ich ihn.

»Ja, vielleicht in ein Hotel oder zu einer Freundin. Aber hierher?«, sagte er und sah zu der Höhle hin. »Zu *ihm*?« Er nickte in Idris' Richtung, der einem Mädchen im Teenageralter eine seiner Malereien am Höhleneingang zeigte. »Du bist achtunddreißig, Selma, keine achtzehn mehr.«

»Wieso spielt es eine Rolle, wie alt ich bin?«

»Es ist *peinlich*. Sie reden alle über dich, deine Freundinnen vom Schultor.«

»Das sind nicht meine Freundinnen.«

»Nein, nach deinem kleinen Ausbruch gestern Abend sind sie das bestimmt nicht mehr.«

Ich spannte die Kiefer an. Ich wollte nicht daran denken.

»Wo ist Becky?«

»Bei Greg und Julie. Du hättest Gregs Gesicht sehen sollen, als ich ihm gesagt habe, dass du gegangen bist.«

»*Du* hast mir doch gesagt, ich soll gehen«, wiederholte ich.

»Dann komm zurück. Es war schließlich bloß ein Streit.«

Ich runzelte die Stirn. Sollte ich zurückgehen? War es total verrückt, mit einer Horde Fremder in einer Höhle zu leben?

Doch dann dachte ich daran, wie viel ich heute geschrieben hatte.

»Nein«, sagte ich fest. »Nicht jetzt. Ich brauche etwas Raum. Stell es dir wie einen Rückzugsort zum Schreiben vor oder so etwas.«

Mike lachte. »Ferien einen Kilometer von deinem Zuhause entfernt? In einer verdammten Höhle, mit einem Mann, der sich für Jesus hält?«

»Ich *brauche* das, Mike.«

Idris blickte beim Klang meiner Stimme auf.

Mike schüttelte bitter den Kopf. »*Ich, ich, ich.* Es geht immer nur um dich. Was ist damit, was ich brauche? Und was Becky braucht?«

Ich fuhr mir mit den Händen durchs Haar und spürte die Sandkörner darin. »Ich weiß, es kommt dir egoistisch vor, aber ich kann dir nur sagen, das ist es nicht. Wenn überhaupt, dann tue ich das für Becky. Für uns als Familie. Denn wenn ich es nicht tue …« Ich hielt inne.

Mike verschränkte die Arme. »Rede weiter. Was ist dann?«

»Du weißt, was dann passieren wird«, sagte ich leise.

Er musterte mich empört von oben bis unten. »Du nennst dich Mutter, aber das bist du nicht. Du kannst keine Mutter sein, Selma, das hast du nie gekonnt. Du bist verdammt noch mal zu egoistisch, um Mutter zu sein.«

Ich presste die Lippen zusammen. »Das ist verdammt unfair. Es geht nur um ein paar Tage. Ich habe die nächsten beiden Wochen sowieso frei.«

»Ja, um dich um Becky zu kümmern, sie hat Sommerferien!«, erwiderte Mike. Er zeigte anklagend mit dem Finger auf mich. »Ich will nicht, dass du zurückkommst und die Gefühle unseres Kindes durcheinanderbringst. Nutze die nächsten zwei Tage, um ein paar schwierige Entscheidungen zu treffen, Selma. Wenn ich dich wiedersehe, will ich dich ganz oder gar nicht, okay?«

Ich seufzte. Er benahm sich wie ein Kind. »Gut.«

Mike sah zu Idris hinüber und schürzte die Lippen. Dann stürmte er davon.

Als er dem Strand den Rücken kehrte, verließ mich jeder Kampfgeist. Ich sank in den Sand und schlang die Arme um meine Knie, während ich aufs Meer hinausschaute. War es ein furchtbarer Fehler gewesen hierherzukommen? Mike zu sehen, den Ärger in seiner Stimme zu hören, ließ diesen Gedanken in mir aufkommen. Vielleicht machte mich das hier zu einer furchtbaren Mutter.

Nach einer Weile hörte ich Schritte von nackten Füßen auf Sand. Idris setzte sich neben mich und nahm die gleiche Pose ein wie ich: die Arme um die Knie geschlungen, das Gesicht dem Meer zugewandt. Schweigend saßen wir da und sahen in die Wellen, bis unser Atem im Einklang war.

Ein, aus, ein, aus, ein, aus.

Irgendwie vertrieb das die Qual und ließ mich ruhig werden. Er drehte sich zu mir hin und berührte sanft meinen Arm.

»Es wird sich alles von selbst klären«, sagte er. »Für den Moment bleib, sei *du* selbst. Die Antworten werden kommen, wenn die Zeit reif ist.«

Dann stand er auf und entfernte sich.

»Und wenn nicht?«, rief ich ihm nach.

»Sie werden kommen«, wiederholte er, ohne sich umzudrehen.

Den Rest des Tages schrieb ich. Als das Abendessen serviert wurde, hatte ich meinen halben Notizblock vollgeschrieben.

»Du hattest recht mit der Höhle«, sagte ich, als ich neben Donna herging. »Ich habe richtig viel geschrieben.«

»Was habe ich dir gesagt? Dann bist du in den Fluss gekommen?«

Ich sah sie misstrauisch an. »So weit würde ich nicht gehen.«

Wir saßen am Tisch und genossen den Schmaus, den Donna geschaffen hatte: Pasta mit Pesto, dicke Graubrotstücke, Hähnchen- und Rindfleischscheiben zum Untermischen. Während des Schreibens war mir nicht bewusst gewesen, wie hungrig ich war, doch beim Anblick des Essens knurrte mir der Magen, und der Mund wurde mir wässrig. Alle luden ihre Teller voll, noch ganz angeregt von der Arbeit des Tages.

»Hattest du einen guten Tag?«, fragte mich Idris.

»Großartig«, antwortete ich. »Ich habe mehr geschrieben als seit Langem.«

Sein Gesicht leuchtete auf. »Du weißt nicht, wie glücklich mich das macht. Das muss gefeiert werden.« Mit einer überschwänglichen Geste zog er eine Flasche Gin hervor.

»Du hast Gin besorgt!«, sagte ich.

Er lächelte, und alle klatschten Beifall. »Auf Selma«, erklärte er.

»Auf Selma«, riefen alle.

Er öffnete die Flasche und goss etwas Gin in eine Tasse. »Zu Ehren von Selma sind wir heute Abend alle wie sie.«

Ich runzelte die Stirn. »Wie meinst du das?«

»Das ist ein Ritual, das jeder genießt, der sich uns anschließt«, sagte Oceane.

»Das heißt, wir trinken den ganzen Abend nur Gin, Selmas Lieblingsgetränk«, sagte Idris, als er um den Tisch herumging und in alle Tassen Gin goss, »und wir malen alle unsere Lippen rot an«, fügte er hinzu und zeigte zu Oceane hin, die triumphierend einen roten Lippenstift hochhielt.

»Das ist mein Lippenstift!«, sagte ich.

»Du hast ihn im Bad vergessen. Wer ihn findet, dem gehört er!«, antwortete Oceane mit einem frechen Grinsen.

Sie verteilte etwas davon auf ihren Lippen, und ich versuchte, meinen Ärger zu verbergen. Ich hasste es, wenn andere meinen Lippenstift benutzten. Schnell trank ich einen Schluck Gin.

Entspann dich, sagte ich mir.

Mein Lippenstift machte die Runde, und als er bei Caden und Julien angelangt war, lachte ich sogar, als sie ihn auftrugen. Dann war er bei Idris und alle wurden still, während sie beobachteten, wie er ihn auf seine vollen Lippen schmierte, bevor er einen Schmollmund zog.

»Wunderschön«, sagte Anita und biss sich in die Lippe. »Ich habe schon immer eine Schwäche für schöne Jungs gehabt.«

Caden legte die Hand aufs Herz und klimperte mit den Lidern. »Ich auch. Ich glaube, ich hab mich verliebt.«

Alle lachten.

Als wir fertig gegessen hatten, gingen wir an den Strand. Mir drehte sich der Kopf von allem, was ich getrunken hatte, und von dieser völlig neuen Erfahrung. Es *war* wie ein Schreib-Retreat. Zugegeben, mit einem seltsamen Haufen von Leuten, aber trotzdem.

»Es ist unglaublich hier, nicht?«, sagte Anita, als wir uns ans Feuer setzten.

»Es ist bestimmt interessant. Ich verstehe langsam, warum sich so viele Leute hiervon angezogen fühlen.«

»Wie Motten vom Licht«, sagte Anita. »Dass Idris gut aussieht, hilft ebenfalls«, fügte sie hinzu, wobei sich ihr Blick auf mich richtete. »Findest du nicht?«

»Das würde ich nicht bestreiten.«

»Fühlst du dich von ihm angezogen?«

Ich lachte. »Das hab ich nicht gesagt! Es ist, als würde man ein schönes Gemälde ansehen, rein ästhetisch. Und was ist mit dir? Was ist deine Geschichte?«, fragte ich, verzweifelt bemüht, das Thema zu wechseln. In Wirklichkeit fühlte ich mich zu Idris hingezogen. Es war unmöglich, es nicht zu sein. Er sah fantastisch aus, und die Blicke, die er mir hin und wieder zuwarf, erhitzten meinen Leib von innen her.

»Oh, meine Geschichte ist nicht weiter aufregend«, antwortete Anita. »Ich unterrichte noch immer Yoga und habe noch immer meine Mietwohnung. Ich schätze, ich hatte die Nase voll davon, wie deprimierend alles ist. Durch die Wirtschaftskrise habe ich die Hälfte meiner Schüler verloren – die Leute können sich einen Luxus wie Yoga einfach nicht mehr leisten. Die Mitgliederzahlen des Fitnessstudios sinken. Jeden Tag, wenn ich zur Arbeit gehe, sehe ich nur deprimiert aussehende Leute, die Angst haben, ihren Job zu verlieren. Und dann fand ich das hier«, sagte sie und sah sich mit einem Lächeln um. »Keiner spricht über Zahlen oder über Geld. Nur Spaß und Kreativität. Eine erfrischende Veränderung, findest du nicht?«

»Ich schätze, ja.« Ich trank noch einen Schluck Gin. Es war so schön zu trinken, ohne daran denken zu müssen, dass Becky mich am nächsten Morgen wecken würde, wenn ich noch mit einem Kater zu kämpfen hatte.

Wieder bekam ich Schuldgefühle. Vielleicht hätte ich sie heute besuchen und ihr alles erklären sollen? Aber ich hatte mich einfach nicht dazu aufraffen können. Morgen. Morgen würde ich zu ihr gehen.

»Du bist erst letztes Jahr hierhergezogen, oder?«, fragte ich.

»Ja«, antwortete Anita und trank ebenfalls einen Schluck. »Ich musste mir einen neuen Job suchen, mein Boss war ein schleimiger Sexist.«

»Uh, wie schrecklich. Ein Kollege meines Mannes ist auch so ein Typ, tut sehr gefühlsbetont, starrt immer auf meine Titten und hat sogar mal versucht, mich einzuladen. Und das, nachdem seine Frau gerade ein Kind bekommen hatte.«

»Mistkerl«, sagte Anita mit geblähten Nüstern. »Männer, was?« Ihr Gesicht leuchtete auf, als sie Idris herüberkommen sah. »Obwohl nicht alle schlecht sind«, murmelte sie.

»Hast du etwas dagegen, wenn ich kurz mit Selma rede?«, fragte er sie, als er bei uns war.

Anita lächelte und stand auf. »Nee, kein Problem.«

»Dein Mann schien sauer vorhin«, sagte Idris mit einem Stirnrunzeln, als sie gegangen war.

Ich lachte bitter. »Schon seltsam, wenn man bedenkt, dass er mich rausgeworfen hat.«

»Manchen Menschen fällt es schwer zu verstehen, was wir hier tun. Sie schämen sich, dass sie nicht mutig genug sind, das Gleiche zu tun. Es zeigt ihnen, was in ihrem Leben fehlt, es hält ihnen einen Spiegel vor.«

»Das ist interessant«, sagte ich, während ich beobachtete, wie sich eine Wolke vor den Mond schob. »Ich schreibe gerade darüber. Über einen Mann, der sich in die Winterwälder flüchtet, um Frieden zu finden. Doch letztlich hat ihn die Gesellschaft verstoßen.«

Idris nickte nachdenklich. »Das klingt gut.« Er schwieg einen Moment, griff in den Sand und ließ ihn zwischen seinen Fingern hindurchrieseln. »Meine Mutter hat gerne geschrieben.«

»Wirklich?«

Er nickte. »Du erinnerst mich an sie. Sie hatte dunkles Haar wie du und war sehr schön und sehr talentiert. Und das hat sie auch gewusst. Ich meine das in einem guten Sinne«, fügte er schnell hinzu. »Du musst dein Talent anerkennen, um das Schreiben zu deinem Beruf zu machen.«

»Das ist wahr. Sind ihre Bücher veröffentlicht worden?«

»Nein. Aber sie hat es versucht.«

Ich wollte ihn noch mehr fragen: woher er kam, was er vorher gemacht hatte, aber etwas in seinen Augen riet mir, es nicht zu tun. Er griff nach einem Stock und zeichnete einen Kreis in den Sand.

»Als Junge bin ich an den Strand geflüchtet. Ich habe mit den Fingern im Sand gemalt. Am frühen Morgen war es am besten, da war der Sand noch feucht genug von der Flut, um klare Linien zu ziehen. Ich habe Stunden damit verbracht. Manchmal sind Leute vorbeigekommen. Viele haben sich bemüht, meine Werke nicht kaputt zu machen Andere haben sie nicht einmal bemerkt, so sehr waren sie mit sich selbst beschäftigt. Sie sind darübergetrampelt und haben alles zerstört.«

»Wie hast du dich dabei gefühlt?«

Er lächelte. »Ich habe einfach noch mal von vorne angefangen. Ich bin nie jemand gewesen, der wütend wird oder auch nur sauer.« Er runzelte die Stirn, während er weiter sein Muster in den Sand malte. »Aber eines Tages ist ein Junge vorbeigekommen. Er war ein paar Jahre älter als ich, ein Teenager. Ich habe schon von Weitem gespürt, dass er sehr zornig war. Er ist stehen geblieben, um zu sehen, was ich machte. Ich bin ganz ruhig geblieben und habe weiter in den Sand gemalt. Da hat er angefangen, auf dem Sand herumzutrampeln und hat meine ganzen Malereien verwischt.«

Ich schüttelte den Kopf. »Der kleine Dreckskerl. Und was hast du gemacht?«

»Ich habe mich bei ihm bedankt und ihm gesagt, dass ich genau das hatte machen wollen, bevor ich zum

Mittagessen nach Hause gehe, und dass er mir Arbeit erspart hat.«

Ich runzelte die Stirn. »Ich wäre sehr viel weniger höflich gewesen.«

Idris lächelte vor sich hin, wirbelte mit seinem Finger im Sand herum und zeichnete ein Auge und eine Nase.

»Und was ist dann passiert?«, fragte ich.

»Es hat ihn nur noch zorniger gemacht. Er ist auf meine Hand gesprungen und hat mir die Finger gebrochen und gesagt, dass ich nie mehr malen würde.«

»Mein Gott. Was für ein verkorkstes Kind.«

Idris zuckte mit den Schultern. »Vielleicht. Es wird immer Leute geben, die versuchen, uns aufzuhalten. Aber wir machen weiter. Wir haben trotzdem Erfolg.« Er malte weiter schweigend in den Sand, während ich ihn beobachtete.

Als er schließlich aufhörte, hatte er eine detaillierte Zeichnung von einem Jungen in den Sand gemalt. »Aber du weißt vielleicht schon, wer die schlimmsten Übeltäter sind?«

»Lass mich raten. Wir selbst?«

Er wischte das Gesicht des Jungen weg und nickte. »Siehst du, Selma, du weißt Bescheid. Du bist nicht so wie die anderen. Ich habe nicht das Gefühl, dass du von mir lernst, sondern dass ich von dir lerne.«

»Das hast du schon mal gesagt. Ich fühle mich dann so alt!«

»Du solltest dich selbst ernster nehmen, mehr Vertrauen in das haben, was du tust. Du bist mutig, Selma, du weißt es nur nicht.« Damit stand er auf und ging.

Ich spähte in die Richtung, in der unser Haus lag, und eine plötzliche Klarheit stieg in mir auf. Idris hatte recht, ich musste mehr Vertrauen in mich haben. Ich sagte mir immer wieder, dass Mike mich hinausgeworfen hatte, doch in Wirklichkeit hatte ich gehen *wollen*. Natürlich wollte ich Becky nicht verlassen, aber ich wollte aus meiner Ehe heraus, da war ich mir in diesem Moment sicher. Das Leben und die Vitalität, die ich hier spürte, in dieser Höhle, warfen ein helles Licht auf die Dunkelheit meines Lebens. Becky und mein Schreiben waren die einzigen Lichtblicke gewesen. Aber alles andere – Mike, mein Job, meine sogenannten Freunde – erschien mir grau. Diese Höhle, diese Leute hier, *Idris* … sie fühlten sich an wie eine Farbexplosion.

Und das Schreiben! Ich hatte so viel geschrieben! Ich ertrug den Gedanken nicht, dass es wieder anders werden könnte.

Und wenn ich den Gedanken nicht ertrug, die Höhe zu verlassen, was bedeutete das? Konnte ich wirklich hierbleiben?

Ich sah zu den anderen hinüber. Die meisten waren so naiv, so idealistisch. Aber sie waren kreativ, und sie waren glücklich. Und war es nicht das, worauf es ankam? Nicht auf die Rituale oder den Fluss, sondern auf das Lächeln auf ihren Gesichtern und auf die Arbeit, die sie vollbrachten. Es war so einfach.

Und genau danach sehnte ich mich: nach einem einfachen Leben.

Ich fing Idris' Blick ein, wie er mich von der Höhle aus beobachtete.

War ich wirklich mutig genug, um mein altes Leben hinter mir zu lassen?

Ich sah auf die Zeichnung im Sand, die Idris ausgewischt hatte. Alles, was übrig geblieben war, war ein Auge, das genau in meine Seele zu blicken schien.

14

Becky

Die Riemen von Beckys Rucksack schneiden unangenehm in ihre sonnenverbrannten Schultern, als sie in den
Bergen oberhalb von Granada herumklettert. Sie ist erst
heute Morgen in Spanien angekommen, nervös, die sti-
ckige Hitze hat sie schon beim Aussteigen aus dem Flugzeug eingehüllt. Das Gespräch mit ihrem Vater hat sie darin bestärkt, herzukommen und nach ihrer Schwester zu
suchen. Ein Artikel im *National Geographic* ist ein zweifel-
hafter Hinweis, aber das ist alles, was sie hat, obwohl sie in
den vergangenen Tagen weiter recherchiert hat. Sie muss
schließlich irgendwo anfangen. Wie ihr Dad gesagt hat,
würde sie es sonst vielleicht später einmal bereuen.

Trotzdem hat der Anblick ihrer Hunde, die sie gestern
beim Abschied in Davids Garten traurig angesehen haben,
ein ungutes Gefühl in ihr geweckt. Machte sie wirklich das
Richtige? David hat beunruhigt gewirkt, als sie ihm von
ihrem Plan erzählt hat, und sie konnte verstehen, warum.
Sie ist allein bei diesem Unterfangen, das sich als aussichtslos herausstellen kann. Doch als sie Kay in der Tierarztpraxis informiert hat, ist ihre Kollegin begeistert gewesen.

»Super!«, hat sie gesagt. »Ich bewundere dich, du bist mutig. Das ist wundervoll!«

»Kommst du ohne mich klar?«, hat Becky gefragt. »Ich hatte eigentlich vor, jetzt wieder zu arbeiten.«

»Deine Mutter ist vor nicht mal zwei Wochen gestorben, meine Liebe. Ich habe mir einen ganzen Monat freigenommen, als meine liebe Ma gestorben ist. Nimm dir so viel Zeit, wie du brauchst.«

Als Becky jetzt zu dem Labyrinth aus weißen Gebäuden hinaufsieht, die in die Felsen über ihr gehauen sind, fühlt sie eine leichte Hoffnung. Kay hat recht, sie *ist* wirklich mutig. Und vielleicht wird sie bald ihrer Schwester gegenüberstehen!

Das könnte bedeuten, dass sie auch Idris kennenlernt, ein Gedanke, der ihr nicht so behagt.

Sie wirft einen Blick in ihren Reiseführer. »*Die Zigeunerhöhlen von Sacromonte sind durch den Flamenco und die Gitarrenspieler eine beliebte Touristenattraktion*«, steht dort.

Sie geht weiter den Berg hinauf, und der Klang der Gitarren wird ebenso lauter wie das Geplapper der Leute. Weiße Gebäude stehen rund um einen Platz: Geschäfte, Museen, Cafés, alle in die Höhlen geschlagen, wunderhübsch, blendend weiß vor dem blauen Himmel. Touristen schlendern umher, schauen in die Höhlen und machen Fotos. Becky bleibt stehen und sieht hinunter auf Granada. Der Blick ist atemberaubend. Sie kann verstehen, weshalb Idris möglicherweise hierhin geflohen ist, und nimmt die Schönheit in sich auf. Aber alles ist so belebt, so touristenmäßig, ein Kontrast zu der ungezwungenen Höhlengemeinschaft, die er in Kent gegründet hat.

Mutter und Tochter gehen vorbei, die Mutter ist gebrechlich, die Tochter stützt sie. Machen sie zusammen Urlaub? Becky kann nicht umhin sich zu fragen, ob sie das Gleiche getan hätte, wenn es zwischen ihr und ihrer Mum anders gelaufen wäre.

Vielleicht wäre sie auch gerade mit ihrer Schwester unterwegs, wenn sie von ihr gewusst hätte.

Becky kauft sich ein kühles Getränk, dann schlendert sie zum Rand der Menge und beobachtet, wie ein paar attraktive, in weiße Hemden gekleidete Spanier Musik machen, während die Touristen rhythmisch dazu klatschen. Die Musik ist ein Sinnbild für den Spanienurlaub in der Sonne und bringt Erinnerungen an die Ferien zurück, die ihr Dad ein paar Monate vor ihrem Umzug nach Busby-on-Sea mit ihr gemacht hat. Sie fühlten sich an wie ein Trostpreis dafür, dass ihre Mum nicht mehr bei ihnen war. Sie hatten Becky die Abwesenheit ihrer Mum auf schmerzhafte Weise nur noch bewusster gemacht, während sie ihrem ruhigen, nachdenklichen Vater bei den Mahlzeiten gegenübergesessen hatte, ein Kontrast zu dem dauernden Geplauder und der Lebhaftigkeit ihrer Mutter.

Becky seufzt. Ihr fallen ein paar streunende Hunde in einer Gasse auf, Mischlinge, einer mager und golden, der andere klein und schwarz. Sie kann nicht anders, als auf sie zuzugehen, während sie in ihrer Tasche nach ein paar Hundeleckerli sucht. Die Tiere blicken auf, als sie sie sehen, der kleine schwarze Terrier entblößt die Zähne und knurrt.

»Von dem würde ich mich fernhalten«, sagt eine britische Stimme mit einem Birmingham-Akzent. »Er sieht bösartig aus.«

Becky dreht sich um und sieht einen Mann an der Wand lehnen, groß, mit kurzen schwarzen Dreadlocks, die Nase mit einem grünen Stein gepierct. Er trägt locker sitzende Bermuda-Shorts, die ihm bis zu den Knien reichen, ein weißes T-Shirt und ein geflochtenes schwarzes Stoffband um den Hals, an dem ein Stein hängt.

»Alles gut«, murmelt sie, als sie auf den Hund zugeht. »Du willst mir nur zeigen, wer hier der Boss ist.« Vorsichtig legt sie die Leckerli auf den Boden, und die Hunde trotten langsam heran, wobei der kleine schwarze Terrier immer noch knurrt.

»Mein Kumpel hatte einen Jack Russell, der wie der Kleine ausgesehen hat«, sagt der Mann. »Er hatte nur ein Auge und sah total süß aus. Aber er hat mir fast den Arm abgebissen, als ich versucht habe, ihn zu streicheln.«

»So sind Terrier nun mal«, sagt Becky. »Sie brauchen eine Weile, um Vertrauen zu Menschen zu fassen.«

Der Terrier nimmt eins der Leckerli und kaut nachdenklich darauf herum. Der andere Hund sieht zu, als würde er auf ein Zeichen warten. Als der Terrier sich ein weiteres nimmt, springt der große Hund vor und schlingt fast alle übrigen hinunter. Der Terrier nähert sich Becky langsam und wedelt mit dem Schwanz. Sie beugt sich hinunter und krault ihn vorsichtig hinter den Ohren.

»Wir haben eine Hundeflüsterin in unserer Mitte«, sagt der Mann mit einem Stirnrunzeln.

»Nein, nur eine Tierärztin.«

»Cool. Woher kommst du?«

»Aus Sussex, und du?«

»Kannst du das nicht am Akzent erraten?«

»Aus den Midlands?«

Der Mann nickt. Er tritt vor und streckt die Hand aus. »Kai.«

Becky schüttelt sie. »Becky.«

»Gabelst du wieder Streuner auf, Kai?«, sagt eine lächelnde Frau. Sie trägt Jeans und ein T-Shirt mit zwei Avocados darauf. Neben ihr steht ein stämmiger Mann, der ebenso helles Haar hat wie die Frau.

»Becky, das sind Hannah und Ed. Ed und Hannah, das ist Becky. Sie ist Tierärztin!«

»Hallo!«, sagt Hannah und lächelt Becky an. »Bist du allein hier?«

Becky nickt. Sie muss plötzlich an ihre Mum denken, als sollte sie mit ihr hier sein und nach dem Kind suchen, das sie als Neugeborenes verloren hat.

»Wir wollen was trinken gehen«, sagt Kai. »Magst du mitkommen?«

Sie sieht auf ihre Uhr und stellt fest, dass es fast fünf ist. »Ich will mir noch die Höhlen ansehen. Aber vielen Dank für die Einladung.«

»Noch eine Höhlenliebhaberin!«, stellt Hannah fest.

»Bist du Speläologin wie wir?«, fragt Ed.

»Ich weiß nicht einmal, was eine Speläologin ist«, antwortet Becky.

»Wir studieren Höhlen«, erklärt Kai. »Ich denke, man könnte uns als Höhlenkletterer bezeichnen, wenn man noch das Wissenschaftsding mit hineinnimmt.«

»Das ist aber interessant.« Becky sieht zu den Höhlen hin, die die Straße säumen. »Wisst ihr viel über die Höhlen hier?«

»Mehr als die meisten«, antwortet Kai.

Becky holt die Kopie des *National Geographic* heraus, die sie im Büro ihrer Mum gefunden hat. »Kennt ihr diese Höhle?«, fragt sie und zeigt auf die kleine Höhle, die hinter der Gruppe abgebildet ist.

Kai nimmt die Zeitschrift und sieht sie sich an. Dann schüttelt er den Kopf. »Du bist am falschen Ort.«

Enttäuschung macht sich in Becky breit. »Aber das sind doch die Höhlen von Sacromonte, oder? Bitte sag mir nicht, dass ich den ganzen Weg umsonst hergekommen bin.«

Er lacht. »Keine Panik. Es gibt noch andere Höhlen – da oben, hinter dem Zaun.« Er zeigt weiter den Berg hoch. »Hier leben die Zigeuner, hierhin strömen die Touristen. Aber das wirkliche Leben spielt sich da oben ab.«

Hannah nickt. »Wir gehen dorthin, wenn wir was getrunken haben.«

»Arbeitet ihr da oben?«, fragt Becky.

Sie schütteln die Köpfe. »Nein, das ist nur zum Vergnügen«, sagt Kai.

»Wir lieben Höhlen so sehr, dass wir beschlossen haben, auch in ihnen Ferien zu machen«, fügt Ed hinzu, während Hannah lächelt. »Da oben leben die unterschiedlichsten Leute. Einige kommen und gehen, andere haben ihr Zuhause dort gefunden. Sie halten sich von den Touristen fern. Es wissen nicht viele von den Höhlen dort oben.«

Becky sieht zu dem Zaun hin, zu dem buschbestandenen Hang, von der grellgelben Sonne beschienen. Das ergibt doch einen Sinn, nicht? Dass Idris sich dort mit seiner Tochter verkrochen hat. Sie spürt einen Schauer aus Aufregung und Beklemmung bei dem Gedanken, dass sie vielleicht bald schon dem Mann gegenüberstehen könnte, mit dem ihre Mutter eine Affäre hatte … und die Schwester sehen könnte, die sie nie kennengelernt hat.

»Gut, dann sehen wir uns dort oben«, sagt sie und will den Berg hinaufmarschieren.

»Warte«, sagt Kai und hält sie zurück. »Die Leute reagieren manchmal ein bisschen seltsam, wenn jemand einfach so auftaucht und seine Nase in ihr Leben steckt.«

»Aber macht ihr das nicht auch?«, antwortet Becky.

»Mein Cousin lebt dort, wir wohnen bei ihm«, erklärt Kai.

»Verstehe«, seufzt Becky.

»Du kannst mitkommen, wenn du willst«, sagt Kai. »Aber zuerst musst du uns bei einem Drink Gesellschaft leisten. Nur um sicherzugehen, dass du keine Höhlenserienmörderin bist.«

Sie sieht die drei an, ihre freundlichen Gesichter, sonnengebräunt und glücklich. Sie hat sich vorgestellt, das alleine durchzuziehen, eine einsame Suche. Aber vielleicht braucht sie doch Hilfe? Sie zuckt die Achseln.

»Klar. Aber was die Serienmörderin angeht, kann ich nichts versprechen.«

Sie landen in einem kleinen Café, das in einer Höhle liegt, und setzen sich an einen Tisch mit einem rotweiß karierten Tischtuch. Hannah bestellt auf Spanisch Kaffee und Kuchen. Alles kommt auf buntem Porzellan, die dicken dreieckigen Kuchenstücke sind mit Marmelade bestrichen.

»*Piononos*«, erklärt Hannah. »Eine Spezialität aus Granada.«

Becky beißt hinein. Zimt und Zitronenfüllung zergehen ihr auf der Zunge. »Köstlich«, sagt sie während des Kauens.

»Meine Lieblingszutat ist der Rum«, sagt Kai mit einem Zwinkern. »Also, was führt dich hierher? Ich habe den Eindruck, dass du hier nicht nur Ferien machst. Du siehst so entschlossen aus.«

»Genau wie Kai, wenn er sieht, dass eine neue Stirnlampe auf den Markt gekommen ist«, fügt Ed mit einem schiefen Lächeln hinzu. Alle lachen.

Becky sieht in ihre eifrigen Gesichter. Was kann es schaden, ihnen alles zu erzählen?

»Ich versuche, meine Schwester zu finden«, sagt sie. Das Wort *Schwester* klingt fremd in ihrem Mund. »Ich denke, dass sie vielleicht als Baby hierhergebracht wurde.«

Plötzlich stellt sie sich ihre Mum einsam und verlassen in der Höhle vor, mit leeren Armen und Tränen in den Augen. Sie konnte Idris nicht anzeigen, weil das Jugendamt dann alles herausfand. War es wirklich so gewesen?

Sie spürt, wie ihr selbst Tränen in die Augen steigen, und sieht auf ihr Essen hinunter, während sie leicht hustet. Sie merkt, dass Kai sie voller Mitleid ansieht.

»Du bist deiner Schwester noch nie begegnet?«, fragt Hannah leise.

»Das ist eine lange Geschichte«, sagt Becky und blickt lächelnd auf. »Ich glaube, dass sie irgendwann hier gelebt haben könnte. Erinnert ihr euch an das kleine Mädchen auf dem Foto, das ich euch gezeigt habe? Das könnte sie sein, sie wäre im richtigen Alter gewesen.« Sie zuckt mit den Schultern und trinkt einen Schluck von dem starken Kaffee. »Es ist alles ein bisschen aussichtslos, doch ich brauche das Gefühl, dass ich es wenigstens versucht habe.«

»Unbedingt«, sagt Kai. »Sonst wirst du es bereuen.«

Alle sehen zu den Höhlen hinauf, und Becky holt tief Luft. Sie hofft, dass sie ihre Schwester findet, sie hofft es sehr.

Nach dem Essen gehen die vier den Berg hoch. Die Aussicht ist spektakulär, die Sonne brennt ihnen noch immer heiß im Nacken, und der Klang der Grillen dringt ihnen ins Ohr.

Kai ist eindeutig ein Spaßvogel, tut irgendwann so, als würde er stolpern und von der Klippe rutschen, sodass alle drei zum Rand eilen – und da steht er auf einem großen Felsvorsprung darunter. Es ist auch klar, dass Hannah und Ed ein Paar sind, es zeigt sich an kleinen Gesten; wie er ihr die Hand auf den Rücken legt, um sie zum Zaun zu führen, und wie sie hin und wieder zu ihm blickt und lächelt. Es überrascht Becky selbst, dass sie sich plötzlich danach sehnt, mit jemandem hier zu sein, einen Partner zu haben, an den sie sich anlehnen kann. Sie hatte Freunde in den letzten Jahren, doch nichts so Ernstes wie ihre erste lange Beziehung, nur die seltsamen kurzen Affären beim Studium der Tiermedizin oder peinliche Dates mit Freunden von Freunden, einmal sogar mit einem Tierarzt, der für ein paar Wochen als Vertretungsarzt in ihrer Praxis gearbeitet hat. Das Problem ist, dass sie ihre eigene Gesellschaft zu sehr genießt … und die Gesellschaft ihrer Hunde. Es ist schwer für einen Mann, mit der Beschaulichkeit und Unabhängigkeit ihres Lebens mitzuhalten. Männer bringen für gewöhnlich zu viel Drama hinein, zu viel Bedürftigkeit. Sie liebt die kleine Welt, die sie sich geschaffen hat und die nur aus ihr und den Hunden besteht. Doch manchmal sehnt sie sich nach männlicher Gesellschaft und irgendwann einmal möchte sie auch Kinder. Sie sagt sich immer, dass sie noch jung ist, aber das sagt sie sich schon seit Jahren.

Zumindest ist sie nicht allein hier. Sie läuft mit drei Fremden durch Sacromonte, die sie vor einer Stunde kennengelernt hat, und sucht nach einer Schwester, der sie noch nie begegnet ist. Sie schüttelt den Kopf. Unglaublich! Was würde ihre Mum dazu sagen? Becky lächelt vor sich hin. Es würde ihr gefallen. Nicht nur die Tatsache, dass Becky versucht, ihre Schwester zu finden, sondern auch das *Abenteuerliche* daran, die Impulsivität.

Das Lächeln verschwindet aus Beckys Gesicht. Sie tut das nicht, um ihre Mutter zu beeindrucken. Sie tut es für sich, um ihre Schwester zu finden. Sie rückt ihren Rucksack zurecht, ihre Beine schmerzen. Als sie am Zaun sind, streckt Kai die Hand aus und hilft ihr über ein paar Felsen.

»So, das könnte es sein«, sagt er. »Vielleicht triffst du schon bald deine Schwester.«

»Ja, vielleicht.«

Sie gehen jenseits des Zauns noch etwas weiter den Berg hoch, bis Höhlenwohnstätten zu sehen sind. Viele haben Türen, einige haben Vorbauten mit bunt bemalten Blechdächern. Der Geruch von köstlichem Essen erfüllt die Luft, Reggae-Musik kommt aus einer entfernten Stereoanlage, vermischt mit Gelächter und Gesprächsfetzen, Hundegebell und den Geräuschen eines spielenden Kindes. Im Gegensatz zu den touristischen Zigeunerhöhlen unten sind diese Höhlen bunter und fröhlicher, improvisierter und chaotischer.

»Das ist das wirkliche Leben«, sagt Kai, die Hände in

die Hüften gestemmt, während er alles in sich aufnimmt. »Kein zur Schau gestelltes Leben, um die Touristen zu beeindrucken.«

Becky denkt daran, dass ihre Schwester als Kind hier gewohnt haben könnte. Es dürfte nicht gerade ein Leben gewesen sein, wie Becky es gerne gelebt hätte, aber es sieht ganz komfortabel aus.

»Genau«, antwortet Ed mit zufriedenem Grinsen. »Was kann man daran nicht mögen? Reggae-Musik. Keine Touristen.«

»Und Höhlen!«, fügt Hannah hinzu.

Becky kann sich nicht vorstellen, dass sich das Leben in einer Höhle nicht klaustrophobisch anfühlt. Selbst die Höhle, in der ihre Mum gelebt hat, würde sie trotz ihrer Größe überfordern. Und die Leute lebten zu eng aufeinander.

Sie gehen zur untersten Höhlenreihe hoch. Vor der ersten Höhle sitzt eine junge Frau, raucht eine Zigarette und liest ein Buch. Über ihrer hellblauen Tür hängt ein farbenfroher Wimpel. Der angenehme Geruch von etwas Gekochtem dringt zu ihnen heraus und das Klimpern leiser Musik.

Die Frau blickt auf, als sie sie sieht. »Keine Touristen«, sagt sie mit starkem Akzent. Becky schätzt, dass sie Italienerin ist.

»Ist schon okay«, sagt Kai. »Ich kenne Dean.«

Das Gesicht der Frau entspannt sich. »Oh, Entschuldigung. Wir mögen es nur nicht, dass die Leute herkommen und uns anstarren, als wären wir Tiere im Zoo. Ihr müsst da hoch«, sagt sie und zeigt mit dem Kinn zu ein paar Höhlen zwei Reihen über ihnen.

Kai, Ed und Hannah gehen den Pfad hinauf, doch Becky bleibt stehen. »Kommst du?«, fragt Kai.

»Ich finde euch schon«, antwortet sie. Sie nimmt sich einen Moment, um zu den Höhlen hochzublicken. Wenn ihre Schwester hier ist, besteht die Chance, dass sie ihr bald gegenübersteht ... ihr und Idris. Wie kann sie wissen, dass sie es wirklich ist? Ob sie wie Becky aussieht? Wie ihre Mum?

Oder wie Idris?

Sie holt die Kopie des *National Geographic* heraus und nähert sich der Frau. »Ich suche jemanden«, sagt sie und zeigt auf das Foto von Idris und dem kleinen Mädchen. »Vielleicht können Sie mir helfen?«

Die Italienerin schüttelt den Kopf, als sie das Datum sieht. »Ich bin erst seit zwei Jahren hier. Sie müssen Julien fragen. Das da ist er«, sagt sie und zeigt auf den großen schwarzen Mann auf dem Foto. »Er ist am längsten hier, er kennt jeden. Er wohnt dort drüben.«

Becky sieht in die Richtung, in die die Frau zeigt, zur Spitze des Berges hin. Ganz oben liegt eine einsame Höhle.

»Er ist ein bisschen verwirrt, seien Sie also nicht überrascht, wenn er irgendetwas Seltsames sagt. Wir denken, dass er wahrscheinlich Alzheimer hat, aber er will nicht zum Arzt gehen. Seine Entscheidung.« Die Frau zuckt mit den Schultern und liest weiter.

Becky bedankt sich und geht den Pfad weiter, an mehreren Höhlen vorbei, einschließlich einer, deren Inneres verkohlt ist, als wäre ein Feuer darin ausgebrochen. Menschen gehen ihren Alltagsbeschäftigungen nach: Sie kochen auf kleinen Grills oder in behelfsmäßigen Küchen, trinken

Bier, während sie Musik hören, lesen und lachen. Sie versucht, jemanden auszumachen, der wie ihre Schwester aussieht, oder wie Idris, aber das tut niemand.

Bei der nächsten Höhlenreihe sieht sie Kai in der Ferne. Er umarmt einen Mann mit einem Kopf voller dunkler Locken.

»Das ist Dean«, sagt er zu Becky, als sie näher kommt. »Dean, das ist Becky.«

»Willkommen zur besten Aussicht Andalusiens«, sagt Dean und zeigt zu der spektakulären Szenerie hin, die sich unter ihnen ausbreitet. Baumbewachsene Berge fallen zu den schönen weißen Gebäuden von Granada hin ab. Hinter Dean ist eine recht große Höhle, größer als die anderen, die sie gesehen hat, ordentlich und karg, mit einem Einzelbett und viel Platz. Es gibt sogar eine kleine Küche und zu Beckys Überraschung eine Lampe, die die dunkleren Bereiche der Höhle erhellt. Hannah und Ed laden gerade ihre Rucksäcke ab und trinken von ihrem Wasser, während sie sich lächelnd umsehen.

»Ich habe nur mit drei Besuchern gerechnet, aber ich kann auch einen vierten unterbringen« sagt Dean und sieht Becky an.

»Oh nein, alles gut«, sagt Becky. »Ich wohne in Granada.«

»Sicher?«, fragt Dean. »Du wirst nicht oft die Gelegenheit haben, in einer Höhle zu übernachten.«

Becky sieht kurz ihre Mutter vor sich, wie sie tot in ihren Armen gelegen und zur Decke der Höhle geschaut hat.

Sie blinzelt das Bild weg und nickt. »Da bin ich mir sicher.«

»Habt ihr Hunger, Leute?«, fragt Dean und zeigt zu der kleinen Küche hin.

»Wir haben gerade was gegessen«, sagt Hannah.

Dean lächelt. »Dann ist es Zeit für ein Bier.«

Er geht zu einem Kühlschrank und öffnet ihn.

»Es gibt Elektrizität hier?«, fragt Becky, als sie das Bier entgegennimmt.

»Ja, alles installiert. Ein ziemlich ausgeklügeltes System«, antwortet Dean.

Ist die Höhle ihrer Mum wie diese gewesen? Sie kann sich nicht erinnern.

»Wie ich gehört habe, suchst du nach deiner Schwester«, sagt Dean.

Becky nickt, zieht die Zeitschrift heraus und zeigt Dean das Foto, zeigt auf dem verblassten Foto auf den Mann, von dem sie glaubt, dass er Idris ist, und auf das kleine Mädchen.

Dean studiert es und nickt. »Ich war damals noch nicht hier, aber den Kerl kenne ich«, sagt er und zeigt auf Idris. »Idris, richtig?«

Dann ist er es also.

»Ist er noch hier?«, fragt sie.

Dean schüttelt den Kopf. »Nee.« Beckys Enttäuschung ist so stark, dass es sie fast umwirft. Ihre kleine Schwester war damals erst ein paar Jahre alt, sie konnte nicht hiergeblieben sein, als Idris weitergezogen ist. »Wie gesagt war ich noch nicht hier, als Idris hier gelebt hat«, fährt Dean fort. »Aber ich habe von Julien und einigen anderen viel von ihm gehört. Mit den langen Haaren ist er unverwechselbar, nicht?«

»Was ist mit dem Mädchen?«, fragt Kai.

»Es waren noch ein paar Leute mit ihm hier«, sagt Dean. »Er hatte anscheinend was von einem Sektenführer, hat wohl gedacht, den Sinn des Lebens gefunden zu haben. Sie folgen immer noch einigem, was er gepredigt hat.« Er zeigt zu den oberen Höhlen hin. »Idris war fünf Jahre hier und hat ordentlich Eindruck hinterlassen. Aber irgendwas hat ihm Angst gemacht, deshalb ist er weitergezogen.«

Becky runzelt die Stirn. »Was hat ihm denn Angst gemacht?«

Dean zuckt mit den Schultern. »Keine Ahnung. So erzählt Julien es hier den Leuten.«

»Vielleicht ist deine Schwester hiergeblieben?«, sagt Hannah, legt Becky eine Hand auf die Schulter und lächelt sie mitfühlend an.

»Sie dürfte da erst fünf gewesen sein«, antwortet Becky.

»Dann müsste sie jetzt in den Zwanzigern sein«, meint Dean. Becky nickt. »Ich kenne nicht alle hier. Einige von den Leuten da oben bleiben gern unter sich. Es gibt da ein paar Mädchen in den Zwanzigern, die helle Haare haben wie du und deine Schwester. Vielleicht bringt es was, wenn du mal hochgehst und dich umsiehst. Vielleicht hat ein Paar sie aufgenommen, so was machen die Leute hier. Sag ihnen, dass du mich kennst, falls sie fragen. Wenn du kein Glück hast, dann frag Julien. Er ist von allen am längsten hier.«

»Ja, das Mädchen vor der Höhle eben hat ihn auch erwähnt«, sagt Becky.

»Er ist ein bisschen seltsam«, meint Dean. »Aber ich schätze, das sind wir hier alle«, fügt er mit einem schnellen Zucken der Augenbraue hinzu.

»Ich begleite dich, wenn du zu ihm gehst«, sagt Kai.

»Nein, ich komme allein zurecht.« Becky merkt, wie hart ihre Stimme klingt, als sie das sagt. Sie lächelt und mildert es ab. »Aber vielen Dank.«

Dann geht sie entschlossen den Berg hoch.

15

Becky

In der Ferne färbt die langsam untergehende Sonne den Himmel rot, während jemand ein tieftrauriges Lied auf der Flöte spielt. Als Becky zu den höher gelegenen Höhlen kommt, spürt sie eine andere Stimmung, abgeschiedener … ernster. Die Leute sprechen leise, bleiben stehen, sobald sie sich nähert. Andere scheinen völlig in ihre jeweilige Tätigkeit vertieft: eine Frau sitzt am Rand einer Klippe und wiegt sich vor und zurück, während sie schreibt. Eine andere flicht einen Korb, sie scheint in ihre eigene Welt versunken. Becky sucht nach jemandem, der aussieht wie das Mädchen aus dem Artikel, doch die meisten Frauen hier haben dunkles Haar und dunkle Augen.

»Kennen Sie dieses Mädchen?«, fragt sie jeden, der ihr über den Weg läuft. Alle schütteln den Kopf, und ihre Enttäuschung wächst. Ihre Schwester muss zusammen mit Idris die Höhlen verlassen haben.

Bevor sie zu der obersten Höhle geht, hält sie inne. Diese Höhle wirkt wie ein kleines, baufälliges Schloss ganz oben am Berg. Als sie näher kommt, sieht sie einen alten Mann, der mit einem kleinen Messer an einer Figur schnitzt.

Es ist Julien; sie erkennt ihn vom Artikel her. Sein grau werdender Bart ist wirr und reicht ihm bis zur Brust. Um die braunen Augen, die sich verengen, als er sie beobachtet, haben sich Falten gebildet. Sie denkt daran, wie das italienische Mädchen und Dean ihn beschrieben haben. Sie muss geduldig vorgehen, behutsam. Ihr Großvater hatte auch Alzheimer, und sie erinnert sich, wie verwirrt er werden konnte und wie wütend manchmal.

Er hört abrupt auf zu arbeiten, als Becky vor ihm steht.

»Ich bin Becky«, sagt sie und geht mit ausgestreckter Hand auf ihn zu. »Becky Rhys.«

»Ich dachte mir schon, dass ich dich kenne.« Er legt das Messer auf den Tisch neben sich. Seine Bewegungen sind langsam und schwerfällig, er muss in den Siebzigern sein. Mit einer rauhen Pranke greift er nach ihrer Hand.

»Was meinen Sie damit?«, fragt sie, die Hand noch immer in seiner.

»Deine Mum«, sagt er. »Du hast das gleiche Gesicht.«

Becky holt tief Luft. »Es tut mir leid, aber sie ist vor ein paar Wochen gestorben.«

Julien wird blass.

»Kommen Sie, setzen Sie sich«, sagt sie, bringt ihn in die Höhle und hilft ihm auf einen Stuhl. Er blickt eine Weile vor sich hin, eindeutig geschockt.

Schließlich sieht er Becky an. »Wer hat es getan?«, fragt er.

Seine Worte lassen Becky erstarren. Doch dann erinnert sie sich daran, dass er verwirrt sein muss.

»Niemand hat etwas getan«, sagt sie vorsichtig. »Sie hatte Krebs.«

Die Schultern des alten Mannes entspannen sich. »Oh, das tut mir leid. Ich hatte sie gern. Lass uns eine Kerze für sie anzünden.«

Er holt eine Wachskerze aus einer vollen Schachtel und zündet sie mit zitternden Händen an. Der Docht entzündet sich, und die Höhle ist plötzlich hell. Becky sieht sich um. Sie ist kleiner als Deans Höhle, mit einem Ausziehbett, einer kleinen Küche und einem Tisch, zwei abgenutzten Sesseln ... und einer Wand, an der sich eine Malerei an die andere reiht: menschliche Gesichter, Sterne und Monde. Einzelne Augen starren sie an.

Sind das Idris' Malereien? Es sieht ganz so aus.

Beckys Blick landet auf einem kleinen Gemälde in der Ecke der Höhle, das eine kniende Frau zeigt. Ihr langes schwarzes Haar fällt ihr auf den Rücken, über ihr steht die Sonne. Es ist ihre Mutter. Becky geht zu dem Bild und streichelt ihrer Mutter übers Gesicht. Sie sieht so traurig aus.

»Was führt dich hierher?«, fragt Julien und zeigt auf den anderen Sessel.

Sie setzt sich und spürt die alten Federn unter sich. »Ich suche nach meiner Schwester. Sie muss noch sehr klein gewesen sein, als sie hier war.«

Julien runzelt die Stirn, als suchte er nach einer Erinnerung. Dann nickt er. »Ja, ja. Das Baby. Solar.«

Solar. So hieß ihre Schwester also.

»Als Idris von hier fortgegangen ist, hat er sie da mitgenommen?«, fragt sie Julien.

Er nickt wieder. Enttäuschung macht sich in Becky breit. Dann wird sie ihre Schwester heute auf keinen Fall treffen.

»Wo sind sie hingegangen?«, fragt sie.

»Nach Italien.« Er runzelt die Stirn. »Oder war es Slowenien? Nein, nach Frankreich, glaube ich.«

Er tut Becky leid, er scheint sehr verwirrt.

»Sind die Malereien von Idris?«, fragt sie Julien.

»Ja, das war einmal Idris' Höhle. Als sie gegangen sind, hat er gesagt, dass ich sie übernehmen kann.«

»Warum sind Sie nicht mitgegangen?«

»Ich habe mich verliebt.« Sein Gesicht wird weich, als er das Foto einer Frau mit langem rotem, geflochtenem Haar ansieht. Es scheint vor vielen Jahren aufgenommen worden zu sein.

»Ist sie noch hier?«, fragt Becky vorsichtig.

Julien schüttelt traurig den Kopf. »Sie war älter als ich. Sie ist letztes Jahr gestorben.«

Becky lehnt sich zu ihm hinüber und drückt seine Hand. »Das tut mir leid.«

Er zuckt mit den Schultern. »So ist das Leben.«

»Warum ist Idris weitergezogen?«, fragt Becky behutsam. »Dean hat so was gesagt, er wäre vor etwas oder vor jemandem weggelaufen?«

Julien blinzelt und sieht auf seine Hände hinunter. »Er hat nie etwas gesagt. Aber ich habe gewusst, dass er in Großbritannien Feinde hatte. Die Leute mochten ihn nicht, sie *verstanden* ihn nicht, sie verstanden uns *alle* nicht. Sie haben ihm vorgeworfen, er würde ihnen ihre Familien wegnehmen und ihre Frauen.«

Becky denkt an jenen Sommer in Queensbay. Wie schnell sich die Faszination über die Leute in der Höhle und vor allem über Idris in Wut verwandelt hat! Sie hat es am Gemurmel im Café gehört, wenn ihr Dad sie mit dorthin genommen hat. An den seltsamen Blicken gemerkt, mit denen die Leute ihre Mum angesehen haben, wenn sie dort aufgetaucht ist. An den Artikeln in den Zeitungen, die sie flüchtig gesehen hat. Und natürlich am Ärger ihres Vaters.

»Glauben Sie, dass jemand hinter Idris her war?«, fragt sie.

Julien zuckt mit den Schultern. »Vielleicht. Oder vielleicht war er auch einfach paranoid. Er war nicht mehr derselbe, seit er Großbritannien und deine Mum verlassen hatte.« Plötzlich lächelt er. »Er hat deine Mum geliebt. Ich habe nie eine so starke Liebe gesehen.«

»Warum hat er ihr dann meine Schwester weggenommen?«, fragt Becky mit einer Spur von Frustration in der Stimme.

»Das Leben ist ein Rätsel.« Eine Glocke ertönt und Juliens Gesicht leuchtet auf. »Schmausen!«, erklärt er. Er steht auf. »Komm! Ich will nicht zu spät sein.«

»Schmausen?«

»Den Teil des Tages mochte deine Mutter am liebsten.«

Neugierig folgt Becky ihm zu einer großen Höhle, die von einem riesigen Tisch beherrscht wird. Es ist die größte Höhle, die Becky hier bisher gesehen hat. Köstliche Gerüche wehen aus einer kleinen Küche, eine Frau mit einem langen grauen Zopf rührt etwas um, das wie ein Fischeintopf aussieht, während ein Mann mit einem extravaganten Schnurrbart Rotwein in eine große Karaffe gießt.

Von der Decke hängen verblasste Papierblumen und weitere Malereien von Idris zieren die Wände. Hier sind es essende Menschen, Leute sitzen um einen Tisch und plaudern. Becky nimmt an, dass es sich um eine Art Essbereich für die Leute handelt, die hier wohnen.

Die Frau am Herd dreht sich um und lächelt Becky an. »Wen haben wir denn da?« Sie hat einen italienischen Akzent, genau wie das Mädchen vor der ersten Höhle.

Becky erklärt, wer ihre Mum gewesen ist, und das Gesicht der Frau leuchtet auf. »Wie wunderbar. Ich habe deine Mutter nie getroffen, aber viel von ihr gehört.«

»Sie weilt nicht länger unter uns«, sagt Julien traurig.

Um den Tisch wird es still.

»Das tut mir leid«, sagt die Italienerin, legt Becky eine Hand auf die Schulter und sieht ihr in die Augen.

»Danke«, antwortet Becky. Sie ist sich nicht sicher, was sie sonst sagen soll. Alle scheinen sehr berührt.

»Willst du uns beim Abendessen Gesellschaft leisten?«, fragt der Mann mit dem Schnurrbart.

»Nein danke, ich mache mich besser auf den Weg zum Hotel zurück.«

»Hotelessen?«, meint die Frau. »Das taugt nichts. Komm.« Sie geht zum Tisch und klopft auf einen freien Platz, während die Leute um den Tisch herum ermutigend lächeln. »Setz dich zu uns.«

Becky zögert einen Moment. Vielleicht kennen einige dieser Leute Idris und Solar? »Okay, wenn ihr sicher seid«, sagt sie.

»Natürlich«, sagt die Frau. »Wir haben genug.«

Becky setzt sich auf den freien Platz und lächelt die anderen an. Es sind sieben, angefangen bei einem dürren Mädchen mit rotem Bob bis hin zu einem tiefbraunen älteren Mann.

Die Italienerin wischt sich die Hände an der Schürze ab. »Ich bin Berenice und das ist mein Mann Mattia.« Sie stellt alle vor, während ihr Mann allen Wein einschenkt, einschließlich Becky.

Becky nippt daran. Er schmeckt köstlich und fruchtig. Der ältere Mann steht auf und hilft Berenice, den Fischeintopf zum Tisch zu bringen und allen aufzutun.

»Ihr habt ja schon angefangen«, sagt eine Stimme. Alle blicken auf. Vor ihnen steht das italienische Mädchen mit einem Kuchen, neben ihr Kai. »Ich habe noch einen Gast mitgebracht. Das ist Kai.«

»Alle sind zum Schmaus willkommen«, erklärt Mattia.

»Schmaus? Das klingt gut.« Kai setzt sich Becky gegenüber und zwinkert ihr zu. »Alles okay?«

»Alles in Ordnung«, erwidert sie. »Du hättest nicht kommen und nach mir sehen müssen. Ich will nicht, dass du meinetwegen Zeit mit deinem Cousin versäumst.«

»Ich wollte nur sichergehen, dass du nicht von einem kleinen schwarzen Terrier angefallen worden bist. Und ich bin eine ganze Woche hier und hab noch genug Zeit, um mich mit meinem Cousin zu unterhalten.«

Becky muss lächeln. Sie freut sich, dass er hier ist.

»Dein Freund?«, fragt Berenice.

»Ja, und Deans Cousin«, antwortet sie.

Das italienische Mädchen, das mit Kai gekommen ist, setzt sich neben ihn, und Berenice ruft ihr etwas auf Italienisch zu.

Das Mädchen wirft die Hände in die Luft. »*Mamma! Bastanza!* Entspann dich!« Sie sieht Becky an. »Sie ist sauer, weil ich zu spät zum Essen gekommen bin. Papa tut aber gerade erst auf«, fügt sie hinzu und sieht ihre Mutter genervt an.

Ihre Eltern beginnen zu streiten, und Becky wechselt einen Blick mit Kai.

»Oh, denk dir nichts dabei!«, sagt das Mädchen. »Sie streiten immer. Ich bin übrigens Carina.«

Becky denkt an ihre Eltern. Sie haben sich eigentlich nicht viel gestritten, da war mehr brütendes Schweigen. Nur einmal hat sie mitbekommen, wie ihre Mutter wütend geworden ist. Es war kurz bevor sie endgültig gegangen ist. Beckys Vater hatte ihr vorgeworfen, genauso zu sein wie die Großmutter, die Becky nie kennengelernt, von der sie nur Fotos gesehen hat. Ihre Mum war vor Wut explodiert. Sie war immer empfindlich gewesen, was ihre Mutter anging, wie damals, als Becky ein Foto ihrer Großmutter in einem alten Schuhkarton gefunden hatte.

»Bist du das, Mummy?«, hatte sie gefragt.

Ihre Mutter hatte ihr das Foto aus der Hand gerissen. »Ich bin nicht wie sie!«

Doch sie sah ihrer Mum sehr ähnlich: das gleiche glänzende, dunkle Haar, die vollen roten Lippen, die Figur. Wie eine Hollywood-Schauspielerin, hatte ihr Dad sie damals, als sie noch zusammen waren, beschrieben.

»Es ist cool, dass du mit deinen Eltern hier bist«, sagt Kai jetzt zu Carina und vertreibt Beckys Erinnerungen. »Seid ihr zusammen hergekommen?«

Carina schüttelt den Kopf. »Sie sind zuerst hierher, da war ich noch auf der Uni. Ich bin später nachgekommen. Glücklicherweise gab es weit weg von dieser hier noch eine freie Höhle.« Sie zwinkert ihrer Mum liebevoll zu, und ihre

Mutter schlägt lächelnd mit dem Geschirrtuch nach ihr. Becky sieht die beiden an. Wenn ihre Mutter in die Höhle gezogen wäre, als sie älter war, hätte Becky dann das Gleiche getan und wäre ihr gefolgt? Als Kind hatte sie das nicht selbst entscheiden können, doch als Teenager …

Sie schüttelt den Kopf und nippt wieder an ihrem Wein. Sinnlose Gedanken. Wer wollte überhaupt in einer Höhle leben? Sie ist sich sicher, dass das für alle hier perfekt ist, nur nicht für sie.

Carinas Mutter steht am Kopf des Tisches, ihr Mann setzt sich neben sie.

»Heute Abend haben wir neue Gäste«, sagt sie und lächelt jeden an. »Also werden wir heute Abend wie unsere Gäste sein.«

Becky und Kai runzeln die Stirn.

»Das ist eine Tradition«, erklärt Carina. Sie sieht zu ihrer Mutter hoch. »Wir kennen sie nicht gut genug, Mama.«

»Ach was«, sagt ihre Mutter und schwenkt die Hand. Sie geht hinten in die Höhle und sucht etwas in einer Schublade, dann kommt sie mit ein paar Schmucksticker, einer langen blauen Wollschnur und einer Schere zurück. »Wir lassen das herumgehen und jeder muss etwas von der Wolle abschneiden und sich damit die Haare hochbinden wie Becky.« Sie zeigt auf Beckys blaues Haarband. »Und diese Schmucksticker benutzen wir als Nasenring, so wie Kai«, sagt sie.

Carina lacht und schüttelt den Kopf. »Originell, Mama, sehr originell.«

Mutter und Tochter lächeln einander an. Becky sieht zwischen ihnen hin und her. Die Beziehung der beiden

Frauen ist offensichtlich hitzig, aber irgendwie funktioniert es mit den beiden. Vielleicht hätte sie auch einen Weg gefunden, sich mit ihrer Mum zu verstehen, wenn sie nur Gelegenheit dazu gehabt hätte. Sie hatte immer gedacht, dass sie sich entfremdet hätten, auch wenn ihre Mum geblieben wäre, weil sie so verschieden waren. Ihr Dad hatte ihr das genau so gesagt, als sie auf ihre Mum wütend gewesen war, weil sie nicht zu ihrer Abschlussfeier gekommen war. »Ihr wärt euch nie sehr nahe gewesen, Becky« hatte er gesagt. »Ihr seid so verschieden.«

Aber Becky hatte ihrer Beziehung auch gar keine Chance gegeben, oder? Vielleicht *hätten* sie sich ja doch verstanden.

»Woher kommt dieses Ritual?«, fragt Kai, während er etwas von der Wolle nimmt und sein Haar zum Zopf bindet.

»Vor vielen Jahren war einmal ein Mann hier«, erklärt Carina. »Seine Gebräuche sind von einem an den nächsten weitergegeben worden.«

»Idris«, sagt Becky.

Carina nickt. »Ich hätte ihn gerne kennengelernt«, sagt sie verträumt.

»Weißt du, ob außer Julien noch einer von den anderen in den Höhlen gelebt hat, als Idris hier war?«, fragt Becky.

Berenice schüttelt den Kopf und lächelt Julien liebevoll an. »Nur dieser alte Mann.« Er lächelt zurück.

Becky trinkt noch etwas Wein, es gefällt ihr, wie ihr Kopf sich davon dreht und die Enttäuschung lindert, dass sie ihre Schwester hier nicht gefunden hat. Sie isst vom Eintopf, Aromen brennen ihr auf der Zunge: reife Tomaten, Zitrusgewächse, Gewürze, Fisch und Pasta.

»Das schmeckt unglaublich«, sagt sie.

»Danke«, sagt Berenice lächelnd. »Und wo bist du zu Hause, Becky?«

»In einem kleinen Dorf in Sussex«, antwortet sie und vermisst plötzlich ihr Cottage und die Hunde.

»Und du?«, fragt Mattia Kai.

»Ich habe etwas von einem Nomaden«, antwortet er, »und reise dorthin, wohin mein Job mich führt.«

»Aber eines Tages wirst du doch irgendwo sesshaft werden?«, fragt Berenice.

»Vielleicht hier?«, meint ihr Mann.

»Ich würde das nicht sesshaft werden nennen«, sagt Becky.

Berenice runzelt die Stirn. »Warum nicht? Ein Zuhause kann zufällig entdeckt werden, wie diese Höhlen hier vor vielen Jahrhunderten. Als Granada zurückerobert wurde, sind die Araber geflohen und haben auf dem Weg ihre Schätze in den Bergen vergraben, in der Hoffnung, eines Tages zurückzukommen. Und als ihre Sklaven erst einmal frei waren, sind sie hierhergekommen, um danach zu graben.«

»Der Legende nach sind so die Höhlen entstanden«, erklärt Carina. »Es sind die Löcher, die die Sklaven gegraben haben.«

Berenice nickt. »Doch schon bald sind sie des Grabens müde geworden …«

»Und haben in den Löchern gewohnt, die sie gegraben hatten«, sagt Carina. »Ihre Höhlen …«

»… waren ihr Zuhause«, beendet ihre Mutter für sie den Satz.

Beide lachen.

Carina lächelt. »Ich habe diese Geschichte so oft von meiner Mutter gehört, dass wir sie immer gemeinsam erzählen, wenn Gäste hier sind.«

Becky denkt an die Geschichten ihrer Mutter, ausgefeilte Fantasien von Prinzessinnen in verschneiten Wäldern und von fliegenden Einhörnern, die sie Becky jeden Abend erzählt hat. Becky hat immer um mehr gebettelt. Sie spürt die schmerzhafte Trauer um ihre Mum und trinkt noch einen Schluck Wein, um sie zu betäuben.

Während des Essens erfährt sie, dass die Leute, die sie vorhin hat schreiben und Körbe flechten sehen, im »Fluss« waren, wie sie das nennen, ein weiteres Ritual, das von Idris und seinen Anhängern überliefert ist. Sie kann verstehen, was ihre Mum daran fasziniert hat, sich komplett im Schreiben verlieren zu können, ohne Störungen … ohne ein bedürftiges Kind.

Nach dem Essen sammeln sie alle Teller ein und spanische Musik wird eingeschaltet, zu der sie weitertrinken. Becky und Kai suchen sich ein Kissen vor der Höhle, sitzen zusammen da und betrachten die Höhlen unter ihnen.

»Ein großartiger Ort, nicht wahr?«, sagt Kai.

»Ja. Ich kann mir sogar vorstellen, dass du hier lebst.«

»Du nicht?«

»Nein, es würde sich nicht wie zu Hause anfühlen. Außerdem hätten meine drei Hunde hier keinen Platz.«

»Gleich drei?«, fragt Kai lachend. Becky holt ihr Handy heraus und zeigt ihm ein Foto. »Wow, was für großartige, wundervolle Hunde.«

»Danke.«

»Warum bist du Tierärztin geworden?«, fragt Kai.

»Hinter dem Haus, in dem ich aufgewachsen bin, gab es Felder mit Pferden«, sagt sie. »Ich war geradezu besessen von ihnen. Ich schätze, das war der Grund.«

Als sie das sagt, sieht sie ein Bild vor sich. Einen braunweißen Hund. Das Geräusch der Wellen. In der Ferne eine Höhle. Und Idris, die Hand auf ihrer Schulter, Blut an den Fingerspitzen.

Sie schüttelt die Erinnerung ab. Wo kam das denn auf einmal her?

»Und was ist mit dir?«, fragt sie. »Wie bist du zum Höhlenklettern gekommen?«

Kai trinkt einen Schluck von seinem Wein und leckt sich die vollen Lippen. »Mein Dad ist Jamaikaner. Er ist nahe der Gourie-Höhle aufgewachsen, der längsten Höhle von Jamaika. Er hat immer davon gesprochen und sich Geschichten darüber ausgedacht. Und dann hat er mir ein unglaubliches Buch über Höhlen geschenkt, und ich habe jeden Abend darin gelesen, immer wieder dasselbe.«

Becky erinnert sich, dass ihre Mum ihr ein Buch über Höhlen geschenkt hat, nachdem sie Becky und ihren Dad verlassen hatte. Becky hatte es sorgfältig aufbewahrt, doch als klar war, dass ihre Mum nicht zurückkommen würde, hatte sie es zerrissen.

»Als Dad genug Geld verdient hatte, ist er mit mir, meiner Mum und all meinen Schwestern nach Jamaika geflogen«, fährt Kai fort. »Da war ich zehn. Bei der ersten Gelegenheit hat er mit mir die Höhle besucht. Danach gab es kein Zurück mehr.«

»Mit all deinen Schwestern?«

Er lächelt. »Ja. Ich hab fünf davon.«

Becky lacht. »Mein Gott! Und fliegst du heute auch manchmal nach Jamaika?«

»Ja, wenn ich kann. Immer wenn ich mit meinem Dad telefoniere, fängt er davon an, ich soll dort mit ihm leben.«

»Willst du das denn?«

Kai zuckt die Achseln. »Ich weiß es nicht, vielleicht irgendwann mal. Und was ist mit deinen Eltern? Wie kommt es, dass du erst jetzt von deiner Schwester erfahren hast?«

Becky überlegt einen Moment, ob sie ihm alles erzählen soll, aber sie kennt ihn kaum, also zuckt sie mit den Schultern. »Das ist eine lange Geschichte.«

Kai streckt die Beine aus. »Wir haben den ganzen Abend Zeit.«

»Vielleicht ein andermal.«

»Ich hoffe doch, dass es ein andermal gibt«, sagt Kai lächelnd. »Ich möchte nicht, dass du einfach verschwindest, wenn wir Spanien verlassen.«

Becky lächelt zurück. »Ich könnte dir meine E-Mail-Adresse geben.«

»*Könnte.*« Er seufzt. »Grausam, einem so einen Köder unter die Nase zu halten.«

Becky merkt, dass sie weiter lächelt. Es ist nur ein Austauschen von E-Mails. Und nichts, was Kai gesagt hat, lässt darauf schließen, dass er sie attraktiv findet. Vielleicht ist es das, was ihr so gut gefällt, wie *nett* er ist, ohne sie anzubaggern.

Hannah, Ed und Dean erscheinen auf dem Weg. Kai springt auf und tauscht einen High Five mit ihnen aus. Den Rest des Abends albern sie betrunken herum, doch Becky hat das Gefühl, sie würde aus einer Blase heraus zusehen.

Sie schlingt die Arme um sich, sieht in die untergehende Sonne und sehnt sich nach der Wärme ihrer Hunde zu ihren Füßen.

Nach einer Weile kommt Berenice nach draußen, greift nach einer Flöte und spielt dem Mond am Himmel ein trauriges Lied.

Dann kam die wunderschöne Musik vorhin also von ihr.

Becky beobachtet sie, bis sie fertig gespielt hat. Sie muss dabei an ihre Mum denken, an die letzten traurigen Augenblicke in der Höhle mit ihr, und ihre Augen füllen sich mit Tränen.

»Du spielst wunderschön«, sagt sie zu Berenice.

»Danke.«

Becky lehnt sich an eine kleine gemauerte Wand. »Es ist schön hier«, sagt sie.

»Ja, das stimmt.«

Ein paar Minuten sehen sie beide auf die Stadt hinunter, nehmen schweigend die flackernden Lichter vor dem dunklen Himmel in sich auf, die flüchtigen Eindrücke der weißen Höhlen unter sich und den fernen Klang der Flamenco-Musik und der jubelnden Touristen.

»Besuchst du die Zigeunerhöhlen oft?«, fragt Becky.

»Manchmal. Aber hier gefällt es mir besser.« Berenice dreht sich zu Becky um und sieht ihr in die Augen. »Hast du mit Idris und deiner Mutter zusammengelebt?«

Becky schüttelt den Kopf. »Meine Mum und ich hatten … ein schwieriges Verhältnis. Sie ist gegangen, als ich acht war.«

Berenice schweigt einen Moment, dann lächelt sie traurig. »Ich habe Carinas Vater auch einmal verlassen.«

Becky sieht sie überrascht an.

»Als Carina auf der Universität war«, erklärt sie. »Ich habe Mattia verlassen, um hierherzukommen. Ich hatte so viel Zeit damit verbracht, nur Mutter zu sein, ich musste einfach weg. Ich habe vier Kinder, weißt du, drei sind immer noch in Italien. Mutter sein ist eine harte, oft *undankbare* Arbeit.« Sie sieht Becky wieder in die Augen. »Vielleicht ist es deiner Mutter genauso gegangen.«

»Aber sie hatte nur mich.«

»Trotzdem schwierig. Du wirst es verstehen, wenn du selbst einmal Kinder hast.« Sie sieht wieder über die Stadt. »Es war gut, frei zu sein. Mit einer anderen Frau in einer Höhle zu leben. So etwas hatte ich noch nie getan, seit ich meine eigene Mama verlassen hatte.«

»Mit einer anderen Frau?«

Berenice lacht. »Nicht was du denkst! Nur eine Freundin, ein echter Freigeist. Dann kam mein Mann. Ich erinnere mich noch, wie er mit seinem Koffer da hochgekommen ist«, sagt sie und zeigt auf den Weg. »Er hat zu mir gesagt: Ich weiß, dass du mich noch liebst. Deshalb bin ich gekommen, um mit dir zu leben.« Sie lacht ein wunderschönes Lachen. »Ich war glücklich, ihn zu sehen. Für mich war es ein Moment der Verrücktheit, der sich jedoch als das Beste herausgestellt hat, was uns je passiert ist.«

Becky stellt sich ihren Dad vor, wie er das Gleiche tut. Wie anders wäre ihre Kindheit verlaufen!

»Dean hat mir von deiner Suche erzählt«, sagt Berenice. »Meine Freundin war damals hier, als Idris hier gelebt hat.«

Becky sieht sich um. »Und – ist sie noch hier?«

Berenice schüttelt den Kopf. »Sie ist nach Frankreich zurückgegangen. Komm, ich möchte dir etwas zeigen.«

Sie geht den Weg hinunter und Becky folgt ihr, bis sie bei der ausgebrannten Höhle sind, die sie bei ihrer Ankunft gesehen hat. Sie bleiben am Eingang stehen.

»Meine Freundin hat mir erzählt, dass hier ein Feuer ausgebrochen ist«, erzählt Berenice. »Idris hatte seine Farben hier gelagert. Wie du siehst, hatte er ein Tor vor die Höhle gebaut«, sagt sie und zeigt auf Metallreste in den seitlichen Höhlenwänden. »Eines Nachts sind alle aufgewacht und haben die Flammen gesehen, hat meine Freundin gesagt. Sie hat Idris hier gefunden. Er hat geweint, als er in die Höhle geschaut und gesehen hat, dass all seine Farben und Pinsel verbrannt sind. Am nächsten Tag ist seine Gruppe weitergezogen. Aber vorher hat er das da auf die verkohlten Wände gemalt.«

Sie zeigt auf ein großes Gesicht, eine Seite weiß, die andere schwarz. Neben dem Gesicht ist ein einzelnes Auge.

»*Mal de Ojo*«, sagt Berenice, »der böse Blick. Julien hat oft davon gesprochen, dass Idris vor jemandem auf der Flucht war. Meine Freundin hat mir gesagt, dass das Kind von Idris ein Armband mit einem Amulett getragen hat. Darauf war das gleiche Auge – um Unheil abzuwenden.«

»Das muss meine Schwester gewesen sein«, sagt Becky. »Weißt du, wohin sie gegangen sind?«

Berenice nickt. »Meine Freundin hat mir gesagt, dass eine seiner Anhängerinnen, Darja, oft von den Postojna-Höhlen in Slowenien gesprochen hat, wo sie aufgewachsen ist.«

Hatte Julien nicht auch Slowenien erwähnt?

»Am Tag nach dem Feuer hat Idris erklärt, dass sie alle dorthin gehen würden«, fährt Berenice fort. »Meine Freundin hat sich entschlossen zu bleiben, doch die anderen sind mitgegangen, natürlich auch das Kind. Wenn du deine Schwester suchst, solltest du vielleicht nach Slowenien reisen.«

Becky sieht wieder zu dem bösen Blick. Die weiße Farbe hebt sich von der geschwärzten Wand ab. Hat Idris geglaubt, dass auch Solar in Gefahr war, und ihr deshalb das Amulett umgebunden?

Es gibt nur einen Weg, das herauszufinden. Becky muss nach Slowenien fahren.

16

Selma

Kent, Großbritannien
30. Juli 1991

Ich stand vor meinem Haus und fühlte mich sonnenverbrannt und windumtost. Es war, als hätte ich ein Jahr frei
gehabt und hätte die ganze Welt bereist, dabei war ich bloß
zwei Tage weg gewesen. In meiner Tasche spürte ich meinen Notizblock. Nach einem weiteren Schreibtag waren
alle Seiten übervoll. Ich konnte nicht glauben, wie produk-
tiv die Höhle mich gemacht hatte! Doch das war nicht das,
was heute wichtig war, heute ging es um Becky.

Und auch um Mike und darum, was ich ihm sagen wollte.

Ich steckte den Schlüssel ins Schloss und trat ins Haus.
Der Fernseher lief und aus der Küche kamen vertraute
Klapperlaute.

»Hallo?«, rief ich.

»Mummy!« Becky kam die Diele entlanggerannt und
landete in meinem Bauch, während Mike mit hochgezogenen Brauen von der Küche aus zuschaute.

»Mummy, Mummy, Mummy!«, rief Becky glücklich.

»Oh, Liebling!« Ein Sturm der Gefühle durchfuhr mich,
aber vor allem verspürte ich Schuld. Wenn ich schrieb, ver-
wandelten sich die Stunden in Sekunden. Deshalb war es

mir auch so vorgekommen, als wäre ich nur eine Stunde von Becky getrennt gewesen, doch als ich in ihr kleines Gesicht blickte, begriff ich, dass es ihr viel länger erschienen war.

»Ich hab dich vermisst, Mummy«, sagte Becky. »Wo warst du?«

»Ich habe nur einen kleinen Urlaub gemacht«, sagte ich und strich ihr das blonde Haar aus dem Gesicht.

Sie griff nach meiner Hand und zog mich zu ihrer kleinen Puppenstube. »Spiel mit mir, Mummy, spiel mit mir! Daddy hat mir neue Schlafzimmermöbel gemacht.«

»Lass mich kurz mit Daddy reden.«

Becky machte ein langes Gesicht und einen Moment zog ich in Erwägung, einfach zurückzukommen, nur um sie nicht so enttäuscht zu sehen. Doch dann erinnerte ich mich daran, wie glücklich ich die letzten beiden Tage gewesen war. Eine glückliche Mutter bedeutete ein glückliches Kind. Es mochte Zeit brauchen, doch schließlich würde Becky davon profitieren.

»Können wir reden?«, fragte ich Mike mit neuer Entschlossenheit.

Er nickte mit ausdruckslosem Gesicht, und ich folgte ihm in die Küche.

Er griff nach einem Messer und begann wütend, eine Gurke kleinzuschneiden. »Du bist braun geworden.«

»Es war heiß.«

»Das habe ich nicht bemerkt, ich war zu sehr damit beschäftigt, als alleinerziehender Vater zurechtzukommen.«

»Oh Mike, es waren doch nur zwei Tage.«

Er hörte auf zu schneiden, drehte sich um und sah mich

an. Seine blauen Augen sprühten vor Zorn. »Zwei Tage, in denen ich nicht die geringste Ahnung hatte, ob du überhaupt zurückkommst oder nicht! Das sind deine zwei Wochen, dich um Becky zu kümmern, verdammt noch mal! Ich musste mir in letzter Minute freinehmen, und du weißt, was mein Boss von so etwas hält, vor allem jetzt, wo überall Entlassungen drohen.«

Ich sah zu Boden, ich war mir nicht sicher, was ich sagen sollte.

Er holte tief Luft. »Hör zu, es tut mir leid. Ich habe versprochen, dir keine Vorwürfe zu machen.« Er kam plötzlich auf mich zu und ergriff meine Hand. Ich konnte die Panik in seinem Gesicht sehen, als wüsste er, was passieren würde, und ich fühlte mich noch schlechter.

»Ich *freue* mich, dass du wieder da bist«, sagte er. »Du hast die Krise also überwunden, ja? Dann können wir unser Leben jetzt weiterleben. Wie wäre es, wenn wir Greg und Julie bitten, heute Abend auf Becky aufzupassen und wir gehen aus, nur wir zwei?«

Ich schüttelte den Kopf und wurde ganz traurig. »Nein, Mike.«

»Gut. Wenn du lieber zu Hause bleiben möchtest, können wir das auch machen. Ich koche uns eine Pasta.«

»Ich meine, nein, ich komme nicht zurück.«

Mike trat geschockt einen Schritt zurück. »Du machst wohl Witze?«

»Du hast gesagt hundert Prozent oder gar nicht. Ich kann mich nicht zu hundert Prozent in diese Ehe einbringen, ich kann es einfach nicht! Ich kann es schon eine ganze Weile nicht mehr. Und du auch nicht«, fügte ich sanft hinzu.

Er atmete in tiefen, zittrigen Zügen. »Du gehst also *dorthin* zurück?«

»Ja.«

»Aber ich habe gedacht …« Er hob ratlos die Hände und ließ sie wieder sinken. »Dann war's das also? Du ziehst aus?«

»Ich glaube, ja.«

»Du glaubst? Komm verdammt noch mal zu einer Entscheidung, Selma!« Er lief in der Küche hin und her. »Was zum Henker hab ich denn falsch gemacht? Ist es das Schreiben? Ich war gut zu dir, ich habe zugestimmt, dass du nur Teilzeit arbeitest, habe sonntags mit Becky etwas unternommen, wenn du eine Deadline hattest. Und das alles für ein paar läppische Hundert Pfund.« Er blieb stehen und sah mir in die Augen. »Oder ist er der Grund? Dieser Mann? Vögelst du ihn? Muss ich so aussehen wie er, damit du nicht jedes Mal zurückzuckst, wenn ich dich berühre? Muss ich mir die Haare färben und sie wachsen lassen?«

Ich fühlte, wie meine Wangen brannten. »Nein, natürlich schlafe ich nicht mit ihm. Mach dich nicht lächerlich! Ich kann nur dieses Lebern hier nicht mehr ertragen«, sagte ich und fühlte mich seltsam ruhig, trotz der großen Tragweite meines Entschlusses.

»Du meinst, du kannst nicht mehr Mutter und Ehefrau sein?«

»Wie kannst du das sagen! Ich werde immer Mutter sein!«

Wir schauten uns in die Augen, dann verschränkte er die Arme. »So funktioniert das Leben nicht, Selma, vor allem nicht das Familienleben. Du kannst nicht einfach abhauen und in einer Höhle leben, wenn du Lust dazu hast. Was ist mit der Arbeit nächste Woche? Du gehst doch wieder arbeiten?«

Daran hatte ich noch gar nicht gedacht. »Vermutlich muss ich das.«

»Vermutlich muss sie das«, machte Mike mich mit einem bitteren Lachen nach. »Hör dir doch mal selbst zu! Wir müssen eine Hypothek abzahlen. Wir würden alle gern mal aus dem Hamsterrad ausbrechen. Und verdammt, dir ist das besser gelungen als den meisten, indem du zwei Tage die Woche deinem kleinen Hobby nachgehst. Aber nein, das reicht dir nicht. *Wir* reichen dir nicht.«

Meinem kleinen Hobby. Er hatte es nie verstanden. Die anderen in der Höhle verstanden es.

Idris verstand es.

Ich dachte daran, was er mir am Vorabend gesagt hatte. *Du solltest dich selbst ernster nehmen. Mehr Vertrauen in das haben, was du tust.*

»Ich kann sagen, was ich will, du wirst es nicht verstehen«, sagte ich ruhig und holte tief Luft. »Tatsache ist, unsere Ehe ist vorbei.«

So, jetzt war es heraus, schnell und schmerzlos, wie man ein Pflaster abzieht. Warum es hinauszögern? Es war Mike gegenüber rücksichtsvoll, es so zu machen. Vielleicht konnte er das jetzt nicht so sehen, aber letzten Endes würde er mir dankbar sein.

Mikes Gesicht verzog sich schmerzlich.

»Das kann dich doch eigentlich nicht so sehr überraschen«, sagte ich schnell. »Du musst doch gesehen haben, wie sehr ich mich gequält habe, oder, Mike?«

»Ja, und ich habe dir gesagt, dass du zu dem verdammten Arzt gehen und dir Antidepressiva verschreiben lassen
sollst, aber das hast du nicht getan, richtig? Ich dachte, es
wäre besser geworden nach den Problemen, die du nach
Beckys Geburt hattest. Aber jetzt ist alles wieder da.«

»Nein, das stimmt nicht! Das war damals ein Babyblues.
Und jetzt ... es ist nur die Schreibblockade, sie macht mich
fertig.«

»Vielleicht suchen wir auch nach Entschuldigungen,
wo gar keine nötig sind. Vielleicht bist du ganz einfach so,
Selma.« Er hielt inne, sein Blick wurde härter. »Vielleicht
bist du einfach wie deine Mutter.«

Ich sah ihn schockiert an. Er *wusste*, dass dies das
Schlimmste war, was er mir sagen konnte.

»Ich bin nicht wie sie«, zischte ich und versuchte, ruhig zu bleiben. Ich würde mich nicht auf die Palme bringen lassen.

»Wirklich? Sie hat ihr Kind ignoriert und ihren ersten
Mann verlassen, sie war egoistisch und grausam. Becky
wird wegen ihrer Mutter wahrscheinlich einmal genauso
verbittert und verkorkst sein wie du wegen deiner.«

»Was zum Teufel erlaubst du dir!«, schrie ich.

Becky kam in die Küche gerannt. »Mummy! Was ist
denn los?«

»Ich habe deiner Mum nur gesagt, dass sie genauso
egoistisch ist wie deine Großmutter«, fauchte Mike.

Ich atmete mehrmals tief durch, um mich zu beruhigen.
Ich war *nicht* wie meine Mutter, und ich würde das beweisen, indem ich mich beruhigte.

»Mummy?«, sagte Becky mit zitternder Stimme.

Ich drehte mich zu ihr um. »Alles in Ordnung, Liebling. Ich habe mir nur den Fuß gestoßen. Ich bin genauso ungeschickt wie deine Großmutter, das ist alles, was dein Daddy gemeint hat. Lass Daddy und mich noch ein paar Minuten miteinander reden, dann komme ich und spiele mit dir.«

Becky zögerte und blickte zwischen uns beiden hin und her.

»Komm, geh«, drängte ich sie sanft.

Sie runzelte die Stirn, dann ging sie.

»Nette Lüge«, sagte Mike, als sie weg war. »Aber darin warst du immer schon gut.«

»Ich muss Becky in Ruhe sehen«, sagte ich und ignorierte Mikes Worte. Ich hatte nicht erwartet, dass er derart bitter reagieren würde. Ich musste einfach darüberstehen, Becky an erste Stelle setzen. »Ich möchte sie mit in die Höhle nehmen. Nur für ein paar Tage, dass es wie ein kleiner Urlaub für sie ist. Sind die Schulferien nicht dazu da? Danach können wir sehen, wie wir uns die Zeit mit ihr aufteilen.«

»Auf keinen Fall!« Mike schüttelte den Kopf. »Auf keinen Fall wird sie mit diesen Leuten in der Höhle wohnen.«

»Mit *diesen* Leuten? Mike, das sind gute, anständige Menschen.«

Er lachte. »Offensichtlich hat man dich einer Gehirnwäsche unterzogen. Das sind doch alles Verrückte. Du solltest mal hören, was die Leute in der Arbeit über sie sagen. Und jetzt reden auch alle über dich.«

Ich seufzte. »Das ist lächerlich. Niemand sagt mir, was ich zu tun habe. Das ist allein meine Entscheidung, und das weißt du.«

Unsere Blicke verhakten sich ineinander, dann schüttelte er wieder den Kopf. »Nein, auf keinen Fall. Becky wird *nicht* in der Höhle übernachten.«

»Es ist sicher und warm dort, und es gibt Essen und ein anderes Kind, mit dem sie spielen kann.«

»Ich habe *Nein* gesagt«, schrie er.

Becky sah von ihrer Puppenstube im Wohnzimmer auf.

»Alles okay, Liebling«, rief ich ihr zu. »Ich komme gleich.« Mit klopfendem Herzen drehte ich mich wieder zu Mike um. »Du musst aufhören, vor ihr wütend zu werden.«

»Da bin ich nicht der Einzige.«

»Okay, wir müssen alle beide damit aufhören. Hör zu, sie ist auch meine Tochter«, sagte ich leise. »Du hast kein Recht, sie von mir fernzuhalten. Wir müssen *sie* an erste Stelle stellen, Mike, nicht deine verletzten Gefühle.«

Mike holte tief Luft, dann schloss er die Augen. »Gut, einen Tag, aber nicht in dieser verdammten Höhle. Du kannst hier in der Umgebung viel mit ihr unternehmen, ohne sie mit in die Höhle zu nehmen.«

Ich erwog, erneut zu protestieren, doch dann wurde mir klar, dass es sinnlos war. Also nickte ich. Woher wollte Mike überhaupt wissen, ob ich sie mit in die Höhle nahm?

»Ich will sie heute um sechs zurück«, sagte er.

»Um acht«, antwortete ich. »Ich will, dass Becky einen Schmaus in der Höhle mitbekommt. Wir haben sogar eine kleine Schelle, die verkündet, wenn das Abendessen fertig ist.«

»Nein, auf keinen Fall«, antwortete Mike. »Um sechs. Du kannst sie hier ins Bett bringen, dann können wir uns zusammensetzen und reden, wenn sie schläft.«

»Reden?«

»Du kannst nicht einfach gehen, ohne irgendwelche Regelungen zu treffen, Selma. Es gibt Rechnungen zu bezahlen und Terminpläne zu diskutieren. Verdammt, ich kann nicht glauben, dass das alles wirklich wahr ist.« Er ging auf und ab und fuhr sich mit der Hand durchs Haar.

»Für mich ist das auch schwer, Mike.«

»Nein, das ist es nicht, Selma. Solange du schreiben kannst, geht es dir gut.« Dann ging er.

Fünf Minuten später verließ ich mit Becky das Haus. Ich drehte mich noch einmal um und sah, wie Mike uns aus dem Fenster beobachtete, das Gesicht verhärmt. In der Erinnerung sah ich kurz meinen Vater vor mir. Genauso hatte er ausgesehen, als er mit gepacktem Koffer mein Elternhaus verlassen hatte. Damals war ich ungefähr im gleichen Alter gewesen wie Becky heute.

Ich schüttelte den Kopf und vertrieb die Erinnerung. Ich war nicht wie meine Mutter, die ihren Mann nachts hinausgeworfen hatte, damit wenige Wochen später ein neuer einziehen konnte, der erste von vielen. Meine Situation war anders, vollkommen anders.

Ich sah zu Becky hinunter. »Wir werden *richtig* viel Spaß haben!«

Bald waren wir bei der Höhle. Idris stand am Meer und half Tom, im flachen Wasser zu fischen. Er blickte auf, als ich näher kam, und ich spürte ein Zittern im Bauch, ob ich wollte oder nicht. Er kam herüber und sah mich fröhlich an.

»Du musst Becky sein«, sagte er und winkte ihr zu. Sie sah ihn mit offenem Mund an. Wahrscheinlich hatte sie in der Schule von dem Mann mit dem langen weißen Haar gehört. Ich empfand einen seltsamen Anflug von Stolz. Es fühlte sich an, als würde ich in ein Fantasy-Buch hineinspazieren. »Ich zeige Tom gerade, wie man fischt«, sagte Idris und ging vor Becky in die Hocke, sodass er auf Augenhöhe mit ihr war. »Magst du uns mit deiner Mummy Gesellschaft leisten?«

Becky sah mit großen Augen zu mir hoch, dann nickte sie. »Okay.«

Wir gingen zu Tom. Das Wasser war ruhig und kräuselte sich in hellstem Blau unter einer gnadenlosen Sonne. Ich ließ mich im Sand nieder und sah blinzelnd zu, während Idris Becky mit einem kleinen roten Netz das Fischen beibrachte. Hin und wieder sah Becky sich lächelnd nach mir um. Ich spürte eine warme Zufriedenheit. Das war ein guter Schritt gewesen. Wenn Mike das alles doch nur verstehen könnte! Vielleicht könnte er aus meiner Sicht betrachten, wenn er hierherkäme. Ich sah zur Höhle hin, beobachtete, wie die Leute ihren Beschäftigungen nachgingen, Keramikteller formten und Gedichte schrieben. Das Klimpern eines neuen Lieds war zu hören und der Geruch eines köstlichen, von Donna kreierten Gerichts zog durch die Luft. Es war schwierig gewesen, Mike die Wahrheit zu sagen, aber es fühlte sich einfach wundervoll an, so *frei* zu sein.

Ich schaute zu Becky hinüber, die vor Freude jauchzte, als sie einen Fisch im Netz hatte. Jetzt musste ich es nur noch schaffen, dass Becky dauerhaft hier sein konnte und nicht nur für ein paar Stunden.

»Guck mal, Mummy, ich habe einen großen Fisch gefangen!«, rief Becky und sah mich stolz an.

»Du bist ein cleveres Mädchen!«, rief ich. »Was willst du mit ihm machen?«

»Ihn vielleicht zum Abendessen kochen?«, fragte Becky und zuckte mit den Schultern.

Ich kroch im Sand zu Becky und umarmte sie voller Euphorie.

»Dann ess ich dich zum Dessert.« Ich tat so, als würde ich sie verschlingen, während Tom und Idris lachten und Becky vor Vergnügen gluckste. Dabei entkam der Fisch, schlängelte sich zurück ins Meer und schwamm davon.

Den Rest des Tages spielte Becky am Strand mit Tom, und ich saß an meinen Lieblingsfelsen gelehnt, spürte seine Wärme, die mir in den Rücken kroch, und schrieb in meinen Notizbock. Ich hatte nie länger als fünf Minuten schreiben können, wenn Becky in der Nähe war. Es war, als würde mein Notizblick Beckys Aufmerksamkeit auf sich ziehen wie ein Magnet. Doch hier, mit dem Strand als Spielplatz und einem neuen Freund, mit dem sie herumtoben konnte, war Becky zufrieden.

»Ein Glas Wein?« Ich blickte hoch und sah Julien mit einer Flasche und einem leeren Glas über mir stehen. »Ich weiß, dass es kein Gin ist, aber er ist spritzig und kalt.«

Ich lächelte ihn an. »Wein ist großartig, danke.«

»Hast du etwas dagegen, wenn ich dir Gesellschaft leiste? Dieser Felsen sieht sehr einladend aus.«

»Das ist er auch. Und ich war sowieso so gut wie fertig.« Ich rückte ein Stück, als sich Julien neben mir niederließ, mir etwas Wein eingoss und mir das Glas reichte. Es war eine Überraschung, dass er sich zu mir gesellte. Von allen hier hatte Julien die größte Distanz zu mir bewahrt, mich still aus der Ferne beobachtet. Ich hatte schon angefangen, es persönlich zu nehmen.

»Deine Tochter scheint Spaß zu haben«, meinte er und sah zu Becky hinüber, die jetzt ein kompliziertes System aus Sandtunneln baute.

»Welches Kind hat das nicht an einem solchen Tag?«

Er lächelte. »Das ist wahr. Warte, bis die Ebbe kommt und sie die ganzen Muscheln und Seesterne sieht.« Er warf einen Blick auf meinen Notizblock. »Wie läuft es mit dem Schreiben?«

»Es fließt«, sagte ich mit einem zufriedenen Seufzen. »Mich hat noch nie etwas so inspiriert.«

»Das liegt an diesem Ort.«

»Ich habe dich vorhin schnitzen sehen. Wie läuft es denn bei dir?«

»Genauso. Ziemlich beeindruckend.« Er blinzelte mit seinen braunen Augen zur Sonne hoch. »Ich wünschte, ich hätte diesen Ort schon vor Monaten entdeckt, wäre hergekommen und hätte mich hier niedergelassen. Ich schätze nur, da wäre Idris nicht hier gewesen.«

Wir sahen beide zu Idris hin, der bis zur Taille im Meer saß und in die Ferne blickte. Die Sonne ließ seinen nassen Rücken schimmern.

»Er ist wie ein Gott«, murmelte ich. Julien sah mich mit gerunzelter Stirn an. »Ja, den Eindruck macht er, nicht wahr?«, sagte er lachend.

»Er hat wirklich was von Jesus an sich.«

Ich sah Julien forschend an. »Warum bist du eigentlich hierhergekommen?«

Er seufzte. »Ich musste mit meiner Firma Insolvenz anmelden.«

»Das tut mir leid. Was für eine Firma hattest du denn?«

»Eine Anwaltskanzlei. Klein, aber sie lief gut, bis die Rezession zugeschlagen hat. Und der Tropfen, der das Fass zum Überlaufen gebracht hat, war, als ich gesehen habe, wie meine Exfrau mit einem riesigen Verlobungsring angegeben hat. Ach ja, ich habe vergessen zu erwähnen, dass sie mich in dem Moment verlassen hat, als kein Geld mehr hereinkam.« Er sah auf den Sand hinunter und griff mit beiden Händen hinein. »Es war so schlimm, dass ich mich beinahe umgebracht hätte.«

»Mein Gott«, flüsterte ich.

Julien sah mich scharf an. »Bitte sag das niemandem. Ich habe nur einer Handvoll von Leuten davon erzählt.«

»Natürlich nicht.«

Sein Gesicht hellte sich auf. »Aber dann habe ich gesehen, wie ein Mann einen Jungen gerettet hat und gedacht: Wenn er den Jungen retten kann, kann er vielleicht auch mich retten.«

»Und, hat er das?«

»Ja«, sagte Julien schlicht.

»Und das in weniger als zwei Wochen.«

»Die Zeit, das sind nur Zahlen.« Er lächelte, und ich lächelte zurück. »Nieder mit den Zahlen.«

Wir lachten und stießen an. Julien lehnte sich zurück und trank einen Schluck Wein. »Und was ist mit dir? Hat Idris dich gerettet?«

Ich sah auf die Sandkörner an meinen nackten Füßen hinunter, auf das angeschlagene Rosa meiner Zehennägel.

»Ich glaube, das kann man so sagen. Ich vermute, ich habe mich selbst wiedergefunden. Mein *Schreiben* gefunden. Dieser Ort«, sagte ich und sah mich um, »hat eine ganz besondere Wirkung auf meine Kreativität. So was habe ich noch nie erlebt.«

»Das verstehe ich. Und was ist mit deiner Tochter?«, sagte er und sah zu Becky hinüber. »Wird sie hierbleiben?«

»Das möchte ich gern, aber mein Mann hat andere Vorstellungen.«

»Donna hat es geschafft.«

»Ihr Mann ist ein Tyrann.«

»Deiner nicht auch? Tyrannen gibt es in allen Größen und Formen, weißt du.«

Ich dachte daran, wie wütend Mike gewesen war. Vielleicht hatte Julien recht?

Seine kleine Jack-Russell-Hündin hinkte auf drei Pfoten auf uns zu, den wedelnden Schwanz zwischen den Beinen.

»Was hast du dir getan, Mädchen?«, beruhigte sie Julien und strich ihr über den Kopf.

Becky kam herübergerannt und streichelte die Hündin. »Wie heißt sie?«

»Mojo«, antwortete Julien. Er beugte sich vor, um sich die Pfote anzusehen. Mojo jaulte laut, als er sie berührte. »Sieht ganz so aus, als hätte sie sich die Kralle abgerissen. Wahrscheinlich ist sie wieder in den Büschen hängen geblieben.«

»Oh nein, du armes Hundebaby«, sagte Becky und machte einen Schmollmund.

Idris kam herübergetrottet. »Alles in Ordnung mit Mojo?«, fragte er.

»Sie hat sich die Pfote verletzt.«

Idris sah zu Donna hin. »Donna, kannst du bitte den Verbandskasten holen?«

Donna sprang auf und rannte in die Höhle. Mir fiel auf, dass sie sich in Idris' Nähe wie ein kleiner Soldat verhielt und jedem seiner Befehle Folge leistete. Kurz darauf kam sie mit einem grünen Kasten zurück, legte ihn auf den Strand und kniete sich hin, als die anderen herüberkamen.

»Du musst Mojo festhalten«, sagte Idris zu Julien. »Das muss ab, damit die Kralle nachwachsen kann. Es wird bluten.«

Julien nickte und griff sanft nach seinem Hund. Idris holte einen Nagelclip heraus und versuchte, die Kralle abzuschneiden, doch der Hund wand sich.

»Alles ist gut«, sagte Becky mit sanfter Stimme und beugte sich nahe an das weiche Ohr des Hundes. Das Tier sah zu ihr hoch, und sie stimmte ein Wiegenlied an, das Mojo beruhigte.

Idris und ich sahen einander überrascht an.

»Meine Tochter, die Hundeflüsterin«, sagte ich. »Wer hätte das gedacht?«

»Nun, Becky, wie es aussieht, hast du magische Fähigkeiten«, sagte Idris. »Hier, nimm das«, fügte er hinzu und gab ihr Mull aus dem Verbandskasten.

»Ich weiß nicht, was ich damit machen soll«, sagte Becky mit besorgtem Gesicht.

Idris sah ihr in die Augen. »Ich vertraue dir. Wenn ich die Kralle abschneide, wird es stark bluten. Ich hoffe, ein bisschen Blut macht dir nichts aus?« Becky schüttelte den Kopf. »Ich möchte, dass du die Stelle schnell mit dem

Verbandmull abdeckst und fest daraufdrückst, um das Blut zu stoppen.«

»Okay«, sagte Becky.

»Und wenn der Hund sie beißt?«, fragte ich, plötzlich besorgt.

»Das wird er nicht«, sagte Idris. »Manche Menschen haben einen ganz besonderen Draht zu Tieren. Deine Tochter ist einer von ihnen. Fertig?«, fragte er Becky.

Sie nickte. Schnell schnitt Idris die Kralle ab, und der Hund jaulte. Becky drückte den Verbandmull auf die Kralle, als Blut herausströmte, und begann erneut zu singen, um Mojo zu beruhigen. Nach einer Weile hörte das Bluten auf. Idris nickte Julien zu, und er ließ Mojo los. Der kleine Hund sackte auf Becky zusammen und leckte ihr die Hand.

»Sie mag mich«, sagte Becky.

Idris nickte. »Du bist ein Naturtalent, Becky. Ich glaube, du hast gerade deine Bestimmung im Leben gefunden.«

»Was ist eine Bestimmung?«, fragte Becky.

»Das, was dir zu tun bestimmt ist. Du wirst mit Tieren arbeiten, das kann ich spüren.«

»Du meinst als Tierärztin?«, fragte Becky.

Idris nickte. Becky sah zu mir hoch. »Mummy, ich will Tierärztin werden.«

Ich sah sie überrascht an. Becky hatte vorher noch nie den Wunsch geäußert, Tierärztin zu werden, nur Prinzessin oder Piratin.

»Du wirst eine wundervolle Tierärztin werden, Liebling«, sagte ich.

Becky lehnte sich an mich, als der Hund auf ihrem Schoß einschlief. Der Rest der Gruppe zerstreute sich, und nur noch wir beide saßen im frühen Abendlicht am Strand und beobachteten, wie die Möwen nach Fischen tauchten.

»Ich möchte für immer hierbleiben«, sagte Betty wehmütig.

»Das möchte ich auch«, antwortete ich. Mein Herz schwang sich in die Höhe, doch dann fühlte ich die Uhr in meiner Tasche ticken. Das erinnerte mich daran, dass wir nur noch wenig kostbare Zeit hatten, bevor ich Becky nach Hause zu einem wütenden Mike bringen musste.

Als das Abendessen serviert wurde, wusste ich, dass es halb sieben und schon später war als der verabredete Zeitpunkt, zu dem ich Becky hätte abliefern sollen. Doch ich ignorierte die warnende Stimme in meinem Kopf. Mike konnte mir nicht vorschreiben, wann und wo ich mein Kind sehen durfte.

Doch dann sah ich eine bekannte Gestalt den Strand entlangkommen.

»Guck mal, da kommt Daddy!«, sagte Becky.

Ich sah in sein Gesicht. Mike kochte vor Wut.

17

Selma

Becky sprang auf und winkte ihrem Dad zu, dann blieb sie plötzlich stehen. »Oh. Das hätte ich nicht tun sollen, oder? Es ist ein Geheimnis, richtig?«

»Das ist schon in Ordnung«, sagte ich und zwang mich zu einem Lächeln. Ich hatte sie vorhin gebeten zu sagen, dass wir im Café gewesen wären. »Ich denke, wir sind ohnehin aufgeflogen.«

Becky sprang auf und rannte zu ihrem Dad. Er beugte sich zu ihr hinunter und drückte sie an sich, während er mich über ihren Kopf hinweg anblitzte.

»Ich hatte so viel Spaß!«, hörte ich Becky rufen, als sie zu mir herüberkamen. »Ich habe gefischt und war schwimmen, richtig weit draußen, weiter, als ich jemals war! Oh, und ich habe eine Hundepfote gerettet, und der Hund hat mich nicht mal gebissen, obwohl Mummy gesagt hat, dass er das könnte.«

Wow, das dürfte ihm gefallen.

»Bevor du irgendetwas sagst: Ich hatte nicht vor, hierherzukommen«, log ich. »Wir waren schwimmen und dann hat Becky die Höhle gesehen und ist hingerannt, bevor ich sie aufhalten konnte.« Becky sah mich an und runzelte die Stirn bei meiner Lüge. Aber sie sagte nichts. »Wir wollten gerade gehen. Doch dann hat sich dieser Hund verletzt und …«

»Der Hund, der beißt?«, fragte Mike sarkastisch.

Ich lachte nervös. »Dieser Hund würde keiner Fliege etwas zuleide tun. Ich war nur übervorsichtig.«

»Richtig, genau das bist du, Selma, immer vorsichtig. Du lässt deine Tochter im Meer schwimmen, sich um verletzte Hunde kümmern, gehst mit ihr zu der Höhle, obwohl ich dich gebeten hatte, sie nicht dorthin mitzunehmen.« Er sah in die Höhle hinein und schüttelte den Kopf über die leeren Weingläser auf dem Tisch. »Ja, du bist wirklich sehr vorsichtig.«

Becky blickte zwischen uns hin und her, sie sah verwirrt aus.

»Es ist nur eine halbe Stunde, Mike!«, sagte ich.

»Das sind dreißig Minuten länger, als wir ausgemacht hatten! Und du hast sie an diesen verdammten Ort gebracht!« Er sah zu Oceane und Caden hin, die einander leicht betrunken im Kreis herumschwangen. »Ich will nicht, dass sie hier bei diesen Leuten ist. Das ist nicht das Richtige für ein Kind.« Er hielt inne, sein Gesichtsausdruck wurde kalt. »Ich kann offensichtlich nicht darauf vertrauen, dass du sie nicht hierher mitnimmst, wenn sie bei dir ist. Das bringt mich in eine sehr schwierige Lage.«

Ich fühlte Panik in mir aufsteigen. Was meinte er damit?

»Mike, lass uns vernünftig darüber reden«, sagte ich und streckte die Hand nach ihm aus.

Er trat einen Schritt zurück und schüttelte den Kopf.

»Ich kann mich nicht darauf verlassen, dass du vernünftig bist. Komm, Becky.« Er packte Beckys Hand, aber sie leistete Widerstand und versuchte, sich zu befreien.

»Es gefällt mir hier, Daddy!«, rief sie.

»Da hörst du's!«, sagte ich, ging hinter ihm her und nahm Beckys andere Hand. Ärger stieg in mir auf. »Becky gefällt es hier. Du kannst mir nicht verbieten, sie zu sehen und sie hierher mitzunehmen.«

»So das kann ich also nicht?« In seinen Augen sah ich eine stählerne Entschlossenheit. Sie machte mir Angst.

»Hör auf, mir zu drohen!«, sagte ich leise.

»Au, ihr tut mir weh, Mummy, Daddy!«

Ich sah zu Becky hinunter, ihre Arme waren ausgestreckt, jeder ihrer Eltern hielt ein Handgelenk umklammert. Ich ließ Beckys Arm los, während mir Tränen in die Augen stiegen.

»Verabschiede dich von deiner Mum«, sagte Mike.

»Ich will hierbleiben«, antwortete Becky, schlang die Arme um meine Taille und drückte ihr Gesicht in meinen Bauch. Ich strich meiner Tochter übers Haar und blinzelte die Tränen zurück, während ich Mike ansah.

»Ich bin ihre *Mutter*. Ich werde nicht zulassen, dass du mir verbietest, sie zu sehen.«

»Es könnte sein, dass du in diesem Fall keine Wahl hast.«

»Und du vielleicht auch nicht«, fauchte ich zurück. »Du kannst sie schließlich nicht vierundzwanzig Stunden am Tag unter Aufsicht halten.«

Seine Augen wurden groß. »Wie meinst du das?«

Ich sah zu Becky hinunter und versuchte, meinen Ärger unter Kontrolle zu kriegen. »Geh mit Daddy, Liebling. Du siehst Mummy bald wieder.« Ich umarmte sie und schob sie sanft zu Mike hin. Becky begann zu weinen, und ich musste mich umdrehen, während ich ein Schluchzen unterdrückte.

»Warum kannst du nicht einfach mitkommen?«, rief Becky, während Mike sie wegzog.

Ich presste die Lippen zusammen und konnte meine Tochter nicht ansehen. »Das kann Mummy nicht. Sie kann es einfach nicht.«

Erst als die beiden den Strand verließen, drehte ich mich wieder um und beobachtete, wie sie über die Straße verschwanden. Dann ließ ich mich in den Sand sinken und weinte.

So blieb ich eine Weile sitzen. Ich leistete den anderen nicht mal beim Abendessen Gesellschaft, mir war der Appetit vergangen. Niemand näherte sich mir, sie wussten, wie sie immer zu wissen schienen, wann ich alleine sein wollte. Ich zitterte vor Wut. Wie konnte Mike es *wagen*, so mit mir zu reden? Ich war schließlich Beckys Mutter, verdammt.

Ich nahm eine Handvoll Sand und warf sie in die Luft.

»Bist du okay?«

Ich blickte auf und sah Idris auf mich zukommen.

»Nein, eigentlich nicht. Mike …«

Er hob abwehrend die Hand. »Du musst nichts sagen. Alles, was zählt, ist das Jetzt. Ich möchte, dass du etwas für mich tust. Geh ins Meer.«

Ich runzelte die Stirn, sah in die zunehmende Dunkelheit hinaus und zu den schlüpfrigen Felsen zwischen mir und den schäumenden Wellen. »Jetzt?«

»Ja. Jetzt.«

»Mein Badeanzug trocknet noch in der Höhle.«

»Den brauchst du nicht. Geh in deinen Kleidern.« Er lächelte. »Vertrau mir. Ich bin bei dir.« Er stand da und kickte seine Flipflops weg. Ich zögerte einen Moment, dann tat ich es ihm gleich. Er nahm meine Hand und führte mich über die Felsen. Seetang schmatzte unter der weichen Haut meiner Füße. Manchmal trat ich auf zerbrochene Muscheln, ihre gezackten Ränder schnitten mir in die Haut. Doch Idris ermutigte mich weiterzugehen, sagte mir, dass ich den Schmerz ausblenden und mich stattdessen auf das Meer vor mir konzentrieren sollte.

Als wir in die Wellen traten, sah ich Blut um meine Füße schimmern. Aber ich ignorierte es und setzte weiter einen Fuß vor den anderen. Das Platschen des Wassers klang in der ruhigen Stille der Ebbe lauter. Als wir weiter ins Meer schritten, sogen sich mein Rock und mein Oberteil voll und erschwerten das Vorwärtskommen. Doch ich ging weiter, bis mir die Wellen an die Brust reichten. Mein Atem war flach.

Idris forderte mich auf, stehen zu bleiben, legte mir die Hände auf die Schultern und sah mich an. »Schließ die Augen und spüre das Gewicht deiner Kleider, wie sie dich nach unten ziehen.«

Ich schloss die Augen, fühlte, wie mein blumengemusterter Rock um mich herumwallte, wie meine durchnässte Weste schwer auf der Haut lag.

»Und jetzt denk an alles, was zwischen dir und deinem Mann heute Abend vorgefallen ist, diese Woche, diesen Monat, dieses Jahr. Die ganzen Jahre. An das ganze Gewicht der Jahre, an die düsteren Gedanken, die negativen Schwingungen. Spüre, wie sie dich nach unten ziehen.«

Ich atmete tief ein, während ich in Gedanken in der Zeit zurückging: Da waren mein Streit mit Mike, die seltsame Gefühllosigkeit der letzten Jahre, die schwierigen Monate nach Beckys Geburt. Und meine Mutter mit ihrer scharfen, verletzenden Zunge, ätzend wie Säure, Worte, die um mich herum waren wie der Rock, den ich trug, und die so schwer wogen wie meine Füße, die in den Sand unter mir sanken. Ich dachte an die dunklen Zeiten, die ich erlebt hatte, Zeiten, die lange vergessen waren. An die schwarze Wolke, von der ich das Gefühl gehabt hatte, dass sie auf mich herabsank, an den Wechsel aus intensiver Angst und seltsamer Gefühllosigkeit. Selbst meinen Lehrern war es aufgefallen, und ich war an einen Therapeuten überwiesen worden. Der Therapeut hatte versucht, es auf meine Mutter zu schieben. Ja, die Worte meiner Mutter ließen meine Depression ganz neue Formen annehmen, sie gaben mir das Gefühl, noch wertloser zu sein. Aber es stecke noch mehr dahinter, oder?

»Jetzt mach die Augen auf«, sagte Idris. Ich tat, was er sagte, und sah im verlöschenden Licht mitten in sein schönes Gesicht. Sein Blick wog schwer, als er mich genau betrachtete. »Zieh deine Kleider aus. Ich sehe nicht hin, ich drehe dir den Rücken zu. Zieh alles aus.«

Ich lachte. »Das ist jetzt der Punkt, an dem ich ganz klar Nein sage.«

Er lächelte zurück. »Selma, ich mag dein Misstrauen, wirklich. Es macht dich einzigartig. Aber manchmal denke ich, dass es dich bremst. Es ist wichtig, dass du mir vertraust, so wie du das getan hast, als ich dir die Höhle gezeigt habe. Es wird sich lohnen, ehrlich.« Dann drehte er sich um.

Ich zögerte einen Moment, dann durchfuhr mich ein Schauer.

Was zum Teufel soll's.

Ich zog meine Weste aus, hakte meinen BH auf und seufzte, wie ich das immer tat, wenn meine Brüste von den zwickenden Bügeln befreit waren. Dann beugte ich mich vor, hielt mich an Idris fest, um nicht das Gleichgewicht zu verlieren, während ich erst den Rock und dann die Unterhose auszog. Mit jedem Teil, das ich auszog, fühlte ich mich leichter und freier. Ich sah zu, wie meine Kleider davonschwammen, mein Rock ein Blumenbeet im Meer.

»Ich gehe jetzt zurück und hole dir ein Handtuch«, sagte Idris. Er drehte sich immer noch nicht um. »Ich warte am Ufer auf dich. Bleib noch einen Moment hier, nimm es in dich auf.«

Ich schloss die Augen, roch die salzige Luft, hörte die Wellen. Er hatte recht, die Leichtigkeit, die ich empfand, war überwältigend.

Nach einer Weile öffnete ich die Augen und sah Idris in den flachen Wellen stehen und ein Handtuch aufhalten. Er beobachtete mich, doch das war mir egal, ich ging auf ihn zu, ohne mich zu bedecken. Irgendwie erschien es mir ganz natürlich. Unter seinem Blick, der so anders war als die Blicke anderer Männer, die meine Kurven so gierig begutachteten, als wären sie etwas zu essen, fühlte ich mich noch entspannter.

Als ich bei ihm war, verschmolz sein Blick mit meinem. Er legte mir das Handtuch um die Schultern, bedeckte meine Blöße, und seine Nähe ließ ein Verlangen in meinem Bauch aufsteigen.

Er beugte sich nah zu mir hin. »Wie fühlst du dich?«, flüsterte er mir ins Ohr.

»Als würde ich schweben.«

Er lächelte. »Jetzt weißt du, wie es sich anfühlt, auf dem Wasser zu gehen.«

Am nächsten Tag versuchte ich, Mike von einer Telefonzelle in der Stadt aus anzurufen. Ich wollte die Dinge zwischen uns nicht so lassen, wie sie waren. Als sich niemand meldete, ging ich zu unserem Haus, doch ich sah, dass das Licht aus war und kein Auto davorstand. Vielleicht war das ja gut – es würde ihm Zeit geben, sich zu beruhigen. Ich gelobte mir, ein Treffen für den nächsten Tag zu arrangieren, und vergrub mich in meiner Schreiberei. Es war ein weiterer wunderschöner Tag mit breiten Streifen blauen Himmels und zarten Wolkenketten. Die Höhle bot eine kühle Erholung von der Hitze draußen, und als ich in dem Bewusstsein der Anwesenheit der anderen, die alle ihren kreativen Tätigkeiten nachgingen, zu schreiben begann, fand ich in einen seltsamen Rhythmus, der sich den Bewegungen von Idris' Pinsel und dem Auf und Ab der Wellen vor der Höhle anpasste. Es war anders, als ich es früher empfunden hatte. Statt dass alles um mich herum verschwand, schwollen die Geräusche und die Gerüche an, intensivierten den Laut meines Stifts auf dem Papier, ermutigten mich weiterzuschreiben. Dabei spürte ich, wie ich mich leicht zu der Musik in meinem Kopf wiegte, wie mein Herz sich bei jedem Wort, das ich schrieb, hob.

Als ich am Ende einer besonders intensiven Szene angelangt war, rang ich nach Luft, als wäre sie mir ausgegangen.

Die Geräusche trennten sich voneinander und wurden wieder normal: das Geplauder von Donna und Julien vor der Höhle, das Geschrei von Caden und Oceane, die im Wasser plantschten, das Geräusch von Idris' Pinsel und das Surren von Maggies Töpferscheibe.

»Ich habe dir gesagt, du würdest es erleben.«

Ich blickte auf und sah Idris auf mich herunterlächeln.

»Was erleben?«, fragte ich.

»Den Fluss. Du warst im Fluss, das weiß ich. Du kannst es nicht leugnen.«

Ich sah ihn zweifelnd an. »Ich bin mir nicht sicher, ob ich im *Fluss* war. Ich denke, es liegt einfach daran, dass mich hier niemand stört.«

»Immer noch so misstrauisch«, sagte Idris lächelnd.

»Anders willst du mich doch gar nicht.« Wir schauten uns an, und seine Augen wanderten kurz zu meinen Lippen und wieder zurück.

Dann kam Donna herübergerannt und beugte sich vor, um wieder zu Atem zu kommen.

»Alles okay?«, fragte Idris und stieg mit einem besorgten Gesichtsausdruck von der Leiter.

»Draußen ist jemand für Selma.«

Ich runzelte die Stirn. »Aber nicht schon wieder Mike?«

»Nein, jemand anderes«, antwortete sie. »Er trägt einen Anzug und sieht sehr seriös aus. Komm und guck's dir an.«

Ich stand auf und folgte Donna mit klopfendem Herzen nach draußen. Ein Mann in einem grauen Anzug stand am Strand. Er schien sich bewusst, wie wenig er hierherpasste.

»Selma Rhys?«, fragte er mit ernster Stimme.

»Ja«, antwortete ich.

Er reichte mir einen Umschlag. »Hiermit übergebe ich Ihnen eine Sorgerechtsverfügung für Ihr Kind.« Dann ging er.

»Das versteh ich nicht«, rief ich ihm hinterher. Meine Hand zitterte, als ich auf den Brief sah. Idris legte mir die Hand auf die Schulter, während sich alle um uns versammelten.

Julien streckte die Hand aus. »Sieht nach einem juristischen Dokument aus. Soll ich es dir übersetzen?«

Ich nickte. Er öffnete den Brief und überflog den Text. Dann seufzte er. »Dein Mann hat beantragt, dass Becky dauerhaft bei ihm leben soll. Er verbietet dir, sie bis auf vereinbarte Treffen unter Aufsicht aus seiner Fürsorge zu entfernen. In ein paar Wochen wird es eine Anhörung dazu geben.«

Ich sah Idris an. »Mike will mir Becky wegnehmen!«

Er schüttelte den Kopf, sein Gesicht glühte vor Ärger. »Das werden wir nicht zulassen.«

Ich sah in Richtung unseres Hauses und sehnte mich plötzlich danach, Becky in den Armen zu halten. Wut trat an die Stelle meiner Angst.

»Du hast recht, er wird mir Becky *nicht* wegnehmen, dafür werde ich sorgen.«

»*Wir* werden dafür sorgen«, sagte Idris und griff nach meiner Hand, während die anderen sich nickend um uns scharten. »Du musst das nicht allein durchstehen, Selma«, sagte er und drückte meine Hand. »Du wirst nie wieder einsam sein.«

18

Becky

Becky sitzt allein im Bus und sieht aus dem Fenster, während sie die wunderschöne slowenische Landschaft in sich aufnimmt: die Reihen üppiger grüner Bäume auf den Bergen ringsum, die schönen Flüsse, die durch diese Berge fließen, das klare Wasser, das in der Nachmittagssonne funkelt. Sie sieht ein Paar mit einem Hund vorbeigehen, einem Welpen, der vor Aufregung ganz aufgedreht ist und seinen Besitzern um die Beine tanzt. Becky denkt an ihre Hunde zu Hause. Sie hat ein paar Tage mit ihnen verbracht und sich noch länger freigenommen. In diese Zeit fiel auch ihr fünfunddreißigster Geburtstag, aber sie hat ihn nicht groß gefeiert. Es ist ihr nicht richtig erschienen, so kurz nach dem Tod ihrer Mutter. Sie hat ganz einfach zusammen mit David im Garten zu Mittag gegessen, er hat ihr eine kleine Geburtstagskarte mit drei Lurchern überreicht, die über die Felder rennen. Er ist stiller gewesen als sonst und hat sie mit leicht verschleiertem Blick beobachtet. Manchmal hat er den Mund aufgemacht und wieder geschlossen, ohne ein Wort zu sagen. Sie hat gemerkt, dass er nicht mit ihrer Trauer umgehen konnte, aber das machte ihr nichts aus. Ihr war das Schweigen lieber als die erdrückenden Beileidsbekundungen, die sie in der Arbeit zu hören bekommen hatte.

Sie holt ihr Handy heraus und scrollt sich durch Fotos der Hunde. Dann springt ihr ein Foto von Kai mit Hannah und Ed ins Auge, eins der Selfies, die er ihr nach ihrer Abreise von den spanischen Höhlen gesimst hat. Sie haben E-Mail-Adressen ausgetauscht, als sie sich verabschiedet haben. Kai hat darauf bestanden, dass sie ihn über die »Schwesternsuche«, wie er es nennt, auf dem neuesten Stand hält. Becky lächelt vor sich hin, während sie sein breites Grinsen betrachtet.

Der Bus wird langsamer, als er sich einem langen weißen Gebäude nähert, das den Fluss überblickt. »Gut, Mum«, flüstert sie vor sich hin. »Schauen wir mal, welche Informationen uns der Besuch hier bringen wird.«

Es ist sehr gut möglich, dass nichts dabei herauskommt, das weiß sie. Doch Berenice war sich sicher, dass ihre Freundin ihr erzählt hatte, Idris sei nach Slowenien gegangen ... und dass eine Frau ihn darauf gebracht hatte, die als Führerin in diesen Höhlen arbeitete. Becky hat eine E-Mail an die Höhlenverwaltung geschrieben, aber keine Antwort erhalten. Als sie dort angerufen hat, konnte die Frau am Telefon nur gebrochen Englisch. Schließlich war Becky die Geduld ausgegangen, und sie hatte einen Flug gebucht. Sie würde ihr Erbe bald bekommen und wusste, ihre Mum würde es zu schätzen wissen, wenn sie es auf ihre Suche verwandte. Sie musste schließlich ihr Bestes geben.

Sie folgt den anderen Touristen zum weißen Gebäude der Höhlenverwaltung und atmet die frische, saubere Luft ein, während sie zu den Kiefern hochsieht. Slowenien fühlt sich so anders an. Spanien war heiß und staubig und laut. Hier ist es friedlicher, grüner und ruhiger.

Sie geht zum Informationsschalter, hinter dem ein Mann und eine Frau stehen.

»Ich weiß, es ist lange her, aber vor zwanzig Jahren hat hier eine Dame gearbeitet, die Darja hieß«, sagt sie und macht sich die Information zunutze, die Berenice ihr in Spanien gegeben hat.

Der Mann zuckt mit den Schultern. »Keine Ahnung, das ist zu lange her für mich.«

Die Frau neben ihm beugt sich vor und sieht Becky über ihre trendige schwarzrandige Brille hinweg an. »Meinen Sie Darja Krajnc?«

»Ihren Nachnamen kenne ich nicht«, gesteht Becky.

»Vielleicht ist es die Mutter meiner Freundin. Sie arbeitet noch manchmal hier.«

»Haben Sie ihre Kontaktdaten? Ich glaube, sie kannte meine Schwester, die ich finden möchte. Ich würde gerne mit Darja reden, wenn das möglich ist.«

»Ich rufe sie an«, sagt die Frau.

»Erwähnen Sie den Namen Idris. Wenn sie die richtige Darja ist, wird sie ihn kennen«, fügt Becky schnell hinzu.

Die Frau nickt, dann tätigt sie den Anruf. Sie trommelt auf die Theke, während das Telefon wählt. Jemand meldet sich, und die Frau sagt etwas auf Slowenisch, dann legt sie lächelnd auf.

»Darja ist in zwanzig Minuten hier. Sie klang *sehr* aufgeregt.«

Becky lächelt zurück. »Super.« Doch trotz allem spürt

sie eine gewisse Angst. Sie hat ihre Schwester in Spanien nicht gefunden – wer sagt ihr, dass sie sie hier finden wird?

Während sie wartet, schlendert sie zum Eingang der Höhle und späht hinein. Sie hat erwartet, dass es drinnen dunkel sein würde, und ist überrascht, wie ultramodern die Höhle ist. In einem Tunnel steht ein langer Zug. Haben Idris und Solar wirklich in dieser Höhle gelebt? Sie setzt sich auf eine nahe Bank, blickt in den Tunnel und versucht, sich die Möglichkeit vorzustellen.

Ungefähr zwanzig Minuten später nähert sich eine große Frau in den Fünfzigern mit langen, schnellen Schritten. Sie hat eindrucksvolle Züge. Die Führer zeigen auf Becky und die Frau kommt auf sie zu.

»Ich bin Darja«, sagt sie und streckt die Hand aus.

Becky schüttelt sie. »Becky. Vielen Dank, dass Sie so schnell gekommen sind.«

»Kein Problem, ich wohne nicht weit weg.«

»Sie kennen Idris? Haben Sie ihn gesehen?«

Becky schüttelt den Kopf. »Nein, tut mir leid.«

Darja lässt die Schultern hängen.

»Ich muss Ihnen das erklären«, sagt Becky. »Meine Mutter hat ihn gekannt.« Sie nennt Darja den Namen ihrer Mutter.

»Verstehe«, sagt Darja. »Idris hat oft von ihr gesprochen. Wie geht es ihr?«

Becky holt tief Luft. »Sie ist vor Kurzem gestorben. Es tut noch immer so weh, dass es sich gar nicht echt anfühlt.«

Darja legt ihr die Hand auf den Arm. »Das tut mir sehr leid. Kommen Sie, trinken wir einen Tee. Das mögt ihr Briten doch, nicht?«, sagt sie und zeigt auf ein kleines Café.

»Gerne.« Sie suchen sich einen Tisch in der Ecke, und Darja kommt ein paar Minuten später mit Tee und zwei Scheiben Kuchen zurück, der wie die braungelbe Version einer Biskuitroulade aussieht.

»*Potica*«, erklärt Darja. »Absolut köstlich.«

Becky beißt hinein und genießt den Geschmack von Nuss und Honig. »Danke, das *ist* wirklich köstlich.«

Doch Darja lässt ihren Kuchen stehen, beugt sich vor und sieht Becky in die Augen. »Hat Ihre Mutter erzählt, ob sie Idris in den vergangenen zwanzig Jahren gesehen hat?«

Becky schüttelt den Kopf. »Nein, das hat sie nicht.«

Darja lehnt sich auf ihrem Stuhl zurück und fährt sich mit den Fingern durch das kurze, dunkle Haar.

»Was ist los?«, fragt Becky.

»Er ist wenige Monate, nachdem wir hierhergekommen sind, verschwunden. Einfach so verschwunden. Ich bin eines Tages aufgewacht, und er und Solar waren weg. Er hat sich immer umgeschaut und hatte vor irgendjemandem Angst. Ich glaube, er hat schließlich eingesehen, dass sie besser alleine irgendwo hingehen.«

Beckys spürt ihren Herzschlag laut in den Ohren. »Er ist also wirklich zusammen mit Solar von hier weggegangen?«

»Ja.«

Becky seufzt. Sie bekommt die beiden einfach nicht zu fassen.

»Ist alles in Ordnung mit Ihnen?«, fragt Darja.

»Ich glaube, Solar ist meine Schwester, deshalb bin ich hier. Ich versuche, sie zu finden.«

»Oh, das erklärt, wer ihre Mutter war. Ich habe es vermutet, aber Idris mochte nicht darüber reden. Wir müssen die Vergangenheit hinter uns lassen, das sagten die Kinder des Flusses immer.«

»Die Kinder des Flusses?«

»So nannten wir uns.«

Becky runzelt die Stirn. Es kommt ihr verrückt vor. Für sie waren sie immer die »Höhlenbewohner«, wie die Lokalzeitung von Queensbay die Gruppe damals genannt hatte.

»Wie es aussieht, führt meine Spur ins Leere«, sagt sie.

»Keine Angst! Caden kann morgen vielleicht mehr dazu sagen, wo sie sich aufhalten.«

»Caden – bei diesem Namen klingelt etwas.«

»Er hat mit uns in der Höhle gelebt. Er hat gern Gitarre gespielt.«

Becky erinnert sich vage an einen dünnen Mann mit sonnenverbrannten Wangen und ungepflegtem Haar. »Wieso könnte er mehr wissen?«

»Er ist Ahnenforscher und kann Leute aufspüren und hat gesagt, dass er versuchen wird, Idris ausfindig zu machen. Morgen kommt er zur Hochzeit meiner Tochter.«

Becky lächelt. »Wie schön. Herzlichen Glückwunsch.« Becky nippt an ihrem Tee und geht verschiedene Möglichkeiten durch. »Meinen Sie, dass er vor der Hochzeit Zeit für ein kurzes Gespräch mit mir hat?«

»Warum kommen Sie nicht einfach auch zur Hochzeit?«

Becky schüttelt den Kopf. »Oh nein, ich will mich nicht aufdrängen.«

Darja beugt sich vor und greift nach Beckys Hand. »Bitte, meine Tochter würde sich sehr freuen, besonders wenn Sie Solars Schwester sind. Sie haben früher zusammen hier gespielt, hier in dieser Höhle.«

Becky zögert. Leute zu treffen, die Solar gekannt haben, richtig mit ihnen reden zu können … »Wenn Sie sicher sind …?«

»Ich hätte Sie nicht eingeladen, wenn ich nicht sicher wäre.«

Becky sieht in die Höhle. Die Realität trifft sie plötzlich mit voller Wucht. Gewöhnlich würde sie um diese Zeit schnell ein Sandwich vor ihrem nächsten Termin essen und ihre E-Mails checken. Doch jetzt ist sie in einem Land, in dem sie noch nie war, und hat gerade die Einladung zur Hochzeit einer Fremden angenommen, um mehr über ihre Schwester herauszufinden!

Sie holt tief Luft und wendet sich wieder Darja zu. »Dann haben Sie wirklich mit Idris hier gelebt? Wie haben Sie das geschafft, wo hier doch so viele Menschen die Höhlen besichtigen?«

»Es gibt auch geheime Höhlen. Wenn man sich so gut auskennt wie ich, ist es leicht, sich hier zu verstecken, wie Idris und ich das getan haben.« Ihre Stirn kräuselt sich leicht.

»Sie haben ihn geliebt«, sagt Becky leise.

Darja nickt. »Als er ohne ein Wort verschwunden ist, war ich untröstlich.« Sie fängt sich wieder und zuckt mit den Schultern. »Ach, was soll's, ich bin einfach eine sentimentale Frau mittleren Alters, die sich an eine alte Liebe erinnert. Wollen Sie sehen, wo wir gelebt haben?«

»Liebend gern.«

Darja sieht auf die Uhr. »Es ist bald Mittagszeit, da gibt es keine Touren, damit die Führer eine Pause haben. Da werden wir nicht von den Touristen gestört.«

Als die Führer zum Mittagessen gehen, führt sie Becky zu dem ultramodernen Zug. Becky setzt sich in den vordersten Wagen, Darja fährt.

»Halten Sie sich fest!«, ruft sie über die Schulter.

Der Zug ruckelt leicht, dann saust er durch einen engen, dunklen Tunnel, während Becky das Geländer fest umklammert hält. Sie kommen an Wänden aus gelbem Kalkstein vorbei, Becky sieht atemberaubende Stalagmiten aus dem Boden ragen und Stalaktiten von den enormen Decken hängen wie Kunst, für die die Zeit außer Kraft gesetzt ist. Sie betrachtet alles mit offenem Mund.

Als sie zu einer großen Höhle kommen, wird der Zug langsamer.

»Hier steigen wir aus«, sagt Darja. Sie führt sie durch eine Reihe von Höhlen, während Becky sich lächelnd umsieht. Alles ist riesig und wunderschön. Der Geruch von Feuchtigkeit dringt ihr in die Nase, und die kalte Luft lässt sie nach ihrem Kapuzenpulli greifen. Schließlich kommen sie zu einer Höhle mit einem Aquarium in der Mitte.

»Was ist denn das?«, fragt Becky.

»Das sind unsere schönen, kleinen Grottenolme«, sagt Darja und lächelt liebevoll.

»Ach ja, von denen habe ich gelesen.«

»Möchten Sie sie kurz sehen?«

»Ja, bitte!«

Becky schaut sich fasziniert die kleinen, aalähnlich geformten Tiere an. Sie haben kleine Finger und Zehen an ihren Beinen und gleiten im Wasser hin und her.

»Sie werden zweihundert Jahre alt, wussten Sie das?«, sagt Darja. »Und sie können bis zu *zwanzig Tage* ohne

Futter überleben. Wie Sie sehen, haben sich die Tiere an das Höhlenleben adaptiert. Und obwohl sie blind sind – wer muss schon in der Dunkelheit sehen? –, sind ihr Gehör und ihr Geruchssinn ungeheuer gut entwickelt. Mit uns würde das Gleiche passieren, wenn wir jahrzehntelang in Höhlen leben würden. Wir passen uns an unsere Umgebung an, nicht wahr?«

Becky sieht genauer hin, nimmt die wunderschöne durchscheinende Haut und die stecknadelkopfgroßen Augen wahr. »Ich verstehe, warum man sie als menschliche Fische bezeichnet. Ihre Haut ist wie Menschenhaut«, murmelt sie. »Aber wieso leben sie so lange, wo sie doch so klein sind? Gewöhnlich besteht eine Korrelation zwischen Körpergröße und Lebensdauer, sodass größere Wesen länger leben. Aber so kleine Lebewesen wie sie werden sonst nicht so alt.«

»Es ist ein Rätsel«, sagt Darja. »Sie haben hier keine Fressfeinde, bis aufeinander natürlich. Grottenolme sind dafür bekannt, dass sie sich gegenseitig fressen.«

»Ich denke, das gibt es überall in der Tierwelt.«

Darja nickt. »Und manchmal auch in der Menschenwelt.« Sie runzelt leicht die Stirn.

Becky legt vorsichtig ihre Finger aufs Glas und lächelt, als ein kleiner Grottenolm elegant vorbeigleitet.

»Ich sehe schon, Sie sind ein Fan.«

Becky lächelt. »Ich bin Tierärztin, Tiere üben also an sich schon eine gewisse Faszination auf mich aus.«

Darja schneidet eine Grimasse. »Autsch! Dann sollte ich Ihnen besser sagen, dass ich bei den Zahlen übertrieben habe. Grottenolme werden keine zweihundert Jahre alt, sondern hundert. Und die Anzahl der Tage, die sie ohne Futter auskommen können, liegt eher bei zehn.«

Becky lacht. »Warum die Lügen? Die Zahlen sind auch so äußerst beeindruckend.«

»Es ist ja eigentlich keine Lüge, nur eine kleine Übertreibung. Manchmal ist es schon ein wenig langweilig für uns Führer, wenn wir die gleiche Story immer wieder erzählen müssen.«

Becky denkt an ihre Mum und die Lügen, die sie um sich gesponnen hat. Hat sie aus Langeweile gelogen? Ihr Dad hat immer gesagt, ihr manipulativer Charakter sei schuld, doch dann erinnert sie sich, wie ihre Mum mit ihrer Sonnenbrille dagesessen und gegähnt hat, während sie ihren Drink trank. Das Alltagsleben war einfach zu banal für sie.

»Okay, hier verlassen wir den ausgetretenen Weg«, sagt Darja, holt ihr Handy heraus und leuchtet in die Ferne. Becky folgt ihr durch einen engen Gang, bis sie einen Luftzug spürt. Dann steht sie plötzlich in einer großen Höhle mit diversen Kalksteinsäulen, die vom Boden bis zur Decke reichen. Sie sieht wie ein riesiger Ballsaal aus der Steinzeit aus, Stalaktiten hängen wie Kronleuchter von der Decke.

»Unglaublich«, sagt Becky atemlos. Die Taschenlampe ihres Handys leuchtet Stücke der zerklüfteten Wände aus. Sie atmet den Geruch ein: Staub und Stein. Es ist ganz anders als in der Höhle in Kent. Dort roch es salzig und abgestanden. Diese Höhle fühlt sich riesig, unheimlich fremd und wundervoll an.

»Diesen Ort hatte damals noch niemand entdeckt … bis auf mich natürlich«, sagt Darja und zwinkert ihr zu. »Jetzt nutzt man ihn zu privaten Zwecken.«

»Ich kann nicht glauben, dass ihr hier gelebt habt.«

»Wir hatten viele Batterieleuchten. Haben mit dem Zug Matratzen hergebracht und sogar eine kleine Küche. Und man kommt leicht hinaus in die Berge«, fügt Darja hinzu und zeigt auf die Rückseite der Höhle. »Die trockenen Tage haben wir draußen verbracht. Es war perfekt, wirklich.«

»Wirklich?«, fragt Becky. »Auch für die Kinder?«

»Natürlich! Besonders die kleine Solar hat es geliebt. Sie hat darauf bestanden, direkt an der Höhlenwand dort drüben zu schlafen«, sagt Darja und zeigt auf einen Bereich links von Becky. »Sie hat ihr kleines Gesicht daran gedrückt wie an eine Schmusedecke.«

Becky geht hinüber und hockt sich hin. Der Boden ist hier leicht abschüssig, das Licht wirft silberne Schatten. Becky stellt sich eine Fünfjährige vor, die hier schläft.

Ihre Schwester.

Sie legt ihre Wange an die kühle Wand und schließt die Augen. »Wo bist du?«, flüstert sie.

Als sie die Augen wieder öffnet, schnappt sie nach Luft.

Ein Gesicht sieht sie an, die eine Seite ist weiß, die andere schwarz.

19

Becky

»Keine Sorge!«, sagt Darja, als Becky aufspringt und das Gesicht anstarrt. »Das ist nur eine von Idris' Malereien.«

Becky fährt sich erleichtert mit der Hand zur Brust. »Ich dachte, es wäre ein Mensch.«

Darja lächelt. »Es *ist* wirklich gespenstisch. Deshalb haben die Besitzer es wahrscheinlich auch so gelassen. Es trägt zur Atmosphäre der Events bei, die sie hier veranstalten. Alle anderen Malereien sind abgewaschen worden.«

Becky geht zu dem Gesicht hinüber. »Ich habe so was schon mal gesehen, in Idris' Höhle in Spanien. Warum hat er solche Gesichter gemalt?«

»Ich habe mich immer gefragt, ob es die Person war, vor der er weggelaufen ist.«

»Ja, Julien hat erwähnt, dass er immer über die Schulter zu gucken schien. Haben Sie eine Ahnung, vor wem er geflohen sein könnte?«

Darja schüttelt den Kopf. »Er hat nie darüber gesprochen. Ich weiß aber, dass es in Großbritannien Leute gab, die ihn gehasst haben, vor allem die Familien der Kinder des Flusses. Einige haben ihn sogar beschuldigt, uns des Geldes wegen zu benutzen.«

»Ja, ich erinnere mich an die Wut damals, obwohl ich noch jung war. Er hatte eindeutig Feinde.«

Darja seufzt. »Idris war kein einfacher Mensch, aber er war ein *guter* Mensch, müssen Sie wissen.«

Becky dreht sich zu ihr um. »Warum hat er dann meiner Mutter Solar weggenommen?«

»Ich weiß es nicht, aber er wird seine Gründe gehabt haben.« Darja sieht auf die Uhr. »Wir müssen zurück zum Zug. Tut mir leid, dass es nur ein kurzer Besuch war.«

»Das ist schon in Ordnung. Es war schön, diesen Ort zu sehen.«

»Sie können morgen mit Caden reden. Hoffentlich hat er ein paar Informationen ausgegraben.«

»Dann drücken wir mal die Daumen.« Becky sieht sich ein letztes Mal um, und ihre Blicke verweilen kurz bei der Malerei, dann folgt sie Darja zurück zum Zug.

Am nächsten Morgen streicht Becky das einzige Kleid glatt, das sie mitgebracht hat, während sie alleine in Darjas Wohnzimmer wartet. Es ist ein knielanges himmelblaues Wickelkleid, eher lässig als elegant, sie hatte schließlich nicht geplant, in Slowenien auf eine Hochzeit zu gehen. Darjas Haus ist groß und modern und liegt in einer Reihe von Doppelhäusern, die alle in einer geraden Linie stehen, die Berge im Hintergrund. Becky weiß nicht, was sie mit sich anfangen soll, während sie hier im Wohnzimmer einer Fremden steht, um an einer Hochzeit von Menschen teilzunehmen, denen sie noch nie begegnet ist. Dann hört sie

Gekicher von oben. Die Braut und ihre Schwester? Becky entspannt sich etwas. Sie klingen sympathisch.

Darja kommt mit einer älteren Frau herein, die ein wunderschönes kornblumenblaues Kleid trägt. Sie ähnelt Darja, trägt das dunkle Haar zu einem Knoten aufgesteckt und hat blaue Augen. Becky fällt auf, dass ihre Hände krumm sind und dass sie hin und wieder zusammenzuckt, als hätte sie Schmerzen.

»Ah, das ist also das britische Mädchen«, sagt die ältere Frau.

»Das ist meine Mutter«, erklärt Darja. »Sie lebt bei uns.«

»Ja, meine liebe Tochter kümmert sich um mich«, bestätigt die alte Dame und lächelt ihre Tochter an.

Schuld steigt in Becky auf, als sie daran denkt, dass ihre Mum all die Monate alleine gelitten hat. Wenn Becky das gewusst hätte, hätte sie dann trotz der Entfremdung zwischen ihnen alles aufgegeben, um sich um ihre Mutter zu kümmern?

Ja, natürlich hätte sie das.

Mehr Gelächter hallt von oben wider. Darja lächelt. »Sie sind sehr aufgeregt.«

»Das kann ich mir vorstellen«, sagt Becky. »Wie lange dauert es noch, bevor sie losmüssen?«

»Jurij müsste bald hier sein«, sagt Darja und sieht nervös auf die Uhr.

Becky runzelt die Stirn. »Jurij?«

»Der Bräutigam«, erklärt Darjas Mutter.

Becky runzelt die Stirn. »Der Bräutigam führt die Braut zu der Zeremonie? Das ist ja ganz anders, als wir es in Großbritannien machen.«

Darja lacht. »Hier ist vieles anders. Er hat einen ganz schönen Weg hinter sich zu bringen. Seine Freunde haben für ihn ein Hindernis aus Holz auf der Straße aufgebaut. Er muss bezahlen, damit sie ihn durchlassen, oder er muss es durchsägen. Wie ich Jurij kenne, wird er sich für Letzteres entscheiden, es kann also sein, dass wir eine Zeit lang warten müssen.«

»Ist das ein alter Brauch?«, fragt Becky.

»Ja. Er ist eigentlich fast ausgestorben, aber Alenka und Jurij lieben alte Bräuche. Nach der Hochzeit werden sie in einer Hütte im Wald leben, wissen Sie?«

Becky lächelt. »Das klingt perfekt.«

Das Gesicht der alten Frau verdüstert sich. »Diese beiden jungen Mädchen haben immer noch romantische Vorstellungen aus ihrer Zeit in der Höhle. Kannst du dir vorstellen, mit deinen Kindern in einer Höhle zu leben?«

Darja verdreht die Augen. »Nicht jetzt, *Mati*.«

Draußen hupt ein Auto. Darja hilft der zarten alten Frau auf, und alle begeben sich in die Diele, um ein schönes Mädchen in einem feinen grünen Kleid mit dunklen, hochgesteckten Haaren zu begrüßen.

»Das ist meine älteste Tochter, Branka«, sagt Darja.

Branka geht zu Becky und küsst sie auf beide Wangen. »Ich finde es schön, dass du hier bist. Danach werde ich *perfekt* Englisch sprechen. Meine Schwester Alenka ist auch begeistert, dass du da bist.«

»Ich fühle mich ein bisschen unwohl dabei, mich deiner Schwester an diesem besonderen Tag aufzudrängen«, sagt Becky.

»Sei nicht albern!«, antwortet Branka. »Wir sind schließlich alle Töchter des Flusses.«

Darjas Mutter schüttelt heftig den Kopf. »Unsinn.«

Becky lächelt. Sie mag die alte Frau.

Branka wendet sich an ihre Großmutter. »Komm, *Babika*! Jetzt bist du dran.«

Darja und Branka führen die Frau zur Tür, während Becky alles fasziniert beobachtet. Was haben sie vor? Hinter sich hört sie jemanden kichern. Sie dreht sich um und sieht eine große Frau in den Zwanzigern in einem wunderschönen Kleid aus weißer Seide und Chiffon um die Ecke schauen. Das muss Alenka sein, die Braut. Sie ist so wunderschön, so jung und aufgeregt, in ihrem unglaublichen Kleid.

Becky denkt an den Hochzeitstag ihrer Eltern. Sie hat Fotos davon gesehen, und nachdem ihre Mutter sie verlassen hatte, hat sie sie sich noch einmal genauer angesehen und versucht, die Traurigkeit in ihren Augen zu finden und Antworten, warum nach so vielen Jahren ihre Ehe zerbrochen war. Aber ihre Mum war immer eine Expertin darin gewesen, ihre Gefühle zu verbergen, sodass sie wie jede andere strahlende Braut ausgesehen hatte. Doch wenn Becky dabei gewesen wäre, hätte sie dann die Traurigkeit und die Frustration unter der Oberfläche brodeln gespürt wie in den späteren Jahren?

Während sie daran denkt, zwinkert die Braut Becky zu und legt den Finger auf die Lippen, bevor sie mit einem breiten Lächeln aus ihrem Blickfeld verschwindet. *Bei ihr ist alles echt*, denkt Becky.

Sie dreht sich wieder zur Haustür um, als zwei junge Männer in Anzügen hereinkommen. Sie haben einen Schleier, einen Strauß Rosen und einen langen weißen

Schal dabei und geben diese Gegenstände Darja und Branka, die schnell Darjas Mutter damit einkleiden. Dann kommt ein großer, braun gebrannter Mann mit muskulösen Armen herein. Der Bräutigam? Er lächelt wissend, als er Darjas Mutter ansieht und etwas auf Slowenisch sagt.

»Er sagt, dass seine Braut wunderschön aussieht«, erklärt Branka Becky, während sie auf ihre Großmutter zeigt und ihr zuzwinkert. »Sie wollen ihn glauben machen, dass *Babika* die Braut ist.«

Der Bräutigam beugt sich hinunter, um seine »Braut« zu küssen. Dann zögert er und sagt etwas auf Slowenisch.

»Oh nein, er hat es durchschaut!«, flüstert Branka. »Jetzt muss er seinen Freunden Geld geben, damit er die *richtige* Braut sehen darf.«

Das Geld wechselt den Besitzer, und der Bräutigam wird endlich zur richtigen Braut vorgelassen. Als Alenka herauskommt, erstarrt ihr Bräutigam regelrecht mit weit aufgerissenen Augen. Sie beißt sich schüchtern auf die Lippe, als ihre Schwester sie zu ihm führt. Becky fallen die Tränen in Brankas Augen auf, wie sie ihre jüngere Schwester mit so viel Liebe und Stolz ansieht. Sie denkt an Solar. Ist sie verheiratet? Und wenn ja, hat sie sich gewünscht, dass ihre Schwester dabei gewesen wäre? *Weiß* sie überhaupt, dass sie eine Schwester hat?

Becky verspürt plötzlich Wut auf ihre Mutter. Wenn Solar verheiratet ist, hat sie Becky die Gelegenheit genommen, bei der Hochzeit ihrer Schwester zugegen zu sein, wie Branka es bei der Hochzeit ihrer Schwester ist. Aber war es wirklich der Fehler ihrer Mum? Idris hat Solar schließlich mitgenommen, zumindest hat ihre Mum ihr das so erzählt.

Aber ihre Mum war auch eine Meisterin der Lüge und des Betrugs, wie in dem Spiel, das eben bei dieser Hochzeit hier aufgeführt worden ist.

Sie fühlt sich schuldig, dass sie das überhaupt denkt, und hätte am liebsten einen frustrierten Schrei ausgestoßen. Da sind so viele verwirrende Gefühle, was ihre Mum angeht. Plötzlich sehnt sie sich nach der Besonnenheit ihres Vaters. Mit ihm ist immer alles einfach.

Während die anderen die Baut mit großem Hallo zum Auto geleiten, entfernt Becky sich leise, um zu telefonieren.

Ihr Vater meldet sich sofort. »Alles in Ordnung, Liebes?«, fragt er.

»Ich musste nur mal deine Stimme hören.«

»*Ist* auch wirklich alles okay, Becky?«, fragt er erneut. Seine Stimme klingt besorgt.

»Natürlich. Ich habe nur … ich schätze, ich fühle mich ein bisschen einsam hier, das ist alles.«

»Na schön, aber jetzt bin ich ja da. Nicht physisch zwar, aber du kannst meine alte Stimme hören. Hast du schon was erreicht?«

»Noch nicht. Aber ich hoffe, dass ich noch mit jemandem sprechen kann, der in den Höhlen gelebt hat. Ich halte dich auf dem Laufenden.«

Ihr Vater hört das Lachen im Hintergrund.

»Wo um alles in der Welt bist du?«, fragt er.

»Ich bin auf einer Hochzeit. Die Braut und ihre Schwester sind *sehr* aufgeregt.«

Ihr Dad schweigt.

»Dad?«, fragt Becky.

»Ich stelle mir vor, dass du gerade denkst, wie es wäre, auf der Hochzeit deiner eigenen Schwester zu sein«, sagt er.

Becky lächelt. »Du kennst mich gut, Dad.«

»Vielleicht bekommst du ja die Gelegenheit, Becky. Oder sie bekommt die Gelegenheit, *dich* heiraten zu sehen.«

Sie seufzt. »Zuerst muss ich sie finden.«

»Du klingst müde.«

»Das bin ich auch. Ich muss wirklich bald irgendetwas in Erfahrung bringen, sonst komme ich nach Hause.«

»Vielleicht ist das ohnehin eine gute Idee, Becky. Du hast dich so angestrengt, du warst schon in zwei Ländern! Wenn die Spur kalt ist, ist sie kalt. Du kannst zurückschauen und dir sagen, dass du alles versucht hast. Und ich kann zurückschauen und daran denken, wie stolz ich auf dich bin.«

Becky nickt. »Du hast recht.«

Doch als sie zu den kichernden Schwestern schaut und sieht, wie Branka sich abmüht, das Hochzeitskleid ihrer Schwester in das kleine Auto zu schieben, sehnt sie sich mehr denn je danach, ihre Schwester zu finden.

Ein paar Stunden später steht Becky im Garten des schönen Hotels, in dem die Hochzeit stattfindet, und ist von gut gekleideten slowenischen Hochzeitsgästen umgeben. Sie sieht wieder auf ihr Wickelkleid hinunter und hat das Gefühl, hier völlig fehl am Platz zu sein. Schon bei der Trauung hat sie sich so gefühlt. Es war wunderschön und die Liebe zwischen Braut und Bräutigam offensichtlich. Doch sie hat den Wunsch in Becky geweckt, selbst jemanden zu haben, nicht nur wegen der Romantik, sondern wegen der Kameradschaft.

Becky trinkt einen Schluck Wein und schaut auf die Uhr. Sie will unbedingt mit Caden reden, hören, ob er weiß, wo Solar sein könnte. Doch hier sind so viele Männer, wie soll sie ihn erkennen? Die Braut kommt auf sie zu, die Wangen vom Champagner gerötet.

»Herzlichen Glückwunsch«, sagt Becky. »Du siehst umwerfend aus. Ich hoffe, du hast nichts dagegen, dass ich einfach so hereingeplatzt bin?«

»Hereingeplatzt wohl kaum!«, sagt Alenka und berührt Beckys Arm. »Deine Schwester und ich haben uns sehr nahegestanden, als wir klein waren.«

»Wie war sie?«

Alenkas Gesicht leuchtet auf. »Es hat riesigen Spaß gemacht, mit ihr zusammen zu sein. Ich war erst sechs, aber ich erinnere mich noch, wie wild sie war.«

»Wild?«

»Ja! Als wir in den Höhlen gelebt haben, hatten wir Kinder sehr viel Freiheit.« Sie runzelt leicht die Stirn. »Aber es gab dennoch Gefahren, man konnte sich verlaufen, fallen, etwas essen, das man besser nicht essen sollte. Unsere Eltern haben uns immer im Auge behalten. Aber Idris war zu beschäftigt, zu sehr in seine eigenen Angelegenheiten vertieft, um wirklich auf Solar aufzupassen. Eines Nachts, als es besonders warm war, hat sie sogar alleine draußen in den Bergen geschlafen, kannst du dir das vorstellen? Mit sechs!«

Becky runzelt ebenfalls die Stirn. »Das ist nicht gut«, sagt sie und fühlt sich verantwortlich für die Schwester, die sie nie kennengelernt hat.

Alenka seufzt. »Nein, das ist nicht gut. Mutter hat

versucht, ein Auge auf sie zu haben, aber das konnte sie nicht mehr, als Idris mit ihr fortgegangen ist. Sie hat eine Weile gebraucht, um damit fertigzuwerden. Nicht nur damit, dass Idris nicht mehr da war, sondern auch mit ihrer Sorge um sein Kind, vor allem, als ich ihr von den seltsamen Bildern erzählt habe, die Solar immer gemalt hat.«

»Was für Bilder?«

Alenka trinkt einen Schluck Champagner und schüttelt den Kopf. »Ein Bild nach dem anderen von einer böse aussehenden Person, wie eine Hexe oder ein Zauberer mit gezackten Zähnen. Sie hat mir immer gesagt, dass das die Person mit dem bösen Blick sei, die versuchte, uns alle zu holen. Ich hatte Albträume davon! Mutter hat mir natürlich gesagt, dass das Unsinn ist, aber wir wussten schließlich alle, dass Idris vor jemandem davonlief. Vielleicht *gab* es ja wirklich irgendeine böse Person?«

Becky denkt an das Bild, das sie am Vortag gesehen hat. Wer *war* nur diese Person, vor der Idris auf der Flucht war?

»Caden!«, ruft Alenka plötzlich.

Becky folgt ihrem Blick und sieht einen kleinen, schlanken Mann mit dunklem Bart in einem modischen braunen Anzug näher kommen.

»Komm«, sagt Alenka und winkt ihn herüber. Er zieht sich einen Stuhl heran und gesellt sich zu ihnen, während er Becky anlächelt. »Das ist die Frau, von der ich dir erzählt habe, Caden«, erklärt Alenka, als sie aufsteht. »Kann ich euch beide alleine lassen? Ich muss noch zehn Millionen Gäste begrüßen.«

»Natürlich«, sagt Becky.

Caden streckt Becky die Hand hin. »Schön, dich

kennenzulernen. Ich mochte deine Mum sehr, und es hat mir leidgetan zu hören, dass sie gestorben ist.«

»Danke. Ich bin noch nicht ganz darüber hinweg«, sagt Becky.

»Natürlich nicht. Es ist ja erst ein paar Wochen her.«

Sie schweigen eine Weile, dann erinnert sich Becky daran, weshalb sie hier ist. »Darja hat mir gesagt, dass du auch eine Weile hier in den Höhlen gelebt hast?«

Er nickt. »Es kommt mir inzwischen so lange her vor. Mir hat Spanien am besten gefallen – das war wie Dauerferien. Viel Sangria und schöne spanische Mädchen.« Becky runzelt die Stirn, und er lacht. »Aber diese Tage liegen schon lange hinter mir. Heute habe ich drei Kinder. Ich bin froh, dass ich es überwunden habe, obwohl es eine gute Art war, ein gebrochenes Herz zu kurieren.«

»Du hattest ein gebrochenes Herz?«

Er seufzt. »Ja, von einem Mädchen namens Oceane. Sie hat auch in den Höhlen von Queensbay gelebt. Ich bin schon mit ihr zur Schule gegangen und ihr in die Höhlen gefolgt. Sie hat die Gruppe aber verlassen, bevor wir nach Spanien gegangen sind, und seitdem habe ich nichts mehr von ihr gehört. Es ist schade, sie hätte Spanien geliebt. Aber Slowenien nicht«, fügt er mit einem Stirnrunzeln hinzu. »Hier herrschte einfach eine andere Atmosphäre. Alle waren weniger sorglos, Idris war nervös. Mir begann langsam klar zu werden, wie viel ich verpasst hatte.«

»Zum Beispiel?«

»Die Universität.«

»Ich denke, du hast dich sehr gut geschlagen.«

»Ich konnte das meiste nachholen, als ich von hier aus

nach Großbritannien zurückgekehrt bin, nachdem Idris und Solar gegangen waren. Ein Lob auf die Fernuniversität. Ich habe dort meinen Master in Geschichte gemacht, während ich parallel dazu in einem Museum gearbeitet habe. Ohne diesen Abschluss hätte ich meinen jetzigen Job nicht bekommen. Denn trotz allem Spaß, den das Leben in den Höhlen bereithielt, ist es einem Studium nicht gerade förderlich. Und ich bin immer ein neugieriger Mensch gewesen.«

Becky fragt sich, wie es gewesen wäre, wenn sie mit ihrer Mum in der Höhle gelebt hätte. Wäre sie dann auch Tierärztin geworden? Vielleicht, aber wohl später, wie Caden. »Darja hat gesagt, dass Idris ohne ein Wort des Abschieds gegangen ist«, sagt sie.

Caden nickt. »Ich erinnere mich an den Morgen, an dem wir aufgewacht sind und festgestellt haben, dass sie weg waren«, sagt er seufzend. »Vor allem Donna war am Boden zerstört. Sie und Idris haben sich sehr nahegestanden. Wir haben seitdem weder etwas von ihm gehört noch ihn gesehen.« Caden trinkt einen Schluck Wein.

»Ich konnte nur kurz mit Darja reden, aber sie hat gesagt, dass sie dich gebeten hat, Idris ausfindig zu machen?«

»Das ist richtig. Mit ihm hatte ich kein Glück, aber ich habe ein paar Informationen zu Solar gefunden.« Er stellt sein Glas auf den Tisch, zieht einen Ausdruck aus der Tasche und gibt ihn Becky. Sie faltet die Seite auseinander und hat einen Artikel auf Russisch vor sich, der von März 2015 stammt. Darin ist ein Foto von einer jungen Frau, die lächelnd eine Trophäe hochhält. Darunter sieht Becky zwischen all den russischen Wörtern ein vertrautes Wort: *Solar*.

»Kein sehr russischer Name«, sagt Caden. »Ich bin dar-übergestolpert, als ich weltweit nach Höhlen gesucht habe. Ich wusste, dass Idris eine Vorliebe für Höhlen hatte, und fand es plausibel, dass er sich eine neue gesucht hat. Ich er-innerte mich auch, dass er einmal davon gesprochen hat, er habe die trockenen Höhlen satt und sehne sich nach Eis.« Er runzelt die Stirn. »Irgendetwas davon, dass er die Atmo-sphäre eines Buchs, das er einmal gelesen hatte, nachbilden wollte, mit Schnee und Wäldern.«

»Das Buch meiner Mum.« Obwohl ich keins von ihren Büchern gelesen hatte, wusste ich, wovon sie handelten. Meine Mum hatte in den Jahren, in denen wir uns noch trafen, oft von den Werken gesprochen, an denen sie ge-rade arbeitete. Es war eins der wenigen Themen gewesen, über die sie gerne mit mir zu sprechen schien. Als würde sie glauben, dass ihr Schreiben uns irgendwie miteinander verband – dabei machte ich es dafür verantwortlich, dass sie uns verlassen und in einer Höhle gelebt hatte!

Caden nickt. »Ja. Natürlich. Jedenfalls stieß ich bei mei-nen Recherchen auch auf die Kungar-Eishöhlen in Russ-land. Und auf den Artikel bin ich gestoßen, als ich die Stich-worte Höhlen und *britischer Künstler* eingegeben habe. Das heißt, ich stieß auf Solar, denn Idris wird nicht erwähnt.«

Becky studiert das Foto. Solar hat helle Haare, ist schön … sie sieht glücklich aus. »Weißt du, was in dem Artikel steht?«

»Ich habe ihn übersetzen lassen«, antwortet Caden. »So-lar hat einen Preis für eins ihrer Kunstwerke gewonnen. In dem Artikel steht, dass sie Britin ist und mit ihrem russischen Ehemann in der Nähe der Höhlen lebt. Und noch etwas Interessantes: Die Kungar-Eishöhlen sollen sie zu dem Kunstwerk inspiriert haben. Sie hat dort viel Zeit verbracht.«

»Glaubst du, dass sie und Idris dort gelebt haben?«

Caden lächelt. »Das hier habe ich auch noch gefunden.«

Er reicht ihr einen weiteren Ausdruck. Es ist eines von Idris' charakteristischen Gemälden, ein bedrohliches schwarzweißes Gesicht. »Der ist von einem Online-Foto, das ein Höhlenkletterer in einer der verbotenen Höhlen gemacht hat.«

Becky denkt an eine junge Solar, die allein mit Idris in dieser Eishöhle ist und sich vor der Person fürchtet, vor der er flüchtet – wer immer das ist. Becky sieht wieder auf das Foto. Solar *schien* jedoch glücklich zu sein, niedergelassen mit einem Ehemann, ohne Angst.

Ihr Herz beginnt, heftig zu schlagen. »Der Artikel über sie ist drei Jahre alt. Glaubst du, dass sie noch in Russland lebt, in derselben Gegend?«

»Keine Ahnung«, antwortet Caden. »Ich habe versucht, sie ausfindig zu machen, weil der Name ziemlich unverwechselbar ist, doch die Spur hat sich verlaufen. Vielleicht ist sie umgezogen?«

Soll Becky nach Russland reisen? Oder geht das zu weit? Wie lange will sie mit dieser Suche weitermachen? Und vielleicht will Solar ja gar nicht, dass irgendeine Frau aufkreuzt und behauptet, ihre Schwester zu sein?

Vielleicht wäre sie aber auch begeistert.

Es gibt nur eine Möglichkeit, das herauszufinden.

Becky holt tief und entschlossen Luft. »Sieht ganz so aus, als würde ich nach Russland reisen.«

Caden runzelt die Stirn. »Du willst dorthin fliegen?«

»Ich muss. Ich will später einmal nicht bereuen müssen, dass ich nicht alles versucht habe. Selbst wenn ich nur die Höhle besuche, in der sie als Kind gelebt hat, habe ich das Gefühl, ihr nahe zu sein.« Sie schüttelt den Kopf. »Mein Gott, das klingt furchtbar sentimental.«

»Nein, ich verstehe das. Ich habe auch eine Schwester. Die Bindung ist immer da, selbst wenn du den anderen nur selten siehst. Aber«, fügt er mit einem Stirnrunzeln hinzu, »wenn du die Höhle besuchen willst, wo Idris' Malerei gesichtet wurde, könnte das schwierig werden. Sie ist in einer der Höhlen aufgenommen, die der Öffentlichkeit nicht zugänglich sind. Du kommst nur mit jemandem hinein, der dort arbeitet.«

Becky denkt darüber nach. »Oder mit einem Höhlenkletterer?«

Caden zuckt mit den Schultern. »Das könnte klappen.«

Sie lächelt. »Dann kenne ich den Richtigen.«

20

Selma

Ein paar Tage nachdem ich die Verfügung bekommen hatte, betrat ich einen kleinen Gerichtssaal. Nach meiner Zeit in der Höhle fühlte er sich sehr fremd an. Er war so fade, so leblos. Genau wie Mike in seinem grauen Anzug: Er saß locker, weil er abgenommen hatte. Ich empfand leichte Schuldgefühle, ihn so zu sehen, doch dann erinnerte ich mich daran, wie es sich angefühlt hatte, diese kalte, unmissverständliche Sorgerechtsverfügung zugestellt zu bekommen. Er gab mir nicht einmal die Chance, genauso viel Zeit mit meiner Tochter zu verbringen wie er. Er wollte sie ganz für sich, führte seine Besorgnis an, ich könnte Becky entführen. Ich hätte mich immer noch treten können für meine dumme Bemerkung, dass er sie nicht die ganze Zeit unter Aufsicht halten konnte. Zweifellos hatte er sich daran aufgehängt und gedacht, ich könnte sie kidnappen. Meine eigene Tochter!

Mikes Anwalt blickte kurz auf, als ich vorbeiging. Ich erkannte einen von Mikes Fußballkumpels. Seine Augen wurden bei meinem Anblick ganz groß. Ich blickte an mir hinunter. Hatte ich mich in der kurzen Zeit wirklich so verändert? Meine Handgelenke sahen gegen meine weiße Bluse sehr stark gebräunt aus, und ich spürte mein langes Haar, das mir offen auf den Rücken fiel. Die Bluse fühlte sich kratzig auf der Haut an, da ich immer nur Sommerkleider getragen hatte. Und normalerweise hätte ich vor Gericht das Haar nicht offen getragen.

Offenes Haar. Dunklere Haut. Eine tiefere innere Zufriedenheit? Trotz des schrecklichen Morgens, an dem ich die Verfügung von Mike bekommen hatte, waren die vergangenen Tage relativ ruhig verlaufen. Idris hatte mich davon überzeugt, dass ich nicht viel tun konnte, und er hatte recht. Also hatte ich mich ins Schreiben gestürzt und fast ein Drittel des Romans in nur knapp zwei Wochen fertiggestellt! Allein der Gedanke daran begeisterte mich, als ich im Gerichtssaal stand. Ich *wusste*, dass das außergewöhnlich war, und Mike würde keine Argumente mehr haben, wenn ich mit meinem Buch Erfolg hatte.

Ich setzte mich auf den Platz neben Mike und seinem Anwalt. Mike hustete, trank einen Schluck Wasser und sah mich über sein Glas hinweg an. Ich lächelte. Ich würde mich nicht auf sein Niveau hinabbegeben. Er runzelte die Stirn und wandte sich ab.

Der Richter trat ein, und die Verhandlung begann. Zunächst kam nichts Neues, nur eine Bestätigung der Sorgerechtsverfügung und ob sie aufrechterhalten werden sollte. Ich spürte einen Hoffnungsschimmer, doch dann erwähnte Mikes Anwalt, dass ich an jenem Abend gedroht hätte, Becky zu entführen. Becky habe das bezeugt und bestätigt. Ich war schockiert. Warum hatte Becky nicht einfach gelogen? Sie war doch bestimmt alt genug, um zu wissen, welche Folgen das haben würde – es könnte bedeuten, dass sie ihre Mum nicht mehr sehen durfte.

Dann erhielt meine Anwältin das Wort. Ich mochte sie. Julien hatte sie empfohlen, und sie war überraschend jung, vielleicht Mitte zwanzig, und lächelte permanent. Sie war von der Höhle begeistert gewesen, als sie vorbeigekommen war, um alles mit mir durchzugehen, und das hatte mich für sie eingenommen, vor allem ihr informelles Auftreten. Doch als sie jetzt aufstand, hatte sie einen stählernen Blick und ich sah, dass sie vor Gericht eine andere war.

Gut. Ich wollte, dass Mike seine Lektion lernte.

»Meine Mandantin bestreitet vehement, damit gedroht zu haben, ihre eigene Tochter zu entführen«, sagte meine Anwältin, »und da es sich bei der einzigen Zeugin um ein sehr verwirrtes achtjähriges Kind handelt, ist sie sehr überrascht, dass diese Sache vor Gericht überhaupt zur Sprache kommt.«

Mike sah überrascht zu mir herüber. »Du *hast* genau das gesagt, Selma, und das weißt du verdammt noch mal sehr gut!«, schrie er.

Der Richter sah ihn scharf an, und Mikes Anwalt legte sanft eine Hand auf den Arm seines Mandanten. Mike sah mich weiter an. Ich entschloss mich, einfach zurückzulächeln, was ihn offenbar nur noch wütender machte.

Gut so. Ich wollte, dass er vor dem Richter schlecht dastand. Was er zu tun versuchte, war abscheulich. Mich und meine Tochter auseinanderzubringen!

»Meine Mandantin will lediglich zu einer angemessenen Vereinbarung über ein gemeinsames Sorgerecht für die gemeinsame Tochter kommen«, fuhr meine Anwältin fort,

»was im Hinblick auf das Kindeswohl idealerweise durch eine Mediation erreicht werden könnte. Sie ist schockiert und traurig, dass das Ganze zu einer Situation eskaliert ist, die dazu führen könnte, dass sie ihre Tochter überhaupt nicht mehr sehen darf.«

Der Richter sah Mike an. »Das scheint mir ein vernünftiger Vorschlag zu sein. Können wir uns darauf einigen, eine Mediationssitzung anzusetzen?«

»Nein«, sagte Mike. »Sie hat gedroht, unser Kind zu entführen!«

»Das habe ich nicht«, sagte ich einfach. »Ich schwöre, dass ich das nicht gesagt habe.«

»Nun, ich weigere mich, mich auf eine Mediation einzulassen«, sagte Mike mit verschränkten Armen. »Sie kennen meine Frau nicht so, wie ich sie kenne. Man kann ihr nicht ein Wort glauben.«

Der Richter seufzte. »Ich habe alle Unterlagen gelesen und die Beweise gehört und tendiere dazu, Mrs. Rhys' Anwältin zuzustimmen, dass sie *kein* Entführungsrisiko darstellt.«

Mike schüttelte ungläubig den Kopf. Ich hätte am liebsten vor Freude in die Luft geboxt, beherrschte mich aber.

»Ich mache mir jedoch Sorgen«, fügte der Richter hinzu und sah mich an, »dass für ein gemeinsames Sorgerecht Ihre derzeitigen Wohnverhältnisse nicht angemessen sind. Deshalb werde ich während der Zeit der Mediation und der im Voraus zu vereinbarenden Besuche von Mutter und Tochter, auf denen ich bestehe«, sagte er und sah Mike mit hochgezogenen Brauen an, »das Jugendamt beauftragen, einen Bericht über die Wohnverhältnisse beider Parteien im Hinblick auf das Kindeswohl zu erstellen. Darüber wird in einer weiteren Verhandlung vor einem anderen Gericht in zwölf Wochen verhandelt. Bis dahin wird es keine Übernachtungen in der Höhle geben, Mrs. Rhys. Haben Sie das verstanden?« Ich nickte widerwillig und versuchte, meine Enttäuschung zu verbergen. »Gut, dann treffen wir jetzt die Besuchsvereinbarungen für diese Interimsperiode.«

Mikes Kiefer waren angespannt, als sein Anwalt ihm etwas ins Ohr flüsterte. Dann seufzte er und nickte. In den nächsten zehn Minuten stimmten sie zu, dass Becky mich dreimal die Woche an vorher vereinbarten Orten sehen würde. Es war nicht ideal, aber es war immerhin etwas.

Als ich zurück zur Höhle ging, fühlte ich mich voller Energie. Mike versuchte, es mir so schwer wie möglich zu machen, doch das Gericht war offensichtlich vernünftig. Trotzdem war ich verärgert, dass es überhaupt so weit gekommen war. Wenn Mike einfach den Mund gehalten hätte, hätten wir zu einer Vereinbarung kommen können, ohne Becky in das ganze Drama hineinzuziehen. Und Mike sagte immer, *ich* wäre eine Dramaqueen! War er nicht derjenige, der mich vor die Tür gesetzt und mir dann eine Verfügung hatte zustellen lassen? Wenn irgendjemand seine Familie auseinanderriss, dann er.

Als ich mich der Höhle näherte, war ich überrascht, niemanden draußen zu sehen. Es war fast sechs, und gewöhnlich versammelten sich vor dem Essen alle am Feuer. Ich hatte das Klimpern von Cadens Gitarre erwartet, das Lachen von Oceane, das Klirren von Glas.

Aber da war nichts.

Ich runzelte die Stirn und eilte weiter. Als ich die Höhle

betrat, spürte ich eine unglaubliche Energie in der Luft, so intensiv, dass ich auf der Stelle stehen blieb.

Alle saßen am Esstisch, die Hände ineinander verschlungen, die Augen geschlossen, selbst der kleine Tom. Am Kopfende saß Idris mit ernstem Gesicht.

Als er die Augen öffnete, sah er direkt in meine. Ich spürte, wie mein Magen in Schräglage geriet.

»Sie ist zurück«, sagte er. Alle anderen öffneten ebenfalls die Augen, streckten sich und lächelten.

»Was habt ihr gemacht?«, fragte ich und setzte mich, während Donna aufstand und mir einen Gin eingoss.

»Wir haben unsere Energien auf dich konzentriert«, erklärte Idris. »Wir haben versucht sicherzustellen, dass dein Gerichtstermin gut verläuft.«

Ich lächelte. Ja, es hatte alles ein bisschen was von Hokuspokus. Aber es war lieb von ihnen. Deshalb hielt ich mich mit einer zynischen Antwort zurück. »Danke«, sagte ich stattdessen. »Ich glaube, es hat funktioniert.«

Oceanes Augen leuchteten auf. »Was ist denn passiert?«

»Mike ist ausgerastet«, sagte ich und nahm dankend den Gin, den Donna mir reichte. »Er ist richtig wütend geworden. Der Richter war *nicht* gerade begeistert.«

»Ja!«, sagte Tom und boxte in die Luft.

Alle lachten.

»Und wie geht es jetzt weiter?«, fragte Idris.

Ich drehte mich zu ihm. »Das Jugendamt erstellt einen Bericht, der in zwölf Wochen vorgelegt wird. In der Zwischenzeit kann ich Becky an drei Tagen die Woche sehen.« Ich seufzte. »Sie darf allerdings nicht hierherkommen.«

Idris runzelte die Stirn. »Das ist schade.«

»Heißt das, dass das Jugendamt hierherkommt?«, fragte Donna. Sie sah mit einem Mal ängstlich aus, während sie zu Tom schaute.

Idris legte ihr eine Hand auf den Arm. »Alles wird gut.«

Donnas Gesicht entspannte sich. »Ja, alles wird gut«, wiederholte sie plötzlich beruhigt und entspannt, fast als hätte man sie hypnotisiert.

»Ich weiß, dass ich euch viel zumute«, sagte ich seufzend. »Es ist nicht schön, wenn Fremde ihre Nase überall in euer Zuhause stecken.«

»In unser Zuhause«, sagte Anita und lächelte mich an.

»Aber es ist nötig«, sagte Idris mit fester Stimme. »Wir sind jetzt eine Familie, wir *alle*.«

»Die Kinder des Flusses«, fügte Donna lächelnd hinzu.

Ich runzelte die Stirn. »Die Kinder des Flusses?«

»Das ist mir zugeflogen, als ich vorhin im Fluss war«, erklärte Idris. »So werden wir uns nennen.«

»Okay, aber sagt das nicht vor dem Jugendamt«, bat ich mit einem nervösen Lachen. »Sie denken sonst, wir sind eine Sekte und lassen Becky auf keinen Fall hierbleiben.«

Maggie verdrehte die Augen. »Eine Sekte? Also ehrlich. Als ich vorhin einkaufen war, habe ich ein paar gelangweilte Hausfrauen über uns reden hören. Ihrer Meinung nach haben wir uns in diese Höhle verkrochen und vergiften einander, um in einen ganz besonderen, aus Höhlen bestehenden Himmel zu kommen.«

Alle lachten. Doch als ich sah, wie Donna bewundernd zu Idris aufblickte, fragte ich mich, ob das Sektenelement auf einige in der Gruppe nicht doch zutraf. Dann schüttelte ich den Kopf. Wenn das so war, war es nicht Idris' Schuld, sondern Donnas. Sie wollte sich einfach an jemanden oder an etwas klammern.

»Ich habe eine Idee«, sagte Idris und klatschte in die Hände. Alle verstummten. »Ich finde, wir alle sollten unsere Energien darauf verwenden, die Höhle vor dem Besuch des Jugendamts so kinderfreundlich wie möglich zu machen. Ich möchte euch alle bitten, eure individuellen Projekte vorübergehend auf Eis zu legen.« Alle lächelten, doch mir fiel auf, dass Donna die Stirn runzelte. »Ich glaube, wenn wir alle zusammenarbeiten, können wir die Höhle zu einem Kinderparadies für Becky machen und für *jedes* Kind, das hier lebt.«

»Bist du sicher?«, fragte ich. Ich wollte niemanden von seiner Arbeit abhalten.

»Natürlich!«, sagte Idris und alle nickten … bis auf Donna.

»Du weißt nicht, wie viel mir das bedeutet, Idris.« Spontan fiel ich ihm um den Hals. Sein Geruch überwältigte mich und das Gefühl, ihn in den Armen zu halten, ihn so nah zu spüren, sein weiches Haar auf meinen Lippen. »Danke«, flüsterte ich ihm ins Ohr. »Vielen Dank, dass du das für mich tust.«

Er sah mich an und schien von Gefühlen überwältigt.

Alle um uns herum zogen sich zurück, als würden sie spüren, dass wir etwas Zeit alleine brauchten.

»Danke«, sagte ich. »Danke, danke, danke.«

»Das hast du schon mal gesagt«, sagte er lachend. »Aber ich habe gar nichts gemacht.«

»Du hast *alles* gemacht. Dieser Ort hat alles gemacht! Ich habe Worte eines Romans geschrieben, von denen ich nicht gedacht hätte, dass sie jemals das Licht der Welt erblicken würden.« Ich hielt inne und versuchte die richtigen Worte zu finden. »Dieser Ort hat mich *befreit*. Mein ganzes Leben hat sich wie ein Wartesaal angefühlt. Aber jetzt bist du angekommen, jetzt bin *ich* angekommen.«

»Und wenn ich derjenige gewesen bin, der gewartet hat?«, murmelte Idris. »Wenn du diejenige bist, die für mich angekommen ist?«

Seine Blicke wanderten zu meinen Lippen, und ich spürte, dass sich mein Herzschlag dem dumpfen Schlagen der nahen Wellen anpasste. Plötzlich wusste ich, dass ich ihn in genau diesem Moment küssen könnte. Vielleicht war es der Gin, den ich so schnell hinuntergestürzt hatte, vielleicht war es das gute Gefühl, dass alle mich unterstützten, oder vielleicht war es auch einfach nur die chemische Reaktion darauf, ihm so nahe zu sein. Das Bedürfnis, meine Lippen auf seine zu drücken, überwältigte mich, und es war mir egal, ob jemand der anderen es sah. Sie hielten sich sowieso nicht an die normalen gesellschaftlichen Regeln, davon redeten sie doch die ganze Zeit.

Ich stellte mich auf die Zehenspitzen, und Idris bewegte seine Lippen auf meine zu …

»Idris, können wir uns kurz unterhalten?« Donna stand plötzlich neben ihm und zog an seinem Arm. Ich hatte nicht mitgekriegt, wie sie gekommen war.

Er drehte sich lächelnd zu ihr um. »Natürlich.«

Ich spürte Frustration in mir aufsteigen. Er war so schnell bereit, den anderen nachzugeben, selbst in einem so besonderen Moment.

»Wie kann ich dir helfen?«, fragte er Donna.

»Können wir uns alleine unterhalten?«, fragte Donna und sah mich an.

Ich runzelte die Stirn.

»Wenn du willst«, sagte Idris. »Komm.«

Ich beobachtete, wie sie aus der Höhle gingen, und versuchte, meinen Ärger zu kontrollieren. Donna war eifersüchtig, das konnte ich sehen. Dieses Gefühl war mir schon allzu oft begegnet. Beide senkten die Köpfe, Donna runzelte die Stirn, während Idris geduldig zuhörte. Dann legte er Donna die Hand auf die Schulter und sah ihr in die Augen, wobei er etwas sagte. Sie seufzte, dann nickte sie, und sie trennten sich.

Idris kam wieder zu mir.

»Was wollte sie denn?«, fragte ich.

»Sie macht sich Sorgen, dass jemand es übelnehmen könnte, wenn er seinen eigenen Projekten nicht nachgehen kann, sondern dir helfen soll«, antwortete Idris. »Aber ich habe ihr erklärt, dass das Ganze auch Tom zugutekommt, und jetzt ist sie einverstanden.«

Ich sah Donna an, die uns mit gerunzelter Stirn beobachtete. »Es sieht nicht so aus, als ob sie einverstanden wäre.«

Idris seufzte. »Es ist schwer für sie, Selma. Sie mag dich, aber sie sieht auch, wie nahe wir uns gekommen sind.«

Ich sah ihn überrascht an. Er sagte das einfach so.

»Ich schätze, sie sieht sich als meine rechte Hand«, fuhr er fort. »Aber sie muss lernen, dass ich niemanden bevorzuge.«

Ich versuchte, meine Enttäuschung zu verbergen. Vielleicht hatte ich mir den Draht zwischen uns ja nur eingebildet?

Später am Nachmittag lag ich auf dem Bauch und trank Gin, mein Stift bewegte sich über die Seiten meines Blocks, füllte sie mit neuen Szenen und Ideen. Caden klimperte auf seiner Gitarre, während Oceane tanzte. Das Sonnenlicht flackerte über ihre nackten Beine. In der Ferne schien über dem Meer die Sonne und färbte die Spitzen der Wellen golden.

Ich sah zu Mojo hinunter, die sich neben mir ausgestreckt hatte. Sie hatte einen Narren an mir gefressen, folgte mir überallhin und ließ sich neben mir nieder, wo immer ich saß. Vielleicht lag es an Becky.

Becky.

Ich spähte den Strand hinunter. Wie ging es meinem kleinen Mädchen? Ich wünschte, sie wäre hier. Mein Haus schien wie aus einer anderen Zeit, die Stadt auch. Es war, als wären wir auf einer Insel, abseits vom Rest der Welt. Und trotzdem kamen bei Ebbe dauernd Leute vorbei, Ortsansässige, die ihre Abend- oder Morgenspaziergänge machten, Touristen, die die Höhle besuchen wollten, und immer mehr Leute waren neugierig auf die »Höhlenbewohner« geworden, wie man uns nannte. Und ich war eine von ihnen. Im Moment saßen zwei junge Männer ein wenig abseits und beobachteten uns. Was dachten sie wohl, wenn sie mich sahen? Hielten sie mich für eine Mutter und Hausfrau, die sich verzweifelt nach einer Veränderung sehnte? Oder für eine Autorin an der Schwelle zum Erfolg?

Ich zog Letzteres vor.

Nach einer Weile trottete Anita zu ihnen hinüber.

»Wollt ihr Fotos vom Sonnenuntergang machen?«,

fragte sie und zeigte auf die Kamera, die einer der beiden umhängen hatte.

»Ja«, antwortete der Mann mit der Kamera lächelnd.

»Warum leistet ihr uns nicht Gesellschaft?«, fragte sie.

»Alle sind willkommen!«, rief Idris herüber.

Die beiden Männer lächelten und folgten Anita zu dem Platz, wo ich saß. Der eine von ihnen – der ohne Kamera – hatte dunkles Haar, das ihm bis zum Kinn reichte, und ein trotteliges Lächeln. Der mit der Kamera war hoch aufgeschossen und hatte pockennarbige Haut.

Anita reichte ihnen eine Flasche. Der Mann mit der Kamera trank einen Schluck, doch der andere schüttelte den Kopf. »Ich bin Nic«, sagte er. »Und das ist Ollie.«

Anita und ich stellten uns vor. »Ah, die Stadtautorin«, sagte Nic. »Ich hab mir doch gedacht, dass ich Sie von einem Artikel über Ihr Buch her kenne.«

»Ach, das war nur ein kleiner Artikel«, sagte ich.

»Leben Sie hier?«, fragte mich Nic.

Die Frage machte mich einen Moment sprachlos. Tja, jetzt lebte ich wohl hier. »Ja«, sagte ich deshalb.

Er runzelte die Stirn. »In einer *Höhle*?«

»Ich weiß, es klingt verrückt, nicht?«, antwortete ich. »Ich war zuerst auch skeptisch, aber es ist wunderbar, wirklich.«

»Und was ist so besonders an diesem Ort?«, fragte Nic. »Warum ausgerechnet eine *Höhle*?«

»Die Atmosphäre in der Höhle hilft uns, in den Fluss zu kommen«, antwortete Anita sachlich. Die beiden Männer schauten sich an. Aus ihrer Sicht musste das wirklich seltsam klingen.

Nic neigte neugierig den Kopf. »Erzählen Sie uns doch ein bisschen mehr.«

Während Anita erzählte, was wir in der Höhle machten – nicht nur in den Fluss kommen, sondern auch vom Schmausen und den Willkommensritualen –, hörten die Männer aufmerksam zu.

»Sie kann ziemlich überzeugend sein, nicht?«, sagte ich, als Anita aufstand, um weitere Getränke zu holen. »Hat sie Sie überzeugt zu bleiben?«

Nic lachte. »Ich denke nicht. Es hat ein bisschen was von einem alten Film, den ich mal gesehen habe, *Shirley Valentine* oder so, die bricht auch aus ihrem frustrierenden Hausfrauenalltag aus und sucht nach einer neuen Erfüllung. Finden Sie nicht?« Er sah jetzt zu Idris hin und zog die Brauen hoch.

Ich spürte, wie sich mir die Nackenhaare aufstellten. »So ist das sicher nicht«, sagte ich bestimmt. »Sehen Sie den Mann da drüben?« Ich zeigte auf Julien. »Er hat seine Firma verloren und seine Frau. Er stand sogar kurz davor, Selbstmord zu begehen, und dann hat er gesehen, wie Idris diesen Jungen gerettet hat. Das hat ihn davon abgehalten, sich das Leben zu nehmen, und jetzt lebt er hier. Ich würde das nicht ein bisschen was von *Shirley Valentine* nennen.«

Nic dachte eine Weile nach. »Wow. Ganz schön heftig.«

Ich zögerte. Wahrscheinlich sollte ich diesem Fremden nichts von dem erzählen, was Julien mir im Vertrauen gesagt hatte. Doch wem sollte er es schon weitererzählen? Und war es nicht wichtig, dass die Leute wussten, wie einflussreich Idris wirklich war?

»Ja«, sagte ich lächelnd. »Vielleicht ist dieser *Ort* heftig.«

»Das war wirklich sehr aufschlussreich«, sagte Nic und streckte sich beim Aufstehen, »aber wir gehen jetzt besser zurück.«

»Ihr bleibt nicht da?«, sagte Anita, als sie mit zwei Bieren zurückkam.

»Verlockend«, sagte Nic, als er das Bier sah, »aber ich muss arbeiten.«

»Vielleicht sehen wir euch beide ja mal wieder?«, fragte sie.

»Ja, vielleicht«, antwortete Nic grinsend. Dann gingen sie.

»Ich wette, sie kommen morgen zurück«, sagte Anita lächelnd.

Ich zuckte die Achseln. »Ich weiß es nicht. Ich glaube, sie waren einfach nur neugierig.«

»Du warst auch erst nur neugierig, und jetzt bist du hier. Ich denke, Idris hätte nichts gegen noch ein paar Leute. Möchtest du Wein?«, fragte Anita und hielt eine Flasche hoch, die sie unter den Arm geklemmt hatte.

»Danke, ich habe genug.«

Anita lachte. »Ich auch. Vielleicht sollte ich aufhören zu trinken, ich habe morgen den ganzen Tag Unterricht.«

»Dann solltest du auf jeden Fall aufhören!«

»Du bist *sehr* weise«, sagte Anita und umarmte mich spontan. »Ich mag dich, Selma. Ich denke, wir werden gute Freundinnen werden.«

Ich lächelte sie an. Gewöhnlich war ich peinlich berührt bei Gefühlsausbrüchen dieser Art, doch dieser Ort hatte etwas, das meine rauen Kanten glättete.

Während der nächsten Tage versuchte ich, mich darauf

zu konzentrieren. Ich sah Becky erst am Wochenende, was hart war. Zur Ablenkung stürzte ich mich in die Arbeit, um die Höhle für den Besuch des Jugendamts wohnlicher zu machen. Selbst Donna schien ihre anfängliche Zurückhaltung überwunden zu haben und half mir, drinnen einen Spielbereich einzurichten, malte die Bretter eines Bücherregals, das wir in einem Secondhand-Laden gefunden hatten, in unterschiedlichen Farben an und stellte farbenprächtige Bücher hinein. Idris bemalte die Wände drum herum mit verschiedenen Tieren: Tigern und Kängurus, Fischen und exotischen Vögeln, die sich in die Lüfte schwangen. Der Küchenbereich wurde durch ratten- und wasserfeste Schränke verbessert. Und Julien überredete einen Freund, der Klempner war, uns ein paar Dinge zu leihen, um eine richtige Toilette zu installieren statt der Campingtoilette, die wir bisher hatten.

Wenn ich nicht in der Höhle arbeitete, schrieb ich am Strand. Der Himmel wurde immer blauer, und die Brise vom Meer her bot eine willkommene Erholung von der zunehmenden Hitze. Manchmal legte ich Schreibpausen ein und beobachtete einfach, was in der Höhle passierte. Besonders gern sah ich zu, wie Idris die neuen Möbel anmalte, die Julien gefertigt hatte. Seine gebräunten Arme strichen hin und her, das vom Seesalz wellige Haar war im Nacken zu einem Knoten gebunden.

Wenn ich schlief, war ich mir zunehmend Idris' Nähe bewusst. Er lag wenige Meter von mir entfernt, ohne Decken, nur in Shorts, die Hände hinter dem Kopf, während er zur Decke hochsah, als könnte er oben in den Felsen Geschichten tanzen sehen. Gelegentlich schielte ich zu ihm hin und ein- oder zweimal erwischte ich ihn dabei, wie er mich beobachtete und meinen Blick ohne Worte erwiderte.

Hatte ich mir den Funken zwischen uns wirklich nur eingebildet? Ich dachte an den Augenblick vor ein paar Abenden, bevor Donna alles ruiniert hatte. Seitdem hatte es keinen solchen Moment mehr gegeben, da alle zu beschäftigt waren, die Höhle herzurichten. Doch ich *wollte*, dass es einen weiteren solchen Moment gab.

Und Idris?

Oder war er zu allen so? Immer mehr Menschen versammelten sich in diesen Tagen vor der Höhle, um ihm beim Malen zuzusehen und seinen Reden zu lauschen. Vor allem Teenager zog der Ort an. Sie waren von den Sommerferien gelangweilt und fasziniert von der unkonventionellen Gruppe in der Höhle. Die Leute schienen hingerissen, wenn Idris davon sprach, »in den Fluss zu kommen«, einige Besucher behaupteten sogar, es selbst erfahren zu haben. Manche blieben über Nacht, verschwanden gewöhnlich aber am Morgen. Die Höhle wurde zu einer Art Retreat. Selbst ich hatte nach erledigter Tagesarbeit damit angefangen, Lesungen des Romans, an dem ich gerade arbeitete, abzuhalten, ehrgeizigen Autoren Tipps zu geben, wie man publiziert wurde, und versammelte täglich eine Schar um mich, die auf dem Nachhauseweg von der Arbeit vorbeischaute, um mir zuzuhören. Es gab mir das Gefühl, wertvoll zu sein, bedeutend. Idris und ich wurden ein gutes Team.

Als das Wochenende kam, war es Zeit, mich mit Becky im Café an der Strandpromenade zu treffen. Zuerst dachte ich, dass Mike und Becky nicht kommen würden, doch dann sah ich sie auf der Straße. Ich war plötzlich nervös und strich mein Haar glatt. Ich wollte, dass für Becky alles so normal wie möglich war – doch Mike und ich kämpften um sie, und wir versuchten beide, uns als die perfekten Eltern zu präsentieren. Ich konnte es daran sehen, wie Mike gekleidet war, schicker als üblich, in einer Chino und einem weißen T-Shirt. Als sie bei mir waren, schien Becky zu zögern, zu mir zu kommen, und Mike wich meinem Blick aus, während er stur die Arme verschränkte.

»Komm und sag mir Guten Tag«, sagte ich und öffnete die Arme für meine Tochter.

Becky trat einen Schritt auf mich zu, dann lächelte sie und warf sich in meine Arme. Ich war erleichtert. Es hätte mich in eine Negativspirale katapultiert, auch nur zu denken, dass sie sich vielleicht nicht von mir hatte umarmen lassen wollen. Aber sie war natürlich erst einmal verwirrt und zurückhaltend. Solange sie das schnell überwand und in meine Arme kam, war alles gut.

»Hier, ich hab was für dich«, sagte ich und zog aufgeregt ein Buch über Höhlen heraus, das ich in einem der Secondhand-Läden gefunden hatte.

Mike verdrehte die Augen.

»Danke!«, sagte Becky.

»Dann sehen wir uns hier um sechs, Mike?«, sagte ich, so fröhlich ich konnte.

Mikes Kinn zuckte, er verschränkte die Hände und ließ sie wieder los, während er versuchte, seinen Ärger zu kontrollieren. Er beugte sich hinunter und gab Becky einen schnellen Kuss auf die Wange.

»Ich habe mir übrigens noch länger freigenommen«,

sagte er, wobei er mich kaum ansehen konnte. »Wir müssen darüber reden, wie wir so etwas wie die Ferien regeln.«

»Ja, sicher. Dann bin ich also kein Entführungsrisiko mehr, oder?«

Becky runzelte die Stirn, und ich versetzte mir im Stillen einen Tritt. Ich hatte mir gelobt, mich nicht auf Mikes Niveau hinabzubegeben.

»Du hast eine gute Anwältin, das ist alles, was ich dazu sage«, konterte Mike. Er drehte sich um und wollte gehen, dann hielt er inne und kam zurück. »Wie bezahlst du übrigens deine Anwältin? Du hast deine Ersparnisse nicht angerührt, deshalb gehe ich davon aus, dass du irgendwo Geld versteckt hast?«

Ich hielt inne. Ich besaß tatsächlich ein kleines Sparkonto, von dem ich Mike nichts erzählt hatte. Es war meine einzige Form der finanziellen Unabhängigkeit. Vielleicht hatte ich tief in meinem Inneren gewusst, dass der Tag kommen würde, an dem ich es brauchte. Es war nicht viel drauf, nur ein paar Tausend Pfund, und das Anwaltshonorar hatte bereits einen Großteil davon aufgefressen, sodass bald nichts mehr da sein würde. Das Gehalt, das ich in ein paar Tagen ausbezahlt bekommen würde, würde schnell für die Rechnungen aufgebraucht sein. Der Gedanke an die Arbeit machte mich krank. Ich hatte es geschafft, meine Rückkehr bis zur übernächsten Woche hinauszuzögern, indem ich meine Chefin angerufen und ihr erzählt hatte, was mit mir und Mike passiert war, doch bei der Vorstellung, ins Büro zurückzukehren, bekam ich regelrecht Panik. Ich musste mit Mike über einen Verkauf des Hauses reden, dann wäre ich frei von jeglichen finanziellen

Verpflichtungen. Vielleicht würde ich dann gar keinen Job mehr brauchen, bis ich einen neuen Buchvertrag bekam. Der Gedanke war einfach zu verlockend.

»Selma?«, drängte Mike.

»Oh, das sind nur Zahlen, Mike«, hörte ich mich sagen. »Warum sind nur alle so auf Zahlen fixiert?«

Er lachte. »Hörst du eigentlich, wie du klingst?«

Ich spürte, wie Röte in meine Wangen stieg. Er hatte recht. Wie klang ich?

»Ich meine nur, dass wir warten sollten, bis wir alleine sind, um all das zu diskutieren«, sagte ich schnell.

»Einverstanden«, erwiderte Mike barsch. Dann ging er.

»Und wie geht es dir, mein Liebling?« fragte ich und wandte mich wieder meiner Tochter zu. »Ich habe dich *so* vermisst.«

»Ich hab dich auch vermisst, Mummy. Warum bist du nicht zu Hause? Ich versteh das nicht.«

Ich seufzte. Ich wusste, dass es irgendwann zu diesem Gespräch kommen musste. Ich hatte Mike gebeten, wir sollten uns beide mit Becky zusammensetzen und es ihr erklären, doch er hatte sich geweigert und gesagt, dass ich mich entschlossen hätte zu gehen und ich ihr deshalb auch die Nachricht überbringen musste.

»Was hat Daddy dir denn gesagt?«, fragte ich Becky.

»Dass du Schreibferien machst.« Sie verschränkte die Arme. »Ich hasse dein blödes Schreiben.«

»Das ist es nicht, Liebling«, sagte ich leise. »Mummy ist ausgezogen.«

Becky runzelte die Stirn. »Du lebst nicht mehr mit mir zusammen?«

»Nun, ich würde sehr gerne mit dir zusammenleben, in der Höhle. Aber Daddy will, dass du jede Nacht bei ihm zu Hause schläfst. Wir lieben dich beide *so* sehr, dass wir dich immer bei uns haben wollen, verstehst du?«

»Und darüber streitet ihr? Ihr streitet um *mich*?«

Mein Magen verkrampfte sich vor Traurigkeit. Es müsste nicht so schmerzhaft sein, wenn Mike Becky verdammt noch mal ein paar Nächte in der Höhle schlafen lassen würde. In der Ferne sah ich ihn über die Straße eilen. Ein Bus näherte sich, und ich stellte mir vor, wie er beschleunigte und ihn mitnahm. Dann wären all meine Probleme gelöst und Becky könnte für immer mit mir in der Höhle leben.

Ich fuhr mir mit der Hand an die Schläfe. Was dachte ich da nur? Ich atmete tief durch.

»Wir streiten nicht richtig«, sagte ich zu Becky. »Ich will nur, dass du bei mir lebst, und Daddy will, dass du bei ihm lebst. Aber das Problem ist, dass Daddy und ich nicht mehr miteinander leben wollen.«

»Warum?«, quengelte Becky.

»Erwachsene sind kompliziert. Es ist schwer zu erklären. Du wirst das verstehen, wenn du älter bist.« Ich beugte mich vor und umklammerte die kleine Hand meiner Tochter. »Alles, was du wissen musst, ist, dass ich dich lieb habe, mehr als du ahnst. So, und jetzt lass uns überlegen, was wir essen wollen. Ich denke, wir fangen mit dem Dessert an.«

Becky verschränkte die Arme und guckte beleidigt aus dem Fenster. »Ich hab keinen Hunger.«

Ich seufzte. Das würde nicht leicht werden.

»Becky!«, riefen zwei Kinderstimmen.

Ich drehte mich um und sah das Gymnastikhäschen Cynthia ins Café spazieren. Ihre Zwillinge rannten auf Becky zu. Cynthia runzelte die Stirn, als sie mich sah.

»Guck mal, was ich bekommen habe«, sagte eine der Zwillinge, als sie am Tisch war, und zeigte Becky einen bunten Kassettenrecorder mit Mikrofon.

»Wow«, sagte Becky. »Ein Rockin' Robot. Bekomme ich auch einen, Mummy?«

»Natürlich«, sagte ich. »Ich bringe dir bei unserem nächsten Treffen einen mit.«

»Die sind ziemlich teuer«, sagte Cynthia. »Vielleicht ein bisschen zu teuer für dich, jetzt, wo du nicht mehr von Mikes Einkommen leben kannst.« Sie schürzte die Lippen und unterdrückte ein Lächeln. Es machte also schon die Runde, dass Mike und ich uns getrennt hatten.

Ich schob meine Sonnenbrille auf den Kopf hoch und gähnte. »Ich kann es mir durchaus leisten, meinem Kind ein Spielzeug zu kaufen, Cynthia. Aber davon einmal abgesehen, braucht man auch keine Spielzeuge und kein Geld, um Spaß zu haben.«

»Ja, natürlich«, sagte Cynthia. »Zahlen sind so was von out, nicht? Uhren wohl auch, nach allem, was ich gehört habe«, fügte sie hinzu und sah auf mein uhrenfreies Handgelenk. »In den Fluss zu kommen ist *ja so* viel besser als alles andere, nicht? Vor allem wenn der Fluss, in den du kommst, durchdringende grüne Augen und einen fitten Körper hat.«

Ich runzelte die Stirn. Woher wusste sie das alles? Idris sprach mit Außenstehenden nur über den Fluss und nicht über die Uhrensache.

»Oh, übrigens ein nettes Foto«, sagte Cynthia, holte

eine Zeitung aus der Tasche und knallte sie auf den Tisch. »Druckfrisch.«

Es war die lokale Tageszeitung, der *Queensbay Chronicle*. Auf der Titelseite war ein Foto von Anita und mir, wie wir am Strand saßen und tranken. Die Schlagzeile lautete *Exklusiv-Bericht über den Höhlenbewohnerkult*. Und darunter stand: *Text Nic Carey, Fotos Ollie Robertson*.

Die Männer, mit denen Anita und ich vor ein paar Tagen gesprochen hatten!

»Warum bist du in der Zeitung, Mummy?«, fragte Becky und sah sich das Foto an.

Ich versuchte, meine Gesichtszüge unter Kontrolle zu halten, doch ich spürte, wie meine Haut zu glühen begann. »Unwichtig«, sagte ich und drehte die Zeitung um, damit ich den Artikel nicht ansehen musste.

»Deine Mummy ist eine Höhlenfrau!«, sagte eine der Zwillinge kichernd. Becky runzelte die Stirn, als andere Leute zu uns herüberblickten.

Verdammt, warum hatte ich nur mit den Männern gesprochen?

»Es ist wirklich jammerschade, weißt du«, sagte Cynthia mit einem dramatischen Seufzer. »Die beiden haben so gerne in den Höhlen gespielt, aber jetzt haben sie zu viel Angst.«

»Das ist lächerlich. Kinder sind immer willkommen, um in der Höhle zu spielen«, sagte ich. »Sie ist völlig sicher.«

Zwei Frauen in der Nähe zogen misstrauisch die Brauen hoch, und ich spürte, wie die Röte auf meinen Wangen sich vertiefte.

»Leicht zu sagen bei dem Wetter«, sagte Cynthia so laut,

dass jeder im Café es hören konnte. »Aber nach ein paar Tagen mit starkem Regen wirst du deine Meinung wohl ändern.« Die Leute nickten. »Und was ist im Winter?«, fuhr Cynthia fort, die jetzt in Fahrt gekommen war. »Das wird grauenhaft. Es muss ja jetzt schon feucht sein, selbst im Sommer. Das ist kein Ort für Kinder.«

Ich spürte Zorn in mir aufsteigen. »Warum? Weil es keinen Fernseher gibt, vor den du deine Kinder setzen kannst?«, schoss ich zurück und sah demonstrativ zu dem Kassettenrecorder hin, den einer der Zwillinge in der Hand hielt. »Kein Plastikspielzeug, um sie ruhigzustellen? Nur weil das nicht *dein* Leben ist, bedeutet es nicht, dass es nicht das *richtige* Leben ist.«

»Mummy«, bettelte Becky leise. Aber damit würde ich Cynthia nicht durchkommen lassen.

»Ja, das redest du dir wohl ein, meine Liebe«, rief ein älterer Mann vom Nebentisch herüber. »Ich garantiere dir, dass das in ein paar Wochen ganz anders aussieht. Und ich für meinen Teil kann es kaum erwarten zu sehen, wie euch alles um die Ohren fliegt. Verdammte Sekten!«

Cynthia unterdrückte ein Kichern, und ich stellte mir vor, ihr eine Ohrfeige zu verpassen. Doch stattdessen stand ich auf und lächelte fröhlich.

»Ich glaube, wir essen woanders zu Mittag. Komm, Becky.« Becky stand zögernd auf, und ich ging mit ihr hinaus. »Hab einen schönen Tag und sei weiter so ignorant und so verdammt langweilig!«, rief ich Cynthia über die Schulter zu. Ich konnte meine Wut kaum mehr kontrollieren.

»Und du hab einen fantastischen Tag als durchgeknallte Hippie-Braut, Selma!«, rief Cynthia im gleichen gespielt vergnügten Ton zurück. »Und wir sehen uns Samstag, Becky-Schatz!«

»Samstag?« fragte ich Becky, als ich mit ihr das Café verließ. »Was ist denn am Samstag?«

»Cynthia kommt zum Spielen zu uns.«

Ich atmete ein paarmal tief durch, um mich zu beruhigen. Zum Spielen? Seltsam, wie Mike plötzlich zum Vater des Jahres geworden war. Und ausgerechnet Cynthia. Er wusste, dass ich sie hasste.

Als wir die Straße hinuntergingen, bemerkte ich, dass die Leute mich ansahen und flüsterten, und ich dachte an den Artikel.

Was würde Idris dazu sagen?

21

Selma

Ich bekam meine Antwort ein paar Stunden später, als ich zur Höhle zurückkam. Alle bis auf Anita hatten sich um den Tisch versammelt, auf dem die Zeitung lag.

Ein flaues Gefühl breitete sich in meinem Magen aus. »Hi«, sagte ich und setzte mich. »Ihr habt den Artikel also auch schon gesehen?«

»Wie sollten wir das nicht?«, fauchte Maggie. »Ich habe es mitbekommen, als ich in der Stadt einkaufen war.«

»Ich hatte noch keine Gelegenheit, den Artikel zu lesen«, antwortete ich und schluckte nervös. »Was steht drin?«

Maggie schob mir die Zeitung hin, während Idris meinem Blick auswich. Wusste er, dass ich mit dem Journalisten gesprochen hatte? Anita war noch nicht da, hatte also noch keinem erzählen können, was passiert war.

Ich begann zu lesen.

In einer der Höhlen von Queensbay hat sich eine Gruppe von Leuten niedergelassen, angeführt von einem mysteriösen Mann, der sich Idris nennt und einen Jungen vor dem Er-trinken gerettet hat. Bei einem der Männer handelt es sich um Julien Sinclair, den früheren Inhaber einer der besten Anwaltskanzleien in Kent. Eine Quelle aus der Höhle will wissen, dass Mr. Sinclair, der seit der Insolvenz der Kanzlei schwere Zeiten durchmacht, an der Schwelle zum Selbstmord stand, bevor er von der Sekte »gerettet« wurde. Verschiedene Einwohner haben ihre Besorgnis über die Höhlenbewohner geäußert, vor allem über den enigmatischen Idris, den eine besorgte Mutter, Cynthia Hoffman, kürzlich auf einer öffentlichen Sitzung des Stadtrats als »Bedrohung für den Frieden der Stadt« bezeichnet hat.

Ich schüttelte den Kopf. Kein Wunder, dass Cynthia so stolz auf den Artikel war.

»Woher zum Teufel wissen die das alles?«, fragte Caden.

Ich spürte, wie mir eng in der Brust wurde.

»Ich habe nur wenigen Leuten hier von meinem Selbstmordversuch erzählt«, sagte Julien. »Es kann nur von jemandem aus der Gruppe kommen.« Sein Gesicht verfinsterte sich.

»Du hast doch neulich abends mit zwei Männern gesprochen, Selma, nicht?«, fragte mich Donna.

Alle Blicke richteten sich auf mich. »Nur ganz kurz«, sagte ich und versuchte, meine Stimme ruhig zu halten. »Nichts von Bedeutung, um ehrlich zu sein. Anita hat größtenteils mit ihnen geredet.«

»Vielleicht hat Anita ihnen ja irgendwas erzählt?«, meinte Oceane.

»Ich mag es nicht, wenn Versprechen gebrochen werden«, sagte Idris mit sehr ernstem Gesicht. »Es ist entscheidend für mich, dass wir einander vertrauen können.«

Mit klopfendem Herzen sah ich auf meine Hände

hinunter. Warum hatte ich mich nur vor völlig Fremden über Julien ausgelassen?

»Selma, *hat* Anita irgendetwas gesagt?«, fragte mich Idris. »Du brauchst sie nicht zu schützen. Wir sind hier alle für Ehrlichkeit, das weiß sie.«

Ich schluckte, guckte auf den Artikel und wieder weg. Wenn Idris herausfand, dass ich Juliens Vertrauen missbraucht hatte, würde er mich auffordern zu gehen, das konnte ich in seinen Augen sehen. Und was dann? Mike würde mich nicht zurückwollen – nicht dass ich ihn zurückwollte. Ich würde in einer kleinen, seelenlosen Wohnung in der Stadt enden, wieder voll arbeiten müssen und all meine Hoffnungen, meinen Roman fertig zu schreiben, würden sich in nichts auflösen.

Anita oder ich.

»Ja«, flüsterte ich.

»Wie bitte?«, fragte Idris.

»Ja, Anita hat es ihnen erzählt«, sagte ich etwas lauter.

Julien schüttelte empört den Kopf.

»Ich habe geschrieben und nicht so richtig zugehört«, fügte ich schnell hinzu. »Aber ich habe mitbekommen, dass sie Julien erwähnt hat … und das, was passiert ist.«

»Wo ist sie jetzt?«, fragte Maggie.

»Sie unterrichtet« antwortete Oceane mit gerunzelter Stirn. »Sie kommt erst nach dem Essen, ihr letzter Kurs geht bis acht.«

Die Atmosphäre beim Abendessen war angespannt. Alle aßen schweigend, die Worte des Artikels standen zwischen uns. Es schienen auch mehr Leute an der Höhle vorbeizugehen, sie kamen sogar in Gummistiefeln bei Flut, um einen Blick auf uns zu erhaschen, auf die »verrückten Höhlenbewohner«, wie ich einen von ihnen hatte sagen hören. Und das alles war meine Schuld. Wenn ich doch nur den Mund gehalten hätte!

Als die Sonne langsam unterging und Anita den Strand entlangkam, lächelte sie breit, und ich fühlte mich noch schlechter. Sie bemerkte, wie ernst alle aussahen, und ihr Lächeln verblasste.

»Was ist los, Leute?«, fragte sie.

Idris erhob sich und hielt die Zeitung hoch. »Du hast neulich abends mit zwei Männern gesprochen, richtig?«

Anita runzelte die Stirn. »Mit was für zwei Männern?«

»Einer von ihnen hatte eine große Kamera dabei«, sagte Maggie. Ihre Stimme klang hart.

»Ach, die beiden. Ich erinnere mich kaum, ich war ein bisschen betrunken.« Anita lachte nervös. »Was ist denn passiert?«

»Das waren Journalisten«, sagte Julien.

Anita sah betreten aus. »Scheiße. Haben sie was geschrieben?«

»Das könnte man so sagen«, antwortete Julien.

Anita nahm Idris die Zeitung ab und überflog den Artikel. Als sie die Stelle über Julien las, weiteten sich ihre Augen. Sie ging zu Julien und sah ihm in die Augen.

»Das haben sie auf keinen Fall von mir, Julien. Du *weißt*, dass ich das nie tun würde!« Sie drehte sich zu mir um. »Du warst doch auch da, Selma. Wir haben doch nichts über Julien gesagt, oder? Sie müssen es anderswo herhaben.«

Ich konnte Anita nicht ansehen. Ich fühlte mich schrecklich, aber ich hatte keine Wahl.

»Selma hat es uns erzählt, Anita«, sagte Oceane seufzend. »Lüg nicht.«

Anita sah mich schockiert an.

»Es tut mir leid, Anita, ich hab es gehört«, sagte ich mit zitternder Stimme.

»Das habe ich nie gesagt«, widersprach Anita und schüttelte den Kopf. »Du musst dich verhört haben.«

»Du warst betrunken«, sagte Oceane leise. »Vielleicht erinnerst du dich einfach nicht?«

»Daran erinnere ich mich. Selma«, sagte Anita, kam herüber und hockte sich vor mich hin, während ich noch am Tisch saß. »Du hast genauso viel mit ihnen geredet wie ich.«

»Ich habe geschrieben, das weißt du doch«, sagte ich und zwang mich, ihr in die Augen zu sehen.

Ihr Gesicht wurde hart, und ihre Hände ballten sich so fest zu Fäusten, dass es wehtun musste. »Du lügst. Warum lügst du?«

»Anita, komm …« Idris ging zu ihr, um ihr wieder hochzuhelfen, doch sie schob ihn weg und sah mich weiter an.

»Du lügst, um dich zu schützen.«

»Nein, du lügst, um dich zu schützen«, antwortete ich ruhig. Die Lüge war heraus, es machte keinen Sinn, sie zurückzunehmen.

Anita sah mich schockiert an. Sie legte mir eine Hand auf die Schulter und sah mir in die Augen. Mein instabiler Stuhl kippte dadurch nach hinten. Idris griff danach, bevor er umfiel und hielt mich fest.

»Alles okay?«, fragte er, als die Beine des Stuhls wieder auf den Boden aufsetzten.

»Alles in Ordnung«, antwortete ich mit zitternder Stimme, während ich Anita schockiert ansah.

»Wir können so ein Benehmen hier nicht dulden«, sagte Idris mit fester Stimme. »Nicht nur die Indiskretion, sondern auch was du gerade mit Selma gemacht hast. Wir akzeptieren keine Gewalt.«

»Was?«, sagte Anita, die Augen vor Überraschung weit aufgerissen. »Ich habe ihr nur die Hand auf die Schulter gelegt, das war keine *Gewalt*! Es war nur noch eine Frage von Tagen, bis der Stuhl zusammenbrechen würde.«

»Du hast sie gestoßen, Anita«, sagte Oceane, verschränkte die Arme und musterte sie von oben bis unten.

»Das hab ich nicht!«

»Pack deine Sachen«, sagte Idris bestimmt. »Und geh. Sofort.«

»Ich kann nicht glauben, dass ihr mir das antut.« Anita sah alle flehentlich an, doch ich wich ihrem Blick aus. Entschlossenheit machte sich auf ihrem Gesicht breit, und sie verschränkte die Arme und starrte Idris erzürnt an. »Du kannst mir nicht sagen, dass ich gehen soll. Die Höhle *gehört* dir schließlich nicht.«

»Doch, sie gehört mir«, sagte Idris.

Wir sahen ihn alle überrascht an.

»Geh jetzt, geh!«, sagte Idris erneut, und Ärger zeigte sich auf seinem schönen Gesicht.

Donna, die neben Idris stand, stemmte die Hände in die Hüften. »Wir wollen dich hier nicht mehr haben.«

»Ja, geh weg!«, sagte Tom und streckte Anita die Zunge raus.

»Geh einfach, Anita«, sagte Caden ruhig.

»Ja«, meinte Julien seufzend. »Ich denke, deine Zeit hier ist abgelaufen.«

Die anderen nickten zustimmend. Idris' schützende Hand lag immer noch auf meiner Schulter. Schuldgefühle stiegen in mir auf, doch ich erinnerte mich daran, dass es eine Frage des Überlebens war. Dieser Ort war jetzt mein Leben.

Donna bekam meinen Gesichtsausdruck mit und runzelte die Stirn.

Anitas Blick verharrte auf mir. Sie schaute jetzt resigniert, nicht wütend.

Resigniert und enttäuscht.

»Ich kann nicht glauben, dass du mir das antust«, sagte sie zu mir. »Ich habe tatsächlich gedacht, wir könnten Freundinnen werden, aber da habe ich offenbar etwas sehr falsch verstanden.«

Ich empfand für den Bruchteil einer Sekunde Reue, doch ich hielt stand, bis sie den Blick abwandte. Sie blinzelte, dann drehte sie sich auf dem Absatz um und flüchtete den Strand hinunter. Ihre Sachen ließ sie zurück.

»Ich weiß, das hat jetzt sicher sehr hart gewirkt«, sagte Idris, als sie außer Hörweite war. »Aber jemand mit einer solchen Schwingung ist nicht gut für uns. Sie beeinträchtigt den Fluss. Jetzt, wo sie weg ist, werden wir kreativer sein denn je, das garantiere ich euch.«

Alle nickten, und ich tat mein Bestes, meine Schuldgefühle zu verbergen.

»Und wo wir gerade alle versammelt sind, möchte ich, dass wir etwas tun«, sagte Idris. »Erinnert ihr euch, dass ich euch bei eurer Ankunft gesagt habe, ihr sollt eure Uhren ablegen?« Er sah auf meine Tasche, und ich runzelte die

Stirn. Woher wusste er Bescheid? »Könnt ihr sie bitte wieder herausholen?«

Wir sahen uns neugierig an, dann gingen wir unsere Uhren holen. Als wir zurückkamen, versammelten wir uns um das Feuer, das Idris angezündet hatte. Die Flammen spiegelten sich in unseren Augen.

»Ich verstehe, dass das für einige von euch schwer sein wird«, sagte er. »Aber es ist eine symbolische Geste, ein Zeichen, dass wir alle in eine tiefere Phase unserer Zeit hier eingetreten sind.«

»Du willst, dass wir unsere Uhren ins Feuer werfen?«, fragte ich.

Idris nickte und hielt meinem Blick stand. »Wir brauchen das, Selma. Es ist ein Bekenntnis zu dem, was wir hier erreicht haben. Das, was mit Anita passiert ist, hat uns erschüttert. Doch wenn ich mir ansehe, wie wir uns angesichts ihrer Lügen gegenseitig unterstützt haben, zeigt mir das mehr denn je, wie stark wir alle zusammen sind. Und das möchte ich mit einer symbolischen Geste unterstreichen, einer wahren, klaren Ablehnung von Zahlen, den gleichen Zahlen, von denen die Leute besessen sind, denen diese Zeitung gehört.« Wütend zeigte er auf die Zeitung. »Sie veröffentlichen skandalösen Mist, um die Verkaufszahlen in die Höhe zu treiben und mehr Geld zu verdienen. Jetzt ist die Zeit gekommen, diesen Schritt zu tun und den Zahlen wahrhaftig den Rücken zu kehren, indem ihr eure Uhren ins Feuer werft.«

»Ich kann das nicht«, sagte ich und schüttelte den Kopf. »Die Uhr ist alles, was ich von meiner Mutter habe. Das Einzige, was sie mir nach ihrem Tod hinterlassen hat.«

Idris neigte den Kopf. »Erzähl mir von deiner Mutter.«

Ich dachte an die kalten Augen meiner Mutter, an ihre schön geschminkten Lippen und wie ihr das schwarze Haar in die Stirn gefallen war.

»Da gibt es nicht viel zu erzählen.«

»Erzähl mir von ihr.« Sein Blick bohrte sich regelrecht in meinen.

»Sie war … kalt. Distanziert.« Ich schluckte und spürte, wie meine Wangen heiß wurden. Ich sprach sonst kaum darüber. »Ich – ich habe mich meine ganze Kindheit lang nach ihrer Anerkennung gesehnt.«

»Und diese Uhr«, sagte Idris und zeigte auf die erlesene goldene Uhr, »erinnert dich an sie?«

»Ja«, flüsterte ich.

»Sie erinnert dich daran, wie kalt sie war? Wie distanziert?«

Ich runzelte die Stirn und plötzlich spürte ich das Gewicht der Uhr in meinen Händen, das harte, kalte Metall. Ich sah zu Idris hoch, und wir blickten uns lange in die Augen.

»Warum behältst du sie dann?«, fragte er.

Ich nickte. Er hatte recht. Ich ging zum Feuer, warf die Uhr hinein und sah fasziniert zu, wie die Funken sprühten und sie in den Flammen zu schmelzen begann.

»Mir hat sie gesagt, die Uhr wäre echt Gold«, sagte ich und lachte bitter vor mich hin. »Gold schmilzt doch nicht einfach so. Sie hat mich angelogen.«

Idris nickte. »Sie hat dich wieder einmal belogen. Ihre letzte Lüge. Die jetzt für immer ausgelöscht wird.«

Ich sah die Uhr zischen und brennen. Dann dachte ich

an Anitas Gesicht, als ihr klar geworden war, dass ich *sie* betrogen hatte, und mir wurde schlecht. Während die Uhr in den Flammen verschwand, versprach ich mir, dass ich neu anfangen würde, ein Phönix aus der Asche.

Keine Lügen mehr. Nur noch die Wahrheit.

22

Selma

Im Trubel der vergangenen Tage hatte ich fast vergessen, dass ich am Montag wieder zur Arbeit musste. Am Vorabend traf es mich wie ein Hammerschlag, aber ich sah keine Möglichkeit, darum herumzukommen. Wenn ich kündigte, würde das meine Chancen auf ein gemeinsames Sorgerecht für Becky mindern – das hatte meine Anwältin gesagt.

»Dann gehst du morgen also wieder arbeiten?« fragte Donna beim Essen.

Ich seufzte. »Ja.«

»Wir werden dich vermissen«, sagte Idris leise. »Du weißt, dass du nicht gehen *musst*.«

»Wir hatten diese Diskussion schon mal, erinnerst du dich?«, sagte ich mit einem schiefen Lächeln. »Ihr mögt Zahlen zwar alle hassen, und ich hasse sie verdammt noch mal auch. Tatsache ist aber, dass ich zu einer Hypothek beizutragen habe. Außerdem käme es beim Jugendamt nicht gut an, wenn ich nicht arbeiten würde.«

»Sie wollen nur einen Einkommensnachweis«, sagte Julien. »Was ist mit den Tantiemen an deinen Büchern?«

»Die werden nur zweimal im Jahr ausbezahlt«, antwortete ich und rührte in der Suppe, die Donna für uns gekocht hatte. »Das ist dem Jugendamt zu unregelmäßig. Außerdem ist da immer noch die Hypothek.«

»Aber die Tantiemen müssen doch ziemlich hoch sein?«, sagte Donna. »Du bist schließlich eine Bestseller-Autorin.«

»Ich bin keine Bestseller-Autorin«, sagte ich und wurde rot.

Donna runzelte die Stirn. »Aber das haben mir die anderen Mütter in der Schule erzählt.«

Vielleicht hatte ich ja einigen Müttern am Schultor erzählt, dass mein Buch es in die Bestsellerliste geschafft hatte. »Das war nur ein paar Tage lang«, sagte ich schnell.

»Warum sprichst du von Zahlen, Donna?«, sagte Idris. »Du weißt, dass wir das nicht machen.«

Donna sah verletzt aus. »Entschuldige.«

Ich lächelte ihn an, erfreut über die Unterstützung. Ich holte tief Luft und sah Richtung Stadt, wo mein Büro lag. In nur dreizehn Stunden würde ich zurück an meinem Schreibtisch sein, Texte verfassen, die ich hasste, während die Leute um mich herum sinnloses Geschwätz von sich gaben.

Ich ballte unter dem Tisch die Hand zur Faust und bohrte sie in mein Bein.

»Wusstet ihr, dass viele Leute zwei Drittel ihres Lebens mit der Arbeit in einem Büro verbringen?«, sagte Idris leise. »Viele von ihnen hassen ihre Jobs und trotzdem nennen sie das *Leben*.« Er sah alle um den Tisch herum an. Wir hatten aufgehört zu essen und hörten ihm aufmerksam zu. »Wenn ihr im Wörterbuch nachseht, wird Leben definiert als *Organismen, die nicht tot und anorganisch sind*.«

Na toll. Ich brauchte keine Predigt, wie unsinnig das

Neun-bis-fünf-Hamsterrad war, wenn ich ohnehin keine andere Wahl hatte. Ich liebte es, in der Höhle zu sein, es bewirkte Wunder für mein Schreiben, doch manchmal verblüffte mich die Naivität der Gruppe.

Idris stand auf und ging nach draußen, bückte sich und hob etwas zwischen den Meeresalgen und Muscheln auf, das die Flut zurückgelassen hatte. Als er zurückkam, hatte er einen dunklen Seestern in der Hand, dessen Beine in einem seltsamen Winkel verbogen waren.

»Er ist tot. Doch als er noch gelebt hat, hat er sich bewegt und verändert, wie der Fluss.«

Er stand hinter mir und legte den toten Sestern neben meinen Teller.

Ich zog eine Braue hoch. »Wow. Vielen Dank, Idris.«

Er lächelte nicht, wie er das gewöhnlich tat, wenn ich so etwas sagte. »Bewegt dich dein Job, Selma? Wie dich der Fluss bewegt? Oder bist du tot, wenn du dort bist, wie dieser Seestern?«

Ich betrachtete den armen Seestern und meine Kiefer spannten sich an. Dann blickte ich auf und sah, dass alle mich anschauten, als täte ich ihnen leid. Es machte mich wütend, wie naiv sie waren!

Aber es machte mich auch wütend, dass ich am nächsten Tag ins normale Leben zurückkehren musste.

Ich warf den Seestern auf den Boden und stand auf. »Wie oft muss ich das noch sagen? Ich habe keine Wahl.« Ich holte tief Luft und fühlte mich plötzlich total erschöpft. »Ich gehe jetzt schlafen.«

Dann ging ich zu meinem Bett und spürte, wie Idris' Blicke mir folgten.

In dieser Nacht tat ich kaum ein Auge zu, wachte früh auf und machte mich leise für die Arbeit fertig. Als ich in die Morgensonne trat, zerrte ich am Kragen meiner Bluse. Ich hatte das Gefühl, die Uniform von jemand anderem zu tragen, in der falschen Größe, steif und ungewohnt. Es war, als wäre ich zurück vor Gericht. Ich hatte mich so an meine langen, fließenden Röcke, meine weichen Oberteile und Flipflops gewöhnt.

»Hast du dein Mittagessen eingepackt?«, rief Caden mir zu.

»Haha«, sagte ich.

»Ich wünsch dir einen guten Tag!«, rief Oceane und winkte.

»Ja, klar«, murrte ich zurück. Ich holte tief Luft und marschierte Richtung Stadt. Als ich wenige Minuten später das Büro betrat, begrüßte mich der Rezeptionist mit großen Augen.

»Wow, bist du braun!«, sagte er.

»Ja, das macht der Sommer mit den Menschen.«

Ich ging weiter zum Hauptbüro und blieb an den Glastüren stehen. Ich konnte sie alle dort drinnen sehen, *Maschinen*, wie Idris sie nennen würde, die Gesichter vom Kunstlicht ihrer Bildschirme beleuchtet, dunkle Ringe unter den Augen, während ihre Finger zu einer stumpfsinnigen Melodie tippten. Sie sahen alle so grau aus, so *tot* wie der Seestern.

Aber das war nun mal das Leben. Das *wirkliche* Leben – nicht die abgehobene Blase, in der die Höhlenbewohner lebten. Ich rief mir Beckys Gesicht in Erinnerung und atmete tief durch, während ich eintrat.

Monica entdeckte mich und sah zu einer Kollegin hinüber, während sie wie wild auf mich zeigte. Ein paar Kollegen schauten zu ihr hin, während ich hoch erhobenen Hauptes quer durchs Büro ging.

Mein Gott, ihr Leben musste wirklich langweilig sein, wenn sie gebräunte Haut so aufregend fand.

»Selma!«, rief Monica, als ich an ihr vorbeikam, worauf weitere Leute die Köpfe hoben. »Willkommen zurück!«

»Danke!«, sagte ich, ohne sie anzusehen und schwenkte die Hand in der Luft.

Geh einfach weiter, sagte ich mir. *Es sind nur acht Stunden, dann ist es für heute vorbei, und du kannst zurück in die Höhle, Gin trinken und diesen gottverdammten Ort vergessen.*

Ich ging an meinen Schreibtisch, setzte mich und stützte den Kopf in die Hände, als würde ich warten, dass mein Computer hochfuhr. Ich blickte auf, schaute zur Sommersonne nach draußen und stellte mir vor, wie sie meine Haut wärmte, während Idris in der Nähe malte. Ich versuchte, mich darauf zu konzentrieren statt auf die Realität dieses Büros. Ich stellte mir den Geruch von Salz, Ölfarben und Orangen vor statt des synthetischen Bürogestanks aus Kaffee, Druckertinte und Raumspray. Ein Frühstück mit Fisch, den Idris gefangen hatte, statt des trockenen Croissants, das ich mir auf dem Weg hierher gekauft hatte. Und dann die Abenddämmerung, Gitarrenmusik und die Flammen des Feuers, Idris' grüne Augen auf mich gerichtet.

Nicht mehr lange …

»Ah, sie ist zurück.« Ich blickte auf und sah, wie Matthew seine Tasche auf den Schreibtisch warf. Er setzte sich, und sein Stuhl gab unter ihm nach. »Monica hat mich in der Küche abgefangen, als der Artikel erschienen ist«, sagte er leise. »Ehrlich, diese Frau scheint noch nie was von Abstand halten gehört zu haben.«

»Du glücklicher Mann«, antwortete ich mit gerunzelter Stirn. »Dann sind ja all deine Träume wahr geworden.«

Er sah mich angewidert an. »Bitte, bring mich nicht dazu, mir das auch nur vorzustellen. Oh Gott, da kommt sie ja schon wieder.« Schnell setzte er seine Kopfhörer auf und tat so, als würde er tippen.

»Sag mal«, sagte Monica und setzte sich auf meinen Tisch, während ich gegen den Drang ankämpfte, sie herunterzustoßen, »stimmt es, dass du mit diesen Leuten in der Höhle lebst?«

»Ja«, sagte ich und loggte mich in meinen Computer ein.

»Und was sagt Mike dazu?«

»Ich brauche seine Erlaubnis nicht.«

»Und ist Becky bei dir?«

»Sie besucht mich.«

Monica runzelte die Stirn. »Verstehe. Und wie ist er so … dieser Idris? Hat er die Flasche Wein erwähnt, die ich ihm dagelassen habe?«

Weitere Kollegen kamen zu uns herüber, sie gierten nach Informationen über die Höhlenbewohner.

»Er ist in Ordnung«, sagte ich. »Hör zu, ich hab viel zu tun. Vielleicht sehen wir uns ja später in der Küche?« Ich hatte natürlich nicht die geringste Absicht, mich an ihrem Tratsch zu beteiligen.

Monica runzelte die Stirn. »Okay. Aber kannst du bitte allen sagen, dass er kein Pädophiler ist? Er hat meinem Sohn das Leben gerettet. Ich sage allen Menschen, die ich treffe, immer wieder, dass sie die Gerüchte bloß nicht glauben sollen. Aber du lebst mit ihm, du kannst es ihnen auch sagen, und dir werden sie vielleicht glauben.«

»Himmelherrgott noch mal!«, zischte ich.

»Ja, zum Beispiel das Gerücht, dass er dieses blonde Mädchen vögelt, das nie einen BH trägt«, rief der Mann von der Buchhaltung zu uns hinüber.

Ich sah ihn angewidert an. »Nein, das tut er verdammt noch mal nicht. Er würde sich Oceane nie nähern.«

»Oceane?«, sagte Matthew und nahm seine Kopfhörer ab. »Meinst du Oceane Norman?«

»Ja, warum fragst du?«

»Mein kleiner Bruder ist letztes Jahr mit ihr zur Schule gegangen. Anscheinend hat sie ihren Freundinnen erzählt, dass zwischen Idris und ihr etwas läuft.«

Ich sah ihn ungläubig an. »Was?«

Er hielt die Hände hoch. »Ich kann nichts dafür, ich erzähl es dir bloß.«

»Aber sie hat einen Freund«, sagte ich.

»Seit wann hält euch Hippies das davon ab?«, flötete der Mann von der Buchhaltung.

»Ich weiß nur, dass sie siebzehn ist«, sagte Matthew mit gerunzelter Stirn. »Noch ein Kind quasi. Wenn das stimmt ...« Seine Stimme verlor sich.

Ich stand auf und griff nach meiner Tasche. »Ich halte das hier nicht aus. Sag Daphne, dass ich einen Magen-Darm-Infekt habe.«

»Schon wieder?«, fragte Monica und sah mich spöttisch an. »Du hast aber dieses Jahr furchtbar viele Magen-Darm-Infekte.«

»Gut, dann sag ihr, dass ich kündige. Die Entschuldigung habe ich noch nicht gebraucht, richtig?« Ich stieß meinen Stuhl weg und ging.

Das waren doch bloß Gerüchte über Idris und Oceane. Bestimmt waren es nur Gerüchte, oder? Doch als ich mich der Höhle näherte, tobte der Ärger in mir.

Was, wenn es kein Gerücht war?

Zu allem Überfluss waren Idris und Oceane die Ersten, die ich sah, als ich zur Höhle kam. Sie standen im seichten Wasser und hielten nach Fischen Ausschau.

Hatte die Naivität der Leute, die in der Höhle lebten, auf mich abgefärbt? Sah ich Idris durch eine rosarote Brille, sah ich nur den Mann in ihm, den ich sehen *wollte*? Was, wenn er mich die ganze Zeit zum Narren gehalten hatte, mich glauben gemacht hatte, dass er etwas für mich empfand? Wenn er auch Oceane zum Narren gehalten hatte, eine naive Siebzehnjährige?

Oceane kicherte, als Idris sie herumwirbelte. Hatte er mit ihr geschlafen? Mit diesem albernen, biegsamen Teenager? Das würde einen Sinn ergeben, ein halbes Kind wie Oceane, das seinem Charme erlag. Aber ich? Fast vierzig, Autorin und Mutter. Was war ich doch für eine Närrin gewesen! Zu denken, dass *er* sich von *mir* angezogen fühlte. Ich dachte an die Orangenhaut an meinen Oberschenkeln, die Dehnungsstreifen auf meinem Bauch und daran, wie meine Brüste leicht herunterhingen, wenn sie vom BH befreit waren.

Aber warum sah er mich dann immer so an?

Dann dachte ich an meine Mutter. Es hatte eine kurze Zeit gegeben, als ich ungefähr zehn war, da war sie ungewöhnlich nett zu mir gewesen. Sie hatte mich oft umarmt und mir schöne Kleider gekauft, und ich hatte zu hoffen gewagt, dass sie sich geändert hätte. Doch es dauerte nicht lange, bis mir klar wurde, warum sie sich so verhielt – ein potenzieller neuer Freund war aufgetaucht, ein reicher Mann mit drei Kindern, um die er sich nach dem Tod seiner Frau kümmern musste. Meine Mutter hatte nur sein Geld im Kopf, schöne Kleider und Partys. Der Mann hatte in ihr eindeutig eine neue Mutter für seine ungebärdigen Kindern gesehen, was der Ironie nicht entbehrte, wenn man bedachte, dass sie kaum für ihre eigene Tochter sorgen konnte – geschweige denn für drei weitere Kinder. Aber meine Mutter war gerissen genug, um zu wissen, dass sie den Mann mit einer Lüge beeindrucken und ihm zeigen konnte, was für eine wunderbare Mutter sie war. Es hielt nicht lange. Meine Mutter begriff sehr bald, wie schwierig es mit den drei Kindern werden würde. Sobald ihre ehrgeizigen Pläne, diesen Mann einzufangen, verflogen waren, verflog auch ihre vorgetäuschte Zuneigung für mich. Ich weinte und wollte, dass die »nette Mummy« zurückkam.

»Du bist ja so naiv, Selma«, hatte meine Mutter gesagt. »Das war alles nur gespielt, verstehst du? Du weißt doch, dass ich Umarmungen und Getue hasse.«

War Idris genauso, spielte er mir nur etwas vor? Tränen stachen in meinen Augen bei dem Gedanken, dann schüttelte ich den Kopf und ballte die Fäuste. Wie lächerlich, so zu reagieren! Zwischen Idris und mir war schließlich nichts passiert.

Beim Abendessen sagte ich kaum etwas und zuckte nur mit den Schultern, wenn jemand mich nach der Arbeit fragte. Ich vermied jeglichen Blickkontakt mit Idris, spürte aber, dass er mich ansah. Später ging ich im Dunkeln den Strand entlang, weil ich nicht in der Nähe der anderen sein wollte, besonders nicht in der von Idris und Oceane. Nach einer Weile hörte ich Schritte hinter mir. Ich drehte mich um und sah, dass es Idris war.

»Hast du etwas dagegen, wenn ich dir Gesellschaft leiste?«, fragte er.

Ein weiteres Schulterzucken.

»Du bist völlig durcheinander«, sagte er und sah mich von der Seite an. »Hat in der Arbeit jemand etwas gesagt, das dich verärgert hat?« Er wirkte bekümmert, seine grünen Augen betrachteten ernst mein Gesicht. Er legte mir die Hände auf die Schultern.

Ich holte tief Luft. »Oceane erzählt ihren Freundinnen, dass da etwas läuft zwischen euch.«

Idris Hände rutschten von meinen Schultern. Er sah mich mit einem Blick an, der mich zögern ließ.

»Sie ist siebzehn, Idris!«

»Das ist nur eine Zahl.«

Ich schloss die Augen und kniff mich in die Nase. »Da läuft also was zwischen euch?«

»Nein. Du darfst nicht auf die Leute hören. In deinem Herzen kennst du die Wahrheit.« Er legte die Hände wieder auf meine Schultern. »Du weißt, wenn ein Baum ...«

»Ich will jetzt keins deiner verdammten Sprichwörter hören«, sagte ich und schob seine Hände weg. »Ich will nur nicht angelogen werden. Ich dachte, du seist mehr als der sexgeile Sektenführer, zu dem die Leute dich gemacht haben, aber vielleicht haben sie ja recht?«

Sein Gesicht wurde hart. »Ich habe dich nicht angelogen, Selma. Zwischen Oceane und mir läuft nichts. Und davon abgesehen bist du wohl kaum die Richtige, dich über Lügen zu beschweren, nicht?«

Ich starrte ihn an und wurde rot. Dann ging ich den Strand weiter hinunter. »Komm mir nicht nach!«, rief ich ihm über die Schulter hinweg zu.

Schließlich landete ich in der Höhle, die Idris mir am Tag, an dem wir uns zum ersten Mal begegnet waren, gezeigt hatte. Ich sah zu den Umrissen der Steinvögel und Fledermäuse hoch, die von der Decke hingen, und dachte an meine Mutter, an ihr schönes Gesicht, das so starr war wie Stein, und an ihre harten Augen.

»Du kannst *mich* wohl kaum der Lüge bezichtigen, Selma«, hatte sie einmal gefaucht, »wo du doch selbst die Königin des Betrugs bist.«

Vielleicht hatte ich mir mit der ganzen Höhlensache etwas vorgemacht, auch mit Idris? Was hatte der alte Mann in dem Café gesagt? *Ich für meinen Teil kann es kaum erwarten zu sehen, wie euch alles um die Ohren fliegt.*

Vielleicht passierte das gerade? Der Zeitungsartikel, die Enthüllungen über Idris und Oceane. Selbst wenn er die Wahrheit sagte und das alles Lügen waren – die Leute glaubten es. Dazu kam, dass ich gekündigt hatte und vielleicht das geteilte Sorgerecht für Becky nicht bekommen würde …

Plötzlich stürzte die ganze furchtbare Realität auf mich ein. Was hatte ich da bloß *getan*!

Ich kniff die Augen zusammen, Tränen liefen mir über die Wangen.

»Selma.« Ich blickte in die Dunkelheit. Es war Idris. »Darf ich hereinkommen?«

Ich sagte nichts und er kam herein, sein Schatten ließ ihn wie einen Riesen erscheinen. Er setzte sich neben mich, seine Schulter nahe an meiner. Wir sahen beide zu den erstarrten Vögeln hoch.

»Vielleicht war ich die ganze Zeit hier erstarrt«, sagte ich und wischte mir wütend die Tränen ab. »In einer albernen, naiven, kleinen Blase und habe mir über die Höhle etwas vorgemacht, über *dich*, nur um eine Entschuldigung zu haben, meiner Ehe zu entfliehen.«

Er sah verletzt aus.

»Ich denke, es ist an der Zeit, dass ich zurück nach Hause gehe«, fügte ich hinzu.

Idris sah auf seine Hände hinunter und seine gebräunte Stirn legte sich in Falten. »An dem Abend, an dem ich den Jungen gerettet habe, habe ich dich gesehen. Unter all den Menschen habe ich *dich* gesehen. Deine Traurigkeit, deine Komplexität.« Er sah mich an, sein Blick senkte sich tief in meinen. »Jetzt sehe ich, wie du deine Flügel ausbreitest, und der Gedanke, dass du gehst, wenn es gerade beginnt, bringt mich um.« Er nahm meine Hand. »Ich spüre, wie sich meine Flügel gemeinsam mit deinen ausbreiten, und es schmerzt. Ich *weiß*, wie sehr das wehtut, weil es so neu ist. Es tut mir leid, wenn ich dich eben verletzt habe, Selma, wirklich. Es wird nicht wieder vorkommen, das verspreche ich dir. Und zwischen Oceane und mir läuft *nichts*.« Er holte tief Luft, sein Daumen streichelte meine Hand. »Es gibt nur einen Menschen, den ich begehre, und ich denke, du weißt, wer das ist.«

Ich spürte, wie sich mein Atem beschleunigte, ein merkwürdiges Gefühls baute sich tief in mir in Wellen auf, als ich ihn ansah.

»Wir haben beide große Angst, den Sprung zu wagen«, sagte Idris. »Aber ist es nicht an der Zeit, dass wir diese letzte Hürde gemeinsam nehmen?«

Ich schluckte. Das war mein Problem: Ich hatte immer solche Angst. Ich hätte Mike schon vor Jahren verlassen sollen. Ich hätte meiner Mutter viel früher sagen sollen, dass sie mir mal im Mondschein begegnen konnte, ich, hätte schon von zu Hause weggehen sollen, bevor ich achtzehn war. Ich hätte in meiner Zeit an der Uni einen Roman schreiben sollen, als ich noch mehr Zeit dazu gehabt hatte. Ich hätte, ich sollte – aber ich wartete immer zu lange. Genau wie mit meinem Entschluss, in der Höhle zu leben. Jetzt flüchtete ich aus einem Leben, in dem ich mich schlecht fühlte, wo doch meine Tochter mich am meisten brauchte. Nicht, als ich hätte gehen sollen – vor vielen Jahren schon.

Und was war mit Idris? War das eine weitere Gelegenheit, die ich mir da gerade durch die Lappen gehen ließ?

Ich berührte sein Gesicht mit den Fingerspitzen und spürte die weichen Stoppeln seines blonden Barts. Dann glitten meine Finger zu seinem Nacken, sanft wölbte sich meine Hand darum, als meine Blicke mit seinen verschmolzen.

Ich spürte sein langes Haar an den Fingern und seufzte.

»Ich habe versucht, dagegen anzukämpfen«, sagte er leise, als seine Hand zu meinem Gesicht wanderte. »Ich habe mich gefragt, wie es aussehen würde, mich mit jemandem in der Gruppe einzulassen. Aber ich komme nicht mehr dagegen an.«

Er beugte sich zu mir hin und presste seine Lippen auf meine, er umfasste meine Taille und zog mich näher an sich heran. Wir wurden immer hektischer, die Finger im Haar des anderen.

Und dann spürte ich, wie sich etwas in mir löste. Das hatte ich lange nicht mehr gespürt. Mit Mike war es immer ruhig gewesen, als würde ich nach Hause kommen. Doch mit Idris fühlte ich mich ungebunden, gelöst, mein Herz schlug unregelmäßig. Jede Faser meines Körpers sehnte sich verzweifelt danach, ihm so nahe wie möglich zu sein.

Er stieß mich gegen den kalten Stein, und ich spürte ihn hart an meinem Oberschenkel, als ich das Bein hob. Meine Hände wanderten zu seinen Pobacken, und ich drückte mich an ihn.

Dann wurde ich mir plötzlich meines Körpers bewusst.

»Warum ich?«, fragte ich. »Du könntest jede haben.«

»Die Art, wie du schreibst«, flüsterte er. »Die Worte, die du wählst, sagen unglaublich viel über dich aus. Deine Stärke und deine Souveränität. Deine Schönheit.« Er wickelte sich eine meiner Locken um den Finger. »Und dein Zynismus«, fügte er mit einem Lächeln hinzu.

Wir atmeten beide schwer, drückten uns aneinander, ein Herz klopfte gegen das andere. Ich lehnte den Kopf zurück, spürte seine Lippen auf meinem Hals, wie sie weiter zu meinem Schlüsselbein und unter meine Bluse wanderten, während sein Daumen den silbrigen Stoff meines BHs wegschob und meine Brustwarze umkreiste. Ich stöhnte,

Gefühle pulsierten in mir, als meine Hand über seine straffen Muskeln glitt.

Er ließ sich auf den Rücken sinken und zog mich mit, sodass ich rittlings auf ihm saß. Ich beugte mich hinunter und tauchte in seinen Mund, während er an meinen Lippen stöhnte. Unsere Küsse wurden dringlicher, intensiver, wir merkten kaum, wie draußen der Regen herabdonnerte und der Wind auffrischte.

Idris schob meinen Rock hoch, seine Finger fanden die Feuchtigkeit unter meinem Seidenslip. Ich ließ meine Hand unter den Bund seiner Shorts gleiten und spürte seine Härte. Draußen krachte der Donner, und die Wellen tobten wild, als ich Idris' Shorts herunterzog und ihn zwischen meine Beine führte, während meine Blicke noch immer mit seinen verschmolzen waren.

Dann ließ ich mich auf ihn sinken.

»Oh Gott«, stöhnte er, wobei er menschlicher erschien, weniger gottgleich.

Ich bewegte mich auf und ab, neigte mich zu ihm hinunter und küsste ihn, während meine Finger durch sein langes, sandiges Haar fuhren und er seine Hüften hochstieß, tiefer in mich eindrang, sodass ich laut aufschrie.

Als ich den Kopf zurückbog, meinte ich, in der Dunkelheit zwei Augen zu sehen, die uns blinzelnd beobachteten. Doch als ich das nächste Mal hinsah, waren sie verschwunden.

23

Becky

»Ich schätze, das ist anders als dein Dorf in Sussex?«, meint Kai, als er und Becky die geschäftige Straße in Handsworth hinuntergehen, wo er aufgewachsen ist, direkt außerhalb des Zentrums von Birmingham. Geschäfte säumen die Straße, Passanten gehen fröhlich ihren samstäglichen Besorgungen nach. Menschen in bunten Saris und mit Dreadlocks spazieren in dem multikulturellen Szeneviertel an den Backsteingebäuden vorbei. Es unterscheidet sich sehr von Beckys kleinem Dorf. Es fühlt sich so dynamisch an, so energiegeladen … genau wie Kai.

Becky hat ihn angerufen, nachdem sie wieder in Großbritannien war. Sie hat ihn gefragt, ob er mit ihr nach Russland kommt, um ihre Schwester zu finden und die Höhle zu erforschen, in der Idris' Malerei gesichtet wurde. Da sie über Birmingham geflogen ist – es war der billigste Flug von Slowenien aus, den sie gefunden hatte –, hat er vorgeschlagen, sich in der Stadt zu treffen. Zunächst hat sie gezögert, doch dann hat sie gedacht: *Warum eigentlich nicht?* David erwartet sie ohnehin erst einen Tag später und es interessiert sie zu sehen, wo Kai lebt.

Und jetzt ist sie hier. Eine Gruppe Teenager geht an ihnen vorbei und mustert sie von oben bis unten. Sie lächelt ihnen zu und widersteht dem Drang, ihre Tasche fester an sich zu drücken. Nur weil sie Teenager sind und Kapuzen tragen, heißt das nicht, dass sie sie bestehlen wollen.

»Du solltest vielleicht besser den Reißverschluss deiner Tasche zuziehen«, sagt Kai leise. »Ich bin unheimlich gern hier, aber es gibt hier nun mal ein paar – wie soll ich sagen? – schwierige Jugendliche. Ich weiß das, weil ich selbst mal einer war«, fügt er mit einem Seufzer hinzu. »Wir wohnen direkt die Straße hoch. Du wirst sie sicher lieben. Zuerst macht es einen wahnsinnig, weil es so *viele* sind. Aber vertrau mir, du wirst dich bei uns schon bald wie zu Hause fühlen.«

Becky bleibt stehen. »Sie? Wen meinst du?«

»Meine Familie!«

»Aber ich dachte, wir gehen zu dir?«

»Wir gehen auch zu mir. Ich wohne bei meiner Mum.«

Becky muss lachen. »Wie alt bist du noch mal?«

Er wirft ihr einen Blick zu. »Dreiunddreißig. Na und? Ich reise so viel, dass es nicht sinnvoll ist, mir selbst was zu mieten. Außerdem kocht meine Mum ein verdammt gutes Ziegencurry.«

Becky schluckt, sie ist plötzlich nervös. Hat Kai nicht gesagt, dass er fünf Schwestern hat?

»Sie wissen aber schon, dass ich nicht deine ...« Sie beendet den Satz nicht.

Er lacht. »Freundin bin? Natürlich. Sie werden es nicht glauben, aber wen kümmert das? Komm, ich bin schon am Verhungern.«

Becky holt tief Luft und folgt ihm, bis sie zu dem

ruhigeren Ende der Straße kommen. Hier steht eine Reihe von Backsteinhäusern mit Erkerfenstern. Kai schwingt ein Gartentor auf und geht auf eine rote Haustür zu. Schon von hier aus riecht Becky das Essen, und das Wasser läuft ihr im Mund zusammen.

»Riech mal«, sagt Kai und schließt die Augen, während er tief einatmet. »Es ist göttlich.«

»Es riecht wirklich unglaublich.«

Er schließt auf und eine Kakofonie von Geräuschen stürzt auf Becky ein: streitende Mädchen, Popmusik, das Klappern von Töpfen und Pfannen und der laute Ruf einer Frau.

»Stell die Musik leiser! Kais Lady wird jeden Augenblick hier sein.«

»Kais Lady?«, sagt Becky und runzelt die Stirn.

»Ich hab dir ja gesagt, dass Mum es nicht glauben wird.«

»Kai!« Ein Mädchen von ungefähr zehn kommt die Treppe heruntergerannt und wirft sich in seine Arme. Sie ist klein und schön und hat das schwarze Haar zu Zöpfen geflochten.

»Das ist Tashel, meine Nichte«, sagt Kai und schwingt sie herum, während sie kichert. Dann erscheinen zwei Frauen am Ende der Diele, beide in den Zwanzigern und identisch aussehend, bis auf die Tatsache, dass ihr Kleidergeschmack total verschieden ist. Die eine trägt ganz konservativ ein elegantes schwarzes Kleid, die andere zerrissene Jeans und ein tief ausgeschnittenes rotes Oberteil.

»Die Zwillinge«, sagt Kai, befreit sich von seiner Nichte und tauscht einen High Five mit den beiden aus. »Janique und Chrisette, Tashels leidgeprüfte Mutter.«

Tashel verschränkt die Arme und sieht ihn gespielt wütend an.

»Hallo, Becky, willkommen im Irrenhaus«, sagt die elegant gekleidete Schwester. »Super, dass unser großer Bruder endlich eine Lady gefunden hat.«

»Ich sag's dir nicht gern, aber wir sind nur Freunde«, sagt Becky.

»Aber Mum hat gesagt …« Ihre Zwillingsschwester seufzt und schüttelt den Kopf. »Warum hält sie jede Frau, die du kennenlernst, für deine Zukünftige, Kai?«

»Ein Akt der Hoffnung«, meint die andere. »Der verzweifelten Hoffnung, dass ihr ältester Sohn endlich sesshaft wird.«

»Niemals!«, erklärt Kai.

Alle lachen.

»Komm weiter durch«, sagt Kai, während er sich an seinen Schwestern vorbeidrängt und in die Küche geht. Es ist eine lange Bordküche, die auf einen ordentlichen Garten hinausgeht. An einem runden Tisch sitzt ein Paar in den Dreißigern, ebenfalls eine von Kais vielen Schwestern, nimmt Becky an. Am Herd steht eine ältere Frau in einem wunderschönen langen, gemusterten Kleid. Ihr geflochtenes graues Haar hängt ihr den Rücken hinab. Sie dreht sich um, als Becky eintritt, und ihr Gesicht leuchtet auf.

»Becky!« Sie stürmt auf sie zu und nimmt sie in den Arm, dann hält sie sie eine Armlänge von sich weg und mustert sie. »Hübsch und kurvig, gut. Kai mag seine Freundinnen nicht spindeldürr.«

»Mum!«, sagt Kai genervt. »Wir sind nur Freunde.«

Sie ignoriert ihn. »Und, hat mein Junge sich benommen?«

»Ich weiß es nicht«, sagt Becky. »Ich war nicht so oft mit ihm zusammen.«

Kais Mum versetzt ihm einen Schlag mit einem Holzlöffel. »Du solltest sie öfter ausführen.«

Kai öffnet den Mund, um zu protestieren, doch seine Schwester schüttelt den Kopf. »Spar dir die Bemühungen ... sie will die Tatsachen nicht sehen.« Sie lächelt Becky an. »Ich bin Pheebie und das ist mein Mann Antwan.«

Becky winkt ihnen zu. »Ich bin Becky.«

»Wo sind denn Chanese und Thea?«, fragt Kai.

Becky atmet tief durch. All die Namen, die sie sich merken muss, der ganze Trubel des Familienlebens – sie ist das einfach nicht gewohnt.

»Im Wohnzimmer«, erklärt seine Mum. »Das Essen ist in fünf Minuten fertig. Raus aus der Küche mit euch, alle! Es wird zu heiß hier drinnen.«

Kai verdreht die Augen und führt Becky hinaus, doch seine Mum hält ihn zurück. »Für unseren Gast gilt das nicht. Du bleibst hier, Becky.«

»Mum, nimm sie nicht in die Mangel«, sagt Kai seufzend. »Wir sind wirklich nur Freunde.«

»Ich weiß, ich weiß. Ich lerne meine Gäste nur gerne kennen, ohne dass ihr alle auf mich einredet.«

Kai zuckt mit den Schultern und Becky lächelt. »Es ist in Ordnung. Vielleicht kann ich das Curry ja mal vorab probieren? Es riecht absolut *köstlich*.«

Kais Mutter zwinkert ihm zu. »Ich mag sie jetzt schon.«

Die anderen verlassen die Küche, und Becky hört, wie nebenan der Fernseher eingeschaltet wird.

»Kann ich helfen?«, fragt sie.

Kais Mutter schüttelt den Kopf. »Nein, setz dich«, antwortet sie und zeigt auf den Tisch.

Becky setzt sich und sieht sich in der Küche um. Es ist ein moderner Raum mit viel Holz und farbigen blauen Elementen. Ein Wandregal mit Gewürzen, verschiedene Flaschen mit Öl und anderem stehen auf den Brettern. Die Küche ist eindeutig das Zentrum des Hauses, hier ist Kais Mutter in ihrem Element.

»Kai hat mir erzählt, dass du deine Schwester suchst?«, fragt sie Becky, während sie das Curry umrührt.

Becky nickt. »Ich glaube, ich habe sie in Russland aufgespürt.«

Kais Mutter runzelt die Stirn. »In Russland? Mir ist dieses Land immer sehr seltsam vorgekommen. Willst du hinfahren?«

»Ich denke ja.«

Sie nickt. »Gut. Die Familie ist wichtig. Willst du selbst einmal Kinder?«

»Irgendwann, hoffe ich.«

»Dann solltest du dich besser beeilen, du bist nicht mehr so jung.«

Becky lacht. Sie könnte jetzt verletzt sein, aber sie mag die erfrischende Ehrlichkeit. »Ich bin gerade fünfunddreißig geworden, das ist noch nicht so alt.«

Die Frau schwenkt ihren Löffel und zeigt auf Beckys Bauch. »Diese kleinen Eier werden bald schrumpfen, und was ist dann?«

»Ich bin mir sicher, das ist okay für mich. Ich habe ja meine Hunde.«

»Hunde, pah! Hunde machen dich nicht fertig und

ruinieren dir nicht deine wunderschöne neue Küche«, sagt sie und zeigt auf einen kreisrunden Brandfleck auf der Holzoberfläche.

»Wollen wir wetten?«, antwortet Becky.

Sie lächeln einander an.

»Dann sind du und mein Sohn also wirklich nur Freunde?«, fragt Kais Mutter.

»Ja.«

Sie sieht Becky von der Seite an, als sie etwas Sauce in einen großen Topf gibt. »Hast du einen Mann?«

»Im Moment nicht.«

»Einmal einen gehabt?«

»Eine ernsthafte Beziehung, als ich noch jünger war.«

»Was ist passiert?«

Becky seufzt. Sie ist sich nicht sicher, was sie davon halten soll, dass sie so ausgefragt wird. Einerseits mag sie es, andererseits fühlt sie sich leicht überfordert.

»Er hat mich nach zehn Jahren aus heiterem Himmel verlassen. Ich habe nie wirklich verstanden, warum.«

Die Frau dreht sich um und lächelt traurig. »Jetzt verstehe ich.«

»Was?«

»Warum Kai und du einander gefunden habt. Er hat sich letztes Jahr verlobt und wollte heiraten, weißt du.«

»Ich hatte keine Ahnung. Was ist denn passiert?«

»Er wird es dir erzählen, wenn er es für richtig hält.« Sie zieht die Schürze aus, setzt sich Becky gegenüber und nimmt ihre Hand. »Deine Mutter ist vor Kurzem gestorben?«

Becky nickt und sieht auf ihre Hände hinunter, während

sie versucht, ihre Trauer zu unterdrücken. Manchmal trifft sie sie wie ein Hammerschlag. Seit sie mit der Suche nach ihrer Schwester begonnen hat, hatte Becky kaum Zeit zum Durchatmen und erst recht nicht, um richtig zu trauern.

Sie hat sich selbst nicht viel Zeit *zugebilligt.*

»Kai hat gesagt, dass du bei ihr warst, als sie gestorben ist«, sagt Kais Mutter sanft. »Das ist ein Luxus. Ich war Tausende von Meilen entfernt. Bewahr das in deinem Herzen.«

Becky lächelt traurig. »Das tue ich. Wird es irgendwann leichter?«

Kais Mutter schüttelt den Kopf. »Eigentlich nicht. Und in dem Moment, wo du denkst, es wäre leichter geworden, kommt es wie eine Welle von irgendwoher aus dem Nichts. Vor allem bei wichtigen Ereignissen, weißt du? Als meine Jüngste geboren wurde, direkt nach Mums Tod, habe ich gedacht, wie traurig es ist, dass sie ihre Großmutter nie kennenlernen wird.«

Becky denkt an ihre eigene Großmutter. Sie kennt sie nur von Fotos, die ihre Mum verbittert in irgendwelchen Schachteln aufbewahrt hat.

»Hast du deine Großmutter gekannt?«, fragt Kais Mutter, als würde sie ihre Gedanken spüren.

»Nein, meine Mum hatte keinen Kontakt zu ihr. Sie hatten eine schwierige Beziehung. Meine Großmutter war Sängerin.«

»Ach ja?«

Becky nickt. Sie erinnert sich an die wenigen Male, die ihre Mum von ihrer eigenen Mutter gesprochen hat. Sie hat ihrer Mutter immer vorgeworfen, es hätte ihr die Karriere ruiniert, dass sie ein Kind bekommen hatte.

Becky erinnert sich, wie ihre Mum ihre Großmutter nachgemacht hat: »Ich war dazu bestimmt, die nächste Patsy Cline zu werden, eine genauso berühmte Sängerin. Die brünette Patsy Cline hat mein Manager mich einmal genannt. Und dann bist *du* gekommen.«

Ihre Mum war ein Fehler gewesen, und das hatte sie als Kind dauernd zu hören bekommen. Becky hatte einmal zufällig mitgehört, wie ihr Dad mit einer Freundin darüber gesprochen hatte, dass die schlechte Beziehung von Selma zu ihrer Mutter auch schädlich für ihre Beziehung zu Becky sein könnte. Er hatte erzählt, dass Beckys Großmutter ihren ersten Mann in einem Nachtclub in Margate kennengelernt hatte, in dem sie gesungen hatte. Er war Geschäftsführer im dortigen Dreamland-Freizeitpark gewesen, und als sie ihn in seinem schicken Anzug mit Hut gesehen hatte, war sie sehr beeindruckt gewesen. Nach einer ärmlichen Kindheit sehnte sich Beckys Großmutter danach, sich nicht mehr um Geld sorgen zu müssen.

Doch als sie geheiratet hatte und schwanger geworden war, hatte sich allmählich herausgestellt, dass der Mann im eleganten Anzug mit Hut hohe Schulden hatte und nie in der Lage sein würde, ihr ein gutes Leben zu garantieren. Also hatte Beckys Großmutter ihn hinausgeworfen, nachdem es den Hauptgrund – ihren *einzigen* Grund –, aus dem sie ihn geheiratet hatte, nicht mehr gab. Als das Geld knapp wurde, war ihre Großmutter mit der kleinen Selma in einer kleinen Wohnung in Margate gelandet, derselben Wohnung, in der ihre Großmutter ihre späteren Jahre verbracht hatte. Nur ein- oder zweimal hatte sie mit einem ihrer vielen Exmänner während ihrer kurzlebigen und stürmischen Ehen irgendwo anders gewohnt.

Becky war einmal zu der Wohnung in Margate gefahren, die inzwischen längst verkauft war. Sie lag über einem Fish-and-Chips-Shop, nur fünf Minuten von der Promenade entfernt. Sie erinnert sich, wie sie draußen gestanden und hinaufgesehen und sich ihre Mutter dort oben als Kind vorgestellt hat – der Geruch von Fisch, Fett und Essig, das Geschrei der betrunkenen Touristen auf der Straße. Es konnte nicht leicht gewesen sein, doch zumindest hatte Selma im Gegensatz zu Becky, die ihre Mutter verloren hatte, als sie acht war, ihre Mutter gehabt, bis sie ausgezogen und auf die Universität gegangen war. So hatte es sich jedenfalls für Becky angefühlt. Wäre es besser gewesen, wenn Beckys Mutter von ihrem achten Lebensjahr an ohne ihre Mum aufgewachsen wäre? So wie Beckys Eltern über die Großmutter gesprochen hatten, war es nicht unbedingt angenehm gewesen, mit ihr zu leben. Vielleicht war ihre Mum deshalb so gewesen? Andererseits hatten viele Menschen eine schwierige Kindheit.

»Willst du probieren?«, fragt Kais Mutter, steht auf und geht zum Herd.

Becky schüttelt die Erinnerungen ab. »Ja, gerne.«

Sie schöpft einen Löffel ab und kommt damit zu Becky. Gewürze und Kräuter und das saftigste Ziegenfleisch, das sie je gegessen hat.

»Einfach unglaublich!«, sagt Becky.

Kais Mutter lächelt. »Gut. Dann lass uns den Tisch decken, ja?«

Zwanzig Minuten später sitzt Becky an einem vollen Tisch mit Kais Mutter, seinen Schwestern, deren Partnern und seiner süßen kleinen Nichte. Es ist ein einziges Stimmengewirr, Worte fliegen wie Gewehrsalven hin und her, während alle den unglaublichen Eintopf seiner Mutter genießen. Alle sind fasziniert von Beckys Arbeit als Tierärztin. Sie lachen und zucken zusammen, als sie ihnen Geschichten erzählt, und Kai berichtet von seinen neuesten Höhlenabenteuern. Seine anderen beiden Schwestern sind die jüngsten. Beide sind Anfang zwanzig, die eine hat ihr kurzes Haar rot gefärbt und ein Piercing in der Nase, die andere ist glamourös mit ihrem strahlend rosa Lippenstift. Beide sind ebenso verschieden wie großartig und Becky versteht, warum Kai so natürlich ist und warum es solchen Spaß macht, mit ihm zusammen zu sein.

Während sie beobachtet, wie sie miteinander umgehen, stellt sie sich vor, dass es mit ihrer Mum anders gelaufen wäre. Vielleicht hätte sie noch mehr Kinder bekommen, wenn sie nicht in die Höhle gezogen wäre? Oder wenn Beckys Dad entspannter mit allem umgegangen wäre und Becky die Hälfte der Zeit bei ihrer Mum hätte leben können, mit ihrer Schwester in der Höhle aufwachsen können, mit dem Lärm und Spaß der Gemeinschaft aufwachsen dürfen.

Doch mehr als alles andere hat Becky den weiblichen Einfluss in ihrem Leben vermisst. Kai stöhnt zwar über seine Schwestern, dass sie die Bäder dauerbelegen und das Haus mit dem Geruch von Parfüm und Haarspray verpesten, doch Becky hat sich als Kind danach gesehnt. Etwas Lärm, etwas Geklapper, vielleicht sogar jemanden zum

Streiten. Es war immer so ruhig und sauber gewesen mit ihrem Dad.

»Sollen wir rausgehen? Die Sonne scheint, und wir könnten alles wegen Russland besprechen«, sagt Kai, nachdem sie ihr saftiges, köstliches Süßkartoffeldessert gegessen haben. Sie sieht in seinen blauen Augen, dass er ihre Nachdenklichkeit spürt.

»Ja, gern. Gute Idee.«

Sie bedankt sich, dann folgt sie Kai nach draußen, während seine Schwestern sich mit hochgezogenen Brauen ansehen. Wie es scheint, ist diese Familie fest davon überzeugt, dass sie ein Paar sind. Becky stellt sich einen Moment vor, es wäre wirklich so. Dass sie übers Wochenende hergekommen ist, mit seinen Schwestern auf dem großen Ecksofa sitzt und einen Film ansieht. Dass sie von seiner Mutter Rezepte lernt. Sich in genau dem Hängesessel zusammenrollt, zu dem sie gerade gehen, um in die Sterne zu gucken und bis tief in die Nacht zu reden.

Sie spürt, wie sie rot wird. Was ist nur los mit ihr?

»Und, wie war Slowenien?«, fragt Kai. Der Hängesessel ächzt unter ihrem Gewicht. Im Nachbarhaus wird mit viel Lärm gegrillt, Männer rufen, Mädchen lachen. Auf der anderen Seite versucht eine Frau, ihr schreiendes Baby zu stillen.

»Es war interessant«, sagt Becky. »Die Höhlen sind wunderschön.«

Kai schüttelt den Kopf. »Ich bin ganz schön neidisch. Ich war noch nie dort.«

»Ha, dann hab ich dir eine Höhle voraus.«

Scherzhaft kneift er die Augen zusammen und sieht sie an. »Erzähl mir, was du herausgefunden hast.«

Becky erzählt ihm alles: von der Höhle, in der Idris und Solar gelebt haben, wie sie plötzlich verschwunden sind, von dem Foto von Idris' Malerei in der russischen Höhle und von dem Artikel, den Caden über Solar gefunden hat. Sie gibt Kai den Artikel, und er sieht sich das Foto an.

»Ich schätze, die Kungar-Eishöhlen könnten Idris gefallen haben, wenn er Höhlen liebt«, sagt Kai. »Aber dort zu *leben*? Noch dazu mit einem Kind? Sie müssen sich zu Tode gefroren haben.«

»Vielleicht hatte er keine Wahl. Ich höre immer wieder, dass er vor jemandem geflohen ist, dass er Angst hatte.« Sie denkt an die ausgebrannte Höhle in Spanien, an die unheimlichen Bilder, die Solar gemalt hat. Wer war hinter ihm her – und warum?

»Kurz nachdem du weg warst, habe ich mit diesem Julien gesprochen«, sagt Kai. »Er hat mir das Gleiche gesagt, dass Idris vor jemandem Angst hatte. Aber du machst dir keine Sorgen um deine Schwester, oder?« Er sieht auf den Artikel hinunter. »Nach dem Foto zu urteilen, scheint sie ihre Kindheit unbeschadet überstanden zu haben.«

»Aber was ist mit Idris? Niemand kann ihn aufspüren, nicht einmal jemand wie Caden, der darauf spezialisiert ist.«

»Solar weiß wahrscheinlich, wo er ist.«

Becky nickt.

»Hey, ich hab noch ein paar andere gute Fotos aus Spanien«, sagt Kai und zieht sein Handy aus der Tasche. »Ich wollte deine Inbox aber nicht mit den Fotos überfluten.«

Sie beugen sich nah zueinander hin, als er durch die Fotos scrollt. Viele sind von dem Abend in den Höhlen, auf manchen strahlt Becky, ihr Gesicht ist vom Wein gerötet.

Manche sind nach ihrer Abreise aufgenommen, einschließlich der von Julien, der vor seiner Höhle sitzt und seine Holzfigurinen schnitzt.

»Die Fotos sind wirklich gut«, sagt Becky. »Mit dem richtigen Filter bist du in null Komma nichts ein Instagram-Star.«

Kai lacht. »#GanzOhneFilter, Baby!«

Doch Becky lacht nicht. Sie hat auf einem der bei Tageslicht aufgenommenen Fotos des Inneren von Juliens Höhle etwas entdeckt: Sie sieht auf diesem Foto Bilder, die sie vorher nicht gesehen hat. Eines zeigt ein Gebäude, das sie erkennt: das alte verlassene Hotel ihrer Mum. Durch die große Eiche im Hintergrund weiß sie, dass es wirklich das gleiche Hotel ist.

Sie zoomt näher heran. Das Bild zeigt einen Jungen, der am Rand der Klippe steht. Hinter ihm sieht sie ein Gesicht aus einem der Hotelfenster schauen: die eine Hälfte weiß, die andere schwarz.

Das unheimliche Gesicht, das Idris und Solar gemalt haben!

Becky schaudert und gibt Kai das Handy schnell zurück.

»Was ist denn?«, fragt Kai.

»Da ist wieder dieses Gesicht«, sagt sie und zeigt darauf. »Aber diesmal ist es in dem Hotel, in dem Mum gelebt hat.«

»In dem Hotel, das jetzt dir gehört?«

Becky nickt.

»Es stand jahrelang leer, bevor Mum es gekauft hat, und war zu der Zeit geschlossen, als ich als Kind in Queensbay gelebt habe.«

»Es könnte etwas aus Idris' Vergangenheit sein.« Kai aktiviert den Browser auf seinem Handy. »Wie hieß das Hotel noch mal?«

»Queensbay Hotel.«

Kai hebt die Braue. »Sehr originell. Okay, sehen wir mal, ob ich irgendwas darüber finde.« Er tippt den Namen ein, während ihm Becky über die Schulter sieht. Eine Reihe von Treffern erscheint, von denen sich viele auf ein gleichnamiges Hotel in Australien beziehen. Doch einige Seiten befassen sich mit der Geschichte von Queensbay. Kai klickt darauf, und sie finden einen kleinen Absatz mit einem Foto des Hotels, als es noch in Betrieb war. Becky bemerkt, dass ihre Mum es so restauriert hat, wie es früher aussah.

Das Queensbay Hotel wurde im Jahr 1900 mit Fanfarenklängen eröffnet und war besonders bei Kranken beliebt, die in den darunter gelegenen Höhlen Heilung suchten. Es war viele Jahrzehnte das erste Haus am Platz, bis es 1975 zum Verkauf angeboten wurde.

»Idris ist erst 1991 nach Queensbay gekommen. In dem Jahr hat uns meine Mum verlassen«, sagt Becky.

»Ist er da zum ersten Mal in die Stadt gekommen? Oder ist er vielleicht in der Gegend aufgewachsen?«

Becky runzelt die Stirn. »Das wäre möglich.«

»Hey, Kai!«, ruft eine Stimme.

Sie blicken auf und sehen eine Frau über den Zaun des Nachbarhauses zu ihm herüberschauen. Sie ist schön, hat große, oval geschnittene braune Augen und schwarzes zu einem welligen Bob geschnittenes Haar. Becky bemerkt eine Veränderung in Kais Gesicht, als er die Frau sieht. Seine Kiefer spannen sich an, und er nickt steif.

»Hey, Tara.«

»Und wer ist das?«, fragt Tara mit einem Blick auf Becky.

»Becky, das ist Tara«, sagt Kai seufzend. »Tara, das ist Becky.«

»Du solltest mal auf ein Bier rüberkommen, Kai, dann können wir uns auf den neuesten Stand bringen«, sagt Tara und hebt ihre Flasche.

»Eher nicht, Tara.«

Sie zieht einen Schmollmund. »Ach, sei doch nicht so.«

»Du bist betrunken.«

Tara runzelt die Stirn. »Und dir könnte es nicht schaden, es zu sein. War nett, dich kennenzulernen, Becky.« Aber sie bedenkt Becky mit einem Blick, der klar erkennen lässt, dass sie alles andere als erfreut ist, sie kennenzulernen. Dann verschwindet sie.

»Das war ... interessant«, sagt Becky, als Tara außer Hörweite ist.

»Das ist es immer, wenn es um Tara geht.«

»Ist sie eine Freundin von dir?«

Kai schüttelt den Kopf. »Nicht mehr. Das war sie mal. Und sie war noch viel mehr.«

»Zum Beispiel deine Verlobte?«, fragt Becky sanft und denkt daran, was Kais Mum ihr gesagt hat.

»Ja, irgend so was«, antwortet Kai, lehnt sich zurück und blinzelt in den blauen Himmel. Sie studiert seine dunkle, glatte Haut, den Nasenring, der im Spätnachmittagslicht funkelt.

»Ich hatte auch mal einen irgend so was.«

Er sieht sie von der Seite an, ein Auge geschlossen. »Ach ja?«

»Er hieß Gus.«

»Was für ein Name!«

Becky lächelt. »Und was für ein Typ! Zumindest hab ich das damals gedacht. Ich war vierzehn und ziemlich einsam. Er war auch einsam, schätze ich. Er war gerade aus den Staaten hergezogen, und wir sind uns über Bücher nähergekommen. Es hat nicht lange gedauert, bis wir unzertrennlich waren.«

»Klingt wie bei Tara und mir. Ich war sechzehn. Nur dass es mit ihr keine Bücher waren, sondern eher Bier.«

Sie lachen.

»Und was ist mit diesem Gus passiert?«, fragt Kai.

Becky seufzt. »Ich habe mich in ihn eingewickelt wie in eine Schmusedecke. Damals hätte ich das nicht zugegeben, aber ich habe meine Mum ganz furchtbar vermisst. Eine Weile hat es funktioniert, es fühlte sich gut an. Aber er war ein bisschen dominant. Ich habe mich schon immer für Naturwissenschaften interessiert und vor allem für Tiere. Doch Gus hat mich überredet, Geschichte zu studieren, statt seelenlose Wissenschaft, wie er es genannt hat.«

Kai verdreht die Augen. »Ich bin mir nicht sicher, ob ich diesen Kerl mag.«

Becky lächelt. »Also habe ich mich auf Geschichte konzentriert und bin Gus aufs College gefolgt, dann auf die Uni und hab mir später einen Job bei einem historischen Verband in Busby-on-Sea gesucht, wo ich mit meinem Dad lebte. Sogar eine kleine Wohnung hab ich mir genommen. Ich war mir sicher, dass wir für immer zusammenbleiben.«

Kai nickt. »Verstehe. Mit Tara war es das Gleiche. Ja, so war das. Kai und Tara. Tara und Kai. Bis ich entdeckt habe, dass Tara lieber Tara und Zane wollte.«

»Zane?«

»Mein bester Freund. Letztes Jahr habe ich sie erwischt, wie sie auf einer Bank in der Stadt einen horizontalen Tanz hingelegt haben.«

Becky legt die Hand auf seinen Arm. »Auf einer Bank mitten in der Stadt? Oh Gott, das tut mir leid, Kai.«

Er runzelt leicht die Stirn. »Das war das Beste, was mir passieren konnte. Besser, es *vor* der Hochzeit rauszufinden. In die Ferien in Spanien haben mich Hannah und Ed geschleppt, um mich davon abzulenken, dass ich in dieser Zeit eigentlich heiraten wollte.«

»Die beiden sind wirklich gute Freunde.«

Er lächelt. »Das stimmt. Aber jetzt rede ich die ganze Zeit von mir. Was ist mit dem Naturwissenschaftskritiker Gus passiert?«

Becky seufzt. »Er hat mir aus heiterem Himmel eröffnet, dass er mich nicht mehr liebt. Wir hatten zu Abend gegessen und Fernsehen geguckt. Und da hat er sich zu mir umgedreht und gesagt: Ich kann so nicht weitermachen, Becky. Ich liebe dich nicht mehr.«

Kai zuckt zusammen. »Autsch.«

»Am nächsten Tag ist er ausgezogen. Aber wie du gesagt hast: Besser vor der Hochzeit und bevor man gemeinsame Kinder hat … Ich weiß aus erster Hand, wie es sich anfühlt, wenn sich die Eltern trennen. Außerdem wäre ich nie Tierärztin geworden, wenn er nicht gegangen wäre. Ich würde immer noch für diesen Verband arbeiten und Fotos von alten Garagen archivieren.«

»Und warum bist du Tierärztin geworden? Du hast die Pferde hinter eurem Haus erwähnt, aber da warst du doch noch ein Kind.«

Becky lächelt vor sich hin. »Gus' Großmutter ist gestorben und hat ihm den Hund hinterlassen. Ein Jahr, nachdem er mich hat fallen lassen, ist er in meiner neuen Wohnung aufgetaucht und hat mich gefragt, ob ich den Hund wollte, weil er ihn nicht behalten würde.«

Kai sieht sie ungläubig an. »Ehrlich?«

Becky lacht. »Ja. Ich hab den armen Kerl aufgenommen, wie hätte ich da Nein sagen können? Er war großartig, ein dreibeiniger Staffordshire Bullterrier, der auf den Namen Rupert hörte. Aber Mann, hatte der gesundheitliche Probleme! Ich war oft mit ihm beim Tierarzt. Dabei ist mir klar geworden, wie gerne ich Rupert selbst behandelt hätte, statt nur nickend daneben zu stehen.« Sie runzelt die Stirn. »Aber eigentlich ist die Saat schon viel früher gelegt worden. Ich mache immer die Pferde hinter unserem Haus dafür verantwortlich, doch ich erinnere mich, dass alles an dem Tag angefangen hat, als ich meine Mum zum ersten Mal in der Höhle besucht habe. Ein Hund hatte sich verletzt, und ich habe geholfen und … ich erinnere mich, dass Idris mir gesagt hat, ich würde einmal Tierärztin werden. Ich habe es nie gerne auf ihn zurückgeführt, aber ehrlich gesagt hat damit meine Besessenheit angefangen. Er hat mich glauben gemacht, dass das meine Bestimmung ist. Aber egal, nach zwei Jahren Abendunterricht, um die Vorkurse in Naturwissenschaft zu absolvieren, die ich schon immer hatte machen wollen, und nach fünf Jahren Studium habe ich schließlich meinen Abschluss gemacht. Dank Idris ...«

»Scheint ein toller Typ gewesen zu sein.«

»Ich schätze, das war er. Schon allein all diese Leute um sich zu scharen ...«

»Aber für dich dürfte das gefühlsmäßig ganz schön schwierig gewesen sein. Deine Mum hatte eine Affäre mit ihm und ist schwanger geworden.«

Becky zuckt mit den Schultern. »Es war eigentlich keine Affäre in dem Sinne. Mum und Dad waren schon getrennt, als sie in die Höhle gezogen ist.«

»Was wirst du Idris sagen, falls du ihn findest?«

Becky spielt mit dem Saum ihrer Shorts. »Warum hast du meine Schwester mitgenommen ... und wo ist sie?«

Kai legt seine Hand auf ihren Arm. »Du wirst sie finden.«

»Das hoffe ich.« Sie sieht ihm in die Augen. »Hilfst du mir und kommst mit nach Russland?«

Als sie das sagt, wird ihr klar, wie sehr sie sich wünscht, dass er mitkommt. Nicht nur um ihr zu helfen, Zugang zur Höhle zu bekommen, sondern auch wegen seiner Gesellschaft. Seines Lächelns. Seiner Witze und seiner Unterstützung.

Kai tut so, als müsste er darüber nachdenken. Dann lächelt er sie strahlend an. »Klar komm ich mit!«

Als sie sich abklatschen, wirft Becky einen Blick auf Kais Handy, das auf seinem Knie liegt und auf dem die Seite über das alte Hotel immer noch geöffnet ist.

Wie hängt das nur alles miteinander zusammen?

24

Selma

Am Morgen nachdem Idris und ich uns geliebt hatten, erwachte ich bei Sonnenaufgang in seinen Armen. Das alte, verlassene Hotel ragte über uns auf. Nach dem starken Gewitter war es so warm und trocken geworden, dass wir mitten in der Nacht aus der kleinen Höhle gekommen waren, um am Strand zu schlafen. Unser Haar hatte sich im Sand zu einem feuchten Wirrwarr verheddert.

Ich hatte das Gefühl zu träumen. Der Sex mit Mike war so lange mechanisch gewesen. Es war nicht seine Schuld, ich hatte mich vor ihm verschlossen, vor allen sexuellen Gefühlen. Nicht absichtlich – es war einfach so gewesen. Doch die Nacht, die ich mit Idris verbracht hatte, die Empfindungen, die er in mir geweckt hatte … die alten, leidenschaftlichen Gefühle, die ich früher genossen hatte, waren wieder da.

»Ihr seht aus wie eine Meerjungfrau mit zwei Köpfen«, sagte eine Stimme von oben.

Ich blickte hoch und sah Oceane auf uns herunterlächeln. In diesem Moment wurde mir klar, wie dumm es von mir gewesen war zu denken, dass Idris und Oceane miteinander schliefen. Sie würde wohl kaum so reagieren.

»Wunderschön sieht das aus«, fügte das junge Mädchen hinzu. »Wollt ihr Kaffee?«

Idris öffnete die Augen und lächelte. »Das Zauberwort.«

Oceane sprang in die Höhle, und ich setzte mich auf und blickte mich um. Alle gingen ihren Tätigkeiten nach, und es schien sie nicht zu stören, dass Idris und ich die Nacht miteinander verbracht hatten. Den ganzen folgenden Tag über war es nicht anders, ganz als wären wir von Anfang an zusammen gewesen. Er hielt meine Hand und küsste mich in den Nacken, und es bestätigte mir, was ich in meinem Herzen wusste: Ich war wirklich die Einzige, mit der er hier intim gewesen war.

Abends gingen wir zurück zu der kleinen Höhle mit den erstarrten Vögeln – es war jetzt *unsere* Höhle – und liebten uns erneut.

»Versuch, in den Fluss zu kommen«, flüsterte Idris, als ich mich auf ihm bewegte. Sein Rücken lehnte an der kalten Wand, die Beine hatte er vor sich ausgestreckt. »Sieh mir in die Augen, finde den Fluss.«

Ich tat, was er gesagt hatte, obwohl ich eigentlich nicht an diesen sogenannten Fluss glaubte. Ich konzentrierte Geist und Gefühl auf den Ort, an dem wir vereint waren. Schon bald existierte nichts anderes mehr, nur noch wir beide, das Gefühl von ihm in mir, während wir uns bewegten. Ob das der Fluss war oder nicht – ich hatte mich noch nie so gefühlt.

Später lagen wir zusammen auf der Decke, die wir mitgebracht hatten, und sahen zu den erstarrten Tieren hoch.

»Ist das der tantrische Sex, von dem Sting und seine Frau reden?«, scherzte ich.

»Das ist alles nur Gerede. Aber das hier ist echt.« Er schob mir eine Strähne hinters Ohr. »Wie fühlst du dich, wenn du daran denkst, dass uns das Jugendamt in ein paar Wochen einen Besuch abstattet?«

Ich hatte einen Brief bekommen, dass der Besuch in etwa einem Monat stattfinden sollte. Ich seufzte. »Nervös.«

»Du bist eine großartige Mutter, das ist alles, was sie sehen müssen.«

»Ich weiß nicht. Ich finde es immer schon schwierig, dieses ganze Mutterding.«

»Wie kommt das?«

Ich dachte darüber nach. »Als Becky zur Welt gekommen ist, hatte ich ziemliche Probleme.«

»Babyblues?«

Ich nickte. »Das hat zumindest der Arzt gesagt. Manchmal hatte ich eine solche Distanz zu allem, als würde ich das Leben aus einer Blase heraus betrachten. Aber dann kamen die paranoiden Gedanken. Ich bin überängstlich geworden, was Becky anging, wollte nicht, dass irgendjemand anderer sie im Arm hielt als ich. Und …«. Ich hielt inne.

Idris hob mein Kinn an und sah mir in die Augen. »Du weißt, dass du mir alles sagen kannst.«

»Ich habe angefangen, mir vorzustellen, dass Becky etwas ganz Furchtbares passiert, etwas Gewalttätiges. Durch andere Menschen oder durch einen Unfall. Sie waren so plastisch, diese Gedanken, als würde ein Fernseher sie immer wieder zeigen. Ein paar habe ich sogar aufgeschrieben.« Ich schloss die Augen. »Mike hat das Notizbuch gefunden.«

Idris zog mich an sich und küsste mich sanft auf den Kopf.

»Wir haben uns gestritten. Und ich habe gedacht, dass er sie mir wegnimmt. Ich habe selbst den Postboten für einen Sozialarbeiter gehalten, was total irrational war, da Mike mein Notizbuch gerade erst gelesen hatte. Und als er am Telefon beim Arzt einen Termin für mich gemacht hat, bin ich mit Becky weggelaufen. Ich bin einfach gegangen.«

Ich setzte mich auf, während ich in die Dunkelheit blickte. Ich hatte das noch nie jemandem erzählt, nur Mike wusste natürlich davon.

»Weißt du was?«, fuhr ich fort. »Ich kann mich kaum noch daran erinnern, dass ich das getan habe. Es ist alles so verschwommen.« Tränen traten mir in die Augen. »Mike war außer sich. Becky ging es natürlich gut. Aber es war trotzdem nicht richtig von mir, sie einfach so zu nehmen und zu gehen.«

»Es war richtig«, sagte Idris und legte mir die Hand aufs Knie. »Es war richtig zu gehen und den Kopf frei zu bekommen.«

»Mike hat das aber gar nicht so gesehen. Ich bin am nächsten Tag zurückgekommen, und er war furchtbar wütend. Nur weil ich ihm versprochen habe, zum Arzt zu gehen und mir ein Antidepressivum verschreiben zu lassen, hat er das Jugendamt nicht angerufen.« Idris runzelte die Stirn und ließ seine Finger meinen nackten Arm hinunterwandern. »Hattest du auch das Gefühl wegzulaufen, als du hierhergekommen bist?«

Ich runzelte die Stirn. »Zuerst ja. Die alten Gefühle waren wieder da. Zumindest die Gefühllosigkeit.« Ich lächelte ihn an. »Aber jetzt fühlt es sich anders an. Als wäre ich nach Hause gekommen.«

Idris beugte sich zu mir und drückte seine Lippen auf meine. »Gut. Ich will nicht, dass das hier nur etwas Vorübergehendes für dich ist.«

»Das ist es nicht.«

Idris schwieg einen Moment. »Du solltest mit Donna reden. Sie hat mir etwas anvertraut – nicht genau das, was du durchgemacht hast, aber ähnlich. Es könnte für euch beide hilfreich sein, darüber zu reden.«

»Ich muss nicht darüber reden. Mir geht so viel anderes im Kopf herum.«

»Genau. Emotionale Blockaden wurzeln oft in tief sitzenden Problemen aus der Vergangenheit. Du musst dich reinigen. Und Reden ist gut.« Er lehnte sich nahe zu mir. »Ich finde wirklich, dass du mit Donna reden solltest.«

Ich seufzte. Ich hatte mich immer gesperrt, mit anderen Frauen über solche Dinge zu reden, hatte es ein bisschen unfein … ein bisschen prosaisch gefunden. Aber vielleicht hatte Idris ja recht. Vielleicht war es an der Zeit, dass ich mich ein bisschen öffnete.

»Gut, wenn du meinst, dass das das Beste für mich ist, Herr Philosoph – oder sollte ich sagen, Herr Therapeut?«

»Ich weiß *immer*, was das Beste ist. Wie jetzt.« Er tauchte mit dem Kopf unter die Decke, während ich kicherte.

An diesem Abend saßen wir mit den anderen am Feuer, tranken und redeten wie immer. Doch es fühlte sich anders an. Wir waren beide so aufeinander fixiert, als wäre es nie anders gewesen.

Als Donna in die Höhle kam, stieß Idris mich an, und

ich stand auf und folgte ihr. Sie stand am Waschbecken und hatte mir den Rücken zugewandt.

»Hey du«, sagte ich.

Donna zuckte zusammen. »Du hast mich vielleicht erschreckt.«

Ich lachte. »Mir war nicht klar, dass ich mich anschleichen kann wie ein Ninja.«

Donna lachte nicht. In der letzten Zeit war sie mir gegenüber mürrischer geworden.

»Tee? Ich habe Kopfschmerzen und möchte heute Abend keinen Wein trinken.«

»Gute Idee.«

Wir schwiegen, während Donna den Tee zubereitete. Sie stellte einen Blechkessel auf den Campingkocher, und als der Tee fertig war, brachte sie ihn herüber. Ich trank einen Schluck und freute mich über die Wärme.

»Heute Abend kommt es mir ein bisschen kälter vor«, meinte Donna.

»Mir auch.«

»Bist du nervös wegen des Jugendamt-Besuchs?«

»Idris hat mich vorhin das Gleiche gefragt. Ich schätze, ja.« Ich wiederholte, was ich schon Idris zu meinen mütterlichen Fähigkeiten gesagt hatte … und dass ich nach Beckys Geburt Probleme gehabt hatte. »Idris hat angedeutet, dass es dir nach Toms Geburt ähnlich gegangen ist?«

Donna runzelte die Stirn.

»Ich wollte nicht neugierig sein«, fügte ich schnell hinzu. »Er hat nichts weiter gesagt. Nur gemeint, dass es uns guttun könnte zu reden. Um genau zu sein, hat er mehr oder weniger darauf bestanden.«

Donna folgte meinem Blick und schaute zu Idris hin. »Ich habe etwas getan«, sagte sie schließlich. »Ehe ich vor einigen Jahren nach Queensbay gezogen bin. Es ging darum, Oceane zu beschützen.« Sie beobachtete, wie ihre Tochter draußen tanzte. »Ironischerweise war eine der Konsequenzen die, dass ich sie eine Weile nicht sehen durfte; sie musste bei ihrem Dad leben, was alles andere als ideal war. Wenn ich das gewusst hätte …« Sie schüttelte den Kopf, als wollte sie die Erinnerung verscheuchen. »Aber was soll's? Jetzt sind wir zusammen, hier, an diesem wunderbaren Ort. Und du auch … vor allem jetzt, wo du mit Idris zusammen bist.«

»Wir sind glücklich. Ich würde sagen, es hat mich überrascht, es hat uns *beide* überrascht.«

»Mich auch«, sagte Donna. »Ich hätte nicht gedacht, dass er dein Typ ist, um ehrlich zu sein. Oder du sein Typ …«

Ich runzelte die Stirn. »Weil ich älter bin als er? Ich weiß, dass es Gerüchte über ihn und jüngere Mädchen gibt«, sagte ich und sah zu ihrer Tochter hin.

Donna folgte meinem Blick. »Was für Gerüchte?«

Innerlich versetzte ich mir einen Tritt. »Alles nur Lügen.«

»*Was* für Gerüchte?«, fragte Donna erneut.

»Diese dämlichen Gerüchte, die über ihn und Oceane im Umlauf sind.«

Donnas Stirnrunzeln wurden tiefer. »Über ihn und Oceane?«

Ich schnitt eine Grimasse und griff nach ihrer Hand. »Donna, komm. Du weißt doch, dass das alles Lügen sind, oder?«

Donna atmete tief durch und lächelte. »Natürlich. Ich bin einfach so ein Muttertier. Ich hoffe jedenfalls, es geht gut mit euch beiden.« Sie stand auf, und ihr Gesicht verdüsterte sich, als sie Idris ansah. »Ich werde noch etwas saubermachen. Sagst du Tom, dass ich hier drinnen bin? Und pass bitte auf, dass er nicht zu dieser kleinen Höhle geht, der mit den ganzen erstarrten Tieren, ja? Er spielt gerne dort, aber als ich das letzte Mal dort war, ist mir aufgefallen, dass ein paar Steine heruntergekommen sind. Ich habe versucht, mit Idris darüber zu reden, aber er hat gesagt, es wäre alles in Ordnung. Vielleicht kannst du ja mal mit ihm sprechen?«

»Ich werd's versuchen.« Donna lächelte mich angespannt an, und ich ging.

Während der nächsten zwei Wochen verdoppelten wir unsere Anstrengungen, die Höhle für das Jugendamt in einen sauberen und guten Zustand zu versetzen.

»Es läuft gut«, sagte Oceane, als sie am Tag vor dem Besuch neben mir saß und die Höhle begutachtete.

Ich lächelte. »Ja, das finde ich auch.«

»Ich hatte nicht viel Gelegenheit, mit dir zu reden, seit du hierhergekommen bist«, sagte sie, schlang die Arme um ihre Knie und zog sie zur Brust hin. »Aber schon an dem Tag, an dem wir bei der Höhle miteinander geredet haben, hab ich gewusst, dass du eines Tages hier leben wirst, weißt du.«

»Wirklich?«

»Ja, ich bin ziemlich weise für einen Teenager.«

»Scheint so. Bist du glücklich hier?«

Sie lachte. »*Natürlich* bin ich das.«

»Aber solltest du nicht in deinem Alter eigentlich in Clubs gehen und mit deinen Freunden vom College abhängen?«

»Das hab ich versucht«, sagte Oceane seufzend. »Aber es hat sich immer so künstlich angefühlt. *Das hier* fühlt sich richtig an.«

»Und was hast du für Pläne? Du schreibst Gedichte. Möchtest du sie später einmal veröffentlichen?«

»Warum muss es denn immer einen Plan geben? Ich habe meine Familie hier, und ich mache das, was ich liebe.«

»Aber es kann nicht ewig so weitergehen.«

»Warum nicht? Und selbst wenn – es gibt ja noch andere Höhlen in anderen Ländern.«

Ich lächelte. »Aha, dann hast du also doch Pläne. Ein bisschen reisen würde dir sicher guttun. Ich wünschte, ich wäre noch so jung wie du.«

»Und was hält dich vom Reisen ab?«

Ich sah aufs Meer hinaus. Ja – was hielt mich jetzt davon ab?

Oceane stand auf und streckte sich. »Ich muss ein paar Frauensachen einkaufen. Brauchst du auch was? Gin vielleicht? Schokolade … oder Damenbinden?«, fügte sie mit einem Lachen hinzu.

Ich runzelte die Stirn. Wann hatte ich eigentlich zum letzten Mal meine Periode gehabt?

»Stimmt irgendwas nicht?«, fragte sie.

»Nein, alles in Ordnung«, antwortete ich schnell, während Panik in mir aufstieg.

Als Oceane den Strand hinunterging, eilte ich zum Wasser und atmete tief die salzige Luft ein.

Denk nach, Selma, denk nach!

Welches Datum hatten wir? Nächste Woche fing die Schule wieder an, dann war Mitte September.

Wann hatte ich das letzte Mal meine Periode gehabt? Jedenfalls nicht seit den Nächten mit Idris in der Höhle. Mein Atem wurde schneller. Eigentlich lief das bei mir immer sehr regelmäßig …

Nein.

Wir waren vorsichtig gewesen! Idris hatte Kondome benutzt. Bis auf die erste Nacht in der kleinen Höhle …

Ich legte die Hand auf meinen Bauch und zog sie schnell wieder weg. Das wäre schrecklich. Das Schlimmste, was mir passieren konnte. Becky hatte ich immer gewollt, aber ich wollte keine weiteren Kinder. Wie hatte ich nur so verdammt dumm sein können?

»Beruhig dich«, schimpfte ich mit mir selbst. Vielleicht war ich ja gar nicht schwanger. Vielleicht machte ich mir ganz umsonst Sorgen. Ich suchte Erklärungen: Vielleicht lag es einfach an den neuen Lebensumständen, die meine Periode unregelmäßig machten? Oder an dem vielen Sex mit Idris. Mit Mike war ich das nicht gewohnt gewesen. Das hatte doch bestimmt einen Einfluss auf den Körper?

Ja, zum Beispiel den, dass man schwanger wird.

So oder so, ich musste es wissen.

Also machte ich mich später am Tag in die Stadt auf, um einen Schwangerschaftstest zu kaufen. Ich ging in einem vollen Pub auf die Toilette, saß dort auf dem Toilettensitz und starrte das kleine Feld an. Würde sich dort gleich etwas tun? Ich hatte das Gefühl, als würde mir das Herz aus der Brust springen.

Ich beobachtete, wie langsam eine Linie erschien.

»Lass es nur eine Linie sein«, flüsterte ich. »Bitte, lass es nur eine sein.« Aber es erschien eine zweite Linie.

Ich war schwanger.

25

Selma

Als ich zurück zur Höhle ging, war ich vollkommen durcheinander und mein Inneres in Aufruhr. Ich dachte an Idris. Vielleicht war es ja gar nicht so schlimm? Schließlich war es sein Kind, das ich in mir trug. Sein Blond gemischt mit meinem Dunkel. Sein Idealismus mit meinem Zynismus. Was für ein Kind würde daraus entstehen?

Doch dann schlichen sich andere Gedanken ein, die Erinnerungen an die ersten Tage in Beckys Leben: wie wahnsinnig erschöpft ich gewesen war, wie für nichts anderes mehr Platz gewesen war. Kein Schreiben. Kein Ausgehen. Keine Zeit für mich. Und dann waren da noch die dunklen Gedanken, das Hinabsinken in einen Abgrund aus Traurigkeit.

Würde das alles wieder genauso ablaufen?

Ich drückte die Faust sanft in meinen Bauch. Zumindest hatte ich damals ein Dach über dem Kopf gehabt, Mutterschaftsgeld, einen Ehemann. Aber jetzt? Wie sollte ich mich in der Höhle um ein Neugeborenes kümmern? Und was war mit dem Jugendamt? Morgen würden sie kommen! Die Schwangerschaft konnte meine Chancen auf ein geteiltes Sorgerecht für Becky ruinieren. Sie wäre möglicherweise ein großer Minuspunkt in dem Bericht über mich.

Das konnte ich nicht zulassen. Es war noch früh genug, um etwas zu unternehmen. Alles konnte wieder so werden, als wäre nichts passiert. Idris müsste es nicht einmal erfahren.

Ich dachte an meine Mutter und an die Zeit, als sie eine ganze Woche im Bett verschwunden war und ihre Freundin das Wort »Abtreibung« geflüstert hatte. Ich wurde ihr wirklich immer ähnlicher.

»Nein!«, schnauzte ich mich an und ballte die Hände zu Fäusten. Das konnte ich nicht.

In dieser Nacht tat ich kein Auge zu. Idris spürte meine Unruhe und wachte auf. Wir teilten inzwischen ein Bett, eine Doppelmatratze hinten in der Höhle. Wir schliefen in den Armen des anderen ein, was ich nicht gewohnt war. Mike und ich hatten Rücken an Rücken geschlafen, mit wenig Kontakt, waren beide zusammengezuckt, wenn wir uns im Schlaf berührten. Doch mit Idris war es ganz anders.

Würde es so bleiben, wenn wir Kinder hätten? Oder würde die Magie sich abnutzen?

»Alles wird gut«, flüsterte er mir ins Ohr, die Arme um meine Taille geschlungen.

Ich erstarrte. Wusste er Bescheid?

»Das Jugendamt wird begeistert von dir sein«, fügte er verschlafen hinzu. »Alles wird gut.«

Ich entspannte mich. Angesichts des Schocks über die heutigen Ereignisse hatte ich den Besuch des Jugendamts fast vergessen.

Alles wird gut, sagte ich mir.

Am nächsten Morgen weckten uns laute Rufe.

Ich löste mich aus Idris' Armen und setzte mich auf. Donna stand vor der Höhle, den Blick nach oben gerichtet.

»Idris«, sagte ich, stieß ihn an und sprang aus dem Bett.

Er setzte sich auf und rieb sich die Augen. »Was ist los?«

»Ich weiß es nicht. Donna beunruhigt irgendwas.«

Wir gingen durch die Höhle, während die anderen aufwachten, und traten hinaus. Ich erstarrte. Über den Eingang hatte jemand das Wort DIEB gesprüht.

»Mein Gott«, sagte ich und fuhr mir nervös durchs Haar. »Und gleich kommen die Leute vom Jugendamt!«

»Es ist nicht nur das.« Donna zeigte zu ihrem Strandgarten. Die Pflanzen waren herausgerissen worden, die Stützstäbe durchgebrochen. Auch die Kissen um das Feuer waren zerfetzt; jemand hatte sogar seinen Darm dort entleert.

Instinktiv legte ich mir die Hand auf den Bauch.

Mir fiel auf, dass Idris sich nicht rührte, und lediglich mit kreidebleichem Gesicht die Zerstörung betrachtete. So hatte ihn noch nie gesehen.

»Alles wird gut«, sagte ich und streichelte ihm sanft über den Arm. »Wir haben noch genug Zeit, alles aufzuräumen, bevor die Leute vom Jugendamt kommen.«

Er schien wieder zu sich zu kommen und blinzelte. »Das Jugendamt.« Er ging in die Höhle und klatschte in die Hände. Wer noch nicht wach war, fuhr erschrocken hoch.

»Okay, alle aufwachen, es wartet Arbeit auf uns«, rief Idris. »Jemand hat die Höhle mit Graffiti besprüht, und wir müssen alles in Ordnung bringen, bevor um zehn die Leute vom Jugendamt kommen.«

Die nächsten Stunden arbeiteten wir zusammen daran,

das Chaos zu beseitigen. Bald erinnerte Donnas Strandgarten zumindest wieder entfernt daran, wie er einmal ausgesehen hatte, doch das Graffito an der Wand war trotz der Putzaktion noch da. Es war blasser geworden, aber immer noch zu sehen.

»Was glaubst du, wer das war?«, fragte ich Idris leise. »Und was sollen wir gestohlen haben?«

»Das waren bestimmt nur Kinder«, sagte er, sah aber weiterhin besorgt aus.

Eine Stunde später kamen ein Mann und eine Frau den Strand entlang auf die Höhle zu. Die Sozialarbeiter.

»Hallo«, sagte ich, zog meine Jacke fester um mich und streckte die Hand aus. Es war albern, da man noch gar nichts sah, doch irgendwie verspürte ich das Bedürfnis, meinen Bauch vor ihren Blicken zu schützen.

Beide lächelten und schüttelten mir die Hand. »Selma Rhys, nehme ich an?«, fragte die Frau.

Ich nickte. »Bitte kommen Sie«, sagte ich und führte sie zur Höhle. Ihre Blicke schnellten zu dem Graffito hoch. »Das ist letzte Nacht passiert«, erklärte ich schnell. »Wir haben alles probiert, es zu entfernen. Wahrscheinlich ist es nur ein dummer Streich.«

Die Sozialarbeiter sahen sich an.

»Möchten Sie etwas trinken? Tee, Kaffee?«, fragte ich und versuchte, meine Sorge zu verbergen, während ich sie zum großen Küchentisch führte.

»Ein Tee wäre schön«, sagte der Mann.

»Und für mich Kaffee«, fügte die Frau hinzu.

Beide setzten sich hin und zogen ein paar Formulare heraus.

»Wir müssen Ihnen einige Fragen stellen«, sagte die Frau. »Und dann würden wir uns gerne ein bisschen umsehen.«

»Natürlich.« Ich ging zum Küchenbereich und stellte den Kessel auf. Ich begegnete Idris' Blick. Er ging gerade Maggie bei der Fertigstellung einer großen Vase zur Hand. Den ganzen Morgen über war er still gewesen, während er allen geholfen hatte, tief in Gedanken versunken. Das sah ihm gar nicht ähnlich, und es verunsicherte mich.

Jetzt lächelte er mich beruhigend an. Ich lächelte zurück.

»Seit wann leben Sie hier, Selma?«, fragte die Frau, als ich ihnen ihre Getränke brachte.

»Seit gut sechs Wochen. Obwohl es mir wie eine Ewigkeit vorkommt. In einem guten Sinne, meine ich!«, fügte ich schnell hinzu.

»Und warum sind Sie hierhergekommen?«, fragte der Mann.

»Mein Mann und ich kamen nicht mehr miteinander zurecht. Ich habe Idris und die restlichen Bewohner der Höhle kennengelernt, und es hat sich wie ein Zuhause angefühlt. Es ist schwer zu erklären. Ich bin glücklich hier, wirklich glücklich.« Erneut legte ich mir die Hand auf den Bauch. Wie lange würde dieses Glück anhalten?

»Und was ist mit Becky?«, fragte die Frau. »Sie hat Sie, kurz nachdem Sie hier eingezogen sind, für ein paar Stunden besucht, oder?«

»Ja, und sie hat es hier geliebt.«

»Können Sie uns erzählen, was Ihre Tochter hier gemacht hat?«, fragte der Mann.

Ich berichtete ihnen von Beckys Tag in der Höhle, wobei

ich den Teil mit dem Hund und dem Schwimmen im Meer ausließ.

»Sie hat doch auch geholfen, einen verletzten Hund zu versorgen?«, sagte die Frau und sah zu Juliens Hund hin.

»Oh«, sagte ich lachend. »Das erzählt sie gern, aber sie hat uns nur den Verband gereicht.«

»Als wir mit ihr gesprochen haben, hat sie gesagt, sie hätte den Verband auf das Bein des Hundes gedrückt.«

»Nein«, sagte ich blinzelnd, »das hat sie nicht getan.« Natürlich war das eine Lüge. Aber sie diente einem guten Zweck. Mein Wort stand gegen das eines Kindes. Sie würden doch wohl mir glauben?

»Gut.« Der Mann machte sich ein paar Notizen. »Können Sie uns etwas zu Ihrer täglichen Routine sagen?«

Ich ging einen typischen Tag durch, wobei ich mich hauptsächlich auf das Schreiben konzentrierte.

»Und was ist mit Ihrer Arbeit?«, fragte die Frau.

»Ja, natürlich. Ich arbeite an drei Tagen in der Woche«, log ich erneut. Ich hatte immer wieder überlegt, was ich ihnen sagen sollte. Schließlich war ich zu dem Schluss gekommen, dass es das Beste war zu lügen. Meine Anwältin hatte mir gesagt, wie wichtig ein fester Job war, und ich war immer noch bei der Firma angestellt, da ich meine Urlaubstage abfeierte, um nicht mehr hinzumüssen. *Offiziell* arbeitete ich also noch für sie.

»Ich plane allerdings, mich in Zukunft ganz auf das Schreiben zu konzentrieren«, fügte ich schnell hinzu. »Ich stehe kurz vor der Beendigung meines neuen Romans und die Chancen, dass ich als veröffentlichte Autorin einen angemessenen Vorschuss bekomme, stehen nicht schlecht. In der

Zwischenzeit brauche ich hier nicht viel Geld.« Ich zuckte mit den Schultern. »Es ist eine einfache, aber gute Art zu leben.«

»Wie ist Ihre Beziehung zu Ihrer Tochter, seit Sie gegangen sind?«, fragte die Frau.

»Gut«, sagte ich. Eine weitere Schönfärberei. In Wirklichkeit kam mir Becky bei jedem unserer Treffen mürrischer vor. Sie hatte sogar aufgehört, mich zu fragen, wann ich nach Hause käme. »Wir sehen uns an drei bis vier Tagen die Woche.«

»Was machen Sie zusammen?«

»Oh, vieles! Schwimmen, am Strand oder im Park spielen, und wenn es regnet, gehen wir ins Kino.«

Der Mann sah in seine Notizen. »Wie ich sehe, hat es keine Übernachtungen in Hotels gegeben, wie der Richter vorgeschlagen hat. Haben Sie beide stattdessen in der Höhle geschlafen?«

Ich zögerte. Ich hatte es mir einfach nicht leisten können. Alle billigen Hotels waren in der Hauptsaison ausgebucht und die teureren lagen außerhalb meiner Möglichkeiten.

Ich wollte die Aufmerksamkeit jedoch nicht auf meine prekäre finanzielle Lage lenken.

»Ich fand es besser, ihre Schlafroutine nicht zu unterbrechen«, sagte ich. »Nicht, bis wir nach dem Bericht mit Sicherheit wissen, wie wir alles regeln.«

Die beiden Sozialarbeiter nickten. Ich nippte nervös an meinem Tee.

»Wie haben Sie sich gefühlt, als Sie Becky gesehen haben?«, fragte die Frau.

Ich runzelte die Stirn. »Ich verstehe die Frage nicht.«

»Glücklich? Schuldig? Traurig? Überängstlich?«, sagte sie, wobei sie das Wort *überängstlich* betonte.

»Verstehe.« Ich seufzte. »Sie spielen darauf an, was nach Beckys Geburt passiert ist. Ich kann Ihnen versichern, dass ich das längst überwunden habe. Ich war deswegen in Behandlung, es war nur ein Babyblues.«

Ich dachte an das Baby, das jetzt in meinem Bauch heranwuchs. Hatte ich es wirklich überwunden?

»Damals haben Sie Mike auch verlassen, nicht?«, fragte die Frau. »Als Ihnen alles zu viel wurde?«

Ich ballte die Hände zu Fäusten. »Aber nur für eine Nacht. Und außerdem ging es mehr um Becky als um meine Ehe«, fügte ich hinzu. Langsam geriet ich in Panik. Wohin sollten diese Fragen führen?

»Wie meinen Sie das?«, fragte die Frau aufmerksam.

Ich unterdrückte meinen Ärger über ihre bohrenden Fragen. »Mike … Mike hatte gedroht, Becky etwas anzutun, weil sie so viel geschrien hat.«

Die beiden Sozialarbeiter sahen sich an. »Ihr etwas *anzutun*?«

»Es war nur eine momentbedingte Fehleinschätzung«, fügte ich schnell hinzu. Ich bereute die Lüge, sobald ich sie ausgesprochen hatte. »Sie hat in der ersten Zeit *wirklich* sehr viel geschrien.«

»Haben Sie damals irgendjemandem erzählt, was passiert ist?«, fragte die Frau.

»Nein«, sagte ich und schüttelte den Kopf. »Ich hatte Angst, dass man uns Becky wegnehmen würde. Hören Sie, ich hätte das nicht erwähnen sollen, es war wirklich keine große Sache.«

Die beiden Sozialarbeiter sahen sich erneut an.

»Soll ich Sie jetzt herumführen?«, fragte ich im verzweifelten Bemühen, vom Thema abzulenken.

Sie nickten.

Während der nächsten halben Stunde inspizierten sie die Höhle und sprachen mit den Bewohnern. Alle waren reizend, und es schien gut zu laufen. Die beiden hatten sogar gelächelt, als sie den Spielbereich gesehen hatten, und mir war aufgefallen, wie die Frau Idris angeschaut hatte, als er sich gestreckt hatte, um etwas zu malen, und sein bronzener Bauch sichtbar geworden war. Ich hatte einen seltsamen Anflug von Stolz empfunden.

»Nun, das war wirklich interessant«, sagte die Frau anschließend. »Wir waren noch nie in einer Höhle.«

Der Mann lachte. »Ja, das ist eine Premiere.« Er sah zu dem alten Hotel hoch, das über uns aufragte. »Meine Tante und mein Onkel waren öfter dort, als ich noch klein war. In seiner Glanzzeit war dieses Hotel ein wunderschöner Ort.«

Ich folgte seinem Blick. »Ich habe immer davon geträumt, es einmal zu kaufen«, sagte ich lächelnd.

»Vielleicht können Sie das ja, wenn Sie den Vertrag für Ihr Buch bekommen?«, meinte die Frau.

»Vielleicht. Wissen Sie zufällig, wem das Hotel gehört? Es steht seit Ewigkeiten zum Verkauf.«

»Keine Ahnung«, antwortete der Mann. »Die vorigen Besitzer habe ich früher häufig in der Stadt gesehen, das Ehepaar Peterson. Mrs. Peterson hat immer so freundlich und unbeschwert gelächelt. Sie haben das Hotel jahrelang geführt, doch dann hat sie Selbstmord begangen. Ich erinnere mich, dass mich das sehr schockiert hat, obwohl ich damals noch ein Kind war. Meine Mutter hat sie gekannt, sie hat gesagt, dass sie sich lange mit Depressionen herumgeschlagen hat.«

»Wie furchtbar. Ich hatte keine Ahnung davon.« Wir schwiegen. »Ich nehme an, der nächste Schritt ist die Anhörung vor Gericht?«, sagte ich dann.

»Das ist richtig«, antwortete der Mann. »Wir werden unseren Bericht schreiben und an das Gericht weiterleiten.«

Ich atmete tief durch. Vor Gericht würde man dann vielleicht schon etwas sehen ... wenn ich das Baby *behielt*. Dachte ich wirklich ernsthaft darüber nach, es nicht zu behalten? Bei dem Gedanken war mir plötzlich ganz schlecht. Doch welche Möglichkeiten hatte ich?

»Ich hoffe, Ihnen ist klar, dass ich meine Tochter vergöttere«, sagte ich, als ich die beiden aus der Höhle geleitete. »Ich habe nicht sie verlassen, egal, was mein Mann behauptet. Er hat mich vor die Tür gesetzt, das hat er Ihnen wahrscheinlich nicht erzählt. Becks ist für mich das Wichtigste auf der Welt. Ich will, dass sie glücklich ist ... das ist alles, was ich immer gewollt habe, und ich bin mir sicher, dass sie hier glücklich sein *kann*.«

»Vielen Dank, Selma«, sagte die Frau und schüttelte mir die Hand. »Wir setzen uns sofort an den Bericht.« Dann gingen sie.

»Wie ist es gelaufen?«, fragte Idris und kam zu mir.

Ich lächelte und gab ihm einen Kuss. »Gut, denke ich.«

Idris nickte. »Ein Außenstehender mag vielleicht etwas vollkommen anderes erwarten, Schlafsäcke auf sandigem Boden und einen Eimer als Toilette. Aber inzwischen ist so viel mehr entstanden. Ich habe gesehen, dass sie beeindruckt waren.«

»Was die Höhle angeht ja. Aber ich bin mir nicht sicher, ob sie von mir so beeindruckt waren. Sie haben diesen Vorfall zur Sprache gebracht, von damals, als Becky noch ein Baby war«, fügte ich mit leiser Stimme hinzu.

»Natürlich haben sie das! Aber ich habe gesehen, wie sie mit dir gesprochen haben. Sie halten dich für einen guten Menschen, das kann ich spüren. Ich glaube wirklich, dass sich alles in deinem Sinne fügen wird.«

Ich legte die Hand auf den Bauch. »Ich hoffe, du hast recht.« Ich blinzelte zur Sonne hoch und versuchte anhand ihrer Position am Himmel, die Zeit zu bestimmen. Ich würde mich wohl nie daran gewöhnen, keine Uhr mehr zu tragen. »Ich gehe mal in die Stadt. Ich möchte noch etwas für Becky kaufen.«

Idris lächelte. »Gute Idee. Soll ich dich begleiten?«

»Nein, schon in Ordnung. Ich werde vielleicht ein paar Stunden wegbleiben, eine Pause vom Schreiben machen.«

»Gute Idee.«

In Wirklichkeit wollte ich herausfinden, welche Möglichkeiten ich hatte. Wenn ich eine Abtreibung wollte, musste ich wissen, wo und wie. Gleich außerhalb von Queensbay gab es eine Familienberatungsstelle, nur eine kurze Busfahrt entfernt. Doch als ich in der Stadt war, konnte ich mich nicht entschließen, in den Bus zu steigen. Stattdessen saß ich den ganzen Nachmittag im Café, trank Tee und aß Kuchen und ignorierte die Blicke der Leute.

Nach einer Weile kam ein Paar herein und schüttelte die nassen Schirme aus.

»Ich habe gewusst, dass das irgendwann passieren würde«, hörte ich den Mann sagen.

»Hab ich es dir nicht gesagt? Dass diese Sekte ihre wohlverdiente Strafe erhalten wird? Jetzt ist es passiert.«

»Was ist passiert?«, rief jemand herüber.

»Haben Sie die Sirenen nicht gehört? Eine der Höhlen ist eingestürzt.«

Ich sprang mit klopfendem Herzen auf. »Was sagen Sie da?«

Der Mann musterte mich von oben bis unten und erkannte mich eindeutig als eine der Höhlenbewohnerinnen.

»Sie gehen besser zurück, meine Liebe«, sagte seine Frau. »Die kleine Höhle ist eingestürzt. Ein paar Leute sind verletzt. *Ihre* Leute«, fügte sie hinzu.

Ich rannte aus dem Café und sah entsetzt zum dunkler werdenden Himmel hoch, in dem die Lichter der Krankenwagen blau blinkten.

26

Becky

Becky und Kai kommen in der Abenddämmerung bei den Kungar-Eishöhlen an. Vor ein paar Stunden am Flughafen hat Becky angesichts der altmodischen Werbung das Gefühl gehabt, sie wäre in der Zeit zurückversetzt worden. Frauen mit Hochglanzgesichtern warben für Make-up und Parfüms. Auf dem Weg zum Ausgang hat sie sich vorgestellt, wie Idris zwanzig Jahre zuvor mit Solar im Schlepptau durch diese Ankunftshalle gegangen ist. Vielleicht hatte er sich die Haare abgeschnitten, damit derjenige, vor dem er flüchtete, ihn nicht erkannte? Ob Solar schmutzig und vernachlässigt ausgesehen und sich mit ängstlichen Augen umgeschaut hatte?

Jetzt wartet Becky darauf, in die Höhle zu kommen, in der die beiden vielleicht einmal gelebt haben. Es ist ein warmer Abend, doch Becky und Kai tragen wegen der Minusgrade dort drinnen Winterjacken, Jeans und Handschuhe. Während sie den Pfad zu der Höhle hinuntergehen, kann Becky im Mondlicht den Eisenzaun am Fuß des Bergs ausmachen. Davor stehen Bänke, blau, grün und gelb gestrichen. Ein blauer Torbogen kündigt den Eingang zu den Höhlen an. Der tatsächliche Eingang sieht wie ein kleiner Betonklotz aus, der aus dem Berg herausragt. Ein bärtiger Mann in den Dreißigern wartet auf sie, er trägt Jeans und T-Shirt.

»Er kommt also nicht mit rein«, sagt Becky, als sie seine Kleidung sieht.

»Nee«, sagt Kai lächelnd. »Lev ist so etwas wie der Verwalter hier, er hat ein Auge auf den Ort. Und er hat sich einverstanden erklärt, uns in die Höhlen zu lassen.«

Becky lächelt ebenfalls. Es ist gut, dass sie Kai dabeihat. Er scheint in der Welt der Höhlen wirklich jeden zu kennen.

Lev lacht, als sie näher kommen, seine blauen Augen funkeln. »Ihr verrückten Briten«, sagt er und schüttelt ihnen die Hand. »Die Höhlen im Dunkeln zu besuchen!«

»Was ist denn falsch daran?«, fragt Becky, plötzlich alarmiert.

»Nichts«, antwortet Kai. »Besser jetzt, als wenn es vor Touristen nur so wimmelt. Höhlen sind nachts sowieso viel interessanter.«

Lev stattet sie beide mit Stirnlampen aus, dann macht er die knarrenden Eisentore auf, und ein langer, düsterer Gang erstreckt sich vor ihnen – ein großer Kontrast zu dem makellosen, modernen Eingang zu den Höhlen in Slowenien.

»Bevor das hier gebaut wurde, mussten die Besucher in die Höhlen kriechen«, erklärte Lev mit gerunzelter Stirn. »Ihr könnt euch also glücklich schätzen.«

»Ich bin daran gewöhnt, mit meinen Hunden herumzukriechen«, antwortet Becky.

Der Mann lacht. »Was hab ich gesagt? Verrückte Briten. Viel Glück!«

Sie treten ein, und er schlägt die Eisentore hinter ihnen zu. Das Geräusch bricht sich in dem engen Gang. Becky rückt näher an Kai heran, glücklicher denn je, dass er hier ist.

»Und wo sind Hannah und Ed?«, fragt Becky, als sie durch die Höhle gehen.

Die beiden haben darauf bestanden mitzukommen, als Kai ihnen von seinen Plänen erzählt hat, und für Becky war das in Ordnung. Je mehr sie sind, desto besser.

»Wir treffen uns in der ersten Grotte«, erklärt Kai.

Als sie weiter in die Höhle hineingehen, sinkt die Temperatur. Becky zieht den Reißverschluss ihrer Jacke hoch und atmet den feuchten, steinigen Geruch ein. Der Gang öffnet sich in eine riesige Höhle und Becky bleibt mit offenem Mund stehen. Sie sieht sich um. Das Licht ihrer Stirnlampe beleuchtet die Eistrauben, lässt sie glitzern und funkeln. Weiße Stalaktiten hängen von der Decke und erinnern sie an die Tiere im Büro ihrer Mum.

»Wunderschön, nicht?«, sagt Kai.

»Unglaublich.«

»Das ist nur eine Grotte. Die Höhlen erstrecken sich über Meilen. Hier drinnen ist sogar mal eine ganze Gruppe verloren gegangen.«

»Das beruhigt mich aber ungemein.« Becky lacht nervös.

Das Geräusch von Stimmen und Schritten ist zu hören und Hannah und Ed nähern sich mit einer großen Frau mit weißen Haaren, die zu einem strengen Knoten gebunden sind. Sie steht leicht breitbeinig da, die Arme verschränkt, und inspiziert die Höhle mit zusammengekniffenen Augen. Kai wird mit High Fives und Umarmungen begrüßt, während Hannah zu Becky herüberkommt und sie zur ihrer Überraschung auch umarmt.

»Cool, dich wiederzusehen«, sagt sie.

»Gleichfalls.«

Hannah sieht sich ehrfürchtig um. »Ist das nicht unglaublich hier? Wir hatten geplant, diese Höhlen irgendwann dieses Jahr zu besuchen, doch als wir gehört haben, dass ihr hierherfahrt, wollten wir gerne jetzt schon mit. Ich hoffe, das ist okay?«

»Natürlich. Ich freue mich, dass ihr dabei seid.«

»Ja, wir Speläologen reisen gerne im Rudel, wie Wölfe«, sagt Ed.

»Und wer ist das Alphatier?«, fragt Becky.

Alle zeigen auf die große Frau. Sie streckt Becky die Hand hin. »Iskar«, sagt sie mit einem russischen Akzent.

»Hi, Iskar, ich bin Becky.«

Sie will Iskar die Hand schütteln, doch die Russin schüttelt den Kopf. »Ball erst die Faust«, befiehlt sie.

Becky runzelt die Stirn.

»Komm schon«, sagt Kai lächelnd. »Sie beißt nicht. Wenigstens nicht, wenn du dich benimmst.« Alle lachen.

Becky ballt die Hand zur Faust und Iskar legt ihre Hand darum und schüttelt sie einmal, bevor sie sie wegzieht.

»Unsere Art, Hallo zu sagen« erklärt Hannah. »Du bist jetzt eine von uns.«

»Eine Speläologin?«, fragt Becky mit gerunzelter Stirn.

»Nein, nur jemand, der verrückt genug ist, im Schutz der Nacht diese Höhlen zu besuchen«, sagt Ed.

»Dann ist es also wirklich keine gute Idee, nachts in diese Höhlen zu gehen?«, fragt Becky und sieht in die Dunkelheit.

»Hast du Angst?«, fragt Iskar.

»Vor einem Monat habe ich mit einem Pitbull gekämpft«, sagt Becky. »Angst habe ich nicht, es kommt mir nur alles sonderbar vor.«

Iskar lächelt Kai an. »Ich mag sie.«

»Dieser Ort ist einfach unglaublich«, sagt Ed, während er die Hand ausstreckt und eine vereiste Wand berührt.

»Ja, die Eishöhlen haben etwas ganz Besonderes an sich«, antwortet Kai und gesellt sich zu ihm. »Hier herrscht immer Winter.«

»Denkt daran, seid vorsichtig«, sagt Iskar. »Es ist rutschig hier drinnen. Wenn ihr keinen Prinzen heiraten wollt, rate ich euch, vorsichtig aufzutreten.«

»Einen Prinzen heiraten? Das klingt verlockend«, sagt Hannah.

»Du hast bereits einen Prinzen«, sagt Ed und sieht sie mit einem pseudoverletzten Gesichtsausdruck an.

»Eher einen Frosch«, meint Kai.

Alle lachen.

»Angeblich hat einmal eine deutsche Prinzessin diese Höhlen besucht«, sagt Iskar, während sie Hannah auf einen großen Felsen hilft, damit sie sich eine besondere Felsformation aus der Nähe ansehen kann. »Sie ist gestürzt und hat sich das Knie verletzt. Und später hat sie einen nordischen Prinzen geheiratet und ist Königin geworden, daher die Redensart.«

»Sie hat sogar eine Inschrift hier in den Höhlen

hinterlassen«, sagt Kai. »Ziemlich nahe bei der Höhle, in der Idris' Malerei gesichtet wurde.«

»Warum ist denn dieser Bereich der Höhlen für die Öffentlichkeit geschlossen?«, fragt Becky.

»Es besteht die Gefahr, dass hier etwas einstürzen könnte«, antwortet Kai. »Außerdem sind die Wege hinein und hinaus sehr eng, was es im Ernstfall schwierig macht herauszukommen.«

»Erstaunlich, dass ein Kind, das noch so jung war wie deine Schwester, sich hier drinnen aufhalten durfte«, sagt Iskar.

»Mich wundert das auch«, meint Becky und bückt sich, um sich einen der größeren Stalagmiten anzusehen.

Nicht zum ersten Mal verflucht sie Idris, dass er Solar hierhergebracht hat. Was um alles in der Welt gab es für einen Grund, ein Kind in eine so gefährliche Höhle zu bringen, die für die Öffentlichkeit nicht zugänglich war? Becky denkt an die Malerei, das bedrohliche Gesicht. Vielleicht *war* die Person, vor der sie geflohen sind, Grund genug?

Becky sieht sich um und stellt sich ihre kleine Schwester hier unten vor, die Arme um die Knie geschlungen, beim Ausatmen kleine Wölkchen vor dem Mund.

»Das ist *kein* guter Platz für ein Kind«, murmelt sie vor sich hin.

»Um hier zu leben?«, fragt Iskar überrascht. »Sie können hier nicht gelebt haben, es ist viel zu kalt.«

»Warum ist dann die Malerei hier?«

Iskar zuckt die Achseln. »Vielleicht haben sie die Höhlen nur besucht? Wer weiß. Kommt, wir haben noch viel vor. Passt auf, dass ihr nicht ausrutscht, und bleibt beieinander, man kann sich hier leicht verirren!«

Sie folgen ihr aus der Grotte und durch einen weiteren engen Tunnel. Alle sehen mit offenen Mündern nach oben zu den großen Eiskristallen an der Decke.

»Wie bleibt es hier im Sommer so kalt?«, fragt Becky ehrfürchtig. Sie streckt die Hand aus und berührt im Vorübergehen einen der großen Eiskristalle. In der nächsten Stunde gehen sie durch ein Labyrinth aus Grotten. Während die Höhlenkletterer Fotos und Notizen machen, geht Becky umher und versucht, sich Idris und ihre Schwester hier vorzustellen. Die Temperatur sinkt, je weiter sie kommen, und Becky freut sich über ihre dick gefütterten Handschuhe. Iskar hat recht – die beiden können auf keinen Fall hier gelebt haben. Warum sind sie dann hergekommen? Vielleicht war es doch nur ein Besuch in den Höhlen.

»Da wären wir«, sagt Iskar, als sie in eine weitere Grotte kommen. Ihr Atem bildet Nebel in der eisigen Luft. Diese Grotte ist kleiner als die anderen. »Hier ist die Wandmalerei, Becky.«

Becky tritt näher. Das Eis über ihnen wirkt wie große Blasen, die in einem unheimlichen Blau schimmern. In der Mitte der Höhle fließt Wasser durch einen kleinen, schmalen See. Das Steinufer ist breit genug, dass man daran sitzen kann, und fällt schräg ins Wasser ab, die Wände an beiden Seiten sind aus Felsen, nicht aus Eis.

»Wo ist denn die Malerei?«, fragt Becky.

»Dort hinten«, antwortet Iskar und zeigt auf die andere Seite der Höhle.

Kai hilft Becky, auf einen der Felsvorsprünge hinunterzusteigen, und sie gehen gemeinsam in den hinteren Teil der Höhle zu einer der glatteren Felswände. Becky bleibt abrupt stehen, als sie das wütende Gesicht sieht, das sie anstarrt. Es ist mit der Zeit ein wenig verblasst, aber immer noch da und mindestens 1,90 Meter hoch.

»Echt unheimlich«, murmelt Kai.

Becky runzelt die Stirn. In natura ist es sogar noch schlimmer. War Solar bei Idris, als er das gemalt hat? Wie beängstigend für ein kleines Mädchen.

»Die anderen wollen sich noch ein paar Höhlen anschauen«, sagt Kai. »Ich hab ihnen gesagt, dass du vielleicht hier warten möchtest. Ich bleibe bei dir.«

Sie dreht sich zu ihm um. »Willst du nicht auch die anderen Höhlen sehen?«

»Es ist in Ordnung, wirklich. Ich verspreche dir, dass ich dir nicht im Weg sein werde.«

Er zieht sich in den vorderen Teil der Höhle zurück, als die anderen gehen.

»Wir treffen uns dann am Eingang wieder!«, ruft Iskar. »Wir drehen eine Runde, kommen also auf einem anderen Weg hinaus. Ihr seid hier näher am Eingang, deshalb ist es günstiger, wenn ihr einfach zurückgeht, wie wir gekommen sind. Und vergesst nicht, spätestens um Mitternacht.«

Becky hockt sich auf den Felsvorsprung und schlingt die Arme um die Knie, während sie die Malerei betrachtet. So bleibt sie eine Weile sitzen und denkt über alles nach, während Kai in der Höhle herumgeht und Fotos macht.

Wie würde ihre Mum sich fühlen, wenn sie wüsste, dass ihre jüngste Tochter in dieser eiskalten Höhle gewesen ist?

Sicher, es klingt so, als hätte man hier nicht leben können, aber trotzdem hat Idris sie mit in diese Höhle geschleppt, zu der der Zutritt damals schon verboten war, und hat dieses schreckliche Bild gemalt. Warum hat ihre Mum sich nicht viel stärker bemüht, Solar zu finden und sie nach Hause in Sicherheit zu bringen? Aber vielleicht hat sie das wirklich getan? Schließlich hat sie Idris und Solar auf dem Foto im *National Geographic* eingekreist.

»Scheiße!«, hört sie Kai fluchen. Sie dreht sich gerade noch rechtzeitig um und sieht, dass er ausrutscht. Er landet auf dem Felsvorsprung neben dem See, sein Fuß in einem unnatürlichen Winkel abgeknickt. »Au, au, au!«, stöhnt er.

Becky rennt zu ihm und kniet sich neben ihn. »Dein Knöchel?«

Kai schließt die Augen und beißt die Zähne zusammen.

»Lass mich mal sehen.« Vorsichtig schiebt sie sein Hosenbein hoch und die dicke Socke hinunter, um sich den Knöchel anzusehen, der bereits anschwillt.

»Sieht schlecht aus, was?«, fragt er.

»Du wirst es überleben«, stellt Becky nüchtern fest, zieht seinen Rucksack heran und legt seinen Fuß vorsichtig hoch, während er sich vor Schmerzen in die Faust beißt. »Aber am besten trittst du nicht auf, bevor ihn sich jemand angesehen hat.«

Kai stöhnt auf. »Das war so verdammt dämlich!«

»Sei nicht so hart mit dir. Jetzt wirst du einen Prinzen heiraten.«

»Na, das ist doch ein Schimmer am Horizont«, sagt er seufzend. »Obwohl ich ja lieber eine Prinzessin hätte.« Er zuckt erneut zusammen und kneift die Augen zusammen.

»Einen verwundeten Mann zu behandeln unterscheidet sich nicht groß davon, einen Pitbull zu behandeln, oder?«

Becky runzelt die Stirn. »Ich finde, Menschen jammern mehr.« Sie seufzt. »Eigentlich kann ich hier nicht viel tun. Idealerweise müssten wir dich in ein Krankenhaus bringen. Das wird interessant«, sagt sie, während sie zu dem engen Durchgang hinsieht, durch den sie gekommen sind.

»Ich kann ja mal versuchen aufzutreten«, sagt er und probiert es.

Sie drückt ihn zurück. »Habe ich nicht gerade gesagt, dass Menschen schwieriger zu behandeln sind als Tiere?«, schimpft sie. »Du brauchst Hilfe, um hier herauszukommen, und ich mag zwar stark sein, aber nicht *so* stark.«

Sie sieht in die Richtung, in die der Rest der Gruppe verschwunden ist, und dann auf ihre Uhr. Zwanzig Minuten, seit sie gegangen sind. Sie wollten Fotos machen und Notizen, dürften also noch nicht so weit gekommen sein?

»Okay, du bleibst hier«, sagt sie zu Kai.

Er schüttelt den Kopf. »Ich weiß, was du denkst. Du kannst nicht nach ihnen suchen, du verläufst dich! Diese Höhlen sind wie ein Labyrinth. Außerdem gibt es vielleicht Höhlenmonster oder so, ich weiß nicht.«

»Ich bin Tierärztin, erinnerst du dich? Höhlenmonster sind meine Spezialität.«

Sie schiebt Kai ihren Rucksack unter den Kopf, damit er bequemer liegt. Kurz sieht sie vor sich, wie sie ihrer Mum ein Kissen unter den Kopf geschoben hat, als sie gestorben ist; wie sie ihr geholfen hat, trotz ihrer trockenen, aufgesprungenen Lippen etwas Wasser zu trinken. Plötzlich wird sie von Trauer überwältigt. Sie dreht sich weg, dankbar für die Dunkelheit, holt ihre Wasserflasche heraus und stellt sie neben Kai.

»Hast du eine bessere Idee?« Sie löst die kleine Keilhacke von Kais Rucksack. »Was dagegen, wenn ich mir die ausleihe?«

»Verdammt, was hast du vor, willst du ein Loch hier heraus graben? Du weißt schon, dass das Jahrhunderte dauern wird, oder?«

»Nein, eigentlich wollte ich dir den Fuß abhacken.«

Er lächelt, als sie ins Hintere der Höhle geht, wo die Decke am niedrigsten ist.

»Sei vorsichtig! Wie ich gehört habe, soll es hier ein bisschen rutschig sein«, ruft Kai.

Sie sieht über die Schulter zurück. Er lächelt sie an und verzieht dann wieder vor Schmerzen das Gesicht. Becky stellt sich auf die Zehenspitzen und versucht, etwas Eis abzuschlagen. Sie steckt es in ihre Mütze, kehrt zu Kai zurück und drückt es auf seinen Knöchel.

»Das hilft gegen die Schmerzen«, sagt sie.

Kai betrachtet ihr Gesicht. »Du bist so ruhig.«

»Ich hab schon *viel* Schlimmeres gesehen. Okay, das wird gehen.« Sie wickelt ihren Gürtel um das Eispack, damit es an Ort und Stelle bleibt. »Idealerweise würde ich dir eine Schiene verpassen, aber das muss reichen. Beweg das Bein nicht, okay?«

»Ja, Sir!«, antwortet er und salutiert.

»Miss reicht. Du bewegst dich nicht, denk dran!« Sie springt auf, schaut zu dem engen Gang hin, durch den die Gruppe verschwunden ist, und versucht, Kai nicht merken zu lassen, wie nervös sie ist. Sie kann vielleicht einen gebrochenen Knochen behandeln, aber einen guten Orientierungssinn hatte sie noch nie. Doch welche Wahl hat sie? Allein kann sie Kai nicht genug stützen, um ihn hier herauszubekommen.

»Mir gefällt das nicht«, murmelt Kai mit gerunzelter Stirn. »Du bist keine Höhlenkletterin und selbst Höhlenkletterer verlaufen sich an Orten wie diesem.«

»Ich lege eine Schokoladenspur«, sagt sie und zieht ein Paket Schokolinsen aus der Tasche. Er zieht zweifelnd die Brauen hoch. »Das ist leider alles, was wir haben. Also bitte ein bisschen mehr Vertrauen, ja?«

Sie geht Richtung Ausgang.

»Becky!«, ruft Kai.

Sie dreht sich um. »Ja?«

»Ich wollte dir nur sagen, dass du unglaublich bist.« Sie sehen einander an. Dann grinst Kai sie mit seinem blödelnden Lächeln an. »Nur für den Fall, dass du von einem Höhlenmonster gefressen wirst oder so, weißt du.«

Sie lächelt zurück. »Ich fürchte, die Chance ist größer, dass *du* den Höhlenmonstern unterliegst, weil du nicht rennen kannst.«

Er zeigt ihr den hochgereckten Daumen. »Ja, ja. Vielen Dank auch.«

Als sie in den engen Gang läuft, hört sie das Echo seines Lachens. Jeder andere würde vielleicht eine große Sache aus dieser Verletzung machen, aber Kai steckt es gut weg. Sie mag diese Eigenschaft an Menschen, kein Drama, keinen Wirbel. Oft hat sie schon gehört, dass sie genauso ist. Ihr Ex Gus hat gemeint, das sei ihre Art, gegen die Dramen ihrer Mum zu rebellieren. Vielleicht hatte er ja recht?

Als sie eine Schokolinse auf den Boden fallen lässt, fragt sie sich, was Idris wohl für ein Mensch ist. Hat er auch einen Hang zum Drama? Und was hat das für Solar bedeutet, als sie bei ihm aufgewachsen ist? Becky erinnert sich, dass das Zusammensein mit ihrer Mum sie manchmal an das Meer erinnert hat: Ruhige Momente und Sturm haben sich abgewechselt.

Gerade als sie das denkt, beginnt ihre Stirnlampe zu flackern. Sie geht etwas langsamer, klopft an die Lampe und ist erleichtert, als sie wieder normal leuchtet. Ihr Handy ist im Rucksack, auf dem nun Kais Kopf liegt, das kann sie also nicht zum Leuchten gebrauchen.

Sie kommt zu einer T-Kreuzung. Hier geht ein dunkler, enger Gang nach rechts ab und ein breiterer, hellerer nach links. Die Eisdecke über ihr ist wie ein zerknittertes Laken. Gern würde Becky den helleren Weg einschlagen, erinnert sich aber, dass Iskar gesagt hat, die Gänge, die in die Grotte mit der Inschrift der Prinzessin führten, seien supereng. Sie holt tief Luft und läuft den engen Weg hinunter, das Licht ihrer Lampe hüpft vor ihr auf und ab.

Dann beginnt es, erneut zu flackern.

Sie bleibt stehen und klopft erneut auf die Lampe, doch das Flackern hört nicht auf.

»Verdammt«, zischt sie.

Sie zieht den Helm aus, um der Sache auf den Grund zu gehen, doch wegen ihrer dicken Handschuhe rutscht er ihr aus der Hand und fällt zu Boden. Das Licht der Stirnlampe schwenkt über den Boden wie ein seltsamer Discoball. Dann geht es aus und lässt Becky in kompletter Dunkelheit zurück.

Sie spürt Panik in ihrer Brust aufsteigen. »Alles okay«, flüstert sie vor sich hin und atmet tief durch. »Du bist okay.« Langsam geht sie in die Hocke und tastet den Boden nach dem Helm ab. Als sie ihn findet, klopft sie wieder auf die Stirnlampe.

Es tut sich nichts.

Becky schüttelt den Helm. Noch immer nichts.

»Sinnlos«, zischt sie, zieht ihn aber trotzdem wieder auf. Sollte irgendwo etwas herabstürzen, ist zumindest ihr Kopf geschützt.

»Und jetzt?«, flüstert sie in die Dunkelheit.

Sie kann zurückgehen und Kais Stirnlampe holen. In der Höhle ist es hell genug für ihn. Doch das würde bedeuten, in kompletter Dunkelheit zu ihm zurückzulaufen, gut zehn Minuten. Sie kann auch weitergehen – der Rest der Gruppe kann schließlich nicht weit sein.

Becky fährt an den kalten, unebenen Wänden entlang, setzt langsam einen Fuß vor den anderen und erspürt sich vorsichtig ihren Weg durch die Dunkelheit. Doch nach zehn Minuten ist sie noch immer zu keiner neuen Abzweigung oder Höhle gekommen, und der Weg scheint immer enger zu werden. Ihre Schultern berühren auf beiden Seiten die Wände, ihr Helm stößt hin und wieder gegen die Eisdecke und lässt eiskalte Scherben auf sie herunterregnen.

Becky spürt erneut Panik in sich aufsteigen. Was, wenn sie den falschen Weg eingeschlagen hat und er nirgendwohin führt? Dann könnte sie noch Stunden gehen, das Höhlensystem ist riesig! Kai hatte recht, das *war* wirklich eine dumme Idee.

Sie bleibt stehen und holt tief Luft.

Dann stellt sie sich ihre Mum vor, neben ihr, die Hand auf ihrer Schulter. »Alles ist gut«, sagt ihre Stimme. »Du schaffst das, Becks. Wenn du im tiefsten Winter einem Pferd auf einem stockdunklen Feld helfen kannst, ein Fohlen zur Welt zu bringen, schaffst du das hier auch.«

»Du hast recht«, flüstert Becky. »Ich schaffe das.«

Entschlossen holt sie Luft und geht weiter, die Hände flach an den Wänden zu ihren Seiten, die Ellenbogen an den Körper gedrückt. Gerade als sie kurz davor ist, endgültig aufzugeben, hört sie Stimmen in der Ferne.

Es ist der Rest der Gruppe!

In diesem Augenblick spürt sie etwas vor sich. Zögernd streckt sie die Hand aus und ertastet Holz.

»Das ist doch bestimmt ein gutes Zeichen?«, sagt sie sich.

Auch weiter oben spürt sie Holz. Eine Leiter vielleicht? Sie greift nach unten. Ja, auch unten sind Sprossen.

»Diese Leiter muss irgendwohin führen, Mum«, sagt sie und bleibt stehen, als ihr klar wird, was sie da gesagt hat. Tränen brennen ihr in den Augen. Vielleicht *ist* ihre Mum ja wirklich hier, sieht ihr zu und gibt ihr Kraft und tut all das, was sie zu ihren Lebzeiten nicht tun konnte. Sie hat ihre Mum immer für schwach und egoistisch gehalten. Aber sie hat schließlich in einer Höhle gelebt und alles aufgegeben. Braucht man dazu nicht auch Mut? Eine andere Art von Mut, als Becky verstehen kann, aber trotzdem. Sie holt tief Luft und zieht Kraft aus diesem Gedanken.

Dann stellt sie vorsichtig einen Fuß auf eine Sprosse der Leiter, während ihre Hand nach einer Sprosse weiter oben greift. Vorsichtig zieht sie sich hoch.

Die Leiter knarrt, dann schwankt sie leicht.

Becky wartet einen Augenblick. Dann klettert sie weiter, bis sie frische Luft auf ihrem Gesicht spürt. Erleichtert holt sie Luft. Über sich sieht sie die Umrisse eines Felsens und zieht sich hoch. Die Dunkelheit hat jetzt einen anderen Charakter und Becky sieht, warum: Über ihr hängen weiße Eiskristalle.

Sie blickt ins Halbdunkel vor ihr und sieht einen kleinen Raum mit Holzplanken, die über enge Felsspalten führen. Sie denkt an das, was die anderen gesagt haben: Die Wege und Höhlen hier sind nicht sicher. Soll sie es trotzdem riskieren?

Becky wirft einen Blick nach hinten. Sie hat den ganzen Weg bis hierhin geschafft. Und die fernen Stimmen werden lauter. Das verstärkt ihre Entschlossenheit. Sie ruft, aber es kommt keine Antwort. Becky sitzt auf der Felskante und späht in den Abgrund unter sich. Die Holzplanken sind an einigen Stellen gebrochen, und die erste knarrt unter ihrem Gewicht, als sie vorsichtig einen Fuß daraufsetzt. Nein, sie kann sie unmöglich überqueren. Sie muss zurück.

Verzweifelt sieht sie zu der gewaltigen Decke hoch, als ihr etwas ins Auge springt: Da ist eine Inschrift. Sie klopft erneut auf ihre Stirnlampe, und sie beginnt tatsächlich zu flackern. »Du willst mich wohl auf den Arm nehmen, jetzt funktionierst du wieder?«, sagt sie kopfschüttelnd.

Sie liest die Inschrift. Ein paar Zeichen kann sie nicht deuten, aber dann folgen ein Datum und ein Name in einer ihr vertrauten Schrift.

1914. Louise.

Das muss sie sein – die Inschrift der Prinzessin, von der Iskar erzählt hat!

Dann sieht Becky eine weitere kleine Inschrift, die teilweise von einem vorstehenden Felsen verdeckt wird. Sie hält sich fest und hockt sich hin, um besser sehen zu können.

Und ein Name fällt ihr sofort auf: Idris.

27

Becky

Becky kann nur wenige Worte ausmachen. *Idris. Solar.*
Dann eine Jahreszahl: 2001. Da scheint noch ein weiterer Name zu stehen, aber sie kann ihn nicht entziffern. Sie
streicht mit dem Daumen über die Inschrift. Vielleicht hat
Idris Solar nur mit hierhergenommen, um ihr die Inschrift
der Prinzessin zu zeigen? Sie muss damals ungefähr neun
gewesen sein, einem neunjährigen Mädchen hätte es sicher
gefallen, die Inschrift einer Prinzessin zu sehen und selbst
eine zu hinterlassen.

Wieder sind Stimmen in der Ferne zu hören.

»Iskar!«, schreit Becky. Ihre Stimme hallt in der Höhle
wider. »Hannah! Ed!«

Schweigen.

Dann antwortet ihr eine Stimme. »Becky?« Es ist Hannah.

»Kai hat sich am Knöchel verletzt, er kann nicht laufen!«,
ruft sie zurück.

»Der Trottel«, hört sie Eds Antwort und lächelt vor sich
hin.

»Wir müssen ohnehin zurück«, ruft Iskars feste Stimme.
»Hier geht's nicht weiter. Findest du zu Kai zurück?«

»Ich denke, ja«, antwortet Becky. »Jetzt, wo meine verdammte Stirnlampe wieder funktioniert«, fügt sie flüsternd hinzu.

»Dann sehen wir uns dort«, ruft Iskar.

»Okay!«

Becky klettert die Leiter wieder hinunter. Jetzt, wo die Stirnlampe funktioniert, kommt sie rasch und erheblich problemloser voran als auf dem Hinweg im Stockdunklen. Als sie zur Grotte zurückkommt, begrüßt Kai sie mit gerunzelter Stirn.

»Kein Glück gehabt?«

»Der Weg wurde zu instabil, und ich habe keine Kletterausrüstung. Aber wir haben uns mit Rufen verständigen können. Sie kommen zurück. Iskar hat gesagt, dass es da hinten nicht weitergeht.«

»Wie es aussieht, verläuft unser Abend also ganz gut«, meint Kai sarkastisch. Er greift in seinen Rucksack und holt ein paar Kekse heraus. »Die hab ich noch gefunden. Damit können wir uns die Zeit vertreiben, während wir warten.«

Becky setzt sich, lehnt sich gegen die Höhlenwand und nimmt einen von Kais Keksen. »Wenn du mir vor einer Woche gesagt hättest, dass ich den Abend mit einem Speläologen in einer Höhle verbringen würde, hätte ich dir nicht geglaubt.«

»Du sagst das, als wäre es etwas Schlechtes.«

Becky sieht sich um. »Die Gesellschaft ist durchaus in Ordnung. Aber in einer Höhle leben? Das ist nicht mein Fall. Ich bevorzuge Felder und eine offene Landschaft.«

»Lehn es nicht ab, bevor du's nicht ausprobiert hast.«

»Das hab ich schon. Dir hat es einen verstauchten Knöchel eingebracht, vielleicht ist er sogar gebrochen, und ich hätte mich beinahe verlaufen!«

Kai lacht. »Ein paar gebrochene Knochen nehme ich gerne in Kauf, wenn das ein echtes Abenteuer bedeutet.«

»Ich habe in den letzten Wochen mehr als genug Abenteuer erlebt.« Sie zögert und denkt an die Inschrift. »Ich habe in der Höhle übrigens etwas Interessantes gefunden.«

»Ja?«

Sie erzählt Kai von der Inschrift, die Solar und Idris hinterlassen haben.

»Vielleicht war er mit ihr hier, um ihr die Inschrift der Prinzessin zu zeigen. Ich bezweifle, dass sie hier richtig gelebt haben.«

»Das sehe ich genauso. Da stand auch noch mehr, aber ich konnte es nicht richtig erkennen. Vielleicht von anderen Kindern des Flusses.«

Kai runzelt die Stirn. »Kinder des Flusses?«

»Das ist der Name von Idris' Sekte.«

»Glaubst du wirklich, dass es eine Sekte war?«

Becky isst noch einen Keks. »So wie alle, die Idris kannten, über ihn gesprochen haben, klang es eindeutig danach, als hätte er eine seltsame Macht ausgeübt. Wer weiß …«

»Und wie geht es jetzt weiter?«, fragt Kai.

»Ich werde hier zur Bücherei gehen, dort dürften meine Chancen besser sein, etwas über Solar zu finden. Ich werde herumfragen und sehen, ob ich sie aufspüren kann. Und dann fliege ich endlich wieder nach Hause«, fügt sie mit einem zufriedenen Seufzen hinzu.

»Der Gedanke scheint dich zu freuen.«

»Ja, die ganze Sucherei in der Vergangenheit zermürbt mich ein bisschen. Ich muss allmählich mal wieder nach vorne schauen.«

Kai betrachtet ihr Gesicht. »Und was heißt das für dich?«

»Ich weiß es nicht so genau. Meine Arbeit. Die Hunde.«

»Nur du und die Hunde?«

»In meinem Leben gibt es durchaus noch mehr als nur meine Hunde, das weißt du doch! Ich habe meinen Dad, selbst wenn er ein paar Hundert Meilen entfernt lebt. Ich habe Freunde, und dazu gehören auch ein oder zwei seltsame Speläologen«, fügt sie hinzu und stößt ihn mit der Schulter an.

»Aha, dann sind wir jetzt also Freunde, ja?«

»Vielleicht. Das hängt davon ab, ob du mir den letzten Keks gibst.« Kai gibt ihn ihr, und sie lacht. »Das war nur Spaß. Hier.« Sie bricht ihn in der Mitte durch und gibt ihm die andere Hälfte.

»Okay«, fährt er fort. »Du hast deinen Dad, der wer weiß wie weit weg lebt. Du hast Freunde. Und du hast Hunde.« Sein Gesicht wird ernst. »Reicht dir das?«

»Natürlich. Mein Gott, du klingst ja wie meine Freundin Kay. Ich brauche keinen Mann in meinem Leben, um glücklich zu sein.«

»Ich rede nicht unbedingt von einem Mann. Ich rede von einer tieferen Beziehung. Du hast selbst gesagt, dass du dich mit deiner Mum nicht verstanden hast. Vielleicht geht es bei deiner Suche nach deiner Schwester ja gar nicht nur darum, jemanden zu finden, mit dem du verwandt bist. Vielleicht geht es darum, jemanden zu finden, mit dem du dein Leben teilen kannst. Jemand anderen als deine Hunde.«

Becky runzelt die Stirn. Hatte er recht?

Sie hören Stimmen, und als sie aufblicken, sehen sie Iskar herbeigelaufen kommen. Sie scheint außer Atem. Hannah und Ed folgen ihr.

»Warum seid ihr hinten nicht weitergekommen?«, fragt Kai.

Iskar zuckt mit den Schultern. »Der Ausgang war abgeschlossen. Lev hat gesagt, er wäre offen.«

»Und was ist mit dir passiert, Kumpel?«, fragt Ed und geht zu Kai.

»Er ist ausgerutscht«, erklärt Becky.

»Dann findet er endlich seinen Prinzen!«, sagt Hannah.

»Ich hab dir doch gesagt, dass ich eine Prinzessin will!«, erwidert Kai.

»Und wie hast du es geschafft, alleine zu der Inschrift der Prinzessin zu kommen, ohne dich zu verlaufen?«, fragt Hannah.

Becky erzählt ihnen, was passiert ist. Ein breites Lächeln breitet sich auf Hannahs Gesicht aus. »Das ist unglaublich. Das hast du alles ohne Stirnlampe geschafft?«

»Ich hatte gar keine andere Wahl«, antwortet Becky.

»Okay, jetzt bist du ganz *offiziell* eine von uns«, sagt Hannah.

Becky lacht. »Weil ich fast draufgegangen bin, bin ich also eine von euch?«

»Das ist die Schönheit bei dem, was wir tun«, sagt Kai. »Dass wir am Ende wieder lebend herauskommen. Das müssen wir feiern! Gibt's hier irgendwelche Bars in der Nähe?«

»*Du* musst erst mal deinen Fuß checken lassen«, erinnert ihn Becky.

»Okay, dann eben später.« Kai zuckt mit den Schultern. »Kommt, machen wir, dass wir hier rauskommen.«

»Es dürfte ein kleines Problem geben«, sagt Iskar und sieht auf ihre Uhr. »Ich habe Lev gesagt, dass wir gegen Mitternacht zurück sind. Aber Mitternacht ist längst vorbei. Ich kenne Lev, er wird sicher *nicht* gewartet haben.«

»Und wann kommt er zurück?«, fragt Hannah.

Iskar zuckt mit den Schultern. »Die erste Tour beginnt um acht Uhr morgens.«

»Dann sitzen wir wohl die ganze Nacht hier fest?«, fragt Becky.

Iskar lächelt. »Sieht ganz so aus. Aber mach dir keine Gedanken, ich hab was, das uns warm hält.« Sie holt eine große Flasche Wodka aus der Tasche, und alle jauchzen.

In den nächsten Stunden drängt sich die Gruppe im Kreis zusammen, trinkt Wodka und redet. Becky hört viele Geschichten von Höhlenerforschungen, und sie erzählt ihnen welche aus ihrem Leben als Tierärztin.

»Noch ein Schluck?«, fragt Hannah und hält die Flasche hoch. Sie ist nur noch zu einem Drittel voll, und Becky dreht sich schon der Kopf, aber das ist ihr egal. Sie trinkt nur selten, doch nach ihren Erlebnissen in den vergangenen Wochen kann sie es jetzt gebrauchen. Sie genießt das angenehm brennende Gefühl des Wodkas, der sie an diesem eiskalten Ort von innen her wärmt.

»Ja«, sagt sie, nimmt die Flasche und trinkt einen Schluck, bevor sie sie an Kai weiterreicht, der auf dem Boden liegt und in betrunkener Ehrfurcht zur Eisdecke hochsieht.

Becky legt sich neben ihn, ihren Kopf neben seinem, und spürt so etwas wie Zufriedenheit, als sie zu den Eiskristallen hochblickt, die über ihr einen wunderschönen Himmel bilden.

»Vielleicht ist es doch gar nicht so schlecht hier«, sagt sie mit schleppender Stimme. »Das Surrealistische, die Schönheit! Es ist ein Gefühl, als wäre man ein Teil von etwas.«

Kai dreht den Kopf, um sie anzusehen. »Siehst du, ich hab dir doch gesagt, dass du jemanden suchst, zu dem du eine tiefere Beziehung aufbauen kannst.«

Becky sieht zu den anderen hin. Sie verstehen sich alle so gut und gehen so unbefangen miteinander um. In gewisser Weise sind sie eine eigene kleine Sekte.

»Hast du gewusst, dass Stalaktiten so langsam wachsen, dass sie länger als ein Menschenleben brauchen, um sich wieder zu verbinden und zu erholen, wenn sie brechen?«, sagt Kai und zeigt zu den Stalaktiten über ihnen hoch.

»Nein, das habe ich *nicht* gewusst«, sagt Becky.

»Alle sind unterschiedlich. Wie Individuen, völlig unabhängig voneinander, obwohl sie Cluster bilden«, fährt er fort.

Becky beobachtet ihn, während er redet. Er ist wirklich ziemlich attraktiv. Sie verdreht die Augen – sie hat eindeutig zu viel Wodka getrunken.

»Was ist?«, fragt Kai und rollt sich mühsam auf die Seite, um sie anzusehen.

»Oh, ich dachte nur gerade, wie surreal es ist, mit einer Horde Fremder in einer Eishöhle zu liegen.«

Er runzelt die Stirn. »Ich bin kein Fremder.«

»Nein, *du* nicht. Aber du weißt doch sicher, was ich meine?«

»Eigentlich nicht. Manche Beziehungen entwickeln sich

in wenigen Momenten, andere brauchen Jahre, genau wie das Eis dieser Stalaktiten.«

»Oder man bekommt gar nicht erst die Möglichkeit, eine Beziehung aufzubauen«, seufzt Becky.

»Denkst du an deine Schwester?«

Becky nickt. »Und an meine Mum.«

»Du hast ihr nie wirklich vergeben, dass sie dich verlassen hat, oder?«

Sie runzelt die Stirn. »Ich bin nicht verbittert.«

»Ach nein?«, fragt Kai, während er sie forschend ansieht. »Man kann es ruhig zugeben, Becky. Ich bin innerlich gestorben, als mein Dad uns verlassen hat, um nach Jamaica zurückzugehen.«

»Wie alt warst du da?«

»Vierzehn. Meine Hormone spielten verrückt, ich habe rebelliert. Meine arme Mum.« Er seufzt und schüttelt den Kopf. »Ich hab mich den falschen Leuten angeschlossen und mir ganz schön Ärger eingehandelt. Aber das hier hat mich gerettet«, sagt er und zeigt auf die Höhle. »Die Höhlen. Ich habe etwas gefunden, das mich gefesselt hat.«

»Bei mir waren es erst Liebesromane und dann Tiere. Vielleicht sind wir uns ähnlicher, als wir dachten.«

Kai lächelt. »Und wir kennen uns erst seit … wie lange, seit ungefähr zwei Wochen? Ich schätze, wir gehören zu den sich schnell bildenden Stalaktiten.«

Sie lächeln einander an. Dann klatscht Ed in die Hände.

»Okay, Zeit für ein bisschen Spaß!« Er steht auf. »Eines Tages hat der kleine Johnny eine Höhle besucht.« Dann setzt er sich und zeigt auf Hannah.

Hannah steht auf. »Unglücklicherweise hat sich der

kleine Johnny in den Grotten dieser Höhle verlaufen.« Sie zeigt auf Iskar und setzt sich wieder hin.

Becky runzelt die Stirn. »Was wird das?«, fragt sie Kai.

»Das Unglücklicherweise-glücklicherweise-Spiel«, erklärt Kai. »Das spielen wir nachts, wenn wir alle zusammen sind. Es ist so eine Art kleines Ritual. Die Leute erzählen abwechselnd eine Geschichte, bei der sich unglücklicherweise und glücklicherweise immer abwechseln.«

Iskar steht auf, die Wodkaflasche in der Hand. »Glücklicherweise hat der kleine Johnny eine Flasche Wodka in der Höhle gefunden.«

Iskar zeigt auf Kai, der mit den Schultern zuckt, als er auf seinen Knöchel zeigt. »Unglücklicherweise ist der kleine Johnny ausgerutscht, weil er ein ungeschickter Dummkopf ist«, sagt er und runzelt die Stirn, »und dabei ist ihm die Wodkaflasche hingefallen.«

Er zeigt auf Becky.

»Oh Gott«, sagt Becky. »Ich war noch nie eine gute Geschichtenerzählerin.« Sie denkt an ihre Mum, die preisgekrönte Autorin. Sie hätte gewusst, wie man das macht.

Sie steht auf und schließt die Augen, während sie den Stift ihrer Mum über die Seiten ihres Notizblocks gleiten sieht. Dann öffnet sie die Augen.

»Glücklicherweise lagen die Temperaturen in der Eishöhle unter null, und der Wodka ist gefroren, sodass der kleine Johnny den Wodka vom Boden auflecken konnte.«

Alle lachen und jubeln, und sie lacht mit ihnen, verbeugt sich und setzt sich wieder. Während das Spiel weitergeht und sie immer betrunkener und lauter werden, schlingt Becky lächelnd die Arme um die Knie und zieht sie an die

Brust. Hat ihre Mum sich so gefühlt, als sie in der Höhle gelebt hat? Als *Teil* von etwas? Becky ist so lange allein gewesen. Selbst mit ihren Patienten und David nebenan ist es nicht so wie hier. Die Beziehung, die diese Menschen zueinander haben, die Art, wie sie ihr Leben leben, das ist etwas Besonderes. Und hier drinnen in dieser Höhle, verstärkt sich dieses Gefühl noch.

Zum ersten Mal beginnt Becky zu verstehen, warum ihre Mum so gehandelt hat, wie sie es getan hat.

Sie runzelt die Stirn. Aber rechtfertigt das, seine kleine Tochter zurückzulassen? Was ist passiert, als die erste Begeisterung sich gelegt hatte?

Hannah, die neben ihr sitzt, holt ihr Handy heraus. »Bei der ganzen Aufregung über Kais Sturz hab ich total vergessen, dir das hier zu zeigen. Wir haben es in der Höhle gesehen, und ich hab ein Foto für dich gemacht.«

Becky nimmt das Handy und sieht, dass es die Inschrift von Idris und Solar ist.

»Ja, das hab ich auch gesehen. Kannst du es mir mailen, wenn wir zurück sind? Kai hat meine Adresse.«

»Klar.«

Hannah will ihr Handy zurück in die Tasche stecken, doch Becky fällt etwas ein. »Warte mal. Wenn wir es ranzoomen, können wir vielleicht den anderen Namen besser erkennen.«

»Gute Idee. Ich hab eine App, die die Sachen schärfer macht. Warte, ich versuch's mal.« Hannah macht sich ein paar Minuten an ihrem Handy zu schaffen, dann gibt sie es Becky. »Ich hab's. Ich bin jetzt *offiziell* die Königin der forensischen Foto-Forschung.«

Becky nimmt das Handy entgegen und kann jetzt auch den anderen Namen und die ganze Inschrift lesen.

Idris, Solar und Oceane waren hier. 2001

Oceane. Sie kennt diesen Namen. War das nicht Cadens Exfreundin, die die Gruppe verlassen hat, bevor sie nach Spanien gegangen sind?

»Okay, jetzt machen wir ein anderes Spiel«, sagt Ed.

Widerwillig gibt Becky Hannah das Handy zurück. Sie könnte diese Inschrift die ganze Nacht anstarren. Ihr Kopf schwirrt nur so vor Möglichkeiten, wieso und warum Idris, Solar und Oceane in dieser Höhle gelandet sind.

Am nächsten Morgen um acht werden die fünf aus der Höhle befreit. Lev lächelt schief, als er das Eisentor öffnet.

»Ich hab dir gesagt, dass ich nicht warten kann«, sagt er zu Iskar. »Das hätte meiner Frau *nicht* gefallen.«

Becky blinzelt gähnend in den klaren Morgen. Sie haben schließlich doch noch ein paar Stunden geschlafen, zusammengekauert in der Kälte, ihr Kopf auf Kais Schulter. Aber sie fühlt sich immer noch, als wäre sie von einer Dampfwalze überrollt worden.

Lev runzelt die Stirn angesichts der leeren Wodkaflasche, die Iskar in der Hand hält. »Das habt ihr getrunken?« fragt er sie.

»Um uns warm zu halten«, sagt Ed gähnend.

Lev schüttelt den Kopf. »Ihr Briten seid wirklich verrückt. Und ich muss es wissen, ich bin schließlich mit einer verheiratet.«

»Du hast mir nie erzählt, dass deine Frau aus Großbritannien stammt«, sagt Iskar.

Lev lacht. »Kann sein. An ihrem Namen merkt man es auch nicht. Solar klingt ja eher kosmisch als britisch.«

Alle sehen ihn mit offenem Mund an. Becky muss tief durchatmen, um sich zu beherrschen. Tränen schießen ihr in die Augen.

Hat sie endlich ihre Schwester gefunden?

28

Selma

Kent, Großbritannien
8. September 1991

Ich rannte den Strand hinunter zur eingestürzten Höhle. Dort hatte sich eine Menschenmenge versammelt. Julien und Maggie führten die Polizei und die Rettungssanitäter zum Höhleneingang, der jetzt verschwunden war. An seiner Stelle türmten sich herabgestürzte Felsbrocken auf. Ich schlug mir erschrocken die Hand vor den Mund. Gestern Morgen waren Idris und ich noch dort drinnen gewesen.

»Was genau ist passiert?«, fragte einer der Polizisten.

»Wir haben Schreie gehört, gefolgt von einem Krachen«, antwortete Maggie mit zitternder Stimme.

»Wie viele Menschen sind da drinnen?«, fragte er.

»Wir glauben, es sind vier«, antwortete Julien.

»Ist Idris da drinnen?«, fragte ich und beugte mich vor, um wieder zu Atem zu kommen.

Er nickte. »Oceane, Tom und Caden auch.«

Ich hatte ein flaues Gefühl im Magen. Was, wenn Idris, der Vater meines Babys, verletzt in dieser Höhle lag ... oder schlimmer noch: tot?

Der Gedanke, das Kind abzutreiben, ohne ihm etwas davon zu sagen, erfüllte mich plötzlich mit Schrecken. Die

Vorstellung, dass er in dieser Höhle sterben könnte, ohne von dem Kind gewusst zu haben, das in mir wuchs!

Mir wurde endgültig schlecht.

»Was ist los?« Wir drehten uns um und sahen Donna den Strand entlanggerannt kommen. Die Einkaufstaschen schlugen ihr gegen die Beine.

»Die Decke ist eingestürzt«, sagte ich. »Es tut mir leid, Donna – Oceane und Tom sind da drinnen.«

Donna rang nach Luft. Die Einkäufe fielen ihr aus der Hand. Gläser zerschlugen, Sauce färbte den Sand scharlachrot.

»Ich habe dir und Idris gesagt, wie gefährlich diese verfluchte Höhle ist«, schrie sie mich an. »Ich habe dir verdammt noch mal gesagt, du sollst mit ihm reden!«

Ich öffnete den Mund, dann schloss ich ihn wieder. Ich hatte komplett vergessen, Idris etwas davon zu sagen.

Donna rannte auf die Höhle zu, doch die Polizisten hielten sie zurück.

»Wir haben die Feuerwehr gerufen und ein paar Höhlenkletterer«, sagte einer von ihnen. »Sie dürfen jetzt nicht näher rangehen.«

Während der nächsten halben Stunde beobachteten wir, wie Männer mit Helmen die heruntergefallenen Steine aus dem Weg räumten und den Eingang der Höhle freilegten. Ich wollte Donna trösten, aber sie ließ es nicht zu. Ich verstand sie. Wenn Becky dort drinnen gewesen wäre, wäre ich auch außer mir. Ich hätte ihre Bedenken Idris gegenüber erwähnen, meinen Einfluss auf ihn geltend machen müssen.

Gerade als ich mir diese Vorwürfe machte, kam Oceane herausgehumpelt, den Arm um einen gequält aussehenden

Tom gelegt, der auf einem Bein hüpfte. Flüchtig sah ich sein blutiges Bein, ein Teil eines Knochens stand heraus. Ich zuckte zusammen und drehte mich weg.

Donna und die Sanitäter rannten zu den beiden.

»Wo sind Caden und Idris?«, fragte Julien Oceane.

»Ist Caden nicht hier? Ich dachte, er wäre nach unserem Streit rausgerannt.«

Streit?

»Da kommt noch jemand«, sagte Julien. Idris und Caden traten aus der Höhle, Caden hielt sich vorsichtig den Arm.

»Idris!«, rief ich, als ich sein staubbedecktes, schockiertes Gesicht sah. »Geht's dir auch gut?«

Er sah zu Tom hin, der von den Sanitätern behandelt wurde und vor Schmerzen schrie. Dann zu Caden, der zu einem anderen Krankenwagen geführt wurde. Oceane lief auf Caden zu und versuchte, ihn zu trösten, aber er schob sie einfach weg und schaute sie gar nicht an.

Was war in dieser Höhle passiert, bevor sie eingestürzt war?

Oceane blickte auf, und ihr Blick begegnete dem von Idris. Er schaute schnell weg.

Panik ergriff mich.

»Was ist da drinnen passiert?«, fragte ich Idris. Er sagte nichts und konnte mir nicht in die Augen sehen. Meine Panik wurde stärker. »Idris, was zum Teufel ist passiert?«

»Nicht das, was du denkst«, sagte er, während sein Blick erneut auf Oceanes traf.

Ich schaute zwischen den beiden hin und her. Demütigung durchfuhr mich.

In diesem Moment wurde mir klar, dass sie doch

miteinander geschlafen hatten … Caden musste sie in flagranti in der Höhle erwischt haben. In derselben Höhle, in der Idris und ich uns geliebt hatten.

Ich warf ihm einen angewiderten Blick zu und rannte weg.

Gefühlte Stunden saß ich jenseits der Kreidefelsen und beobachtete, wie die Blaulichter der Polizei und der Krankenwagen über die weißen Felsen flackerten.

Leute gingen vorbei, begierig, möglichst viel von dem Schauspiel mitzubekommen.

»Ich habe gewusst, dass so etwas passieren würde«, hörte ich eine Frau sagen, als sie vorbeiging.

»Es musste ja zur Katastrophe kommen. Diese verdammte Sekte!«, antwortete ihre Freundin.

Sie hatten recht, sie hatten die ganze Zeit recht gehabt. Die Decke war uns buchstäblich auf den Kopf gefallen, hatte zutage treten lassen, wer Idris wirklich war: ein Betrüger, ein Nichts. Ein ganz gewöhnlicher Mann auf der Suche nach ein bisschen billigem Nervenkitzel.

Und wozu machte mich das? Zu der verzweifelten Hausfrau mittleren Alters, die ich nie hatte werden wollen?

Ein Paar ging vorüber und schaute zu dem Drama hin, das sich vor der Höhle abspielte.

Es waren Julie und Greg.

Julie sah mich und starrte mich wütend an. Greg folgte dem Blick seiner Frau, sein Gesicht zeigte erst Überraschung, dann Furcht. Julie wandte sich mir zu, doch Greg griff nach ihrem Arm und sagte etwas zu ihr. Aber sie schüttelte den Kopf und kam auf mich zu.

Und jetzt?

Ich stand langsam auf. Mir drehte sich der Magen um, als ich die Wut im Gesicht meiner alten Freundin sah.

»Ich weiß Bescheid, was du für Lügen über Greg erzählt hast«, fauchte Julie, als sie bei mir war. Sie stand ganz steif da und versuchte, ihren Ärger unter Kontrolle zu halten. »Diese Yogalehrerin hat allen, die es hören wollten, von deinen Lügen erzählt.«

Ich hatte Anita erzählt, wie Greg mich lüstern angestarrt hatte. *Na toll.*

»Das sind keine Lügen, Julie«, sagte ich leise. »Ich wollte nicht, dass du es so erfährst, aber ich habe die Wahrheit gesagt, ehrlich.«

Greg lachte, während er neben seine Frau trat. »Ach, komm schon, Selma. Du bist eben ein Flittchen, immer schon, hast keine Gelegenheit zum Flirten ausgelassen. Und ich stehe als Bösewicht da, weil Männer das bei Frauen wie dir nun mal sind, oder?«

Ich traute meinen Ohren kaum. Er wollte offenbar so verzweifelt seine Ehe retten, dass er die Wahrheit komplett verdrehte. Dabei war er noch vor Kurzem bereit gewesen, sie durch seine Flirterei aufs Spiel zu setzen.

»Er lügt«, sagte ich zu Julie und sah sie an.

Julie lachte. »Es ist lustig, das aus deinem Mund zu hören. Weißt du, dass dich alle Selma, die große Geschichtenerzählerin nennen?«

Ich runzelte die Stirn und schlang die Arme um mich. Ich fühlte mich von ihren Bemerkungen kleingemacht.

»Das Ganze ist schwer danebengegangen, was?«, sagte Greg und zeigte auf die eingestürzte Höhle. »Aus der Traum, Selma.«

»Du hast deine Familie völlig umsonst auseinandergerissen«, fügte Julie kopfschüttelnd hinzu.

Völlig umsonst.

War es wirklich völlig umsonst gewesen? Ich hatte meinen Job aufgegeben und meine Ehe ... und Becky? Ich dachte an Idris und Oceane. Hatte ich alles für einen Haufen Lügen aufgegeben? Mal ganz ehrlich, wäre ich ohne die Anziehung, die Idris auf mich ausübte, wirklich in dieser Höhle geblieben?

Mit geballten Fäusten stand ich da. Ich konnte nicht zulassen, dass alles völlig umsonst gewesen war. Ich *würde nicht* zulassen, dass alles völlig umsonst gewesen war.

»Sieh's endlich ein, Selma«, sagte Julie. »Du hast einen Fehler gemacht – einen Fehler, der dich deine Tochter gekostet hat. Erst recht, nachdem die Höhle eingestürzt ist. Die Kinder des Flusses«, sagte sie und zeichnete Anführungszeichen in die Luft, »gibt es nicht mehr und auch keine Höhle, in die du Becky mitnehmen kannst. Du kannst nicht länger vor deinen Problemen davonlaufen, Selma. Du bist schwach.«

»Da irrst du dich aber«, sagte ich und sah sie an. »Ich bin stark. Wir *alle* sind stark.« Ich spürte, wie die Entschlossenheit in mir wuchs. »So was wie das hier stecken wir weg, du wirst schon sehen. Und dann bist du uns jederzeit willkommen. Vor allem, wenn du erkannt hast, wie Greg wirklich ist.«

Damit ging ich entschlossen davon.

Ich würde allen beweisen, dass sie unrecht hatten. Ich würde nicht beim ersten Anzeichen von Schwierigkeiten zusammenbrechen wie meine Mutter, als ihr letzter

Ehemann sie allein und ohne einen Cent zurückgelassen hatte. Ich würde das hinbekommen, koste es, was es wolle.

Als ich auf die Höhle zuging, bemerkte ich oben beim Hotel eine Bewegung.

Ich blickte hoch und stellte fest, dass mich jemand beobachtete.

Idris.

Warum war er dort oben?

29

Selma

Ich beschleunigte meine Schritte und stieg die wacklige Treppe hinauf, die vom Strand zum Hotel führte. Die Stufen waren gesprungen und mit Gras überwachsen, das Metallgeländer verrostet.

Als ich oben angekommen war, war Idris verschwunden. Von Nahem sah das Hotel mit der abblätternden Farbe und den überwucherten, zerbrochenen Fensterscheiben noch vernachlässigter aus. Ich spähte durch die Spinnweben hinein und sah eine Gestalt, die an der Rezeption über der Theke zusammengesunken war. Es war Idris.

Ich drückte die Klinke herunter und zu meiner Überraschung ging die Tür sofort auf, und ich trat ein. Das Geräusch meiner Schritte hallte von den Wänden wider. Es war dunkel hier drin, und es roch nach Moder.

Idris blickte auf, auf seinen Wangen schimmerten Tränen.

»Was machst du denn hier oben?«, fragte ich ihn. »Warum bist du nicht unten bei den anderen?«

»Ich kann nicht. Es überfordert mich. Das ist alles meine Schuld. Was hab ich nur getan!«, stöhnte er und vergrub den Kopf in den Händen. Ich sah ihn schockiert an. Es war vollkommen surreal, ihn weinen zu sehen, diesen Mann, der uns allen wie ein Gott erschien, unzerstörbar. Es tat mir leid, ihn so zu sehen, doch ich unterdrückte meine Gefühle schnell. Er hatte sich das selbst zuzuschreiben.

»Hör auf«, befahl ich.

Er blickte auf. »Womit?«

»Mit dem Selbstmitleid!« Ich ging zu ihm, stützte mich auf die staubige Theke und sah ihn an. »Das ist nicht der richtige Zeitpunkt für Schwäche, verdammt noch mal. Sei jetzt der Mann, für den ich dich halte. Wir alle brauchen dich jetzt mehr denn je! Wir müssen allen zeigen, dass wir damit fertigwerden.«

»Und wozu?«, fragte er. »Es ist vorbei. Man wird uns auf keinen Fall erlauben, in der Höhle zu bleiben. Man wird sie für einsturzgefährdet erklären.«

»Dann gehen wir dagegen vor! Wir können doch bestimmt irgendwas unternehmen? Dieses Hotel wäre nicht hier auf den Klippen errichtet worden, wenn die Höhlen darunter einsturzgefährdet wären, oder?« Ich sah zur geschlossenen Tür hinter Idris hin. »Ist das das alte Büro? Vielleicht gibt es da ja Unterlagen, Dokumente zur Statik oder so.«

Ich ging auf die Tür zu, doch Idris griff nach meiner Hand. »Willst du mich nicht nach Oceane fragen?«

»Sollte ich das?« Meine Stimme zitterte leicht.

»Es ist passiert, bevor ich den Jungen gerettet habe. Später nicht mehr … nicht nachdem du gekommen bist.«

»Und was war das für ein Streit in der Höhle?«

»Caden und Oceane hatten eine ihre üblichen Streitereien. Ich bin reingegangen, um nach ihnen zu sehen, und Tom muss das Geschrei seiner Schwester gehört haben.«

Ich schüttelte den Kopf. »Ich bin mir nicht sicher, ob ich dir glaube.«

»Aber es ist die Wahrheit.«

»Wirklich? Warum hast du mir das dann nicht schon gesagt, als ich dich mit den Gerüchten konfrontiert habe?«

»Du hast gefragt, ob da irgendetwas zwischen uns läuft. Und das war nicht der Fall, denn es war vorbei.«

»Hör endlich mit dem Scheiß auf!«, rief ich wütend, und meine Stimme hallte von den Wänden zurück. »Mir reicht's! Ich will die *Wahrheit* wissen. Wenn wir überleben wollen, wenn die Kinder des Flusses überleben wollen, muss ich die Wahrheit wissen, und zwar die ganze Wahrheit! Zum Beispiel, warum du hier bist. Wie zum Teufel bist du hier ins Hotel hereingekommen?«

Idris seufzte. »Ich habe früher hier gelebt.«

»Hier im Hotel?«

Er nickte. »Es hat meinen Eltern gehört und die Höhle auch. Ich habe mich immer da unten versteckt.« Er zeigte unter den Empfangstresen. »Dort habe ich meinem Dad geholfen, Pints auszuschenken«, fügte er hinzu und wies auf die Bar. »Und draußen bin ich meiner Mum bei der Gartenarbeit zur Hand gegangen.«

»Warst du deshalb in der Höhle? Weil sie dir gehört?«

Er nickte.

Ich sah mich um und stellte mir ein Kind vor, das durch die Hotelhalle läuft und diesem Ort neues Leben einhauchte. Dabei dachte ich nicht an das Hotel, sondern an ein Heim für mich und Becky … und für mein Baby. Die

Kinder des Flusses könnten weitermachen wie bisher, doch ich hätte ein sicheres Zuhause, um meine Kinder großzuziehen … und ich könnte mir das Jugendamt vom Leib halten, wenn wir vor der gerichtlichen Anhörung hier einziehen könnten.

Ich setzte mich auf den alten Bürostuhl hinter der Theke und rollte zu Idris hinüber. Ich saß jetzt direkt vor ihm, Knie an Knie, ergriff seine Hände und schaute ihm in die Augen. »Gehört dir wirklich dieses Hotel?« Mein Herz hämmerte in meiner Brust. »Oder gehört es deiner Familie?«

»Es gehört mir nicht mehr, nur noch die Höhle.«

Schwer enttäuscht ließ ich seine Hände los.

»Nach dem Tod meiner Mutter hatte mein Vater Probleme, das Hotel zu führen.«

»Du bist also der Sohn von Petersons?«, flüsterte ich. Er nickte. »Deine Mutter, sie …«, sagte ich leise.

Idris schloss die Augen. »Sie hat sich das Leben genommen.«

»Das tut mir leid. Es muss sehr schwer für dich gewesen sein. Es muss immer noch sehr schwer sein.«

Er nickte, sagte aber nichts.

»Und was ist mit dem Hotel passiert?«, fragte ich und sah mich um.

»Dad hat eine Frau kennengelernt. Sie ist hier eingezogen, um ihm zu helfen, und später haben sie geheiratet.« Seine Kiefer spannten sich an. »Sie war grauenhaft. Was ich alles tun musste, während sie auf der faulen Haut lag! Die Böden wischen, die Toiletten putzen, im Speisesaal servieren. Ich war ein Aschenputtel in Jungengestalt. Dabei war ich verdammt noch mal erst dreizehn.« Idris ballte die Fäuste, und ich war froh, wieder die alte Energie zu sehen, selbst wenn er wütend war. Es hatte mich sehr beunruhigt, ihn so niedergeschlagen zu erleben, ich brauchte ihn jetzt stark, mehr denn je. Für Becky, für unser gemeinsames Kind … für die Kinder des Flusses, um allen zu beweisen, dass sie sich irrten.

»Dad hat angefangen zu trinken«, fuhr er fort. »Es war für seine neue Frau ein Leichtes, ihn dazu zu überreden, ihr das Objekt zu überschreiben. Das Lustige ist: Sie hatte geplant, es zu verkaufen und mit dem Geld zu verschwinden.« Er lachte. »Aber es ist ihr nicht gelungen. Sie hat zu viel verlangt und sich geweigert, mit dem Preis runterzugehen. Deshalb steht das Haus seit fast zwanzig Jahren zum Verkauf.«

»Und die Höhle?«

»Die ist im Besitz der Familie geblieben. Meine Mutter hat dort gerne geschrieben, und Dad konnte sich nicht überwinden, die Höhle aufzugeben.«

»Und wo ist dein Dad jetzt?«, fragte sie leise.

»Er hat sich um den Verstand getrunken. Deshalb bin ich vor ein paar Monaten hier in die Gegend zurückgekommen, um nach ihm zu sehen. Ein Freund hat mich angerufen und mir erzählt, wie schlecht es ihm geht. Ich konnte nicht lange mit ihm in der gleichen Wohnung sein, mir aber auch kein Hotel leisten. Deshalb bin ich hier eingebrochen«, sagte er und sah sich um. »In mein altes Zuhause. Das ohne meine Stiefmutter *immer noch* mein Zuhause wäre. Dann habe ich Oceane kennengelernt. Sie ist an ein paar Abenden mit Freunden hergekommen, um zu trinken und Marihuana zu rauchen.«

»Und da habt ihr miteinander geschlafen?«

Idris seufzte. »Sie hat mich über ihr Alter belogen. Es war dumm und leichtsinnig von mir. Ich war high. Und ich habe getrauert.«

»Getrauert?«

»Mein Dad ist gestorben, kurz bevor ich den Jungen gerettet habe.«

Ich seufzte und drückte ihm die Hand. »Das tut mir leid.« Er hatte wirklich einiges durchgemacht. »Wo hast du denn die ganzen Jahre gelebt?«, fragte ich.

»Mit sechzehn bin ich abgehauen nach London. Du kennst doch sicher die Straßenkünstler, die Karikaturen zeichnen?« Ich nickte. »Bis vor ein paar Monaten war ich auch einer.«

Ich dachte an die vielen Gerüchte über ihn: Neuseeland, Australien, die USA, sogar Russland. Ein Rockstar. Ein Drogenhändler. Ein Millionär. Dabei hatte er in London seine Kunst auf der Straße verkauft.

»Konntest du gleich von Anfang an in London davon leben, deine Kunst zu verkaufen?«, fragte ich.

Er wich meinem Blick aus. »Ich hatte Geld … Geld, von dem meine Stiefmutter der Meinung war, es gehöre ihr.«

»Wie meinst du das?«

»Dad hatte ein gemeinsames Konto mit ihr. Einmal hat sie ein paar Tausend Pfund abgehoben, um ein Auto zu kaufen. Sie hat das Geld unbewacht liegen lassen und telefoniert. Ich habe es mir geschnappt und bin abgehauen. Ich habe sie noch hinter mir brüllen hören, als ich ins Taxi gesprungen bin.« Er schluckte und starrte in die Dunkelheit. »Seitdem lebe ich in ständiger Angst vor Verfolgung. Sie hat mal erzählt, dass sie aus einer bekannten Kriminellen-Familie stammt und dass ich nie wieder sicher sein würde, sollte ich sie jemals hintergehen. Daraufhin habe ich sie noch weniger gemocht. Ich kann mir gut vorstellen, dass sie selbst kriminell war und meinen Vater nur des Geldes wegen geheiratet hat.«

Ich dachte an das Graffito an der Höhlenwand.

Dieb.

»Glaubst du, sie haben dich gefunden?«, fragte ich.

Er zuckte mit den Schultern. »Vielleicht.« Er sah mich an. »Jetzt bin ich nicht mehr so anziehend, was? Ein Dieb, ein Straßenkünstler, der sich immer vor Verfolgung fürchtet.« Er schwieg einen Moment, dann runzelte er die Stirn. »Das Geld war nicht das Einzige, was ich gestohlen habe.«

Ich seufzte. »Was hast du denn noch gestohlen?«

»Das ganze Gerede über den Fluss, die Zahlen und das Schmausen – das habe ich alles von einem Wochenendseminar, auf dem ich vor ein paar Jahren war.«

»Ich dachte, du hättest mit einem Heiler zusammengelebt?«

»Das habe ich auch … zwei Tage lang, beim Seminar. Das war seine Lehre: der Fluss, keine Uhren.«

»Mein Gott«, flüsterte ich.

»Es ist alles aus, oder?«, sagte Idris. »Es ist vorbei. Die Kinder des Flusses … unsere Beziehung.« Er sank in sich zusammen. »Aus der Traum.«

Ich schaute ihm in die Augen. Dachte ich jetzt anders über ihn? Ja, natürlich. Aber meine alten Gefühle waren noch da, irgendwo verborgen unter der Enttäuschung. Und was war mit den Kindern des Flusses? Ich dachte an Gregs spöttischen Blick. Er hatte genau das Gleiche gesagt wie

Idris. Aus der Traum, Selma. Und auch an Julies Worte musste ich denken: *Du hast deine Familie völlig umsonst auseinandergerissen.*

Nein, ganz und gar nicht. Ich würde *nicht* zulassen, dass alles umsonst gewesen war. Idris brauchte nur einen Ansporn, um wieder der Alte zu werden. Und ich wusste auch schon, welchen.

Ich griff nach seiner Hand und legte sie auf meinen Bauch. »Es ist nicht vorbei, Idris. Es fängt gerade erst an.«

Er runzelte die Stirn. »Wie meinst du das?«

»Ich bin schwanger.«

Vor Überraschung blieb ihm der Mund offen stehen. »Du bist …?«

Ich lächelte. »Ja.«

Er sank auf die Knie und küsste meinen Bauch.

»Verstehst du jetzt, warum du stark sein musst?«, sagte ich, strich ihm übers Haar und sah auf ihn hinunter.

Er blickte auf. »Ich fürchte, ich bin zu schwach. Alle werden mich durchschauen.«

»Nicht, wenn ich bei dir bin. Denk an unser Kind – wir dürfen nicht aufgeben. Wenn wir zusammen an unserem Traum festhalten und allen beweisen, wie sicher und wie großartig es ist, so zu leben, wie wir es tun – dann ist so gut wie alles möglich.«

Seine grünen Augen glänzten vor neuer Hoffnung. »Glaubst du wirklich?«

»Ja, das glaube ich wirklich. Aber verrat niemandem das, was du mir eben erzählt hast, okay?«, sagte ich ernst. »Es wird nur funktionieren, wenn sie weiterhin zu dir aufblicken … zu *uns*.«

Er blickte mich an, als wäre ich eine Göttin. »Aber was ist mit meiner Stiefmutter? Wenn nun sie oder ihre Familie für die Verwüstungen in unserer Höhle verantwortlich sind?«

»Mehr ist aber nicht passiert«, sagte ich.

Er nickte, doch er sah nicht ganz überzeugt aus.

Als wir zurück in die Höhle kamen, saßen Julien und Maggie am Tisch. Sie verstummten, als wir Hand in Hand hereinkamen. Julien wollte etwas sagen, doch Idris hob beruhigend die Hand.

»Alles wird gut«, sagte er. »Solange wir zusammenbleiben und stark sind, wird alles gut. Und jetzt sollten wir versuchen in den Fluss zu kommen.«

Maggie und Julien sahen sich zögernd an.

»Es liegt jetzt nicht mehr in unserer Hand«, sagte ich. »Wir können aber das tun, worin wir gut sind – unsere Gedanken auf die Heilung der Verletzten konzentrieren.«

Es fühlte sich seltsam an, das zu sagen, doch alle glaubten daran. Und wenn es für das Überleben der Gruppe wichtig war, dass auch ich das predigte, dann sollte es eben so sein.

Idris setzte sich an den Kopf des Tisches und schaute zu mir hoch. Im brutalen Licht der batteriebetriebenen Lampe, die wir in der Küche aufgehängt hatten, sah ich die dunklen Ringe unter seinen Augen und die Blässe seiner normalerweise so gebräunten Haut.

Ich sah, dass er trotz seiner neuen Entschlossenheit in sich zusammensank. Jetzt musste ich das Kommando übernehmen.

»Fangen wir an«, sagte ich, zog einen Stuhl vor und setzte mich neben ihn an den Kopf des Tisches.

Am nächsten Morgen wachte ich spät zum Geräusch des fallenden Regens auf. Die Höhle war dunkler, als ich sie tagsüber je erlebt hatte, und es roch anders: Feucht. Nach Moos. Der lärmende Regen dröhnte wie Donner um die Höhle.

Ich stand auf und tappte vorbei an Julien, der seinen Stuhl strich, und an Maggie mit ihrer Vase.

Oceane war noch immer mit ihrer Mutter und ihrem Bruder im Krankenhaus und auch Caden wurde wegen seines Armes dort behandelt.

Es würde viel Arbeit sein, alles wieder aufzubauen, doch ich war mit neuer Energie erwacht. Ich war bereit für die Herausforderung – und das *musste* ich auch sein. Ein Kind wuchs in mir heran und eine gerichtliche Anhörung über das Schicksal meines anderen Kindes schwebte über meinem Haupt. Das verstärkte meine Entschlossenheit. Ich musste für meine Kinder eine gewisse Sicherheit schaffen. Natürlich könnte ich in ein normales Leben zurückkehren und mir eine kleine Wohnung in der Stadt mieten. Aber mir würde schnell das Geld ausgehen und ich bezweifelte, dass meine alte Chefin mich wieder einstellen würde, nachdem ich mit einem solchen Paukenschlag gekündigt hatte. Und was dann? Ich wollte nicht wie meine Mutter enden, die jeden Penny zusammengekratzt und sich darauf verlassen hatte, dass ihre diversen Männer für sie sorgen würden.

Durch das Leben in der Höhle war ich nicht so sehr auf Geld angewiesen. Es gab mir die Freiheit zu schreiben. Und damit das so blieb, mussten die Leute glauben, dass wir stark waren, dass auch Kinder hier glücklich sein konnten.

Aber was war mit Idris? Würde er dieser Herausforderung

gewachsen sein? Es hatte mich beunruhigt, ihn gestern Abend so schwach zu sehen, so überfordert. Er musste sich zusammennehmen, und zwar bald, wenn wir allen beweisen wollten, dass die Kinder des Flusses jeden Sturm überstehen konnten.

Ich machte mich fertig und sah Idris am Eingang der Höhle Kaffee kochen. Seine Haut wirkte im düsteren Licht ganz anders und viel echter. Auch sein blondes Haar schien dunkler. Ich stellte ihn mir im Winter vor, in einen Pelz gehüllt, wie er aufs aufgewühlte Meer hinausblickte, das so voller Unruhe war wie die Hauptfigur in meinem Roman.

Er sah mich näher kommen, trat zu mir und gab mir einen sehnsüchtigen Kuss. Dann zog er einen Stuhl für mich heran. »Leg die Füße hoch«, sagte er. »Du musst dich ausruhen.«

Ich setzte mich und lächelte ihn an. Er schien wieder der Alte zu sein. Vielleicht hatte die Tatsache, dass er Vater wurde, ihm neue Kraft gegeben?

»Tee?«, fragte er. »Das ist besser für dich als Kaffee, nicht?«

»Ja, bitte.«

»Du hast den Sonnenaufgang verpasst«, sagte er. »Er war wunderschön.«

»Im Moment ist das Wetter aber alles andere als schön«, sagte ich mit einem Blick auf den Himmel.

»Ja, die Wolken haben sich zusammengezogen, als ich wieder heruntergekommen bin.«

»Heruntergekommen? Wo warst du denn?«

»Oben im Hotel.« Er lächelte. »Ich habe einen Brief von der Stadt gefunden, in dem steht, dass die Höhle als sicher angesehen wird. Sie können uns nicht einfach aus Gesundheits- oder Sicherheitsgründen hier rauswerfen.«

Ich lächelte zurück. »Brillant!«

»Und ich habe etwas in der Stadt besorgt«, sagte er und zog einen kleinen grauen Teddy hervor. »Für das Baby.«

Ich drückte den Teddy an meine Wange. »Er ist wunderhübsch.«

»Ich habe auch Farben besorgt, deshalb war ich so früh auf und habe mir den Sonnenaufgang angeschaut. Ich wollte genau diese Farbe und habe das perfekte Pigment dafür gefunden.«

Ich lächelte vor mich hin. Er war eindeutig wieder der Alte.

»Was willst du malen?«

»Unser Kind.«

Mein Lächeln vertiefte sich.

»Es wird ein Mädchen«, fuhr er fort, er klang absolut sicher. »Und ihr Haar wird die Farbe der aufgehenden Sonne an einem Septembermorgen haben.«

Er hockte sich hin, legte mir die Hand auf den Bauch, und ich legte meine Hand auf seine. Sein Kind wuchs in mir heran, das Kind dieses Mannes, dieser überirdischen Gestalt.

»Ihr beiden seht ja heute Morgen richtig vergnügt aus.« Wir blickten auf und sahen Donna im Eingang stehen. Sie sah erschöpft aus, ihr kurzes, dunkles Haar war zerzaust, ihr Gesicht regelrecht zerknittert.

Idris sprang auf. »Donna! Wie geht es Tom?«

»Ich bin überrascht, dass dich das interessiert«, sagte Donna mit zitternder Stimme, »so fröhlich und unbeschwert wie ihr beide seid. Fast als wäre mein Sohn nicht beinahe von der Höhlendecke erschlagen worden, obwohl ich dich *angefleht* habe, allen zu sagen, dass sie die Höhle meiden sollen.«

»Donna, beruhige dich«, sagte Idris und legte ihr eine Hand auf den Arm. »Du fühlst dich so nur noch schlechter.«

Sie zog ihren Arm weg. »Sag mir nicht, dass ich mich beruhigen soll, Idris! Mein Sohn liegt dank eurer egoistischen Naivität und Ignoranz mit einem gebrochenen Bein im Krankenhaus.«

Ich stand auf. »Es tut uns sehr leid, Donna. Idris konnte doch nicht wissen, dass der ganze Höhleneingang zusammenbrechen würde, nur weil ein paar Steine von der Decke gefallen sind.«

»Ich weiß, dass Tom wieder gesund wird«, sagte Idris. »Ich kann es spüren.«

Ich nickte. »Wir waren letzte Nacht alle im Fluss, du hättest dabei sein sollen. Stunde um Stunde haben wir an diesem Tisch gesessen«, sagte ich. Ich wollte auf keinen Fall, dass Donna der Gruppe den Rücken kehrte, vor allem da sie Hebamme war. Das Jugendamt durfte nicht wissen, dass ich schwanger war. Eine Hebamme hierzuhaben, war von unschätzbarem Wert. Und je mehr wir waren, desto stärker waren wir. Es erschien mir so leer in der Höhle, jetzt, wo nur noch Idris, ich, Julien und Maggie da waren.

Donna schüttelte ungläubig den Kopf. »Mein Gott, Selma, hör dir doch mal zu! Du klingst ja wie Idris. Wer ist denn jetzt hier der Sektenführer, verdammt? Ihr müsst beide aufhören, euch was vorzumachen. Der Traum ist ausgeträumt und es ist an der Zeit, dass ihr allen den Gefallen tut und das akzeptiert.« Sie musterte mich von oben bis unten und schüttelte den Kopf. »Vor allem *du*, Selma. Bald ist der Gerichtstermin. Nimm dir eine Wohnung, verdammt noch mal, damit du wenigstens eine kleine Chance hast, das Sorgerecht für deine Tochter zu bekommen.«

Ich runzelte die Stirn.

»Donna«, sagte Idris und wollte ihr die Hand auf die Schulter legen. Doch sie schüttelte sie ab, marschierte zu ihrem Bett und ignorierte jeden, der versuchte, mit ihr zu reden. Sie sammelte ihre Sachen zusammen und stürmte hinaus.

Idris beobachtete sie und blinzelte schockiert. Donna hatte ihn immer so konsequent unterstützt.

»Warum war sie denn so wütend?«, fragte Julien und kam herüber.

»Das macht der Kummer«, sagte ich schnell. »Sie muss jemanden für das, was passiert ist, verantwortlich machen. In ein paar Tagen, wenn es Tom besser geht, wird sie das erkennen, nicht wahr, Idris?«

Idris nickte langsam, er war noch immer schockiert.

»Werden Tom und Caden wieder gesund?«, fragte Maggie. »Idris, du warst doch dabei. Waren sie schlimm verletzt?«

Idris öffnete den Mund und schloss ihn wieder.

»Natürlich werden sie wieder gesund«, sagte ich. »Wir müssen nur weiter in den Fluss kommen und unsere Gedanken auf sie konzentrieren.«

Maggie und Julien sahen sich zweifelnd an und ich spürte so etwas wie Panik. Wir verloren sie.

»Wir haben übrigens Neuigkeiten«, sagte ich. »Neuigkeiten, die beweisen, wie viel es bewirken kann, im Fluss zu sein.«

Maggies Augen leuchteten auf. »Bist du etwa schwanger?«

Ich lächelte und Maggie nahm mich in den Arm, während Julien zögernd lächelte.

»Ich habe euch nicht erzählt, dass ich nach Becky keine Kinder mehr bekommen konnte«, log ich. »Ein Arzt hat mir sogar bestätigt, dass ich nicht mehr schwanger werden könnte.«

Idris sah mich überrascht an.

»Und dieses Wunder ist ein Zeichen«, sagte ich und legte die Hand auf meinen Bauch. »Ich habe mich nicht nur auf mein Schreiben konzentriert, wenn ich im Fluss war, versteht ihr? Ich habe mich auch darauf konzentriert, meinen Körper zu heilen. Und es hat funktioniert! Eine andere Erklärung gibt es nicht.«

Maggies Lächeln wurde breiter, während Julien Idris auf die Schulter klopfte.

Idris runzelte immer noch die Stirn. Er durchschaute meine Lüge. Doch es war wichtig für mich, dass Maggie und Julien den Glauben nicht verloren. Es war wichtig für mich, dass es ein neues »Wunder« gab, so wie Idris angeblich auf dem Wasser gegangen war. War es denn wirklich von Bedeutung, ob es eine Lüge war? Auch dass Idris auf dem Wasser gegangen war, war schließlich eine Illusion gewesen.

»Ich weiß, dass die letzten vierundzwanzig Stunden aufwühlend waren«, sagte ich leise. »Aber das hier ist der

Beweis: Das, was wir machen, funktioniert. Ich schlage vor, dass wir jeden Abend zwei Stunden dafür ansetzen, gemeinsam in den Fluss zu kommen, um Tom und Caden zu heilen. Was meinst du, Idris?«

Er sah mich weiterhin nur an.

»Idris?«, wiederholte ich.

Er besann sich und nickte. »Ja, das ist eine gute Idee.«

»Es lohnt sich auch, während des Tages öfter spazieren zu gehen, wenn ihr könnt«, fügte ich hinzu. »Redet mit den Leuten, verbreitet die Botschaft. Der Einsturz der Höhle dürfte bei einigen Menschen für Beunruhigung gesorgt haben, sodass viel weniger Leute herkommen. Ich denke, wenn wir ihnen zeigen, wie *freundlich* wir sind, wird das eine große Hilfe sein. Je mehr Leute wir überzeugen können, in den Fluss zu kommen und sich auf Heilung zu konzentrieren, desto wirksamer wird es sein.« Ich strich mir mit der Hand über den Bauch. »Wie bei mir«, fügte ich hinzu. Ich drückte Maggie die Hand und lächelte Julien an. »Alles wird gut. Das Leben konfrontiert uns mit Herausforderungen, aber wir können an ihnen wachsen.«

Maggie und Julien nickten und lächelten sich an. Sie taten mir fast leid. Doch besser sie waren verblendet, als dass sie die traurige Wahrheit kannten. Idris war ein Hochstapler und ich … ich war eine Frau, die sich verzweifelt bemühte, stark zu erscheinen, um ihre Kinder nicht zu verlieren. Das war alles, was jetzt zählte. Becky und das Kind, das in mir wuchs.

In den nächsten Wochen nahmen wir trotz der Geschehnisse in der kleinen Höhle und obwohl wir jetzt nur noch fünf von der ursprünglichen Gruppe waren, unseren alten Rhythmus wieder auf. Überraschenderweise war Caden zurückgekehrt, er kam einfach mit dem Arm in der Schlinge in die Höhle spaziert. Wir hatten ihn begeistert empfangen, doch ich konnte nicht umhin, die Dynamik zwischen ihm und Idris zu beobachten. *Wusste* Caden, was oben im Hotel zwischen Idris und Oceane passiert war?

Aber ich war glücklich und optimistisch gestimmt, was das Baby und das Sorgerecht für Becky anging. Ich hatte endlich den Termin für die Gerichtsverhandlung bekommen, der sich durch die große Arbeitslast der Sozialarbeiter bis Ende November verzögerte. Es fühlte sich an, als wollte das Schicksal mir noch etwas Zeit geben.

Becky schmollte an unseren gemeinsamen Tagen weiterhin, doch es spielte sich eine gewisse Routine ein. Wir machten lange Spaziergänge am Strand und aßen im Café an der Strandpromenade zu Mittag. Dank der kühleren Temperaturen konnte ich meinen wachsenden Bauch unter Pullovern und Jacken vor ihr verbergen. Und, was noch wichtiger war, vor Mike, wenn er Becky zu unseren Treffen brachte.

Mit dem Roman ging es gut voran. Ich war bei den letzten Kapiteln angelangt und motivierter denn je, denn ich musste Geld verdienen, um allen zu beweisen, dass ich finanziell für meine Kinder sorgen konnte. Ich war fest entschlossen, den Roman zu beenden, bevor das Baby zur Welt kam. Maggie hatte mir angeboten, von den Fähigkeiten Gebrauch zu machen, die sie vor ihrem Leben in der Höhle erworben hatte, und ihn abzutippen. Anschließend konnte ich ihn bearbeiten, und sie würde ihn ein zweites Mal abtippen, bevor er im Frühjahr an meine Agentin ging.

Das musste man sich einmal vorstellen: ein Baby *und* ein neues Buch!

Ich dachte jedoch noch immer nicht darüber nach, wie das Baby zur Welt kommen sollte. Ich war nicht mal bei einem Arzt gewesen, weil ich zu große Angst hatte, dass er mich dem Jugendamt meldete. Jeder im Ort wusste von der »Sekte«, wie uns die Außenstehenden nannten. Donna musste einfach zurückkommen; sie hatte schließlich als Hebamme gearbeitet. Ich sagte mir, dass ich *nach* dem Gerichtstermin darüber nachdenken würde.

Doch die Wochen vergingen, und die Bedingungen in der Höhle wurden mit dem kühlen Herbstwetter immer schlechter. Das Regenwasser lief in den Eingang und die Höhlenwände vereisten, wenn es kalt war. Wir hatten zwar Heizkörper installiert, die von Generatoren, die Julien beschafft hatte, mit Strom versorgt wurden, aber es war trotzdem eisig. Ich wurde immer paranoider angesichts der Leute, die nachts um die Höhle herumschlichen. Sie wateten sogar durch die Flut, um hierherzukommen. Manchmal wachte ich auf und war mir sicher, dass mich Augen anblinzelten. Ich dachte an Idris' wütende Stiefmutter und ihre Familie. Wenn sie nun wirklich versuchten, uns Schaden zuzufügen?

Einmal hatte ich versuchsweise das Thema angeschnitten, die Höhle mit einem Tor zu verschließen, doch der Gedanke schien alle zu entsetzen.

»Wir wollen doch hier den Elementen ausgesetzt sein«, sagte Maggie. »Mir gefällt es, wie es ist.«

»Ich stimme Maggie zu«, meinte Idris. »Tore würden den Zweck dieses Ortes zunichtemachen.«

Ich wollte erst widersprechen, merkte aber, dass die anderen nicht zu überzeugen wären.

Als ich am nächsten Morgen das letzte Kapitel meines Romans in Angriff nehmen wollte, stellte ich fest, dass Seiten aus meinem Notizblock herausgerissen und über den Boden verteilt waren. Ich hob sie auf und rannte zu Idris, um ihm davon zu berichten.

»So habe ich gerade meinen Notizblock gefunden«, sagte ich und hielt anklagend die Blätter hoch. »Jemand muss die Seiten herausgerissen haben, während wir schliefen.«

Idris schaute mich überrascht an. »Mir ist das Gleiche passiert.«

30

Selma

Kent, Großbritannien
10. November 1991

Idris ging zu seinem Malbereich und kam mit ein paar zerbrochenen Pinseln zurück.

»Als ich gestern aufgewacht bin, habe ich die Pinsel so gefunden. Zuerst habe ich gedacht, es war der Hund«, sagte er und sah zu Mojo hin.

Ich schüttelte den Kopf. »Unmöglich – die Bruchstellen sind zu sauber. Wer macht denn so was! Kann das deine Stiefmutter gewesen sein?«

Idris schaute auf den verregneten Strand hinaus. »Vielleicht. Aber warum sollte sie sich in die Höhle schleichen?«

»Psychospielchen.«

Er holte scharf Luft. »Ja, so etwas hat sie geliebt.«

In den nächsten Tagen wurden weitere Dinge zerstört. Meine Stifte. Idris' Malschürze.

»Wer immer das tut, kommt nachts, während wir schlafen, in die Höhle«, flüsterte ich Idris eines Morgens zu und strich mir über den Bauch. »Sollten wir uns nicht allmählich über unsere Sicherheit Gedanken machen, vor allem wegen der Kinder?«

»Du denkst an ein Tor?«, fragte er. Ich nickte. »Du weißt,

wie ich dazu stehe, Selma. Und Maggie, Caden und Julien auch; wir sind alle dagegen.«

»Es ist schließlich deine Höhle!«

»Selma, das können wir nicht machen.«

Ich verschränkte die Arme vor der Brust. »Doch, das können wir. Wenn wir unser Kind beschützen wollen, *müssen* wir das sogar.«

Sorge huschte über Idris' Gesicht. »Lass mich darüber nachdenken.«

Einige Tage später erwachte ich vom Geräusch eines Bohrers. Ich setzte mich auf, während Maggie, Caden und Julien sich im Schlaf bewegten, und lächelte, als ich Idris am Eingang der Höhle arbeiten sah.

»Was ist los?«, fragte mich Caden.

»Wart's ab«, antwortete ich, schlang den Bademantel um meinen wachsenden Bauch und ging zum vorderen Teil der Höhle. Ein großer Schatten breitete sich auf dem Boden aus und in der Nähe hörte ich zwei Männer reden.

»Oh, wie wundervoll! Idris installiert ein Kunstwerk«, sagte Maggie und klatschte freudig in die Hände.

Doch dann erschienen zwei Männer mit einem großen, schweren Gittertor.

Julien runzelte die Stirn. »Wir haben doch gesagt, dass wir kein Tor haben wollen. Man fühlt sich dann hier eingeschlossen wie in einem Kerker.« Er sah mich an. »Macht ihr das, um die Leute auszusperren? Oder um uns einzusperren?«

Ich sah ihn überrascht an. »Es ist lächerlich, so etwas zu sagen, Julien! Idris und ich mussten eine schwierige Entscheidung treffen, um uns alle zu schützen.«

»Ich dachte, du warst auch gegen ein Tor?«, sagte Julien zu Idris.

Idris legte den Bohrer hin und sprach kurz mit den beiden Männern. Dann ging er zu Julien, legte seinem Freund die Hand auf die Schulter und seufzte.

»Eigentlich wollte ich es euch gar nicht erzählen, um euch keine Angst zu machen«, sagte er und sah zu Maggie und Caden hin. »Doch wie es aussieht, muss ich das, damit ihr versteht, warum dieses Tor nötig ist. Selma und ich haben …«

»Todesdrohungen erhalten«, beendete ich den Satz für ihn. Idris runzelte die Stirn, fuhr jedoch fort. »Sie waren nicht nur gegen uns, sondern gegen *alle* gerichtet.« Maggie riss erschrocken die Augen auf. »Vielleicht waren das auch nur Kinder«, fügte ich schnell hinzu. Ich wollte nicht, dass sie uns aus Angst verließen. »Aber wir können das Risiko nicht länger eingehen.«

»Und warum habt ihr uns nichts gesagt?«, fragte Julien.

»Wir wollten euch keine Angst einjagen«, sagte ich leise.

»Das heißt, es sind Briefe gekommen, hier in die Höhle?«, fragte Caden.

»Sie lagen draußen vor der Höhle«, sagte ich.

»Was steht drin?«, fragte Maggie.

»Dass wir hier nicht willkommen sind, der übliche Mist«, sagte ich abschätzig.

»Können wir sie sehen?«, fragte Julien. Er sah misstrauisch aus.

»Ich habe sie verbrannt«, antwortete Idris, der sich von seiner Überraschung erholt hatte. Ich nickte ihm zu. Er begriff, warum das hier nötig war.

»Was glaubt ihr, wer sie geschrieben hat?«, sagte Maggie leise, während Julien sie an sich zog.

»Das kann wer weiß wer gewesen sein«, antwortete ich. »Ihr habt doch die Blicke gesehen, die man uns in der Stadt zuwirft!«

»Aber die meisten Leute, mit denen ich spreche, scheinen sehr nett zu sein und sind von diesem Ort fasziniert«, sagte Maggie. Julien und Caden nickten.

»Wenn sie dir von Angesicht zu Angesicht gegenüberstehen, mag das zutreffen«, sagte ich. Mir fiel auf, dass Maggie mit gerunzelter Stirn nach draußen spähte. Trug ich zu dick auf? »Aber du hast recht – viele Leute *sind* von uns fasziniert und möchten sich uns eigentlich anschließen. Vielleicht wird dieses Tor hier ja deren Ängste bezüglich der Sicherheit beschwichtigen, sodass sich uns noch mehr Menschen anschließen.«

Maggie, Caden und Julien sahen sich an.

»Vielleicht hat Selma recht?«, meinte Maggie zögernd.

»Natürlich hat sie recht«, sagte Idris. »Julien, Caden, wollen wir den Männern mit dem Tor helfen?«

Caden nickte, doch Julien zögerte. Dann seufzte er und folgte ihnen in den vorderen Bereich der Höhle. Doch er warf mir über die Schulter hinweg einen misstrauischen Blick zu und runzelte die Stirn.

Zwei Wochen später betrat ich den Gerichtssaal und zupfte an meiner Kostümjacke herum, um meinen Bauch zu verbergen. Hätte ich durch das Leben in der Höhle nicht abgenommen, hätte ich erklären können, dass ich zu viel gegessen hatte, doch meine schlanken Arme und Beine bildeten einen Kontrast zur Rundung meines Bauchs. Wie konnte ich sichergehen, dass Mike nichts auffiel und allen anderen ebenso wenig? Ich wollte nicht, dass die Behörden es erfuhren.

Ich blickte flüchtig zu Mike hinüber, der stur geradeaus schaute. Er hatte noch mehr abgenommen und trug einen eleganten Anzug, den er genau richtig ausfüllte. Er sah besser aus, gesünder. Hinter mir spürte ich die beruhigende Gegenwart von Idris und Maggie. Caden war in der Höhle geblieben und versuchte, mit dem gesunden Arm, mit dem er sonst nicht spielte, auf der Gitarre zu üben. Ich hatte Julien gebeten, ebenfalls zu kommen, er war schließlich Anwalt, doch er hatte abgelehnt. Er verhielt sich seltsam mir gegenüber, seit ich auf dem Tor bestanden hatte.

Idris lächelte mich an, und ich lächelte zurück. Als ich mich umdrehte, sah ich, dass Mike uns beobachtete. Er sah zornig und angespannt aus.

Dann wanderte sein Blick zu meinem Bauch.

Ich bedeckte ihn schnell mit meiner Tasche, setzte mich neben meine Anwältin und lächelte sie beruhigend an. Ich hatte vor ein paar Tagen mit ihr telefoniert und ihr von dem Tor erzählt, und sie hatte mir zugestimmt, dass das vor Gericht gut ankommen würde. Sie hatte optimistisch gewirkt und mich damit angesteckt. Wenn ich diesen Gerichtstermin hinter mich gebracht hatte, konnte ich anfangen, mein Leben mit Becky und mit meinem neuen Kind richtig zu planen.

Doch statt zurückzulächeln, runzelte meine Anwältin die Stirn. »Ich habe versucht, Sie zu erreichen«, flüsterte sie. »Ich bin gestern sogar zur Höhle gekommen, aber Sie waren nicht da.«

»Ich war den Tag über mit Becky zusammen. Was ist denn los?«

»Hatten Sie Gelegenheit, den Bericht zu lesen?«

»Welchen Bericht?«

»Den Bericht des Jugendamtes.«

»Haben Sie ihn mir geschickt?«

»Ja, an Ihr Postfach. Ich habe Ihnen doch gesagt, dass wir ihn vor der Gerichtsverhandlung lesen könnten, erinnern Sie sich?« Ich rief mir unsere Unterhaltungen ins Gedächtnis. Vielleicht hatte sie es erwähnt, doch es war so vieles passiert, dass ich das nicht richtig mitbekommen hatte.

»Ich war tagelang nicht an meinem Postfach«, flüsterte ich zurück.

Sie schloss die Augen und kniff sich in den Nasenrücken.

»Was steht denn drin?«, fragte ich, während die Panik von mir Besitz ergriff.

Der Richter kam herein und alle verstummten.

»Was steht drin?«, flüsterte ich noch einmal.

Der Richter sah mich scharf an.

»Sie werden es gleich erfahren«, sagte meine Anwältin und blickte geradeaus.

Ich holte tief Luft. Das sah nicht gut aus. Ich blickte mich nach Idris um, und er lächelte mich zuversichtlich an, doch als er meinen Gesichtsausdruck sah, machte sich Sorge auf seinem Gesicht breit. Ich drehte mich wieder nach vorne und versuchte, mich zu beruhigen. Vielleicht würde es ja gar nicht so schlimm werden.

Der Richter sprach ein paar einleitende Worte, dann trat

die Sozialarbeiterin, die uns in der Höhle besucht hatte, in den Zeugenstand. Ich versuchte, in ihrem Gesicht einen Hinweis darauf zu finden, was sie wohl sagen würde, konnte es aber nicht erraten.

»Wir haben am 7. September das Zuhause von Mike Rhys besucht und einige Zeit mit Becky verbracht«, sagte sie und sah in ihre Notizen. »Mr. Rhys bietet seiner Tochter zweifellos eine sichere und liebevolle Umgebung und mein Kollege konnte sich ebenso davon überzeugen wie ich, dass das Verhältnis zwischen Vater und Tochter ausgezeichnet ist. Mr. Rhys hat die nötigen Schritte unternommen, seine Arbeitszeiten zu ändern, das bedeutet, dass er seine Tochter an den Tagen, an denen sie bei ihm ist, von der Schule abholen kann. Becky schien sich unter der Obhut ihres Vaters sehr wohl zu fühlen, und sie ist bei ihm gut versorgt.«

Sie trank einen Schluck Wasser, und ich tat es ihr gleich, während ich versuchte, meine Atmung unter Kontrolle zu halten. Ich zog erneut an meiner Kostümjacke und blies mir den Pony aus den Augen. Obwohl wir fast Dezember hatten, war mir immer so heiß, weil ich schwanger war. Und jetzt war es sogar noch schlimmer, meine Nerven waren zum Zerreißen gespannt. Was stand in dem Bericht?

»Becky vermisst ihre Mutter«, fuhr die Sozialarbeiterin fort, »und liebt sie eindeutig. Während unseres Besuchs hat sie mehrere Male gefragt, ob wir ihre Mutter gesehen haben.« Ich lächelte. »Dieses Gefühl wird von Mrs. Rhys erwidert«, fuhr die Sozialarbeiterin fort. »Sie liebt ihr Kind zweifellos sehr und möchte es gerne sehen.«

Mein Lächeln vertiefte sich. Vielleicht musste ich mir gar keine Sorgen machen?

»Mrs. Rhys' Handlungen – das Verlassen des gemeinsamen Haushalts, um in einer Höhle zu leben – lassen jedoch auf einen Mangel an Rücksichtnahme schließen, was die Bereitstellung einer sicheren Umgebung für ihr Kind angeht.« Ich legte mir die Hand auf den Bauch. Die Sozialarbeiterin sah mich flüchtig an, bevor sie wieder in ihre Notizen schaute. »Uns ist auch aufgefallen, dass Mrs. Rhys bei unserem Besuch mehr über ihr Schreiben als über ihre Tochter gesprochen hat, sodass wir ihre Prioritäten infrage stellen müssen.«

Ich beugte mich vor und umklammerte das Geländer vor mir. »Wie können Sie …« Meine Anwältin legte mir vorsichtig die Hand auf den Arm und schüttelte den Kopf. Ich sackte zurück auf meinen Platz und atmete tief durch. Kein Wunder, dass sie angesichts des Berichts so besorgt gewirkt hatte.

Die Sozialarbeiterin blickte jetzt wieder stur geradeaus. »Wir haben Mrs. Rhys' Wohnsitz am 8. September besucht. Sie lebte zu der Zeit mit acht anderen Leuten einschließlich eines Kindes in einer großen Höhlenwohnung. Die Höhle selbst ist mit einer einfachen, aber funktionierenden Küche und angemessenen Toiletteneinrichtungen gut ausgestattet. Bei unserem Besuch war sie sauber und aufgeräumt. Im hinteren Teil der Höhle gab es sogar einen speziellen Bereich für Kinder mit Büchern und Spielzeugen. Andererseits lassen sich die Sicherheitsrisiken nicht leugnen.«

Ich spannte mich an.

»Während wir da waren, sind uns heruntergefallene Steine und der unebene Boden aufgefallen. An mehreren

Stellen ist es einem Kind möglich, auf die Felsen zu klettern und sich zu verletzen, und das Meer ist natürlich nur wenige Meter entfernt. Ganz zu schweigen von der Feuchtigkeit und der mangelnden Sicherheit im vorderen Bereich der Höhle, der bei Ebbe jedermann zugänglich ist.«

»Wir haben inzwischen ein Tor!«, rief ich. »Das haben Sie ihnen erzählt, nicht wahr?«, fragte ich meine Anwältin. Sie nickte.

»Nichtsdestotrotz bereitet uns die Sicherheit der Unterkunft beträchtliche Sorge, zum einen durch den kürzlich erfolgten Höhleneinsturz in der Nähe und zum anderen durch die Anwesenheit sechs anderer Erwachsener, von denen einige einen Hintergrund haben, der für ein so enges Zusammenleben mit einem Kind fragwürdig ist«, fuhr die Sozialarbeiterin fort.

Mike griff nach der Schranke vor sich, beugte sich vor und blitzte mich an. Ich schüttelte den Kopf, während ich mich nach Idris und Maggie umsah. Wen konnten sie damit meinen?

»Bei einer der Erwachsenen handelt es sich um eine Frau, die wegen einfacher Körperverletzung an einer Minderjährigen im Gefängnis war«, sagte die Sozialarbeiterin nun.

Ich hielt mir erschrocken die Hand vor den Mund. Meinte sie etwa Donna? Sie hatte angedeutet, dass in ihrer Vergangenheit irgendetwas passiert war.

»Falls Sie Donna meinen«, rief ich, »die lebt nicht mehr in der Höhle.«

Der Richter sah mich scharf an. »Ich muss Sie bitten, vor Gericht nicht dazwischenzurufen, Mrs. Rhys, ansonsten bleibt mir nichts anderes übrig, als Sie aus dem Raum entfernen zu lassen.«

Ich sackte auf meinen Platz zurück, während mir Tränen die Wangen hinunterliefen. Ich spürte eine Hand auf meiner Schulter und sah, dass Maggie mich traurig anlächelte.

»Und dann wäre da noch das Problem mit Mrs.Rhys'Umgang mit der Wahrheit«, sagte die Sozialarbeiterin seufzend.

Maggies Hand rutschte von meiner Schulter.

»Mrs. Rhys hat uns nicht nur versichert, eine feste Arbeit zu haben, obwohl sie zu diesem Zeitpunkt bereits gekündigt hatte, sie hat uns auch bezüglich eines Vorfalls angelogen, der Mr. Rhys und ihre Tochter betrifft, als sie noch ein Baby war. Sie hat uns erzählt, dass Mr. Rhys gedroht hat, gewalttätig zu werden, als das Kind geschrien hat.«

Ich spürte, wie ich kreidebleich wurde. Ich sah zu Mike hin, der mit einem selbstzufriedenen Grinsen geradeaus schaute.

»Mr. Rhys war jedoch in der Nacht, als es zu dem beschriebenen Vorfall kam, gar nicht zu Hause. Diese Lüge gibt uns zusammen mit all den anderen kleinen Lügen Grund zu der Annahme, dass Mrs. Rhys Vorfälle erfunden hat, um das Sorgerecht für ihr Kind zu bekommen. Daraus resultierend raten wir abschließend, Mr. Rhys das alleinige Sorgerecht für Becky zu übertragen, während Mrs. Rhys und Becky sich an einem zuvor verabredeten Ort außerhalb der Höhle regelmäßig sehen können.«

»Oh Gott«, stöhnte ich und stützte den Kopf in die Hände. Plötzlich dämmerte mir das gesamte Ausmaß des Schreckens: Ich verlor mein Kind! Und was war mit dem Kind, das in mir wuchs? Würden sie es mir auch wegnehmen? Ich hörte den Rest nicht mehr, da ich in abgrundtiefe Verzweiflung versank. Nach einer Weile half meine Anwältin mir auf. Ich stolperte zu Idris hin und fiel ihm in die Arme. Er strich mir übers Haar, und Maggie stand mit gerunzelter Stirn daneben.

»Ich weiß nicht, warum du weinst.« Ich blickte auf und sah Mike finster auf mich herunterblicken. »Du hast dir das selbst zuzuschreiben, Selma. Du hast dich für deine Schreiberei entschieden – für *ihn* – statt für unser Kind«, sagte er.

»Das hatte verdammt noch mal nichts mit meinem Schreiben und mit Idris zu tun«, sagte ich. »Ich bin gegangen, weil ich keine andere Möglichkeit gesehen habe. Ich habe fast den Verstand verloren! Ich musste die Dunkelheit in Schach halten! Fast wäre ich erstickt. Ich habe es für Becky getan. Du hast keine Ahnung, wie hart ich gearbeitet habe, um für sie in der Höhle ein Zuhause zu schaffen.«

Mike schüttelte den Kopf. »Du hattest nie eine Chance, das Sorgerecht für Becky zu bekommen, solange du in dieser Höhle wohnst. Jedem, der nur halbwegs bei Verstand ist, war das klar. Jedem bis auf die kleine Sekte, mit der du dich eingelassen hast ... und bis auf dich selbst, den Menschen, den du am meisten belügst. Es ist unglaublich, was du dir alles einreden kannst, Selma. Du bist genauso wie deine Mutter, egoistisch und verblendet. Kein Wunder, dass sie jetzt allein in dieser kleinen Wohnung in Margate verkümmert. Dir wird es einmal genauso ergehen.«

Damit stürmte er davon.

»Ich dachte, deine Mutter ist tot?«, fragte Idris.

»Das ist sie für mich auch.« Ich griff nach seiner Hand. »Können wir bitte hier weg?«

31

Selma

Als wir nach der Gerichtsanhörung in die Höhle zurückkamen, wollte ich mit niemandem reden und niemanden sehen. Die anderen schienen das zu spüren und ließen mich allein, während ich unter dem grauen Himmel saß, eine Decke um die Schultern geschlungen, die Idris mir gebracht hatte. In meinem Schoß lagen meine Notizblöcke. Die Seiten waren wieder hineinsortiert, und alle zusammen ergaben den Roman, von dem nur noch das letzte Kapitel fehlte.

Es war vorbei. Der Traum war endgültig ausgeträumt.

Ich hatte Becky nichts zu bieten, hatte dem Baby nichts zu bieten, das ich in ein paar Monaten zur Welt bringen würde. Alles, was ich hatte, war das hier – ein paar Notizblöcke mit Gekritzel, einem Gekritzel, das mich meine Tochter gekostet hatte.

Hinter mir hörte ich das Knirschen von nassem Sand und blickte auf. Idris trat aus der Höhle und kam mit einer Tasse Tee auf mich zu. »Ich dachte, die könntest du jetzt gebrauchen«, sagte er.

»Danke«, antwortete ich.

»Darf ich dir Gesellschaft leisten?«

Ich nickte, und er setzte sich auf den Felsen neben mir. Wir sahen aufs Meer hinaus.

»Erzähl mir von deiner Mutter«, sagte er. »Warum hast du mir gesagt, sie wäre tot?«

»Alles, was ich dir über sie erzählt habe, entsprach der Wahrheit, bis darauf, dass sie tot ist.«

»Verstehe. Sie lebt also in Margate?«

Ich zuckte die Achseln. »Ich nehme es an. Wir haben keinen Kontakt mehr. Das letzte Mal, als ich sie gesehen habe, hat sie mich kaum erkannt, so betrunken war sie.« Idris runzelte die Stirn. »Ich bin nämlich zu *ihr* gegangen, als ich vor all den Jahren mit Becky weggelaufen bin. Nach Beckys Geburt hatte ich schrecklich mit meinen Gefühlen zu kämpfen.«

Ich wischte eine Träne fort, trank einen Schluck Tee und seufzte. »Ich habe versucht, meine irrationalen Gefühle zu rationalisieren. Es war wichtig für mich, dass jemand anders daran schuld war. Also habe ich meine Mutter verantwortlich gemacht. Als Kind hat sie mir das Gefühl gegeben, wertlos zu sein, und jetzt gab sie mir das Gefühl, als Mutter wertlos zu sein. Natürlich steckte mehr dahinter, das weiß ich heute. Aber trotzdem wollte ich ihr Becky zeigen, wollte ihr zeigen, dass ich gut genug *war*, um eine Tochter zu haben … und ich wollte es mir auch selbst beweisen, schätze ich. Aber es war sinnlos. Sie war so betrunken, dass sie kaum die Augen aufbekam, um ihre Enkelin anzusehen.«

Ich sah zu den verkohlten Holzstämmen vom gestrigen Feuer. »Deshalb habe ich ihre Uhr gestohlen«, sagte ich mit einem bitteren Lachen. »Sie lag auf der Ablage. Das klingt kindisch, nicht? Aber ich brauchte etwas, das ihr gehörte.« Mein Gesicht verdüsterte sich. »Mike hat recht, ich *bin* wie meine Mutter. Ich lüge, ich manipuliere … und dadurch habe ich jetzt meine Tochter verloren.«

Ich begann zu weinen. Idris strich mir über den Rücken, doch ich stieß ihn weg. »Du sollst mich nicht trösten! Das verdiene ich nicht. Ich habe dich angelogen, und zwar ziemlich oft! Weißt du, dass ich es war, die deine Pinsel zerbrochen hat? Und auch die ganzen anderen Sachen hab ich kaputt gemacht.«

Er riss überrascht die Augen auf. »Warum hättest du das tun sollen?«

»Es war die einzige Möglichkeit, euch alle zu überzeugen! Ihr brauchtet einen konkreten Beweis für die Bedrohung durch die Welt da draußen, und ich habe ihn euch geliefert. Langfristig gesehen war es *gut*.« Ich sah zu den Eisenstäben des neuen Tors hin. Ihre dunklen Schatten fielen in die Höhle. Ich stellte meine Tasse ab. »So, da hast du sie, die Wahrheit. Zur Abwechslung lüge ich mal nicht.«

Idris legte seine Hand auf meine. Diesmal stieß ich ihn nicht weg. »Wir sind uns sehr ähnlich, Selma«, sagte er. »In einem *hatte* Mike recht: Die, die wir mit unseren Lügen am meisten verletzen, sind wir selbst. Vor allem mit den Lügen, die wir uns selbst erzählen. Vielleicht sollten wir damit aufhören. Vielleicht ist es an der Zeit zu akzeptieren, dass die Höhle nicht der richtige Ort ist, um ein Kind großzuziehen.«

»Aber was können wir denn sonst machen?«

»Uns eine Wohnung in der Stadt suchen. Ich habe ein

bisschen Geld, es reicht für die Kaution und ein paar Monate Miete.«

Ich schauderte beim Gedanken daran, aber ich wusste, dass er recht hatte. Tränen brannten in meinen Augen. Es war vorbei. Mein Traum war endgültig vorbei.

In den nächsten Wochen sahen wir uns diskret nach Wohnungen in der Stadt um, doch die, die wir uns leisten konnten, waren einfach nicht für ein Neugeborenes geeignet. In manchen Fällen fühlte sich die Höhle sogar sicherer an.

»Es besteht kein Grund zur Eile«, sagte Idris, nachdem wir uns die fünfte Wohnung angesehen hatten. Sie lag über einer WG mit mehreren Studenten, die die Musik so laut aufdrehten, dass die Wände wackelten. »Wir haben noch ein paar Monate Zeit. Bis das Baby kommt, werden wir auf jeden Fall etwas finden.«

»Was ist mit dem Hotel? Können wir nicht einfach da oben wohnen?«, fragte ich, als wir zur Höhle zurückgingen. Ich sah zu dem großen alten Haus hoch.

»Ich habe dir doch gesagt, dass ich keinen Anspruch darauf habe, Selma. Das wäre eine Hausbesetzung und würde beim Jugendamt bestimmt nicht gut ankommen. Ich habe nur die Höhle.«

Während der nächsten Tage und Wochen versank ich in Dunkelheit und Schweigen. Die Höhle war trist geworden, die Abende, an denen wir am Strandfeuer Gin getrunken hatten, waren lange vorbei. Wenn Idris mir gegenüber seine Besorgnis ausdrückte, sagte ich ihm, dass ich »im Fluss« sei und mich darauf konzentrieren müsse, meinen Roman zu beenden. Und in gewisser Weise stimmte das auch. Ich schrieb wie besessen, schöpfte aus meinen Gefühlen, jetzt, wo ich dem Ende so nahe war. Auch Idris schien in seiner eigenen Welt versunken und malte viele Stunden am Tag. Während wir in der Dunkelheit der Nacht immer noch zueinanderfanden und uns sanft und ruhig liebten, war tagsüber eine neue Distanz zwischen uns. Julien, Caden und Maggie schienen von dieser Stimmung angesteckt, eine seltsame Stille legte sich auf unsere gemeinsamen Abendmahlzeiten, als Weihnachten sich näherte. Hinzu kam, dass meine wöchentlichen Treffen mit Becky zunehmend schwieriger wurden. Sie sagte kaum ein Wort, egal, wie viel Mühe ich mir gab.

Doch dann zeigte sich ein Licht am Ende des Tunnels.

»Ich habe Neuigkeiten«, sagte Julien eine Woche vor Weihnachten und sprang auf einen der Kreideblöcke.

Wir wurden alle still und sahen zu ihm hoch.

»Ich wollte eigentlich warten, bis alles in trockenen Tüchern ist«, sagte er, »aber was soll's. Wie sich herausgestellt hat, hat mein früherer Geschäftspartner Geld auf die Seite gebracht, nicht nur in unserer Kanzlei, sondern auch in anderen Firmen, an denen er beteiligt war. Er hat die Auflage erhalten, alles zurückzuzahlen, das heißt, dass ich bald zu etwas Geld komme.«

Idris ging zu Julien und klopfte ihm auf die Schulter. »Das ist ja fantastisch.«

»Heißt das, du verlässt uns?«, fragte ich.

Julien sprang vom Kreideblock herunter und griff nach meiner Schulter. »Im Gegenteil! Ich habe einen Plan. Man kann darüber streiten, doch ich finde, wir sollten überlegen, ob wir diese Höhle nicht verlassen.«

Wir sahen uns an.

»Im Sommer ist es großartig hier, aber geben wir es doch zu, im Winter nervt es«, sagte er. »Wie wäre es, wenn wir irgendwo wären, wo es das ganze Jahr über warm ist? Wo Zigeuner bis in die Nacht hinein tanzen und das Geräusch der Zikaden die Luft erfüllt?«

»Du machst mich neugierig«, sagte ich. Mein Herz schlug schneller vor Hoffnung.

Juliens Augen funkelten. »Ich habe von einem Ort in Granada gelesen, wo Leute in Höhlen leben. Eine richtige Gemeinschaft – so wie wir. Nun ja, ich sage wie wir – aber sie sind noch nicht durch Idris und den Fluss erleuchtet worden«, sagte er und grinste Idris an. »Ich könnte es mir leisten, für uns alle Flugtickets nach Spanien zu kaufen, für Proviant zu sorgen und uns in den Höhlen einzurichten. Ich habe Nachforschungen angestellt, einige sind frei, man kann sofort einziehen.«

»Du hast wirklich darüber nachgedacht«, sagte Idris. Wir beide sahen uns aufgeregt an.

»Kannst du dir vorstellen, euer Kind in einem nie endenden Sommer großzuziehen?«, fragte Julien. »Fern von vorwurfsvollen Blicken und Schuldzuweisungen? Wieder nach vorne zu schauen und die Botschaft vom Fluss zu verbreiten?«

Ich spürte mein Herz schlagen. Vielleicht hatte Julien recht? Vielleicht *war* das der Weg in die Zukunft?

Doch dann dachte ich an Becky. Wie sollte ich Zeit mit ihr verbringen, wenn ich nach Spanien ging? Vielleicht würde Mike ein paar Ferienaufenthalten in Spanien zustimmen, selbst wenn er dazu mitkommen müsste. Dann würde doch die Zeit mit Becky sicher wieder besser und schöner werden.

Ich sah Idris an und fühlte mich wieder so wie damals, als ich das erste Mal zur Höhle gekommen war, auf der Schwelle zu Veränderung und Hoffnung.

»Ich glaube, das könnte die Lösung für unsere Probleme sein.«

Idris nickte. »Das denke ich auch.«

Am Weihnachtsmorgen traf ich mich gut gelaunt mit Becky. Von einem Teil des Geldes, das Idris für die Kaution beiseitegelegt hatte, hatte ich in einem Restaurant einen besonderen Brunch für uns gebucht. Wir würden das Geld jetzt ohnehin nicht mehr brauchen. Idris hatte mir auch eine wunderschön geschnittene Jacke gekauft, die meinen Bauch perfekt verbarg. Ich hatte mir gelobt, Becky irgendwann zu erzählen, dass ich schwanger war. Ich konnte die Tatsache, dass sie bald einen kleinen Bruder oder eine kleine Schwester bekommen würde, nicht mehr lange geheim halten, aber ich wollte unsere ohnehin schon wackelige Beziehung nicht ins Wanken bringen.

Becky betrat mit Mike das Hotel, schmollend wie üblich. Sie trug ein rotes Kleid, schien sich aber nicht wohl darin zu fühlen und zog am Kragen. Ich stand auf und begrüßte sie. Ihr Weihnachtsgeschenk stand auf dem Boden neben mir. Ich hatte mir nicht viel leisten können, aber in einem Secondhand-Laden ein wunderschönes rosa Schloss gefunden, so groß, dass es mir bis zur Taille reichte. Ich wusste, dass es Becky gefallen würde.

»Fröhliche Weihnachten, Selma«, sagte Mike.

Ich lächelte ihn an. Irgendwie hasste ich ihn immer noch dafür, dass er mir Becky weggenommen hatte. Doch was brachte die ganze Bitterkeit?

»Dir auch, Mike.« Ich drehte mich zu Becky um. »Du siehst großartig aus! Fröhliche Weihnachten, Liebling!«

Ich küsste Becky auf die Wangen und umarmte sie, doch sie machte sich in meinen Armen ganz steif.

»Wir sehen uns dann um zwölf?«, sagte Mike.

»Um zwölf!«

Als er ging, setzte sich Becky mir gegenüber.

»Ist es nicht wunderschön weihnachtlich hier?«, sagte ich mit einem Blick auf die Weihnachtsdekoration und den großen Baum. Ich fragte mich, wie in Spanien Weihnachten gefeiert wurde. Ob es dort im Winter heiß war? Wir hatten versucht, die Höhle festlich zu schmücken, doch langsam war es so feucht, dass ein Großteil des Schmucks vergammelte und der Baum, den wir draußen aufgestellt hatten, eines Abends von einer besonders hohen Flut davongetragen worden war.

Wir werden das nicht mehr lange ertragen müssen, dachte ich aufgeregt.

»Ist der Baum nicht riesig?«, sagte ich zu Becky im verzweifelten Bemühen, sie mit meiner festlichen Stimmung anzustecken.

Doch Becky zuckte bloß die Achseln. Ich holte tief Luft. Es wartete eindeutig ein großes Stück Arbeit auf mich, sie für mich zu gewinnen. Wir bestellten unser Essen und ich versuchte, mich mit Becky zu unterhalten, fragte sie nach der Schule, nach ihren Freunden und was für Pläne sie sonst noch für Weihnachten hatte. Doch Becky antwortete nur einsilbig.

»Möchtest du jetzt dein Geschenk aufmachen?«, fragte ich sie, als unsere Teller abgeräumt wurden. »Dein Dad wird bald hier sein.«

Becky warf einen Blick auf die große Schachtel und ihr Gesicht hellte sich ein wenig auf. Geschenke wirkten immer Wunder! Ich schob es ihr hinüber, und sie machte sich sofort an der Verpackung zu schaffen. Ich sah aufgeregt zu, wie das Papier zu Boden fiel und das rosa Schloss zum Vorschein kam.

»Ist es nicht großartig?«, fragte ich.

Becky runzelte die Stirn.

»Oh, hast du schon eins?«, fragte ich.

Becky seufzte und blickte auf. »Mum, ich bin fast neun. Ich spiele nicht mehr mit Puppenhäusern.«

Schmerz durchfuhr mich. »Das tut mir leid, Liebling. Ich schaue mal, ob ich es zurückbringen kann.«

»Es ist schon in Ordnung. Ich meine, wir sehen uns ja nicht so oft, deshalb ist es wohl nicht dein Fehler, dass du das nicht gewusst hast.«

Ich griff nach ihrer Hand. »Liebling, wir sehen uns doch jede Woche! Ich weiß, dass das nicht ideal ist, aber …«

»Es spielt ohnehin keine Rolle mehr«, sagte Becky, verschränkte die Arme und blickte aus dem Fenster. »Ich gehe bald weg aus Queensbay.«

Mein Herz hämmerte in meiner Brust. »Wie bitte?«

»Wir ziehen nach Busby-on-Sea, in die Nähe von Oma und Opa. Dad wollte es dir sagen, wenn er mich abholt, um uns nicht den Brunch zu verderben. Aber ich hab gesagt, dass das für dich sicher in Ordnung ist.« Sie hielt inne und sah mir in die Augen. »Das ist es doch, oder? Ich meine, du bist ohnehin so mit deinem Schreiben und der Höhle und anderen Dingen beschäftigt.«

»Ich bin nie zu beschäftigt für dich! Dein Dad kann nicht einfach mit dir umziehen, ohne mich zu fragen!« Ich versuchte, das zu begreifen. »Wann hat er das denn beschlossen?«

Becky zuckte mit den Schultern. Ich sackte auf dem Stuhl in mich zusammen. Wie konnte Mike mir das antun?

Als er wenige Minuten später das Restaurant betrat, sprang ich auf und schritt auf ihn zu.

»Was soll das heißen, dass du mit Becky umziehst?«, fragte ich. »Musst du das nicht erst mit mir besprechen?«

»Sie hat es dir also erzählt?«

»Ja.«

Er seufzte. »Das wollte ich eigentlich jetzt tun.«

»Ich willige nicht ein.«

Er sah mir in die Augen. »Es liegt in einer vertretbaren Entfernung, ihre Großeltern werden für sie da sein und uns helfen, und es gibt eine ausgezeichnete Schule dort. Siehst du nicht, wie gut der Umzug für sie wäre?«

»Aber ich habe ein wöchentliches Besuchsrecht!«

»Wirklich?« Er verschränkte die Arme. »Wie oft bist du letzte Zeit nicht gekommen!«

»Ich war krank!« Das war ich wirklich gewesen, ich hatte mir durch die Schwangerschaft die Seele aus dem Leib gekotzt. Doch das konnte ich ihm nicht sagen. »Und Becky ist ja auch nicht immer gekommen.«

Er sah zur Decke hoch. »Bist du es nicht langsam leid, Selma? Kannst du nicht einfach das Beste für unsere Tochter wollen?«

Ich folgte seinem Blick. Becky saß alleine am Tisch, den Blick auf den neuen Gameboy gerichtet, den sie bestimmt von Mike zu Weihnachten bekommen hatte.

»Becky und ich haben letzte Woche lange miteinander geredet, als ich ihr von meinen Plänen erzählt habe«, sagte Mike. »Ihr *gefällt* die Idee. Sie will einen Neuanfang. Weißt du eigentlich, dass sie in der Schule gemobbt wird?«

Ich runzelte die Stirn. »Warum hast du mir nichts davon erzählt?«

»Ich hab es doch selbst gerade erst herausgefunden. Sie nennen sie Höhlenkind.«

»Meinetwegen?«

»Weswegen wohl sonst?«

Ich schloss die Augen. Ich war in der Schule auch gemobbt worden – wegen meiner Mum und der vielen Männer, mit denen sie sich traf. »Deine Mum ist eine Hure«, hatten die Kinder gesagt. »Also bist *du* auch eine Hure.«

»Ich glaube, du weißt gar nicht, was unser Kind das alles gekostet hat, Selma«, fuhr Mike fort. »Ich denke, es wird gut für sie sein, nicht mehr dauernd daran erinnert zu werden, dass ihre Mum in einer Höhle lebt und nicht bei der Familie.« Er legte mir die Hand auf die Schulter. »Es gibt eine direkte Zugverbindung von Queensbay nach Busby-on-Sea, die Fahrt dauert nur eine Stunde. Ich zahle dir das Fahrgeld für deine Besuche, und wir kommen einmal im Monat her, sodass du einen ganzen Tag mit ihr verbringen kannst.«

»Aber es ist vorgesehen, dass ich sie einmal in der Woche sehe«, sagte ich leise. In diesem Augenblick spürte ich das Baby in meinem Bauch treten. Es hatte vor einer Woche damit angefangen. Es würde jetzt immer schwerer werden, die Sache vor Becky und Mike zu verbergen, besonders vor Mike, der dem Jugendamt sofort melden würde, dass ich schwanger war, davon war ich *überzeugt*.

»Wie dem auch sei, wir ziehen ohnehin nicht vor dem Frühling um. Vielleicht auch erst im Frühsommer«, sagte Mike. »*Falls* wir umziehen. Ich werde nicht weggehen, wenn du darauf bestehst, dass wir hierbleiben. Aber ich denke, wir sollten tun, was für Becky das Beste ist, nicht?«

Ich spürte, wie ich geschlagen die Schultern senkte. Vielleicht hatte er recht. Vielleicht war das wirklich das Beste.

»Okay«, flüsterte ich.

Während Weihnachten und Neujahr vorübergingen, stürzte ich mich in die Überarbeitung meines Romans. Ich musste mich davon ablenken, dass Becky wegzog. Ich hatte es nicht einmal Idris erzählt; es war zu schmerzhaft, daran zu denken, geschweige denn darüber zu sprechen. Außerdem konzentrierte ich mich auf Juliens Spanienpläne; wir hatten geplant, im Frühjahr zu fliegen, sobald er seine Auszahlung erhalten hatte.

In der Zwischenzeit versuchte ich, Becky zu sehen, wann immer ich konnte, doch mein Bauch wurde langsam zu groß, und als die erste Entschuldigung für mein Fernbleiben erst einmal heraus war, fiel es mir leichter, mit weiteren zu kommen, vor allem da Becky so mürrisch und schweigsam war, wenn wir uns sahen. Stattdessen ging ich alle paar Tage in die Stadt und rief sie im Schutze der Dunkelheit an. Aber auch Becky kam mit Entschuldigungen: Sie sei zu müde, um mich zu sehen, sie wolle sich mit Freunden treffen, sie sei mit Hausaufgaben beschäftigt. Selbst Mike schien traurig, dass es mit der Beziehung zwischen seiner Frau und seiner Tochter so bergab ging. Und mich machte es krank. Ich konnte keine Nacht mehr richtig schlafen, sondern lag wach, von Schuldgefühlen geplagt. Ich versuchte, mir zu sagen, dass ich jetzt noch ein Kind hatte, an das ich denken musste, eins, mit dem ich einen Neuanfang machen konnte, aber das half nicht. Ich sehnte mich weiterhin nach Becky.

Ich klammerte mich an die Spanienpläne und sah in ihnen die einzige Hoffnung, unsere Beziehung zu kitten. Vielleicht konnte Becky die gesamten Sommerferien mit mir dort verbringen?

Doch als der Frühling nahte, hatte Julien sein Geld noch immer nicht bekommen.

»Irgendwelche Neuigkeiten, Julien?«, fragte ich ihn an einem besonders kalten Tag.

Er wich meinem Blick aus und konzentrierte sich auf den Stuhl, an dem er gerade arbeitete. »Nein, noch nichts.«

»Was glaubst du, wann das Geld kommt? Bald darf ich nicht mehr fliegen.« Ich lächelte und zeigte auf meinen runden Bauch.

Julien seufzte. »Hör zu, wahrscheinlich ist es besser, wenn du dich nicht so auf Spanien versteifst, Selma.«

Ich hielt inne. »Aber wir reden doch über nichts anderes. Du redest über nichts anderes.«

Er schloss die Augen und holte tief Luft, bevor er sie wieder öffnete. »Ich war wahrscheinlich etwas zu voreilig. Mein Anwalt hat mir nach der letzten Gerichtsverhandlung gesagt, dass die Sache sicher ist, und ich habe mir große Hoffnungen gemacht. Aber sie können das Geld nicht finden. Es wäre möglich, dass der Mann schon alles ausgegeben hat.«

Ich ballte frustriert die Fäuste. »Aber wir haben uns darauf verlassen!«

Julien fuhr sich mit den Händen durch die schwarzen Haare. »Ja, ich weiß. Aber was hält dich und Idris davon ab, schon nach Spanien zu gehen?«

»Das Geld!«, rief ich. Maggie, Caden und Idris blickten geschockt auf. Aber ich verzweifelte langsam. Ich hatte darauf gebaut, nach Spanien zu flüchten. Ich hatte nur noch zwei Monate bis zur Geburt und war weder einem sicheren Zuhause für mein Baby noch der Lösung des Problems mit Becky näher gekommen.

Idris kam herüber. »Was ist los?«

»Man wird uns unser Baby wegnehmen, das ist los«, schrie ich und biss meine Nägel herunter, während ich auf und ab lief.

»Was meinst du damit?«, fragte Idris.

»Frag ihn«, sagte ich und zeigte auf Julien. »Ich ertrage es nicht mehr, daran zu denken.« Dann stapfte ich in die Höhle, froh über die Dunkelheit.

Die Sache war durch. Es war alles ruiniert.

Ich sah auf meinen wachsenden Bauch hinunter. Was bedeutete das für mein Kind?

32

Becky

Becky und Kai stehen vor der Höhle. Sie sind zurück aus dem Krankenhaus, wo ihnen bestätigt wurde, dass Kais Knöchel nur verstaucht ist. Überall laufen jetzt Touristen herum, die großen Eisentore zu den riesigen Eishöhlen sind geöffnet. Doch Becky steht still in dem ganzen Trubel und denkt daran, dass sie endlich das Kind treffen wird, das ihre Mutter vor so vielen Jahren zur Welt gebracht hat.

»Alles klar?«, fragt Kai.

»Mir geht's gut«, sagt Becky. Sie schüttelt den Kopf. »Nein, das ist gelogen. Ich bin verdammt nervös. Ich bin seit meinem Examen nicht mehr so nervös gewesen. Es ist sogar schlimmer als damals«, fügt sie hinzu und lacht nervös. »Oder sollte ich sagen: *besser als damals?*«

»Auf jeden Fall besser!«, sagt Kai mit einem strahlenden Lächeln. »Das ist eine Riesensache, vielleicht die wichtigste Begegnung deines Lebens.«

»Das beruhigt mich jetzt wirklich sehr, Kai!«

Da nähert sich Lev mit einer Frau. Sie hat langes weißes Haar wie Idris und ist groß und schlank. Ein Kind ist bei ihr, es muss drei oder vier Jahre alt sein. Beide tragen sie Sommerkleider, Sandalen und Blumen im Haar.

Becky verschlägt es kurz den Atem. Ist das ihre Schwester ... und bedeutet das, sie hat auch eine Nichte? Die beiden sind wunderschön.

»Nach den Fotos zu urteilen, die ich von Idris gesehen habe, sieht sie aus wie er«, flüstert Kai.

»Ja, nicht wahr?«, antwortet Becky. Sie merkt, wie ihre Stimme zittert.

»Das ist Solar« sagt Lev, als sie bei ihnen sind. »Und das ist Liliya.« Sanft schiebt er das kleine Mädchen vorwärts, das vor Becky und Kai einen Knicks macht.

Becky lächelt. »Du bist wunderschön, Liliya.« Sie sieht zu Solar hoch ... zu ihrer *Schwester*. Steht sie wirklich hier, direkt vor ihr? »Hallo, Solar«, sagt sie.

»Hallo, Becky.« Sie hat braune Augen und die Züge einer Elfe.

»Ich habe dich überall gesucht«, sagt Becky nervös lachend.

Solar lächelt. »Das habe ich gehört.«

»Können ... können wir uns hinsetzen?«

»Natürlich.«

»Wir lassen euch dann mal allein«, sagt Kai und lächelt Becky an, während er mit Lev und Liliya davongeht.

Die beiden Frauen schlendern zu einer nahen Bank.

»Ich weiß nicht so richtig, wo ich anfangen soll«, sagt Becky und sieht Solar in die Augen. Sie wirkt nervös und still. Vielleicht war Idris auch so, eigenbrötlerisch, nachdenklich? Becky hat nie Gelegenheit gehabt, ihn besser kennenzulernen.

»Dann lass mich anfangen«, sagt Solar. »Es tut mir leid, ich muss dir sagen, dass ich nicht deine Schwester bin.«

Becky ist zutiefst enttäuscht. »Aber … dein Name. Und du hast mit Idris in den Höhlen gelebt, richtig? In Spanien und Slowenien, und du warst mit ihm zusammen hier«, sagt Becky und sieht sich um.

»Ja, Idris ist mein Vater. Aber wir haben nicht dieselbe Mutter.«

Becky denkt an den anderen Namen, der in die Höhlenwand eingeritzt war.

»Ist Oceane deine Mutter?«, fragt sie.

Solar nickt. »Ja.«

»Aber ich habe gedacht, sie wäre mit Caden zusammen gewesen?«

Solar nickt erneut. »Es ist passiert, bevor Idris deine Mutter kennengelernt hat. Meine Mutter ist weggelaufen, als sie herausgefunden hat, dass sie schwanger ist. Sie hat sich Sorgen gemacht, was ihre Schwangerschaft für die Beziehung zwischen Idris und deiner Mutter bedeuten würde. Und außerdem hatte sie Angst vor der Reaktion meiner Großmutter. Sie hat recht gehabt, Großmutter war *sehr* wütend.«

Becky schlägt die Hände vors Gesicht und versucht zu begreifen, was Solar sagt. »Ich bin die ganze Zeit einer falschen Sache hinterhergejagt!«

Solar legt ihr die Hand auf die Schulter. »Es tut mir sehr leid, Becky. Deshalb wollte ich es dir auch selbst sagen, nachdem Lev mir heute Morgen alles erzählt hat.«

»Und was ist mit dem Kind, das meine Mum zur Welt gebracht hat? *Hat* sie überhaupt ein Kind bekommen?«

»Ja, das hat sie. Doch viel mehr weiß ich auch nicht. Meine Mutter ist in Urlaub, deshalb habe ich mit meiner Großmutter gesprochen und sie hat mir bestätigt, dass deine Mutter wirklich ein Baby bekommen *hat*. Sie möchte mit dir sprechen, wenn du wieder in Großbritannien bist. Hier ist ihre Nummer – sie heißt Donna. Sie hat gesagt, du kannst sie jederzeit anrufen.«

Becky ist eine Weile still, während sie auf den Zettel schaut und die vielen neuen Informationen verdaut. Dann steht sie auf. »Ich weiß es wirklich zu schätzen, dass du gekommen bist, um mit mir zu reden.«

Solar lächelt traurig. »Es war mir ein Vergnügen. Wenn du reden willst, ich bin hier. Als Kinder des Flusses müssen wir zusammenhalten.«

Becky sieht das Mädchen an, das sie für ihre Schwester gehalten hat, und schüttelt den Kopf. »Ich war nie ein Kind des Flusses.« Dann geht sie davon, während ihr eine Frage immer wieder im Kopf herumgeht: Was ist aus dem Baby geworden, das meine Mutter zur Welt gebracht hat?

33

Selma

Wir saßen alle drinnen am Tisch, geschützt vor dem starken Regen. Die Schatten des Feuers züngelten an den Höhlenwänden hoch und malten dunkle Tattoos auf unsere Haut. Ich legte die Hand auf meinen riesigen Bauch und spürte, wie sich das Baby bewegte. Ich sah zu Idris hinüber. Er war still, den Blick auf die Schatten gerichtet, die die Stäbe des großen Eisentors warfen. Maggie und Julien sprachen leise miteinander. Ich hatte das Gefühl, dass sie und auch Caden uns bald verlassen könnten, sodass nur noch Idris und ich übrig wären.

Wäre das wirklich so schlecht?

Er merkte, dass ich ihn beobachtete. »Wie läuft es mit dem letzten Kapitel?«

»Es ist fertig.« Ich fühlte nichts, als ich das sagte. Warum fühlte ich nichts?

Seine Augen wurden groß vor Überraschung. »Warum hast du mir das nicht gesagt?«

»Das hätte ich schon noch.«

»Das müssen wir feiern!« Er wollte aufspringen, um es den anderen zu sagen, doch ich griff nach seiner Hand.

»Können wir nicht etwas ganz Normales machen?«, sagte ich, »nur wir beide?«

Er runzelte die Stirn. »Etwas ganz Normales?«

»So was wie essen gehen.«

»Willst du das wirklich?«

»Ja«, sagte ich und drückte seine Hand. »Meinst du nicht, dass es schön wäre, zu zweit für ein paar Stunden wegzukommen?«

Er nickte. »Okay. Wenn du willst.«

»Danke«, sagte ich lächelnd. In der letzten Zeit war mir aufgefallen, dass ich mich geradezu nach Normalität *sehnte*. Ich hatte sogar angefangen, mich nach den Mikrowellenmahlzeiten zu sehnen, die Mike und ich uns immer geteilt und schweigend vor dem laufenden Fernseher verzehrt hatten. Nach der Höhle mit ihren düsteren, feuchten Wänden hatte ich dagegen keinerlei Sehnsucht.

Idris und ich fanden ein neues Restaurant am Strand, in der entgegengesetzten Richtung zur Stadt. Hier kannte uns niemand. Es lag direkt am Meer und bot eine Fülle von Meeresfrüchten an. In den nächsten Stunden fühlte es sich an, als wären wir ein ganz normales Paar, das in einem ganz normalen Haus wohnte und ganz normalen Jobs nachging. Natürlich fielen mir die Blicke auf, mit denen man uns musterte: Idris mit seinem wunderschönen, langen Haar und den grünen Augen, ich das genaue Gegenteil mit meinen langen schwarzen Haaren und meinem riesigen Bauch. Aber das war in Ordnung. Wir waren anonym … und allein. Nur wir beide.

Doch dann tauchte ein vertrautes Gesicht auf.

»Donna?«, sagte ich.

Sie blieb stehen, als sie uns sah. Bei ihr war ein Mann, dessen Arme über und über mit Tattoos bedeckt waren. Sie sagte etwas zu ihm, kam zu uns herüber und warf einen überraschten Blick auf meinen Bauch. Ich dachte daran, was ich vor Gericht über sie erfahren hatte: dass sie einer Minderjährigen gegenüber gewalttätig geworden war.

»Wow!«, sagte sie. »Ich hatte ja keine Ahnung.«

Idris und ich sahen uns angespannt an.

»Macht euch keine Gedanken«, sagte Donna. »Ich verrate nichts.« Sie runzelte die Stirn. »Lebt ihr noch immer in der Höhle?«

Ich nickte und zog meine Jacke enger um den Bauch. Konnte ich wirklich darauf vertrauen, dass Donna schwieg?

»Ich schätze, du warst bei einem Arzt und alles ist geregelt«, sagte Donna. Sie lachte. »Mein Gott, ich rede schon wieder wie eine Hebamme.«

Plötzlich wollte ich Donna bitten, dass sie zurückkam, egal, was sie getan hatte. Maggie hatte sich über Geburten informiert, um mir zu helfen, wenn es so weit war, doch das konnte keine richtige, qualifizierte Hebamme wie Donna ersetzen.

»Es ist alles geregelt«, sagte Idris und legte mir die Hand auf den Bauch. Donna sah ihn mit gerunzelter Stirn an. »Wie geht es Tom?«, fragte er.

Donna seufzte. »Gut. Aber er wird sein Leben lang hinken.«

»Das tut mir leid«, murmelte Idris.

»Und Oceane?«, fragte ich. Idris verkrampfte sich.

Manchmal dachte ich an die beiden, zwei wunderschöne Menschen, die Liebe machten. Doch all das war ja passiert, bevor Idris und ich zusammengekommen waren, das hatte er mir wiederholt versichert.

»Ich habe keine Ahnung, wo Oceane ist«, sagte Donna mit angespannter Miene. »Sie ist kurz nach dem Unfall verschwunden.«

»Ist denn alles in Ordnung mit ihr?«, fragte Idris besorgt.

»Es geht ihr gut, sie schickt mir Postkarten. Sie ist mit einem Freund auf Reisen gegangen, und ich muss akzeptieren, dass sie jetzt achtzehn ist. Da kann ich nicht mehr jeden ihrer Schritte kontrollieren. Passt gut auf euch auf, okay?« Mit einem letzten besorgten Blick auf meinen Bauch ging sie zurück zu ihrem Date.

Ich kehrte deprimiert in die Höhle zurück. Die sorgenvolle Art, in der Donna mich angesehen hatte, beunruhigte mich. Sie schien eindeutig der Meinung, mein Kind wäre nicht in sicheren Händen.

Die Höhle schien meine Stimmung widerzuspiegeln. Caden lag im Bett und starrte mit düsterem Blick an die Decke, eine halb leere Weinflasche neben sich. Maggie und Julien saßen am Tisch und guckten ernst in ihren Tee.

»Kopf hoch!«, sagte Idris, als wir eintraten.

»Und was soll uns bitte aufheitern?«, lallte Caden. »Ich kann nicht Gitarre spielen, und der Ort hier ist nicht mehr das, was er mal war.«

»Dann schreib Lieder, bis dein Arm wieder geheilt ist.«

»Ich habe eine Schreibblockade«, seufzte Caden.

»Eine Schreibblockade, hier in der Höhle? Selma hat gerade ihren Roman fertig geschrieben, weißt du das? Was hält dich davon ab, ein Lied zu schreiben, Caden?«

Ich sah Idris scharf an, denn ich hatte noch nicht allen von der Fertigstellung meines Romans erzählen wollen.

»Für ihr erstes Buch hat sie fünf Jahre gebraucht«, fuhr Idris fort und schenkte sich Wein ein. »Doch dieses hier hat sie innerhalb weniger Monate geschrieben. Das ist der Beweis, dass dieser Ort uns allen helfen kann, unsere Träume zu verwirklichen.«

Er war die ganzen letzten Monate so gewesen. Je tiefer ich in der Dunkelheit versank, desto mehr versuchte er, sich den Weg aus seiner eigenen Dunkelheit heraus zu erkämpfen – und das mit einer Kraft, die mich zu ärgern begann. Jedes Mal wenn ich darauf zu sprechen kam, dass wir unsere Suche nach einer Wohnung in der Stadt wiederaufnehmen sollten, fing er mit Spanien an. Und wenn ich sagte, dass wir kein Geld hatten, meinte er, wir würden schon einen Weg finden, zu Geld zu kommen.

Es machte mich wahnsinnig, vor allem als ich schwerer wurde und mich unwohler zu fühlen begann. Ich war an diesem abgestumpften, stillen Ort gefangen. Jedes Mal, wenn ich daran zu denken versuchte, was passieren würde, wenn mein Baby kam, vergrub ich mich nur noch tiefer in meinem Roman.

Und jetzt war er fertig, und ich fühlte *nichts*.

»Träume? Was für Träume?«, sagte ich. Meine ganze Frustration machte sich plötzlich Luft. »Ich bin hochschwanger mit einem Kind, das man uns im Moment seiner Geburt wegnehmen kann, und ich habe ein weiteres Kind, das mich nicht sehen will!« Ich schwenkte meinen Roman in der Luft. »Wer weiß, ob der Roman überhaupt gut ist? Wahrscheinlich wird meine Agentin ihn ablehnen, und das bedeutet noch mehr Kummer und Hoffnungslosigkeit. Und was bleibt mir dann?«

Alle sahen mich schockiert an. Sie waren daran gewöhnt, dass ich diejenige war, die ihnen Mut zusprach. Doch jetzt hatte mich jeder Kampfgeist verlassen, die doppelte Enttäuschung, dass Becky wegzog und Juliens Spanienträume zerplatzt waren, war zu viel für mich.

»Was meinst du damit, was dir dann bleibt?«, fragte Idris. »Du hast mich und unser Kind.«

Ich sah Idris an. Unsere Liebe – ja, wir liebten uns. Doch wie viel davon war real? Ich hatte mich in eine Version von Idris verliebt, von der ich jetzt wusste, dass es sie nicht gab. Er war kein enigmatischer Rockstar, der Millionen besaß. Nur ein Straßenkünstler mit ein paar Groschen in der Tasche. Und auch *er* hatte sich in ein Trugbild verliebt. Die ganzen Lügen über meine Buchverkäufe, die Art und Weise, wie ich mich dargestellt hatte, während ich im tiefsten Inneren eine unsichere Chaotin war. Unsere Beziehung war auf Lügen errichtet.

Und dieser Blick in Donnas Augen, das Mitleid … die *Sorge* um mein ungeborenes Kind.

Ich stand auf und verließ die Höhle. Draußen starrte ich ins prasselnde Feuer, auf der Suche nach Antworten. Doch ich bekam keine.

»Selma«, sagte Idris, der mir gefolgt war, »du hast mir selbst gesagt, dass wir unseren Traum nicht aufgeben dürfen, dass wir mit dem Selbstmitleid aufhören müssen. Du bist in letzter Zeit so deprimiert.«

»Hier geht es nicht um Selbstmitleid«, sagte ich. »Damals hatten wir noch eine Chance. Doch jetzt liegt alles in Trümmern.«

Ich blätterte in meinem Notizblock herum und starrte ihn an. Ich hatte so lange davon geträumt, meinen zweiten Roman zu beenden! Und jetzt war er fertig, lag schwer in meinen Händen, aber ich fühlte nichts. Es erinnerte mich daran, wie Becky auf die Welt gekommen war. Die Aufregung und die Erwartung im Vorfeld – und dann die Gefühle, die mich nach ihrer Geburt beherrscht hatten: Gefühllosigkeit. Verwirrung. Dunkelheit.

»Selma«, sagte Idris besorgt. »Was ist nicht in Ordnung?«

Ich sah ihn über die Schulter hinweg an. Seine wunderschönen grünen Augen waren voller Sorge.

Genau wie Mike wusste er, wann die Dunkelheit mich umfing.

»Alles«, flüsterte ich.

Dann warf ich meinen Roman ins Feuer und beobachtete, wie die Worte, mit denen ich gerungen hatte, sich in den Flammen kräuselten und zu Asche wurden.

»Nein!«, schrie Idris und schob mich weg, um die Seiten aus dem Feuer zu holen. Er zuckte vor Schmerz zusammen, als er sich die Finger verbrannte.

»Es ist sinnlos«, rief ich. »Es ist vorbei!«

Im gleichen Augenblick spürte ich, wie sich mein Bauch schmerzhaft zusammenzog und sich Nässe zwischen meinen Beinen ausbreitete. Ich sah an mir hinunter, während sich die Schmerzwellen ausbreiteten.

»Idris«, sagte ich. Er hockte noch immer am Feuer und versuchte, meinen Roman zu retten. »Idris!«

Er drehte sich um, einzelne angesengte Seiten in den Händen.

»Das Baby kommt«, flüsterte ich.

34

Selma

Maggie kam herausgerannt, als ich aufschrie.

»Ist es so weit?«, fragte sie mit panischem Blick.

»Ja. Hilf mir, Selma reinzubringen«, antwortete Idris.

Sie halfen mir in die Höhle. Dann rannte Maggie zu ihrem Bett, holte hektisch das Geburtshilfebuch und riss dabei ein Glas zu Boden. Sie setzte ihre Brille auf und kam zu mir.

»Haben die Wehen eingesetzt?«, fragte sie mit besorgtem Gesicht.

»Natürlich haben sie das, verdammt«, zischte ich.

»Gut«, sagte Maggie und blätterte mit zitternden Fingern im Buch. »Du hast mich kalt erwischt, du bist zwei Wochen zu früh dran. Aber alles wird gut, wir schaffen das.«

»Es kann Stunden dauern, nicht wahr?«, fragte Idris.

»Ja«, sagte Maggie. Julien und Caden hielten sich im Hintergrund. »Manchmal.«

Idris runzelte die Stirn und streichelte meinen Bauch.

»Und was können wir tun?«, fragte er.

»Es ihr bequem machen. Julien, kannst du Wasser aufsetzen und ein paar Handtücher holen? Verdammt, ich klinge wie in *Vom Winde verweht*.« Sie lachte hysterisch, dann machte das Gelächter einem weiteren ängstlichen Blick Platz.

Idris ging auf und ab und fuhr sich mit den Fingern durch sein langes Haar. Dann blieb er abrupt stehen. »Ich brauche frische Luft«, sagte er. »Ich bin … ich bin nur kurz draußen.« Er gab mir einen schnellen Kuss und lief hinaus.

»Wo geht er hin?«, fragte ich und versuchte, mich aufzusetzen.

Maggie lächelte mich beruhigend an. »Männer reagieren manchmal so.«

»Er hat Angst«, sagte ich.

»Das ist nur natürlich«, rief Julien herüber.

»Nicht vor der Geburt«, sagte ich. »Er hat Angst davor, was später passiert, wenn die Leute es herausfinden.« Ich schluckte. »Wenn das Jugendamt es herausfindet.«

Maggie drückte mir die Hand. »Alles wird gut. Sie werden es nicht herausfinden.«

Während der nächsten zwanzig Minuten machte Maggie ordentlich Wirbel um mich, während meine Wehen ernsthaft einsetzten.

»Wo zum Teufel ist Idris?«, zischte ich, während ich Maggies Hand von meiner Stirn wegstieß. Ich spähte nach draußen und versuchte, in der Dunkelheit seine Silhouette auszumachen. Dann fiel ich zurück, als eine neue Wehe mich packte. »Ich brauche ein Schmerzmittel, jetzt sofort!«

»Wir haben keins«, sagte Maggie mit panischer Stimme. »Ich … ich weiß nicht, was ich machen soll.«

»Das ist hoffnungslos«, schrie ich. »So verdammt hoffnungslos. Was hab ich getan. Was hab ich nur getan!«

Ich stieß einen gutturalen Schrei aus, als weitere Wehen kamen. Maggie half mir auf alle viere, und ich ließ den Kopf hängen, während ich ein- und ausatmete.

»Konzentrier dich auf etwas anderes als auf die Schmerzen. Auf eins von Idris' Bildern!«, sagte sie und hob meinen Rock hoch.

Ich schaute zu dem Bild, das Idris von unserem Kind gemalt hatte.

Mir fiel auf, dass jemand ihm die Augen ausgekratzt hatte. Wer konnte das getan haben?

Idris' Stiefmutter.

Der Gedanke verschwand so schnell, wie er gekommen war, als eine weitere Wehe mich überrollte.

»Bitte«, keuchte ich. »Bitte, hilf mir. Lieber Gott, hilf mir.« Tränen liefen mir die Wangen hinunter und plötzlich dachte ich an Beckys Geburt, bei der ich Mikes Hand gespürt und die ermutigenden Worte gehört hatte, die er mir im Krankenhaus ins Ohr geflüstert hatte. Ich hatte ihn angebrüllt, er sollte den Mund halten, doch jetzt sehnte ich mich nach ihm, nach Becky, nach dem stabilen, sicheren Leben, das ich einmal gehabt hatte. Ich fühlte mich wie auf einem kleinen Schiff mit zerrissenen Segeln und faulendem Holz, das auf hoher See in heftigen Sturm geraten war.

Als meine Wehen in einen einzigen Schmerz übergingen und ich spürte, wie mein Baby in den Geburtskanal rutschte, übernahm die Natur. Ich sah die Situation mit vollkommener Klarheit: die Fehler, die ich gemacht, die Lügen, die ich mir und anderen erzählt hatte. Lügen, von denen ich dachte, ich hätte sie ausgeräumt – doch eine, die größte Lüge, war immer noch da: Ich hatte mir eingeredet, ich könnte in dieser Höhle ein Kind zur Welt bringen. Eigentlich hätte ich gar kein Kind mehr zur Welt bringen sollen. Meine Mutter hatte mich gewarnt.

»Du bist nutzlos, Selma«, hatte sie gezischt. »Gott möge dem Kind beistehen, das du einmal hast.«

Ich stieß einen Schrei aus, als mein Körper übernahm. Der Schmerz war so intensiv, dass meine Knie nachgaben und ich gegen Maggie fiel.

Sie begann zu weinen. »Ich habe keine Ahnung, was ich tun soll, Julien.«

Während Caden blinzelnd auf seinem Bett saß, ging Julien auf und ab und las in dem Geburtshilfebuch. Dann blieb er stehen und sah zum Eingang der Höhle hin.

»Donna!«

Mitten in meinem Schmerz und meiner Verwirrung folgte ich seinem Blick und sah Donna zu uns eilen, gefolgt von Idris.

»Ich bin jetzt da«, sagte Donna und griff nach meiner Hand. »Ich bin da.«

Die nächsten Stunden vergingen wie in einem Nebel. Julien und Maggie gingen auf und ab, während Caden weiter auf seinem Bett saß und sich die Nägel herunterbiss. Idris blieb an meiner Seite, flüsterte beruhigend auf mich ein und gab mir zu trinken.

Dann Donnas Stimme: »Das Baby kommt.«

Strecken, Ziehen. Ein scharfer Schmerz. Und dann die Erleichterung, ein lauter Schrei, und ich fiel gegen Idris.

Ich sah auf mein Baby hinunter, das sich an meine Brust kuschelte. Es hatte blaue Augen wie Becky, das dunkle

Haar war wie meins, so weich und luftig. Doch die Nase hatte sie von Idris, genau wie seine wunderschönen Wangenknochen, das konnte ich bereits sehen.

Donna wollte mir das Baby abnehmen, aber ich wehrte mich dagegen und spürte Panik in mir aufsteigen.

»Ich will sie nur durchchecken«, sagte Donna besänftigend. »Und ihr Daddy möchte sie auch mal im Arm halten«, fügte sie hinzu und lächelte Idris an.

Doch ich drückte mein Kind an die Brust. »Nicht bevor du mir gesagt hast, was du getan hast.«

Sie runzelte die Stirn. »Was meinst du?«

»Du warst im Gefängnis, weil du eine Minderjährige verletzt hast.«

Julien und Caden sahen schockiert aus. Wir hatten ihnen nicht erzählt, was wir vor Gericht erfahren hatten.

Sie holte tief und zittrig Luft. »Das war ein Unfall.«

»Erzähl es mir!«, rief ich.

»Selma …«, sagte Idris leise.

»Wir vertrauen dieser Frau unser Neugeborenes an, Idris. Ich muss wissen, was damals passiert ist.«

»Oceane war zehn«, sagte Donna. »Sie ist gemobbt worden, und ich bin in die Schule gegangen, um mit ihrer Lehrerin zu reden. Als ich herauskam, drückte ein Mädchen, das mehrere Jahre älter war, Oceane am Hals gegen die Wand.« Ihre Kiefer spannten sich an. »Ich bin hingerannt, habe mir das Mädchen geschnappt und ihr den Arm auf den Rücken gedreht. Dabei hab ich ihr den Arm gebrochen. Ich … ich habe zu viel Kraft eingesetzt.«

»Du hast dein Kind beschützt«, sagte Idris.

Donna nickte. »Und jetzt tust du das Gleiche«, sagte sie

leise zu mir. »Ich versteh das. Wir würden alles für unsere Kinder tun, nicht wahr? Wir würden alles tun, um sie vor Menschen zu beschützen, die ihnen wehtun wollen. Aber ich werde deinem Baby nichts tun, Selma, vertrau mir.«

Ich sah ihr in die Augen, dann entspannte ich mich. »Es tut mir leid«, flüsterte ich und sank zurück auf die Matratze. »Ich bin so müde.«

»Natürlich bist du das«, sagte Donna und streckte erneut die Hände aus.

Ich zögerte einen Moment, dann gab ich ihr meine Tochter. Doch ich ließ sie nicht aus den Augen, als Donna das Baby ans Licht trug, um sie durchzuchecken.

»Sie ist perfekt«, lächelte sie anschließend. »Ich habe keine Waage, aber es fühlt sich an, als würde sie etwas über drei Kilo wiegen. Sie ist schön und gesund. Bist du bereit, Papa?« Sie reichte Idris das Baby.

Er wirkte zunächst nervös, doch als er die Arme ausstreckte und seine Tochter hineingelegt wurde, sah ich an seinem Gesichtsausdruck, dass er sie als ein wahres Wunder ansah.

»Sie ist einfach perfekt«, sagte er.

»Wisst ihr schon, wie sie heißen soll?«, fragte Maggie.

Idris sah mich an. »Ich würde sie gerne Catherine nennen, nach meiner Mutter.«

Ich nickte. »Catherine. Das ist perfekt.«

Die nächsten Wochen vergingen mit nächtlichem Füttern und kräftezehrenden Tagen. Donna zog wieder mit Tom in die Höhle und behielt mich und Catherine im Auge. Sie sagte mir immer wieder, dass ich schlafen sollte, wenn das

Baby schlief, doch das war unmöglich. Ich bekam fast gar keinen Schlaf und meine Erschöpfung machte mich allen gegenüber gereizt.

Jedes Mal, wenn das Tor aufging, schreckte ich hoch. Die Angst, dass das Jugendamt uns einen unerwarteten Besuch abstatten würde, lähmte mich. Bis jetzt hatten wir das Geheimnis gehütet, doch wie lange würde das möglich sein?

Catherine schien meine Nervosität zu spüren und wurde immer quengeliger. Alle boten mir an, nach ihr zu sehen, damit ich ein paar Stunden Ruhe bekäme. Selbst Julien hielt sich in der Nähe auf, was mich nervös machte, vor allem weil sein Hund uns viel zu nahe kam. Ich hätte sie am liebsten alle angeschrien: »Sie gehört mir, verdammt, lasst sie in Ruhe.« Ich war sogar angespannt, wenn Idris Catherine in den Armen hielt – was, wenn er sie fallen ließ? Er kannte sich mit Babys nicht aus, ich sah es an der ungeschickten Art, wie er sie hielt, und ich konnte es kaum aushalten, bis ich meine Tochter wieder zurückbekam.

Als Donna und ich einmal alleine waren, zog sie sich einen Stuhl heran. »Wie geht es dir?«, fragte sie mich und betrachtete mein Gesicht.

»Wunderbar«, antwortete ich, während ich versuchte, Catherine, die sich in meinen Armen wand, in den Schlaf zu wiegen.

»Wie viel Schlaf bekommst du?«

Ich lachte. »Schlaf? Was ist das?«

»Machst du ein Nickerchen, wenn Catherine schläft, wie ich dir geraten habe?«

»Ja, sicher«, log ich.

Donna schwieg einen Moment. »Du hast dir Sorgen

gemacht, das Jugendamt könnte auftauchen. Beschäftigt dich das immer noch? Idris hat gesagt, dass du das Tor ziemlich oft überprüfst und sogar vorgeschlagen hast, Kameras zu installieren, um den Strand zu überwachen.«

»Das ist doch ganz natürlich, oder?«, sagte ich und sah in das verknitterte rote Gesicht meiner Tochter. »Dass ich meine Tochter beschützen will?«

»Natürlich, aber … ich möchte nur sichergehen, dass es nicht mehr ist als das.«

»Wie meinst du das?«

Donna griff in ihre Tasche und legte eine Broschüre auf den Tisch. *Postnatale Depression*, las ich. *Du bist nicht allein.*

»Ich habe keine postnatale Depression, verdammt!« Ich schob die Broschüre weg, sah jedoch noch die Checkliste auf der Vorderseite: *Du fühlst dich traurig und weinerlich. Du spürst keine Lebensfreude. Du hast das Gefühl, den Alltag nicht zu schaffen.* Natürlich fühlte ich mich manchmal so; tat das nicht jede frischgebackene Mutter? Aber nicht in dem Ausmaß wie Donna offenbar meinte.

Draußen sah ich Idris stehen. Was hatte er Donna über mich erzählt?

»Ich leg dir die Broschüre hierhin, okay?«, sagte Donna leise. »Dann kannst du mal hineinlesen. Und ich bin immer da, wenn du mich brauchst. Das weißt du doch, oder?«

»Sicher«, sagte ich und zuckte mit den Schultern. In Wirklichkeit ärgerten mich Donnas ständige Gegenwart und die Besorgnis, mit der sie mich beobachtete, allmählich. Es gefiel mir auch nicht, wie sie Idris ansah. Er war nicht der anbetende Blick von früher, es lag etwas anderes darin.

Als Donna gegangen war, ging ich nach draußen zu Idris. »Was hast du Donna erzählt?«

»Was meinst du?«

»Sie meint, dass ich eine postnatale Depression habe. Dir ist schon klar, dass sie das Jugendamt informieren wird, wenn sie das weiterhin denkt?«

»Selma«, sagte Idris mit einem Anflug von Ärger in der Stimme, »du musst mit dem Jugendamt aufhören.«

»Willst du mich auf den Arm nehmen? Im Moment stellt das Jugendamt die größte Bedrohung für uns dar. Sie können uns Catherine ohne Weiteres wegnehmen«, sagte ich. »Oder was ist, wenn *Donna* sie uns wegnehmen will? Ich finde es immer noch seltsam, dass sie zurückgekommen ist – nach dem, was mit Tom passiert ist ... und zwischen dir und ihrer Tochter.«

Idris schaute mich sehr ernst an. »Das ist lächerlich, Selma. Warum sollte uns Donna unser Kind wegnehmen wollen?«

»Aus Rache vielleicht?«

Er seufzte und fuhr sich mit den Fingern durch die Haare. »Warum verhältst du dich so?«

»Warum verhalte ich mich wie?«

Er seufzte. »So paranoid und gereizt. Das beunruhigt mich.«

»Machst du dir Sorgen, dass ich keine gute Mutter bin?«

Er zog mich an sich und strich mir durchs Haar, während er zu unserem Baby hinuntersah. »Natürlich nicht. Du machst das ganz ausgezeichnet.«

Donna beobachtete uns von der anderen Seite der Höhle aus. Ich drehte mich weg und drückte meine Tochter noch fester an die Brust.

Später am Abend, als alle schliefen, kroch ich mit der schlafenden Catherine im Arm zu einer kleinen Nische hinten in der Höhle. Oceane hatte dort früher ein paar Bücher stehen gehabt, doch jetzt, wo sie nicht mehr da war, war die Nische leer. Ich legte erst eine weiche Decke hinein und dann Catherine obendrauf.

»Das passt perfekt«, flüsterte ich.

Ich warf einen Blick über die Schulter, um sicherzugehen, dass niemand mich beobachtete, dann hängte ich eine weitere Decke an die Zweige einer Pflanze, die darüber wuchs. Sie verdeckte das Loch und meine Tochter komplett. Falls die Leute vom Jugendamt kamen, um sie mitzunehmen, falls *irgendjemand* kam, würde ich Catherine hier verstecken. Ich hatte noch keine Idee, was ich tun konnte, damit sie nicht schrie, sollte es je dazu kommen … vielleicht konnte ich ein harmloses Sedativum besorgen? Aber zumindest war es ein Plan. Ich würde mir meine Tochter von niemandem wegnehmen lassen!

Ich nahm sie aus der Nische und ging mit ihr zurück ins Bett. Als ich dort lag und an die Decke starrte, bemerkte ich zwei Augen, die mich aus der Dunkelheit ansahen.

Es war Donna, die immer alles beobachtete.

35

Becky

Kent, Großbritannien
6. Juli 2018

Becky steht vor der Höhle und wartet auf Solars Großmutter Donna. Es ist seltsam, wieder in Großbritannien zu sein und zurück in der Stadt, in der sie aufgewachsen ist. Russland ist ihr wie eine andere Welt vorgekommen mit den riesigen Eishöhlen und der fremden Sprache, doch hier ist alles schmerzlich vertraut. Sie späht in die Höhle zu der Stelle hin, wo ihre Mum gestorben ist ... und wo vor vielen Jahren vielleicht ihre Schwester geboren wurde.

Was ist mit diesem Baby *passiert?*

Sie schaut auf ihre Uhr. Inzwischen ist es nach zehn. Um zehn Uhr ist sie mit Donna verabredet. Becky hat sie von Russland aus angerufen, das Gespräch ist nur ganz kurz gewesen. Donna hat darauf bestanden, dass sie sich persönlich treffen.

Also ist Becky jetzt hier.

Sie zieht ihre Jacke aus. Die Wolken über ihr sind grau, doch die Luft ist fast unangenehm warm und aufgeladen mit Elektrizität.

Wird bald ein Sturm aufziehen?

Gerade als sie das denkt, nähert sich eine Frau. Sie ist

klein und geht schnell, ihr graues Haar flattert in der Brise. Sie trägt einen blauen Regenmantel und Gummistiefel und zwei Becher Kaffee.

»Ich habe uns Proviant mitgebracht«, begrüßt sie sie. »Ich nehme an, du bist Becky?«

Becky nickt. »Danke, dass Sie gekommen sind, Donna.«

»Du siehst aus wie deine Mum«, sagt Donna munter. Sie gibt Becky einen Becher, greift in ihre Tasche und holt zwei Schokoladenmuffins heraus. »Von heute Morgen, frisch aus dem Ofen.«

»Danke«, sagt Becky lächelnd und nimmt ihren Muffin. »Sie sehen köstlich aus.«

»Sollen wir in die Höhle gehen?«, fragt Donna. »Dort drinnen dürften wir etwas mehr Privatsphäre haben.«

Becky zögert. Sie ist nicht sicher, ob sie an den Ort zurückkehren will, an dem ihre Mum gestorben ist. Dann spürt sie die Regentropfen.

»Das nimmt uns die Entscheidung ab«, sagt Donna mit ihrer sachlichen Art. »Komm.«

Sie gehen in die Höhle. Becky fühlt sich seit ihrem letzten Aufenthalt hier wie ein anderer Mensch, aber sie ist sich nicht sicher, *wer* genau dieser Mensch ist. Sie versucht immer noch, es herauszufinden.

»Wollen wir uns hier hinsetzen?«, fragt Donna und zeigt auf zwei Kreideblöcke, die nebeneinanderliegen. Der eine ist rot, der andere blau angemalt. »Hier haben deine Mum und ich manchmal gesessen, aufs Meer hinausgeschaut und Tee getrunken.« Sie lächelt, als sie sich hinsetzt. »Oft war es auch Gin, zumindest bei deiner Mum. Sie hat ihren Gin geliebt.«

»Ja, das hat sie.«

»So«, sagt Donna, trinkt einen Schluck Kaffee und sieht Becky nervös von der Seite an. »Du suchst also deine Schwester?«

Becky nickt. »Ich dachte es sei Solar, Ihre Solar.«

Donna seufzt. »Ich habe lange Zeit gar nicht gewusst, dass ich eine Enkelin namens Solar habe. Oceane wollte nicht, dass ich davon erfuhr. Sie war schließlich schwanger mit Idris' Kind. Zunächst hat sie es nicht einmal Idris gesagt, süß und lieb, wie sie ist. Sie wollte das Beste für deine Mum und Idris.« Donna schüttelt den Kopf. »Sie war immer schon so naiv, genau wie ich früher. Wie dem auch sei, sie ist zu einer Freundin nach Frankreich gefahren und hat ein Kind zur Welt gebracht. Sie wollte Solar erst zur Adoption freigeben, doch dann ist Idris aufgetaucht. Er hatte es herausgefunden, und sie hat zugestimmt, ihm das Baby zu geben. Einige Jahre später hat sie ihren Entschluss bereut und die beiden in Russland aufgespürt. Sie haben dann dort alle zusammengelebt. Aber dann ist Idris wieder verschwunden.«

»Und wo ist er jetzt?«, fragt Becky.

»Das weiß keiner. Eines Tages, als Solar zwölf war, ist er einfach gegangen. Aber deswegen bist du nicht hier. Du willst deine verschwundene Schwester finden.«

Becky beugt sich vor, begierig nach Informationen. »Ja, genau deshalb bin ich hier.«

»Was hast du denn bisher herausgefunden?«, fragt Donna und betrachtet Beckys Gesicht ganz genau.

»Nicht viel. Nur dass Mum ein Baby hatte und dass Sie vielleicht wissen, was damals passiert ist.«

Donna nickt. Dann greift sie erneut in ihre Tasche. »Eigentlich wollte das nicht tun, aber ich habe keine Wahl.«

Sie holt ein Buch heraus und gibt es Becky mit einem tiefen, zittrigen Atemzug. »Ich glaube, es ist an der Zeit, dass deine Mum jetzt übernimmt.«

Becky sieht das Buch an. *Die Höhle* von Thomas Delaney, das Buch, das sie hier in Queensbay im Schaufenster gesehen hat, als sie ihre Mum im Krankenhaus besucht hat.

Sie runzelt die Stirn und sieht Donna an. »Das ist doch gar kein Buch von meiner Mum.«

»Nein, aber es ist ihre Geschichte. Sie hat sie meinem Sohn Tom erzählt.« Donna lächelt stolz. »Er ist auch Schriftsteller. Er hat sich damals von deiner Mum so inspirieren lassen, dass er beschlossen hat, selber zu schreiben.« Becky denkt an das Foto von dem Mann mit dem Stock, das sie in dem kleinen Buchladen gesehen hat.

Dann dreht sie den Roman um und liest den Klappentext.

DIE HÖHLE, ein spannender Roman des Autors Thomas Delaney, nimmt uns mit in die Welt der Sekten und Höhlen, während wir dem Weg einer Frau in ein Leben folgen, das schnell außer Kontrolle gerät.

»Ich bin immer noch verwirrt«, sagt Becky. »Das ist doch ein Roman, also Fiktion.«

»Für jeden anderen, ja«, sagt Donna. »Doch für die, die Bescheid wissen, ist alles, was darin steht, wahr. Lies es, und du bekommst die unzensierte Geschichte deiner Mum, angefangen von dem Tag an, als sie Idris das erste Mal gesehen

hat, bis zu den Wochen nach der Geburt deiner Schwester.«
Donna lächelt traurig. »Schluss mit den Lügen.«

»Woher wollen Sie wissen, dass es nicht noch weitere Lügen gibt?«, fragt Becky und hält das Buch so fest, dass ihre Knöchel ganz weiß werden.

»Ich konnte es in den Augen deiner Mum sehen, als ich sie vor einigen Monaten getroffen habe. Sie hat mir eine Vorabausgabe zu lesen gegeben. Und ich habe die Wahrheit gelesen, von der ich gedacht hatte, sie würde sie niemals preisgeben. Das hat mir bestätigt, dass jede Zeile auf Fakten beruht. Das Einzige, was erfunden ist, sind die Namen der Protagonisten«, fügt sie hinzu und zeigt auf einen Namen auf der ersten Seite. »Tom hat deine Mum Selma genannt und nicht Samantha, wie sie eigentlich hieß. Das war eins der drei Dinge, auf denen sie bestanden hat.«

»Worauf hat sie noch bestanden?«, fragt Becky.

»Dass Tom in seiner Biografie und bei Interviews die Zeit nicht erwähnt, die er mit Idris und den Kindern des Flusses in der Höhle verbracht hat. Sie musste sichergehen, dass niemand eine Verbindung zu ihr herstellt. Und sie wollte die Widmung vorne im Buch schreiben.«

Becky blättert zurück zur Widmung.

Für B. Schluss mit den Lügen.

»B. bist du, Becky«, sagt Donna leise. »Als ich sie getroffen habe, wusste deine Mutter, dass sie nicht mehr viel Zeit hatte. Sie hat befürchtet, dass du nie die Wahrheit erfährst, falls du dich weigern würdest, sie noch einmal zu sehen. Das hier war ihr Weg, dir die Wahrheit mitzuteilen.«

Becky spürt Tränen in den Augen.

»Soll ich dich jetzt allein lassen?«, fragt Donna und steht auf.

Becky nickt, unfähig, ein Wort herauszubringen.

»Ich bin im Café, wenn du mich brauchst.«

»Sie müssen nicht bleiben«, sagt Becky.

»Es könnte aber sein, dass du mich brauchst«, sagt Donna und sieht traurig auf das Buch.

Als sie geht, schlägt Becky das Buch auf und beginnt zu lesen.

Kapitel 1

Alles begann, als der Junge fast ertrank.

Queensbay erlebte einen dieser Sommerabende, an denen sich Fremde im Vorübergehen anlächeln und jeder nur ehrfürchtig staunt, dass es im grauen alten England so warm sein kann …

36

Selma

Ich überprüfte mein Gesicht in meinem kleinen Taschen-spiegel und trug unter den Augen mehr Concealer auf. Ich sah total fertig aus, was nicht verwunderlich war – schließ-lich hatte ich erst vor Kurzem ein Kind zur Welt gebracht. Zumindest mein Bauch war jetzt leicht zu verstecken, selbst wenn er noch nicht wieder ganz seine frühere Form angenommen hatte.

Ich blickte mich nach Catherine um, die in Idris' Ar-men schlief, während er ehrfürchtig auf sie hinabsah. Ich musste Becky noch einmal sehen, es war ihr letzter Tag in Queensbay. Ich *wollte* sie sehen, natürlich wollte ich das, aber es war das erste Mal, dass ich Catherine alleine ließ, was mich regelrecht panisch werden ließ. Doch ich konnte Becky nicht enttäuschen.

Ich holte tief Luft und ging zum Café. Becky wartete mit Mike an einem Tisch und las in einer Zeitschrift, wäh-rend er telefonierte. Von wegen drohende Kündigung – er musste mit dem Umzug nach Busby-on-Sea die Beförde-rung bekommen haben, die er immer gewollt hatte, und dazu ein Handy als Diensttelefon. Das Jugendamt hätte seine Freude an uns gehabt, wenn ich noch mit ihm zusammen gewesen wäre. Wir hätten die idealen Eltern sein können. Doch so war ich laut Behörde die schlechteste Mutter überhaupt, die in einer kalten, feuchten Höhle lebte, kein Geld und einen arbeitslosen Partner hatte.

Ich ballte die Fäuste. *Hör auf mit den negativen Gedanken!* Dunkelheit schien über mir zu schweben, eine stürmische Wolke, die nur darauf wartete, ihre Schleusen zu öffnen. Ich arbeitete daran, sie in Schach zu halten und konzentrierte mich auf die Liebe zu meinen Mädchen. Und heute ging es in erster Linie um Becky. Sie wuchs rasch und war inzwischen viel weniger das kleine Mädchen, als das ich sie in Erinnerung hatte. Durch ein Fenster schimmerte die Sonne herein und schien wie ein Heiligenschein über ihrem Kopf. Sie sah gesund aus.

Würde Catherine in acht Jahren auch so aussehen? Sie würde nicht den Luxus haben, den Becky hatte: vier Wände und ein sicheres Dach über dem Kopf. Drei anständige Mahlzeiten am Tag. Babykurse. Vorschule. Spielsachen. Besuche in der Eisdiele. Aber es war nicht nur das Geld. Das Jugendamt durfte nichts von Catherines Existenz erfahren. Wir mussten uns einen Großteil der Zeit versteckt halten, bis wir genug Geld hatten, um Großbritannien zu verlassen und nach Spanien zu gehen, und das schien in weite Ferne gerückt. Zu allem Übel hatte Catherine einen leichten Husten, der zweifellos vom Leben in der verdammten Höhle kam.

Eine Frau blickte kurz auf, als ich eintrat. Panik breitete sich in mir aus. Wenn das nun eine Sozialarbeiterin war, die mich ausspionierte? Wenn Mike mir eine Falle gestellt hatte?

Ich wollte gerade wieder gehen, als die Frau aufstand, zur Theke ging und sich eine Schürze anzog.

Sie war keine Sozialarbeiterin, sie arbeitete hier im Café.

Natürlich war sie keine Sozialarbeiterin.

Ich holte tief Luft und kontrollierte, dass mein Mantel auch über dem Bauch zugeknöpft war. Mike runzelte die Stirn, als er mich sah. Spürte er, dass ich ein Kind zur Welt gebracht hatte?

»Hallo, Liebling«, sagte ich, als ich bei Becky war.

Becky blickte gelangweilt auf. »Hi, Mum.«

Mum? Sie nannte mich doch sonst immer Mummy.

Mike stand auf. »Du siehst müde aus, Selma.«

»Ich war ja auch krank, erinnerst du dich?«, antwortete ich mit leicht zitternder Stimme. »Deshalb konnte ich auch in den vergangenen Wochen nicht kommen. Ich wollte nicht, dass Becky sich ansteckt.«

»Bist du dir sicher, dass du wieder ganz gesund bist?«, fragte Mike besorgt. »Vielleicht sollten wir ein neues Treffen vereinbaren? Wir sind in ein paar Wochen wieder hier.«

»Von mir aus«, sagte Becky und schob trotzig das Kinn vor.

»Nein, natürlich nicht«, widersprach ich. »Ich möchte mein Mädchen sehen.«

»Ich setze mich raus und mache noch ein paar Anrufe«, sagte Mike. »Ich muss noch etwas arbeiten und habe mir gedacht, das könnte ich doch gut mit Blick aufs Meer. Ich will noch das meiste aus den letzten Stunden in Queensbay herauszuholen.« Er sah mich traurig an, dann küsste er Becky auf die Stirn, verließ das Café und spazierte zu einer Bank.

Warum blieb er in der Nähe? Vertraute er mir nicht? Wollte er mich von dieser Bank aus für das Jugendamt ausspionieren?

»Du verhältst dich seltsam«, klang Beckys Stimme durch meine Ängste.

Ich drehte mich zu ihr um und zwang mich zu einem Lächeln. »Ich bin nur müde, das ist alles.«

»Das sagst du immer, wenn du lügst.«

Ich nahm ihre kalten Hände in meine. »Und jetzt erzähl mal! Wie war Ostern? Bist du aufregt wegen des Umzugs? Ich denke mir für das nächste Mal, wenn wir uns in zwei Wochen einen ganzen Tag sehen, etwas Schönes aus.«

Becky zog ihre Hände aus meinen und senkte den Blick. »Ostern war in Ordnung. Wir haben die meiste Zeit mit Cynthia und den Zwillingen verbracht.«

Ich runzelte die Stirn. »Ihr verbringt anscheinend viel Zeit mit ihnen.«

»Sie haben einen Swimmingpool«, sagte Becky und zuckte mit den Schultern. »Und außerdem ist Cynthia cool.«

Ich kam gegen die aufkeimende Eifersucht nicht an. »Ich kann die Frau nicht leiden.«

Beckys Gesicht wurde hart. »Ich mag sie. Sie ist eine richtig gute Mutter.«

Ich blinzelte. »Wirklich? Das überrascht mich.«

»Warum?«

»Ich fand sie immer ein bisschen zu eifrig, eine dieser Vorzeigemütter, verstehst du?« Ich versuchte, die Kellnerin auf mich aufmerksam zu machen. Ich brauchte dringend einen Kaffee.

»Zumindest kümmert sie sich«, erwiderte Becky.

Ich sah sie überrascht an. »Was soll das heißen?«

Becky verschränkte die Arme und sah weg. »Nichts.«

Die Kellnerin kam zu uns. »Was kann ich Ihnen bringen?«, fragte sie.

»Wir sind noch nicht so weit«, blaffte ich sie an. Die Kellnerin sah mich bedeutungsvoll an und ging wieder. Ich beugte mich zu Becky hinüber. »*Was soll das heißen?*«, wiederholte ich.

Becky seufzte und wandte sich mir wieder zu. »Du benimmst dich nicht wie eine richtige Mutter.«

Ich zuckte zurück, als hätte Becky mich geschlagen.

»Ich meine, wann haben wir uns das letzte Mal gesehen?«, fragte Becky. »Vor vier Monaten oder so.«

»Ich habe dir doch gesagt, dass ich krank war.«

»Ja, das sagst du immer. Egal.«

»Woher kommt dieses Verhalten? Wo ist mein kleines Mädchen geblieben?«

»Und wo ist meine *Mum* geblieben?«, rief Becky.

Im Café wurde es still, die Leute sahen von ihren Tellern auf. Wir starrten einander wütend an. Dann stieß Becky ihren Stuhl vom Tisch weg und stand auf, Tränen in den Augen.

»Du bist das Letzte! Du hast uns einfach verlassen, Mum. Du hast uns verlassen für einen Hippie und eine stinkende Höhle! Richtige Mütter *tun* so was nicht!«

»Ich musste das tun«, sagte ich leise. »Ich fühlte mich gefangen. Das liegt nicht an dir und auch nicht an deinem Dad, sondern an mir! Ich fühlte mich durch mich selbst gefangen, durch meine Gefühle. Ich *liebe* dich doch.« Ich begann zu weinen. »Ich liebe dich mehr, als du dir vorstellen kannst. Bitte glaub mir, Becky.«

Ich griff nach ihrer Hand, doch Becky trat einen Schritt zurück. »Dad sagt, dass du gar nicht richtig weißt, was Liebe ist.« Wütend wischte sie ihre Tränen weg. »Und ich finde, er hat recht. Du denkst nicht wie andere Leute. Die ganzen Lügen, die du erzählst … Mich hast du auch angelogen. Ich hab die Nase voll. Ich will dich nicht mehr sehen.« Sie nahm ihren Rucksack und sah mich mit einem harten Blick an. Dann rannte sie aus dem Café und in die Arme ihres Dads.

Ich blieb wie betäubt sitzen, mein Atem tönte mir laut in den Ohren. Die Worte meiner achtjährigen Tochter hallten in meinem Herzen und in meiner Seele wider.

Ich will dich nicht mehr sehen.

Nach dem Zusammenstoß mit Becky ging ich nicht sofort in die Höhle zurück. Stattdessen spazierte ich zu einem Strand, an dem ich früher oft mit Becky gewesen war, als sie noch im Kinderwagen saß. Er lag entgegengesetzt, gar nicht weit von unserem Haus entfernt, zwischen Queensbay und Margate, und war nicht so gut besucht wie die anderen Strände der Stadt, da der Sand nicht so weiß und fein war. Stattdessen gab es dort kleine Felsenteiche und Kieselsteine. Ich war als Kind manchmal dort gewesen. Mein Vater hatte Steine über die Wellen springen lassen, und ich war glücklich gewesen.

Zumindest eine Zeit lang.

Ich spürte das vertraute Knirschen der Kiesel unter meinen Füßen und stellte mir Becky vor, an meine Brust gedrückt, ihre blonden Haarbüschel im Wind. Ich hatte es geliebt, mit meinem Baby im Arm hierzustehen, im kalten Wind. Ich hatte mir vorgestellt, dieser Strand wäre meine und Beckys private kleine Welt, ich hatte ihr sogar erzählt, dass wir im Sommer hier zelten würden. Nicht dass Becky mich verstanden hätte, sie war noch viel zu klein. Aber sie hatte gelächelt und mit ihren blauen Augen glücklich zu mir hochgeschaut.

Warum hatte ich nicht härter gekämpft, um Becky zu behalten? Ich hatte der großen Welt entfliehen wollen, aber es hätte nicht nur um mich gehen dürfen. Es hätte genauso um Becky gehen müssen. Wenn ich Becky nicht mitnehmen konnte, hätte ich nicht gar nicht erst gehen dürfen. Natürlich hatte ich vor Gericht um sie gekämpft. Doch danach hatte ich aufgegeben. Welche Mutter tat das?

»Na, das ist ja eine Überraschung.«

Ich erstarrte. Diese Stimme hätte ich überall wiedererkannt.

Sie gehörte meiner Mutter.

37

Selma

Kent, Großbritannien
15. Mai 1992

Meine Mutter sah schrecklich aus. Ihr Gesicht war aufgedunsen, ihre Haut fleckig. Sie sah eher wie achtzig aus als wie fünfundfünfzig. Es war ein Schock, sie so zu sehen.

Sie stolperte auf mich zu, und ich wich blinzelnd zurück. Halluzinierte ich etwa?

»Ich bin mit dir und deinem Dad manchmal hierhergekommen«, lallte sie. »Bist du deshalb hier? Erinnerst du dich?« Sie runzelte die Stirn. »Obwohl du damals noch klein warst, noch ein Baby.«

»Du bist betrunken.«

»Ich bin immer betrunken.« Sie lachte erst, dann begann sie zu prusten und hielt sich die fleckige Hand vor den Mund. »Wo ist denn meine Enkelin? Du hast doch ein Kind, nicht? Ich hab euch in diesem Café gesehen, ihr saht beide unglücklich aus.«

»Du warst in Queensbay?«, fragte ich.

»Warum nicht? Ich wohne dort.«

»Du wohnst in Queensbay? Das versteh ich nicht.«

Sie lächelte und zeigte ihre lückenhaften gelben Zähne. »Mir gehört das Hotel dort.«

Ich erstarrte.

»Du kennst doch das Queensbay Hotel? Nicht, dass es mir viel Gutes eingebracht hat«, beschwerte sie sich.

In diesem Moment dämmerte es mir.

Meine Mutter war Idris' Stiefmutter.

»Oh mein Gott«, rief ich aus und hielt mir erschrocken die Hand vor den Mund. »Du hast den Besitzer geheiratet, Mr. Peterson.«

»Ja, und sein Sohn, dieser kleine Dieb, ist mit *meinem* Geld abgehauen.«

Dieb.

Dann war meine Mutter also diejenige, die das Graffito an die Höhle geschmiert hatte. *Sie* war es, vor der Idris die ganze Zeit Angst gehabt hatte – vor meiner Mutter und ihrer imaginären Familie.

»Er ist kein Dieb«, zischte ich. »Du hast seinen Vater um sein Geld betrogen, um das ganze Hotel.«

»Das habe ich nicht«, sagte meine Mutter, verschränkte die Arme und starrte mich an. »Er hat es mir anständig und ehrlich überschrieben.«

»Ich kenne dich«, sagte ich und zeigte mit dem Finger auf sie. »Du wirst ihn schön manipuliert haben.«

Sie zuckte mit den Schultern. »Was sein muss, muss sein. Jetzt sag bloß, dass du nicht das Gleiche getan hättest?«

Ich schüttelte den Kopf. »Das hätte ich nicht.«

Ihr bitteres Lachen ließ die Möwen kreischend auffliegen. »Ich habe dich beobachtet, Selma. Du hast dich in der Höhle eingenistet und diese Narren getäuscht, hast so getan, als würdest du den ganzen Scheiß glauben, den sie von sich geben. Alles in der Hoffnung, das Hotel von dem

Mann zu bekommen, den sie Idris nennen.« Sie schüttelte den Kopf. »Ich kenne diesen Jungen, seit er klein war. Schniefend und jammernd, ein nutzloser kleiner Bengel. Du hast seine Schwäche erkannt und bist bei ihm eingezogen, genau wie ich bei seinem Vater.«

»Unsinn. Ich will das Hotel nicht. Ich hab nicht mal gewusst, dass er dort einmal gelebt hat, als ich ihn kennenlernte.«

»Was wolltest du dann von ihm?«, fragte sie. »Warum hast du deine Familie verlassen? Zugegeben, ich mag eine Scheißmutter gewesen sein, aber ich habe dich nie *verlassen*, egal, was war.« Sie schüttelte ungläubig den Kopf. »Dazu braucht es eine gewisse Gefühlskälte.«

Ich wich vor ihr zurück und schüttelte den Kopf. »Nein.«

»Doch«, sagte meine Mutter und trat einen Schritt näher zu mir. »Gib es zu, Selma, wie ich gelernt habe, es zuzugeben. Alles, wofür wir verantwortlich sind, wird zu Scheiße. Deine Tochter weiß das, und dein Mann weiß das auch. Deshalb ziehen sie weg, ich habe gehört, wie jemand darüber geredet hat.« Sie lächelte wieder. »Wir sind uns sehr ähnlich, du und ich.«

Ich stand da und sah meine Mutter an. Ich war sprachlos. Sie hatte recht.

38

Selma

»Schlaf, kleines Baby! Daddy kauft dir einen Pinsel. Und wenn dieser Pinsel nicht malt, kauft dir Mummy einen Stapel Bücher.«

Catherine gluckste und griff nach meinem Gesicht, während ich sang. Meine Mutter hatte mir auch früher ein Schlaflied gesungen, das hatte mein Dad mir erzählt. Als ich noch sehr klein war, musste es eine Zeit gegeben haben, wo sie mich wirklich geliebt hatte. So wie ich Catherine jetzt liebte, wie ich Becky liebte. Doch danach werden meine Erinnerungen bitter, alles wird schwarz. Becky hat recht, ich bin nicht fähig, richtig zu lieben.

Eine Träne landete auf der pausbäckigen Wange meiner Tochter, und ich wischte sie sanft weg.

Draußen sah ich das Flackern des Feuers. Julien, Caden und Idris saßen mit Donna und Tom dort draußen, der in einen Notizblock kritzelte, den ich ihm gegeben hatte. Maggie war endgültig gegangen. Sie hatte es nicht mehr ertragen, nachdem ein paar Papierblumen, die sie gemacht hatte, von der Flut zerstört worden waren. Als Idris ihr gesagt hatte, dass alles einen Sinn habe, war sie explodiert. Sie könne nicht mehr in der Höhle leben und zusehen, wie *der* Grund, aus dem sie ursprünglich hierhergekommen sei – ihre Kunst – zerstört werde. Als ich ihr kurz darauf bei einem Strandspaziergang begegnet war, hatten wir zusammen einen Kaffee getrunken, und sie hatte gesagt, mein Baby bekomme mir wohl gut. Ich hatte gelächelt, genickt und so getan, als würde ich ihr zustimmen.

Ich hörte Idris draußen lachen, er war guter Laune. Das Thema Spanien war wieder aufgekommen, und Julien und Idris arbeiteten einen Plan aus, wie sie Möbel und Kunst aus der Höhle verkaufen könnten, um das Geld für die Reise zu verdienen.

»Nur noch ein paar Monate«, hatte Idris gestern Abend zu mir gesagt, »dann haben wir genug Geld für die Flüge und können unserer kleinen Catherine das Leben bieten, das sie verdient. Und Becky auch, wenn sie uns besuchen kommt. Wir laufen nicht mehr weg.«

Aber ich hatte nicht richtig zugehört. Das war doch nur ein Wunschtraum. Vor der wahren Bedrohung für meine Töchter konnte ich nicht davonlaufen.

Vor mir selbst.

Becky hatte recht, und auch meine Mutter hatte recht. Welche Chance hatte Catherine mit einer Mutter wie mir?

Seit dieser Erkenntnis hatte ich darüber nachgedacht, welche Möglichkeiten ich hatte. Wenn ich Catherine dem Jugendamt übergab, bestand die Chance, dass sie ein gutes Leben mit neuen Eltern bekam. Doch wenn das Jugendamt nicht die richtigen Eltern für sie fand? Wenn sie ihre ganze Kindheit über der Fürsorge unterstellt sein würde wie meine Mutter? Manchmal ging das gut, aber bei anderen, wie meiner Mutter, nicht. Ich konnte mich auch nicht darauf verlassen, dass Idris für Catherine sorgte. Er war ein liebevoller Vater, der sie abgöttisch liebte, aber er war total unpraktisch veranlagt.

Mir blieb nur eine Möglichkeit.

Ich sah auf meine wunderschöne Tochter hinunter, küsste ihre Lippen, die wie Rosenblüten waren, und streichelte ihr Gesicht, während ich ihren süßen Duft einatmete.

»Ich liebe dich. Darum muss ich das tun«, flüsterte ich ihr mit zitternder Stimme ins Ohr. Ich sah ihr in die Augen. Sie verdiente mehr als das, was ich ihr bieten konnte, was die *Welt* ihr bieten konnte. Es war meine Schuld, denn ich war so dumm und verantwortungslos gewesen, sie zur Welt zu bringen. Deshalb war es jetzt auch an mir, ihr Frieden vor der Welt zu verschaffen.

»Mein Liebling«, sagte ich, während mein Körper vor Schluchzen bebte. »Meine wunderschöne, süße Catherine. Ich werde dich immer lieben.«

Dann legte ich die Decke auf den Mund meines lieben Babys. Es wand sich und gab einen gedämpften Laut von sich, bei dem mir fast das Herz brach. Ich schloss die Augen und verschloss mich vor dem, was ich fühlte, vor dem, was ich hörte. Stattdessen sah ich Becky als Neugeborenes vor mir, die Sonne über ihrem Kopf, strahlend orange. Und dann meine Mutter, wie sie mich mit ausdruckslosem Gesicht angesehen hatte, als ich ein Kind war.

Als es vorbei war, schlug ich den leblosen Körper meiner Tochter in die Decke ein. Dann stand ich auf, ging zu der kleinen Vertiefung in der Wand und legte Catherine vorsichtig hinein.

»Träum süß«, sagte ich. »Jetzt bist du in Sicherheit.« Ich küsste einen Finger und drückte ihn auf Catherines kleines Gesicht, ihre Wange war warm und prall.

Dann hängte ich die Decke vor das Loch, holte tief und zitternd Luft und verließ unbemerkt die Höhle. Ich ging vorbei am Feuer und den Leuten, die darum herumsaßen, und sah, dass Idris immer noch lächelte. Ich spürte die Liebe zu ihm in mir aufwallen. Fast wäre ich zu ihm gerannt. Doch dann kehrte meine Entschlossenheit zurück. Es war am besten so. Meine Familie hatte ihm nur Schmerz zugefügt. Von der Begegnung mit meiner Mutter hatte ich ihm nichts erzählt – er wusste nicht, dass meine Mutter die Frau war, die ihm alles genommen hatte. So sollte es bleiben.

Als ich ins Meer ging, blähte sich mein Rock um mich, und mein Pullover zog mich nach unten. Während ich langsam meine Kleidung auszog, stellte ich mir vor, dass Idris neben mir Wasser trat.

Das ganze Gewicht der Jahre, hörte ich ihn sagen, wie einst, *die düsteren Gedanken, die negativen Schwingungen. Sie werden dich nicht länger nach unten ziehen.*

Die Wellen reichten mir jetzt bis zum Kinn, Salzwasser floss mir in den Mund.

Dann griffen mich starke Hände unter den Achselhöhlen, langes Haar, das im Mondlicht silbern glänzte, schwamm um mich herum.

»Selma!«, hörte ich Idris leise rufen. »Was um Gottes willen tust du?«

Ich sah in seine wunderschönen Augen, die gleichen schrägen Augen wie Catherines.

»Hilf mir«, weinte ich. »Unser wunderschönes Baby ist tot, Idris. Hilf mir.«

39

Becky

Becky schlägt das Buch zu. Es ist inzwischen fast dunkel. Sie ist den ganzen Tag in der Höhle gewesen und hat die Geschichte ihrer Mum gelesen, hat einzelne Teile übersprungen, um schneller zum Ende zu kommen.

Sie stellt sich ihre Mutter vor, wie sie mit Catherine im Arm hiergesessen hat. Ihre Seelenqualen, während die Worte, die Becky ihr entgegengeschrien hat, in ihr widerhallten. Wenn sie damals im Café den Mund gehalten hätte, würde ihre Schwester vielleicht noch leben …

Nein, so durfte sie nicht denken. Dieses Denken war ihrer Mutter zum Verhängnis geworden. Die Schuld. Das mangelnde Selbstbewusstsein. Und dazu die Grausamkeit ihrer Großmutter. Doch vor allem war ihre Mutter deprimiert gewesen. Sie hatte eine schwere Depression gehabt und sich über Jahre hinweg bemüht, sie in Schach zu halten, indem sie sich selbst belog. Und als die Lügen in sich zusammengefallen waren wie ein Kartenhaus, waren die alten Unsicherheiten, die düsteren Wolken zurückgekommen und hatten ihr das Gefühl gegeben, nicht einmal ihre eigenen Töchter lieben zu können.

Becky sieht zur Wand der Höhle hin. Sie holt tief und zitternd Luft, dann geht sie zu der Nische, in die ihre Mum Catherine gelegt hat. Jetzt ist sie natürlich leer, keine Decke liegt darin und kein Baby. Becky legt die Hände hinein und fühlt die Kreide unter ihren Fingerspitzen zerbröseln.

»Catherine«, flüstert sie. »Arme Catherine.«

Sie blickt auf das Buch. Was ist mit dem kleinen Leichnam ihrer Schwester passiert? Hat Idris sie herausgeholt, sie irgendwo begraben? Das muss er getan haben. Er hat ihre Mum so geliebt, dass er selbst den Tod seiner Tochter durch ihre Hand gedeckt hat. Und Donna hat es gewusst – Becky hat es an dem Blick gesehen, mit dem sie ihr das Buch gegeben hat.

Becky schaut auf ihre Uhr. Es sind Stunden vergangen. Sie hat das verzweifelte Bedürfnis, mit Donna zu reden, und geht Richtung Café, obwohl sie weiß, wie unwahrscheinlich es ist, dass Donna noch immer dort ist. Aber da sitzt sie. Sie hat die ganze Zeit gewartet.

Als Becky sich ihr gegenübersetzt, schweigt Donna.

»Du hast es die ganze Zeit gewusst?«, sagt Becky.

Donna nickt. »Ja.«

»Was ist passiert, nachdem Idris meine Mum vor dem Ertrinken gerettet hat?«

Donna holt tief Luft. »Ich habe Idris mit deiner Mum im Meer gesehen und wusste gleich, dass irgendetwas nicht stimmte. Um ehrlich zu sein, habe ich es schon vorher gewusst. Deine Mum hat alle klassischen Anzeichen einer postnatalen Depression gezeigt, und dazu kam noch ihre Paranoia. Ich hatte mit Idris darüber gesprochen, dass er mit ihr zu einem Arzt gehen sollte. Ich kannte einen, bei dem ich mich darauf verlassen konnte, dass er diskret war. Doch dann schien es ihr besser zu gehen, und ich habe gedacht, dass sie vielleicht nur einen Babyblues hatte wie so viele Frauen. Nach einer Geburt gibt es so viele hormonelle und chemische Veränderungen im Körper – da ist es völlig normal, dass Frauen sich schlecht und deprimiert fühlen, wenn sie eigentlich erwarten, mit ihrem Kind glücklich zu sein.« Sie seufzt. »Aber ich habe mich geirrt, es war nicht nur ein Babyblues. Ich könnte mich ohrfeigen, wenn ich zurückblicke. Vor allem bei postnatalen Psychosen spielen die Frauen oft allen vor, es wäre alles in Ordnung, auch wenn es das ganz und gar nicht ist. Aber ich hab es nicht mitbekommen, und das Allerschlimmste ist eingetreten.«

Tränen stehen in ihren braunen Augen. »Wie dem auch sei, ich habe am Strand auf sie gewartet und geholfen, deine Mum in die Höhle zu bringen.«

»Wir haben den anderen gesagt, dass sie schwimmen gegangen ist und Probleme bekommen hat, haben alle Hilfsangebote abgelehnt. Als deine Mutter auf dem Bett lag, war sie kaum zu verstehen. Sie hat etwas von ihrem wunderschönen Baby gemurmelt, und dass es ihr leidtut. Wir haben überall nach der kleinen Catherine gesucht und waren total verzweifelt …« Donna schüttelt den Kopf und presst die Lippen aufeinander. »Tief in meinem Inneren habe ich gewusst, dass die arme Kleine tot war.« Weinend presst sie die Faust auf den Mund. »Idris hat sie schließlich gefunden, in der kleinen Nische. Ich werde den Laut nie vergessen, den er von sich gegeben hat. Es klingt wie ein Klischee, aber es klang nicht menschlich, wirklich nicht.«

»Warum seid ihr nicht zur Polizei gegangen?«

»Ich wollte es eigentlich«, sagt Donna und wischt sich die Tränen ab. »Aber Idris hat mich gebeten, es nicht zu tun. Er hat gesagt, dass er sich um die kleine Catherine kümmern würde, wenn ich mich um deine Mum kümmerte. Ich habe ihn gefragt, was er mit ihr gemacht hat, doch er wollte nicht darüber reden, also haben wir es gelassen.«

Becky lehnt sich auf ihrem Stuhl zurück. Sie fühlt eine Mischung aus Traurigkeit und Erschöpfung. »Was ist danach mit Mum passiert?«

»Erinnerst du dich an den Arzt, den ich erwähnt habe? Er hat zugestimmt, deine Mum stationär aufzunehmen und kein Wort zur Polizei zu sagen. Sie war acht Monate in Behandlung.« Donna lächelt vorsichtig. »Genug Zeit, um einen Bestseller zu schreiben.«

Becky denkt an diese Zeit zurück. Ihre Mum hat ihr Briefe geschrieben, kurze Briefe in ihrer schönen Schrift, und erzählt, dass sie in ein Schreib-Retreat gegangen sei. Becky hatte ihr das übelgenommen, aber wie gewohnt so getan, als wäre es ihr egal. Als sie einander wiedergesehen hatten, war ihre Mum ein anderer Mensch gewesen. Sehr ruhig, ohne ihre frühere Leuchtkraft. Becky hatte es darauf zurückgeführt, dass ihre Großmutter ein paar Wochen zuvor gestorben war. Doch jetzt weiß sie, dass nicht der Tod der eigenen Mutter ihre Mutter so verschlossen gemacht hatte ... sondern Catherines Tod.

Der Roman, den sie in der Zeit im Krankenhaus geschrieben hat, wie Becky jetzt weiß, hatte ihr einen bedeutenden Vertragsabschluss eingebracht. Die Nachricht war genau an dem Tag gekommen, an dem sie mit Becky verabredet gewesen war. Sie hatte Becky einen Scheck über fünfhundert Pfund gegeben, den ersten von vielen, die sie bei jedem Treffen bekommen sollte. Becky hatte das Geld gespart und viel später ihr Tiermedizinstudium davon finanziert.

»Es war wirklich schwer für Idris«, sagt Donna. »Er hat sich danach sehr verändert.«

»Und du weißt nicht, wo er jetzt ist?«

Donna schüttelt den Kopf. »Mir gefällt die Vorstellung, dass er hierher zurückgekommen ist und sein Elternhaus wieder in Besitz genommen hat. Aber so ist es nicht, deshalb stelle ich mir vor, er lebt in einer Höhle auf Mauritius oder so.« Sie lacht. »Ja, mir gefällt diese Vorstellung. Obwohl er meine Tochter geschwängert hat. In den Jahren, die sie gemeinsam in Russland verbracht haben, war er gut zu Oceane und hat sich wunderbar um Solar gekümmert. Aber seine eigenen Dämonen haben ihn offensichtlich eingeholt, und er hatte das Gefühl, nicht bleiben zu können. Er hat immer unruhig über die Schulter geschaut. Ich wünschte nur, ich hätte damals schon gewusst, was ich heute weiß: dass er sich nach einer grausamen, betrunkenen Frau umgesehen hat, die ihm nicht wirklich etwas anhaben konnte.«

»Aber meine Großmutter hat ihm doch wirklich Schaden zugefügt, oder?«, sagt Becky. »Die Art, wie sie Mum behandelt hat, muss großen Einfluss auf ihren Geisteszustand gehabt haben und hat eine wichtige Rolle bei dem gespielt, was sie schließlich getan hat. Und ich muss auch eine Rolle dabei gespielt haben, so wie ich mich bei unserem letzten Treffen vor dem Umzug ihr gegenüber verhalten habe«, flüstert sie.

Donna greift nach Beckys Hand. »Du hast dir nichts vorzuwerfen. Selbst deiner Großmutter können wir nichts vorwerfen. Deine Mum war krank, sehr krank. Jetzt kennst du die ganze tragische Geschichte. Sie macht einem klar, wie sehr man die Menschen festhalten sollte, die man liebt, nicht?«

Becky denkt an ihre Hunde, an David, an ihre Freunde und an ihre Eltern.

Doch vor allem denkt sie an Kai, und das überrascht sie.

Donna und Becky verabschieden sich voneinander und Becky geht zurück zu ihrem Auto. Als sie an der Buchhandlung vorbeikommt, bleibt sie stehen. Im Fenster hängt ein Plakat von ihrer Mum, und brennende Kerzen rahmen eine kleine Auswahl ihrer Bücher ein. Im gleichen Schaufenster sind weitere Bücher ausgestellt – hier liegen diverse Exemplare genau des Buchs, das sie gerade gelesen hat, des Buchs von Donnas Sohn Tom. Im Sommer hat die Buchhandlung auch abends geöffnet.

Spontan betritt Becky den Laden, sammelt alle Bücher ihrer Mum ein und geht damit zur Kasse. Sie hat nie auch nur ein Buch von ihr besessen, geschweige denn gelesen. Es war zu schmerzhaft. Doch jetzt denkt sie zum ersten Mal, dass sie es kann.

»Haben Sie sie gekannt?«, fragt die Verkäuferin, als sie sieht, wie Becky das Foto ihrer Mum betrachtet.

»Nein«, antwortet Becky. »Ich habe sie überhaupt nicht gekannt.«

Als sie eine Stunde später nach Hause fährt, hat es heftig zu regnen angefangen, und Donner rumpelt am Himmel.

Die Gedanken wirbeln ihr nur so durch den Kopf, Zorn, Traurigkeit und tiefe Trauer krachen aufeinander wie der Sturm draußen. Ihre Mum hat ihre eigene Tochter *getötet*, Beckys einzige Schwester. Natürlich hat sie von postnatalen Psychosen gelesen und weiß, wie ernstzunehmend sie sind, wie sie einen Menschen charakterlich verändern können. Aber es ist trotzdem schwer zu begreifen. Becky wird lange brauchen, bis sie das verdauet hat.

Als sie sich ihrem Cottage nähert, durchströmt sie Erleichterung. Endlich ist sie wieder zu Hause! Becky steigt aus und rennt durch den strömenden Regen erst einmal zu Davids Cottage. Sie lächelt über das verrückte Gebell der Hunde, als sie klingelt. Mit ihren Hunden ist alles so einfach: Du fütterst sie. Du liebst sie. Sie lieben dich zurück. Keine Frage.

»Ruhig, ihr verrückten Kerle«, hört sie David rufen. Eine Tür schlägt, dann geht die Haustür auf.

»Du bist aber spät dran«, sagt David lächelnd. »Dein Flugzeug ist doch schon heute Morgen gelandet – ich habe mir Sorgen gemacht.«

»Ich musste noch was erledigen. Entschuldige, ich hätte anrufen sollen.«

»Und wie war deine Reise nach Russland?«

Becky verzieht das Gesicht. »Das ist eine lange Geschichte.«

David betrachtet ihr Gesicht. »Möchtest du darüber reden?«

»Ich bin mir nicht sicher. Ich glaube, ich möchte einfach nur ins Bett.«

»Komm wenigstens auf eine schnelle Tasse Tee herein! Du bist ja pitschnass.«

Sie denkt an das, was Donna gesagt hat, dass man die Menschen, die man liebt, festhalten sollte. Ihr T-Shirt und ihre Jeans sind völlig durchnässt. Vielleicht ist eine Tasse Tee wirklich eine gute Idee.

»Klar, warum nicht? Wie geht es dir?«, fragt sie, als sie David nach drinnen folgt.

»Ach, du weißt schon, die üblichen Wehwehchen.« Er sieht sie von der Seite an. »Und dir?«

»Mir geht es gut, ich bin nur müde und sehne mich verzweifelt danach, zur Normalität zurückzukehren.«

»Die Hunde haben dich vermisst. Mach dich auf was gefasst.« Er öffnet die Tür, und die Hunde kommen hereingestürmt, winseln und springen an Becky hoch, um ihr das Gesicht zu lecken.

»Ich hab euch so vermisst, ihr wisst gar nicht wie sehr«, sagt sie, kniet sich auf den Boden und begrüßt jeden Hund einzeln. Sie vergräbt das Gesicht in ihrem Fell, und die Gefühle der vergangenen Tage steigen in ihr hoch.

David legt ihr eine Hand auf die Schulter. »Dir geht's nicht so richtig gut, oder?«, fragt er und reicht ihr ein Handtuch, damit sie sich Haare und Gesicht abtrocknen kann. Beckys Mascara ist verschmiert, und sie sieht, dass David sich nicht sicher ist, ob sie geweint hat oder ob das vom Regen kommt.

»Es ist eine lange und äußerst leidvolle Geschichte«, antwortet sie und steht wieder auf.

»Komm«, sagt David und geht in die Küche. »Ich mache dir einen Tee, dann kannst du mir alles erzählen.«

Sie gehen in die Küche, die Hunde springen ihr um die Beine. Becky setzt sich an den Tisch und betrachtet die vertraute Aussicht aus Davids Fenster. Die ruhige Umgebung hat sie immer so glücklich, so zufrieden gemacht, doch jetzt spürt sie eine Ruhelosigkeit. Die Suche nach ihrer Schwester hat etwas in ihr verändert.

David setzt den Kessel auf, und Summer legt ihren Kopf in Beckys Schoß. Becky streichelt ihr die Schnauze und murmelt ihr etwas zu.

»Also, was hast du herausgefunden?«, fragt David.

»Mach dich auf was gefasst.«

»Ich bin bereit«, sagt er, den Rücken ihr zugewandt, während er ein paar Teebeutel aus dem oberen Regal holt.

»Es gibt keine einfache Art, es zu sagen. Meine Schwester ist tot.«

David hält inne und legt die Hände auf die Arbeitsplatte. Becky sieht, wie seine Schultern in sich zusammensacken. »Und was am schlimmsten ist«, fährt sie mit zitternder Stimme fort, »meine Mum hat sie getötet. Sie hat ihre eigene Tochter getötet, David. Ein Baby! Sie ist eine Mörderin.«

David sagt nichts.

»David?«

Langsam dreht er sich um, und Becky sieht, dass ihm Tränen die Wangen hinunterlaufen. »Deine Mutter war keine Mörderin, Becky. Sie war krank. Du darfst ihr keinen Vorwurf machen. *Ich* habe das nie getan.«

»Du hast das nie getan …?«

»Ich habe ihr nie einen Vorwurf gemacht. Ich habe sie verstanden …«

»Aber ich verstehe nicht …«

»Becky, ich bin Idris.«

40

Becky

»*Du bist* Idris?« Becky schüttelt ungläubig den Kopf. Ihr ist ganz schwindelig von diesem Verrat. Sie stößt sich vom Tisch ab und steht auf. Gerade David – Idris – hat immer zu den Leuten gehört, denen sie meinte vertrauen zu können, er war genau das Gegenteil von ihrer Mum. Und dabei ist er noch viel schlimmer!

»Bitte Becky, setz dich«, sagt Idris und zeigt auf den Stuhl.

Sie schüttelt den Kopf und verschränkt die Arme vor der Brust. »Ich stehe gut, danke.«

Er seufzt und reibt sich das Kinn. »Ich hoffe, du hast nichts dagegen, wenn ich mich setze. Meine Beine sind nicht mehr das, was sie mal waren.« Er setzt sich mit einem tiefen Seufzer hin.

»Und?«, fragt Becky mit zitternder Stimme.

»Deine Mutter hat vor etwa vier Jahren Kontakt zu mir aufgenommen, als sie ihre Diagnose bekommen hatte. Sie hat mich auf einem Foto gesehen, in einem Zeitungsartikel über eine Bar, in der ich gearbeitet habe.«

Becky denkt an die Ausgabe des *National Geographic*. Dann hatte ihre Mum also nach Idris gesucht.

»Sie hat in der Bar angerufen«, sagt er. »Ich war nicht da, aber sie hat eine Nachricht hinterlassen, dass sie dringend mit mir sprechen müsse. Es war ein Schock. Ich habe versucht, sie zurückzurufen, aber niemanden erreicht. Also bin ich nach Queensbay gefahren. Sie hat mir gesagt, dass sie sterben würde.« Er seufzt. »Ihr Arzt konnte nicht sagen, wie viel Zeit sie noch hatte. Sie sahen sich nach neuen Behandlungsmethoden um, doch sie rechnete mit dem Schlimmsten.« Er schaut Becky in die Augen. »Sie hat mich gebeten, mich um dich zu kümmern.«

»Das konnte sie nicht selbst?«

»Sie hat gedacht, du würdest sie hassen und zurückweisen. Also hat sie mich, den einen Menschen, dem sie vertrauen konnte, gebeten, ein Auge auf ihr Kind zu haben. Ich hatte schließlich ihr dunkelstes Geheimnis gehütet.«

»Und du bist ihrer Bitte nachgekommen, einfach so?«, sagt Becky und schnipst mit den Fingern.

Idris lächelt. »Das bin ich immer, Becky. Ich habe deine Mutter geliebt. Ich habe sie auf eine Weise geliebt, die schwer zu erklären ist.«

»Das klingt ungesund.«

Er nickt. »Das war es auch. Egal, ich habe dich aufgespürt und einen Termin für meinen Hund gemacht«, sagt er. »Ich schätze, ich war neugierig, dich kennenzulernen. In mancher Beziehung bist du vollkommen anders als deine Mutter. Doch in anderer Beziehung bist du genau wie sie.«

»Ich bin keineswegs wie sie. Zunächst einmal bin ich keine Lügnerin.«

»Du lügst nicht, wie deine Mutter gelogen hat, das ist richtig.«

»Ich lüge auch nicht wie *du*«, sagt Becky mit erhobener Stimme.

»Ja«, sagt Idris und nickt. »Wir hatten beide einen Knacks. Verkorkste Menschen, Experten im Erfinden von Geschichten. Deine Mutter in ihren Romanen und ich in meinem Leben.«

Becky sieht ihn böse an. Er schiebt ihr eine Tasse Tee hin, aber sie beachtet sie nicht. »Du hast mich die ganze Zeit angelogen. Du warst so lange mein Nachbar und hast mir nicht erzählt, dass meine Mutter *sterben* wird. Ich hätte mich schon viel früher mit ihr versöhnen können. Ich hätte mehr Zeit mit ihr verbringen können!« Becky merkt, dass sie die Hände zu Fäusten geballt hat. Aber sie ist so frustriert! Alles scheint so eine Verschwendung: die verlorenen Jahre mit ihrer Mutter, die letzten Monate, in denen sie einem Geist hinterhergejagt ist.

»Deine Mutter hat mich gebeten, dir nicht zu sagen, dass sie sterben wird«, sagt Idris. »Ich hatte kein Recht, mich einzumischen.«

»Hast du mir deshalb auch nicht erzählt, dass meine Schwester tot ist, weil du dich nicht einmischen wolltest? Hast du stattdessen lieber zugesehen, wie ich auf der Suche nach ihr umsonst durch ganz Europa gereist bin?«

Idris schließt die Augen und schüttelt den Kopf. »Ich wollte es dir so oft erzählen. Aber es ging nicht nur darum, dir zu sagen, dass deine Schwester tot ist.« Er öffnet die Augen wieder, sie glänzen vor Tränen. »Du hättest gefragt, *wie* sie gestorben ist. Es war zu viel, um es zu erklären, zu schmerzhaft«, fügt er mit zitternder Stimme hinzu. »Aber waren deine Reisen wirklich umsonst? Ich habe gewusst, dass dir das Reisen guttun würde. Ich konnte sehen, dass es um mehr ging als nur darum, Catherine zu finden. Es ging auch darum, dich selbst zu finden.«

Becky verdreht die Augen. »Benutz mich nicht als Entschuldigung für deine Feigheit. Du hast gekniffen, als es darum ging, es mir zu erzählen.«

Seine Kiefer spannen sich an. »Ja, das stimmt teilweise«, gibt er zu.

»Genau wie du gekniffen hast, als es darum ging, den Leuten dein wahres Ich zu zeigen. Nicht nur mir, sondern allen. Du hast einen Namen erfunden, eine Rolle. Idris ist doch nicht dein richtiger Name. Heißt du in Wirklichkeit David?«

Er nickt. »Es war nicht meine Absicht«, sagt er und sieht auf seine runzligen, alten Hände hinunter. »Alles hat damit angefangen, dass ich einen Jungen vor dem Ertrinken gerettet habe. Einige Leute haben sogar gedacht, ich wäre über das Wasser gegangen.« Er schüttelt den Kopf und lacht leicht. »Was wirklich lächerlich war. Ich habe die Leute reden gehört – sie waren fasziniert von mir. Das hatte ich noch nie erlebt. Ich war damals ein gut aussehender Typ. Dadurch bekam ich einiges an Aufmerksamkeit, aber niemals für das, was ich tat. Das Gefühl, das ich nun zum ersten Mal hatte, hat mich regelrecht abhängig gemacht.«

Seine grünen Augen sind wässrig und mit dem Alter verblasst, doch Becky kann noch immer ein Funkeln darin sehen.

»Es war eine Chance, neu anzufangen, der Mensch zu

werden, der ich so gerne sein wollte. Ich erfand eine Rolle, die zu dem passte, wofür sie mich hielten. Und einen neuen Namen. Schulkinder begannen sich um die Höhle zu versammeln, wenn ich malte. Sie fanden mich cool. Du musst wissen, dass ich als Kind nie beliebt in der Schule war. Ich war dünn und sah komisch aus. Bevor meine Mum gestorben ist, habe ich meine Abende und Wochenenden damit verbracht, im Hotel zu helfen, also hatte ich keine Freunde. Und als meine Mum gestorben war, habe ich mich noch mehr in mich zurückgezogen. Die anderen Kinder haben mich als verrückt bezeichnet, als Loser. Sie haben mich gemobbt, weil meine Mutter sich umgebracht hat. Und dass mir Jahre später diese beliebten, gut aussehenden Teenager ehrfürchtig zusahen, die gleiche Art Teenager, die mich in der Schule ignoriert hatte, war einfach *toll*.« Seufzend kratzt er mit dem Nagel am Tisch. »Ich begann, meinen eigenen Hype zu glauben.«

»Aber was war mit den Leuten, die sich dir angeschlossen haben – wie hast du dich denn dabei gefühlt, sie zu täuschen?«

»Ich habe wirklich geglaubt, etwas Gutes zu tun, Becky«, sagt er. Sein runzliges Gesicht ist ernst. »Ich habe mich nicht wie ein Betrüger gefühlt. Du musst verstehen, dass diese Zeit damals sehr hart war. Das Land steckte mitten in einer Rezession; die Wirtschaft brach zusammen, die Leute verloren ihre Jobs. Sie brauchten etwas, woran sie glauben konnten, und das habe ich ihnen geboten.«

»Aber es war alles eine Lüge.«

Idris seufzt. »Ja. Und am meisten habe ich mich selbst belogen. Ich war davon überzeugt, der Mann zu sein, für den sie mich hielten. Dabei bin ich ein unbeliebtes Kind gewesen, leistungsschwach, ohne Freunde, aus meinem eigenen Zuhause geworfen. Kein Wunder, dass die Leute genau das Gegenteil in mir sehen sollten! Deine Mutter war da gar nicht mal so anders, ein vernachlässigtes Mädchen, das sich nach Aufmerksamkeit sehnte.«

»Und die hat sie mit Sicherheit bekommen. Sie hat dich durchschaut, nicht?«

Er nickt. »Von Anfang an, vermute ich. Sie war nicht wie die anderen. Ihr Fokus lag auf dem Schreiben. Sie hat die Höhle und mich als Möglichkeit gesehen, ihr Buch zu beenden.«

»Aber mich nicht. Deshalb hat sie mich verlassen.«

»Du darfst sie nicht hassen, Becky.«

»Hast du das hier gelesen?«, sagt Becky, holt Toms Roman heraus und knallt ihn auf den Tisch. »Wie kann ich sie *nicht* hassen? Wie kannst *du* sie nicht hassen? Sie hat euer Baby getötet!«

David zuckt zusammen. Sie sieht, wie die Erinnerungen ihn übermannen, seine Gesichtszüge vor Traurigkeit schlaff werden.

Becky seufzt und setzt sich ihm gegenüber. »Ich versuche, wütend auf dich zu sein. Aber was du alles durchgemacht hast ...« Sie schüttelt den Kopf. »Ich kann mir das gar nicht vorstellen.«

Er stützt die Ellenbogen auf und legt den Kopf in die Hände. »Ich habe gewusst, dass etwas mit deiner Mutter nicht stimmte. Donna hat es auch gewusst. Aber ich vermute, ich habe mir selbst etwas vorgemacht und so getan, als wäre es nicht so schlimm, wie es war. Als ich sie an dem

Abend im Meer gesehen habe, habe ich gewusst, dass alles aus dem Ruder gelaufen war, aber ich hatte keine Ahnung, wie sehr.« Er trinkt einen Schluck Tee und hält die Tasse mit zitternden Händen. »Ich dachte, wir würden zurück in die Höhle kommen, wo Catherine sich die Augen aus dem Kopf weint.« Er presst die Augen zusammen, als wollte er die Erinnerungen ausschließen. »Aber deine Mutter hat immer wieder gesagt, dass es ihr leidtut. Und ich wusste, ich wusste einfach …«

Seine Stimme bricht, er weint und wischt sich die Tränen mit seinen runzligen Fingern ab. Becky möchte die Hand nach ihm ausstrecken, ihn trösten, aber sie ist noch viel zu wütend und verwirrt.

»Die Stille, als wir zurück in die Höhle kamen, strahlte eine Eiseskälte aus. Catherine war noch klein, aber was konnte sie schreien!« Er lächelt leicht, dann verdüstert sich sein Gesicht. »Donna und ich haben überall nach ihr gesucht. Als ich die Decke an den Zweigen hängen sah, habe ich sofort gewusst, dass ich meine Tochter dort finden würde.« Er schüttelt den Kopf und abgrundtiefe Traurigkeit überschattet sein Gesicht. »Sie sah aus, als würde sie schlafen. Ihre Wangen hatten immer noch Farbe und fühlten sich warm an. Aber ich wusste es gleich.« Er lässt den Kopf hängen.

Becky kann nicht dagegen an, sie geht zu ihrem alten Nachbarn, dem Vater ihrer Schwester, der großen Liebe ihrer Mum und legt die Arme um ihn. Er weint an ihrer Schulter, während die Hunde sich um sie drängen, eng, aber nicht aufdringlich, als spürten sie den Ernst der Stunde.

»Ich habe sie zum Hotel gebracht«, fährt er fort, »und sie

unter der Eiche begraben, die meine Mutter so geliebt hat. Jahre später habe ich dann erfahren, dass deine Mutter das Hotel geerbt hat, damals, als deine Großmutter gestorben ist. Dass Catherine nun bei ihrer Mutter sein würde, war ein beruhigender Gedanke für mich.«

»Und wann hast du herausgefunden, dass meine Großmutter deine Stiefmutter war?«

»Als sie gestorben ist und ich die Todesanzeige in der Zeitung gesehen habe. Mutter der Autorin Samantha Rhys.«

»Aber wie kannst du meine Mum nicht hassen für das, was sie getan hat?«, fragt Becky.

»Ich könnte sie nie hassen. Ich hasse die Dunkelheit, die von ihr Besitz ergriffen hat, und sie das hat tun lassen, was sie getan hat.«

»Du bist aber nicht bei ihr geblieben. Du bist gegangen.«

Idris nickt. »Ich konnte sie danach nicht mehr ansehen. Es war zu schmerzhaft, und ich wusste, dass sie Hilfe brauchte. Zuletzt habe ich sie gesehen, als sie von dem Arzt, den Donna ausfindig gemacht hatte, weggebracht wurde. Wir haben uns damals gar nicht richtig verabschiedet – sie war ohnehin nicht sie selbst.«

»Und dann hast du Oceane aufgesucht?«

Er nickt. »Sie hatte mir geschrieben, dass sie ein Baby bekommen hatte und es zur Adoption freigeben wollte. Das konnte ich nicht zulassen. Solar gehörte zu mir.«

»Warum hast du die beiden dann Jahre später wieder verlassen, nachdem Oceane nach Russland gekommen war?«

»Ich habe meine eigene Dunkelheit, vor der ich davonlaufe, Becky. Ich dachte, dass ich so ein Glück nicht verdiene. Deshalb habe ich so dumme Dinge gemacht wie in Spanien meine Gemälde anzuzünden.« Er fährt sich mit den Fingern durch das graue kurze Haar. »Ich schätze, ich war ruhelos. Ich bin viel gereist und schließlich in Irland gelandet, wo ich viele Jahre eine Bar betrieben habe. Dann kam der Anruf deiner Mutter.«

»Wir haben uns dann im Café bei der Höhle getroffen«, sagt Idris und lächelt leicht bei der Erinnerung daran. »Sie hat ihre große Sonnenbrille getragen und natürlich Gin getrunken. Sie war so schön wie immer. Doch als sie die Sonnenbrille kurz abgesetzt hat, habe ich die Traurigkeit in ihren Augen gesehen. Die gleiche Traurigkeit, die mich jeden Morgen im Spiegel ansieht. Es war sehr hart, als sie mir erzählt hat, wie krank sie ist. Selbst nach all den Jahren war der Gedanke, dass sie sterben würde …« Er schüttelt den Kopf. »Egal, sie hat mir gesagt, wie wichtig es für sie ist, dass ich auf dich achte, wenn sie einmal nicht mehr ist. Sie hat deinen Nachbarn viel Geld geboten, damit sie hier ausgezogen sind.«

Becky erinnert sich, wie überrascht sie vor einigen Jahren gewesen ist, als das junge Ehepaar aus dem Nebenhaus auszog, ohne dass auch nur ein Verkaufsschild vor dem Haus gestanden hatte. Sie hatten Becky damals erzählt, dass sie einen Barzahlungskäufer gefunden hatten.

»Sie hat dieses Cottage für dich gekauft, damit du ein Auge auf mich hast?«, fragt Becky und sieht sich um.

»Ja. Ich sollte ihr jeden Monat einen Brief mit genauen Informationen schicken, wie es dir geht.«

Beckys Herz zieht sich zusammen.

»Natürlich habe ich zugestimmt«, fährt Idris fort. »Bei

demselben Treffen habe ich ihr auch erzählt, dass Catherine im Garten des Hotels begraben ist. Eine Woche später ist sie dort eingezogen. Bis zu diesem Tag hatte sie das Hotel nicht einmal ansehen können, obwohl es ihr gehörte.«

»Jetzt kennst du meine Geschichte«, sagt er. »Die besten und die schlimmsten Monate meines Lebens mit deiner Mum in dieser Höhle. Ohne sie war es ein langes, einsames Leben.«

»Und was ist mit Solar?«

Idris lächelt traurig. »Ich musste deiner Mum versprechen, dass ich wieder Kontakt zu ihr aufnehme. Obwohl ich nicht sicher bin, ob sie das will – so wie ich sie vor all den Jahren im Stich gelassen habe.«

Becky erinnert sich, wie es sich vor ein paar Wochen angefühlt hat, die Stimme ihrer Mum am Telefon zu hören, obwohl sie sie verlassen hatte. »Sie will. Du musst sie anrufen.«

Er nickt. »Ich weiß. Habe ich dich jetzt verloren?«

»Vielleicht.«

Er vergräbt den Kopf in den Händen. Becky sieht auf seine zerbrechlichen Schultern, und ihr Herz wird weich. Sie streckt eine Hand aus und legt sie sanft auf die Schulter. »Du weißt aber schon, dass ich dich ausschimpfen muss? Wie sollst du denn sonst wissen, dass du dich schlecht verhalten hast!«

Idris blickt auf, ein halbes Lächeln auf dem Gesicht. »Dass ich keiner deiner Hunde bin, weißt du aber schon?«

»Aber du bist genauso loyal wie sie«, erklärt Becky. »Du *hast* schließlich vier Jahre deines Lebens geopfert, um dich um eine Fremde zu kümmern.«

»Du bist keine Fremde. Du bist die Schwester meiner Tochter. Und es war kein Opfer. Diese Jahre gehören zu den besten und friedlichsten meines Lebens ... selbst mit dem ganzen Gebell um sechs Uhr morgens.«

»Meine Familie, allen voran meine Großmutter, hat dir viel genommen. Ich nehme an, es ist ihr Gesicht, das du gemalt hast?«

Er nickt. »Die helle Seite des Gesichts zeigt die Frau, die ich zuerst kennengelernt habe, schön, fröhlich und nett. Die dunkle, dass sie sich von dieser Frau in ein schwarzes Loch der Gefühllosigkeit verwandelt hatte. Es war sehenswert. Deine Mum hat gedacht, sie wäre wie ihre Mutter, aber das war sie nicht. Sie hatte zu viel Liebe in sich ... vor allem für dich.«

»Oh David, ich wünschte, sie wäre noch hier.«

»Ich auch.«

Er legt seine Hand auf Beckys, und sie sieht ihn gequält an. »Wie soll ich dich denn jetzt nennen? David oder Idris?«

Er denkt darüber nach. »Idris bitte. Unter dem Namen hat deine Mutter mich gekannt. Und unter dem Namen hätte mich auch deine Schwester gekannt ... wenn sie noch da wäre«, fügt er mit einem traurigen Lächeln hinzu. Dann sieht er aus dem Fenster. »Ah, da ist er ja.«

»Wer ist da?«

»Das wollte ich dir eigentlich erzählen, nachdem ich uns Tee gemacht hatte.«

Sie folgt seinem Blick und sieht jemanden den Weg entlangkommen. Nicht irgendjemanden – es ist Kai.

»Du hast Kai hierher eingeladen?«, fragt sie.

Idris zuckt mit den Schultern. »Du hast mir deine

Schlüssel gegeben, um nach dem Haus zu sehen. Gestern habe ich dir frische Milch in den Kühlschrank gestellt, da klingelte das Telefon. Kai war dran, wir haben uns unterhalten, und ich habe ihn zum Abendessen eingeladen.«

»Idris!«

»Er sieht ein bisschen wie ein Hund aus«, fügt Idris hinzu und schaut aus dem Fenster. »Vielleicht wie ein Havaneser, mit den dunklen Dreadlocks und den Hundeaugen? Jetzt verstehe ich auch, warum du ihn so magst.«

Becky sieht Kai durchs Fenster an, während er auf die Klingel drückt, und muss lachen. »Er sieht wirklich wie ein Havaneser aus. Und was soll das heißen, dass ich ihn so mag? Wir sind kein Paar, weißt du.«

»Vielleicht solltet ihr eins werden.« Becky verdreht die Augen. »Hör zu, es ist nicht so, dass ich dich verheiraten möchte«, sagt Idris jetzt wieder ernst. »Es ist nur so, dass man die Menschen, zu denen man eine besondere Beziehung hat, festhalten sollte, weißt du.«

»Seltsam, Donna hat genau das Gleiche gesagt.« Becky seufzt, steht auf und geht zur Tür.

»Oh, bevor du gehst«, sagt Idris, »da ist noch ein Brief versehentlich bei mir gelandet.« Er holt einen Umschlag.

»Der dürfte von dem Immobilienmakler sein, den ich für den Verkauf des Hotels eingeschaltet habe«, sagt sie, als sie das Logo auf der Vorderseite erkennt. »Oder sollte ich sagen: deines alten Hauses.«

Idris runzelt die Stirn. »Du willst es wirklich verkaufen?«

»Sieh mich nicht so an. Es ist viel zu groß für mich.«

»Weißt du, dass deine Mutter diesen Ort in einen

Zufluchtsort für Frauen wie sie verwandelt hat?«, sagt Idris. »Für Frauen, die vor sich selbst fliehen müssen. Viele von ihnen leiden an einer postnatalen Depression. Solche Frauen haben im Hotel gelebt und konnten sogar ihre Kinder mitbringen.«

Becky denkt an die alten Becher und die ungemachten Betten, das Kinderspielzeug und die Schaukeln. Und an die vielen Frauen bei der Beerdigung, vor allem an die beiden, die etwas vorgetragen haben.

»Davon hatte ich keine Ahnung«, sagt sie verblüfft.

»Ich glaube, sie hat die wahre Bestimmung des alten Kastens gefunden«, sagt Idris. »Ein Zufluchtsort, um Menschen in Not zu helfen. Es würde sich auch gut für Tiere in Not eignen – du hast doch immer davon gesprochen, einen Zufluchtsort für Tiere zu schaffen. Jetzt hast du dank deiner Mum ein Gebäude in der perfekten Größe dafür, und auch genug Geld.«

Becky schüttelt den Kopf. »Das sind doch bloß Tagträume.«

»Deine Mutter hatte auch Tagträume. Und zum Schluss haben sie sich als sehr gut erwiesen.«

Sie sieht ihn misstrauisch an. »Haben sie das wirklich getan?«

»Du bist in vieler Beziehung nicht wie deine Mutter, Becky. Vielleicht kannst du ja deine Träume verwirklichen *und* zugleich deine Familie festhalten?«

Sie gehen gemeinsam zur Haustür. Idris öffnet und Kai blickt auf.

»Hey, Stalker«, sagt Becky und tritt zu ihm nach draußen. Kai lächelt sie schief an. »Hey, du.«

Die Hunde stürmen aus Idris' Haus und werfen Kai fast um, als sie an ihm hochspringen.

»Na, wenn die Hunde schon einverstanden sind …«, sagt Idris hinter Becky.

Sie sieht zu, wie Kai aufgibt, sich hinlegt und die Hunde auf sich herumspringen lässt. Sein Lachen ist ansteckend, und es dauert nicht lange, bis auch Becky und Idris sich vor Lachen biegen.

»Was weißt du über die Heilkräfte von Höhlen?«, fragt sie Kai, während sie die Hunde wegscheucht.

»Warum?«, fragt er.

»Nur ein Tagtraum, den ich vielleicht eines Tages in die Realität umsetzen möchte.«

Hinter ihr verzieht sich Idris' Gesicht zu einem breiten Lächeln.

»Wir fahren morgen zu einer gewissen Höhle«, sagt sie.

»Wenn es eine Höhle zu erforschen gibt, bin ich dabei«, erwidert Kai.

»Kommst du auch mit?«, fragt sie Idris.

Er zögert.

»Komm mit«, sagt sie. »Es war deine Idee.«

Am nächsten Morgen fahren sie nach Queensbay. Becky steigt als Erste aus und überlegt sich, dass dieses rostige, alte Auto alles enthält, was ihr kostbar ist – die beiden ungleichen Männer und drei verrückte Hunde. Sie muss lächeln.

Dann schaut sie zum Hotel auf der Klippe hinauf. Sie stellt sich vor, wie ihre Mutter dort im Garten steht und aufs Meer hinausschaut.

»Auf Wiedersehen, Mum«, flüstert sie.

»Auf Wiedersehen, Becks«, hört sie ihre Mutter antworten. Sie setzt ihre Designersonnenbrille auf und ihr gemusterter Rock bewegt sich im Wind, als sie mit Catherine auf dem Arm ins Hotel geht.

Anmerkung der Autorin

Hallo,

vielen Dank, dass Sie *Die Meerestochter* gelesen haben. Ich habe es genossen, diesen Roman zu schreiben, und bin völlig in die Welt von Selma und Becky eingetaucht. Ich hoffe, Ihnen ging es genauso. Wenn das so ist, hinterlassen Sie doch bitte eine Kritik auf der Website des Händlers, bei dem Sie das Buch gekauft haben, und bei GoodReads, falls Sie dort Mitglied sind. Kritiken sind für uns Autoren Gold wert!

Recherchereisen auch, vor allem weil sie uns dazu zwingen, uns ab und zu ganz zu entspannen. Für diesen Roman habe ich die wunderschöne Botany Bay bei Broadstairs an der Küste von Kent besucht. Queensbay ist zwar eine fiktive Stadt, aber ich habe mich von der Botany Bay inspirieren lassen. Sollten Sie je dort in der Gegend sein, empfehle ich Ihnen einen Besuch vor allem des wunderschönen Botany Bay Hotel. Es hat mich zum Queensbay Hotel inspiriert, in dem Selma ihre letzten Jahre verbringt. Das Hotel steht direkt auf der Klippe und hat einen atemberaubenden Blick. Während ich Die *Meerestochter* geschrieben habe, habe ich dort ein paar wunderschöne Stunden verbracht, die Aussicht genossen, Cream Scones gegessen und Tee (ja, und manchmal auch Wein) getrunken.

Damit wäre nun ein weiterer Roman beendet. Doch hier muss die Reise nicht zu Ende sein. Sie können meine

Website www.tracy-buchanan.com besuchen. Dort finden Sie heraus, wie Sie Kontakt zu mir aufzunehmen können, denn ich höre sehr gern von meinen Lesern. Sie erfahren auf der Website auch alles, was Sie wissen müssen, um der VIP-Lesegruppe beizutreten, die ich mit einigen anderen Autoren gegründet habe. Als Mitglied bekommen Sie kostenlos Zugang zu vielen exklusiven Extras, tollen Sachen und der Gelegenheit, mein nächstes Buch vorab zu lesen.

Noch einmal vielen Dank, dass Sie mein Buch gelesen haben. Ich freue mich auf Ihre Meinung.

Tracy x

Danksagung

Wie immer danke ich meiner Agentin Caroline Hardman und meinen Herausgeberinnen Rachel Faulkner-Wilcocks und Katie Loughnane. Ihr seid fantastische Leserinnen und großartige Cheerleaderinnen für meine Bücher, und ich bin euch unglaublich dankbar. Alles Liebe auch dem Avon-Team – ihr seid so ein toller, verständnisvoller Haufen, einschließlich der Lektoren.

Wo ich gerade von einem tollen, verständnisvollen Haufen spreche, möchte ich ganz besonders meine Dankbarkeit meinen Lesern gegenüber zum Ausdruck bringen. Einige von Ihnen haben sogar zu diesem Roman beigetragen, nachdem ich bekannt gegeben hatte, dass ich Leute brauchte, um einen frühen Entwurf zu lesen. Ich habe großes Echo bekommen und ein wundervolles Feedback. Ich bedanke mich bei Debbie Lampard, Chris Brown, Liv Facey und Rinku Parmer. Ein Dank auch an meine Freunde und meine Familie, die ebenfalls frühe Entwürfe des Romans gelesen haben, einschließlich Angela McCallister, Emma Cash und Amy Jones. Und wie immer geht ein Dank an Liz Richards, meine Reisebegleiterin bei der Recherche und meine Beraterin.

Ein Dank auch an meine Stiefschwester Kirsty Cooper, die mir bei den juristischen Fragen geholfen hat, und an Hannah Manning, die großartigste und lustigste Tierärztin, die ich kenne – sie hat mich bei allen tierspezifischen Dingen beraten und zu den drei Lurchern im Roman inspiriert. Ich könnte sagen, dass meine Hündin Bronte auch geholfen hat, aber sie hat die meiste Zeit geschlafen, während ich schrieb.

2017 war ein ganz besonderes Jahr, da es mir vergönnt war, in ein und derselben Woche an Jubiläumspartys für meine Agentin und meine Herausgeberinnen teilzunehmen und viele andere Autoren zu treffen. Was für großartige Leute! Vielen Dank an euch alle! Ihr seid leider zu viele, als dass ich jeden einzeln erwähnen könnte. Ein besonderer Gruß geht an die Savy Authors's Snug, eine Gruppe, die ich gegründet habe, um Autorenkollegen zu unterstützen.

Und schließlich bedanke ich mich bei meiner unglaublich verständnisvollen Familie, einschließlich meiner Mum (wie immer) und meinem wundervollen Mann Rob mit seinen super Heimwerkerfähigkeiten und seiner Expertise im Zubereiten von Latte. Und wie immer danke ich meiner Tochter Scarlett, die mitten während des Schreibens der Meerestöchter in die Schule gekommen ist. Wenn ich sehe, wie sie lesen lernt, fördert das meine Entschlossenheit, die beste Autorin zu werden, die ich sein kann!

Eine bewegende Familiensaga über das kraftvolle Band, das Geschwister verbindet, über verborgene Geheimnisse und ihre heilende Wirkung ...

480 Seiten. ISBN 978-3-7341-0377-3

Für Avery hat das Leben keine Geheimnisse. Bis sie auf May trifft. Die 90-Jährige erkennt ihr Libellenarmband, ein Erbstück, und besitzt auch ein Foto von Averys Großmutter. Was hat diese Frau mit ihrer Familie zu tun? Bald stößt Avery auf ein Geheimnis, das sie zurück in ein dunkles Kapitel der Geschichte führt ... Memphis, 1939: Die junge Rill lebt mit ihren Eltern und Geschwistern in einem Hausboot auf dem Mississippi. Als die Kinder eines Tages allein sind, werden sie in ein Waisenhaus verschleppt. Rill hat ihren Eltern versprochen, auf ihre Geschwister aufzupassen. Ein Versprechen, das sie nicht brechen will, ihr aber mehr abverlangt, als sie geben kann ...

Lesen Sie mehr unter: **www.blanvalet.de**

WeLove
blanvalet

www.blanvalet.de

facebook.com/blanvalet

twitter.com/BlanvaletVerlag